O PARADOXO
DE ATLAS

OLIVIE BLAKE

O PARADOXO DE ATLAS

Tradução de Karine Ribeiro

Copyright do texto © 2022 by Alexene Farol Follmuth
Publicado mediante acordo com Tom Doherty Associates, LLC.
Todos os direitos reservados.

TÍTULO ORIGINAL
The Atlas Paradox

PREPARAÇÃO
João Rodrigues

REVISÃO
Carolina Vaz

DIAGRAMAÇÃO
Ilustrarte Design e Produção Editorial

ILUSTRAÇÕES DE MIOLO
Little Chmura

ARTE E DESIGN DE CAPA
Jamie Stafford-Hill

CIP-BRASIL. CATALOGAÇÃO NA PUBLICAÇÃO
SINDICATO NACIONAL DOS EDITORES DE LIVROS, RJ

B568p

    Blake, Olivie, 1988-
        O paradoxo de atlas / Olivie Blake ; tradução Karine Ribeiro. - 1. ed. - Rio de Janeiro : Intrínseca, 2023.
        464 p. : il. ; 23 cm. (A sociedade de atlas ; 2)

    Tradução de: The atlas paradox
    Sequência de: A sociedade de atlas
    ISBN 978-65-5560-726-0

    1. Ficção americana. I. Ribeiro, Karine. II. Título. III. Série.

23-82680   CDD: 813
                                         CDU: 82-3(73)

Gabriela Faray Ferreira Lopes - Bibliotecária - CRB-7/6643

[2023]
Todos os direitos desta edição reservados à
Editora Intrínseca Ltda.
Rua Marquês de São Vicente, 99, 6º andar
22451-041 – Gávea
Rio de Janeiro – RJ
Tel./Fax: (21) 3206-7400
www.intrinseca.com.br

Para o meu talismã,
Henry Atlas

COMEÇO
I: TORPOR
II: INICIADOS
III: ORIGENS
IV: ENTROPIA
V: DUALIDADE
INTERLÚDIO
VI: EGO
VII: ALMA
VIII: DESTINO
IX: OLIMPO
FIM?

SUSPEITOS

CAINE, TRISTAN
Tristan Caine é filho de Adrian Caine, líder do sindicato de crime mágico. Tristan ficaria ressentido de ter o pai como um ponto de introdução, mas há poucas coisas das quais Tristan não se ressinta. Nascido em Londres e educado na Escola de Magia de Londres, Tristan é um ex-investidor de risco da Corporação Wessex, assim como ex-noivo de Eden Wessex. Treinado na faculdade de ilusão, a verdadeira especialidade de Tristan é desconhecida, embora seus talentos incluam enxergar através de ilusões. (Ver também: *teoria quântica; tempo; ilusões — enxergar através de ilusões; componentes — componentes mágicos*.) De acordo com os termos de eliminação da Sociedade Alexandrina, Tristan recebeu a tarefa de matar Callum Nova. Por motivos ostensivamente relacionados à sua consciência, Tristan não obteve sucesso.

FERRER DE VARONA, NICOLÁS (podendo ser referido como DE VARONA, NICOLÁS, OU DE VARONA, NICO)
Nicolás Ferrer de Varona, comumente chamado de Nico, nasceu em Havana, em Cuba, e se mudou para os Estados Unidos quando criança, onde viria a se graduar na prestigiosa Universidade de Artes Mágicas de Nova York, a UAMNY. Nico é um físico excepcional e possui diversas habilidades fora de sua especialidade. (Ver também: *propensões litosféricas, sismologia — tectônica; transformação — humano para animal; alquimia; correntes de ar — alquímica*.) Nico tem uma amizade próxima com os colegas da UAMNY Gideon Drake e Maximilian Wolfe, e, apesar de um antagonismo de longa data, também tem uma aliança com Elizabeth "Libby" Rhodes. Por mais que Nico seja muito habilidoso no combate mano a mano, isso não o impediu de, no fim, acabar perdendo sua aliada.

KAMALI, PARISA
Poucos detalhes a respeito do início da vida ou da verdadeira identidade de Parisa Kamali são conhecidos, além do que é especulado. (Ver também: *beleza, maldição de — Callum Nova.*) Parisa nasceu em Teerã, no Irã, e frequentou a École Magique de Paris. Ela é uma telepata de grande proficiência com uma variedade de associações conhecidas (*Tristan Caine; Libby Rhodes*) e experimentos *(tempo — cronometria mental; subconsciente — sonhos; Dalton Ellery).* É desaconselhável confiar nela. No entanto, sem dúvidas você o fará.

MORI, REINA
Se pouco se sabe sobre Parisa Kamali, as informações sobre Reina Mori são ainda mais escassas. Não que seja uma competição, mas, se fosse, Reina venceria. Nascida em Tóquio, no Japão, com incríveis habilidade de naturalismo, Reina, ao contrário do que se esperava, frequentou o Instituto de Magia de Osaka, onde estudou clássicos com foco em mitologia. Apenas para Reina a terra oferece frutos, e apenas com Reina a natureza fala. No entanto, vale a pena ressaltar que, na opinião de Reina, ela tem outros talentos. (Ver também: *amplificação — energia; experiência de combate — Nico de Varona.*)

NOVA, CALLUM
Callum Nova, do conglomerado de mídia Nova, sedeado na África do Sul, é um manipulador cujos poderes se estendem ao campo metafísico. Ou seja, em termos leigos, um empata. Nascido na Cidade do Cabo, na África do Sul, Callum estudou com bastante conforto na Universidade Helenística de Artes Mágicas antes de ingressar nos negócios da família, na lucrativa venda de produtos de beleza e ilusões medeianos. Apenas uma pessoa na Terra sabe com certeza a verdadeira aparência de Callum. Infelizmente para Callum, essa pessoa o queria morto. E infelizmente para Tristan, ele não queria isso com tanto afinco. (Ver também: *traição, não há destino tão final quanto.*)

RHODES, ELIZABETH (podendo ser referida como RHODES, LIBBY)
Elizabeth "Libby" Rhodes é uma talentosa física. Nascida em Pittsburgh, na Pensilvânia, EUA, o início da vida de Libby foi marcado pela perda da irmã mais velha, Katherine. Libby frequentou a Universidade de Artes Mágicas de Nova York, onde conheceu seu rival-que-se-tornou-aliado Nicolás "Nico" de Varona, e seu outrora namorado, Ezra Fowler. Como recruta da Sociedade,

Libby conduziu vários experimentos notáveis (Ver também: *tempo — quarta dimensão; teoria quântica — tempo; Tristan Caine*) e dilemas morais *(Parisa Kamali; Tristan Caine)* antes de desaparecer, o que, num primeiro momento, levou o restante de seu grupo a dá-la como morta. A localização atual de Libby é desconhecida. (Ver também: *Ezra Fowler*.)

LEITURAS COMPLEMENTARES

BLAKELY, ATLAS
  Sociedade Alexandrina, a (Ver também: *Sociedade Alexandrina — iniciados; Sociedade Alexandrina — Guardiões*)
  Início da vida — Londres, Inglaterra
  Telepatia

DRAKE, GIDEON
  Habilidades — desconhecidas (Ver também: *mente humana — subconsciente*)
  Criatura — subespécies (Ver também: *taxonomia — criatura; espécie — desconhecida*)
  Afiliações criminosas (Ver também: *Eilif*)
  Início da vida — Cape Breton, Nova Escócia, Canadá
  Educação — Universidade de Artes Mágicas de Nova York
  Especialidade — Viajante (Ver também: *reino dos sonhos — navegação*)

EILIF
  Alianças — desconhecidas
  Filhos (Ver também: *Gideon Drake*)
  Criatura — metamorfa (Ver também: *taxonomia — criatura; metamorfa — sereia*)

ELLERY, DALTON
  Sociedade Alexandrina, a (Ver também: *Sociedade Alexandrina — iniciados; Sociedade Alexandrina — pesquisadores*)
  Animação
  Afiliações conhecidas (Ver também: *Parisa Kamali*)

FOWLER, EZRA
　Habilidades (Ver também: *viagens — quarta dimensão; físico — quântico*)
　Sociedade Alexandrina, a (Ver também: *Sociedade Alexandrina — não iniciado; Sociedade Alexandrina — eliminação*)
　Início da vida — Los Angeles, Califórnia
　Educação — Universidade de Artes Mágicas de Nova York
　Alianças conhecidas (Ver também: *Atlas Blakely*)
　Emprego anterior (Ver também: UAMNY — *conselheiros residentes*)
　Relacionamentos pessoais (Ver também: *Libby Rhodes*)
　Especialidade — Viajante (Ver também: *tempo*)

PRÍNCIPE, O
　Animação — geral
　Identidade (Ver também: *identidade — desconhecida*)
　Afiliações conhecidas (Ver também: *Ezra Fowler, Eilif*)

SOCIEDADE ALEXANDRINA, A
　Arquivos — conhecimento perdido
　Biblioteca (Ver também: *Alexandria; Babilônia; Cartago; bibliotecas antigas — islâmicas; bibliotecas antigas — asiáticas*)
　Rituais — iniciação (Ver também: *magia — sacrifício; magia — morte*)

PLANO DE ESTUDOS DA BOLSA DA SOCIEDADE ALEXANDRINA

ANO UM

Diretrizes:
Os candidatos à iniciação da Sociedade Alexandrina vão contribuir rigorosamente com pesquisas, novas e inovadoras, para os arquivos de conhecimento aqui contidos. Eles também vão proteger e cuidar dos arquivos durante toda a duração de sua residência, até a conclusão satisfatória dos termos de iniciação.

Currículo-base:
Espaço
Tempo
Pensamento
Intenção
Mais detalhes do estudo a serem definidos, dependendo dos termos de iniciação.

Os módulos de estudo do primeiro ano e o encerramento dos requisitos de iniciação devem ser concluídos até 1º de junho.

ANO DOIS

Cada um dos iniciados vai contribuir com uma dissertação de importância para os arquivos, cujo tema é livre.

Proposta de Estudo Independente:
Requisitos mínimos indicados com *

    Título da pesquisa*:_____

    Objetivos: _____

    Metodologia (listar quaisquer textos relevantes): _____

_____

_____

Calendário:
Conclusão da Proposta: Indique o prazo para qualquer coleta, revisão e/ou análise de dados pretendida. Entregar até 1º de junho.

Assinatura do iniciado:

Aprovado por:

Atlas Blakely

· COMEÇO ·

Gideon Drake protegeu os olhos do sol escaldante e deu uma olhada nas colinas abrasadas e enegrecidas. O calor tremulava no ar entre nuvens de cinzas. Pequenas asas de mariposas feitas de destroços voavam delicadamente por sua visão limitada.

A fumaça era espessa, poeirenta o suficiente para grudar na garganta, e, se qualquer parte dela fosse verdadeira, seria certamente um caso de emergência médica.

Mas aquele não era o caso.

Gideon olhou para baixo, para o labrador preto ao seu lado, que franzia o cenho, contemplativo, e então se voltou para a cena desconhecida, cobrindo a boca com a camisa para manifestar um fino véu de ar semirrespirável.

— Muito interessante — murmurou Gideon para si mesmo.

Nos reinos dos sonhos, essas queimadas aconteciam de tempos em tempos. Gideon as chamava de "erosões", embora, se algum dia ele encontrasse outro de seu tipo, não ficaria surpreso em saber que já havia um nome correto para aquilo. Era comum o suficiente, embora nunca... inflamável daquele jeito.

Se Gideon tinha uma filosofia, era esta: não há motivo para se desesperar.

Para Gideon Drake não havia como dizer o que era real e o que não era. A percepção dele acerca do deserto sonhado podia ser uma cena completamente diferente para o sonhador. As queimadas eram um excelente lembrete de algo que Gideon aprendera havia muito tempo: há ruína em toda parte se ruína é o que você busca.

— Bem, vamos então, Max — disse Gideon para o cachorro, que coincidentemente era seu colega de quarto.

Max farejou o ar e choramingou enquanto se afastavam, mas os dois entendiam que os sonhos eram o domínio de Gideon e que, portanto, o caminho que seguiriam era decisão de Gideon.

Magicamente falando, os reinos dos sonhos eram parte de um subconsciente coletivo. Enquanto cada humano tinha acesso a um canto dos reinos, poucos eram capazes de atravessar os reinos dos sonhos como Gideon fazia.

Ver onde a consciência de uma pessoa terminava e a de outra começava requeria um conjunto particular de habilidades, e Gideon — que conhecia os padrões de transformação dos reinos da mesma forma que marinheiros conheciam as marés — se movimentava com ainda mais cautela agora que raramente se via fora da névoa deles.

Para o mundo exterior, Gideon se apresentava como uma pessoa bastante normal com narcolepsia. Entender sua magia, no entanto, não era tão simples assim. Para ele, a linha entre o consciente e o subconsciente era muito tênue. Gideon podia identificar tempo e localização dentro dos reinos dos sonhos, mas sua habilidade de caminhar por eles por vezes o impedia de se manter acordado durante o café da manhã. Parecia que ele pertencia mais ao reino dos sonhos do que ao mundo dos vivos. Ainda assim, o aparente defeito sonambular de Gideon significava que as restrições que outras pessoas encontravam não eram um obstáculo para ele. Em um sonho uma pessoa normal podia voar, por exemplo, mas saberia que estava sonhando e, portanto, estaria consciente de que não podia fazer aquilo na vida real. Gideon Drake, por outro lado, podia voar, ponto final. Se estava fazendo aquilo acordado ou sonhando era algo que nem sempre ele conseguia distinguir.

Dentro de um sonho, Gideon não era tecnicamente mais poderoso que qualquer outra pessoa seria. Seus limites corpóreos eram similares aos da telepatia — nenhuma magia feita nos reinos dos sonhos poderia feri-lo de modo permanente, a não ser que a forma física dele sofresse algo como um infarto ou uma convulsão. Gideon sentia dor da mesma forma que outra pessoa talvez sentisse num sonho — uma dor imaginada, e então, ao acordar, ausente. Isto é, a não ser que estivesse sob uma quantidade incomum de estresse, o que então poderia causar uma das reações corpóreas citadas anteriormente. Com isso, no entanto, ele nunca se preocupava. Apenas Nico se preocupava com esse tipo de coisa.

Ao pensar em Nico, Gideon sentia como se parte de si estivesse exposta, como se houvesse perdido o pé de um sapato e continuado a se arrastar sem ele. Durante o último ano, havia treinado (com graus variados de sucesso, dependendo do dia) formas de parar de catalogar a ausência de sua companhia de sempre. A princípio, foi difícil. Pensar em Nico geralmente era um reflexo involuntário, uma espécie de memória muscular, sem preempção ou premeditação, e, portanto, capaz de gerar a consequência imprevista de perturbar a rotina pretendida de Gideon. Às vezes, quando seus pensamentos iam até Nico, ele fazia o mesmo.

No fim, o problema e a providência de conhecer Nico de Varona eram que ele não podia ser esquecido prontamente, nem deixado de lado com facilidade. Sentir sua falta era como sentir a falta de um membro arrancado. Nunca exatamente completo nem nunca inteiro, embora em alguns casos a dor fantasma tenha se provado reveladora.

Gideon se permitiu sentir as coisas que tentou (sob outras circunstâncias) não sentir e, com um suspiro de alívio, percebeu os reinos se movimentarem com cortesia sob seus pés. O pesadelo aos poucos cedeu, dando espaço à atmosfera dos próprios sonhos de Gideon, que então seguiu o caminho que surgia à sua frente com maior facilidade: o dele próprio.

A fumaça do sonho se dissipou enquanto a mente de Gideon vagava, e assim ele e Max se viram navegando através da percepção consciente do tempo e do espaço. No lugar da terra abrasada, havia agora a vaga sugestão do aroma de pipoca de micro-ondas e detergente de roupas industrial, características inconfundíveis dos dormitórios da UAMNY.

Com eles, surgiu também o rosto familiar de um adolescente que Gideon conhecera.

— Sou o Nico — apresentou-se o garoto de olhos arregalados e cabelos despenteados cuja camiseta estava inadvertidamente amassada de um lado, graças à presença de sua bolsa de viagem. — Você é Gideon? Tá com cara de cansado — comentou ele depois, jogando a bolsa debaixo da segunda cama e olhando ao redor do quarto. — Sabe, a gente ia ter bem mais espaço se colocasse uma cama em cima da outra.

Aquilo era uma lembrança ou um sonho? Era difícil para Gideon Drake distinguir.

Não era possível explicar o que exatamente Nico havia feito com o ar do quarto, algo que o próprio Nico não parecia ter percebido.

Sentindo um pouco de claustrofobia, Gideon conseguiu dizer:

— Não sei se temos permissão para mexer nos móveis, mas acho que podemos perguntar.

— Poder, podemos, mas perguntar também acabaria diminuindo nossas chances de uma resposta favorável. — Nico o observou, intrigado. — E que sotaque é esse? Francês?

17

— Mais ou menos. Acádio.
— De Quebec?
— Quase.

Nico abriu um sorriso.

— Bem, excelente, então — disse ele. — Eu queria mesmo me expandir linguisticamente. Penso demais em inglês agora, e preciso de outra coisa. Nunca confie numa dicotomia, é o que eu sempre digo. Mas, uma pergunta importante: você quer ficar em cima ou embaixo?

Gideon mordeu o lábio.

— Você escolhe — conseguiu dizer.

E assim Nico gesticulou, reorganizando os móveis tão facilmente que, num piscar de olhos, Gideon já tinha esquecido como o quarto estava no começo.

Gideon aprendeu muito rápido que, se não havia espaço, então Nico arranjava algum. Se as coisas ficassem paradas por muito tempo, Nico inevitavelmente as tumultuava. Os administradores da UAMNY haviam sentido que a única estrutura necessária para receber Gideon era enquadrá-lo como "estudante com necessidade de serviços para pessoas com deficiência" e nada mais. No entanto, considerando tudo que observara em seu novo colega de quarto segundos após conhecê-lo, Gideon teve a certeza incômoda de que seria uma questão de tempo até que Nico descobrisse a verdade a seu respeito.

— Para onde você vai? — perguntara Nico, provando o ponto de Gideon. — Quando você dorme, quero dizer.

O ano começara havia duas semanas, e Nico desceu da cama de cima do beliche, surgindo ao lado de Gideon e o acordando. Gideon nem percebeu que estava dormindo.

— Eu tenho narcolepsia — conseguiu dizer.

— Até parece — rebateu Nico.

Gideon o encarou e pensou: *Não posso te contar.* Não achava que Nico ia se revelar algum tipo de caçador de criaturas ou alguém plantado em seu quarto por sua mãe (embora ambas as possibilidades fossem plausíveis), mas sempre havia um momento em que as pessoas começavam a vê-lo com outros olhos. Gideon odiava esse momento, quando os outros encontravam motivos — talvez vários motivos — para reforçar a suspeita de que ele era, de alguma forma, repulsivo. Conhecimento instintivo. Presa respondendo a uma ameaça. Lutar ou fugir.

Não posso contar para ninguém, pensara Gideon, *mas principalmente não para você.*

— Você tem algo estranho — continuou Nico, sério. — Não um estranho ruim, apenas estranho. — Ele cruzou os braços, refletindo. — Qual é a sua história?

— Já te falei. Narcolepsia.

Nico revirou os olhos.

— *Menteur.*

Mentiroso. Então ele planejava mesmo aprender francês.

— Como se diz "cala a boca" em espanhol? — perguntara na vida real uma versão antiga de Gideon, e Nico dera um sorriso que mais tarde Gideon viria a descobrir ser excepcionalmente perigoso.

— Saia da cama, Sandman — dissera Nico, jogando de lado os cobertores. — Vamos dar uma voltinha.

De volta ao presente, Max roçou o focinho no joelho of Gideon, com força o suficiente para ele cambalear tentando se equilibrar.

— Obrigado — disse ele, se libertando da recordação.

O quarto do dormitório se dissipou na erosão da encosta distante em chamas, enquanto Max olhava para ele com expectativa.

— Nico está por aqui — comentou Gideon, apontando para um arbusto fumegante.

Max não parecia convencido.

Gideon suspirou.

— Está bem — disse, e então conjurou uma bola, jogando-a nas árvores. — Vai pegar.

A bola irradiava luz enquanto ganhava velocidade, embebendo a floresta num brilho fraco e reconfortante. Max lançou outro olhar irritado para Gideon, mas disparou à frente, seguindo o caminho que a magia do amigo havia criado.

Todo mundo tinha magia nos sonhos. As limitações não eram as leis da física, e sim o controle do sonhador. Gideon, uma criatura que com frequência oscilava entre o consciente e o inconsciente, não tinha memória muscular quando se tratava das limitações da realidade. (Se você não sabe exatamente onde as impossibilidades começam e terminam, então é claro que elas não servem como restrição.)

Quer Gideon simplesmente *tivesse* magia ou fosse *ele próprio* mágico era um assunto em perpétuo debate. Nico era inflexível quanto à primeira afirmação, já Gideon não tinha tanta certeza. Ele mal conseguia desempenhar bruxaria básica quando solicitado em sala de aula, o que o levou a se dedicar com afinco a estudos retóricos de como e por que a magia existia. E, como Nico era um físico, ele via o mundo em termos de construção pseudoanatômica, mas Gideon gostava de pensar no mundo como algum tipo de nuvem de dados. Afinal de contas, todos os reinos dos sonhos eram isto: um espaço compartilhado para a experiência da humanidade.

O Nico de verdade estava mais próximo agora, e os limites da floresta em chamas rapidamente minguaram para uma fina faixa de praia vazia. Gideon se agachou para tocar a areia, e então enfiou o braço nela, testando. As coisas não queimavam ali, mas o braço dele desapareceu no mesmo instante, engolido até o ombro. Max emitiu um rosnado baixo de alerta.

Gideon retirou a mão, estendendo-a para afagar o queixo do amigo.

— Por que você não fica aqui? — sugeriu Gideon. — Volto para te buscar em mais ou menos uma hora.

Max choramingou baixinho.

— Pode deixar, vou tomar cuidado — garantiu Gideon. — Você está parecendo o Nico, sabe.

Max latiu.

— Está bem, retiro o que disse.

Com um revirar de olhos, Gideon se ajoelhou na praia e submergiu a mão outra vez, agora se inclinando para dentro da areia até que ela tomasse conta de seu corpo e ele deslizasse por inteiro para o outro lado. Instantaneamente houve uma mudança na pressão, de alta para baixa, e Gideon se viu indo de encontro a ainda mais areia, caindo do céu nas colinas ondulantes de um deserto árido.

Ele caiu de cara na areia, conseguindo cuspir um pouco dela e se recompor. Tendo sido exposto a alguns de seus muitos presentes menos agradáveis, Gideon não era o que pode se chamar de amante da natureza. Havia coisas piores que areia? Sim, definitivamente, mas ainda assim Gideon considerava razoável achar seus efeitos ofensivos. Já a sentia por toda parte, no contorno de suas orelhas e em seus dentes, assumindo residência nos regatos de seu couro cabeludo. Não era ideal, mas, como sempre, não havia motivos para se desesperar.

Gideon se arrastou até ficar de pé, com dificuldade para manter o equilíbrio na faixa infinita de areia que subia até o topo de suas panturrilhas. Em seguida espiou as dunas, se preparando para algo. O que seria, ele não fazia ideia. Toda vez era diferente.

Um zumbido na orelha direita o fez se virar de repente (ou pelo menos tentar) com um grito, se defendendo de uma ameaça invisível. Devia ser só um mosquito, e Gideon não ligava para insetos. Outro zumbido, que ele imediatamente espantou, dessa vez sentindo uma pontada de agulha no antebraço. Um vergão já estava começando a aparecer, uma lágrima grande de sangue subindo da perfuração. Gideon inspecionou a ferida com mais cuidado, retirando um exoesqueleto de metal, um ínfimo vestígio de pólvora.

Nada de insetos, então.

Saber que tipo de obstáculo vinha a seguir trazia um alívio ambíguo, porque significava que Gideon então tinha tanto a habilidade quanto a necessidade de planejar sua defesa. Às vezes, entrar nesse subconsciente particular era uma questão tática. Às vezes havia combate. Outras vezes, labirintos. Em uma ocasião ou outra, salas trancadas, perseguições e lutas. Estas eram preferíveis, devido à geral proficiência de Gideon (até então) em enganar a morte e todos os seus cavaleiros. Em alguns casos, tratava-se apenas do esforço da empreitada, da contenção, uma questão simples mas terrível de resistência. Gideon não podia morrer nos sonhos — ninguém podia —, mas podia sofrer. Podia sentir medo, ou dor. Às vezes, o teste se tratava de cerrar o maxilar e aguentar o tranco.

Aquele sonho, infelizmente, seria um desses.

Quaisquer que fossem as armas pequeninas que estavam sendo disparadas em sua direção, agora eram pequenas demais para desviar e rápidas demais para combater — provavelmente nada que pudesse existir na Terra ou ser operado por humanos. Gideon aceitou os golpes inescapáveis e mergulhou para dentro do chicotear do vento, fechando os olhos para se proteger da areia. Ela se misturava às suas feridas abertas, o sangue escorrendo por seus braços. Não conseguia abrir os olhos completamente, mas identificou as manchas vermelhas, luminosas e relativamente benignas, mas ainda assim feias, como vestígios de lágrimas nas estátuas de mártires e santos.

Fosse lá que telepata havia instalado aquelas proteções era, sem sombra de dúvida, algum sádico da mais alta e perturbadora ordem.

Algo perfurou o pescoço de Gideon, se cravando em sua garganta, e sua traqueia foi instantaneamente comprometida. Engasgando-se, ele se apressou para aplicar pressão no ferimento, ordenando ao corpo que se regenerasse mais rápido. Sonhos não eram reais, o dano não era real. A única coisa real era seu esforço, e isso ele daria sem questionar. Isso ele sempre daria, sempre, porque nas cavernas mais profundas de seu coração, Gideon sabia que era justificado. Não era apenas justo, mas um dever.

Os ventos aceleraram, a areia secando seus olhos e lábios e se aderindo ao suor nas dobras de seu pescoço, e Gideon, invocando os volumes de sua dor, botou para fora um grito. Do tipo primitivo. Do tipo que significava que quem gritava estava desistindo, cedendo. Ele gritou e gritou e tentou, de algum lugar dentro de sua agonia, oferecer a rendição adequada, a senha secreta. A mensagem certa. Algo como *vou morrer antes de desistir, mas tudo dentro de suas proteções está a salvo de mim.*

Sou apenas um homem tomado pela dor. Sou apenas um mortal com uma mensagem.

Provavelmente funcionou, porque assim que os pulmões de Gideon se esvaziaram, explodindo com súplica e esforço, o chão cedeu. E então ele caiu com um som estrondoso de sucção antes de ser entregue, misericordiosamente, à súbita desocupação de um quarto vazio.

— Ah, que bom, você apareceu — disse Nico, com um alívio palpável na voz, se pondo de pé e se aproximando das barras das proteções telepáticas que os separavam. — Acho que eu estava sonhando com uma praia ou algo assim.

De forma instintiva, Gideon olhou para os braços em busca da evidência de sangue ou areia, se entregando a uma respiração-teste para conferir os pulmões. Tudo parecia estar em ordem, o que significava que ele havia entrado nas proteções da Sociedade Alexandrina pela centésima décima oitava vez.

Cada vez era um pouco mais atemorizante que a anterior. Cada vez, no entanto, valia a pena.

Nico sorriu, se recostando nas barras com seu olhar presunçoso de sempre.

— Você parece ótimo — observou ele, com malícia. — Está bem descansado, como sempre.

Gideon revirou os olhos.

— Bem, estou aqui — confirmou, e então, porque era o que Gideon viera fazer, adicionou: — E acho que posso estar perto de encontrar Libby.

O PARADOXO:

Se poder é algo a se ter, então também é algo capaz de possessão. Mas poder não é discreto em tamanho nem em peso. Poder é contínuo. Poder é parabólico. Suponhamos que você receba algum poder, que então aumenta sua capacidade de acumular mais poder. Sua capacidade de acumular poder aumenta exponencialmente em relação ao verdadeiro poder que você ganhou. Portanto, ganhar poder é estar cada vez mais sem poder.

Se quanto mais poder alguém tem, menos poder esse alguém tem, logo quem é que possui quem?

I

TORPOR

I

· LIBBY ·

Assim que Ezra Fowler a deixou ali, duas coisas ficaram claras.
    A primeira era que o quarto — com a cama feita, as roupas minuciosamente dobradas e a pilha organizada de comida industrializada — era destinado para alguém viver nele por meses, talvez anos.
    A segunda era que Libby Rhodes era a pessoa destinada a ocupá-lo.

· EZRA ·

Ela o perdoaria, pensou Ezra.
    E, mesmo se não perdoasse, a alternativa ainda era o fim do mundo pelas mãos de Atlas Blakely.
Então talvez fosse melhor não pedir perdão.

II
INICIADOS

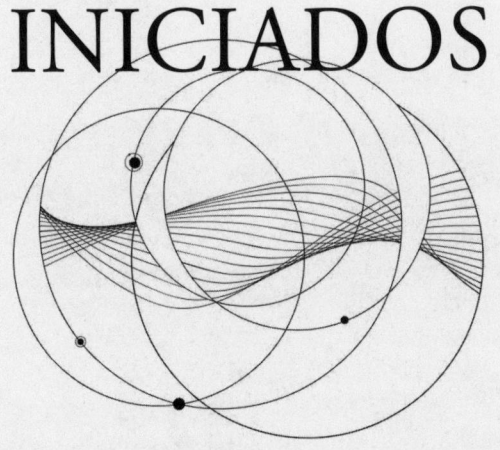

· REINA ·
ONTEM

Fazia quase um ano desde o dia em que seis deles haviam colocado os pés na mansão da Sociedade Alexandrina e recebido a ardilosa promessa de poder. Todo o conhecimento do mundo sob um único teto. Uma vida inteira de prestígio, para coroar o privilégio de ter acesso aos maiores segredos do universo.

E tudo que eles tinham que fazer era sobreviver a um mísero ano até a data em que seriam iniciados.

Havia unidade nisso — bem como houvera durante o ano no qual eles tinham sido modificados, transformados e mudados. E assim, onde antes havia seis, agora havia, irreversivelmente, um.

Ou algo assim.

Reina deu uma olhada ao redor do cômodo e se perguntou quanto tempo a unidade deles duraria. Menos de uma hora, concluiu. A energia da sala já começara a mudar quando Atlas Blakely, o autoproclamado Guardião, passou em silêncio pela porta da sala, observando-os.

Ao lado de Reina, Nico de Varona estava, como sempre, inquieto, olhando para Atlas e então encarando alguma outra coisa. Atrás deles, Tristan Caine estava taciturno. Olhando de soslaio, Reina viu as feições de Parisa Kamali permanecerem placidamente imutáveis ao ver o Guardião, enquanto Callum Nova, atrás de Parisa, nem mesmo notou a presença do homem. Callum mantinha-se a certa distância dos outros, o queixo um pouco projetado para a frente, como se para indicar que a mente estava ocupada com outros assuntos.

— Tentem pensar em tudo que virá a seguir como sendo um jogo — sugeriu Dalton Ellery, o pesquisador de óculos que naquele momento fazia o papel de concierge da iniciação.

Ele assentiu na direção de Atlas, e então continuou a falar com os outros cinco, todos de pé na frente de uma estante de livros, esperando, enquanto Dalton direcionava a atenção do grupo para o centro da sala.

A sala pintada fora esvaziada, restando apenas uma série de cadeiras comuns de mesa de jantar. As cinco peças, colocadas a vários metros de distância uma da outra, estavam todas voltadas para dentro de um círculo cujo centro até então não continha nada ou ninguém.

Àquela altura, a perda do sexto membro deles já não era mais novidade. No entanto, ainda era perceptível. Como um antigo ferimento de guerra que doía apenas quando chovia, o vazio criado pelo cantarolar de Libby Rhodes e de sua costumeira agitação parecia assombrar o espaço entre os cinco iniciados, uma presença implícita que existia apenas nas promessas que eles haviam feito uns para os outros. De algum lugar entre as tábuas do assoalho, a ausência dela pulsava.

— Vocês chegaram até aqui — prosseguiu Dalton, adentrando o centro do círculo vazio —, e não estão mais sendo testados. Não há aprovação ou reprovação. No entanto, sentimos a obrigação ética de avisá-los de que, embora estejam seguros de danos físicos, isso não garante seu conforto durante a cerimônia. Vocês não vão morrer — garantiu ele. — Mas todos os outros resultados são plausíveis.

Ao lado de Reina, Nico se remexia com apreensão. Tristan cruzou os braços com mais força, e Parisa olhou de relance para Atlas, perto da porta. A expressão dele não mudara.

Ou talvez tivesse mudado. Era possível que fosse coisa da cabeça de Reina, mas a expressão costumeira do Guardião, sempre de uma atenção cordial, parecia um pouco mais dura que o normal. Fixa, numa maneira que sugeria curadoria.

— *Todos* os outros resultados são plausíveis? — quis saber Callum, lançando no espaço vazio a dúvida coletiva. — Ok, não vamos morrer, mas podemos acordar transformados numa barata gigante?

(— Besouro — murmurou Reina, e Callum a ignorou.)

— Não é um resultado conhecido, mas também não é tecnicamente impossível — respondeu Dalton.

Houve outra mudança intangível entre os que em breve seriam iniciados. Nico, sentindo a abertura para a discórdia, olhou para Reina antes de dizer:

— A iniciação significa mais acesso, certo? E claramente nós fizemos escolhas para chegar aqui. — Com cuidado, Nico direcionou seu comentário para todos os presentes, e não para um candidato específico, embora tenha se demorado um pouco em Atlas antes de se voltar para Dalton. — Acredito que o fator intimidação não seja mais necessário, concorda?

— É apenas um aviso — insistiu Dalton. — Perguntas?

Várias, é claro, mas Dalton não era conhecido por ser solícito. Reina deu uma olhada rápida em Parisa, que era a única pessoa no recinto que saberia se havia algo de suspeito. Ela não parecia preocupada. Não que Reina tivesse o hábito de ficar tensa o tempo todo, mas com certeza não perderia tempo sentindo medo se Parisa não se desse ao trabalho primeiro.

— A cerimônia de iniciação requer que vocês deixem este plano — continuou Dalton. — As restrições de sua transição serão definidas individualmente.

— Será tudo dentro da nossa cabeça? — perguntou Tristan, com rispidez.

Uma pontada de desconforto se manifestou no rosto de Nico. Desde que presenciaram a morte de Parisa pelas mãos de Callum, todos tinham — mas não Parisa, ironicamente — ficado assustados pela perspectiva de falsificações telepáticas.

Dalton fez uma pausa.

— Não — respondeu —, mas também, sim, com certeza.

— Ah, que ótimo — comentou Nico, baixinho, para Reina. — E eu achando que Dalton talvez fosse inútil...

Mas, antes que Reina pudesse responder, Parisa disse, com cautela:

— O que exatamente a gente vai fazer no plano astral da Sociedade? E não, isso não me dá qualquer vantagem — acrescentou ela, interrompendo as perguntas com uma olhada impaciente pela sala. — Se houver restrições, então eu também estarei restrita — disse ela, com firmeza, para Reina, que decerto não era a única pensando nisso. — Só porque é dentro do reino da minha especialidade não quer dizer que terei qualquer vantagem significativa.

Reina desviou o olhar. *Alguém ficou magoada*, pensou ela na direção de Parisa.

Sentiu a postura de Parisa mudar em resposta. *Não gostei da acusação.*

Agora você liga para o que eu penso?

Parisa não respondeu. Do canto distante da sala, a figueira dentro do vaso riu sem se conter.

Dalton pigarreou.

— O ritual de iniciação não é um segredo...

— Que encantador — murmurou Tristan. — Algo novo e diferente.

— ... é apenas uma simulação — concluiu Dalton. — Dentro dela, vocês vão encarar uma projeção de outra pessoa da sua turma de iniciados. Não como ela é, mas como você a percebe.

Ele fez uma pausa para observar as expressões dos presentes, que variavam de indiferença óbvia (Callum) a ambivalência resignada (Nico). Se alguém sentiu algum incômodo, não estava disposto a mostrá-lo. Quanto a Atlas, o Guardião apenas levou a mão ao queixo e coçou. Parecia uma coisa estranha de se notar, mas Reina teve certeza de que o terno dele parecia mais escandalosamente imaculado que o normal. Extremamente bem passado demais, como se ele soubesse que alguém ia prestar atenção. Ou talvez fosse apenas um truque da luz.

— Não se trata de um teste do que vocês aprenderam — complementou Dalton. — Isso nem sequer é um teste... Se algo, é uma mera formalidade. Pelo último ano vocês estudaram o que lhes pedimos. Em breve, vocês terão o direito de fazer solicitações aos arquivos, trilhando quaisquer que sejam os caminhos apontados por seus estudos. — Reina sentiu uma calafrio, oportuno e profético. — Como membros iniciados da Sociedade, o conteúdo da biblioteca pertencerá a vocês para que dele desfrutem e para o qual contribuam como bem entenderem, até que suas obrigações com os arquivos tenham sido cumpridas e seu mandato esteja no fim. Vocês conquistaram seus lugares aqui, mas toda ponte tem dois lados. Cruzem-na.

Ele tirou um arquivo do ar, pegando-o como se tivesse sido jogado do alto.

— Vamos começar do mais jovem ao mais velho, o que significa que o sr. de Varona vai primeiro.

Dalton olhou para Nico, que assentiu.

Nico sempre seria o primeiro. Ele era desse jeito, afobado. Sem Libby para balanceá-lo, não havia nada para moderar sua imprudência. Nada para ancorá-lo.

Nico não era o único se sentindo desequilibrado. Sem Libby Rhodes, todos estavam um pouco diferentes. Sem que percebessem, a jovem se estabelecera como o "mas" na consciência coletiva deles, a bússola moral do grupo. *Mas e se isso acontecer, mas e se algo der errado, mas e se alguém se machucar.* Os efeitos do estirpamento de Libby da anatomia deles enquanto grupo parecia imperceptivelmente agravante, como uma infecção que passara despercebida. Eles podiam seguir em frente sem ela, claro, mas com o tempo a perda certamente se provaria significativa. Sangramento interno vagaroso, a intoxicação de um rim. Uma pequena perfuração em algum lugar de um pulmão até então saudável.

Uma samambaia enclausurada soltou um suspiro de *ruínaruínaruína*, um comentário que só Reina podia ouvir e que, sinceramente, não apreciou.

— Muito bem. — Nico deu um passo na direção de Dalton. — Para onde vou?

— A lugar nenhum. Sente-se. — Dalton gesticulou para as cinco cadeiras, conduzindo Nico a uma que ficava aproximadamente às doze horas. — Todos vocês. Em ordem — explicou ele.

Eles se sentaram. À direita de Reina estava Tristan; à direita de Tristan, Callum; à direita de Callum, Parisa. Nico fechava o círculo à esquerda de Reina.

Houve um breve momento, depois de cada um se sentar, no qual todos se prepararam para algo — algo que caísse do teto ou se erguesse do chão. Não aconteceu nada do tipo. As plantas na sala se arrepiaram e bocejaram, Atlas se sentou entre as estantes ao fundo, fora da visão de Reina, e Dalton tomou seu lugar atrás da cadeira de Nico, com a prancheta em mãos.

Nico, inquieto, olhou primeiro para Reina e então rapidamente para trás.

— O que exatamente devo fa...

— Comece — ordenou Dalton.

A cabeça de Nico se lançou para a frente — arrebatada como um fósforo, um interruptor corpóreo —, enquanto a consciência o abandonava. O ar na sala estalou por um momento com a estática — com magia ou vida, ou alguma onda intangível do próprio Nico. A energia estranha arrepiava a pele deles, eriçava os pelos dos braços, da nuca.

Em questão de segundos, a sensação de eletricidade desenfreada havia cessado, se tornando uma condensação palpável. A princípio, uma névoa fina, e então uma nuvem, depois, como o movimento de um chicote, uma imagem espectral de Nico se levantou do centro do círculo. Sua recriação da sala cobriu os iniciados quando ele se levantou, já que projetara o arranjo comum dos móveis: a mesa ao lado da estante, o sofá diante da lareira. Ele parecia incapaz de ver as outras pessoas sentadas em círculo ao redor da sala. Na projeção, era meio-dia, e o calor do sol emanava das janelas. As cortinas estavam abertas, o clima lá fora um contraste claro e brilhante à escuridão do verão úmido da realidade física deles.

Pelo canto do olho, Reina viu Tristan se inclinar à frente, envolvendo os joelhos com uma apreensão que parecia repulsa.

— A gente vai conseguir assistir aos rituais de iniciação dos outros? — perguntou ele.

— Vai — respondeu Dalton e, bem quando ele falava, uma versão espectral de Reina se materializou do lado oposto da projeção de Nico, que sorriu.

— Excelente — disse Nico, desanuviando os móveis da sala projetada com um gesto da mão.

Como toda magia de Nico, era difícil ver na sequência adequada. Houve um simples pestanejar, e então todos os móveis se posicionaram pelo perímetro da sala, como se essa fosse sua disposição costumeira.

Nico estendeu uma das mãos, oferecendo-a à sua projeção de Reina. Era como o começo de qualquer luta. Mesmo agora, depois de um ano de combate recreacional, eles ainda começavam todos os treinos daquela forma.

Do outro lado da projeção translúcida, Reina flagrou Parisa revirando os olhos. *O que foi?*, exigiu saber Reina.

Os olhos escuros de Parisa encontraram os dela. *Se eu quisesse passar meu tempo vendo vocês dois agirem como crianças, já teria feito isso.*

Mas, mesmo antes que Parisa tivesse completado o pensamento, a projeção de Reina já havia se lançado para a frente. A cabeça de Nico se moveu para o lado enquanto ele dava um pulo e desferia um soco em linha reta, testando o alcance. A Reina real teria sabido que aquilo ia acontecer (e provavelmente teria feito o mesmo), mas a projeção dela desviou do soco como se o movimento tivesse sido feito com muita força. A mão dela baixou o suficiente para que Nico desse um tapinha inofensivo em sua bochecha. Um aviso, um lembrete para manter os pés leves.

A projeção de Reina iniciou uma série de socos: um, dois e então um terceiro, depois um quarto, que Nico bloqueou com a mão direita, agarrando a adversária pelo antebraço. O movimento fez a projeção de Reina despencar para a frente, desequilibrando-a, e Nico aproveitou a vantagem para mirar um gancho na lateral da cabeça dela, golpe que Reina bloqueou com o antebraço em vez de rolar por baixo. *Péssima escolha*, pensou, fazendo uma careta. Seu eu projetado conseguiu prevenir a maior parte do impacto, mas ela ainda foi atingida por pelo menos metade da força do golpe, senão mais.

Nico e a projeção de Reina se encararam, andando em círculo, testando o jogo de pés um do outro. Nico golpeou até chegar ao alcance dela, então facilmente se esquivou de um gancho de Reina quando a projeção mordeu a isca. O punho de Nico atingiu a lombar da projeção de Reina enquanto ele, com primor, deslizava para longe. Ela respondeu com um golpe cego na direção da cabeça dele, atingindo a ponta da orelha. Nico riu. A projeção dela, não.

Parisa de repente se endireitou, um pensamento fazendo-a franzir a testa.

Ah, então do nada você está interessada em estratégias de combate?, Reina fez uma careta de deboche na direção dela. De onde estava sentada, a jovem não conseguia ver Atlas — o Guardião estava escondido por uma das muitas estantes da sala —, mas tinha a impressão de que ele também havia percebido.

Parisa lançou a ela um olhar irritado. *Ah, tenha paciência. Isso não é combate. Como sempre, você não está entendendo do que isso se trata.*

E do que aquilo se tratava? Era tudo tão obviamente inútil. Reina podia testemunhar aquele exato cenário na vida real a qualquer hora — embora, se pudesse escolher, não o fizesse. Era desconfortável assistir a si mesma lutar, ainda que apenas pela estranheza de ser forçada a observar suas falhas de sempre. Ali, à vista de todos, suas fraquezas pareciam mais exageradas que o normal. Para Nico, cada movimento era fluido e natural. O ritmo dele — a órbita de espaço dele — era sempre leve e nunca congelado. Ele nunca estava no mesmo lugar duas vezes. Reina, pelo contrário, parecia entroncada e imóvel, um penhasco sendo atingido com constância pela onda de Nico. Reina se viu desviando o olhar da projeção do ritual repetidas vezes — embora, ao fazer isso, tivesse percebido que a atenção de Parisa ainda estava focada em sua projeção.

O que exatamente isso aqui tem de tão interessante para você?, perguntou Reina, irritada, e Parisa a encarou do outro lado do combate simulado, tão irritada quanto.

Você não entende? Isso é uma projeção do que ele pensa de você, explicou Parisa na cabeça de Reina.

Reina pensou ter visto Parisa olhar na direção de Atlas. Se o fez, no entanto, foi breve e discreta. A principal preocupação de Parisa era a projeção de Reina, não Atlas — que sem sombra de dúvida era o fator mais desconcertante do recinto. Se era Reina quem atraía as atenções de Parisa, algo estava errado. (A figueira dentro do vaso concordou.)

E daí?, pensou Reina.

E daí que, para começo de conversa, ninguém disse que a gente não podia usar magia, mas Nico não está usando... nem a versão dele de você. Um sorrisinho se formou nos lábios de Parisa. *E eu não sei se você percebeu, mas ele não parece te achar nem um pouquinho ameaçadora, não é?*

De novo: *E daí?*

Por um ano, nós recebemos a tarefa de matar alguém. Só recentemente descobrimos quem poderia ser. Parisa indicou com o olhar a forma dançante de Nico. *Me diga, ele parece alguém que considera você uma ameaça?*

A projeção de Reina cambaleou, presa numa das armadilhas típicas de Nico: um soco que a distraiu, fazendo-a não ver o gancho vindo de sua lateral.

Ele havia lançado um cruzado de direita e então um soco no queixo que ela não conseguiu bloquear. Tudo isso eram erros, mas especificamente erros de *Reina*. Eram erros que ela cometera antes.

Ah, agora você vê, observou Parisa, com uma satisfação ávida e perturbadora. E, embora Reina se esforçasse ao extremo para se livrar de quaisquer comentários intrusivos em sua mente, Parisa passava como ruído branco, estática.

Ele acha que você é vulnerável.

E então, mais enfaticamente:

Ele acha que você é fraca.

Reina sentiu um calafrio e se forçou a não pensar em nada, invocando a punitiva música chiclete de um velho comercial de pasta de dentes de sua juventude. O sorriso de Parisa se tornou um sorrisinho de *touché, babaca*, e então a atenção dela mudou de foco, sem dúvida para outro jogo amador de psicanálise. A projeção de Reina desviou de um cruzado de direita de Nico e, em retorno, lidou com ele com um razoável soco duplo, embora ele tenha contra-atacado com uma combinação de socos que ela não foi rápida o suficiente para bloquear. Reina — a *verdadeira* Reina, que estava ficando cada vez mais furiosa — mantinha a expressão impassível, percebendo que Parisa não era a única observando sua reação. Do lado oposto de Nico, o olhar de Callum relanceava furtivamente para o dela, observando-a por um longo e desconcertante momento antes de se desviar.

Reina se perguntou que sentimentos a influenciavam naquele momento. Nunca deu muita importância a essas coisas, com a certeza de ser uma pessoa que não nutria nenhuma emoção específica. (Irritação e impaciência não contavam. Eram picadas de mosquito na escala Richter emocional.) Mesmo assim, se sentia tomada por algo desconhecido, uma comichão contra a qual lutava. Não era angústia, nem medo... e certamente não traição, porque, apesar da alegação tácita de Parisa de compreender cada nuance psicológica da humanidade, ela decerto estava errada com relação a isso.

Embora, como sempre acontecia, ela não estivesse *de todo* errada. Reina, que ao contrário de certas pessoas (Libby) não estava inteiramente sujeita a cada choramingo da própria insegurança, sabia que Nico não a considerava fraca. Na mente do amigo, que Reina já entendia ser um lugar sem lei e abarrotado, ela sabia que *ninguém* era considerado um inimigo forte o suficiente a ponto de Nico tentar destruí-lo. Isto era ao mesmo tempo o charme e a dificuldade dele: a confiança que também era arrogância. Usar isso contra Nico seria entender de forma equivocada quem ele era. Se importar com a arrogância dele seria apenas um exercício de fragilidade emocional e, portanto, uma perda de tempo para os dois.

Mesmo assim, vendo-se através dos olhos dele, parecia que Nico a considerava... previsível. Um tanto inferior. Boa, mas não tanto. Uma impressão que, verdade seja dita, se confirmava em certas áreas, incluindo combate e magia física. Reina jamais fingira o contrário. Seu foco na Sociedade sempre fora o acesso aos arquivos, não as lutas.

Ela havia considerado que sua óbvia ambivalência às próprias habilidades podia ser lida pelos outros como um reflexo de sua própria falta de habilidade? Sim. Mas se fosse Tristan, ou Callum, ou Parisa que a visse dessa forma, poderia não ter importado. Reina, com sucesso, não havia revelado nada de si para eles. Ou para Nico, não de verdade, mas ele passara bem mais tempo com ela do que os outros. Será que o físico não estivera prestando atenção?

Bem naquele momento, a mente de Reina evocou uma lembrança indesejada. Chá com a avó, que acontecera após um jantar especialmente desagradável com a mãe dela. *Algum dia eles vão ver*, dissera Vovó, com uma sutileza gentil que sempre parecera esquecimento, e então com uma banalidade irracional que algumas vezes era conectada à realidade e outras, não: *Algum dia eles vão olhar para você e ver tudo que eu vejo.*

MãeMãe?, perguntou a samambaia no canto, em dúvida.

Reina, apesar de tudo, concordou.

A mãe dela, em quem Reina não costumava pensar e de quem com certeza não falava, tinha sido a filha do meio entre três filhas e dois filhos. ("Uma arruaceira na juventude", a avó de Reina sempre dissera com carinho, como se estivesse se referindo a uma peça de teatro divertida e pouco realista, e não à vida da filha.) Vovó, uma mulher excêntrica que na época já tinha sua estranha inclinação para a gentileza, não quisera que o futuro da filha fosse destruído por uma pequena indiscrição, então aceitou Reina como um ato de aparente generosidade. Em coisa de um ou dois anos, a mãe de Reina estava casada com um empresário mortal, alguém cuja família havia se beneficiado da ascensão dos eletrônicos que abriu espaço para a era medeiana da tecnomancia. Reina sempre pensara nele no sentido formal — o empresário que não tinha nome verdadeiro nem significado fora de sua profissão. Ele não era o pai dela, apenas o homem que vivia com sua mãe depois que Reina nascera. Ele sabia que Reina vivia na casa da sogra apenas porque fazia muitas perguntas a respeito dela. A princípio, ele pensara que a garota era filha de algum dos funcionários, talvez da governanta, e, portanto, alguém que ele poderia vir a controlar. Reina por vezes se perguntava como devia ter sido a conversa que a mãe e o marido tiveram como resultado dessa irônica cadeia de acontecimentos. (Talvez nada tenha sido dito. A mãe de Reina não era de falar muito. Ela tinha o ar de quem vira muito e simplesmente decidira fechar os olhos.)

A questão era que o empresário provavelmente não fora informado a respeito da verdadeira identidade de Reina, porque foi ele quem deu início ao hábito de invocá-la para jantares mensais. Àquela altura, havia outras crianças — que eram, de fato, do empresário —, embora elas, assim como o pai, fossem mortais e não tão poderosas quanto Reina. O homem não era grosseiro. Atendia a ligações na mesa, mas não gritava. Era muito, muito transparente. Durante esses jantares, enquanto ele elogiava o kanji elegante de Reina ou suas boas notas na escola antes de passar para o assunto do naturalismo, a mãe de Reina remexia a comida no prato e botava em prática sua política de não abrir a boca.

De qualquer forma, a mãe de Reina morreu dois anos antes da avó, quando ela tinha catorze anos. No funeral, a mulher foi descrita como uma esposa e mãe dedicada. (Não enquanto mãe de *Reina*, é claro. A garota, por sua vez, ficou sentada na fileira dos fundos, sem chamar atenção, e, se houve qualquer questionamento sobre a quem ela pertencia, ninguém perguntou.) Reina não conhecera a mãe muito bem, mas tinha bastante certeza de que aquele discurso era uma maneira muito triste de sua história chegar ao fim: tudo que pôde ser dito sobre sua vida desinteressante era que ela era proficiente em dois de seus trabalhos. Nenhuma menção a se ela cantava desafinado no chuveiro ou se tinha medo de cobras de jardim, ou a qualquer coisa para dar à falecida uma forma real. Nada.

Pouco depois, o empresário tornou a se casar. A vida, como de costume, seguia em frente.

Lembrar-se era como areia movediça, cada vez mais profunda e inescapável. Reina foi atingida por outra lembrança desagradável, um tremor de repulsa da escuridão de seu subconsciente.

Não muito antes da visita de Atlas, o empresário aparecera por acaso na cafeteria de Reina. Estava com raiva de algo, ocupado falando ao celular. Tão ocupado que, apesar de muitos anos de encontros regulares, falhou em reconhecer Reina. Claro, fazia mais de uma década desde que os dois haviam se visto, mas ela não deixou de perceber a ironia da situação. Uma vez por mês ao longo de muitos anos, ele se sentara diante dela e fingira achá-la interessante. Apenas algumas semanas antes, ele tinha conseguido entrar em contato com a ex-colega de quarto de Reina e pedido a ela o número de telefone da jovem, o mesmo número que, após uma hora e um celular novo comprado, a colega não mais tinha. Naquele dia na cafeteria, no entanto, o empresário estava ocupado xingando alguém, um estrangeiro. O nome soava difícil na língua dele.

— Ele fez uma vez, pode fazer de novo! — gritou o empresário, que mal deu atenção a Reina quando ela lhe entregou o café.

Naquele momento, ela era algo mais que invisível, de certa forma uma dose particularmente amarga de triunfo. Alguma validação para a pior parte de si. A transparência tangível dela era prova de que as coisas estavam exatamente como ela sempre achara que haviam sido.

Reina sempre soubera que o interesse do empresário por ela era regido por algum motivo oculto. Ele certamente não estava atrás da garota porque sentia falta de sua personalidade ou de sua letra. O motivo era o mesmo que fazia os lírios da mãe de Reina se afastarem enquanto o empresário fazia alguma refeição. Quando criança, Reina imaginara que a aversão das plantas ao empresário era um sintoma da antipatia que ela própria sentia por ele, mas havia algo mais específico a respeito dele naquele dia na cafeteria que a fez repensar suas ideias anteriores.

Não, não a respeito dele. *Nele*.

Destruição. Estava claro agora nas recordações dela, como uma fina película sobre as lentes do passado, permitindo que ela revivesse a experiência da infância com outros olhos, de novo e de novo. Era uma percepção óbvia e inevitável nos tons sépia da memória, uma leve camada de pó nos ombros dele, como caspa ou fiapinhos de tecido. Reina sabia que os negócios do padrasto eram muito mais obscuros que os benefícios à agricultura para os quais as pessoas costumavam querer as habilidades dela. Mas tudo que movimentava uma fortuna enorme daquelas era assim. A natureza destruidora de seus negócios permanecia no homem como um perfume particularmente perigoso.

Ela balançou a cabeça, se livrando dos efeitos persistentes da costumeira espiral de vergonha que vinha ao se lembrar de qualquer coisa de seu passado. A questão era que a avó de Reina sempre havia dito que alguém um dia a notaria, e era verdade, ou pelo menos em grande parte, embora não da maneira que ela quisera dizer. Por fim, as pessoas a notaram. O empresário foi apenas o primeiro. De uma maneira sinistra, a atenção era inevitável, porque, em certo ponto de sua adolescência, o que Reina era — o que ela podia *fazer* — não podia ser ignorado, quer alguém escolhesse observá-la de perto ou não. Mas, a essa altura, Reina não queria mais ser notada.

O poder que ela tinha não era apenas grandioso para um naturalista. Ela era, em si, o naturalismo. Isso já deveria ser suficiente para torná-la valiosa, ou pelo menos útil. Mas por que ela precisava provar sua utilidade a alguém? Não pedira pelas circunstâncias de seu nascimento. Nem por seus poderes. Se a suposta família dela não podia lhe oferecer a dignidade da aceitação, muito menos amor, então não merecia os frutos de seu valor. Isso, pelo menos, foi o que Reina disse a si mesma enquanto se sentava diante do empresário durante os jantares mensais.

Com o tempo, se tornou mais fácil negar aos outros o direito de conhecê-la, de olhar por tempo demais para ela. Reina desenvolveu um talento para o isolamento. Não precisava usar suas habilidades ou provar nada a ninguém. Ela sabia que iria acontecer exatamente como a avó dissera: eles a veriam. Eles veriam, especificamente, poder. Oportunidade. Naturalismo irrestrito, magia de uma magnitude sem precedentes. Quando Reina se reconheceu como um objeto — uma ferramenta para os outros usarem quando tivessem perspectiva de lucrar —, ela se esforçou para se isolar, se esconder, para se preservar. Desse modo, nunca passava tempo demais sendo ela mesma onde todos pudessem vê-la, porque isso sempre resultava em sua objetificação sob o olhar ganancioso de alguém.

Nico foi a única exceção. Nico, com quem Reina escolhera passar mais tempo do que com *qualquer um*, alguém que Reina acreditara não querer nada dela. Que raro! Que *bênção*. Só que agora, observando-o lutar com a projeção dela bastante fraca, a arrogância do garoto negou uma das verdades fundamentais que Reina construíra sobre si: que havia algo nela que merecia ser visto.

O princípio fundador da personalidade de Reina era esquivar-se para se autopreservar. No entanto, de maneira intencional ou não, ela havia aberto uma janela para Nico.

Nico havia visto suas fraquezas, inflexibilidades, defesas e falhas. Havia percebido e se lembrado delas. Usara aquelas informações a respeito de Reina — informações das quais ninguém mais recebera o privilégio de chegar perto —, e fizera isso com sucesso. A percepção de Nico em relação a ela era notavelmente medíocre. O jovem não tinha a ambição de se aproveitar dela por qualquer motivo. Para Nico, tudo que aprendera sobre Reina só servia para preservar o próprio ego, para servir aos próprios pontos fortes.

Reina se mexeu na cadeira.

Ah. Então o sentimento que a acometia era decepção.

Na simulação de Nico, a essa altura eles haviam expandido o repertório das artes marciais. Haviam progredido de bloqueios e socos para chutes e agarramentos enquanto a projeção de Reina elevava a dificuldade do combate, talvez escolhendo manobras mais desafiadoras por conta de algum senso de inadequação que Nico atribuiu a ela. (Ou aquilo tinha sido uma projeção da própria Reina? Ela olhou de relance para Parisa, em busca de confirmação, e então se virou depressa, furiosa consigo mesma.) Nico tentou agarrá-la, fingindo tentar dar uma joelhada no rosto da projeção de Reina e, enquanto ela saía do alcance, ele deu um chute rápido na coxa dela e a desequilibrou. Resumindo: a projeção de Reina caíra em mais uma das armadilhas de Nico, e a Reina real, agoniada, sentiu uma pontada de ressentimento. Algo gentil e insistente, como um tentáculo ou uma videira.

(Como, exatamente, Reina era diferente de Nico e do amigo dele, o sonhador? Como Nico falhara em ver que Reina, assim como a pessoa que ele viera ali desesperado para proteger, era outra ferramenta que as mãos erradas desejavam usar? Não que importasse, é claro. Não que ela precisasse que ele, ou qualquer pessoa, enxergasse seu valor. Não que ela estivesse magoada.)

Pelo que Reina percebeu, aquele ritual de iniciação fora feito para punir a pessoa sendo projetada, não a que projetava. Dalton dissera: não há limites. O que significava que Reina poderia ter aparecido num veículo e sequestrado Nico. Ela poderia ter lutado contra ele utilizando magia; poderia ter perfurado o peito dele com um raio. Poderia tê-lo estrangulado com uma planta, e isso estava dentro do reino da realidade. Então o que ela poderia fazer *fora* dele, numa projeção mágica dentro de uma biblioteca mágica, onde a realidade como eles conheciam não existia?

Mas Nico não havia pensado nisso. A possibilidade de ela vencê-lo ou surpreendê-lo claramente nunca nem passara por sua cabeça. E então era Reina que sofria, não ele.

Ela fechou a mão com força, e a samambaia no canto se desenrolou com o som de um chicote estalando, os galhos se esticando como tentáculos. Havia algo crescendo nela agora, se deteriorando. Algo mais suave que traição, mas ainda assim podre, como uma penugem translúcida de mofo no pêssego. Talvez ela estivesse irritada com ele. Era como uma mordida de aranha, algo incômodo, como a insistência de uma etiqueta que coçava ou um inseto zumbindo fora de vista. Talvez ela estivesse irritada pela descoberta de que, aparentemente, Nico de Varona não enxergava nela nenhuma importância.

Na simulação, Nico outra vez chegou mais perto em seus ataques, se emaranhando com a projeção de Reina. Eles lutaram corpo a corpo brevemente antes que a projeção de Reina se livrasse dele, e então Nico, como de costume, dançou para longe dela com uma flutuante série de passos para trás, os olhos brilhando de malícia.

A verdade é que Reina não precisava que Nico a visse de qualquer maneira em particular. Eles eram amigos — ou talvez colegas, nada além disso. Nunca pensara nele de maneira romântica e certamente não de maneira sexual. Ela nunca pensava em ninguém com cunho sexual. Que possuísse quaisquer órgãos sexuais lhe despertava tão pouco interesse quanto teria despertado em qualquer planta que não germinava. E é claro que não haveria motivo para Nico imaginá-la daquela forma, tirando o fato de que os dois haviam passado quase todo o tempo juntos naquele lugar, ainda que aparentemente — *aparentemente* — a única coisa que ele aprendera a respeito de Reina tenha sido a probabilidade de a naturalista ser atingida por um mesmo soco.

Certo. Reina fez uma careta e cruzou os braços. Certamente Parisa tinha plantado aquele pensamento ali, de alguma forma. Reina não teria conjurado algo assim sozinha. Não se importava nem um pouco com a opinião das outras pessoas, e também não precisava do interesse nem da aprovação de Nico. Sim, havia confiado nele mais do que em qualquer outra pessoa na casa e, sim, ela nunca de fato questionara se podia confiar nele. Nico havia contado a ela primeiro, não tinha, sobre as qualificações para a iniciação? O joguinho de assassinato que havia sido deixado para o último instante? E Reina sabia que Nico não a mataria, nem ele havia lhe perguntado algum dia se ela consideraria matá-lo, mas...

Nico lidou com a projeção de Reina com um golpe forte que a fez cambalear, seus olhos turvos.

Ele não havia perguntado, Reina se deu conta. Claro que não. Porque Nico já sabia que ela não o mataria.

Talvez o garoto não a visse como fraca, mas, como acontecia com todos na vida de Nico de Varona, ele sabia que tinha a lealdade de Reina.

(Nico sabia que tinha a dela, mas Reina tinha mesmo a dele?)

Ela se remexeu no assento outra vez, incomodada e repentinamente suspeitando da própria suspeita. Qual *era* o objetivo daquele ritual? Dalton dissera que não era um teste, então qual era o propósito? Era para ser uma revelação — algum pedaço significativo de perspectiva do que cada um deles era de fato — ou era, de alguma forma, uma armadilha?

E se fosse, seria Reina ou Nico quem cairia nela?

A projeção de Reina cambaleou para trás, visivelmente cansada, e Nico parou na mesma hora.

— Você está bem? — perguntou ele.

O físico esquecera a lição que a projeção de Reina lhe ensinara mais cedo: ela não esperaria que alguém lhe dissesse quando começar, não hesitaria para apostar alto. Nico logo abandonou qualquer medo de retaliação, preocupado, como se Reina nunca lhe tivesse parecido uma ameaça.

— Reina, está tudo bem?

A projeção de Reina não contra-atacou. Ela se endireitou e olhou bem nos olhos de Nico.

— Tudo certo — respondeu, fria. Inexpressiva. Mecânica.

(Era assim que ela soava para Nico?)

— A gente não precisa continuar com isso — garantiu ele, com os olhos arregalados, exalando piedade. — Na verdade, nem sei o que estamos fazendo aqui, mas não quero machucar você.

Machucá-la? Como se ela não soubesse o que estava fazendo? Como se eles não estivessem fazendo exatamente aquilo por *quase um ano?* A primeira interação deles fora em combate. Nico não estivera preocupado com ela na época? Ele achava que Reina simplesmente *morreria* se não fosse pela misericordiosa instrução dele?

Não que ela estivesse com raiva, claro.

Do outro lado do círculo, Parisa sorriu para Reina com uma malícia abominável.

— Você não pode me machucar — rebateu a projeção de Reina.

Então pelo menos isso aconteceu. (Mas não havia algo estranho em dizer "você *não pode* me machucar", uma afirmação falsa e um tanto delirante que soava como algo a ser discutido com um especialista, e "você *não vai* me machucar", que pelo menos implicava algum nível de habilidade ao prevenir tal ato?)

(A essa altura, Parisa estava cobrindo a boca para rir.)

— Eu sei — insistiu Nico. — Mas, mesmo assim, não vou.

A imagem deles se deformou, se dissolvendo. Nico acordou com um arfar engasgado, o efeito de sua consciência renovada invadindo-o como água em seus pulmões.

Pela primeira vez, Atlas se pronunciou.

— Sessenta segundos e então passaremos para a srta. Mori.

Dalton assentiu, olhando para o relógio.

Enquanto isso, Reina, virada para Nico, sussurrava tão baixo quanto possível para se fazer ouvir acima da respiração ofegante dele. (Estava claro que o esforço físico da simulação se transferira para o estado físico dele, então pelo menos Nico tivera que se esforçar ao humilhá-la completamente.)

— Você sabia que seria eu? — perguntou Reina. — Tipo, você pensou em mim com antecedência, ou...?

— Você conseguiu ver a cena toda? — perguntou Nico, confuso, mas sem qualquer culpa.

Então ele não estava envergonhado. Isso não era novidade, afinal, Reina o conhecia, mas aquele lembrete insistente estava começando a irritá-la.

— Não, eu não estava pensando especificamente em você — respondeu Nico. — Na verdade, estava pensando em...

Mas Reina não teve chance de escutar o que Nico dizia. Agora, Dalton estava atrás da cadeira dela, e com uma sensação menos imperceptível do que adormecer, Reina sentiu uma parte de si se soltar. Em um momento estivera olhando para Nico, que ainda arfava no meio da frase, e no segundo seguinte viu apenas a abertura de um abismo infinito, que se tornou — depois de outro momento de ajuste — a sala em que estavam.

O ritual estava acontecendo à noite, as cortinas do recinto fechadas, o fogo ardendo na lareira. O ar estava quase encharcado de calor. Pegajoso.

Um robe branco intenso surgiu da escuridão cavernosa.

— Olá, Reina — disse Parisa, num murmúrio baixo.

Merda, retrucou Reina na própria cabeça, e a projeção de Parisa deu um sorrisinho, deixando o robe branco cair.

· TRISTAN ·

— Interessante — comentou Callum, brando, observando o espectro de Parisa de seu vantajoso ponto entre a cadeira dela e a de Tristan.

A projeção de Parisa que Reina havia conjurado estava nua, tendo descartado o robe. Estava exposta por completo, o que aparentemente era uma das possibilidades de iniciação estilo "bem, vocês não vão *morrer*" nas quais Dalton — e, por extensão, Atlas, como sempre com aquele ar sorrateiro e convencido — não sentia a necessidade de interferir.

Tristan, se recusando a tecer qualquer comentário, se afastou de Callum, o que apenas o direcionou de maneira involuntária para Nico. A expressão do físico pareceu ficar tensa por um momento, em conflito — algo hesitando na ponta de sua língua —, mas Tristan logo desviou o olhar. Fosse lá o que Nico queria, era inútil e podia esperar.

A verdadeira Parisa observou a versão dela da simulação de Reina e deu de ombros.

— Meus peitos estão errados — apontou ela.

— Verdade — concordou Callum. — E, se não me engano, esse não é o único detalhe impreciso. — Ele a olhou de esguelha. — Você não tem uma cicatriz no alto da coxa?

Sim, pensou Tristan. Parecia um raio de sol enrugado. A contragosto, se lembrou de passar os dedos nela, alisando levemente as bordas com o polegar.

— É uma queimadura. E você é nojento — disse Parisa para Callum, sem empregar qualquer sentimento em particular na voz.

Callum se afundou mais na cadeira, dando um sorrisinho.

— Agora eu tenho que limitar meus poderes de observação? Você não se dá ao trabalho de escondê-la.

A projeção de Parisa avançou na direção de Reina, que deu um passo para trás.

— Diferente de você — disse Reina para a versão dela de Parisa —, eu não preciso me objetificar só para sentir alguma coisa.

— Verdade — concordou a projeção de Parisa. — Você precisa de bem mais do que isso para sentir qualquer coisa.

— Eita — murmurou Callum.

— Cala a boca — repreendeu a verdadeira Parisa, embora outra vez houvesse algo vago em seu tom. Passivo.

Tristan considerou a possibilidade de refletir sobre isso, mas imediatamente descartou aquela ideia. Fosse lá em que pensasse, Parisa decerto ouviria.

Ela lançou a ele um olhar.

Me entretenha mesmo assim, comentou ela na cabeça dele.

Ele olhou para onde a telepata estava sentada, encarando Reina, os braços cruzados. O traço de divertimento no tom dela tinha sido reservado para os pensamentos dele.

— Parece um pouco fraco, vocês não acham? — Foi o que Parisa comentou em voz alta.

— Por quê? — quis saber Callum. — Porque todo mundo na casa já presenciou isso?

— Não — rebateu ela, com desdém. — Porque Reina vai interromper antes que de fato chegue a algum lugar.

— Fato — concordou Callum. — Mas então por que...?

— Bem, essa é a questão, não é? — interrompeu Parisa.

— Ah... — comentou Callum, assentindo.

Nos últimos tempos os dois estavam fazendo aquilo. Assentindo. Conversando. *Concordando*. Fazia Tristan ranger os dentes. Ele nunca parara para considerar como seria se Callum e Parisa um dia decidissem usar suas habilidades complementares para um mesmo fim, e a conclusão é que seria irritante. Não, perturbador. Além disso, ele tinha certeza de que Atlas o observava, decerto esperando para ver o que faria em sua própria projeção. Sem dúvida seria algo que Tristan já deveria ser capaz de fazer, mas que obviamente ainda não sabia como. Era frustrante.

Tristan se remexeu, cruzando a perna esquerda sobre a direita.

Não. Ruim.

Ele descruzou as pernas, trocando-as. Direita sobre a esquerda. Não. Piorou. Ele plantou os pés no chão antes de perceber uma linha solta perto da manga da camisa. Uma etiqueta que coçava. Além disso, havia uma dorzinha em seu pescoço. Ele levou a mão direita à boca e mordiscou a ponta seca de uma cutícula.

Ao lado dele, a boca de Callum se curvou.

— Interessante — repetiu Callum.

A princípio não dava para saber se Callum queria dizer que a inquietação de Tristan era interessante, que Parisa era interessante ou que a projeção de Parisa feita por Reina era interessante, ou se ele queria dizer o exato oposto e estava extremamente entediado com tudo — embora a possibilidade continuasse a ser a de que, na verdade, Callum *achava* tudo aquilo muito interessante, porque parecia o tipo de jogo que ele apreciava. Uma guerrazinha psicológica, uma diversão inofensiva. Tristan se mexeu outra vez, então percebeu que Callum ainda o encarava.

— O que foi? — murmurou Tristan.

O sorriso de Callum cresceu como a chama de um isqueiro.

— Eu poderia dar um jeito nisso para você — sugeriu o empata.

Sim, pensou Tristan, ele definitivamente podia sentir que Atlas o observava.

Sua comunicação espasmódica com Callum fora estabelecida havia tempo suficiente para que Tristan não precisasse de explicações. Callum queria dizer que conseguia curar a inquietação. A ansiedade. Só falou aquilo para incomodar, claro, porque, na ausência de Libby Rhodes, Tristan obviamente havia preenchido o papel de pessoa mais provável a entrar em combustão espontânea. Talvez ele soubesse o tempo todo, na verdade, que a pessoa mais parecida com Libby não era seu equivalente em Nico, mas aquele traço de inadequação perpétua que ela compartilhava com Tristan. E, ao pensar nisso, a coceira em sua gola piorou.

Ele fechou uma das mãos. E a abriu.

— Pensei que você estivesse me punindo — comentou Tristan para Callum, que deu de ombros. — Agora você quer ajudar?

— É claro que não estou punindo você — disse Callum, tranquilo. — Mas, se estivesse, imagino que isso fosse funcionar direitinho.

Nos últimos tempos, Tristan, o assassino fracassado da casa, vinha tendo devaneios. Fantasias, na verdade. Nas quais não hesitava. Nas quais, pelo bem do grupo, só chegava e matava Callum com a faca na sala de jantar, como tão auspiciosamente fora incumbido de fazer. Um mês se passara desde aquela noite, a mesma noite em que Libby Rhodes desaparecera. Coincidência? Cosmicamente falando, Tristan duvidava muito. Ainda assim, Tristan imaginava coisas. Situações em que, mesmo se seu pior amigo e inimigo mais próximo não *morresse*, então pelo menos *algo* desagradável acontecia com ele. Numa espécie de quase meditação, Tristan se entretinha com pequenos delírios em que se levantava e socava o maxilar de Callum com brutalidade.

Mas, toda vez, imaginava Callum rindo, virando a cabeça, cuspindo o sangue e dizendo algo como: "Então quer dizer que ele não leva desaforo para casa", momento em que Tristan pensaria está bem, me dê a faca, vamos tentar de novo, mas então ele lembrava que não, ainda podia sentir a forma do cabo na mão. Pelo resto da vida ele se lembraria da maciez sob seu dedão, a exata frequência de sua própria dúvida.

De longe, Tristan pensou ter visto Atlas se mexer na cadeira.

— Deixe Tristan em paz — ordenou Parisa a Callum. — Ele está em frangalhos.

— Percebi — respondeu Callum.

— Ajudou muito, Parisa, obrigado — murmurou Tristan.

— Disponha — respondeu ela, o olhar ainda fixo na própria projeção.

Do outro lado da forma inconsciente — bem, *meio* consciente — de Reina, Nico ergueu o olhar e encontrou o de Tristan, questionador. Algo semelhante a *você está bem, meu chapa?* Só que eles não eram "chapas" e, na verdade, Nico não tinha sido muito útil após o desaparecimento de Libby. Porque, ao que parecia, sugerir que todos eles trabalhassem juntos para vingá-la implicava que Tristan deveria ter feito mais, ou se comovesse de maneira mais convincente, ou simplesmente desistisse da vida para assumir o ritual noturno de uivar para a lua, devastado pela ausência da garota. Ou talvez isso só fosse o que o olhar de Nico transmitia para Tristan. É claro que sempre havia a possibilidade de Nico estar sendo solidário, porque Tristan parecia precisar disso. Em vista desse fato, Tristan decidiu que provavelmente poderia se levantar e socar Nico também.

Pois é. As coisas estavam indo bem.

Por sorte, elas não estavam muito melhores na projeção de si mesma de Reina. Ao contrário do ritual de iniciação de Nico, o de Reina mal tinha qualquer movimento. Nenhuma ameaça explícita, nenhuma violência. Provavelmente por isso era tão insuportável. Tristan só tinha que se sentar lá e *assistir*.

— Fala a verdade — pediu a projeção de Parisa. — Você quer saber por que eu não me interesso por você.

— Não — respondeu Reina, o que até Tristan podia ver que era mentira.

— Você me interessa, sim — revelou a projeção de Parisa. — Acha que não vejo que você é poderosa?

— Não preciso que você me diga o que eu sou — retrucou Reina.

— Na verdade, precisa, sim. — A projeção de Parisa fez um círculo vagaroso ao redor de Reina, rondando-a como um gato selvagem. — Você está desesperada para saber. E com medo de descobrir.

— Ela se parece mesmo com você — comentou Callum para a Parisa verdadeira, ao lado dele.

A telepata não respondeu. Tristan podia ver no rosto dela as maquinações que sua mente estava fazendo, as engrenagens girando. Não pela primeira vez, perguntou-se como seria ler os pensamentos *dela*.

Tristan balançou o joelho. E, mais uma vez, cutucou a cutícula. Então se deparou novamente com o olhar questionador de Nico e decidiu que era a coisa que mais o irritava naquele momento. Era difícil decidir, na verdade, diante de tantos motivos para perturbar sua paz. Callum talvez ainda tentando matá-lo. Parisa o acusando diariamente de ter alguma crise existencial aguda. Reina, que pelo jeito não tinha problemas em dizer não para Parisa, tornando-a, muito provavelmente, a pessoa mais poderosa da sala.

Também havia ele mesmo. Tristan, como sempre, estava no topo da lista das coisas que o perturbavam. Parte dele sentia que, em algum registro do universo, o desaparecimento de Libby era sua culpa. Se simplesmente houvesse matado Callum, eles estariam nessa situação? Ele gostara mais do último mês, com Nico, sem precisar dizer uma palavra, jogando nele a culpa pelo desaparecimento de Libby. Sugerindo com o semblante, a entonação e as sobrancelhas que Tristan havia *falhado*. Essa mudança de opinião — com a presunção de que Tristan merecia solidariedade — ou era insuportável ou enfurecedora. Sim, era isso, enfurecedora. Enervante. Aquele era um sentimento familiar para Tristan. Quase reconfortante. Ele praticamente se acalmara com o gosto da coisa. Dane-se Nico. Dane-se Callum. E dane-se Parisa também. E, afinal de contas, dane-se Reina, por que não? Sério, o que ele ainda estava fazendo ali? Eles quase o fizeram matar alguém e, olhe só, ali estava ele, praticamente sendo tratado como uma vítima. Era assim que Callum o chamara: de vítima.

Quer ficar quieto?, disse Parisa. *Estou tentando prestar atenção.*

— Vai à merda — disse Tristan em voz alta, se levantando.

Os olhos de Nico o seguiram. Os de Callum, não.

Dalton, que estava sentado no canto, observando tudo, abriu a boca, e Tristan o cortou:

— Vai à merda, Dalton, eu sei.

E então Dalton não disse nada. E o fato de que Atlas estava na sala não passou despercebido por Tristan, mas, por motivos gerais de retidão, ele estava determinado a agir como se não o tivesse notado.

Observando o holograma de iniciação de Reina, Tristan caminhou para fora do círculo de cadeiras. A projeção de Parisa estava de pé, perigosamente perto de Reina. Perto o bastante para que, se Reina olhasse para baixo, também veria a pele arrepiada no torso nu de Parisa.

— Fala a verdade — disse a projeção de Parisa. — Você está com medo?

— Do quê? — disse Reina, debochando. — De você?

— Você poderia desaparecer nesse instante — murmurou a outra. — Percebe isso? Nada que você fizer causará um impacto. No máximo, vai fazer muito dinheiro para alguém. Provavelmente só vai se transformar num bichinho de estimação decorativo e fofinho. Você não tem medo de mim, Reina, você tem medo de se transformar *em mim* — provocou ela, acariciando a bochecha de Reina com uma risadinha.

Na projeção, as duas tinham a mesma altura. Na vida real, Parisa era substancialmente mais baixa.

— Você acha que o que está fazendo é se rebelar — disse a projeção de Parisa. — Mas não está. Você está só sendo algo *sem importância*.

— O que isso tem a ver com sexo? — murmurou Reina, o olhar fixo à frente.

— Não se trata de sexo — respondeu a outra. — Você sabe disso. Nunca se trata de sexo.

— Então se trata de quê?

A projeção de Parisa sorriu.

— Poder.

Tristan olhou para a verdadeira Parisa, que parecia um tanto atordoada.

— Nesse caso... — disse Reina.

Então ela olhou para baixo, absorvendo a presença da projeção de Parisa centímetro a centímetro.

Catalogando a paisagem que era ela, primeiro com os olhos, em seguida com o mais breve movimento da mão. Ela se mexeu devagar, o olhar pousando na curva do pescoço de Parisa. Houve um silêncio pesado enquanto a projeção de Parisa inspirava bruscamente.

Em seguida, um brilho prateado surgiu entre os dedos de Reina. Uma lâmina fina, pouco mais longa que a palma dela, beijou a extremidade do quadril de Parisa.

Uma faca.

(Um tiquetaquear alongado e distendido do relógio na cornija da lareira.)

Da distância de dias e semanas e pesadelos turvos e recorrentes, Tristan pestanejou com um lampejo similar e engoliu em seco uma dor que conhecia muito bem.

— Há outros tipos de poder — avisou Reina, com suavidade.

E, devagar, ela pressionou a lâmina contra a pele de Parisa.

Parisa deu um sorrisinho, se inclinando à frente para encostar os lábios no pescoço de Reina e, com um rápido movimento para cima, Reina pegou a faca e...

Tristan desviou o olhar, com ojeriza pelo inconfundível som de lâmina encontrando carne.

(Lá estava de novo: o vislumbre frio de metal. O gosto do vinho e da angústia. O momento perfeito se assomando, e então a falha. A batida de seu coração. O relógio na cornija.)

A simulação ficou escura, desaparecendo.

— Sente-se, sr. Caine — disse Dalton.

Tristan, que havia esquecido que estava de pé, olhou para a verdadeira Parisa enquanto o corpo de Reina parecia sair do transe, o ar tornando a preencher os pulmões dela tão de repente que ela se engasgou. Reina levou a mão — vazia, sem nenhuma faca à vista — ao rosto, fechando os dedos levemente na curva do pescoço, como se para conferir se tinha sido real.

(O vislumbre da lâmina dele. A batida de seu coração.)

(Tique.)

(Tique.)

(Tique.)

— Que merda foi essa? — questionou Tristan enquanto os outros se viravam para encará-lo.

Ao menos uma vez, Parisa não pareceu saber o que estava por vir. Provavelmente porque nem Tristan sabia.

Reina franziu a testa.

— O que foi?

— Sr. Caine — advertiu Dalton. — Sente-se.

— A faca — vociferou Tristan, ignorando a centelha de algo na expressão de Atlas. — É para ser algum tipo de piada?

— Tristan — murmurou Callum. Outro tom de aviso irritante.

Reina cruzou os braços.

— Se é uma piada, então qual é a graça? Isso não foi como o que aconteceu com eles dois — adicionou Reina, gesticulando com o queixo para onde Callum e Parisa estavam sentados lado a lado. — Não foi real. E, na cerimônia, eu de fato a adverti.

— Sr. Caine — disse Dalton. — Devo mesmo aconselhá-lo a se sentar.

— Não, não é... Quer saber? Não — disse Tristan, a agitação crescendo. (Tique.) — Você está tentando provar algo para mim? Que eu sou fraco? — (Tique.) — É isso?

Era isso que eles pensavam? Que ele era um covarde? Que, se ele não tivesse feito o que fizera — se não tivesse falhado como falhara —, então talvez a noite, o ano, até a *vida* deles, pudesse ter tomado uma direção diferente?

(Tique. Tique. Tique.)

— Foi você que fez ser sobre poder, não foi? — exigiu Tristan, e Reina fez uma careta de deboche. (*TiqueTiqueTiqueTique...*) — Foi a *sua* projeção. Não foi Parisa quem fez isso — rosnou, gesticulando na direção do centro do círculo onde acontecera o ritual de iniciação de Reina. — Foi *você*. *Você* quem escolheu a faca, então o que está tentando...

— Eles não sabem, *meu chapa* — interrompeu Callum, calmo.

Tão calmo que Tristan colapsou mentalmente em outra imagem de violência improvisada. Chutando a cadeira de Callum e fazendo-a rodar nos malditos pisos eduardianos. Não, *arrancando-o* da cadeira, *depois* girando-a e...

— Eles não estavam lá — acrescentou Callum. — Eles não sabem.

Aquilo atingiu Tristan como a lâmina de uma guilhotina. Reina franziu a testa. Parisa olhou para ele com óbvio constrangimento, ou possivelmente preocupação.

— Sabem o quê? — questionou Nico, em voz alta.

— Beleza — disse Tristan, virando-se para ele, irritado. — E quanto a *você*...

Ele viu de relance os olhos atentos de Atlas e foi tomado por algo parecido com ferro.

— Eu falei para você se sentar — insistiu Dalton, cujas mãos de repente estavam na nuca de Tristan.

No instante seguinte, Tristan cambaleou para a frente, piscando para a luz branca.

— Oi, Tristan.

A visão de Tristan levou um instante para focar. Ele sentiu que havia perdido a estabilidade, tropeçando, movendo-se cegamente para a frente. Ele ouviu a voz, reconheceu-a, e então pensou: ah.

Ah, não.

A imagem dela nadou diante dele, aos poucos mais nítida. O tom do cabelo dela. O formato de seus lábios. Sabia que, de alguma forma, aquilo estava sendo arrancado de sua própria memória, vazando dele como se de uma torneira, e essa era a parte mais incrível. Mais incrível que a possibilidade de que pudesse ser ela de verdade.

Ele não tinha se dado conta da nitidez deslumbrante com que ainda a via.

Da forma inescapável que ele ainda imaginava coisas como os ossos dos pulsos dela.

O ângulo da garganta dela.

A linha da clavícula dela.

O olhar imaculado de desaprovação de sempre costurado na testa franzida dela.

— Rhodes — disse Tristan, devagar. E então: — Você está com uma cara boa.

Os cantos da boca dela se inclinaram para cima e, naquele momento, ele se perguntou se não receberia algo. Absolvição. Por mais falsa que pudesse ser. Ele não poderia ter escolhido aquilo para si mesmo? Um momento de paz.

Mas, não, claro que não. Dalton chamara de jogo, não fora? Talvez fosse para todos os outros. Mas aquilo era a cabeça de Tristan. Aquela era a prisão que sua mente fizera para ele, e nada ali dentro demonstrava qualquer clemência.

— Vai se foder você também — disse Libby, sem emoção, e em seguida disparou uma explosão de chamas da mão estendida.

· PARISA ·

Tristan, bendito seja, se abaixou.

— *Merda* — bradou ele, desviando aos tropeços da ira da Libby Rhodes que ele parecia ter inventado para si mesmo, como se seu próprio tropeço na moralidade tivesse, de alguma forma, sofrido uma influência divina da ausência dela.

Se Parisa estivesse prestando menos atenção ao ritual, poderia ter achado engraçada a absurda interpretação da culpa de sobrevivente feita por Tristan. Mas algo lhe disse que, fosse lá o que estava acontecendo, não era nem um pouquinho engraçado.

Ela olhou para Reina, cuja testa parecia cada vez mais franzida desde que acordara do ritual de iniciação. Era "acordar" a palavra certa? Parecera um sonho? Parisa espalhou um pouco de sua magia, fazendo-a se esgueirar como se por uma fenda.

Mas Reina olhou para ela no mesmo instante, reconhecendo os traços do poder de Parisa em sua mente. *Boa tentativa*, pensou Reina, dando a Parisa um gesto que só podia ser chamado de grosseiro, e de pronto se fechou.

Bem. Era exatamente por isso que Parisa nunca passava tempo demais com ninguém. Mais cedo ou mais tarde, ela podia aprender como outra pessoa pensava. Em outras versões da mesma situação, isso seria chamado de intimidade, ou amizade. Naquela, era um incômodo.

De canto de olho, via o sorrisinho na boca de Atlas.

Você acha isso engraçado?, perguntou ela.

Atlas não respondeu, nem por telepatia nem com qualquer indicação visual de tê-la ouvido. Desde que entrara no cômodo, estivera particularmente estoico, indo ao extremo de se posicionar na sombra de uma estante para manter o mistério. Ela pensou em mexer com os pensamentos dele também, mas sabia que seus esforços seriam desperdiçados. Ele estava mais do que protegido naquele dia, e assim estivera desde o desaparecimento de Libby.

(O que era algo do que se suspeitar, é óbvio. Mas havia um momento e um lugar para tais coisas.)

Parisa voltou a atenção para Reina, que estava emburrada. Algo lhe dizia que a naturalista se sentia constrangida por ter conjurado Parisa, embora isso fosse perda de tempo. Para começar, não era como se Parisa nunca tivesse se visto nua. Em parte porque suas namoradas gostavam de se filmar em várias situações clandestinas, mas também porque, ao contrário do que ela contara às pessoas — ou melhor, ao contrário do que permitira a elas saberem —, Parisa na verdade fizera grande parte de sua renda extra como modelo de arte durante seus anos na universidade. Havia muito ela abraçara seu valor como um objeto de beleza, pouco diferente de uma flor ou uma estátua. Ela aprendera a se posicionar para os melhores ângulos, os olhares mais expressivos, tudo para melhorar a percepção das pessoas sobre si.

Ver-se refletida nos olhos de terceiros não a incomodava nem um pouco. Se algo, dava-lhe mais material com que trabalhar. Houve muitos artistas e estudantes durante aquele tempo, alguns mais ousados que outros, que se aproximaram com o propósito de mostrar-lhe o que haviam visto nela. Ali estava a luz dos olhos dela, e aqui estava a sombra de seus seios. Ali estava o mistério em seu meio sorriso de Mona Lisa, e aqui estava a forma de ampulheta de sua cintura. Para eles, o propósito parecia ser *aqui, encapsulei perfeitamente sua beleza*, mas depois de perceber em vários casos um ou outro detalhe divergente, Parisa aprendera que a visão de outras pessoas a seu respeito dizia bem mais sobre elas do que sobre Parisa em si.

Ela estava bastante acostumada a se ver através do olhar de outra pessoa — o que não era o caso de Reina, que claramente sucumbira ao desconforto de se ver através da percepção de Nico. Será que de fato ela nunca imaginara como os outros a percebiam? Provavelmente não, e era por isso que Parisa estava achando aquela situação tão fascinante.

Na opinião de Parisa, Reina era um caso até que interessante, no sentido de que ela observava a verdade das pessoas com bastante facilidade, ainda que de maneira simplista. Reina definia as pessoas a partir de suas características mais básicas: manipuladoras (Parisa), narcisistas (Callum), inseguras (Tristan) ou leais a algo além dela (Nico). Reina via todos com clareza, mas sem entender de fato o essencial — o *como* ou o *porquê* — e, portanto, esperava que elas agissem com racionalidade, de acordo com seu próprio código de conduta.

Essa era sua ruína, é claro. Reina Mori ainda não tinha percebido que as pessoas tinham a tendência enlouquecedora de serem exatamente o que eram da maneira mais imprevisível e errática possível.

Parte de Parisa lamentava que Libby Rhodes não estivesse ali para experienciar aquele ritual em particular, e só porque Libby ia ficar deliciosamente mortificada por qualquer coisa que visse. Libby não entendia as pessoas, não de verdade. Era por isso que confiava em Parisa, apesar de todos os avisos de que não deveria fazê-lo, e por isso que era cautelosa com Tristan, apesar de ele ser a única pessoa que jamais teria feito algo contra ela. Então era engraçado que, apesar de tudo que Libby Rhodes não sabia ou não entendia, ela ainda estava mais perto de estar certa a respeito de tudo do que Reina jamais estaria.

Com o lembrete da ausência de Libby, Parisa sentiu uma pontada aguda de desconforto. Mesmo após um mês, a ausência da física era uma lembrança desagradável. Como regra geral, Parisa não gostava de lidar com perda. Faltava-lhe qualquer proficiência com a tristeza, então em vez disso sentia frustração, agitação, como um músculo com cãibra em uma das pernas. Em sua opinião, o fato de os outros sucumbirem à tristeza era uma demonstração detestável de fraqueza, mas infelizmente fazia parte do território da humanidade. Ela reconheceu a presença do mal-estar em si mesma, mas não se permitiu de fato senti-lo, sendo pelo menos esperta o suficiente para saber que, se deixasse a tristeza tomar conta ao menos uma vez, o sentimento jamais tornaria a sair dela. Até Callum tinha consciência disso.

De dentro da bolha do ritual de iniciação de Tristan, a projeção de Libby obviamente estava levando vantagem. Estava claro que ele se culpava de alguma forma pela ausência da garota, o que era uma tremenda perda de tempo. Embora, justiça seja feita, Tristan recentemente estava se dedicando demais a tremendas perdas de tempo.

Naquele exato momento, Callum olhou para Parisa, gesticulando para onde a projeção de Libby tinha quase arrancado o olho de Tristan.

— Meio triste isso aí.

Parisa devolveu o olhar, e então reconsiderou, em silêncio, a cena diante deles. Tristan havia tentado um pouco de magia física, que tivera um efeito tão mediano quanto o esperado, considerando que a oponente era uma dos dois físicos mais talentosos de sua geração. A projeção de Libby disparou em Tristan algo bobinho que lembrava fogos de artifício, e seu adversário conseguiu dissipar a bolinha de fogo apoiando-se no chão com uma das mãos.

Sempre ágil, Tristan. Parisa gostava bastante disso nele.

Ela deu as costas para Callum, considerando a expressão alegre do empata enquanto observava as tentativas suaves de Tristan de duelar. Era óbvio que seus sentimentos por Libby eram muito conflituosos para que conseguisse qualquer coisa remotamente perto de um golpe fatal e, nesse sentido, sim, aquela luta era um tanto triste. Mas, de novo, Callum vinha tendo muitas fantasias nos últimos tempos, a maioria delas bem mais tristes que a perspectiva bastante plausível de virar churrasquinho pelas mãos de Libby Rhodes.

Em específico, Callum estivera sonhando. Ainda mais específico, estivera sonhando com a morte de Tristan. Nos sonhos, Tristan sempre morria sob as mesmas circunstâncias. Era meio como estar preso num pesadelo, ou num lapso temporal, com a sala de jantar como palco. Callum tentava diferentes cenários em seus sonhos, testando uma variedade de armas. Atingindo Tristan com um candelabro uma noite; na seguinte, sufocando-o com a almofada acolchoada da cadeira da sala de jantar. Enforcando-o, é claro. Sempre fantasias com um ar meio sexual. Envenenando a sopa dele, o que era ridículo. Todos sabiam que Tristan tinha uma aversão persistente à sopa. No entanto, deixando a metodologia de lado, o que não estava claro era se Callum entendia *por que* estava tendo essas fantasias. Parisa imaginava que não. Callum provavelmente pensava que estava sentindo algo muito masculino e poderoso, como raiva ou traição. Na realidade, porém, ele era infantil, solitário e sozinho.

— Muito triste — concordou Parisa, enfim.

Callum lançou a ela um olhar questionador, e então, sabiamente, desviou.

Tristan ainda duelava com a projeção de Libby. Nico estava inclinado à frente, os antebraços apoiados nos joelhos, atento, como se quisesse recapitular a luta. Os olhos dele seguiam a projeção de Libby enquanto ela se defendia, atacava, cuspia fogo — a visão recorrente e penetrante que ocupava sua mente havia um mês.

Reina, a única interessante que restara, ainda estava bloqueando os pensamentos, o que era irritante.

Você não acha estranho, enviou Parisa casualmente na direção dela, *não ter nenhuma exigência de que a gente ganhe? Não é um jogo de verdade. Só... uma simulação. Então para que serve?*

Reina outra vez fez um movimento obsceno com a mão, e Parisa suspirou por dentro, desistindo. Ela se virou para Dalton, que já a observava.

Daqui dá para ver que você está tramando alguma coisa, pensou ele, telegrafando na direção dela. Era raro que falasse com ela de maneira tão direta enquanto os outros estavam presentes. Na verdade, Parisa não se recordava de uma única vez em que ele tivesse feito aquilo, em especial dada a presença de Atlas na sala. Embora, pensando melhor no assunto, talvez fosse exatamente por esse motivo que ele estava fazendo aquilo.

Eu nunca tramo nada, assegurou Parisa, consciente de que Atlas poderia estar ouvindo. *Nem faço esquemas. Embora às vezes eu conspire.*

Não é nada de mais, disse Dalton a ela, gesticulando com o menor dos movimentos para onde Tristan conjurara um tipo fino de escudo protetor, que se fraturou sob o impacto. *Só mais um ritual.*

Ela olhou para Atlas, que não estava prestando atenção nela ou apenas parecia não estar. *Certamente você não acredita nisso de verdade.*

Não se trata de em que eu acredito, respondeu Dalton. *Se trata do que sei.*

E assim ele também limpou a mente.

Parisa tornou a suspirar. Sem Libby, o equilíbrio de tudo estava muito perturbado. Tristan era o ansioso, e agora, ao que parecia, ela própria estava paranoica. As coisas já estavam se desfazendo entre Nico e Reina, embora, no verdadeiro estilo Nico de ser, apenas um deles parecesse ter percebido. E também havia algo estranho acontecendo entre Tristan e Nico? Talvez fosse o incômodo permanente por terem concordado um com o outro. Faria sentido. Parisa também não havia previsto isso também.

Assim sendo, ela voltou seus pensamentos para a descoberta do "corpo" de Libby Rhodes, que, de acordo com Tristan, não era um corpo, embora, é claro, ninguém mais pudesse ver o que ele via. A não ser Parisa, que tecnicamente podia, mas nesse caso "ver" era uma coisa bem diferente de "entender". Aquela foi a primeira vez que ela estivera consciente de como era ver o mundo sob a perspectiva de Tristan. Em geral, gostava das pequenas incursões caprichosas da observação dele, como ver a verdadeira cor do cabelo de Callum (loiro apenas por uma tecnicalidade) ou seu rosto real (a genética atacaria em breve, talvez no início da casa dos trinta). O que tinha sido perturbador era o puro potencial da percepção dele, e a forma como Tristan era completamente alheio a isso.

A triste verdade era que, ainda que Tristan irradiasse uma fome poderosa, o poder em si sempre parecia fora de seu alcance. Por exemplo, olha só ele naquele instante! Nem sequer era a Libby Rhodes verdadeira, e ele mal conseguia tocar num fio de cabelo dela. Praticamente estava se acovardando com vergonha e culpa. Mas, no quarto, enquanto olhavam para o corpo dela um mês antes, Parisa vira dentro da cabeça dele. Para Tristan, nem sequer era um corpo — nem, como os outros concluíram, uma terrível cena de assassinato, coberta em sangue —, mas sim algo intangível, irreal, um punhado de luzes, como auroras. Observar o "corpo" de Libby Rhodes através dos olhos de Tristan era como olhar por um telescópio para seguir os caminhos de mil estrelas cadentes.

Foi Dalton quem disse a Parisa que a coisa, o corpo — a coleção de estrelas —, era uma animação. Callum confirmara as suspeitas dela: animações parecem uma ilusão, porém contêm mais... substância. Algo que continha uma faísca de vida. O trabalho comum de um animador costumava ser desajeitado, como um dispositivo animatrônico mortal, sem chance de ser confundido com um humano vivo, mas o conceito fundamental ainda permanecia. Animações não eram magia simples, mas magia em si.

Deixando de lado a questão da animação de Libby — e a proficiência de seu criador —, era isso o que perturbava Parisa. Se Tristan podia ver a magia num nível molecular, o que *mais* ele podia ver?

Parisa sabia que existia uma conexão entre Tristan e Libby muito antes de interferir nos dois. Eles tinham compartilhado algo que não podia ser desfeito, algo que os seguia aonde quer que fossem, unindo-os até na ausência um do outro. História fazia isso com as pessoas. Proximidade. Amor em alguns casos; ódio, em outros. O tipo específico de intimidade que significava que todo inimigo um dia fora um amigo.

O que exatamente aconteceu no dia em que encontraram o corpo de Libby Rhodes para fazer Parisa retornar a ele a todo momento? Algo incomodava seus pensamentos, fazendo-os andarem em círculo. Tempo demais com as mesmas pessoas, com as mesmas mentes, e as defesas cada vez mais fortes contra ela estavam reduzindo os efeitos de sua magia, entorpecendo-a. Sentia-se como Callum em seu incansável lapso temporal de sonhos. Qual era a pegadinha? História, moléculas, Tristan e Libby, Tristan vendo o corpo de Libby no chão...

E, então, ela se deu conta.

No quarto de Libby, um mês atrás, Tristan não vira a cena de sua própria perspectiva.

Ele não era a audiência da projeção. Ele estava no palco. Esse era o truque, não? Era isso o que levava Parisa à loucura naquele momento, o fato de que eles performavam para uma audiência que não podiam ver. Mais cedo, Nico conjurara a falsa Reina, Reina conjurara a falsa Parisa, agora Tristan e sua falsa Libby... mas por quê? Essas projeções que estavam criando um do outro não os ensinaria nada sobre seus reais competidores — se é que de fato ainda eram competidores. As opiniões deles a respeito um do outro não eram mais autênticas do que a conjuração imprecisa que Reina fizera dos seios de Parisa.

Mas *era* uma informação valiosa. Não quanto à projeção, mas quanto à pessoa que a conjurava. O que Nico considerara facilmente derrotável em Reina revelou algo a respeito dele mesmo, seu próprio processo, sua magia. Ele mostrara sua cartada, assim como fizera Reina tão logo a projeção de Parisa retirou o robe. Cada iniciado revelava sua própria preferência, o conhecimento imperfeito dos outros, e, se eles ainda estavam competindo até a morte — *estavam?* Supostamente, não, mas mesmo assim —, essas seriam fraquezas óbvias. Fraturas para desfazer o todo. Mas se não havia outras eliminações necessárias, aquele não era um exercício em benefício dos outros quatro.

Então aquele ritual estava sendo feito para *alguém*, o que talvez não devesse ser surpresa. Afinal de contas, a mesma Sociedade que tiraria uma vida podia muito bem comandar uma mente. Parisa deixou o olhar pousar por um instante em Atlas, que permanecia imóvel.

Se os cinco iniciados estavam, àquela altura, se revelando simples padrões de hábito, uma série de comportamentos rastreáveis e observáveis por cada um dos outros, então talvez esse fosse o propósito, o verdadeiro jogo. Talvez a questão não fosse se eles podiam ser derrotados uns pelos outros, mas quão bem podiam ser previstos.

Mas por quem e para quê?

Parisa voltou a atenção para Tristan, nervosa, franzindo a testa enquanto ele mergulhava atrás de uma fumaça conjurada. A projeção dele de Libby parecia mais poderosa do que Parisa imaginaria que ela fosse, e Tristan, pobrezinho, estava em pânico. Ele estava tentando fazer algo, então. Algo que não entendia por completo, pela expressão de concentração e terror em seus olhos. Talvez a Sociedade não ganharia nada dele além de seu senso bizarro de cavalheirismo e sua persistente dúvida em relação a si mesmo.

A projeção de Libby lançou outra bola de fogo, dessa vez roçando no bíceps de Tristan. Parisa se inclinou à frente, franzindo o cenho, enquanto Tristan xingava em voz alta e apagava o fogo com a mão, gritando de novo. Então as chamas eram reais, ou pelo menos reais o suficiente para serem percebidas. Interessante.

— Quais são as regras? — rosnou Tristan, olhando ao redor de dentro da bolha de sua projeção.

Não dava para saber se ele podia ver além da simulação da qual participava, mas, em seu desespero, parecia ter igualado o fato de se apresentar para uma audiência ao direito de ser ouvido. Dalton, que, ao que parecia, não achava aquilo importante, anotou algo na margem de seu caderno.

— É uma pergunta justa — observou Callum, baixinho.

Nico se virou para Atlas, que apenas balançou a cabeça, gesticulando como se para lembrá-los de que era apenas um observador externo e era Dalton quem estava no comando.

— Eu disse as regras a vocês — comentou Dalton, sem erguer o olhar. — Não há nenhuma.

— Um jogo sem vencedores, sem perdedores *e* sem regras? — indagou Parisa, combativa, perguntando-se se Atlas a contradiria.

Ele não o fez.

— Não é uma competição — emendou Dalton. — Apenas um ritual.

Ele lançou um olhar cansado na direção da telepata bem quando Tristan desistiu de receber qualquer resposta, ao que parecia decidindo que era hora de parar de brincar e fazer algo pela primeira vez nos vinte minutos desde que o ritual dele começara.

Era o mais longo em comparação aos de Reina e Nico, o que também era muito interessante. Então a simulação não terminaria até que algo significativo acontecesse — e, pelo jeito, Tristan chamuscar a manga da camisa não contava.

Tem certeza de que ele não pode morrer?, perguntou Parisa a Dalton, em silêncio.

Ele permaneceu inabalável.

Sim, disse ele. *Apenas um dos participantes da projeção é real.*

Sendo assim, apenas uma única pessoa estava usando magia.

A projeção de Libby continuou com a pirotecnia, o brilho da magia banhando a sala em lampejos âmbar e vermelho. Tristan desviou de uma explosão da palma dela, se apressando em buscar sob a mesa uma cobertura contra a chuva de pedras e estilhaços acima. A versão dele de Libby era vingativa. Destrutiva. Ela ergueu a mesa com uma das mãos, varrendo Tristan do chão com uma bela reversão da gravidade. Ele, as cadeiras e os livros nas estantes voaram numa rota de colisão com o teto.

Tristan conseguiu se livrar do aperto da magia dela, o que claramente lhe causou um cansaço substancial. O suor escorria de sua testa, saturando o tecido que se agarrava ao seu peito. Ao se livrar da fúria de Libby Rhodes, ele afundara com força no chão, caindo perto dos pés dela.

— Rhodes... — começou a dizer ele, mas ela não ouviria, não importava quão patético Tristan soasse.

Apenas um breve rolar em direção à estante o salvou de outra explosão terrível, mas as opções de fuga para ele estavam limitadas. As cortinas estavam pegando fogo; o estofado, soltando fumaça. A projeção de Libby deu um passo na direção dele, e Tristan rolou outra vez, dessa vez colidindo com força nos tornozelos dela. Ela cambaleou, mas isso foi tudo.

Um movimento da perna de Tristan terminou de derrubá-la, tirando o domínio dela das forças na sala. A mesa caiu com força, o pé antigo lascando, e Tristan, que rolara de bruços, ficou de pé pouco antes que uma cadeira caísse na localização aproximada de sua cabeça segundos antes. A projeção de Libby virou de costas e arremessou algo que parecia uma onda translúcida em direção à coluna dele.

Tudo indicava que ela atingiu o alvo. Tristan soltou um grito angustiado e furioso, encarando-a exatamente como um homem que havia sido recém-traído. Ela se levantou e ergueu a mão enquanto Tristan, de repente inconsequente, disparava para empurrá-la.

A sala mudou — ou pareceu mudar. Era a projeção de Libby dominando outra vez as forças, alterando a energia no ambiente em seu benefício. Tristan foi derrubado de lado, como uma boneca de pano, até que tornou a se levantar, conjurando algo inacabado que conseguiu pelo menos limitar o contra-ataque dela. A sala estava enfumaçada, escura, meros vislumbres dos dois adversários para a plateia, duas nuvens se separando quando Tristan, ignorando suas limitações mágicas, tirou vantagem da pausa da projeção de Libby para empurrá-la em direção à estante que agora caía. O impacto do corpo dele contra o dela foi quase poético, íntimo, como se ele se lembrasse de cada centímetro da forma dela.

A mão de Libby disparou para se fechar ao redor do pescoço de Tristan. Em resposta, ele deu um riso estrangulado, demente, e arrancou a mão dela com tanta força que ela tombou de lado, se curvando perto da cintura dele. Então a projeção de Libby mergulhou no peito dele, um resplendor de esforço que dava a ela uma expressão febril e deslizava por sua pele. O cabelo de

Libby estava emaranhado, encharcado de suor e encardido de cinzas. Àquela altura, a Libby Rhodes verdadeira estaria exausta, mas aquela era a versão dela de Tristan e, na cabeça dele, a física era incansável, desafiando a todo tempo as próprias limitações. Então talvez ele merecesse voar pelo ar, traçando uma trajetória no formato de uma lua crescente.

A queda dele foi dura, uma batida contra a janela da abside e, quando se pôs de pé, cambaleando, havia cacos de vidro cravados em seus ombros. Ele cuspiu no chão, o sangue escapando do canto da boca.

— Boa menina, Rhodes — disse ele, arfando. — Muito bem.

Ela respondeu da forma que Parisa faria: disparando uma coluna de fogo no peito dele. Tristan usou a mão para desviá-la, o impacto partindo a pele dos nós de seus dedos com um sibilo de vapor. Ele conjurou um caco de vidro, o arremessou e errou. A projeção de Libby desintegrou o caco no meio do ar, os pedaços se transformando em pó, que voou para os olhos de Tristan, cegando-o temporariamente. Ele xingou em voz alta, os olhos vermelhos quando os forçou a se abrirem, e conjurou algo fraco e brilhante. A projeção de Libby desviou o objeto e então contra-atacou com uma explosão que era seu equivalente astronômico. Tristan cambaleou para trás, como se atingido por uma bala de canhão. Enquanto Libby se aproximava aos poucos das bordas externas da abside, pequenos flocos do teto pintado desciam para formar uma auréola ao redor de sua cabeça.

Àquela altura a noite estava caindo rápido. Havia um silêncio perfeito e sinistro dentro da projeção do ritual. Estrelas haviam começado a piscar no céu, indistinguíveis das partículas de cinzas que caíam. Tristan tinha as duas escolhas de sempre: lutar ou fugir. Está bem, uma escolha, considerando como ele fora derrotado severamente. Ele podia fugir. A simulação o seguiria caso fizesse isso? Parisa tinha certeza de que ele não tentaria descobrir. O único movimento da simulação era o ritmo lento dos passos de Libby e o subir e descer fatigado do peito ensanguentado de Tristan.

A projeção de Libby se assomou acima de Tristan, que certamente era capaz de mais na vida real, assim como Libby seria capaz de menos. No mundo do ritual de simulação, a realidade era irrelevante. Tudo que existia ali era o próprio tormento de Tristan, a dor e a culpa que sentia. Parisa se preparou para um impacto terrível (pior do que tudo que aconteceu na cabeça de Tristan definitivamente seria a simulação de Callum, que sem dúvida envolveria o empata fazendo bullying com a versão projetada de Tristan, levando-o à mesma conclusão que Callum sempre induzia quando encarava qualquer incapacitação emocional), e ela quase desviou o olhar quando a projeção de Libby se inclinou para baixo, pegando um caco de vidro que era da extensão e largura de seu antebraço.

Um som esganiçado ecoou da garganta de Tristan. *Desculpe*, era provável, ou *me ajude*, e então ele fechou os olhos. Parisa se encolheu, se preparando enquanto Libby descia o caco. Tristan, ainda de olhos fechados, expeliu algo, o começo de um uivo e...

Houve um tremeluzir na projeção. Como uma falha na simulação. A imagem de Tristan se dissolveu e...

Enquanto Parisa se inclinava à frente, semicerrando os olhos, Tristan arquejou ao acordar dentro de seu corpo, que permanecera no chão onde ele havia caído no começo de seu ritual. Ele arfava, exausto, e, de dentro da simulação, a projeção de Libby se pôs de pé, espiando através da destruição como se de algum lugar, de alguma forma, o resto de Tristan pudesse ser encontrado.

Ele levou um momento para se levantar. Parecia brutalizado e dolorido, embora nenhuma das feridas causadas no ritual aparecessem em sua forma corpórea.

Havia algo estranho naquilo, pensou Parisa, franzindo a testa. Na forma como a simulação terminara. A de Nico terminara com um empate; a de Reina, com — ao que tudo indicava — a morte de Parisa; mas a simulação de Tristan ainda estava acontecendo, sem ele.

Ela olhou para Atlas, que se inclinara um pouquinho à frente.

— Por que a Rhodes ainda está lá se ela matou Tristan? — questionou Nico.

Nos momentos de silêncio que se seguiram, Dalton se levantou, rapidamente disfarçando o que parecia um olhar confuso na direção de Atlas.

— Nada significativo — respondeu ele, por fim, desfazendo a janela deles para a projeção do ritual. — Um lapso, só isso.

Ele estava mentindo. Parisa o conhecia bem o suficiente para saber. Reina olhou de esguelha para Parisa em busca de confirmação, mas a telepata a ignorou, em grande parte para irritá-la.

— Rhodes não matou Tristan — disse Callum.

— A gente não viu Reina matar Parisa — observou Nico. — Mas a simulação deve ter terminado porque era a intenção dela, certo?

Reina o fuzilou com o olhar.

— Nesse caso Rhodes é a projeção, não o projetor — apontou Callum.

— Sim — confirmou Dalton, depressa. Depressa demais. — Sim, exatamente.

— Ah — exclamou Nico, não muito convencido. — Mas...

— Sr. Nova — disse Dalton, se virando para Callum. — Você está pronto?

O que você fez?, perguntou Parisa a Tristan, que a encarou com uma expressão de ressentimento oco.

Como sempre, o interior da cabeça de Tristan era um borrão de fúria estrondosa, ribombando com a mistura usual de ódio, dor e escuridão. Havia algo mais, no entanto. Uma textura que Parisa não reconheceu. Uma fagulha de algo, mais perto de faísca que de chama, a frustração que precede o clímax. Ela viu algo ordenado, quadriculado, acessível a ele apenas no desespero. Cena um, o corpo de Libby Rhodes no chão do quarto dela. Cena dois, o reflexo de Libby Rhodes num caco de vidro caindo.

Era como se, na cabeça de Tristan, a imagem de Libby pudesse, de repente, se transformar em fraturas, granularidades que seguiam um caminho familiar. Parisa conseguia sentir a inautenticidade da projeção de Libby, a pretensão dela, do ponto de vista de Tristan. Eram replicações, aproximações, ondas. Tinham os mesmos marcadores que qualquer outra mancha que Tristan podia ver: as pequenas distorções de magia que cada um usava para esconder suas imperfeições. A energia que explodiu de Nico. As ondas que saíam de Callum.

Tristan podia ver magia em uso; essa parte Parisa já tinha entendido. Mas aquilo — o que ele viu antes de sua iminente morte na projeção — era diferente. Quase um portal de algum tipo, um túnel, como se ele tivesse fechado os olhos e a sala ao seu redor tivesse mudado, se reorganizado. Perdeu sua característica definidora, suas cores, linhas e solidez básica, mas Tristan tinha... *feito* algo. *Movido* algo.

Ele havia *caído através* de algo.

Tempo, pensou Parisa com uma súbita e gritante clareza.

Então piscou, percebendo que o estava encarando.

— O que foi? — murmurou Tristan, ríspido.

Que idiotazinho onipotente. Ela não tinha sido a única a se dar conta. O olhar de Atlas estava fixo em Tristan, o fragmento de um pensamento escorregando momentaneamente pelas rachaduras de sua discrição cuidadosa. Era algo como desespero, só que mais saboroso, mais perigoso. Enrolado em arame farpado, para não ser movido dali. Uma luz no fim de um túnel lúgubre. Algo traiçoeiro como esperança.

No mesmo momento em que Parisa percebeu o que estava acontecendo, Atlas se libertou, lançando um olhar para Parisa, como se de alguma forma soubesse que ela tinha visto. Então *havia* algo para ver. Algum infortúnio terrível havia acometido o Guardião deles, e Tristan era a resposta. Ou pelo menos um sinal.

— Nada, não — disse Parisa, se virando para ver os ombros de Callum caírem para a frente, a projeção perto de começar. — Está tudo bem.

· CALLUM ·

Ele havia se preparado para Tristan, pensando que o jogo — o *ritual* — fosse pura manipulação emocional. Parte dele queria que fosse Tristan. Sentia-se pronto para isso de alguma forma, tendo, àquela altura, revivido mentalmente o dia em que seu único aliado — amigo? Um inútil experimento de pensamento agora — tinha determinado que ele era descartável, ou, no mínimo, alguém melhor se estivesse morto. Toda noite desde então fora passada em infinitos ensaios filosóficos e, portanto, o que Callum faria dessa vez, se tivesse a chance? Podia ser nobre, elevado. Superior. Não, Tristan, eu *jamais* conseguiria. Machucar *você?* Eu prefiro *morrer.* Como você pôde sequer pensar nisso? Que audácia. Et cetera. Seria divertido de um jeito tedioso. Reconfortante, contribuiria para a batalha atual de Tristan contra sua própria inadequação, que lhe servia bem. Os sentimentos de Tristan estavam anuviados agora, e não de uma maneira boa. Tristan havia saído do encontro deles na sala de jantar e nada dissera, colapsando por dentro, escolhendo se sentar sozinho num trono de arrogância autoproclamada que fez de Callum o único vilão da história.

Como se a decisão de Tristan de matar Callum fosse uma traição menor puramente porque o outro mudara de ideia. Como se tudo que Callum um dia compartilhara com Tristan — cada pensamento íntimo, cada confissão privada — tivesse sido falso — ou, se não falso, então tão desprezível que pudesse ser rescindido, desfeito.

No pior dos casos, pensou Callum, teria que encarar Nico no ritual. Tinha pouquíssimo controle sobre fisicalidades e jamais conseguiria competir com qualquer tipo de atividade sísmica, e, para piorar, Nico não tinha traumas emocionais para serem explorados. Havia a ausência de Libby, mas era pouco provável que isso provocaria um colapso. O físico também estava muito certo, de um jeito delirante, de que ela ainda existia em algum lugar, o que não dava vantagem alguma a Callum. Reina pelo menos se agarrava a algo mais obscuro; algo de seu passado ao redor do qual ela cuidadosamente construíra uma gaiola e preservara em gelo. Nico era, por inteiro, futuros brilhantes, um horizonte que reluzia conforme se aproximava.

Então Callum se preparou para o irritante ou o inquietante enquanto a projeção se desenrolava ao redor dele. Esperou um longo tempo, ao que parecia, para descobrir. Tanto tempo que se serviu de uma bebida, se sentando no sofá da sala pintada projetada.

— E então — disse uma voz atrás dele. — Você vai contar a eles ou vai deixar que eu conte?

Callum se engasgou ao ouvir a voz familiar, o uísque em sua garganta fumegando em algum lugar ao redor de seus olhos. Era um tom que ele ouvia com frequência vindo dos confins de sua cabeça, insistente e irritante. Uma fala arrastada, sarcástica e pretensiosa.

— Não vou me demorar muito — disse a projeção.

De esguelha, Callum viu a caxemira cinza-esverdeada.

A favorita de sua mãe.

Ela achava que a cor destacava os olhos do filho.

— Então — disse a projeção dele mesmo, tendo se servido de um copo adicional de uísque e se sentado em frente a Callum. — Vamos ser sinceros um com o outro, que tal?

Houve uma longa pausa enquanto a projeção dele esperava.

Até que bufou.

— Eu tenho que dizer, então? Está bem. Ninguém acha que você deve existir. Muito menos você acha isso.

O uísque queimava no fundo da garganta de Callum enquanto ele ficava cara a cara com a pior possibilidade *de fato*, uma que o empata não havia considerado de antemão: ele mesmo. As ilusões esperadas estavam todas presentes e justificadas, embora parecessem mais imperfeitas que o normal. Os exageros em seu rosto eram insuficientes, tão obviamente falsos que qualquer um podia ver que não era real. Aproximavam-se da beleza sem chegar a alcançá-la, bem parecido com o que o rosto de Callum costumava parecer para si mesmo.

Ele lembrou que Atlas Blakely estava observando e pensou: *Ah*.

O que não mata inevitavelmente vai tentar a próxima melhor alternativa.

— Acontece que eles estão certos, sabe — continuou a projeção dele, cruzando as pernas. — Você não deveria existir. Há algo muito errado com você e, dando o devido crédito, pelo menos você sempre soube disso. — A projeção parou para tomar um gole da bebida, então analisou o silêncio de Callum. — Você vai me fazer parar? Senão — ele avisou —, vão descobrir que você é uma farsa. Não que isso importe. Eles te odeiam de qualquer jeito.

Ele riu a risada odiosa de Callum, tomando o resto do uísque. Soava ainda pior do lado de fora da cabeça dele.

— O seu problema, Callum, é exatamente o que Atlas Blakely disse. Você não tem imaginação — informou-o a projeção, se levantando de súbito. — Sabe cada punição que você já infligiu a alguém? Você faz isso consigo todo dia. A cada minuto. *Sua* dor é crônica. *Sua* existência é inútil. Quando sua consciência falhar... porque vai — adicionou ele, com uma piscadela irreverente e um brinde com seu copo vazio —, será como se você jamais tivesse existido. Assim que seu domínio sobre eles colapsar, não haverá amantes, família ou amigos para pensar com carinho em você. Nenhuma recordação para ninguém conservar além daquelas que você fabricou, as quais se dissolverão em nada assim que você chegar a um fim. Você será esquecido de imediato, e isto, a imensidão de seu poder, a magnitude de suas habilidades — explicou ele, com um sorrisinho, como se sentisse um prazer específico em enfiar aquela faca em específico —, que não é coisa pequena, será eclipsada pela enormidade absoluta de sua inutilidade. Quando você não mais existir, não terá deixado nada para trás.

A projeção de Callum fez uma expressão de repulsa, deixando o copo cair da mão com descuido. Em vez de estilhaçar, se desfez pedacinho a pedacinho, desintegrando-se como faria numa brisa.

— Todo mundo que te olha está testemunhado o resultado de uma tragédia — zombou a projeção. — E mesmo assim nem uma única pessoa ficará triste.

Por um momento, o verdadeiro Callum olhou para o próprio copo.

— Você parece se esforçar para me convencer de algo que não é nenhuma novidade para mim.

— Me esforçar? Não, tudo isso vem muito facilmente para mim — respondeu a projeção dele. Classicamente divertido, como o próprio Callum com frequência era.

— O que você quer, então? — quis saber Callum. — Que eu me autodestrua?

— Claro que não — rebateu o outro. — Você não entende? Eu não *me importo* com o que você faz consigo mesmo. Ninguém se importa. Não me importo se você viver ou morrer. Isso não é óbvio?

— Então como eu ganho? — perguntou Callum, em tom neutro.

— Você não ganha. Isso não é um jogo. Não é um teste. É só a sua vida. — O eu alternativo dele andou inquieto do sofá para a lareira, tocando a extremidade do relógio na cornija. — Não há vencedores, Callum. Não há perdedores. Você entende isso melhor do que qualquer um. Tudo morre. — Ele olhou para trás. — Tudo, cedo ou tarde, termina.

— Eu devo ser a alma da festa — observou Callum, seco.

— Ah, você é — confirmou o eu projetado dele, se virando para encará-lo de novo. — Na verdade, isso é tudo que você é. A alma da festa. Você é fácil, uma representação tão casual do zeitgeist, com seu mal-estar, sua chatice e seu ódio indiscriminado... E isso não é terrivelmente engraçado? — zombou. — Sua indiferença, suas observações do mundo... é tudo muito *divertido*, não é? Ah, as pessoas são terríveis — imitou ele, tocando a sobrancelha falsamente loira com a mão pálida. Embora a projeção fosse Callum, ela usava uma voz petulante e anasalada. — Elas são fracas, falhas e interessantes apenas porque são tão terrivelmente caóticas, e nós as *odiamos,* mas não porque elas são chatas ou previsíveis. — Aquele sorriso, que certamente era o de Callum, fedia a sinceridade. O tom de voz dele ficou baixo, e ele olhou bem nos olhos de Callum, indo direto ao alvo. — É porque, por menor que elas sejam, por mais insignificantes, miseráveis, simplistas e burras que sejam... mesmo assim, elas não te dão nem uma migalha de amor, apesar do quanto você desejaria que dessem.

Devagar, Callum tomou um gole. Estava com a boca seca.

— Mas é claro que elas não te amam — alfinetou o outro ele, rindo. — E mesmo que amassem, como poderia ter certeza de que não foi você quem colocou esse sentimento lá?

Callum entrelaçou as mãos sobre o colo. Parisa devia estar maravilhada com aquela cena. Olhando pelo lado positivo, talvez isso encorajasse as aventuras contínuas de Tristan na decadência existencial.

— Conte a eles como funciona — sugeriu a projeção, um brilho de algo inconsequente em seus olhos, azuis até demais. — Conte a eles como dói. Esta é a sua chance, afinal. — A expressão dele cintilou com malevolência. — Ou você pode contar a verdade. Como você sabe tudo a respeito deles. Como a biblioteca te deu os segredos deles, os fantasmas e as trivialidades. Diga a eles o que você disse a Tristan, independentemente do que aconteceu depois. — Outra risada dura. — Você pode muito bem tentar ser sincero,

Callum, ao menos uma vez. Se alguma vez eles vão te ouvir, tem que ser agora.

Isso era algum tipo de armadilha, é claro. Callum entendia numa maneira profundamente desinteressada que os outros não achavam suas capacidades muito importantes, acreditando que, quando se tratava da magia física, ele fosse limitado. Mas tudo era ao menos em parte físico, não? Eles eram seres físicos, não bolhas amorfas. Estar em dívida com as exigências de um corpo ou com as leis da física era uma questão de transcendência, e transcender naturalmente implicava alguma limitação básica. Era uma verdade incontestável que alguém não podia criar algo do nada, assim como alguém não podia criar nada de algo.

Mesmo quando os outros observavam Callum em ação, eles não tinham como saber o que estavam testemunhando. Por um ano, viram apenas os efeitos — a inquietação de Libby, a destruição de Parisa, o ódio de Tristan; essas eram as únicas coisas que provavam que Callum tinha alguma magia. O resto era apenas uma história que lhes fora contada, circunstancialmente. Para reduzir a ansiedade de Libby, Callum a absorveu. Para amenizar ou alterar a dor de Tristan, Callum tivera que encontrar forças para segurá-la. E quanto a Parisa...

Na verdade, Parisa não tinha sido tão difícil assim de trabalhar quando eles se encararam no ano anterior. No fim das contas, ela não era tão diferente dele próprio, e o que os outros não podiam ver na luta deles era quão pouco Callum teve que provocá-la para encontrar o ponto de ruptura. Os outros pensaram que estavam testemunhando a influência dele quando, na verdade, estavam vendo a versão nua da verdade dela, o tipo de verdade com a qual ninguém podia viver, senão por meio de uma repressão do tipo mais teimoso e proficiente.

A questão era que a magia de Callum tinha seu preço. Para construir o vácuo de espaço necessário para proteger a magia da casa, por exemplo, Callum tivera que se esvaziar. Apenas criar a membrana fluida dentro das alas da Sociedade significava absorver tudo que a ocupara antes. Terror, angústia, desejo, isolamento, inveja, orgulho. O custo desse tipo de magia irradiava através das costelas dele para dentro das barras de sua contenção e, fosse lá o que mais Callum Nova era ou não, ele podia apenas se regenerar num ritmo mortal. Só podia se consertar aos poucos, com o tempo.

Foi Callum que estivera em pedaços, não que alguém fosse saber ou se importar. E não que esperasse que eles descobrissem. Ele preferia ódio a pena, desconfiança a caridade. Esta última era uma gaze sem substância, como estar enrolado numa fina camada de algodão. Uma vagarosa asfixia.

Sentindo a imprudente onda de sentimento que começava a se espalhar por Callum, o eu projetado dele prosseguiu:

— Você acha que eles sabem o que significa amar de verdade? — pensou em voz alta o eu projetado. — Não é a alegria simples do gostar. Na verdade, amar é violento, destrutivo. Significa arrancar o coração do peito e dar a outra pessoa. — Ele deu uma olhada de esguelha para Callum, que o ignorou. — Se importar com alguém ou algo significa, inevitavelmente, sofrer. Afinal de contas, o que é compaixão? — perguntou o eu projetado de Callum, parando como se estivesse prestes a contar uma piada, o que, de certa forma, condizia com a situação. — Sentir os sentimentos de outra pessoa é se exaurir com o dobro da dor — completou, alegre, como se fosse o final de um discurso emocionado. — Todos aqueles insignificantes *desejozinhos*, as irritações de coexistir que você alega odiar tanto. Quando você os altera, eles precisam ir para algum lugar, não é?

— Algum lugar — repetiu Callum. Apenas para ser educado.

— Ah, e é um fardo, claro — garantiu o eu projetado. — As dores regulares do comum e da existência. Querer coisas que não se pode ter, atribuindo a si mesmo um destino que jamais conseguirá alcançar, et cetera, et cetera. É tudo obediência à nossa configuração mental coletiva, um padrão atávico do nosso sangue. Como a migração das baleias, ou aquela tola compulsão de acasalar que temos de tempos em tempos.

Callum olhou para o copo, pensando em se servir outra dose.

— Estou vendo que ser tão cretino assim não parece nos afetar muito — comentou ele.

— Não tanto — concordou a projeção, e então parou. — Você está tentando me influenciar?

— Estou? — Callum flexionou os dedos, se ajustando dentro do desconforto da cãibra que sentia.

Como com qualquer condição crônica, a sobrevivência dele era uma questão de ficar mais confortável, não alguma ilusão vaga de viver sem dor. O truque era gerenciar a situação para que suas consequências não o atingissem com muita força.

— Não vai dar certo — disse a ele seu eu projetado, com um olhar insuportável de condescendência.

— Bem... — Callum invocou a garrafa de uísque em sua direção, acabando com a insubstancialidade risível de seu copo. — Você tem que admitir, valia a tentativa.

A projeção abriu um sorriso sem graça.

— Você contou a eles como aprendeu a usar?

— Usar o quê?

A pergunta era retórica. Callum estava se aproximando de um degrau seguro de ignorância. (Havia muito se acostumara a utilizar um pouco de fingimento com as pessoas normais.)

— Sua magia — disse o eu projetado em tom de zombaria. — Suas... habilidades.

— A empatia é amplamente ensinada — respondeu Callum. — Compartilhar é cuidar e tudo o mais.

O outro eu emitiu um som de desaprovação, impaciente.

— Você está perdendo tempo.

— Estou? — Com a garrafa na mão, Callum gesticulou para a projeção. — Mas me parece que tenho bastante.

— Você sabe o que quero dizer.

— Sim, eu sei. Sei o que todos querem dizer. — Callum deu um longo gole na garrafa, fechando os olhos. — Assim como Parisa sabe o que todo homem pensa ao olhar para ela, independentemente da mentira que ele escolhe contar. Sabe, eu a admiro bastante — adicionou, com uma pitada de sinceridade genuína, afinal de contas, ela estava ouvindo. — Saber o que as pessoas de fato são e não destruí-las é notável de um jeito selvagem. Ela tem um controle excepcional.

Seguindo aquele pensamento, era provável que ele também tivesse que celebrar Reina. Dos cinco, ela de fato era a que mais parecia dominar a arte do desprezo.

— Você sabe como as pessoas são — observou o eu projetado dele. — Não sabe?

Foi outra pergunta retórica e, muito provavelmente, uma armadilha, mas Callum lhe respondeu mesmo assim. Àquela altura, por que não?

— Pensar como outra pessoa pensa e sentir como outra pessoa sente são atividades diferentes. Em matéria de diversão, é um tipo diferente de desafio.

— Porque sentir é menos poderoso do que pensar? — zombou o eu projetado. — Então você nem sequer tem isso para se apoiar.

— Não. Porque sentir é mais humano que pensar — corrigiu Callum, fechando os olhos e soltando o ar. — E, quanto mais humano algo é — murmurou —, mais fraco é.

Silêncio. Depois de um momento ou dois para se deleitar no tédio do exercício, os olhos de Callum se abriram.

O eu projetado o observava.

Esperando.

— Suponho que você queira que eu confesse minhas limitações à audiência? Elas são muito simples — disse Callum, em tom neutro. — São as mesmas restrições de um computador carregando qualquer sistema com aplicações demais para executar. Se for excessivo, a coisa toda trava, falha, dá pau. — Ele se afundou mais nas almofadas, tomando mais um gole da garrafa. — Os limites da minha magia são os mesmos limites do meu corpo — acrescentou, fazendo o que considerava um esforço louvável de se explicar. — É uma questão de escolher entre sentir poder e permanecer vivo.

— Mas você nunca usou seu poder de verdade — lembrou-o o eu projetado. — Talvez você tenha esquecido que sob uma camada de talento natural há alguém muito, muito sem inspiração.

Callum tornou a olhar para os nós dos dedos, contemplando a dor que ainda sentia de tempos em tempos. Em particular desde seu experimento naquela noite, na sala de jantar com Tristan, quando, reconhecia ele, havia reagido de forma um tanto exagerada em nome da discussão, firmando uma posição inútil. Ao submeter Tristan ao melhor (e pior) de suas habilidades, Callum havia amplificado a enormidade de uma vida inteira de dor e depois, de maneira precária, a puxou de volta.

Às vezes usar os poderes daquela forma lhe provocava uma dor física, algo semelhante a uma artrite, embora o mais frequente fosse o enfraquecimento de seu sistema imunológico. Em geral, o esperto a se fazer era se isolar por pelo menos alguns dias, talvez uma semana ou duas. Agora que ninguém aguentava olhar na cara dele, isso seria mais do que possível.

Curiosamente, Rhodes (e provavelmente Varona) entenderia melhor que o restante deles o que Callum enfrentava sempre que sua magia era exaurida. Libby entenderia a natureza da força necessária para se criar ordem no caos. Ela saberia, portanto, o esforço prescritivo que precisaria empregar para aquele nível de implausibilidade termodinâmica, se já a tivesse considerado naqueles termos. A quantidade de entropia revertida por Callum para criar uma emoção que, de outra forma, não existia era física o suficiente. Era energia mandada para fora, caos bem-vindo.

Mesmo assim, alegar a sofisticação de um aríete humano não era exatamente elegante. Decerto não para ganhar alguma batalha impossível pela simpatia dos quatro idiotas que não se importavam se ele vivesse ou morresse.

— Conclua sua ideia — convidou Callum. — Posso ver aonde você quer chegar.

— Conclua você — rebateu a projeção.

Com uma risadinha, Callum fechou os olhos de novo.

— E terminar esta agradável troca?

— Não — respondeu o outro. — Ela jamais terminará. Para o resto deles eu vou desaparecer, é verdade, mas...

De olhos fechados, Callum sentiu a projeção se ajoelhar aos pés dele.

— Eu nunca vou desaparecer de você — disse, em seu ouvido, a própria voz de Callum.

Tão melodramático. A garganta de Callum estava seca, então ele tomou outro gole.

— Diga — exigiu a projeção.

Exausto, Callum suspirou. Como tudo aquilo era cansativo. Não era de se espantar que as pessoas não aguentassem ouvi-lo.

— Você não envenenou isso aqui, né? — perguntou ele, gesticulando para o pouco que restava na garrafa.

— Diga — repetiu a projeção.

Que absoluta farsa em forma de ritual. De que adiantava aquilo, além da humilhação pública? Não havia nenhuma vitória, nem derrota. Não havia nem magia. Havia apenas a imagem dele mesmo e o conhecimento de que, não, ele não queria ter a si mesmo como companhia; que terrivelmente divertido saber isso com certeza. Como se alguém pudesse escolher de bom grado passar algum tempo consigo mesmo. (Isso também era decerto algo que Libby Rhodes entenderia.)

Callum deu outro longo gole, esperando por algum final feliz para a monotonia. Seria tão difícil morrer de uma só vez ali? Ele esperou por uma rápida contagem até três, se perguntando se poderia se forçar a não existir.

Naquele momento, viu o vislumbre de algo. Um clarão diante de seus olhos, como uma súbita mancha de luz estelar. O destino que interveio numa forma familiar em nome dele. Enfim, um favor.

Callum olhou para a faca posta inocentemente sobre a mesa. Ah, então aquela era a escolha. Fale agora ou termine tudo, uma cena muito teatral. Que típico dele garantir que seu único escape seria uma comédia de erros e primorosa dor.

Ele se inclinou à frente, pegando a faca pelo cabo e observando seu reflexo na lâmina. Na luz bruxuleante do fogo, ele arrastou o dedão pela lâmina, admirando a marca que deixaria em sua pele.

O outro eu dele parecia convencido. Sábio.

— Não vai adiantar — disse ele.

Não, não ia. Parecia haver uma única forma de fazer aquilo terminar.

— Dói — confessou Callum, enfim, em voz alta. A humilhação era acre, cravada com a alegria de seu outro eu. — Em mim — acrescentou, deixando os olhos se fecharem outra vez para não ver o próprio vazio. A falsidade em seu próprio rosto. — Dói em mim.

Os olhos dele permaneciam fechados quando ele ouviu seu eu projetado se mexer, se levantando. A projeção pegou a faca da mão de Callum, depois a garrafa, tomando um gole antes de se colocar à direita de Callum. Gêmeos sabotadores e esbanjadores.

— Ninguém se importa — disse ele a si mesmo, nem com crueldade nem com gentileza.

E então, finalmente, Callum despertou.

III

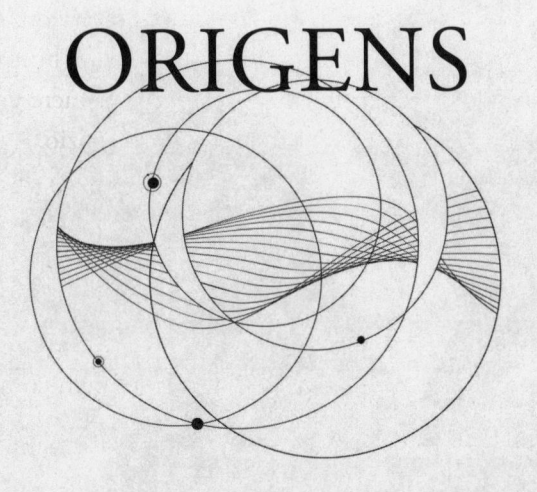

ORIGENS

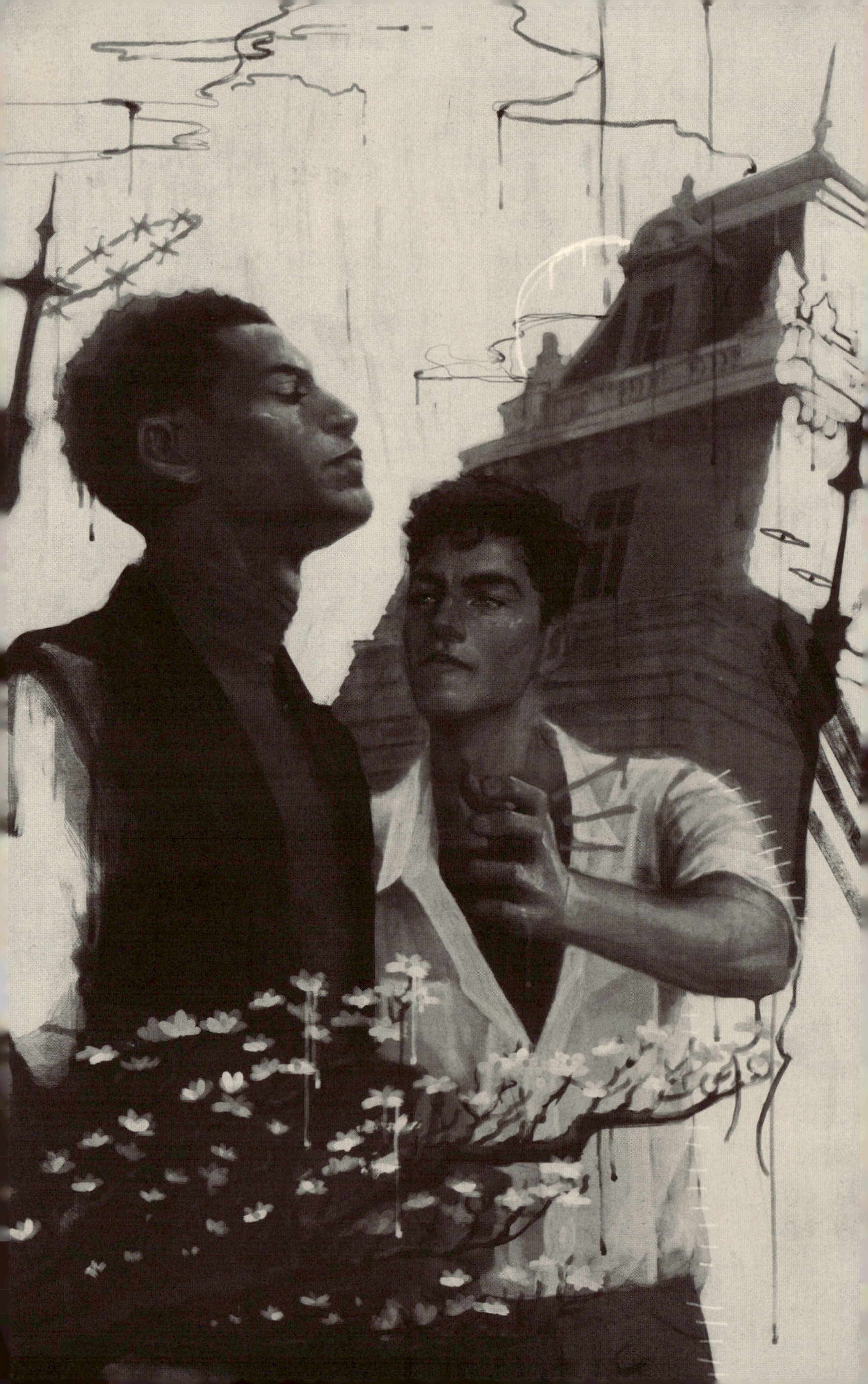

· NICO ·

Era perturbadora a rapidez com que as horas podiam se prolongar à exaustão em dias e então se acumularem rápido em semanas. Depois do desaparecimento de Libby, o tempo que havia se espreguiçado tanto e bocejado como um gato insolente agora parecia ter passado rápido de propósito, escapulindo em algum ponto enquanto Nico não prestava atenção. O que, pensando bem, também tinha um quê felino.

Com exceção do ritual de iniciação do dia anterior, Nico dormiu, acordou, dormiu, leu. Não era nada, e mesmo assim era como se os dias estivessem minguando, a descoberta do sumiço de Libby ficando cada vez mais microscópica no reflexo do retrovisor.

A princípio, ficara rodeando os outros para falar sobre o assunto, depois fizera pedidos educados e, então, sugestões acadêmicas, tudo deixado de lado quando ficou claro que ninguém poderia ajudar. Depois de anos de Libby pegando no seu pé com insultos e correções tediosas, ele agora se via desejando entrar numa sala e vê-la debruçada com sua postura horrível sobre um livro caindo aos pedaços. O que Nico não daria para interromper a sessão de leitura dela com um comentário sarcástico ou colocar os pés sobre a mesa de estudos só para ver sua reação.

— Rhodes — ele quase podia se ouvir dizendo —, isso é volatilidade demais para uma manhã só. Pense na camada de ozônio. Ou nas árvores.

Mas Libby não estava em lugar nenhum. Ou pelo menos em nenhum lugar que eles pudessem encontrar. E, portanto, não havia nada a dizer. Talvez nunca mais fosse voltar a ter algo a dizer.

Foi quando Nico começou a se perguntar se havia algo mais a ser descoberto que Gideon, sempre o príncipe mais esperto do pedaço, apareceu outra vez em seus sonhos.

— Bem — disse Nico, depois de um momento ou dois tentando responder como estava. (Como ele estava? Como ele *estava*? Responder àquilo sugou suas energias.) — Você já me deixou no suspense por tempo demais, Gideon, não acha?

— Só porque é muito divertido para mim — respondeu Gideon, tocando as barras da cela sempre presentes nos sonhos de Nico.

De onde Nico estava, Gideon até que parecia bastante revigorado, como se a possibilidade de peripécias sinistras em nome de seu amigo mais inconsequente houvesse, no geral, melhorado sua aparência.

— Ou talvez — acrescentou Gideon — porque você passou os últimos dez minutos reclamando de alguém que suponho ser um dos outros iniciados da Sociedade. Por falar nisso, quem é Tristan mesmo?

Apenas o babaca grosseiro mais desnecessário que já pisou na Terra. Fazia semanas que Nico tentava descobrir como iniciar de fato uma conversa com Tristan que não terminasse com a inconfundível implicação (transmitida através de uma Encarada Agressiva) de que Nico deveria se depositar imediatamente na fissura mais próxima. Era mesmo tão *insensato* que Nico se esforçasse para estabelecer uma conexão entre eles, dado que Tristan parecia o aliado mais natural para investigar o desaparecimento de Libby? Mas é claro que não, Nico, seu tolo. Era óbvio que a única resposta sensata era Tristan rechaçar, repetidas vezes e sem explicação, a pessoa que não fizera nada além de solicitamente (!) concordar com ele. Não que esse fosse o ponto, nem de perto.

— Você não deveria saber nada disso — comentou Nico, e então suspirou, percebendo mais uma vez que Gideon sempre ouvia seus resmungos com uma atenção pelo menos dez vezes maior do que qualquer pessoa normal faria.

— O quê? O fato de que você conhece alguém chamado Tristan ou que vocês são todos iniciados agora? — perguntou Gideon, sem expressar qualquer emoção. (Que pentelho...)

— Nenhum dos dois — resmungou Nico, dando uma olhada rápida na câmera de segurança montada no canto superior da cela.

Mesmo na forma da cena onírica, a vigilância servia às maiores proteções telepáticas da Sociedade, que, era de se presumir, eram monitoradas por alguém. (Parisa? Nico não conseguia deixar de pensar que sim. Mas, de novo, talvez ela tivesse bem mais tempo do que ele imaginava. Ou talvez só uma inclinação ao voyeurismo, o que não estava totalmente fora de consideração.)

— O que vocês tiveram que fazer para a cerimônia de iniciação? — perguntou Gideon. — Sacrifício humano ritualizado?

Daquela vez, não.

— Só um tipo de jogo de simulação.

— Um jogo?

Gideon arqueou uma das sobrancelhas numa óbvia demonstração de ceticismo, e Nico, que definitivamente não merecia tal tratamento (naquele dia), soltou um suspiro pesado.

— Você suspeita tanto assim de mim, Sandman?

— De você? Não, Nicky, jamais.

Era de se esperar, pensou Nico, que, de acordo com Parisa, era "incapaz de agir com malícia" ou alguma outra garantia vagamente insultante da nojenta fragilidade humana dele.

— É só que tenho algumas observações contínuas quanto à sua Sociedade — explicou Gideon. — Algo nesse processo o levou a acreditar que as qualificações para ser um membro da Sociedade podem depender tão casualmente de um jogo?

— Bem, houve outras coisas antes disso — disse Nico.

— Ah — retrucou Gideon, pensativo —, você quer dizer o jogo do assassinato? *Para os seis se tornarem um* — entonou, dramático —, *alguém deve...* — E então, uma pausa dramática. — *Morrer?*

— *Arrête* — disse Nico.

— *Nunca* — respondeu Gideon.

— Não foi — começou Nico, suspirando — um *jogo do assassinato...*

— Não estou aqui para julgar seus passatempos — comentou Gideon, que era implacavelmente convencido.

— A questão é... — Nico parou. — Desculpe, qual era a questão?

— Sua questão? Não faço a menor ideia — disse Gideon. — *Minha* questão era que, seja lá o que você teve que fazer para a iniciação ontem, deve ter significado muito mais que a Sociedade em si.

— Duvido — retrucou Nico, dando de ombros. — Para mim não passou de um teste.

— Um teste de quê?

— Eu... — Nico olhou para a câmera de segurança de novo, e então de imediato decidiu parar de se importar. — Olha — murmurou —, se você *quer* saber, foi uma simulação. Nós contra uma projeção de algum outro membro da nossa turma de iniciação.

Gideon franziu a testa, atento.

— E foi você contra Tristan?

— O quê? Não.

Na verdade, fora Parisa quem encarara a projeção de Tristan na rodada final, um final bastante anticlimático para o dia, considerando que, uma vez que Parisa entrou na simulação para o ritual de iniciação, ela simplesmente se sentara sobre as próprias pernas e começara a meditar. A versão dela de Tristan fez... algo. Algo que estava muito confuso para Nico, e que claramente deixara seu adversário igualmente confuso, talvez até mais. Mas Parisa, que era a pessoa dentro da projeção, não fez nada além de meditar, e depois de alguns minutos a simulação terminou sem qualquer indicação de que ela usara alguma magia.

— Fui eu contra... uma amiga — disse Nico, mal conseguindo não entregar o nome de Reina dessa vez. — Minha parceira de luta, na verdade.

— E vocês... lutaram?

— Aham. — Era bastante normal, considerando tudo. — E foi tudo bem.

— Foi mesmo? — perguntou Gideon, de novo com um nota pesada de ceticismo.

— Por que você cisma em acusar? *Foi tudo bem* — insistiu Nico. — E então depois nos disseram para montar um tipo de apresentação para a nossa pesquisa independente...

— E então eles beijaram sua testa e colocaram cada um de vocês na cama para dormir — concluiu Gideon.

— Basicamente isso — confirmou Nico.

— Certo. Bem, tenho certeza de que foi tudo tão divertido quanto você pensa e não algum tipo de experimento contínuo para doutrinar vocês no culto da academia homicida deles.

— Sim, obrigado, estamos de acordo — disse Nico. — Enfim, Reina ficou perfeitamente bem depois, então...

Ah, merda.

— Reina — ecoou Gideon, observando a expressão de Nico, que dizia *droga, fiz de novo*, e decidindo que era um tempo oportuno para parecer tão inocente quanto possível. — Anotado.

O físico suspirou, sem esperança. Agora que Gideon sabia detalhes da Sociedade, Nico quase sempre se esquecia de manter segredos dele. Na próxima vez, ele se viria confessando ter comido o restinho da Nutella daquela vez durante as provas finais do primeiro ano deles. *(Rá*, nunca. Ia levar essa revelação para o túmulo.) Mas as opções dele eram contar coisas a Gideon e deixá-lo ajudar na busca por Libby, ou...

— Olha, esquece tudo que eu disse — relembrou-o Nico, enquanto Gideon sutilmente dava de ombros, como se dissesse *já esqueci, continue*. — São só delírios causados pelo meu trabalho em tempo integral como um acadêmico homicida.

— Ah, é óbvio. — Por um momento, Gideon o observou em silêncio. — Sabe, acho que nunca te perguntei: quem você teria matado, se estivesse em posição de fazer isso?

— Então você está supondo que não fui eu quem matou? — perguntou Nico, afrontado pelo deboche.

— Sinta-se livre para presumir que seja uma suposição — rebateu Gideon. — Eu, no entanto, chamarei de fato absoluto e concreto.

— Eu poderia matar alguém — insistiu Nico.

Ele já havia feito antes. Naquela casa, inclusive.

— Alguém que você de fato *conhecesse*?

Gideon olhou para ele.

Aquilo era tudo muito ofensivo. Nico não sabia exatamente como, mas tudo indicava que era o caso.

— Bem, eu *poderia*...

— Mas não fez — observou Gideon.

— Eu... — Sério. — Olha, se serve de consolo, eu não tinha problemas em matar a pessoa que deveríamos matar — argumentou Nico, que nunca gostara de Callum. — Embora, se eu soubesse que ele terminaria vivo... Ah, *merda* — sibilou ele tardiamente, tendo mais uma vez dado de bandeja uma informação crítica.

— Interessante — disse Gideon, cuja expressão contínua de convencimento agora lutava contra um sorriso de afeição nojenta. — Então ele ainda está vivo? Prossiga.

— Tá, digamos que ele não *não* está vivo — tentou Nico, otimista, ao que Gideon respondeu com um dar de ombros que dizia *claro, claro*. — Eu não necessariamente me importaria com ele... continuando a não *não* estar vivo.

— Isso não me parece o mesmo que escolhê-lo para morrer.

— Bem...

Ok, se tudo aquilo era uma questão de quem *merecia* ser parte da Sociedade — o que, verdade seja dita, sempre parecera a Nico o objetivo principal da iniciação —, então, por um tempo, uma pessoa em particular não demonstrara ter um talento útil, e essa pessoa não era Callum.

— Esquece — disse Nico, encerrando o assunto, tirando da cabeça o inacreditável dissabor (e mistério contínuo) de Tristan Caine. Pelo menos por enquanto.

Tristan não apenas estava vivo, como também era mais útil do que Nico imaginara (ou menos, já que ver a verdade no corpo morto de Libby e depois ignorar completamente esse fato não pudesse ser considerado útil), só que nada disso importava.

— A questão é que agora eu posso estudar o que quiser — comentou Nico.
— E o que é?
— Você, *idiota*.

Gideon arqueou a sobrancelha.

— Você vai me apresentar ao resto da turma?
— Bem, não por completo. Não com tantas palavras.

Na verdade, fora Reina quem sugerira a Nico que desse uma olhada em biologia evolucionária. Ela mencionara a ideia cerca de uma semana depois do pequeno experimento em que os dois criaram uma partícula de vida, o que lembrou Nico de que ele precisava colocá-la contra a parede para entender o que ela exatamente quisera dizer com aquela sugestão. Não parecera a sequência *natural* do que os dois haviam feito (ela não acharia mais interessante estudar matéria escura ou algo do tipo? Algo que ela pudesse de fato *usar*), mas era isso, Reina era uma intelectual por natureza. Nico quisera discutir isso com ela desde o ritual de iniciação, mas a naturalista estivera bastante distante e distraída nos últimos tempos, como se houvesse outro lugar onde precisava estar.

— Bem, enfim — disse Nico, pigarreando e dando continuidade ao assunto que eles deveriam estar discutindo esse tempo todo. — Você disse que quase a encontrou? A Rhodes?

Gideon não respondeu de imediato. Estava se perguntando se deveria desistir tão facilmente de falar sobre a Sociedade. Nico prendeu a respiração até que, enfim, Gideon cedeu.

— Acho que sim — respondeu ele, assentindo. — Mas não sei a forma exterior.

— Ah.

Os reinos dos sonhos, em maioria, não tinham forma. Gideon já havia tentado explicar isso antes — que sonhos eram uma função de um consciente coletivo, blá-blá-blá —, mas Nico nunca aguentou ouvir a explicação até o final sem de repente lembrar que estava com fome e, por sinal, que vontade louca de comer os pastéis de nata portugueses na padaria que costumava frequentar com Gideon e Max nas quartas-feiras (ele lera em algum lugar a respeito do excesso de gemas de ovo em algum mosteiro e, por conta disso, as quartas-feiras sempre pareceram um dia estranhamente santo), mas a questão era... hum.

— Espera, como é? — questionou Nico.

— Eu sei que é a consciência de Libby — explicou Gideon. — Mas não sei onde ela está. Isso se for mesmo uma questão de onde — acrescentou ele.

— Ah. Bem, isso é... alguma coisa, pelo menos. — E era mesmo, considerando que Parisa estivera tão convencida de que não havia qualquer rastro de Libby Rhodes a ser encontrado. — E, então, qual é o plano agora? — perguntou, sentindo uma leve empolgação diante da possibilidade de fazer alguma coisa. — Você vai só sequestrar os sonhos dela ou algo assim?

Gideon meneou a cabeça, provavelmente ponderando se valia a pena dar a Nico a explicação completa.

— Não é tão simples assim — disse, por fim. — Não posso simplesmente entrar e dizer, sem nenhum aviso, que estamos buscando por ela. Pode assustá-la.

— Mas não seria tranquilizador? — pontuou Nico. — Saber que alguém está em busca dela?

Gideon balançou a cabeça.

— Ela não é sua versão consciente no sonho — relembrou ele a Nico, que certamente já tinha essa informação guardada em algum canto obscuro da mente, mas que se reservou a dar de ombros. — Ela não tem a prática de estar no subconsciente da mesma forma que você. E não há como saber se ela tem *consciência* de que foi, sabe... — Gideon hesitou.

— Raptada? — sugeriu Nico, só pela terminologia. — Dizer que ela sumiu parece amador.

— Claro. — Gideon deu de ombros. — Então, sim, a situação exige sutileza, acho.

Certo. Essa não era a especialidade de Nico.

— Sutileza, como assim?

— Eu prefiro não... Você sabe...

Mais um dar de ombros de Nico.

— Quebrar o cérebro dela — completou Gideon.

87

— Ah. Entendi.

Para Nico, aquela possibilidade era remota. Ainda que Libby Rhodes fosse uma medeiana poderosa, ela tinha uma forte inclinação a preocupações desnecessárias. (E a situação em que se encontrava merecia bastante preocupação.)

— Como você sabe que é ela, então? — perguntou Nico.

— Truques do ramo, em grande parte. — Essa era a maneira breve de Gideon dizer *minha magia não é inteiramente humana e, portanto, não pode ser explicada, então, por favor, pare de perguntar. Obrigado.* — Pode ser que leve um pouco mais de tempo para eu chegar até ela.

— Por quê? É tão difícil assim? — quis saber Nico.

— Não exatamente. — Outra pausa para considerar a situação. — Ela só tem que... me aceitar.

— Aceitar você?

— É, me aceitar como uma possibilidade. No sonho dela.

— Mas isso é... — Nico murchou. — Impossível.

— Claro que não é impossível, Nicolás — contestou Gideon. — Você esquece que sou muito talentoso.

— Eu jamais esqueceria isso, *mon ami* — rebateu Nico, enérgico. — Eu quis dizer que é impossível porque Rhodes é um trem descarrilhado que não acredita em nada.

— Ah. Sim, então temos um problema aí. — Por um segundo, Gideon pareceu perturbado. — Suponho que possa levar mais do que um tempinho, então. Depende da frequência com que Libby sonha.

— Bem, pelo menos isso vai te manter ocupado — disse Nico, se esforçando para não ceder ao sentimento fatalista de ruína que se alocava um pouco abaixo de seu ventrículo esquerdo. — Eu ia odiar pensar que você está andando a esmo e todo esquisito sem mim ao seu lado...

Ele deixou as palavras morrerem, de repente se sentindo pego no pulo. Na verdade, "se sentindo mais exposto do que gostaria" era uma definição melhor. Já havia sido trazido à tona um sentimento não dito: sem Gideon, Nico se sentia a esmo e todo esquisito, e, desde que Libby se fora, também bastante desconcertado. Nico se via isolado agora e, para uma pessoa que se dedicara tanto a evitar a solidão, ele estava mais perto do que nunca de estar sozinho. Algo na ausência de Libby abriu um buraco no tecido da realidade de Nico, permitindo que pequenas vulnerabilidades imprevistas escapassem.

Ele e Gideon pareceram se dar conta de tudo que não fora dito ao mesmo tempo, uma expressão de suavidade tomando conta das feições do amigo, uma visão insuportável, assim como a gentileza de Gideon era sempre insuportável.

E foi por isso que, num esforço desesperado de restaurar o equilíbrio do universo, Nico perguntou:

— Você falou com a sua mãe?

Foi mais uma piada do que qualquer outra coisa, embora valesse a pena saber. Afinal de contas, Gideon havia contatado Eilif, sua sereia criminosa (em retrospecto, o termo "mãe" não parecia apropriado), para descobrir o paradeiro de Nico. Então, apesar das garantias de Gideon de que obter essa informação não lhe custara muito, era grande a possibilidade de que ela não fora dada de graça. Dada a associação de Eilif com o tipo de criminoso disposto a matar pelo acesso de Gideon ao reino dos sonhos, um favor por parte dela era o tipo de cavalo dado do qual ninguém poderia olhar os dentes sem levar uma mordida inevitável e desagradável.

— Estou de volta dentro das suas proteções agora — disse Gideon, com cuidado. Com muito cuidado. — Ela não consegue me alcançar.

Na opinião de Nico, as palavras do amigo foram enunciadas de forma muito meticulosa, o que não contribuía para descartar a possibilidade de que alguém muito tolo (Gideon) ainda podia escolher fazer algo igualmente tolo (ligar para a mãe).

— Isso não diz muita coisa, Gideon.

— É o suficiente — foi a resposta esquiva e incomum de Gideon.

Nico se surpreendeu com o comportamento do amigo. Pela primeira vez desde que partira, teve a sensação de que ter passado aquele ano escondendo de Gideon a verdade completa havia contrabalançado algo fundamentalmente transacional entre eles. Verdade, havia as meias verdades (ou as não verdades) que os dois trocavam de vez em quando, uma forma de buscar alguma alegria coletiva, mas Nico sentia que aquele erro em específico fora mérito exclusivo dele. Negativamente falando. Nico não contara a Gideon sobre a Sociedade e, agora que Libby se fora, estava claro para ele que o risco que ignorara (incluindo, mas não limitado a: possibilidade de sua morte, desmembramento e/ ou desaparecimento) tinha sido um segredo grande demais. O físico pensara que era uma coisa pequena — uma grande necessidade, que era, à sua própria maneira, uma coisa pequena —, mas se enganou completamente. Talvez houvesse muitas coisas não ditas entre eles, agora que Gideon sabia exatamente quanto não lhe fora contado.

— *Je suis désolé* — tentou Nico.

De repente desejou com fervor ter a oportunidade de roçar o ombro no de Gideon, de encostar o joelho no dele. O que diziam mesmo sobre pessoas que sobreviveram a perdas extraordinárias e que se viam sentindo falta do comum? As pequenas coisas, os confortos frívolos que constituíam a linguagem primária deles. A cultura de sua própria pequenina nação, que nos últimos tempos havia resistido a algumas bombas.

— Não precisa se desculpar — disse Gideon. — Sei por que você fez isso. Por que não contou sobre a Sociedade. Era um segredo que não te pertencia e que você não podia contar.

Nico se encolheu. Havia tantos segredos que não pertenciam a ele e que, mesmo assim, compartilhara.

— Saber o motivo não é o mesmo que me perdoar.

— Quem disse que você precisa do meu perdão?

Nico expressou todas as formas de ofensa que pôde conjurar num simples olhar, e Gideon suspirou, balançando a cabeça.

— Não é questão de perdão — disse Gideon, diplomático. — É mais… resolução.

— O que posso resolver?

— Você não, eu. E não há muito a dizer sobre minha mãe — acrescentou ele. — Ela está me pressionando para fazer o tal trabalho sobre o qual te contei. E, como te expliquei, eu disse que faria.

— Mas você não falou sério, não é? — quis confirmar Nico, e então, como Gideon parecia relutante em responder, franziu a testa. — Você não vai *fazer* de verdade, vai?

O outro hesitou.

— Bem…

— Gideon — disse Nico, atingindo todos os registros de decepção em três sílabas.

— É bem diferente de tudo que ela já quis que eu fizesse antes — admitiu Gideon. — Não vou roubar nada. Nem colocar nada onde não pertence. Nada do tipo.

— Mas o que você sabe do… trabalho? Já que a gente sabe que sua mãe está escondendo alguma coisa — insistiu Nico.

— Eu sei que ela está escondendo algo. E, sendo sincero, ainda não decidi se vou mesmo ajudá-la. — Para o crédito dele, Gideon parecia não ter certeza dos próximos passos. — É só que... não me pareceu uma coisa lá muito *ruim*, sabe? Libertar alguém preso na própria consciência? Acho difícil acreditar que isso aconteceu por escolha.

— Isso é só o que a Eilif te disse — relembrou-o Nico. — O que não é necessariamente a verdade.

— Certo, é, eu sei. Claro. É só que... — Gideon hesitou. — Seria... interessante.

Ah, não.

— Gideon.

— Quero dizer... Só depois que eu encontrar a Libby, é óbvio.

— Gideon, eu não acho...

— Eu prometi que ia ajudar você a encontrá-la e vou fazer isso, essa é a minha prioridade, mas já que você ainda vai estar preso aqui com a sua Sociedade...

— Ah, vai à merda — retrucou Nico, com sinceridade, sentindo um calafrio com a possibilidade (realidade) de aquilo ser, em grande parte, sua culpa. — Nós dois sabemos que você tem um problema com o tédio, com ou sem a minha presença. — O que não era verdade, óbvio, porque era *impossível* ficar entediado com Nico. Até ele sabia disso, e o olhar de Gideon em resposta também provava. — Ah, entendi — concluiu Nico, com uma repugnante percepção de culpa. — Então você ainda está me punindo por ter partido, por manter algo só para mim uma única vez, é isso?

— E *você* não está *me* punindo? — devolveu Gideon. — É você quem está me tratando como algum tipo de ovo Fabergé, Nicky. Eu não vou quebrar só porque você não está de olho em mim.

Eles estavam perigosamente perto de algo que Nico chamaria de um desentendimento razoável e Max, de DR de casal.

— Eu vim aqui para te manter *em segurança* — disse Nico, com um ar de frustração.

Gideon fuzilou Nico com o olhar, sério.

— Foi mesmo?

A sugestão de que ele pudesse ter feito por outro motivo foi breve e terrivelmente enfurecedora.

— *Foi*...

— Está bem — disse Gideon, o que era a forma costumeira e irritante dele de recuar antes que os ânimos se exaltassem. — Está bem. Presumindo que seja verdade...

Nico ficou boquiaberto.

— *Presumindo* que seja verdade?

— ... então qual, exatamente, é o sentido de permanecer seguro se você nem está aqui? — alfinetou Gideon.

Eles se encararam por um segundo.

Então, aos poucos e com dificuldade, Nico viu Gideon engolir em seco, cheio de remorso.

Não havia espaço ali para remorso. Nico balançou a cabeça, se incitando a ser melhor, a ser menos... ele próprio, e mais Gideon.

— Se essa é sua forma de chamar atenção... — conseguiu dizer o físico. — ... vou me ressentir muito por você roubar meu truque.

A tensão se dissipou, os ombros de Gideon ficando pesados com a exaustão fingida. Ou exaustão real. (Com Gideon, quem poderia dizer?)

— Prometo que não vou me ferir, morrer nem me mutilar — declarou Gideon, suspirando.

— Nada de arrumar um dano psicológico também — avisou Nico. — Leva um tempão para se livrar de trauma.

— *Te odio* — disse Gideon, afetuosamente.

— *Con razón* — rebateu Nico. — *Moi aussi*.

Eles se entreolharam outra vez, agora de maneira menos combativa. Mas ainda com algo, pensou Nico. Algo triste. Talvez uma janela de oportunidade houvesse chegado e partido.

Tinha acontecido antes, disse Nico a si mesmo. *Ia acontecer outra vez*.

— Eu te aviso quando conseguir contato com Libby — informou Gideon.

— Você pode vir antes, se quiser — propôs Nico.

Algo parecia pesar no peito dele. Uma sensação de perda.

Gideon pareceu se compadecer.

— Descansa, Nicky — respondeu ele, e então estalou os dedos, fazendo Nico acordar na cama com um arfar.

No escuro, ele se virou rapidamente para o celular. A luz estava um pouco forte demais, cegante. Nico digitou tão rápido que a mensagem quase saiu errada duas vezes.

Estamos bem?

O celular vibrou segundos depois.

Sempre, Nicolás, sempre.

Nico deixou a mão cair, os olhos se fechando.

Levou um momento para seus batimentos desacelerarem. Aquilo estivera acontecendo nos últimos tempos. Algo crítico para a existência dele estava sendo exaurido. Estava levando mais tempo para se acalmar ou acordar. Até a simulação de iniciação o exaurira mais do que o normal, o que era uma notícia terrível para sua magia e uma notícia pior ainda para sua mente. Nico fechou a mão, sentindo os nós dos dedos estalarem e cederem à pressão que ele desejava não sentir.

Nico se perguntou se os outros conseguiam ver ou se sentiam alguma versão da coisa. Aquela... fraqueza. Algo que não estava acostumado a sentir e mal podia identificar como algo a se sentir. Por um tempo, pensou que Tristan tinha notado, ou que algo similar acontecera *a Tristan*. Que Libby ter desaparecido, ter sido levada, debilitara o psicológico dos dois. Coisas um pouco diferentes, mas ainda assim alguma coisa.

No entanto, naturalmente, e na melhor das circunstâncias, Tristan era um chato de galocha, então não importava. Nico se virou de lado, encarando a parede nua, e esperou que seu coração se acalmasse.

Estava quase adormecido outra vez quando uma batida soou na porta, afiada e precisa, prática. Nico pensou em ignorar para se aproximar mais e mais do precipício do descanso, mas então se levantou, resmungando. Seus tornozelos estalaram, uma dor estranha em algum lugar nos discos inferiores de sua coluna.

Nico abriu a porta, pronto para dizer a Reina que seis da manhã *não* era, ao contrário da opinião popular, um bom momento para lutar, e que ela, por favor, voltasse quando eles não tivessem que acordar o sol.

Mas, um tanto inesperadamente, não era Reina.

— Preciso que você me ajude a morrer — disse Tristan Caine.

E foi quando Nico decidiu que, talvez, dormir deixaria de ser uma opção.

· REINA ·

Parisa estava sozinha na sala de leitura quando Reina chegou para pedir um manuscrito dos arquivos. O que exatamente Parisa fazia ali não estava claro, porque ela não tinha nenhum livro nas mãos. Estava apenas sozinha, no meio da sala, olhando para as tubulações de cápsulas que eram responsáveis por entregar os livros e manuscritos requeridos dos arquivos.

— Isso vai ser um hábito agora? — perguntou Reina.

Parisa parecia irritada por ter que parar sua muitíssimo importante tarefa de encarar o nada. Ela escaneou Reina com um olhar dissecador antes de se dignar a responder.

— Isso o *quê*?

— Isso. — Reina gesticulou para ela. Para as cápsulas vazias. — Inatividade. Está perdendo a cabeça?

— Sim — respondeu Parisa, revirando os olhos. — Estou sucumbindo à loucura, obrigada. E você?

— Avançando.

Parisa deu um sorrisinho em resposta, o momento subsequente tensionado com a percepção repulsiva de que as duas tinham sido quase cordiais uma com a outra.

— Não acho que esteja lambendo suas feridas do ritual — observou Reina depressa, antes que alguém pensasse que as duas estavam sendo sociáveis.

— *Minhas feridas?* — repetiu Parisa, a hostilidade ressurgindo. — É você quem está evitando Nico.

— Não estou evitando ninguém.

— Ah, é? — Parisa arqueou a sobrancelha. — Você está só... de repente muito ocupada, não é?

— E *você* não está? — retrucou Reina, sabendo que Parisa mal dera as caras nas últimas vinte e quatro horas. — Eu até imaginaria que você está refinando seu tema para o estudo independente, mas estou supondo que é algo um pouco mais... — Reina salpicou um pouquinho de desinteresse, como uma cereja no topo de um bolo de apatia. — ... extracurricular.

— Ha-ha — rebateu Parisa, jogando sua cortina de cabelo escuro para trás, um movimento que indicava uma escalada da irritação. — Você sabe que esse não é o método mais efetivo de me atingir, não sabe? Já fui chamada de coisa bem pior por pessoas que importavam muito mais — murmurou, com um olhar de desdém.

— Não estou tentando atingir você — disse Reina, dando de ombros. — Só destacando o óbvio.

— E eu também. — Parisa cruzou os braços, se virando para Reina com um suspiro impaciente. — Ele não exatamente merece sua inimizade, sabe.

— Quem?

— Quem mais? Varona. — Um dar de ombros. — Dada a qualidade das pessoas aqui, você poderia se sair muito pior.

— Eu não sinto nenhuma inimizade em relação a ele — contestou Reina. — Não sinto nada em relação a ele.

— Hum. — Parisa pressionou os lábios. — Que pena que isso não é verdade...

Ela se virou para ir embora, mas Reina estava começando a ficar cansada daquela atitude. Era sempre a telepata que tinha a palavra final.

— Por que você não fez nada? — questionou Reina, fazendo Parisa parar no meio do giro. — Durante seu ritual de iniciação. Você fazendo par com Tristan.

Parisa contra a projeção de Tristan, uma vitória, ao que tudo indicava, certa. Reina não considerava Parisa uma pessoa misericordiosa, mas por algum motivo ela não erguera um dedo sequer para se defender. Desde então a deturpação da personalidade de Parisa vinha irritando Reina, embora a naturalista disfarçasse isso ao recitar Homero em sua cabeça.

— Fiz par com ele, é? — Parisa parecia achar graça. — Era isso que você achou que estava fazendo comigo? Formando um par?

— Não, eu... — Merda de idioma. — Quando você o *enfrentou*, então. Lutou contra ele ou sei lá.

A curvinha de zombaria na boca perfeita de Parisa apenas ficou mais evidente.

— Então você acha que estava *lutando* contra mim? Que coisa mais triste.

Reina se arrependeu de ter aberto a boca.

— Deixa pra lá, eu estava só...

— Não, não, me conta — incentivou Parisa, com um meio sorriso. — Então você estava preocupada comigo, Reina? Que encantador. Eu não achei que você fosse desse tipo.

— Não, eu estava só... — Tá, chega. — Você deveria ter acabado com ele — disse Reina, o que obviamente surpreendeu Parisa, porque a outra arregalou os olhos. — Nós todos fomos pareados daquela forma por um motivo, não foi? Contra alguém que deveríamos ter destruído, mas não o fizemos.

— É assim que você enxerga a situação? — A voz de Parisa estava contemplativa de um jeito estranho. Sincera, até. Ou, pelo menos, não zombeteira o suficiente. De um modo enfurecedor, realçava a beleza dela, ou fosse lá o que deixava o rosto dela daquele jeito. — Interessante.

— Bem... — Reina hesitou. — O que mais eu tinha que ter enxergado? Nico deveria ter acabado comigo, eu deveria ter...

— Ido para a cama comigo?

— Te esfaqueado com mais vontade — murmurou Reina, para o deleite aparente de Parisa. — Tristan deveria ter conseguido matar Rhodes, e Callum... — Aquela tinha sido uma anomalia que nenhum deles tinha conseguido entender. — Tanto faz o que aconteceu com Callum, mas então *você*...

— Interessante — repetiu Parisa, a atenção se dissipando para além de Reina e de volta aos arquivos.

Ela parecia estar falando sério, realmente interessada no que Reina tinha a dizer, o que foi um tanto... estarrecedor.

— Por quê? — questionou Reina, franzindo a testa. — Para você, qual deveria ser a lógica dos pares formados?

— Ah, não dou a mínima — respondeu Parisa. — Pareceu perfeitamente aleatório para mim.

Reina estava perplexa.

— Você acha que foi *aleatório?*

Parisa deu de ombros.

— Por que não? O que você sente por mim não difere em nada do que sente por qualquer um dos outros, certo?

Reina hesitou, se perguntando se estava diante de uma armadilha, embora, para a sorte dela, Parisa já tivesse perdido o interesse e adicionado:

— Meus sentimentos por Tristan não são nem um pouco diferentes.

Essa afirmação lhe pareceu ridiculamente falsa, mas admitir isso significava perder uma discussão bem diferente daquela que elas estavam tendo.

— Então qual você acha que foi o objetivo dos pares?

— Acredito que essa seja uma pergunta para Callum — retrucou Parisa, lançando um olhar de desinteresse para Reina. — Não me importo com quem ou o quê nos organizou daquele jeito. Eu só não queria estar envolvida nisso.

Havia algo estranho na escolha de palavras dela.

— Quem ou o *quê*? — repetiu Reina, franzindo a testa. — Como assim?

Parisa desviou o olhar por um segundo. Algo emergiu na superfície dos pensamentos de Reina, embora ela não tenha conseguido identificar o quê. Nada, na verdade. Nada concreto. Um vislumbre familiar dos arquivos, embora viesse acompanhado de um súbito impulso de ranger os dentes, não diferente do que Reina sentira ao observar o ritual de Nico.

Parisa estava tentando acessar os pensamentos de Reina em relação... aos arquivos? Os olhos de Reina voltaram a pousar nas tubulações de cápsulas. No vazio delas e na concentração de Parisa.

— Nada, não — disse Parisa, por fim, se virando. — Forma de falar.

— Coisa nenhuma — contestou Reina, de repente frustrada. — O que você quis dizer com *o quê*? Você acha que era algo além de Atlas ou Dalton?

— Claro que não — respondeu Parisa, sem se alterar.

— Então por que...

Atrás delas, alguém pigarreou baixinho. As duas se viraram para as portas da sala de leitura; Reina, assustada; Parisa, já à espera.

— Srta. Kamali — chamou Atlas. — Tem um segundo?

Ele estava vestido de forma mais casual do que o normal. O terno imaculado do dia anterior se fora, e no lugar havia um par de calças amarrotadas, incomum para ele, e uma camisa larga. Ainda mais estranho que a ausência de qualquer formalidade era o par de mocassins em seus pés, que mais se pareciam com chinelos, e a xícara na mão sugerindo que ele havia pegado chá às pressas. Era uma mudança tão chocante que Reina pensou, a princípio, que estivera certa em suspeitar que Atlas escondia algo. E então pensou mais algo, para imediatamente destruir o primeiro pensamento.

— Está bem — disse Parisa, olhando para Reina com irritação, como se tivesse sido a naturalista a invocar a presença dele ali. — Deixa pra lá — concluiu, passando por Reina e se juntando a Atlas à porta.

Ele deu um passo para o lado, abrindo espaço para a telepata, e se dirigiu a Reina antes de ir.

— Aproveite sua pesquisa, srta. Mori — disse Atlas, em seus tons hospitaleiros de sempre, como se não estivesse A) de pijama e, portanto, B) num estado de óbvio tormento. — Está tudo bem.

— Claro que está — disse Reina, seca.

Atlas ao menos conseguiu perceber a confusão de Reina enquanto caminhava, abrindo o equivalente a um sorrisinho.

— Estou de folga — respondeu ele, com um breve meneio de cabeça, desaparecendo no corredor.

Por um momento Reina encarou a porta, lamentando a ausência de suas plantas na sala de leitura. Era um pouco estranho ser a única testemunha do que era uma interação bastante bizarra, mas também não era como se a samambaia da sala pintada fosse oferecer qualquer tipo de consolo. Por fim, Reina deixou o assunto de lado, submetendo seu pedido aos arquivos.

Com cuidado, tinha feito uma lista dos tópicos que tinha em mente. Primeiro, outro grupo de mitos de criação: as origens da humanidade de acordo com "insira cultura antiga aqui", esse tipo de coisa. Ela havia começado com o óbvio — os clássicos, mitologia greco-romana e, é claro, mitologia egípcia, o Velho Testamento, as lendas taoístas da criação — e então retrocedera aos berços da humanidade, invocando mitos sumérios e épicos antigos.

Reina supôs que, à sua própria maneira, estava conduzindo uma pesquisa sobre cosmologia. "No começo, só havia a escuridão", et cetera, só que sem a coisa de Nico-Libby que tornava tudo tão matematicamente inacessível. Ela queria entender a vida de dentro de sua perspectiva naturalista, com base no entendimento de que era uma forma de energia, alguma chama vinda de dentro, não algum enorme esquema arquitetônico misterioso de moléculas e espaço vazio.

Desde o ritual de iniciação, eles ainda não haviam chegado a nenhuma conclusão significativa em relação a Viviana Absalon, a mortal-e-medeiana cuja autópsia revelara órgãos internos de alguém de vinte e um anos onde os de alguém de quarenta e cinco anos deveriam estar, sugerindo um dom de nível medeiano de longevidade. Uma fundação para os estudos deles acerca da morte, Viviana Absalon os deixou sem nenhuma conclusão significativa, fornecendo meramente um argumento experimental: ela poderia ter vivido para sempre, se o destino não houvesse intervindo? A introdução de Dalton ao assunto — com a implicação de que talvez a morte prematura de uma medeiana com o dom da vida era, de alguma forma, um resultado inevitável ou predestinado — havia despertado algo em Reina, um sentimento que ela não conseguia nomear.

A teoria dele implicava que de alguma forma o universo era irônico ou que as catástrofes eram merecidas. Parecia um método simplório e, em essência, mortal (no sentido de "destinado a acabar") de ver o mundo. Havia egoísmo nisso também: o conceito de um grande plano no qual eles não fossem grãos de areia ou um bilhão de átomos em um casaco, mas, em vez disso, cada um com grande e insubstituível significância.

(Para Reina, isso era uma completa falácia. E se *havia* um deus — um Deus —, seu respeito por Ele tinha diminuído consideravelmente por ter o tempo, a capacidade ou o interesse de ferrar com ela.)

No fim das contas, todo o conhecimento que o grupo deles produzira sobre longevidade e morte foram as mesmas coisas que ela tentara recriar com Nico: o conceito, não testado e inacabado, de que a vida era algo que podia ser espontaneamente criada e, portanto, destruída ao acaso. (Antes, a hipótese pouquíssimo diferente de Reina era a de que Viviana Absalon era uma pessoa cuja vida terminara não porque ela nasceu com a consequência de um destino mágico, mas porque nasceu e ponto, e essas coisas às vezes aconteciam.) O interesse de Reina em perseguir as criações dos mitos viera de alguma suspeita fundamental de que, se a vida *não* era aleatória, então os humanos, fosse lá o que mais eram, eram excelentes observadores. O universo predava a humanidade, verdade, mas quando a *vida* passara a significar o que significava? Alguém devia ter testemunhado o surgimento do significado do mundo que eles conheciam, e se algo assim tivesse algum tipo de esboço, Reina precisaria dar muitos passos para trás se quisesse encontrá-lo.

Os livros foram depositados em ordem diante dela. *Gilgamés e o Submundo. A Epopeia da Criação.* O mito de Adapa. Reina já sabia que cada um daqueles trabalhos continha temas similares: humanos recebendo imortalidade dos deuses por sua grandeza. (Uma reflexão sobre a aversão geral e duradoura da espécie humana ao abismo desconhecido depois da morte.) Havia também um elemento de divindade geracional. Deuses antigos e novos. Esse era o aspecto que mais intrigava Reina. O surgimento do Antropoceno significava o supernaturalismo da geoengenharia, a marca indelével da humanidade sem interferência do divino. (A não ser que, por um acaso, alguém houvesse falhado em mencionar a mãe de James Wessex sendo inseminada por uma chuva de moedas de ouro.)

Reina folheou os títulos com cuidado, as pontas ásperas do filme protetor roçando os dedos dela. A naturalista chegou ao fim da pilha mais cedo do que o esperado, e estava tentando lembrar se havia deixado algo fora da lista quando outro pedaço de pergaminho flutuou do sistema de entrega do arquivo.

CERTOS PEDIDOS NEGADOS.

Reina franziu a testa, virando o pedaço de papel para ver se os arquivos haviam especificado quais títulos tinham sido rejeitados. Não encontrou nada, e agora a lista dela já era. O que a biblioteca não lhe dera? Ela podia jurar que todos os seus pedidos estavam dentro da mesma categoria de mitologia. Além disso, agora ela já era uma iniciada da Sociedade. O que mais seria mantido em segredo dela?

— Ei — disse Nico, espiando sobre o ombro dela e a assustando.

Reina sibilou de surpresa.

— Foi mal — acrescentou ele, com um sorriso, como se nada pudesse estar errado. — Novo saque?

— O quê? — Reina estava confusa, e Nico indicou a pilha de livros. — Ah. Isso. Sim.

— Parece grande — observou ele, gesticulando para o *Gilgamés*. — Embora eu ache que não é chamado de épico à toa, não é mesmo?

O físico parecia desesperado para fazer Reina rir. Provavelmente era seu método para ganhar o perdão dela, o que fazia sentido. Por que, no mundo de Nico, alguém se daria ao trabalho de admitir seus erros quando podia apenas espalhar prazer e derramar um pouquinho de raio de sol das pontas dos cabelos desgrenhados?

— O que está fazendo aqui? — perguntou Reina, porque ceder a mais um dos caprichos de Nico de Varona pareceu uma indignidade insuportável no momento. (Não que ela estivesse com raiva, é claro. Nada naquele ritual de iniciação tinha sido real, então era irrelevante nutrir qualquer sentimento a respeito dele.)

— Bem, hum. É meio que uma longa história — respondeu Nico. — Você sabe alguma coisa sobre Schopenhauer?

— O filósofo alemão?

Claro que Reina não sabia nada de filosofia, algo que por muitas razões lhe parecia uma enorme perda de tempo. Será que Nico ainda não tinha se dado conta? Além disso, ela lhe sugerira que estudasse biologia evolucionária para o estudo independente, mas esse aparentemente não era o conselho que Nico planejava seguir.

— Ele não é um daqueles que diz que a vida é só sofrimento?

— É? Empolgante — comentou Nico, alegre, preenchendo seu formulário de pedidos e submetendo-o aos arquivos. — Mal posso esperar.

— Isso é para... sabe... o seu amigo? — quis saber Reina.

— Ah, nossa, não. Nem um pouquinho. — Nico fez uma careta, e então tirou uma maçã de algum lugar e deu uma mordida. O som ricocheteou dos tetos altos da sala de leitura e reverberou em algum lugar mais profundo para Reina, que ficou tensa. — Para ser sincero, você não acreditaria se eu te contasse — acrescentou Nico, revirando os olhos.

— Ah. Certo. — Que ótimo, pensou Reina. Que uso produtivo do tempo deles dois aquela conversa era. — Bem, é melhor eu...

Ela apontou para trás, tentando dizer que tinha que ir embora, mas Nico a interpelou antes que Reina pudesse fugir, fazendo o que sempre fazia, vibrando a uma frequência bem mais alta que a dela.

— Ei, quais livros a coisa rejeitou? — Foi a pergunta que ele não pôde deixar de fazer. Então deu outra mordida alta e enlouquecedora na maçã e mastigou entre as palavras: — Eu não achei que isso ainda fosse acontecer.

Reina pensava o mesmo, embora não fosse essa a sementinha que se plantara em sua mente.

— A coisa — repetiu Reina.

— É, a coisa. Ou eles, acho. Sei lá. — Nico gesticulou para a tubulação do arquivo. — O sistema de entregas divino e seus mensageirozinhos.

— Ah.

Nico estava apenas sendo brincalhão. Mesmo assim, algo na palavra "coisa" atingiu Reina de uma forma que permaneceu na ponta de sua língua, como um sonho lembrado pela metade.

— Nada importante — disse ela. — Só alguns mitos de criação que pedi para a minha pesquisa.

— Só isso? — indagou ele. Reina deu de ombros numa confirmação ambígua. — E não quiseram te dar? Estranho. Você acha que estão com medo de que você tente se tornar uma deusa ou algo assim?

— *Rá* — exclamou Reina, se virando. — Enfim, eu tenho que...

— Certo, desculpe. — Nico fez uma continência. — Aproveite. Praticamos no jardim mais tarde?

Ah.

— Talvez. — Ela precisava dar um jeito de não aparecer. — Muita coisa para fazer, mas...

— Certo, certo. Bem, se conseguir... — Os arquivos atenderam ao pedido de Nico com o tipo exato de tomo grosso e encadernado que ele costumava odiar, e, se Reina estivesse se sentindo um pouquinho mais conciliatória, teria rido da expressão desolada dele. — Até depois.

Reina, que tivera a intenção de ficar na sala de leitura, saiu de lá com sua pilha de manuscritos tomada por um humor sombrio, indo em direção à sala pintada (a não ser que alguém estivesse lá e, se esse fosse o caso, ela daria o dia como perdido e iria comer bombons na cama). Alguém precisava molhar os filodendros. Estava quente lá fora, e os cornisos se viravam na direção do sol. *Mãe! Aqui! Mãe, olhaolhaolha nos abençoe com seus olhos generosos. Mãe, nos elogie. Mãe, oláááááááááá...*

Reina parou de repente, sua mente voltando com atraso a uma resposta bem quando ela passava pelo escritório trancado de Atlas.

Parisa dissera *o quê*. Como se os pares do ritual de iniciação deles não tivessem sido determinados por uma pessoa, mas por uma coisa.

Nico chamara os arquivos de *coisa*.

Dalton, ao falar de Viviana Absalon, havia se referido à magia quase como uma a divindade em si.

Atlas falou do requerimento de iniciação como um sacrifício diante do altar do conhecimento, conhecimento esse que era senciente, uma senciência que sem dúvidas preenchia aquela casa.

Mas talvez a magia — ou a biblioteca em si — fosse menos cerebral que isso.

Reina mal sabia para onde estava indo até chegar à sala de jantar, parando na soleira da porta até que Callum, que estava no canto, percebesse a presença dela com um olhar passageiro e desinteressado.

O empata estava no bar, preparando um drinque. Eram nove da manhã.

— Desaprovação registrada — disse Callum, sem erguer o olhar, parecendo despejar ainda mais líquido no copo em retribuição ao silêncio dela. — E imediatamente descartada.

— Me diz uma coisa — começou Reina. — Seu ritual de iniciação...

— Sim, sou um erro, é patético, fim da história — cortou Callum, erguendo o copo para enxugá-lo.

— Não — disse ela. Callum parou em meio ao gole. — Bem, sim. Mas, tirando isso, eu quis dizer que... — Ela engoliu em seco. — Você disse algo. O outro você, no caso. Algo quanto a saber tudo a nosso respeito.

Callum a olhou de esguelha, terminando de beber o drinque, permanecendo com o nariz enfiado no copo pelo que Reina julgou ser uma eternidade.

— Sim — disse ele, por fim.

— Sim?

— Sim — repetiu ele.

— Se importa em explicar?

— Tá. — Ele se virou de volta para as garrafas, se servindo ainda mais de fosse lá que uísque preferia. — Você vai beber?

Reina balançou a cabeça.

— Não.

— Agora vai. Faço questão.

— Você poderia apenas ter me influenciado a aceitar — apontou Reina.

Callum se virou e a olhou de relance, então serviu um segundo copo.

— Escuta aqui. — Ele pôs a tampa de volta na garrafa e então levou os dois copos até onde Reina estava, ao lado da mesa, pousando um com gentileza demais ao lado da cadeira principal. — Eu não estou nem aí para o que acontece a qualquer um de vocês além desse ponto. Se você sente algum tipo de obrigação moral de desvendar o que os arquivos escolhem me mostrar que nem um cachorrinho adestrado, sem problemas. Tô nem aí. Não tenho tempo para desperdiçar te dando garantias das minhas inten...

— Então foram os arquivos? — interrompeu Reina. — Eles te deram informações sobre nós?

Callum deu de ombros, erguendo o copo.

— Um brinde — sugeriu. — À vida sendo um abismo sem sentido.

Um pouco dramático demais para o gosto de Reina.

— Só estou tentando perguntar se...

— Beba — ordenou Callum. Quando Reina abriu a boca, ele repetiu: — Beeeeeeeeeeba.

Reina teve a impressão de que talvez aquela não fosse a primeira indiscrição do dia para ele. A naturalista levou o copo aos lábios e imediatamente se engasgou com o cheiro, optando por não se mexer até que Callum terminasse o copo dele.

— Está bem — disse ele, batendo o copo com força na mesa. — Você tem trinta segundos. O que quer?

— Você pode influenciar os arquivos?

— Não — respondeu ele, amargo. — A biblioteca é senciente, fato, mas não a esse nível...

— Então eu quero que você me use — disse Reina.

Callum franziu a testa.

— Quero que você use a minha magia para influenciar os arquivos, para que me deem os livros que eu quero — explicou Reina.

Ele a encarou.

— Pronto, trinta segundos, acho — disse ela. — O que, para ser sincera, é tempo mais do que suficiente, então...

— Espera — pediu Callum, a interrompendo enquanto ela se virava para ir embora. — Espera aí. Calma. Você...? Você está falando sério ou...?

Aquilo era ridículo. Ela não tinha o dia todo. Era mesmo uma proposta muito fácil de entender, e Reina tinha a situação muitíssimo importante de vários livros interessantes para ler no tempo que estava levando para os neurônios de Callum começarem a funcionar.

Era por isso, pensou ela, irritada. Era por isso que ela não bebia.

— Fique sóbrio — sugeriu Reina, e saiu. Callum ainda a encarava quando a viu passar pela porta. — E depois venha falar comigo.

· TRISTAN ·

— Preciso que você me ajude a morrer — disse Tristan para Nico. Porque, na mente dele, essa era a solução.

E uma muito simples. O processo de dedução começara durante o ritual de iniciação dele. No momento em que Libby esteve prestes a matá-lo — não a Libby *verdadeira*, obviamente, embora ele não duvidasse que ela seria plenamente capaz de fazer aquilo, se quisesse —, Tristan de repente foi capaz de conjurar o uso de magia que até então só conseguira via longos períodos de olhar para o nada e se dissociar por completo. Um método difícil. Muito trabalhoso. Irritante. E um desperdício do precioso tempo de Tristan.

Então, quando Libby estivera prestes a matá-lo, a percepção dele sobre a situação mudou. De repente podia ver tudo, o que na prática significava que Tristan podia ver uma coisa com nitidez. Viu a magia que restringia a simulação e, ao enxergar isso, identificou como ela se transformava, do mesmo modo que acontecera quando vira pela primeira vez, estendida no chão, a animação de Libby (de novo, não a Libby verdadeira, ainda que fosse uma segunda Libby não verdadeira — isso ia ficar muito confuso, não ia? Todas essas Libbys falsas se acumulando na mente dele, o que era uma questão puramente lógica ainda que possivelmente enlouquecedora). Pisque uma vez, é Libby Rhodes! Morta! O horror! Pisque duas vezes, e é uma energia mudando de direção, de repente seguindo um caminho regular.

Na sala pintada, enquanto Tristan encarava a fúria de Libby Rhodes, com sua vida em risco, sua visão outra vez se transformara em caleidoscópio, aguçando os outros sentidos dele. Ele podia sentir o gosto do perigo iminente, o que por sua vez lhe dera clareza, livrando-o daquela característica costumeira e áspera contra a qual lutava a todo momento. A imaginação de Tristan era pequena demais quando ele estava apenas sentado ali, em perfeita segurança, se afligindo com coisas como a opinião do pai ou se sua alma ainda existiria depois que morresse. Não, o truque era *limpar a mente*, ou talvez abandoná-la.

Quando Tristan acordou de seu ritual, os olhos de Atlas Blakely foram os primeiros que viu, e ele duvidava que a mudança na postura de Atlas fosse mera coincidência.

Mesmo assim, "preciso que você me ajude a morrer" não foi recebido com entusiasmo.

— Que merda é essa? — dissera Nico.

— Eu sei — rebateu Tristan.

— Eu sabia que você era masoquista, mas isso é um pouco demais, até mesmo para você.

— Claro — concordou Tristan, amigável. — Mas eu não pediria se não achasse que vai funcionar, magicamente falando.

— E por que eu? — quis saber Nico.

Era uma pergunta justa que o próprio Tristan se fizera várias vezes nos segundos entre bater na porta de Nico e estar diante do físico sonolento.

— Porque, infelizmente para todos nós, eu gosto de mim o suficiente para não *querer* morrer de verdade — começou Tristan.

— Ah. — Nico suspirou. — Sério, isso é uma ótima notícia...

— ... o que significa que não consigo fazer isso sozinho — continuou Tristan, amargo. — E já que você é o único com capacidade mágica de tentar o que tenho em mente, você também é a única pessoa a quem posso recorrer.

Tristan omitiu outros fatores óbvios: porque não podia pedir a Callum. Porque Parisa ia rir. Porque Reina jamais se afastaria de seus livros e, de qualquer forma, Tristan não estava convencido de que ela não era uma completa psicopata. Se houvesse outra pessoa, ele teria ido até ela, mas não havia, e por isso ele não foi. Tristan nem sequer tinha certeza de que deveria estar ali naquele momento, mas, de novo, a solução lhe parecia muito simples. Tão simples que por um momento impulsivo havia sobrepujado outras coisas, como sua aversão ao garoto sem camisa parado na soleira da porta.

Nico mordiscou uma das bochechas, pensativo, ou talvez desconfiado.

— E se eu não estiver a fim de ajudar você?

Então, como eu já suspeitava, você é inútil para mim foi o que Tristan com muita sabedoria não disse.

Em vez disso, deu de ombros.

— Seria triste. Não triste estilo fim de mundo. Só inconveniente.

Ele se virou, já havendo devotado mais tempo do que desejara quando bateu na porta de Nico, mas o físico o interrompeu com um longo suspiro.

— Tá — disse Nico. — Me diz o que você tem em mente.

— A vontade de viver de Schopenhauer.

— Tá, use palavras melhores — sugeriu Nico, cruzando os braços sobre o peito nu. Era frequente vê-lo com trajes sumários, mas pela primeira vez ele pareceu ter consciência da indiscrição. — Ou, tipo, mais delas.

Havia uma leve camada de suor no peito de Nico, o que Tristan estranhou. Ao pensar nisso pelo mais breve instante (afinal de contas, às vezes humanos suam), ele se deu conta de que achara a situação incomum porque nunca havia visto Nico ou Libby terem que regular a temperatura do corpo. Enquanto os outros ajustavam seus comportamentos e guarda-roupas ao clima, era raro que Nico precisasse fazer isso. E Libby, que parecia apaixonada por roupas de tricô, de uma maneira que quase chegava a ser estética, só parecia fisicamente alterada quando pouco antes havia performado uma quantidade significativa de magia — um nível de exaustão que, para o bem ou para o mal, Tristan compreendia bem.

— Você está meio suado — observou Tristan, se arrependendo no mesmo segundo, ao ver o sorrisinho que Nico abriu.

Do que Atlas havia chamado Tristan? Sábio? Até parece.

— Meus olhos estão aqui em cima — disse Nico, numa voz bem mais irritante do que qualquer coisa digna de ocupar o tempo de Tristan.

— Eu só estava... Deixa pra lá. — Tristan o encarou. Não por algum motivo em particular, sério. Só porque parecia que ele devia expressar sua opinião diante daquela interação antes que um deles ficasse confuso. — A vontade de viver de Schopenhauer afirma que há algo inato em cada um de nós. Algo como autopreservação, um sentimento que é vivenciado em sua essência em momentos de morte iminente.

— Está bem. — Nico franziu a testa, se apoiando na soleira. — Então você acha que vai conseguir acessar alguma coisa nos momentos que antecedem a morte?

— Eu não acho. Eu sei.

Afinal de contas, ele passara pela experiência não fazia muito tempo e, a não ser que estivesse muito enganado, Atlas também havia visto. O silêncio do Guardião, se é que significava alguma coisa, era mais revelador do que as suspeitas de Tristan.

— Eu só preciso de algo para acelerar o processo — completou ele.

— Processo de quê? — indagou Nico.

— De... ver. Coisas. Não sei. — Aquela conversa estava indo ladeira abaixo muito rápido. — Eu tenho algo... — continuou ele, irritado. — Um tipo de habilidade que não entendo. Mas não posso usá-la a não ser que as coisas estejam muito...

— Graves? — adivinhou Nico.

— Isso.

Tristan tinha a sensação de que eles haviam, enfim, conseguido um momento de sincronicidade. Os dois estavam visualizando o corpo de Libby Rhodes no chão do quarto dela, o que também era o momento em que perceberam que havia algo na ausência dela que só eles entendiam.

— Já a usei um punhado de vezes antes — acrescentou Tristan. — Acho... Acho que há algo que posso acessar. Algo que muda a forma como vejo a realidade. Mas... — Ele hesitou. Nico esperou. — Mas não consigo fazer rápido o suficiente — confessou, com um resmungo. — A não ser que minha vida esteja em jogo. E como você já morreu antes...

— Como é que é? — indagou Nico.

Foi só então que Tristan lembrou que o dossiê sobre os outros cinco que Callum compartilhara com ele — informações que Callum conseguira dos arquivos da biblioteca, que incluíam o detalhe de que uma vez a magia de Nico de Varona o havia ressuscitado num momento de sobrecarga intenso — não era exatamente de conhecimento geral.

— Foi mal, falei sem querer, é só que... — Ótimo. Suor e agora língua nos dentes. — A questão é que você faz um monte de besteiras o tempo todo — explicou Tristan, áspero.

— Ah, certo. Tem isso. — Nico franziu a testa, pensativo. — Embora eu não tente matar pessoas com muita frequência.

— Que bom para você — rebateu Tristan, num tom maldoso que saiu naturalmente. — Suponho que você tenha percebido que, quando eu tento, tenho uma tendência a falhar.

Nico pelo menos pareceu reconhecer a pisada na bola.

— Não foi o que eu quis di...

— Não dou a mínima para o que você quis dizer — cortou Tristan, o que era verdade, ou quase verdade. — Mas quero começar os experimentos em breve. Agora, para ser mais específico.

— *Agora?* — Nico arregalou os olhos e então fechou a cara. — O que eu devo fazer, pegar uma escopeta e descarregar nas suas costas?

— Acho que isso acabaria envolvendo muitas plásticas. Tente manter o rosto intacto, por gentileza.

— Ah, então agora há vaidade na jogada. Ótimo. — Era nítido que Nico estava contemplando as possibilidades. — Que tal, então... eletrocussão? Asfixia? Sufocamento?

— Quanto tempo você passou imaginando a minha morte?

— Não mais que os outros, tenho certeza. — Nico tamborilou na lateral da própria coxa. Também parecia ter se acalmado um pouco. Não que Tristan estivesse reparando. — Está bem, está bem. — Ele assentiu. — Então vou dar uma pesquisada em Schopenhauer.

Tristan tentou muito não resmungar, um esforço em vão.

— Beleza.

— E eu vou... pensar no assunto. Em formas de fazer, quero dizer. — Nico parecia sincero, quase ávido. — Porque se algo der errado...

— Você é físico — interrompeu Tristan. — Se algo der errado, é melhor você consertar.

Aquelas palavras, como a maioria das que ele pronunciara nos últimos tempos, saíram mais afiadas que o planejado.

— Não vai ter nada que você possa fazer se eu não conseguir — retrucou Nico, igualmente afoito.

Os dois ficaram tensos, Nico mudando de posição e se apoiando no outro lado da soleira, Tristan passando o peso da perna esquerda para a direita.

— Escuta aqui — começou Nico, passando a mão no cabelo revolto e parecendo buscar uma oferta de paz. — Rhodes confiava em você. Sei disso.

Foi exatamente por esse motivo que Tristan foi atrás de Nico.

— Aham.

— E você... seja lá o que pode fazer... — Nico o observou em silêncio. — ... é obviamente algo que vale a pena explorar.

— Sim. — Óbvio que era. — Acho que pode ser... — Mas então Tristan parou, porque não queria estar errado. — Só acho que eu poderia entender melhor se pudesse acertar o timing — disse ele, escolhendo as palavras com cuidado.

Nico o observou por mais um instante.

— Está bem — concordou ele. — Mas nem pense em me acordar cedo assim de novo.

Vou fazer o que eu quiser, pensou Tristan, com impaciência, mas depois de um momento de indignação decidiu que o pedido do físico era justo. Ele tinha o hábito de perder a noção do tempo naquele abismo em forma de casa.

— Tanto faz. Mas ok.

— E vamos fazer quando Parisa estiver dormindo — acrescentou Nico. — Não quero ninguém lendo minha mente e gritando comigo.

— Tá.

Também era um ponto válido. Não que Parisa fosse gritar com ele, mas *certamente* ia zombar dos dois. Isso presumindo que Tristan sobreviveria, para começo de conversa.

— Mais tarde esta noite, então — disse Tristan.

— Ótimo. Até lá. — Nico se afastou da porta e a fechou com força, deixando Tristan no corredor.

Antes que ele pudesse se virar e ir para o próprio quarto, uma porta foi aberta à direita.

— Ora, ora — disse uma voz, e Tristan ficou tenso.

Devagar, ele se virou para Callum, que o fitava com algo que poderia ser definido como divertimento.

— Fazendo novos amiguinhos? — alfinetou Callum.

Ele estava bebericando de uma xícara, que dificilmente continha chá de camomila. Mas quem poderia dizer? Callum não parecia nem mais nem menos perturbado que o habitual. Talvez tivesse dormido como um bebê. Ou como os mortos.

— Acho que me cansei de fazer amigos — respondeu Tristan, seco.

Callum abriu um sorriso amplo e sarcástico.

— Faz sentido. — Ele se virou em direção ao interior do quarto, mas parou. — Eu... — Deu de ombros. — Bem, você pode querer considerar lidar com tudo isso... — disse ele, gesticulando vagamente para Tristan — ... na melhor das hipóteses, de uma maneira mais saudável do que fabricando esquemas perigosos com uma criança hiperativa.

Tristan sentiu outra onda de raiva sem direcionamento.

— Suponho que você tenha comentários para fazer?

— Sugestões amigáveis, talvez? Por exemplo, acho ioga muitíssimo revigorante. — Callum levou a xícara aos lábios, o olhar preso no de Tristan. — Mas não ousaria tecer comentários.

Maravilha.

— Acabou?

— Sim. — Callum deu as costas para ele. — Boa noite, então.

— Já é de manhã — observou Tristan.

— Apenas para os que não têm imaginação — rebateu Callum ao olhar para trás, voltando para dentro do quarto.

Sorte de Tristan ter questões mais urgentes com que se preocupar. Então partiu em direção ao seu quarto, cogitando dormir um pouco, mas então desistiu de conceito tão absurdo e, em vez disso, decidiu ir até as fronteiras do terreno. Estava com o caderno no qual ele estivera rabiscando desde a conclusão do ritual de iniciação, que teoricamente servia para reunir as pesquisas para o tema do estudo independente deles (o cronograma para o segundo ano nos arquivos da Sociedade era uma página ridiculamente esparsa — "cada um dos iniciados vai contribuir com uma dissertação de importância para os arquivos, cujo tema é livre" — seguida por uma única frase que Tristan, suposto acadêmico e possessor de palavras, ainda não conseguia completar de maneira satisfatória) e que em vez disso continha incompreensíveis diagramas de vários nadas.

Bem, não vários nadas. Tristan entendia algumas poucas coisas fundamentais, aqui e ali. Uma: ele sabia que podia enxergar o tempo. Isso estava provado. Provado por Rhodes, inclusive. Dois: sabia que podia ver o formato da magia, que para ele eram ondas granuladas de energia. Esse era um assunto a se discutir com um físico, embora ele ainda não pudesse se imaginar consultando Nico em qualquer tema de cunho intelectual. Uma coisa de cada vez. Assassinato primeiro e, em seguida, buscas acadêmicas.

Tristan riu, enojado. Era isso que ele havia se tornado, então? Um tipo de palhaço inconsequente apaixonado pelo perigo? Ele podia sentir, como o reluzir de uma faca, que algo mudara em seu interior. Ele sempre fora raivoso, mas o tipo de raiva que sentia não tinha escape, porque envolvia coisas intangíveis: vida. Destino. Circunstância. Ele tinha raiva do que havia nascido para ser, de quem era. Mas, agora, que maravilha: era tudo bem mais concreto! Ele estava com raiva de Callum, que basicamente tinha ameaçado matá-lo e também, por diversão, *sugerido com bastante ênfase* que Tristan era fraco, medíocre e meio que um idiota.

O que ele era. Por isso a raiva.

Mas agora era diferente. Frutífero. Algo que crescia mais e mais dentro dele. A raiva estava se tornando produtiva. Porque Tristan havia dito a si mesmo que Callum não tinha posse sobre o valor dele — não tinha posse sobre *ele*. Tristan era valioso por si só, em sua totalidade, porque podia ver, sentir e *fazer* coisas que outros não podiam. E aquele era o momento em que ele provaria isso.

Nos momentos que antecederam sua morte pelas mãos da projeção de Libby Rhodes, Tristan tinha conseguido criar uma estratégia de fuga. Ele vira a própria ruína e, ao fazê-lo, mudara seu entendimento sobre a realidade. De novo. Porque estava começando a entender que a realidade não era objetiva e que, na verdade, nunca tinha sido. A realidade *objetiva* afirmava que, se um medeiano fizesse uso de uma ilusão para esconder de forma mágica sua verdadeira aparência, então os efeitos da magia deveriam permanecer. Os olhos de Callum deveriam continuar punitivamente azul-celeste para Tristan, mas não, eram de um tom normal e humano de azul. Havia algo a dizer sobre a relatividade dos fatos e sobre o relacionamento entre o observador e o observado, mas a teoria só podia ir até certo ponto. Tristan não via o que os outros chamavam de realidade, mas via algo bem mais útil. A definição de realidade dele significava identificar as estruturas do tempo e do espaço, mas sua experiência de mundo estava consistentemente obstruindo sua habilidade de acessá-las. Apenas nos momentos em que ele sentia a consciência em risco de fratura ou término conseguia se dissociar dela, abrindo algum outro olho para uma verdade mais elevada e mais verdadeira.

Estava nos limites do terreno, além dos cornisos, se lembrando de um tempo em que conseguira acessar algum outro plano. O outro homem, o viajante — Ezra, se estivesse lembrando o nome certo —, o havia encontrado ali, e então Tristan fechou os olhos, tentando alcançar o mesmo nível de... Seria possível chamar de nirvana? Talvez se alguém quisesse ser um babaca pretensioso, sim. Mas não importava, porque algo havia mudado nas proteções na beira do terreno.

Tristan tornou a abrir os olhos, decepcionado. O padrão áspero e granulado das proteções parecia mais estreito, ou talvez as pequenas frestas pelas quais ele perambulara antes tivessem desaparecido. Janelas de fluidez haviam sido sugadas através de um vácuo, embora fosse possível presumir que isso era decorrente de alguma falha não prevista. As proteções que alguém quebrara, que ninguém deveria quebrar, haviam sido consertadas. O que significava que Tristan não podia se movimentar dentro delas, não importando quão pequenos seus movimentos fossem.

Tristan se perguntou se deveria contar a Parisa o que se passavam em sua mente. Ela claramente havia observado algo em sua magia, e, pelo que Tristan percebeu, acertou em cheio. Por isso, a projeção dela de Tristan durante o ritual não era indefesa — na verdade, a projeção dela de Tristan tinha visto algo. Um padrão de onda, uma progressão de energia. Era a mesma coisa que o Tristan em carne e osso vira antes, o que ele não havia percebido que Parisa também sabia. Mas o que o incomodava não era o fato de Parisa ter visto, e sim sua recusa em se envolver naquilo. Em uma simulação em que apenas os dois podiam ver de fato o que estava acontecendo, ela decidira fechar os olhos por completo.

Seria aquilo um reflexo do que Parisa pensava dele?, perguntou-se Tristan. Será que a telepata não dava a mínima para ele?

— *Oi* — chamou uma voz às suas costas, e Tristan abriu os olhos para encarar a escuridão profunda do crepúsculo.

E Nico de Varona.

— Estava querendo falar com você — disse Nico, jogando um livro para Tristan, que o pegou.

Era uma coleção das anotações de Schopenhauer sobre transcendentalismo.

Tristan observou o livro e desviou o olhar. Já sabia tudo de que precisava sobre transcendentalismo, daí ter ido falar com Nico mais cedo.

— E...?

— E o conceito faz sentido. — Nico se sentou no chão ao lado dele. — O que deve acontecer se eu concordar?

— Já te disse. Você me mata, mas não até o final.

Isso não era uma instrução difícil, e Tristan estava começando a se perguntar se havia superestimado a capacidade de Nico de ter um pensamento inteligente.

— Não, estou me referindo ao que deve acontecer no momento antes de você morrer. — Nico se virou para ele. — Essa é a parte que não entendo. Beleza, algo acontece. Adrenalina ou algo assim. Magia? — perguntou ele, e Tristan deu de ombros. — Então o que você vê, exatamente?

Essa era a pergunta, não? Aquela que ele passara o dia inteiro fazendo a si mesmo. Qual era o objetivo desse exercício, porque àquela altura o tempo precioso na Sociedade estava passando depressa, e ele não tinha dias inteiros para desperdiçar.

Tristan estava cansado de se fazer perguntas. Cansado de estar perto de pessoas que já entendiam os próprios limites, ou a falta deles. Ele perdera um ano de sua vida envolto naquela confusão, embora houvessem lhe prometido grandeza. Certamente havia prometido que *ele* era grande. Tristan só tinha mais um ano para provar para Atlas Blakely e, por extensão, para si mesmo, que não estiveram errados em acreditar que havia algo singular em Tristan. Que aquela casa, que reunia os melhores medeianos da sua geração — ou de todos os tempos —, era seu lugar.

— Vejo tudo — disse Tristan. — E acho — continuou, pigarreando — que também posso fazer uso disso. Quando fiquei frente a frente com Rhodes naquela simulação, eu...

Ele podia sentir o olhar de Nico e por isso fixou sua atenção à frente, no horizonte que retrocedia aos poucos.

— Usei o tempo — revelou Tristan. — Foi como se eu tivesse me expandido além de mim mesmo. Não sei como explicar, mas foi como se... naquele momento, fui de ser eu mesmo, de ter um começo e um fim finito, a me dobrar em mim, de novo e de novo. Existindo. Ao mesmo tempo *dentro* de mim e *fora* de mim, me duplicando o tempo todo. Foi como ser capaz de se mover através de outra...

— Dimensão — murmurou Nico.

— Exato. — Tristan manteve o olhar preso no vazio da noite. — E, curiosamente, eu já tinha visto isso antes. Meu pai... — Ele respirou fundo, pensativo. Não queria revelar muito de si. Nico felizmente ficou calado. — Ele não é uma pessoa paciente. E também é violento por natureza. Estava acostumado a ter essas coisas, esses episódios. Minha mãe e eu chamávamos de explosões. Ela tinha uma espécie de sexto sentido... uma forma de saber quando pisar em ovos com ele, o que dizer para acalmá-lo. Mas então ela morreu. — Tristan engoliu em seco. — Ainda não sei como. Eu era criança. E, quando perguntei ao meu pai, ele me bateu com tanta força que, juro por Deus, eu vi estrelas, senti o gosto delas.

Nico não abriu a boca, e Tristan sentiu a mistura de sempre de amargura e deslealdade quando falava do pai. A dualidade do relacionamento dos dois significava que o amor dele não podia existir sem raiva, e seu ódio era igualmente ineficaz, porque era quebradiço e poroso, repleto de anseio.

— Eu costumava ter medo de água — revelou Tristan. — Não sei por quê. Bem, água, não; profundidade. Então ele me segurou pelo pescoço sobre o rio Tâmisa.

Silêncio.

Depois que começou, ficou mais fácil falar.

— O estranho é que, desde então, ele se acalmou um pouco. Eu cresci, acho. Ou ele se cansou. Ou talvez ele tenha visto Deus, sei lá. Ele ainda é insuportável, não me entenda mal — acrescentou Tristan, com uma risada. — Ainda é um babaca, e não consigo pensar em ninguém que discordaria disso. Mas ele escondeu tão bem… as outras partes dele, digo. A escuridão. A forma como era tão… diferente, como se algo tivesse tomado conta dele. Possessão demoníaca ou alguma merda assim. E agora ele está mais velho — acrescentou após um momento. — Mais maleável. Já não ergue mais tanto a voz. Acha que é esperto demais para isso, que já viu coisa demais, aprendeu coisa demais. E ele está certo, não está? Ele foi melhorando conforme o tempo passava, é verdade. Não apenas melhorando. Ele se tornou mais respeitado, mais pensativo. Fala mais devagar. Ele é justo — disse Tristan, com um sorriso. — Faz com que eu me pergunte se algo sequer foi real, se talvez eu tenha sonhado, porque não podia ser tão ruim quanto pensei que fosse. Porque se era tão ruim assim, se era mesmo *tão ruim* a ponto de eu ter visto através da merda do tempo quando tinha sete anos, lutando pela minha vida acima do rio Tâmisa, então alguém mais deve ter visto, não é? Alguém deveria saber. Mas ninguém sabia, então talvez tenha sido só um sonho.

A boca de Tristan estava seca.

— Talvez tenha sido um pesadelo estranho. Ele sempre dizia que eu tinha uma imaginação fértil, que eu via as coisas daquela maneira porque estava inventando. E é muito louco eu ter acreditado, não é? Porque eu acredito, sim, nele — confessou Tristan. — E essa é a pior parte, que quando eu deveria estar aprendendo a enxergar o mundo, a ser parte dele, ele me ensinou a ficar com medo o tempo todo. Tenho tanto medo de não conseguir ver as coisas com clareza a menos que volte para lá, para o sentimento de que talvez eu possa morrer. E no momento em que tenho que pensar, sim, tudo bem então, vou fazer isso… *Nesse* momento… — Tristan soltou o ar — … O momento mais difícil, aquele que, até eu vir para cá, fiz absolutamente *tudo* em meu poder para nunca mais enfrentar outra vez… Nesse momento tenho que ver o impossível, o inacreditável, e então de alguma forma encontrar a energia para dizer, não, não vou. Não vou despencar, não vou me afogar, não vou partir e *não vou…*

Um suspiro.

— E eu não vou perdoá-lo — afirmou Tristan. — E não vou perdoar ninguém que me faça me perguntar se mereço estar vivo.

Depois de vários segundos de silêncio, Tristan percebeu que talvez Nico não tivesse perguntado nada, talvez não se importasse. Porque todo mundo tinha suas tragédias pessoais, e quem poderia dizer que Nico de Varona entendia esse tipo de dor? Esse tipo de *dúvida?* E depois de alguns outros segundos de silêncio, Tristan queria não ter dito nada daquilo, porque não conseguia suportar a ideia de ser alvo da pena de Nico. Não conseguia suportar ver a expressão no olhar de Nico que dizia que ele sentia muito. Que Tristan era exatamente o que Callum dissera: uma vítima. Se Nico dissesse uma palavra de conforto sequer, Tristan lhe daria um soco em cheio na boca.

Ao lado dele, Tristan mais sentiu do que viu a boca de Nico se abrir, e ficou tenso. Qualquer coisa, pensou ele, até mesmo uma palavra, até um *respirar* de desculpas e...

— Acho que a gente devia tentar provocar um ataque cardíaco — sugeriu Nico, tranquilo. — Manter esse seu rostinho bonito intacto.

Era tão improvável e tão surpreendentemente a única coisa que valia a pena ouvir que por um momento Tristan quase vomitou.

— É. — Ele soltou um suspiro fraco e vagaroso de alívio. — É, está bem então. Mas você não pode me avisar — acrescentou, se virando para Nico —, porque se eu souber que está para acontecer...

Então o punho de Nico encontrou o peito de Tristan pouco antes de tudo escurecer.

· PARISA ·

Não foi uma surpresa para ela que Atlas tivesse aparecido pela primeira vez em semanas apenas para buscá-la da sala de leitura. Ela vira um vislumbre do cair da máscara dele após o ritual de iniciação de Tristan e os dois sabiam disso, então por que ele ia escolher aquele momento, uma terça-feira arbitrária, para inconvenientemente interrompê-la, a não ser que Parisa enfim estivesse prestes a descobrir algo?

— Srta. Kamali — chamou Atlas, cuja presença inoportuna em tais ocasiões estava ficando previsível demais. — Tem um segundo?

Reina desgraçada. Parisa teria olhado feio para ela se sentisse que o aborrecimento valeria a pena. Torcia para que Atlas não tivesse ouvido a última pergunta de Reina, embora, se fosse esse o caso, Parisa seria a única culpada. Afinal, estivera tão ocupada prestando atenção em seus bloqueios telepáticos que havia se esquecido de não dizer *em voz alta* coisas idiotas.

Era de se esperar que Atlas tivesse algo a dizer sobre o escrutínio de Parisa da senciência dos arquivos. (Ou, como Reina chamara, "olhando para o nada". Idiota. Coloque um piercing no nariz e uma obstinação teimosa numa gostosa que sabe mexer com facas e de repente qualquer possiblidade de atração evapora.) Isso, ou Atlas enfim estava pronto para dar um fim em Parisa, o que a cada dia parecia inevitavelmente mais improvável.

Vou precisar de testemunhas?, perguntou Parisa, num silêncio seco.

Nossas conversinhas são sempre adoráveis, foi a resposta de Atlas.

Reina como sempre estava se mostrando uma inútil (encarando, como percebeu Parisa, o suposto pijama de Atlas), então Parisa cedeu. O Guardião pelo menos esperou que ela saísse da sala de leitura, gesticulando para que o seguisse pelo corredor, antes de atacá-la com seu desfile habitual de delicadezas.

— Você está bem, srta. Kamali?

— Depende de para onde estamos indo — murmurou ela em resposta.

A telepata checou as proteções da casa para ver onde todos estavam. Callum seguia para a sala de jantar. Tristan estava sentado lá fora, havia horas já. Nico estava rondando na direção deles, inquieto, a caminho da sala de leitura, o que já era alguma coisa, visto que passou a manhã na cama, igualmente inquieto.

Atlas parecia ter feito a mesma varredura investigatória. E assim a direcionou através de uma das portas do jardim, evitando que esbarrassem em Nico.

— Prefiro não ter que dar explicações — disse ele diante do olhar intrigado de Parisa, gesticulando para o estado geral de indisciplina em que ele se encontrava.

Ela olhou para as roupas dele, a calça amarrotada, os chinelos.

— Tendo um dia de autocuidado?

— Preciso da sua ajuda — disparou Atlas, ignorando o tom sarcástico dela e indicando que voltasse para dentro da casa quando o caminho deles e o de Nico não se cruzaram. — E, se estiver tudo bem para você, tomei a decisão bastante lisonjeira de escolher a urgência de sua especialidade em vez de qualquer formalidade de alfaiataria.

— Minha especialidade?

Parisa arqueou a sobrancelha. Estivera confortavelmente certa de que tinha algo tirando a paz do Guardião. Não havia, no entanto, esperado que ele compartilhasse isso com ela.

— Isso é tão improvável assim? — Ele a conduziu ao escritório no corredor sul, deixando Parisa entrar e fechando a porta. — Você é boa em sua especialidade de um jeito perturbador, como tenho certeza de que nós dois nos lembramos.

Parisa bufou, dando uma risadinha zombeteira.

— Se está tentando usar psicologia reversa para cair nas minhas boas graças...

— Não estou. Suas graças estão seguras. Sente-se — pediu Atlas, indicando a cadeira atrás da mesa. — Fique à vontade.

Na cadeira *dele*? Ela o encarou em busca de confirmação, esperando. O homem deu de ombros numa não resposta aparente.

— Não gosto nem um pouco disso — avisou Parisa, num murmúrio, embora tenha obedecido, cautelosa.

Ela afundou na cadeira do Guardião, franzindo a testa. Atlas permaneceu de pé no centro da sala. *Me diga a verdade*, lançou ela. *Por que estamos aqui?*

Era difícil mentir por telepatia. Ele poderia, se quisesse, mas teria que se esforçar.

Preciso da sua ajuda, repetiu Atlas. *E, juro, essa é a verdade.*

— Tá — disse Parisa. Ele parecia falar a verdade. — Do que você precisa?

— Há um buraco nas proteções — revelou Atlas.

— Um buraco telepático? Não tem, não — respondeu Parisa. Ela saberia.

— Não, não um telepático.

Atlas coçou o queixo, e Parisa percebeu que ele não estava de barba feita. A situação ficava cada vez mais curiosa. A telepata sempre pensara no Guardião como alguém relativamente vaidoso, ou pelo menos devotado de maneira tática às aparências.

— De que tipo, então?

E vá direto ao ponto, acrescentou. *Tenho coisas para fazer.*

Está se referindo a fazer perguntas a uma biblioteca senciente? Não acho que você vá receber quaisquer respostas significativas hoje.

Ele não estava errado. Tudo que ela tinha de material para trabalhar era um percepção geral de decadência vindo de Reina (e, a não ser que estivesse muito enganada, de Nico) e o aviso sombrio de Dalton — *Parisa, conhecimento é carnificina. Você não pode tê-lo sem algum sacrifício* — retumbando em sua cabeça, sem chegar a lugar nenhum. A pergunta era: agora que não era mais esperado que assassinassem um deles, qual seria o sacrifício dessa vez?

Sempre há o amanhã, respondeu ela.

Atlas lhe lançou outro olhar um tanto impaciente, mas podia ver que estavam num impasse.

— É uma proteção física — admitiu o Guardião.

Parisa semicerrou os olhos.

— Então arranje um físico. Você ainda tem um, como deve se lembrar.

— O sr. de Varona não pode saber disso.

Uma resposta razoável por muitos motivos, embora ainda obscura quando aplicada a essa instância específica. Atlas se sentou na cadeira diante dela, na qual Parisa deveria estar se a conversa tivesse a hierarquia esperada.

— Nem os outros — avisou ele.

Interessante. Não que ela planejasse estragar a própria diversão apontando isso.

— Dalton sabe? — perguntou Parisa.

— O sr. Ellery não sabe — respondeu Atlas. — É um pesquisador aqui. Isto não é da alçada dele.

— Mas seria da minha?

— Só porque não vejo outra saída.

De novo, ele parecia falar a verdade. A necessidade de recorrer a ela obviamente não agradava Atlas, e ele não fazia nenhuma questão de esconder isso.

— E se eu contar a alguém?

Atlas roçou o polegar sobre os nós dos dedos.

— Então você contou a alguém.

— Sua carreira está em risco?

— Suponho que sim. — Ele soava cansado.

— E isso coloca você em dívida comigo? — perguntou Parisa, colocando os pés cruzados sobre a mesa.

Com uma careta, Atlas seguiu o movimento. Parisa abriu um sorriso inocente.

— Não — disse Atlas. — Não estou em dívida com você. É apenas um favor que peço, e você pode decidir atender ou não. E então nós voltaremos aos nossos papéis de Guardião e pesquisadora.

— Você parece ter um papel bastante *ativo* com Dalton — desafiou Parisa.

— Srta. Kamali — disse Atlas. Um aviso. — Há um buraco na proteção ou não?

Parisa suspirou, lamentando que o homem tivesse se cansado do jogo tão rápido. Ela estava se divertindo tanto.

— Está bem. — Parisa fechou os olhos, avaliando a senciência da casa e suas proteções. Como um gatinho, elas se acalmaram sob seu toque. — O que estou buscando?

— Algo que tem mais ou menos um metro e oitenta.

Ela abriu um olho.

— De que forma?

— Da forma de um homem. — Atlas se inclinou à frente, os cotovelos nos joelhos. — Presumo que você esteja familiarizada com essas dimensões — murmurou ele, e Parisa considerou estar bastante ofendida até decidir, em vez disso, estar maravilhada.

— Seria isso uma piada, sr. Blakely? Que mudança boa e chocante. — Parisa fechou os olhos, peneirando as texturas da magia da casa, pedindo a ela um favor. Uma espécie de vigilância do bairro das artes medianas. — Nada — determinou depois de um momento. — À prova de balas.

— Ótimo. — Atlas soltou o que parecia um suspiro de alívio genuíno. — Obrigado. — Ele se levantou. — Agora saia da minha cadeira.

— Você remendou, então? — indagou Parisa. Não estava com pressa para abandonar a posição dele de autoridade, ainda mais quando havia tanto tumulto pessoal no ar. Ao olhar de advertência de Atlas, ela acrescentou, com inocência: — Para que você precisava de mim, se já tinha resolvido você mesmo?

— Revisão de pares.

Levante-se, srta. Kamali. Tenho trabalho a fazer.

Tenho certeza de que sim.

Obviamente a situação era mais complexa do que ele admitira.

— É ruim assim? Alguém deve ter cometido um erro terrível — observou ela, com uma solenidade seca.

— Com certeza — concordou Atlas.

Eles se encararam por outro longo momento antes que Parisa, já cansada daquela conversa, se permitiu um suspiro. Ela se levantou, gesticulando para a cadeira.

— Toda sua.

— De fato.

Atlas parou ao lado da mesa, esperando.

Assim como Parisa.

— Mas então… — começou ela. — Imagino que você ouviu o que Reina e eu estávamos…

— Vocês estavam à procura de problemas — completou Atlas, esfregando uma ruga na testa. — Ou têm algum tipo de plano escuso. Não consigo imaginar qual.

— Vamos dizer que é minha natureza — sugeriu Parisa. — Ou que todo mundo sempre tem planos escusos e que sempre há algo errado. Vai saber?

Talvez se dando conta de que a telepata não estava com nenhuma pressa para ir embora, Atlas tomou seu lugar atrás da mesa, acordando a tela fina de seu computador e voltando à sua correspondência. Parisa percebeu que nunca vira o homem usar um computador, mas claramente o trabalho dele envolvia mais pormenores logísticos e mundanos do que ela imaginara.

— Você está nos vigiando? — questionou ela.

— Não — respondeu Atlas, sem erguer o olhar.

— Mas algo está, não é mesmo?

Conhecimento é carnificina. Dalton disse isso por um motivo.
Não faço a menor ideia do que você está falando.

— Tenha um bom dia, srta. Kamali.

— Aquela simulação. O ritual de iniciação... Como Dalton disse? *Não era um teste.* — Parisa abandonou as tentativas de sutileza e parou diante da mesa, lançando uma sombra sobre o móvel. — Aquilo não foi feito para nos beneficiar. Já tínhamos garantido nosso lugar aqui, como você disse... Então aprender as fraquezas uns dos outros não era mais útil.

Atlas não contestou a afirmação.

— A não ser que algo mais estivesse tentando aprender alguma coisa a nosso respeito — prosseguiu Parisa. — Observar a gente.

Algo, ou talvez alguém.

Atlas inseriu um ponto-final afiado antes de olhar rapidamente para ela.

— E o que você acha que essa *coisa* indefinível gostaria de saber?

— Nossos padrões — respondeu Parisa, de pronto. — Nossos comportamentos.

— Para quê? Você se acha mesmo tão interessante que tudo que faz vale a pena ser analisado?

Ela achava, sim. E, mais importante, o Guardião estava retendo informações de propósito.

— É isso que recebo por ajudar você? — perguntou ela, com um suspiro de decepção.

— Sim. — Atlas se recostou na cadeira. — Temo que minhas reservas de gratidão eterna requeiram um reabastecimento.

Parisa sentiu uma risada presa na garganta, o que era uma mudança de ritmo impressionante. O bate e rebate, que era tão incomum para ele, quase conseguia ser agradável.

— Sabe, gosto de você assim — comentou Parisa, em voz alta. — Não dar tanta importância às coisas é muito revigorante.

— Eu sou muito agradável, srta. Kamali.

Ou como você acha que cheguei aqui?

Faz sentido.

— Então isso se trata de Libby Rhodes? — indagou ela. — Você me chamar aqui, o buraco nas proteções?

Dessa vez, Atlas a encarou com firmeza.

O que faz você pensar isso?

Rhodes ter desaparecido como aconteceu, sem o seu conhecimento, foi um erro catastrófico, respondeu ela. *E apenas uma catástrofe o traria até mim.*

Ele sustentou o olhar dela por mais alguns segundos. O pequeno relógio na parede se aproximou da hora seguinte, os dois ainda parados, sem qualquer intenção de se moverem.

— Onde você acha que ela está? — perguntou Parisa.

— Não faço ideia.

Ela pensou no tom da resposta dele.

Mas você sabe quem a pegou.

— Tenho meus palpites — foi a resposta dele, ambígua.

Que cansativo.

Me responda aqui, desafiou-o.

Os lábios dele se pressionaram com impaciência.

Sim. Eu sei quem a levou.

Isso era óbvio.

Um homem de mais ou menos um metro e oitenta?

Sim.

Um físico?

De certa forma.

E você não vai contar aos outros?

Os outros não precisam saber disso.

Parisa se forçou a não discordar.

Mas você acha que ela está viva?

Esperemos que sim.

Você percebe que Varona vai continuar procurando, talvez até Tristan...

E espero que eles a encontrem, disse Atlas. *Porque eu não consigo.*

Isso parecia verdadeiro, senão totalmente sincero.

Onde você acha que ela está?, perguntou Parisa de novo.

Não faço ideia, respondeu ele de novo.

Mas dessa vez era diferente. Na cabeça dele, a resposta era amorfa. Ele não sabia a resposta com exatidão, mas sabia uma coisa, e o que ele sabia era uma traição de tamanha magnitude que mesmo ele, Atlas Blakely, Guardião da Sociedade Alexandrina, se tornava pequeno e humano por saber. O esforço de selar as proteções lhe custara muito — e não só fisicamente. Algo em seu interior estava para sempre alterado, para sempre miserável, eternamente ausente.

Atlas Blakely havia perdido algo, Parisa entendia isso. Algo que se assemelhava a seu propósito de vida, que não era irrestrito como uma paixão, ainda que mais elevado, mais denso e mais puro que felicidade ou alegria.

Para onde Libby Rhodes havia ido era uma pergunta pequena, minúscula, diminuída por uma pergunta maior quanto às coisas que Atlas agora sabia. *Tudo* que ele sabia, na verdade. O mundo dele havia saído de órbita, de equilíbrio.

Fora por isso que Tristan — ou algo que Tristan fizera — tinha feito com que Atlas retornasse à estase. Porque, onde Atlas estivera indefeso, Tristan era a resposta. E agora Atlas tinha potencial de novo. *Momentum*. Ele fora até Parisa porque perdera algo — algo que um dia definiria todo o seu ser, sua plenitude. Agora não importava o que ela sabia ou o que viu, porque Atlas tinha Tristan. A órbita dele mudara.

Em algum ponto da enormidade dos pensamentos agitados de Atlas estava exatamente o que Parisa viera buscar. Havia sussurros de conversas na mente dele, fragmentos. Onde estava Libby Rhodes? Perdida nos pecados de Atlas Blakely. Parisa pegou os fragmentos de um pensamento, lascas de memória flutuando como asas errantes ou fios soltos. Ela encontrou as extremidades em frangalhos e fez o que fazia melhor.

Ela as puxou.

... malditos livros...

... morta, vida longa à Sociedade...

... fez?...

... sabe como passar fome...

... você e eu, vamos...

... absolutamente deve levar os dois...

... falha, a natureza cria um novo...

... Sociedade está morta...

... significa que você encontrou algo? Pensei...

... vamos fazer um novo...

... Atlas, você não é um...

... e eu, vamos dominar, vamos...

... ser deuses.

Parisa inspirou fundo, se afastando de Atlas com um passo. Essa resposta, que ela roubara dele, era uma violação. Ela sabia disso e ele também.

— Suponho que nossa breve *détente* acabou de vez agora — murmurou Parisa. Um tipo de desculpa.

— Adeus, srta. Kamali — disse Atlas, o que não era perdão.

Ela saiu do escritório, sabendo que ele nem se dera ao trabalho de erguer o olhar.

Mesmo assim, um sorriso se espalhava pelo rosto de Parisa, surpreendentemente vitorioso.

— Tenho a impressão de que nós a veremos em breve, Rhodes — disse ela para o nada, balançando a cabeça e vagando pelo corredor sem nenhuma preocupação.

· LIBBY ·

Nos últimos tempos, Libby Rhodes passara a dormir de uma forma que nunca fizera antes. O que tinha mudado? Talvez fosse o ambiente. Os lençóis frescos, a instigação do descanso, a falta de algo para fazer além de sucumbir à escuridão cavernosa. Ou talvez fosse o fato de que o ex-namorado dela a sequestrara, a traíra e a tinha deixado tudo, menos morta. Mas, no fim das contas, quem poderia afirmar isso?

Ela dormia como uma viciada: a boca salivando por outra oportunidade de se encolher, de ser enterrada entre os cobertores, envolvida no sofrimento de estar perdida. O processo de manter sua existência havia se tornado tão exaustivo que a única opção era mergulhar no eterno vazio, indo em direção ao fundo de algum profundo inexplorável. Quando estava desperta, ela rondava o quarto que se tornara sua cela, monótono e monstruoso, persuadindo a fumaça a virar chamas apenas para sentir a sucção de ar mais perto de si, como se tivesse sido embalada num tipo de laço fluido.

Não era como se ela tivesse desistido.

Era mais como se todo o tempo dormindo estivesse desfiando uma ideia meio formada que sua mente consciente não conseguia entender porque ela estava — como sempre estivera — ansiosa demais, tomada demais pelo pânico primoroso das fugas hipotéticas. Libby sempre fora insuportável quando acordada — pergunte a Nico de Varona ou a Reina Mori; pergunte a Tristan Caine ou a Parisa Kamali; tente perguntar a Callum Nova, presumindo que ele ainda esteja vivo — e, agora que fora deixada sozinha consigo, ela própria podia concordar: Libby era a pior pessoa que conhecera, e a pessoa menos agradável com a qual estar presa num quarto.

Para efeitos de visualização do cenário, os ingredientes do cativeiro dela eram os seguintes:

Uma caixa com uma janela. A janela era um produto de ilusão, então, para todas as intenções e propósitos, nada existia além dela. A observação sugeria a Libby, que existira anteriormente no universo em certo ponto, que aquele era um estúdio péssimo ou um quarto num hotel barato. Era mais provável que Ezra, o ex-namorado que ela não considerara sádico de nenhuma maneira considerável até bem recentemente, não podia se dar ao trabalho de gastar a magia numa habitação melhor. Embora a questão talvez fosse puramente econômica. Os hábitos dele sugeriam que não vivia ali e, nessa economia, quem é que tinha como pagar dois aluguéis?

Acima havia uma porta, trancada. O nível direito continha um pequeno banheiro que ela se ressentia de ter que usar. Ser arrastada da preciosa incubação de seu sono meditativo e conservador para entreter a dependência voluntária da consciência de seu corpo estava entre as coisas de que menos gostava. Ela passava pouquíssimo tempo ali e raramente abria os olhos quando o fazia.

No nível esquerdo estava a cama, e era de se admitir que não se tratava de uma prisão. *Aha*! Um vislumbre de afeição ou talvez simples humanidade do homem que um dia fora tão complacente em permitir a Libby que fosse e viesse como bem entendesse. Lençóis bons, de algodão, macios e luxuosos e ainda reconfortantes e despretensiosos ao mesmo tempo. Afinal de contas, Ezra dormira na cama dela por quase três anos. Os lençóis tinham cheiro de peônias e lavanda, uma flor madura junto da sensação de segurança do creme de mão de artrite da avó de Libby. Que incrível a atenção aos detalhes que ele tinha, preenchendo a pequena cela como se Libby fosse um animal problemático e ansioso. Por dias a fio ela não comera nada, se perguntando se ele tentaria dosá-la com algo. Por fim, percebeu que ele não era perigoso, não para valer, e que, na verdade, se ela morresse, ele ficaria muito chateado consigo mesmo. Ezra queria que ela ficasse ali, fora do caminho de qualquer que fosse a tirania desmedida da qual ele achava que Libby participava ou era cúmplice. Elizabeth Rhodes, destruidora de mundos. Só esse pensamento a fez ansiar por uma rosquinha, ou talvez algum tipo de torta de creme.

Sem querer perder o fio da meada, mas ela com frequência pensava o mesmo de Tristan. Pensava em todos eles, os outros cinco aos quais ela só se adaptara havia pouco tempo, mas cada um parecia acompanhar seus pensamentos de maneira diferente. Nico era implacável, sempre torrando a paciência dela. *Rhodes, acorde; Rhodes, você é um incêndio; Rhodes, só deixe queimar.* Ela queria que ele fosse embora porque Nico a exauria mais do que qualquer outra coisa. Ele impedia que Libby dormisse, mas o que ela deveria fazer? Já havia testado a magia que poderia usar para escapar, mas aquele quarto, com suas proteções, tinha sido feito para ela, contra ela. Cada elemento da magia usada no quarto era seu inimigo, aprimorado e escolhido especificamente para evitar que Libby saísse da linha.

Reina era uma presença maravilhosa nos pensamentos dela, muito quieta, serena, vez ou outra desviando a atenção de um dos seus livros e direcionando a Libby um olhar que dizia *você, Libby Rhodes, é uma idiota, e ninguém sente falta de uma idiota.*

Rhodes, você é tão cansativa que eu já imaginava que você seria uma vítima horrível. (Isso era Parisa.) Às vezes ela sussurrava coisas assim no ouvido de Libby, com lascívia. Em outras, ela suspirava, entediada, enquanto mostrava só um pouquinho da panturrilha sob o vestido. *Ah, Rhodes, você é um pedaço de desespero tão lamentável, pare ou terei que encontrar outra coisa para me divertir.*

Olhe para os pedaços, Rhodes.

Esse era Tristan. Libby se permitia moldar aquelas interações mais que as outras, brincando com elas e fazendo projeções em que se imaginava em suas roupas de cama com aroma de flores, seu casulo de algodão. Ele a rodeava, os olhos pesados e gulosos, aniquilatórios e pacientes. *Olhe para os pedaços, Rhodes, essa é a única forma de ver o todo.* Em geral, essas incursões mentais saíam dos trilhos, e ela ansiava pelo impacto de algo, por uma dose de fantasia. Então jogava jogos consigo, permitindo um gosto das projeções imprudentes da imaginação e depois as revertendo quando chegavam perto demais do prazer, tocando a melancolia em câmera lenta para não desperdiçar o caráter agridoce da construção.

Mas, inevitavelmente, Callum interrompia. *Ninguém gosta de uma mártir, Rhodes*, dizia ele, emitindo um som de desaprovação enquanto analisava as unhas. *Eu te ajudaria se você pedisse.*

Ele não faria isso para ser útil de *verdade*, claro. *Só porque sua ansiedade está me dando uma dor de cabeça danada*, destacava ele.

Àquela altura, Libby lembraria que Callum provavelmente estava morto — que, mesmo que Tristan tivesse falhado, então um dos outros, Parisa talvez, teria tomado as rédeas e remediado a situação —, e ela se sentia melhor por um tempo, mas Callum era sempre mais difícil de se livrar do que os outros.

Você está ignorando as partes importantes, dizia ele.

Então ela apontaria o óbvio. Proteções. Algo ali estava se contrapondo à magia que geralmente ela produzia com tanta facilidade. Havia algo cinético, tornando-a sonolenta, vagarosa, lenta em responder, como uma toxina no ar.

Ela sabia que estava lá, sabia o que era, e o que *não* sabia era o que a esperava se saísse.

Onde Ezra Fowler — o homem com que, conforme confessara à mãe certa vez, ela achou que poderia passar o resto da vida — havia decidido colocá-la?

Lá vamos nós, Rhodes, agora você está pensando. Nem tudo é questão de fisicalidades vastas. Quase sempre tudo se resume à fraqueza fundamental de um único ser humano. Você sequer sabe quantas fraturas uma pessoa pode conter? Olhe para suas próprias falhas e não seja burra. Você não é especial porque tem falhas, todo mundo tem partes quebradas. Todo mundo tem algo a esconder.

Nesse ponto, Callum se levantava e esticava suas longas pernas, dando aos arredores um olhar de desprezo aristocrático.

Você sabia que a maioria dos nossos comportamentos vem da nossa adolescência? Gostos se desenvolvem, mas há uma parte particular da juventude que nunca nos deixa. Eles são chamados de anos de formação por um motivo. Porque, de alguma forma, é para onde sempre retornamos.

Com Callum tudo girava em torno das pessoas, da fragilidade dos humanos, como se ele fosse de outra espécie, e talvez fosse mesmo. Ele sempre falava de certa distância, como se fosse apenas a audiência de uma comédia se desdobrando no placo.

E sempre era uma comédia para Callum, que nunca estava investido, nunca estava envolvido. Libby se perguntou se o empata tinha achado hilária, histérica, a ideia de que, entre todos que ele considerava tão completamente inúteis, fora ele o escolhido para morrer. Ela não conseguia tirar da cabeça a possibilidade de que ele tivesse achado a traição divertida no sentido mais puro da palavra. Absurda a ponto de se tornar engraçada.

A física tentou enxergar a situação da perspectiva dele, aceitando o conselho de Tristan e olhando para as partes que compunham o todo, porque a evidência parecia sugerir que Ezra Fowler estava fortemente convencido de que, ao conter Libby, estava na verdade salvando o mundo. E se havia algo que precisava de uma análise mais aprofundada, provavelmente era a ideia de que Libby tinha alguma importância, mesmo que um pouquinho, mesmo que remotamente.

Não que ela tivesse chegado a algum lugar, mas pensar como Callum dava a tudo um sabor um pouco mais interessante. De que outra forma alguém poderia enfrentar a perspectiva de ser um sexto de um código nuclear distópico, senão simplesmente rir e voltar a dormir? E era o que Libby fazia, dia após dia, exceto que agora estava começando a sonhar. A sonolência crônica que sentia era suficiente para deixar o corpo dela dormente e vazio, mas o cérebro dela, antes mais ocupado com a academia do que o de qualquer acadêmico mortal, não podia estar contente com tal inércia desagradável.

Aposto que o gosto musical dele é péssimo, diria Callum com desdém, em sua presunção de que qualquer amante de Libby seria ridiculamente banal. *Ele jamais conseguiu desapegar de fosse lá o que ouvia aos quinze, dezesseis anos. E o que seria isso, afinal?*

Bem, pelo que Ezra tinha comentando, ele devia ter mais ou menos a idade de Altas. Não se considerava uma pessoa com sotaque, mas isso era impossível. Seu jeito de falar particular necessariamente devia pertencer a alguma parte do mundo. O próprio Ezra já havia mencionado Los Angeles, um lugar enorme a que Libby só tinha ido uma vez, de férias com a família. Eles visitaram um píer que na época estava fechado devido ao risco de maré muito alta. Ezra contara que foi criado pela mãe, que não tinha irmãos e que não falava com ninguém da família havia vários anos. Libby presumiu que os dois tinham uma relação distante, até que, depois de meia garrafa de champanhe barato no Ano-Novo, ele a corrigiu: na verdade, sua mãe estava morta. Estava morta havia algum tempo. Morrera quando ele era criança.

Bem, é daí que vem o heroísmo, disse Callum, zombando. *Culpa do sobrevivente e tal. O peso da responsabilidade.* Libby conhecia esse lado de Ezra, a forma como ele sempre se mostrava disposto a salvá-la de suas ansiedades em vez de apenas ouvir seus desabafos. Ele queria que Libby *quisesse* ser resgatada, e ela pensava que a decisão ocasional de satisfazer essa vontade dele fosse algo que pessoas faziam em relacionamentos. Ego masculino ou algo assim. Coisas que boas namoradas faziam para manter a paz.

O ego é uma coisa engraçada, comentou Callum, ainda aparecendo sem ser convidado para interromper as fantasias sexuais dela ou zombar de seu mal--estar persistente. *Supostamente o ego é o verdadeiro eu, sabia, Rhodes? Rhodes, você não está prestando atenção. Não são muitas as pessoas que entendem de verdade o que realmente são, você não descobriu isso ainda?*

Uma Libby anterior diria que é óbvio que ela entendia a si mesma, ela *era* ela mesma, mas, dada a natureza dos eventos recentes, Libby sentia que não tinha escolha além de dar um passo para trás e reconsiderar essa afirmação. Ela entendia muito claramente que *não* era ela mesma no momento, o que por ora parecia uma compreensão suficiente da situação.

Não conseguimos deixar de nos agarrar às nossas origens, disse Callum. *O passado sempre parece mais ordenado, Rhodes. Sempre parece mais nítido, mais direto, mais fácil de entender. Nós a desejamos, aquela sensação de simplicidade, mas apenas um idiota perseguiria o passado, porque nossa percepção dele é falsa. O mundo nunca foi simples. Só que em retrospecto ele poderia ser conhecido e, portanto, compreendido.*

... Bom, isso em teoria, apontaria Callum, *embora, como você sabe, o mundo é repleto de idiotas.* Em seguida ele dava uma risada seca, de repente erguendo o copo que invariavelmente tinha na mão.

E era assim que Libby percebia que estava sonhando, porque olhava para baixo e via que também tinha um copo, e que fora das paredes da sala pintada o céu queimava como na previsão de Ezra sobre o fim do mundo. A destruição que Atlas Blakely ia infligir a eles caía do céu como lágrimas de sangue. Ezra nunca descreveu a cena de verdade, fosse lá o que vira quando seguira as consequências do plano de Atlas, mas Libby acreditava que havia certas coisas que a espécie humana fora programada para prever. O fim dos dias sempre parecia crucialmente o mesmo, não importando a mão que o escrevera. Toda a humanidade compartilhava de uma única e sombria imaginação: fogo e enchentes, gafanhotos e pragas. A Terra nos lançando para fora de seu podre e despojado Éden.

Extinção em massa é uma farsa, relembrou-a Callum. *É uma ideia alimentada por mentes pequenas, teoristas da conspiração. Claro que não há dinossauros, há lagartos e pássaros. Este seu Ezra não saberia o que viu e, mesmo que soubesse, por que não poderia ser simplesmente sobrevivência?*

O fato de que Callum proferia frases completas na mente dela confirmava a ideia de que ser do contra funcionava muito mais do que a positividade. Ela estivera prestando tanta atenção às constantes críticas dele que agora poderia invocá-las com mais facilidade do que as palavras de incentivo mal-humoradas de Nico ou as correções murmuradas de Tristan.

Libby estava em parte decidida a contar a Callum que ele estava morto e que portanto suas palavras eram inúteis, mas então se deu conta de onde estava e de que estava sonhando. Ela se viu no corredor de seu dormitório do primeiro ano na UAMNY, mal iluminado e com um carpete conjurado para não deixar à mostra qualquer evidência de desgaste, embora esse tipo de feitiço fosse claramente um serviço institucional. (Assim como acontecia com os carpetes dos dormitórios das faculdades mortais, que na maioria das vezes eram da cor exata de qualquer que fosse o ambiente caótico que eles cobriam.)

Ela se mexeu de maneira mecânica, superficial, como se tudo tivesse sido ensaiado, e então bateu na porta de um quarto que sabia vagamente estar incorreto. Mais tarde, ao acordar, Libby se lembraria. (A mente inconsciente dela havia pegado detalhes da mansão da Sociedade e misturado com uma excursão do quarto ano ao Museu de História Natural.)

— Gideon Drake? — chamou Libby. — Aqui é Libby Rhodes. Faço parte dos serviços da UAMNY para pessoas com deficiência e vou ajudar você com algumas anotações.

O homem que abrira a porta parecia uma mistura de Tristan e alguém que Libby não reconheceria inicialmente como sendo o padre que ela achara gostoso quando esbarrara com ele na Sétima Avenida, no verão anterior, e quase morrera de vergonha. Mesmo assim, ela sabia que aquele homem era "Gideon", da mesma forma que sempre sabemos quem as pessoas deveriam ser nos sonhos.

Ela estava sonhando com a primeira vez que o encontrara, então era óbvio que era Gideon.

— Libby — disse ele, com rosto de Padre-Tristan. — Está me ouvindo?

As luzes piscaram no corredor e ela se virou, de repente se sentindo ameaçada.

— Devia ter pedido a Parisa para te ensinar sobre sonhos lúcidos — observou Callum, que não estava ali um momento antes, mas que surgira ao lado dela.

— Mito — disse Libby, mas então Callum desapareceu.

— Libby. — Era Gideon outra vez, embora o rosto dele não tivesse mudado. — Tente fazer algo. Mude alguma coisa.

Ai, mas ela estava tão *cansada*. E, de qualquer forma, não foi assim que aconteceu. A lembrança deveria ter começado com ela e Gideon conversando sobre narcolepsia, o garoto lhe perguntando por que ela estava trabalhando para os serviços de pessoas com deficiência (isso acontecera semanas, senão meses, antes de ela acidentalmente revelar a Nico sua prática fútil de fazer anotações diligentes na escola, algo que fizera pela irmã, Katherine, durante o tempo interminável da doença dela), e terminado com Libby percebendo que Gideon Drake era colega de quarto do idiota que se sentava atrás dela em Magias Físicas I. Ela decidiria naquele momento odiar Gideon por associação, embora, na realidade, é claro que ela não se obrigaria a fazer isso. (Não porque ele era narcoléptico, embora isso contasse a favor dele, mas porque ele era Gideon, e era impossível odiar Gideon.)

Mas aquilo era um sonho, e tudo que Libby sabia sobre sonhos sugeria que ela estava em algum lugar no meio de um ciclo REM que duraria não mais que vinte minutos. Em breve, um sono mais profundo e menos agitado teria início, e ela, enfim, ia ter seu merecido descanso.

— Sabe — disse Callum, que aparentemente não tinha ido embora —, está um pouco abafado aqui.

— Não posso mudar o *ar* — rebateu Libby, contrariada. — Só aceita.

— Na verdade, você pode — disse Gideon como Padre-Tristan. — E, para ser sincero, você provavelmente deveria.

Ela olhou para Callum e depois desviou o olhar, exausta. Por que não podia ter sonhado com Mira? Sentia saudade de Mira, sua colega de quarto da UAMNY. Ou será que não tinha como sonhar com Katherine, que naquele contexto provavelmente seria uma assombração fofa, e não o sonho recorrente em que Libby estava atrasada e a irmã a esperava em algum lugar fora de vista e impossível de alcançar. Se Libby ia falar com uma pessoa morta, Katherine era a única pessoa morta de quem ela gostava. (Libby não conhecia o avô muito bem, e saber por alguma razão que ele havia jogado tênis até a idade avançada de noventa anos não significava que ela realmente o *conhecia*.)

— Sei que você não quer — disse Padre-Tristan, franzindo a testa, concentrado. — Você está num ponto muito distante, consigo perceber, mas...

— O futuro é tão *complicado* — observou Callum. — Tão desordenado. Tantas variáveis. A entropia se move apenas numa direção, já pensou nisso? Como o calor. — Ele fez quicar três vezes uma bolinha de borracha, observando-a desaparecer. — Você viu aquilo? Claro que não.

— Libby? — perguntou Padre-Tristan, se virando para Callum. — É você?

— Não, esse aí não sou eu — respondeu Libby, embora aquela afirmação a tivesse intrigado.

Callum não estava um pouco estranho? Fazia todas as coisas de sempre, mas suas roupas não pareciam suas. Estava usando um dos paletós de Tristan.

De repente, Libby sentiu uma rivalidade absurda e impulsiva. Por que Callum estava sempre misturado nos pensamentos dela de Tristan? Mesmo dentro de sua cabeça ela sentia ciúme dele, ainda os via como partes conectadas. Burrice.

Mude alguma coisa. Está bem.

Libby encarou o paletó e queimou um pedacinho dele, abrindo um pequeno buraco. Então, observando a fumacinha que saiu, ela aumentou o foco e logo incendiou a peça inteira, rindo sozinha.

— Bem, isso é um começo — disse Callum, que não era mais Callum, mas a própria Libby.

Ela sabia disso porque se parecia com ela, soava como ela e tinha franjas longas e castanhas que ainda não estavam do tamanho normal, como as dela. Sim, era mesmo ela: as chamas haviam esfriado, e agora Libby se erguia das cinzas como uma Vênus acanhada e nada sexy.

— Caramba — disse Libby para si mesma. — Todos sabem que você é inútil.

— Libby — disse Padre-Tristan, cujo rosto se retorceu um pouco. — Você consegue mudar onde estamos?

Ambas as Libbys o encararam.

— Mudar para o quê?

— Qualquer lugar. Qualquer coisa.

— Como?

— Da mesma forma que você faz quando está acordada.

— Por que não estou acordada agora?

— Seu corpo está dormindo. Mas sua mente está acordada.

— Está?

— Não completamente. Mas, sim, quase.

— Você é mesmo Gideon? — perguntou Libby a Padre-Tristan.

— Sou. — Ele ficou surpreso e feliz. — Você consegue me ver?

Libby piscou e, sim, conseguia. Lá estava ele, com seu cabelo cor de areia e suas olheiras profundas. Seus ombros tinham contornos arredondados de tanto ficarem caídos. Uma exaustão constante. A narcolepsia, pensou ela ou, na verdade, relembrou. Também lembrou que nunca soube de fato qual era a especialidade dele. (Algumas pessoas eram ridiculamente cheias de segredos. Qual era o objetivo de Gideon, afinal?)

— Como vou saber que é mesmo você? — perguntou, desconfiada, e acima deles ouviu-se um estrondo vindo do teto.

Ela ergueu o olhar e percebeu a abside na sala pintada, se maravilhando um pouco com a luz suave e dourada do ambiente.

— Você está acordando agora, Libby, então vai ter que confiar em mim. Sabe onde está? — perguntou Gideon.

— Hum, não — respondeu Libby.

Então retornou ao que Callum... Libby... dissera de Ezra e assassinos em série. Não, não assassinos em série. Adolescentes. *Adolescência*. Histórias de origem. Só que Ezra não era um vilão. Era? Não, ela era a vilã; não, Atlas era; não, Ezra era. Sequestrar pessoas era algo tão grosseiro. Algo sobre formas. *Ok, ladies, now let's get in formation.* Não, não, formidável, *fromage*, formação.

— Anos de formação — murmurou ela.

— Como assim? — perguntou Gideon, obviamente confuso.

Ai, isso era tão exaustivo. Libby só queria *dormir*. Imaginou que afundaria em algum tipo de pseudocoma quando alguém tentasse machucá-la. Se fosse Parisa, o mundo já estaria devastado. Nico olharia para Ezra e ele estaria morto, simples assim. *Ploft*. A morte, a morte é o que nos torna o que somos: vivos. Mortalidade, aqueles parênteses inteligentes. Nascimentos e mortes, começos e fins.

— Tempo — disse Libby.

— Você está no futuro?

— Não, claro que não, idiota — respondeu Libby, de repente se sentindo raivosa e sobrecarregada.

Infinitas possibilidades. Dissonância estatística. Caminhos divergentes. A entropia se movia em apenas uma direção. A organização era importante para abduções. O crime requeria esmero.

— Como ele me encontraria? — perguntou ela.

— Quem?

— Você *sabe* quem — disse Libby, que estava começando a tomar consciência de algo.

Da bexiga, essa coisa amaldiçoada. Maldições. Sorte e azar. Intenção. Qual era a intenção dele? Interrupção. Hilário pensar quão míope isso devia ser. O que estava acontecendo com ela? Ele teria que matá-la, provavelmente. Ainda não, ele chegaria lá aos poucos, mas cedo ou tarde ia perceber que não tinha como devolvê-la e não ia poder escondê-la; e agora era simples, era fácil, porque ela estava sonolenta e não queria causar nenhum problema, porque estava mais interessada em lutar contra a própria dissonância cerebral, mas cedo ou tarde os músculos dela atrofiariam e a magia dela espasmaria e ela teria crises de explosividade e então Ezra pensaria ah nãããããão esqueci que sequestrei uma garota mágica e então teria que matá-la e, claro, todos se sentiriam mal com isso, mas cedo ou tarde ele se livraria da culpa porque sua *intenção* era tirá-la do caminho, e só havia uma maneira de garantir isso.

— Términos, né? — disse ela para Gideon, ficando cada vez mais nebulosamente consciente de onde estava deitada nos cobertores, e Gideon estava dizendo algo, mas ela não conseguia ouvi-lo porque estava consciente de si mesma, consciente de sua forma física, consciente de que havia outra pessoa no quarto, alguém a acordando de seu sono precioso e sagrado.

— Libs. — A voz de Ezra era gentil e pesarosa, familiar e suave. — Está com fome?

Mais tarde, Libby entenderia que não estava totalmente acordada quando disparou com a mão e a fechou ao redor da garganta de seu ex-namorado.

— Sim — disse, com a voz rouca. — Faminta.

IV

ENTROPIA

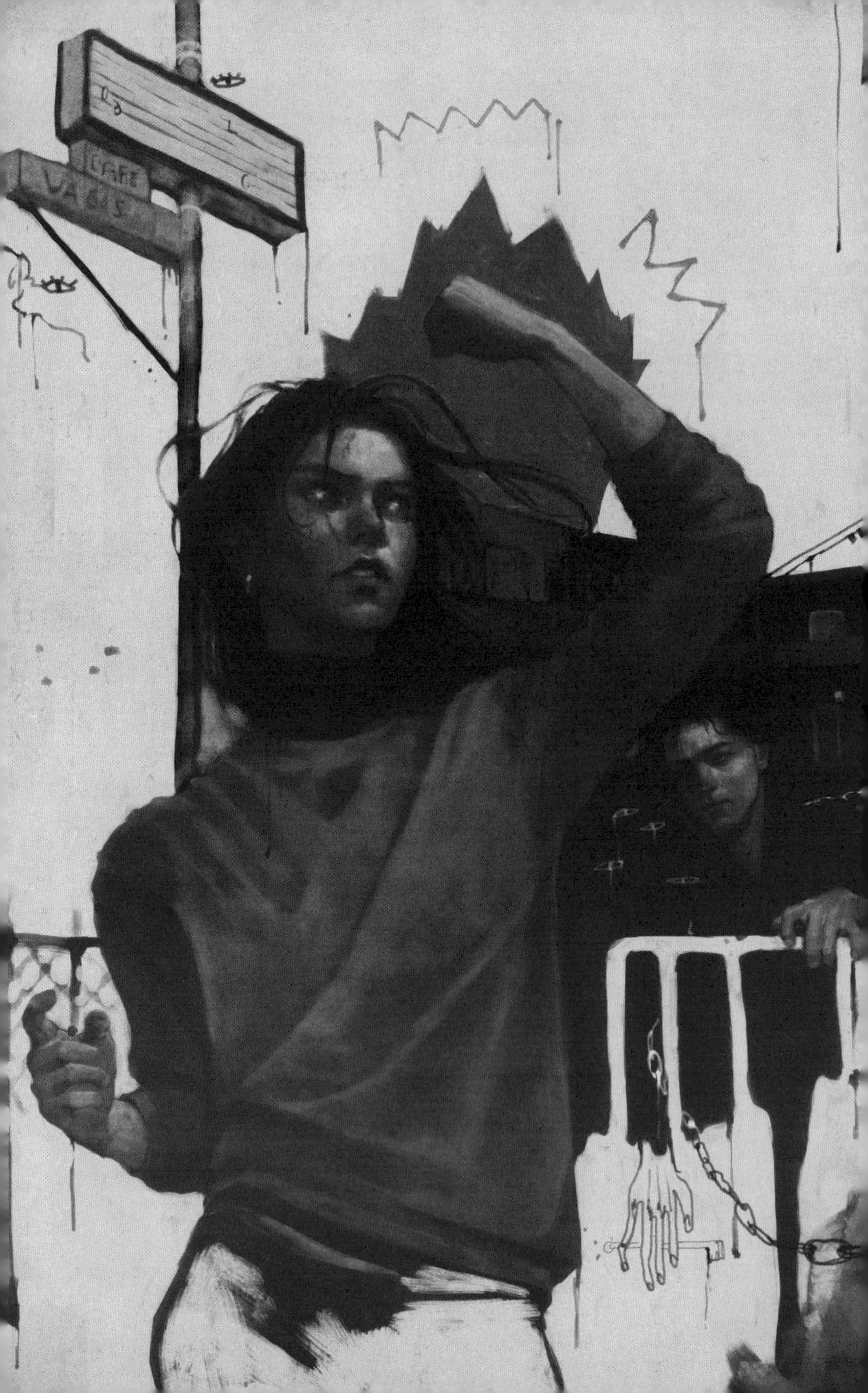
CAFE

· LIBBY ·

Libby cambaleou para fora dos destroços, tossindo lascas de tinta das paredes e do teto. O sol do lado de fora do pequeno prédio de apartamentos (ou era um hotel? Devia ser um hotel, e um bem sórdido em sua função) estava forte, pútrido e cegante. Ela conseguia ver o calor subindo do asfalto, embaçando sua visão das calçadas rachadas ladeadas por carros dilapidados. Onde quer que estivesse, estava claro que era uma rua industrial, cheia de oficinas mecânicas. Pelos sons, Libby estava perto de uma rodovia. Rajadas de vento quente e desértico passavam acompanhadas do som de buzinas se afastando. Neblina pairava onde o horizonte deveria estar, uma névoa fumacenta e cinza subindo em direção ao céu branco luminoso.

O asfalto era estreito, mal dava para duas pistas. Libby tremia apesar do calor e, atrás dela, as chamas eram estridentes como uma caldeira. Para qual lado ir? Libby olhou para a esquerda, então para a direita, e então decidiu que provavelmente não faria diferença. Com rapidez, se afastou do quarto de hotel tomado pelo fogo e escolheu uma direção aleatória, seguindo o caminho da rua.

— Ei — chamou uma voz masculina às costas dela, emergindo de uma das garagens enquanto ela passava. — Você acabou de sair daquele incêndio ali?

O coração de Libby deu um solavanco quando o homem, que estava usando um macacão de mecânico coberto de óleo, foi até ela. Tinha uma ferramenta nas mãos, uma chave inglesa ou algo assim, que Libby tentou não encarar como uma arma (paranoia, talvez?), mas que não conseguiu exatamente tirar da cabeça.

— Hum? Ah, sim. Eu estava só passando — respondeu ela, tentando transmitir uma preocupação enérgica mas distante, como se ela própria não fizesse ideia do que poderia ter acontecido e, mais importante, como se não fosse a única responsável por qualquer dano à propriedade ou pela lesão corporal grave lá dentro.

Ela se forçou a respirar devagar, lutando contra a sensação de mau agouro. Geralmente era boa nisso, mas estava sem prática.

— Acho que tem gente lá dentro — comentou ela, mordendo o lábio.

Seria melhor parecer mais feminina? Isso a faria parecer vulnerável aos olhos dele? E, se fosse esse o caso, seria algo bom ou que a poria em risco? Nunca dava para saber quem oferecia e quem não oferecia perigo. Embora, ela se deu conta no último segundo, tivesse explodido parte de um prédio quando não estava nem cem por cento consciente. Talvez aquele receio não fosse lá muito importante.

Será que ela havia ferido alguém, um transeunte inocente? Libby esperava que não. Precisou de muita força de vontade para não olhar para o prédio outra vez. Da última vez que checara, apenas parte da construção havia sido dizimada. E a única pessoa que ela tivera a intenção de ferir ainda estava viva, ainda que isso não fosse garantia de que ninguém tivesse se ferido.

— Você pode ligar para os bombeiros? — perguntou Libby.

— Já fiz isso quando ouvi a explosão. — O mecânico franziu a testa. — Pensei que fosse um carro explodindo. Você estava só... passando?

É, de fato não fora uma boa mentira. A vizinhança, se é que dava para chamar o lugar assim, não era exatamente graciosa, e Libby Rhodes, uma mulher de vinte e poucos anos de aparência delicada (está bem, acadêmica), era exatamente o grupo demográfico a evitar esse tipo de situação.

— Eu ouvi a explosão e quis dar uma olhadinha para saber se estava tudo bem — mentiu ela. — Você pode me emprestar seu telefone? — perguntou, embora duvidasse que teria tempo de usá-lo antes que alguém notasse que havia outra pessoa dentro do prédio.

Pior ainda: Libby não fazia ideia de para quem ligar.

— A ambulância já está a caminho — disse o mecânico, ainda olhando intrigado para ela; mais especificamente, para algo no rosto dela.

Sem entender o que o homem tanto observava, Libby ergueu a mão, percebendo no mesmo momento que havia um vagaroso gotejamento de algo molhado em sua testa. Ela limpou com a maior naturalidade possível, se dando conta da mancha de sangue incriminadora que logo saturaria sua agora extremamente estranha franja.

Então o mecânico oferecia um perigo. Só que de uma maneira completamente diferente do que ela previra.

— Se você viu o que aconteceu... — começou ele.

— Ah, não vi, desculpe. — Todos os seus instintos lhe diziam: *Corra*. — Mas vou ver se consigo água ou algo assim. Caso alguém esteja preso lá dentro.

Pela expressão do mecânico, ele sem dúvida suspeitava de algo.

— Provavelmente é melhor você ficar — disse o homem, semicerrando os olhos. — A polícia pode ter perguntas, então, se você viu alguma coisa...

— Eu já volto! — gritou Libby, e então se virou e continuou andando, mais e mais rápido enquanto uma segunda explosão acontecia no hotel atrás dela.

Provavelmente um encanamento de gás. Libby estremeceu um pouco, torcendo outra vez para que não houvesse ninguém lá dentro.

Mesmo sem olhar para trás, era difícil apagar da mente o lugar em que Ezra estava caído inconsciente, o peito subindo e descendo com dificuldade. Ele estava respirando quando ela saiu — e era provável que logo fosse encontrado —, mas mesmo assim era uma cena chocante.

Libby afastou o sentimento de culpa e andou o mais rápido que pôde na direção do que esperava ser algo que pudesse lhe dizer onde estava. Havia um posto de gasolina pequeno. Eles deviam ter um telefone. Ela sentiu um súbito alívio por pelo menos estar de dia, grata por não ter acidentalmente explodido uma estrutura à meia-noite ou em algum outro momento mais perigoso.

O que de fato ocorrera? Todo aquele caos permanecia inexplicável em sua mente. Libby tinha uma vaga lembrança dos acontecimentos, como se eles fizessem parte de um sonho. Algum pensamento, ou conceito, ou letra de música que se enfiara em sua cabeça. Algo sobre ter menos limites do que suspeitara?

E então, é claro, ela havia explodido tudo.

Rá.

Bem, se havia um momento para não ter limites, provavelmente foi aquele.

Libby continuou andando a passos largos para chegar ao posto de gasolina, que parecia estranho. Ela não achou que estava num local remoto, mas talvez estivesse? Ou não. A cabeça dela doía, o latejar de seu caminhar pelo pavimento ricocheteando em seu cérebro. Estar acordada era algo cada vez mais opressivo. Tudo parecia agredi-la, da fumaça dos carros e do cheiro de tinta ali perto à solubilidade das proteções que deixara para trás.

Onde ela estava? Com certeza a uma boa distância da Sociedade. Ezra podia até ter sido um traidor desgraçado e a bela de uma farsa, mas para a infelicidade de Libby ele não era idiota. Também era um medeiano consideravelmente menos medíocre do que Nico sempre especulara, o que irritou Libby de novo. Porque é claro que Nico ia aparecer nos pensamentos dela justo naquele momento, em que ela se via desesperada por uma solução, apenas para se mostrar um completo inútil.

Sua garganta estava seca; os lábios, rachados. Ela tinha quase certeza de que estava desidratada. Não havia comido muito, nem direito, ou sequer havia comido. Ezra tinha bolado um plano excelente — aquele babaca que nada tinha de burro, que claramente sabia, ou pelo menos suspeitava, que ela contribuiria para a própria destruição se decidisse se libertar da prisão dele. Libby deveria estar guardando suas forças para algo daquela magnitude — se ela soubesse do que era capaz, teria feito —, mas, não, é claro que não fizera nada disso. Ainda executara metade do trabalho por ele, deixando sua própria base colapsar com o tempo.

Furiosa, ela mastigou a pele rachada do lábio inferior. Sabia o que devia fazer. E, mais do que nunca, estava furiosa com aquela situação. Independentemente de onde estivesse, não tinha sido sua decisão. E, pior, tinha sido enganada. Isso era o que ganhava por ser uma trouxa, por ver o lado bom das pessoas, por deixar a guarda baixa e ser real, sincera e, portanto, fraca. Algum dia ela examinaria esse aspecto específico na terapia, mas, naquele momento, deixaria que a conduzisse. Deixaria que a consumisse. Na maioria das circunstâncias isso era algo muito sensato de se fazer, talvez até perigoso, mas é o que Nico de Varona faria. E daí se ela fizera o equivalente a enfiar o dedo na tomada? Encontrara o botão de autodestruição e o apertara, algo que poderia não ter feito se não fosse o inexplicável e distante lembrete de que, na verdade, era *ela* quem estava no controle. O resultado foi explosivo de um jeito bom.

Os batimentos dela estavam acelerando de novo, sem parar. Sua respiração ficou ofegante, e Libby sentiu cheiro de fumaça, cada vez mais forte. Vinha de suas palmas, subindo por seus ombros. Era bom que o dono do inferno que ela deixara para trás tivesse um seguro que cobrisse explosões espontâneas. A maioria dos seguros cobria acidentes mágicos, certo?

Ela balançou a cabeça, lembrando que era tudo culpa de Ezra. Libby não escolhera se autossequestrar. Tudo que acontecera ali era responsabilidade *dele*. O que ela fizera em nome da própria sobrevivência era resultado da droga das escolhas ridículas dele, e Libby teria que fugir para bem longe para não ser capturada por ele outra vez.

Libby respirou fundo para se acalmar e empurrou a porta da loja de conveniência do posto, um daqueles lugares que ficavam abertos 24 horas e cuja clientela devia ser formada majoritariamente pelos caminhoneiros que passavam por ali. A atendente no caixa não olhou para ela, ocupada numa transação com um homem grande que usava um boné gasto, então Libby foi direto para o banheiro. Uma placa de EM MANUTENÇÃO estava pendurada na porta do banheiro feminino, mas ela a abriu mesmo assim, parando na frente do espelho.

Bem, o cabelo dela estava uma bagunça. Nada surpreendente. O rosto, de alguma forma, estava inchado e amorfo; os olhos, poços fundos em seu crânio. Não que fosse hora para vaidade. Havia quanto tempo estava desaparecida? Libby teria que descobrir a data, descobrir onde estava. Faria sentido comprar um mapa, um jornal? As pessoas ainda vendiam essas coisas? Ela levantaria suspeitas por fazer uma compra tão estranha? Desejou estar com seu celular para checar sua localização e descobrir como voltar para a Sociedade. Além disso, se alguém ia atrás de Libby por causa da explosão que deixara em seu encalço, ela não estava chamando atenção demais? Uma garota circulando sozinha, comprando coisas que ninguém usava e com uma mancha de sangue na testa (ela a limpou, pedacinhos de papel-toalha molhado se agarrando numa mecha oleosa de cabelo), e é claro que ela estava usando…

Libby olhou para baixo, percebendo que vestia os mesmos moletons largos de sempre, o que não era nada bom. Mas também nada extravagante.

Ela se chacoalhou. Está bem. Não valia a pena se preocupar com coisas que não podia controlar.

Libby saiu do banheiro e se abanou, fingindo ter entrado para se refrescar.

— Está quente lá fora — disse para a caixa, antes de lembrar que pessoas normais não conversavam com atendentes e que seu plano de não ser notada ia de mal a pior.

Por sorte, a caixa era uma mulher mais velha, sem nenhum interesse nela. Bom. Excelente. Libby se aproximou da limitada seção refrigerada, pegando uma garrafa de Coca-Cola que parecia não ter sido tocada havia meio século.

— Vou levar isso, e…

Espera. Ela tinha dinheiro? Libby revirou os bolsos, percebendo que, *ai,* era a calça de Ezra — por que homens sempre ganhavam bolsos funcionais? — e que não, é claro que Ezra não colocara uma carteira ali para facilitar a vida dela. Libby fez uma careta, aos poucos devolvendo a garrafa de refrigerante ao refrigerador de onde a tirara. A caixa arqueou a sobrancelha.

— Um dia daqueles — comentou Libby numa explicação agitada, se perguntando se a mulher talvez pensasse que ela era uma sem-teto. O que, tecnicamente, Libby supôs que fosse. Seu nariz parecia seco e escorrendo ao mesmo tempo, e ela fungou. O som foi estranhamente alto. — Posso usar seu telefone?

— O orelhão fica lá fora — respondeu a mulher, reunindo as páginas do jornal para ir logo para a última.

Libby de repente se lembrou do pai dizendo algo sobre sua afeição geriátrica pela "parte engraçada" do jornal. Era uma coisa tão nostálgica — uma coisa *velha* — ler tirinhas no jornal. Algo quase tão ridículo quanto ouvir que o orelhão ficava lá fora.

— *Rá* — disse Libby, que pensou ser uma piada da mulher. E logo viu que estava errada quando a funcionária não manifestou qualquer interesse na conversa. — Ah, certo. — Libby fungou de novo, limpando as narinas. Ela supôs que, se *era* uma sem-teto, certamente não podia esperar que alguém lhe emprestasse um celular. — Bem, eu até usaria, mas não tenho, há... — Jesus, telefones públicos ainda aceitavam fichas? O que obviamente ela também não tinha. E não era como se tivesse um cartão de crédito para usar. — Bem, então tá, deixa para lá. Obrigada.

Libby se virou para ir embora, se perguntando se havia alguma maneira mágica de fazer um telefone conectar uma ligação (provavelmente havia, mas ela nunca tinha feito nada do tipo), até que a caixa levantou as páginas do jornal, movimento que atraiu a atenção de Libby. A mulher tirou do bolo que estava lendo algumas páginas sobressalentes e as colocou na bancada. Pelo jeito nunca mais seriam lidas.

— Espera... Posso ver isso? — perguntou Libby, estendendo a mão para o jornal.

Supostamente ele lhe diria onde estava. Pelo que conseguiu ver — NGELES TIMES —, ela presumiu ser Los Angeles.

Isso explicava o calor. E provavelmente a irritação em seu nariz. Ezra sempre dizia que a qualidade do ar em Los Angeles havia melhorado muito nos últimos tempos, mas uma viagem quando criança a Palm Springs deixara Libby com a breve impressão de que o lugar continuava sendo, em suma, um deserto. Ela costumava provocar Ezra, se referindo à cidade natal dele como um lugar com um número irritante de veganos e tempo seco.

— Quarenta centavos — disse a caixa, sem erguer o olhar, o que Libby achou estranho, embora não comprasse um jornal há... Nossa, nunca.

Ela fungou de novo, e então limpou o nariz com a manga da blusa. Devia ter pegado algumas folhas de papel-toalha.

— Eu não tenho, há...

A caixa se mexeu, apática, cruzando uma perna sobre a outra e acidentalmente chutando uma das páginas do jornal.

Enfim uma visão clara. Era mesmo o *Los Angeles Times*, como Libby suspeitara. Fazia sentindo, já que Ezra era de algum lugar em L.A., embora ele nunca tivesse mostrado a Libby sua "casa", insistindo que não tinha uma. A manchete na primeira página era algo sobre a política local, os nomes eram desconhecidos. A data estava bem ali, visível. 13 DE AGOSTO DE 1989.

Espera aí. 1989?

— Merda — disse Libby, torcendo para ainda estar sonhando. — Esse é... Esse é o jornal de *hoje* ou...?

A atendente baixou o jornal, prestes a fazer algum comentário engraçadinho, mas então se deteve. Ela franziu a testa, algo chamando sua atenção. Libby inconscientemente levou a mão ao nariz, percebendo pela primeira vez que sua manga estava manchada de sangue.

— Você está bem? — perguntou a mulher, olhando para Libby de verdade pela primeira vez.

Do lado de fora, uma ambulância passou, indo direto para a bagunça que Libby havia deixado. Alguém apareceria para prendê-la em breve, ela se deu conta.

Isso se Ezra não a capturasse primeiro.

— Meu namorado. — A boca de Libby estava seca, mas talvez aquela verdade tivesse vindo em boa hora. — Meu ex, ele...

— Ah. — Isso a mulher entendia. A expressão dela ficou ao mesmo tempo dura e suave, o queixo apontando para trás dela. — Vá pelos fundos.

Havia tempo para dizer algo, para explicar...? Era provável que não. Libby se sentiu dividida, mas era uma vitória pequena e necessária depois de uma onda de azar provocada por Ezra.

— Obrigada — disse ela, se apressando até a entrada de carga e descarga.

— Calminha aí...

Libby se virou, e então ergueu a mão, pegando por reflexo a garrafa de Coca-Cola que a atendente jogou para ela da geladeira próxima à caixa registradora.

— Boa sorte — desejou a mulher, parecendo sincera.

Libby assentiu, já se sentindo culpada. Perguntou-se quanto tempo levaria para a mulher começar a questionar que tipo de pessoa havia ajudado.

— Obrigada — disse Libby de novo.

Em seguida deslizou pela saída dos fundos do posto de gasolina, tentando ao máximo não correr.

· CALLUM ·

Era terça ou sábado, algo assim, quando Callum, deitado no sofá da sala pintada, ainda grogue, ergueu a cabeça e encontrou Reina olhando para ele.

— Abuso de substância — observou Reina, impassível. — Sua imaginação é mesmo pequena.

Ela, pelo que Callum se deu ao trabalho de observar, estava envolta num moletom comprido de um tom utilitário de cinza que a família de Callum costumava vender para certa marca mortificante e sem graça de roupas andróginas e tinha consigo uma pilha de livros que de repente pareceu sobrecarregar a figura dela.

Ele colocou o dedo no joelho dela e a afastou, lutando para se pôr de pé. Levou vários minutos para estar completamente perpendicular ao chão, o que pareceu muito errado e precipitado demais, então Callum apenas desistiu. Em vez disso, se inclinou à frente para apoiar a testa na mesinha de centro.

— Não é abuso se os dois gostarem — rebateu ele, com a boca seca.

Ele se virou para ela, que estava com as sobrancelhas arqueadas.

— Definitivamente continua sendo — murmurou ela —, mas ok.

— Fica quietinha.

A cabeça dele latejava, e Callum não conseguia pensar. Podia sentir algo vindo dela, algo vibrando alto demais, algo muito irritante. Não tão irritante quanto a energia de Libby. A de Reina se parecia mais com empolgação, mas mesmo assim ele não gostou. Ergueu a mão para aliviar a dor atrás de suas têmporas, o que por sua vez provocou um espasmo perto de sua panturrilha.

— Ai. *Ai, desgraçado...*

Os músculos se repuxaram numa cãibra dolorosa, e Callum pressionou o nó catastrófico, desfazendo as ondas de dor. No mesmo instante o latejar na cabeça recomeçou.

— *Merda...*

— Então — continuou Reina. — A respeito da nossa discussão anterior...

— Será que você pode... — A dor na cabeça de Callum era insuportável, agulhas de desconforto se transformando num tecido de infelicidade como uma fina camada de gaze sobre seus globos oculares. — Será que você pode ir embora?

— Sei que falei para você me procurar — prosseguiu Reina, como se ele não tivesse dito nada. — Mas é óbvio que você vai precisar de mais persuasão. Beleza. — Ela o perscrutou por um momento antes de se sentar no sofá, aparentemente feliz em ignorar a agonia que o forçava a se curvar e suar frio. — Então... Acho que fiz um apanhado de tudo que os arquivos estão se recusando a me dar.

Callum rangeu os dentes, começando a tremer.

— Como assim?

— Os arquivos — repetiu ela, mais alto, como se o problema fosse o volume de sua voz e não a invasão do espaço de Callum. — Eles não me dão nenhum livro que fale da origem dos deuses.

— Como assim?

— A biblioteca me dá mitologia — disse Reina. — E histórias. Mas, quanto mais tento descobrir sobre a origem dos deuses... qualquer coisa além do primordial — explicou ela —, como Zeus e os olimpianos contra Cronos e os titãs ou...

— Vá direto ao ponto — ordenou Callum, que não tinha tempo para recapitular a mitologia grega.

A personificação narrativa da terra e do céu sempre abria caminho para a indulgência humana, ao vinho e à guerra. Não havia surpresa nisso. Depois da lei e da ordem, inevitavelmente vinham a indecência e a arte.

— Enfim, os arquivos me rejeitam — concluiu Reina, calma. — E acho que é porque talvez eu seja uma.

Por aquilo ele não esperava.

— Como é que é?

— Acho que talvez eu seja uma deusa — repetiu ela. — Quero dizer, não uma deusa *de verdade* — adicionou, com cuidado —, porque não tenho o seu ego. E tenho certeza de que não sou imortal, mas vai saber.

Callum definitivamente estava tremendo agora. Ele estendeu o braço sobre ela para pegar uma das almofadas, tentando se proteger atrás de uma.

— Não acho que você seja uma deusa, Reina Mori.

Ela considerou aquela contestação obscena e insignificante, quando na verdade aquela possibilidade deveria ser encarada como um fato.

— Por que não? Eu consigo criar vida — justificou ela. — E, pelo que sei, o Antropoceno está seguindo o padrão certo.

Ele estremeceu. Será que aquele conversa jamais chegaria ao fim?

— Hein?

— O Antropoceno — repetiu Reina. — É nossa era geológica atual. Significa que não há mais ecossistemas naturais que não tenham sido afetados por humanos.

— Eu sei o que é o Antropoceno. Quis dizer...

— Ah, você está falando do padrão? Certo, bem, basicamente em toda cultura há... — Ela fez uma pausa para encontrar a palavra. — Gerações de deuses. Eras, épocas. Os primeiros sempre precedem a civilização. — Reina se virou para ele, dobrando uma das pernas. — Os primeiros deuses são basicamente o tempo e os elementos. A Terra, o Sol, a escuridão, tempestades e vulcões. Eles criam um código que garante a sobrevivência de todo o resto. E então dão à luz os novos deuses, que representam a cultura. Sabedoria, misericórdia e... espetáculo. Os deuses do Egito nasceram do abismo primordial, e então da deusa Hemsut, do destino e da criação. E até o deus judaico-cristão teve um filho.

Reina conferiu se Callum estava prestando atenção, o que, para qualquer um presente, pareceria que não. Ele se concentrava em entorpecer a dor que estava descendo da nuca para os ombros.

Mas também estava ouvindo. Então tudo bem.

— Entendi. Prossiga.

— Chegou o momento dos novos deuses — acrescentou Reina, sem rodeios. — Evoluímos para outra nova geração, uma em que humanos não estão mais sujeitos aos caprichos dos elementos, sendo agora os moldadores deles, seus determinantes. — Uma pausa. — É por isso que acho que os arquivos não me dão os livros. Porque a biblioteca pensa que estou em busca de instruções.

— E está?

Aquela ideia provavelmente era loucura. Mas, àquela altura, quem saberia dizer? Quem se importava?

— Eu não estava. — Reina mastigou o interior da bochecha. — Mas posso ser persuadida.

Ah, e aquela não era uma escolha interessante de palavras?

— Falando em persuasão. — Callum arrastou o olhar até ela. — Você não está nem um pouco preocupada com o fato de que eu possa estar te influenciando a querer isso?

— Você mal se aguenta em pé — disse ela, sem escárnio. Só uma constatação. — Não estou muito preocupada com o que você pode estar fazendo comigo.

— Justo. — Ele esticou as pernas, mexeu o pescoço, o corpo inteiro resistindo como um acordeão quebrado. — Então o que quer de mim?

Reina deu de ombros.

— Já falei. Quero que me use para ajudar você a influenciar os arquivos.

Callum tinha a sensação de que deveria se importar com isso. Achar interessante ou algo assim. Mas não achava.

— Está bem, então você é uma deusa — resumiu ele. — E daí? Qual o plano?

— Não tenho um ainda — disparou Reina, direta.

— Ainda?

— Ainda estou nos estágios iniciais da pesquisa.

Seu tom de voz era incrivelmente sério, o que era absurdo, e, se Callum não estivesse com muita dor, teria rido.

— O que foi que você disse mesmo? — perguntou ele. — Sobre criar vida.

— Eu consigo criar vida — foi a resposta reveladora de Reina.

— Está bem, então faça isso — sugeriu Callum, se recostando e gesticulando para o espaço vazio entre eles. — Vá em frente. Me deixe boquiaberto.

— Não consigo fazer sozinha. — Pela primeira vez, ela pareceu genuinamente decepcionada. — Mas *consigo* fazer.

Que conveniente ela não conseguir provar o que afirmou ser capaz de fazer.

— Do que você precisa?

— Eu... — Reina desviou o olhar, e Callum finalmente sentiu algo vindo dela que não era abafado pelo latejar da própria cabeça. — Não importa. A questão é...

— Você se sente pequena — deu-se conta Callum, lutando para segurar o riso. — Não me diga que Varona conseguiu mesmo te afetar.

Ela ainda não o encarava.

— Claro que não. Ele é uma criança.

— Ah, não, não. Falso. — Aquilo era delicioso. Se o resto dele não estivesse sob uma dor tão excruciante, Callum poderia ter saboreado o momento. —

Você não acha que ele é uma criança — corrigiu, com uma pontada de prazer oportunista. Não que se importasse com os sentimentos de Reina, mas fazia *muito tempo* que alguém não se mostrava tão delirante. — Você nunca pensou assim.

— Isso importa? — Reina parecia irritada, como se não conseguisse imaginar por que ele considerava o óbvio trauma da psique dela tão relevante para aquela conversa perturbadora. — Por que eu mentiria sobre isso?

— Sei lá — respondeu ele. — Por que as pessoas mentem sobre qualquer coisa? Porque mentiras são convenientes e verdades são estúpidas — prosseguiu ele —, e fazer qualquer coisa por qualquer razão é baseado numa série de escolhas aleatória construídas com base em uma moralidade egoísta que garante que a espécie sobreviva. — Está bem, até ele sabia que estava palestrando. — Resumindo: não me importo se você está ou não mentindo — concluiu. — Só não entendo por que você passaria de alguém que precisava da ajuda de Varona para alguém que de repente decidiu que de alguma forma deve ser Deus.

— Não acho que sou *o* Deus — rebateu Reina, impaciente, como se fosse óbvio e ele devesse ter intuído isso desde o início. — Acho que o mundo mudou e há uma nova definição sobre deuses. No mínimo foi estabelecido que *há* gerações. Você sabia — disse ela bruscamente, no tom de voz que precedia a perda de uma discussão — que havia uma deusa matriarcal a cada milênio antes dos últimos seis mil anos do patriarcado abraâmico? Cultos femininos neolíticos predavam o deus masculino…

— Nem todo homem blá-blá-blá — murmurou Callum, que não se daria ao trabalho de defender seu cromossomo Y no momento.

— Não estou falando sobre gênero — disse Reina, irritada. — Estou falando sobre deificação e mudança. Deuses *mudam*. Gerações nascem. Isso implica que pode haver novos deuses.

— Para uma deusa, você não está sendo muito convincente — disparou Callum, achando graça.

— Está bem. — Reina se levantou, obviamente furiosa com ele (não, furiosa consigo mesma, embora ele com certeza não estivesse ajudando) e incapaz, apesar do esforço aparente, de esconder. — Há algo nisso que seja interessante para você?

— Gosto da ideia de os arquivos terem um cérebro que pode ser influenciado. — Callum fechou os olhos e se afundou ainda mais no sofá, sentindo que a conversa enfim chegaria a um maravilhoso fim. — É um tanto atrativo.

— Um tanto?

Isso seria uma desculpa apropriada para a suspeita casual de Callum de que partes dele estavam se dissolvendo na putrescência e no desespero.

— Não seria divertido se nós todos não passássemos de escravos de uma coisa senciente e sedenta por sangue? Você não acha que os arquivos também são deuses, acha? — perguntou ele, e Reina deu um suspiro curto e irritado.

— Você está zombando da minha cara.

Ele abriu um olho.

— Claro que estou. Essa sua ideia é idiota.

Reina fulminou Callum com o olhar.

— E se a ideia fosse de Tristan?

Callum se sentiu atingido por algo, uma espécie de comichão.

— Tristan não *tem* ideias próprias — murmurou Callum. — É por isso que gosto dele.

Ele quis dizer *gostava*, mas obviamente não fazia diferença. Por sorte, Reina já havia ido embora, e Callum não teve que defender seu uso incrivelmente burro do tempo presente. Além disso, talvez ela pudesse considerar um erro de tradução.

No dia seguinte eles teriam que supostamente apresentar o tema do estudo independente, mais ou menos duas semanas depois da data em que lhes foi atribuído o chamado currículo acadêmico, no qual, é claro, Callum nem sequer havia pensado. Ele fora iniciado na Sociedade, não fora? Então o que aconteceria se dissesse, não, obrigado, me cansei dos livros? Ele só precisava morar ali por mais um ano. Ninguém ia *reprová-lo* se não produzisse algum tipo de tese acadêmica. E não estava ele contribuindo com a magia da casa apenas ao existir nela? Ele contribuíra com as proteções. E agora estavam se alimentando da magia dele, claro. Na verdade, se Reina estivesse certa sobre a senciência dos arquivos, era provável que estivessem se alimentando de Callum desde que ele pusera os pés ali. Não que isso tivesse muita importância, já que se sentia péssimo na maior parte do tempo, e era óbvio para qualquer um que prestasse o mínimo de atenção que nos últimos tempos Nico vivia num permanente estado de tensão. No outro dia mesmo ele havia tossido, alto, e isso o pegara de surpresa. Devia estar acostumado a ter certo controle sobre suas funções corporais. Não devia adoecer com frequência, se é que adoecia.

Isso deixava Callum com uma pulguinha atrás da orelha que ele chamaria de intriga, porque se os arquivos — ou talvez não os arquivos, mas decerto alguma fonte de magia na casa — estavam se alimentando deles, rastreando-los, então isso explicava tanto os dossiês estatísticos que Callum descobrira quanto o ritual de iniciação que parecera nada mais do que uma tática de humilhação empreendida por Atlas Blakely. Esta era a hipótese de Callum: Atlas, que sempre deixou claro que odiava o empata, decidira puni-lo forçando-o a passar tempo consigo mesmo.

Azar o dele, pensou o empata. Ninguém sabia melhor do que Callum como era terrível passar tempo com Callum — exceto talvez Tristan, que estivera disposto a matá-lo. Então tinha isso também.

Seria divertido, então (divertido! Essa certamente era a palavra), se, na verdade, *não* fosse Atlas Blakely no comando, mas algo maior, mais sinistro. Se talvez fossem eles que tivessem se submetido à observação científica, e não o contrário. Afinal de contas, *eles* eram mágicos — eram *eles* quem mantinham as proteções no lugar, as luzes acesas —, e, se a biblioteca era senciente, por que não ia querer o que eles tinham? Talvez, nesse sentido, eles *fossem* deuses. O que era algo a que o próprio Callum já os havia comparado, sim, mas em nome da retórica. Ele nunca se dera ao trabalho de ponderar se era, de fato, um.

Em algum ponto, Callum adormeceu no sofá. Mais ou menos às duas da manhã, ele se levantou e se arrastou escada acima. Então adormeceu na cama, e lá dormiu pelo decorrer da reunião daquela manhã, que visava discutir os temas do estudo independente. Depois, morrendo de fome, cambaleou até a sala de jantar, se sentou numa das cadeiras ornamentadas e abriu um pacote de biscoitos.

Foi quando sentiu um cutucar no ombro e se virou, deparando-se com Reina de novo.

— Então, eu perguntei para o Dalton se ele explicaria como os arquivos funcionam — contou ela.

— Está bem. — Callum estava morrendo de sede. — E...?

— E ele está bem aqui — disse Reina, dando um passo para o lado e apontando para Dalton Ellery, logo atrás dela, visivelmente desconfortável.

Ou doente. Ou talvez fosse apenas como Dalton Ellery sempre estava e Callum nunca tivesse reparado.

— E então...? — disse Callum.

Dalton o observou com um olhar crítico de preocupação, como se tivesse reparado que Callum não estava em sua melhor forma. Embora, é claro, Callum não pudesse imaginar o que passara a Dalton essa impressão.

— Os arquivos não oferecem todos os títulos a todas as pessoas — reafirmou Dalton. — Não sei se há algum motivo sistematizado que explique. Mas há a sugestão de que os conteúdos só podem ser acessados se merecidos, o que expliquei a vocês antes da iniciação.

— Bacana — disse Callum. — Está respondido, então. Boa sorte.

Ele se virou para a frente, de repente sentindo um desejo desesperado pelo biryani, um prato indiano com arroz, de sua mãe. Ela não o fazia com as próprias mãos, é claro, mas pedia para entregar em casa, e Callum, em geral, comia ao lado dela. Isso se a mãe estivesse de bom humor no dia, o que nem sempre acontecia. Afinal, ela era uma criatura de humor inconstante, o que não era uma crítica, e sim uma forma de dizer que os humores dela mudavam de repente. E mudavam mesmo. Mas às vezes mudavam para melhor e, quando isso acontecia, Callum comia biryani.

— Não — disse Reina. — Não. Isso é... Não. Tenho outras perguntas.

— Sr. Nova — disse Dalton —, quanto ao seu tema para o estudo independente...

— A srta. Mori tem perguntas — esquivou-se Callum, ainda na mesma posição, sem olhar para nenhum dos dois, indicando Reina com o polegar.

— Sim. Por que eles sempre rejeitam certos pedidos? — pressionou Reina. — Quais são as especificações para algo ser aprovado ou negado?

— Como eu disse, não é exatamente sistematizado — respondeu Dalton, incomodado. — Se houver qualquer tipo de regra concreta sobre o acesso aos arquivos, não somos nós quem as definimos.

— Quem seria "nós"? — O tom de voz de Reina era involuntariamente agressivo. — Você e Atlas?

— Qualquer um de nós — respondeu Dalton. — Somos apenas funcionários da biblioteca, e não quem faz as regras.

— O que você não pode acessar? — perguntou Reina.

— Minha pesquisa é altamente específica. Tenho certeza de que há uma variedade de assuntos que não posso acessar que nunca saberei, porque não tentei.

— Mas...

— Talvez seja a natureza da biblioteca — sugeriu Callum, indiferente, cutucando o jarro de creme que fora colocado na mesa horas antes para o chá. — Coisa do acaso.

— Mas a biblioteca *não* é aleatória. — Reina soava tão irritada que Callum tinha a leve suspeita de que ela lhe daria um soco a qualquer momento. —

Essa é a questão. E, se fosse, seria uma coisa — argumentou ela —, mas não é. É específica. Ela *especificamente* não nos deixa acessar certas coisas. Então por quê?

De uma maneira estranha e que fazia sentido, Callum se deu conta de que uma versão anterior dele uma vez achara interessante que Libby Rhodes não podia acessar nenhuma informação sobre doenças degenerativas.

— Porque são informações perigosas — murmurou Callum.

Aquela informação poderia ter matado Libby. Não de verdade, é claro. Mas ter acesso a uma resposta tão transformadora e destrutiva poderia ter apagado a centelha que a mantinha viva, que a mantinha seguindo em frente. Saber com certeza se a irmã dela teria vivido teria sido uma âncora, fazendo-a despencar em um impasse existencial independentemente do que acontecesse. Ela só continuava viva por não saber a resposta — por saber que poderia não haver resposta. Talvez a biblioteca a estivesse testando, a forçando a ir além antes de lhe dar o que precisava. Ou talvez estivesse apenas a protegendo, sabendo que ela jamais entenderia.

Callum de repente percebeu que Dalton o observava.

— Como assim? — indagou Reina.

— Nada, não — disse Callum, arrastando a cadeira para trás e se levantando. — Então... — adicionou para Dalton. — Você e Parisa ainda estão trepando?

Dalton o encarou, sério.

— Foi mal — disse Callum, mentindo. — Você e Parisa ainda estão fazendo amor?

Uma linhazinha de tensão surgiu entre as sobrancelhas escuras de Dalton, embora devesse ter lhe ocorrido que o choque era exatamente o tipo de sensação que Callum gostaria de provocar. E Callum, que pouco sentira nos últimos dias, tinha esperança de provocar algo interessante em Dalton.

Mas, ao que parecia, Dalton não gostava muito de joguinhos.

— Temo que você tenha sido mais preciso da primeira vez.

— Certo.

Callum sentiu uma onda doentia de inveja ao pensar em ter alguém. Ou em ser tão servil e devoto a essa pessoa a ponto de permitir que um empata bêbado o agredisse com seu escárnio e deixar que isso não fizesse diferença, que não tivesse nenhum impacto significativo no resto do seu dia.

— Certo, bem, aproveite — reforçou Callum.

— Espere aí — chamou Reina, deixando Dalton para trás e seguindo o empata escada acima. — Espere aí — repetiu, ofegante, quando alcançou o passo intencionalmente apressado dele. — Você não se importa com o que *Dalton* pesquisa?

— Nem um pouco — disse Callum, que considerou ir à cozinha.

Se tentasse, provavelmente seria capaz de descobrir como fazer biryani.

Ou podia tomar água da torneira e se encolher num dos cantos até que Reina enfim o deixasse em paz.

— Dalton basicamente disse que nada é negado a ele — disse Reina, e repetiu, com urgência: — *Nada*.

Que exaustivo.

— Sim, e...?

— Isso é uma anomalia.

Ela estava obcecada com aquele assunto, o que ele achou quase ofensivo. Reina não via que Callum tinha os próprios problemas? Claro que não. Estava ocupada demais tentando resolver um mistério que não existia.

— Está bem, então é uma anomalia — constatou ele, calmo. — Era só isso?

— Não, pense nisso.

Reina começou a mordiscar a unha do dedão, um gesto estranhamente característico de Libby, mas, de novo, àquela altura, quem entre eles não havia adquirido uma das estranhezas de Libby? Callum sem dúvida havia decidido adquirir a tendência dela à decadência existencial.

— Todos nós tivemos pedidos negados — começou Reina. — Todos nós naturalmente tentamos pesquisar algo que não deveríamos, certo? Mas ele consegue *tudo que pede*. — Ela olhou para Callum, triunfante. — Você já se perguntou o que Parisa vê nele?

Nossa, não, nunca.

— Ela passou tempo demais na França — disse Callum. — Acho que ele só faz o tipo dela.

— Não. Errado. — Reina balançou a cabeça. — Parisa não *gosta* de pessoas.

— Nem eu.

— Certo — concordou ela. — Mas você escolheu Tristan. Por quê?

— Porque ele é masoquista. E eu sou sádico.

Em outro dia ele teria se parabenizado por aquela notável concisão.

— Não, você o escolheu porque ele era *interessante* para você. — Reina parecia cada vez mais satisfeita com suas conclusões, embora Callum não visse motivo. — E o que há de interessante em Dalton?

— Nada — disse Callum.

— Exatamente. — O brilho que emanava do rosto de Reina era excessivo. Os raios da vitória faziam os olhos de Callum doerem. — Você não vê? Há algo errado com ele.

— Você não quer dizer que há algo errado com *ela?*

Não que importasse. Havia algo errado com todos eles. Essa era a questão de tudo aquilo. Callum havia dito a Tristan que eles eram deuses nascidos com dor embutida, e eram mesmo. Era isso que os mantinha fracos. Fracos demais para serem o novo Olimpo, não importando o que Reina Mori pensava.

— Não. Não, você não vê que...?

Ela parou de andar, mas Callum continuou. Por fim, ele a deixou para trás no corredor, então entrou na cozinha e roubou um pote de extrato de levedura. Em seguida, foi para o quarto e dormiu.

Na manhã seguinte, Callum recebeu um envelope por debaixo da porta.

Sr. Nova,
 Fui informado de que você não escolheu um tema para o estudo independente. Por favor, submeta o rascunho de uma proposta até o final da semana.

Estava assinado com um *A*, de Atlas, provavelmente, ou de Arrombado; os dois passavam a mensagem. Callum amassou o papel e o jogou na banheira antes de voltar para a cama.

Estava escuro quando ouviu uma batida na porta. Ele abriu um dos olhos, esperando.

Silêncio.

Ótimo.

Ele fechou os olhos de novo, e a batida recomeçou.

Ele abriu um dos olhos.

Silêncio.

Ele fechou os olhos.

Silêncio.

Ótimo.

E então a batida recomeçou, e ele pulou da cama, espumando de raiva.

— O que foi? — gritou, abrindo a porta com força.

Era Nico, o que fez Callum querer chutá-lo com força.

— Oi — disse Nico. — Por acaso você sabe onde Reina está?

— Por que está perguntando para mim?

Enojado, Callum de repente se lembrou da imagem de Tristan murmurando baixinho com Nico no corredor.

Não que ele...

Não que *eles*...

Não que Callum suspeitasse de algo entre os dois, amigável ou não.

— Bem, não estou conseguindo encontrar Parisa — disse Nico, franzindo a testa —, senão teria perguntado para ela.

Ele não mencionou Tristan, o que significava que já havia perguntado a ele ou que era por causa de Tristan que o físico estava atrás de Reina, o que de repente fez Callum arder de raiva.

— E por acaso eu sou o guardião da Reina? — resmungou.

— Não, eu só... Quero dizer, pensei que você podia, tipo, senti-la. Ou sei lá.

Nico parecia cada vez mais atrapalhado, o que pelo menos era gratificante para Callum.

— É isso que você acha que a minha magia é? Que eu sou um tipo de detector de metal para os seus sentimentos individuais?

Na verdade, ele era. Não que um dia fosse admitir isso, mas cada um deles tinha uma assinatura emocional e, se quisesse ser útil — o que não era o caso —, saberia exatamente no que se concentrar para encontrar Reina.

— Certo. Foi mal.

Nico deu as costas, agitado, sem esperar por respostas, e Callum bateu a porta.

Ele voltou para a cama antes de se dar conta de que não estava mais cansado. A exaustão que o fizera dormir de novo de repente foi dominada por uma sensação mais afiada: curiosidade.

— Que saco — disse Callum para o nada.

Ele se levantou e agarrou um robe, trotando pelo corredor e passando pela sala de estar. Pensou em descer, considerando que os cômodos anteriores eram óbvios, antes de lembrar que só sabia duas coisas a respeito de Reina. Um, ela gostava bastante de livros e privacidade. Dois, plantas a irritavam, pois interrompiam os pensamentos dela, e Reina se ressentia por isso. Era assim a sensação da energia dela — a constante exasperação de algo acorrentado.

No andar superior, ele passou pela balaustrada da galeria da ala leste, seguindo em direção à capela. As portas estavam entreabertas, e ele empurrou uma delas, avistando Reina no chão, abaixo do vitral tríptico, banhada pela luz das balanças da justiça e da tocha do conhecimento.

A naturalista ergueu o olhar, encontrando Callum, que percebeu que usava um roupão e que estava descalço. Então voltou a atenção para seu livro, desinteressada, virando uma página.

— A verdade é que estou furiosa — disse ela, sem encará-lo. Não falara em inglês, mas era uma sensação familiar o suficiente para Callum entender. — E é horrível. É tão pior que estar com raiva — continuou, dessa vez de forma que ele entendesse —, porque eu não deveria me importar.

Callum pensou em dizer que o mundo era, em essência, um lugar estúpido e que todos eram basicamente falhos das mesmas formas. Havia variações aqui e ali, mas na prática eles eram todos idiotas.

Em vez disso, suspirou e caminhou à frente, se sentando ao lado dela na madeira fria.

— Se você é uma deusa — conjecturou Callum, com indulgência —, significa que é imortal?

— Como é que vou saber? E, apesar disso, deuses morrem — respondeu Reina. O tom dela era cauteloso, esperando que ele a contradissesse. — Eles morrem o tempo todo.

Callum deu de ombros.

— Então o que os torna deuses?

— A adoração das pessoas, acho. — Ela passou a página de novo, e então ergueu o olhar. — O que dizia a meu respeito? Seja lá o que você leu nos arquivos.

— Coisas da sua família. — Callum apoiou a cabeça na parede, embora ao menos uma vez não sentisse dor nem cansaço. Talvez enfim tivesse dormido o bastante. — Que você tem mais poder do que qualquer um, mas que nunca conseguirá usá-lo.

Uma vez, Callum dissera a Tristan que eles tinham as exatas maldições que mereciam. Ele entendia sua própria, que sentia tudo porque queria muito, com todo o seu ser, não sentir nada. Porque não sentir nada significaria, enfim, não sentir mais dor.

— Tem uma frase do Einstein... — começou Reina. — ... sobre Deus não jogar dados. — Ela hesitou. — Einstein não estava se referindo a *Deus*. Só queria dizer que nada no universo é aleatório.

— Hum... — balbuciou Callum, fechando os olhos.

— Mas eu não acreditava nisso — prosseguiu Reina. — Para mim, o universo era completamente aleatório, e era isso o que nos confundia. Porque todos queremos acreditar que, de alguma forma, somos fundamentais. Nós somos nossos próprios mitos, nossas próprias lendas. *Nós* damos motivo às coisas. Somos criaturas racionais, e assim tudo tem que ter seu lugar, seu propósito... Mas também somos criaturas egoístas, e então nos damos motivos que não existem.

Callum pensou num mundo em que nada fosse justificado ou merecido. Que apenas *era*.

— Mas então eu tenho esse poder porque algo aconteceu aleatoriamente no universo? — divagou Reina. — A entropia, o caos... Isso faz mesmo mais sentido? Que tudo isso não é ironia só para nos punir, que é aleatório? Somos só coisas, ornamentos flutuando no espaço, tentando encontrar o sentido de tudo? Talvez seja, talvez não. Mas a natureza não é de toda aleatória... Pergunte a um físico — disse ela, com ironia, ou tão irônica quanto Reina conseguia ser. — Tem constâncias, critérios. Regras consistentes que são sempre verdadeiras e nunca mudam.

— Então sua teoria é a de que a alternativa a um universo aleatório é que... somos deuses — deduziu Callum, devagar.

— E, das maneiras que importam, somos mesmo — disse Reina, dando de ombros. — O poder é real. A magia que temos cria ordem. Não? Então, tudo pode parecer perfeitamente aleatório — disse ela, olhando para o nada, contemplativa —, mas, na verdade, para a gente, não é.

Por mais estranha que fosse aquela teoria, fazia sentido. Ou pelo menos conseguia aliviar algo doloroso. Provavelmente era bobagem, mas não era a pior bobagem que Callum ouvira. Ele havia sofrido bem mais dentro de sua cabeça.

— Mas então... — disse Callum. — E agora?

— Agora nós vemos o que os arquivos estão escondendo de mim — disse Reina.

— Não seria mais fácil eu só ir lá e pedir no seu lugar?

— Talvez. — Ela deu de ombros. — Mas experimentar assim não torna tudo mais interessante?

Um ponto válido. O trabalho deles era acadêmico, afinal de contas.

— E depois?

— Depois descobrimos o que eles estão dando para Dalton.

Seu tom de voz era decidido. Não exatamente fria, mas com um toque metálico.

Ferro. Era isso.

Callum podia respeitar aquela decisão. Era melhor que comer biscoito velho. E possivelmente mais interessante que beber até cair. Ou, no mínimo, um pouco menos clichê, ainda que ele jamais fosse admitir que Reina tinha razão quanto a isso.

— Você não está tentando me salvar, está? — indagou Callum.

A ideia o repugnava.

— Não — respondeu a naturalista. — Não quero alimentar seu lance de "ninguém se importa", mas estou mesmo cagando e andando para você.

Perfeito.

— Será que testamos, então? A influência? Podemos testar numa pessoa primeiro — disse Callum, observando algo lindo e sinistro surgir nos cantos da boca de Reina.

— Sei quem seria perfeito para isso — declarou ela.

Então Callum fechou os olhos, temporariamente satisfeito.

· NICO ·

O peito de Tristan não se mexia havia vários segundos.
Agachado ao lado do corpo de Tristan, no chão da sala pintada, Nico olhou para o relógio na cornija da lareira, observando-o tiquetaquear e contando em silêncio.

Dezesseis, dezessete, dezoito...

Está bem, dane-se. Aquele experimento lunático com certeza não ganharia nada com um dano cerebral prolongado. Nico inspirou por um segundo e mirou uma onda de força no coração de Tristan, tentando fazê-lo pegar no tranco como um motor com defeito. O resultado foi imediato e talvez excessivo. Nico cambaleou para trás, e quando Tristan se levantou de uma vez com um arquejo, por pouco a testa dele não bateu nos dentes do físico.

— Merda — disse Tristan, arfando, enquanto Nico batia o tornozelo (de novo) na extremidade da mesa vitoriana que sempre estava no caminho.

Ele sentiu outro leve tremor de metal na boca, um gosto residual radioativo do esforço de reviver Tristan. Esperou um pouco, respirando fundo para se recuperar, e então ergueu o olhar. Tristan estava apoiado nos cotovelos, as pernas estiradas e molengas como as de uma boneca de pano.

— Será que a gente tenta outra vez? — perguntou Tristan, um comportamento tão característico de Nico que o físico não soube qual dos dois deveria estrangular. (Tristan não seria. Eles já tinham tentado isso.)

— Pra quê? Para você morrer ainda mais devagar? — relembrou-o Nico, irritado por ter que ser a voz da razão, um papel que ele não exercia com naturalidade e que não deveria ter sido forçado a assumir.

Mas, como o companheiro estava começando a ficar um tanto cinzento, alguém teria que ser razoável ali. Tristan parecia uma animação malfeita de si mesmo, e Nico não estava muito melhor. Mas ele não queria tocar nesse assunto.

— Não era para ser tão complicado — murmurou Nico.

Além disso, era para ser algo feito apenas uma vez, e não uma terceira tentativa numa terceira noite só naquela semana.

— Você não está mesmo vendo nada diferente? — perguntou ele a Tristan, se arrependendo do tom que sem dúvida levaria a outra resposta irracional, o que obviamente aconteceu.

— Talvez esteja dando errado por culpa sua — acusou Tristan, o que claramente era um não. — É tão difícil assim matar alguém?

— Não sei, Tristan, me diz você — retrucou Nico, sem paciência.

O maxilar de Tristan se retesou.

Ótimo. Então tudo estava indo bem.

Pouco havia mudado desde a primeira vez que Nico tentara matar Tristan, o que àquela altura já fazia bem mais de um mês. Na época, como agora, Tristan havia apenas pairado no rastro da morte, em vez de milagrosamente mudar sua visão para perceber o tempo e o espaço, como ele alegava que conseguia fazer. Toda tentativa tinha sido diferente aqui e ali, mas, no fim, o resultado era sempre o mesmo, quer Tristan meditasse antes, ouvisse heavy metal, dormisse ou se mantivesse acordado a noite toda: seu corpo amava morrer e queria fazer isso mais do que o cérebro de Tristan achava que deveria.

— Talvez a gente precise dobrar a aposta — sugeriu Nico. — Aumentar o risco.

Afinal de contas, aquele era o *modus operandi* dele. Se as coisas não estavam dando certo, o melhor a fazer era piorá-las.

— Tipo o quê? — perguntou Tristan, esfregando a nuca.

— Não sei. Vou ter que pensar um pouco.

Nico queria conversar sobre aquilo com Reina, mas Tristan deixara claro que as outras pessoas não podiam ficar sabendo do experimento deles. Talvez porque a ideia parecesse insana, o que de fato era.

— Mas, seja lá qual for sua magia, está na cara que ela não quer ser perturbada até ser necessário.

— Talvez o problema seja que eu não acredito que estou morrendo de verdade.

Aquela expressão de arrogância permanentemente estampada no rosto de Tristan já não incomodava tanto Nico, mas ainda era o suficiente para fazer com que o físico quisesse socá-lo.

— Então preciso ser um assassino mais convincente, é isso? — indagou Nico, irritado.

— Talvez sim. — Tristan balançou a cabeça, encarando Nico, que sem sombra de dúvida estava deixando a desejar, não estava? — Eu devia ter pedido a Parisa para fazer isso — murmurou Tristan. — Com certeza ela me mataria por muito menos.

— E também não te salvaria. Pensando bem, seria perfeito.

Nico se deitou no chão e ficou encarando o teto.

Ele estivera se perguntando o que pensar desde que Tristan revelara detalhes de seu passado conturbado, lembranças compartilhadas provavelmente numa tentativa de acalmar qualquer ânimo exaltado que pudesse existir entre eles. Nico havia suposto que saber algo sobre as facetas que constituíam a personalidade de Tristan Caine o faria ter mais empatia por Tristan, ou mais paciência. Ledo engano. Em geral, paciência não era algo que Nico cultivava, e não importava quão trágica tivesse sido a vida de Tristan, aquela situação estava saindo drasticamente do controle.

— Olha... — disse Nico. — Não sei se tenho como continuar a fazer isso.

Ele ouviu a respiração de Tristan falhar.

— Ah.

— Eu quero ajudar você — acrescentou Nico. — Mas talvez você tenha razão. Talvez eu não consiga.

Tristan ficou calado.

— Porque, para isso funcionar — continuou o físico —, você tem que encontrar as condições apropriadas para acreditar que está prestes a morrer. E, se você acha que sou frouxo demais para matá-lo, ou fraco demais, ou...

— Eu não acho nada isso. — A voz de Tristan rompeu o silêncio na sala. — Eu acho... — Ele hesitou. — Acho que você deve ser uma pessoa muito boa — murmurou.

Nico não respondeu, presumindo que era um insulto.

— O que no fim das contas dá na mesma — completou Tristan. — Porque se você é tão bom assim, então, sim, eu não sou capaz de acreditar que você vai me deixar morrer. Ou que estou mesmo em perigo.

— Ótimo — disse Nico, exasperado, encarando as chamas da lareira da sala pintada. — Então acabei de desperdiçar um mês da minha vida.

— Sim. — Tristan deu de ombros ao se sentar, parando por um momento antes de se levantar. — E te agradeço por isso — acrescentou, com um desgosto agressivo, se aproximando de Nico.

Por um momento, Nico se perguntou se Tristan estenderia a mão e o ajudaria a se levantar. Esperava que não. Algo naquela situação estava começando a perturbá-lo. Talvez fosse o fato de que ele e Tristan haviam compartilhado algum tipo de devastação fundamental, algum nível avançado de decadência que nenhum deles queria comentar em voz alta, mas que os dois sabiam que tinha nome e sobrenome. Libby Rhodes.

Ajudar um ao outro parecia potencializar essa devastação.

— Boa noite — disse Nico, fechando os olhos.

Ele viveria ali agora, no chão da sala pintada, se fosse isso o que precisava fazer.

— Boa noite.

Tristan parou por um momento, mas não mais que isso. Então saiu da sala, os passos se afastando no corredor enquanto Nico aos poucos tornava a abrir os olhos, encarando a lareira.

Perguntou-se como Gideon estaria. Se tinha encontrado Libby, óbvio, mas também se ele tinha rido naquele dia ou pensado em algo idiota que apenas Nico entenderia. Nico estava começando a sentir saudade das pequenas coisas, das banalidades dolorosas de existir ao redor de Gideon — as coisas que ele mandava para Nico durante o dia, que contribuíam para certa linguagem compartilhada: alguma besteira, um passatempo qualquer que os mantinha unidos mesmo quando separados. Nico sabia exatamente o que fazia Gideon rir, e Gideon também sabia que Nico não gostava de ovo frito nem de ter sua competência questionada. Ele tinha certeza de que Gideon diria: *Nicolás, você disse que o ajudaria*. Ou: *Eu te conheço, Nicky, e, se tem uma coisa que você não é, é mentiroso ou alguém que desiste das coisas. Mesmo que seja o bocó mais burro que conheço*.

Algo em Nico doía e o fez se encolher de lado, dando as costas à lareira. Ele ficou ali por um segundo, ouvindo o relógio tiquetaquear. O estalar das chamas aos poucos foi se dissolvendo, até que as sombras se ergueram do chão, preenchendo a sala com escuridão.

Então Nico se levantou e foi para a escada.

Da perspectiva de um físico, tudo que Tristan explicara a respeito de seus poderes fazia sentido e deveria funcionar. Essa era a parte enlouquecedora, que em teoria Tristan tinha todos os motivos para estar certo. A descrição dele de sua própria magia, a mistura de espaço e tempo em espaço-tempo, parecia consistente com a quarta dimensão que apenas Tristan conseguia ver. E a explicação sobre a aparência, a forma como as partículas se moviam, casava com a descrição do movimento browniano, ou seja: movimentos que pareciam aleatórios na verdade não eram, mas sim ordenados em relação a algo que Tristan aparentemente podia compreender.

— Se eu conseguisse desvendar os movimentos — dissera ele —, então eu seria capaz de controlar isso.

E o que Nico não confessara era que, se Tristan de fato conseguisse controlar esses movimentos, seria capaz de fazer mais que ele. Mais que Libby também. Porque, se Tristan controlasse o movimento das coisas ao nível quântico — ao nível das partículas fundamentais de energia —, então ele era mais do que um físico. Não seria limitado pelo mundo físico nem pelas propriedades da força, o que significa que ele também poderia alterar a química das coisas. Poderia viajar pelo tempo. Poderia identificar os materiais do universo e, caso os encontrasse, movê-los. *Criá-los.* Ele poderia reverter a entropia, dominar o caos. Na verdade, não haveria mais caos — nada de aleatoriedades, nenhuma espontaneidade. O mundo não seria mais feito de coisas, mas de eventos, sistemas, caminhos de um design maior que eles, ignorantes como eram, interpretavam erroneamente como algo humano: um desejo. Destino. Um plano. O universo através dos olhos de Tristan seria ordeiro. E isso, mais do que qualquer coisa, era o mais próximo da onipotência que Nico podia imaginar. Era o mais próximo do divino que qualquer coisa poderia ser.

Mas Tristan não podia acessar essa habilidade, tudo porque Nico não queria que ele morresse de verdade.

Havia algo muito ridículo nisso.

— Você já escolheu seu tema de estudo? — perguntara Dalton a Nico mais cedo naquele dia, abordando-o quando estava na sala de leitura.

Nico estava com um livro em mãos, algo que nunca tivera a intenção de ler. O objetivo dele, se lembrou, era entender *Gideon*. Ter respostas *para* Gideon. Não havia nada mais importante e, por fim, nenhuma outra razão para a presença de Nico naquela casa.

Mas algo atraíra sua atenção. Um despertar de seu próprio senso de deslumbramento, fato que ele atribuía a Tristan Caine. Porque nada antes na magia de Nico tinha sido interessante o suficiente — nem suas habilidades nem suas limitações —, até que ele enfim entendeu que havia mais que ele poderia acessar. Gideon dissera que, se sua teoria estivesse certa, então alguém que podia viajar no tempo não necessariamente tinha que ser mais poderoso que Nico, que talvez essa habilidade pudesse ser muito restrita, muito limitada. No entanto, se *Tristan* estava certo, então isso não importava. E assim, pela primeira vez, Nico de Varona solicitara aos arquivos um livro que não falava de criaturas, nem abordava evolução, classificação ou genética, mas sim a vida.

Aviditas. Apetite. *Aviditas vitae,* o desejo de viver. A fome de viver, que conduzia tudo. Nico sabia que existia porque vira Reina criá-la. Sabia que ela era poderosa porque achava que Tristan estava certo. E, por isso, agora acreditava que o desejo de viver era mais do que mera filosofia ou psicologia, e sim, em vez disso, um princípio primordial da física.

O fato de que as coisas iam se destrinchar se houvesse alguma probabilidade de isso acontecer fazia parte de uma intrincada infraestrutura. Entropia era a lei — a Segunda Lei da Termodinâmica, para ser exato — e, portanto, estava escrita na codificação da existência. Algum *animus* humano, alguma consciência fundamental, ainda era um elemento do naturalismo e, portanto, do mundo físico, mas talvez dominar a entropia fosse mais do que alguma lei amorfa do caos. Talvez o que significasse fosse a possibilidade de controle sobre a cosmologia da vida em si.

Como seria criar essa centelha de vida? Ter controle sobre ela? Fazê-la nascer ou destruí-la à própria vontade? Que mistérios do universo eles podiam descobrir se parassem de associar todas as formas de perigo com a inevitabilidade da morte?

E era por isso que se tratava de uma simples questão de desmantelar, em silêncio, a fechadura do quarto de Tristan. De andar na ponta dos pés e prender a respiração, esperando para determinar o ritmo do peito de Tristan. De dizer a si mesmo que se Tristan estivesse de fato errado, se as suposições dele sobre estar condenado ao fracasso chegassem a ser remotamente incorretas, então havia ali uma lição que valia a pena aprender, uma certeza que valia a pena desafiar. Porque aquilo — Nico estar ali, vivo, respirando, existindo, ao mesmo tempo que Tristan Caine, apesar de todas as versões da vida em que não se encontraram —, essa confluência de eventos, não era, não tinha como ser, aleatória. Isso era a relatividade funcionando, não? Nico existia em relação a Tristan e, como resultado, a pesquisa deles estava fundamentalmente interligada. As experiências deles eram compartilhadas. A preocupação com Gideon havia levado Nico até ali, e existir ao lado de Libby o estimulara, e estimulara Tristan, e tudo que levara à perda dela não podia ser aleatório. Não acontecera por acaso. Era intencional, e, se Nico pudesse *ver* a intenção, então de alguma forma poderia mudá-la. Poderia mudar o final e recomeçar.

Tristan dormia de barriga para cima, inquieto. E então Nico estendeu a mão, deixando-a pairar sobre o peito de Tristan.

Depois a moveu com força para baixo, aplicando o máximo de força ao coração de Tristan antes que ele abrisse os olhos de vez, o reflexo instintivo de terror o acordando com um arfar estrangulado.

Algo relutou contra a magia de Nico, deformando-a. Não ricochetou nem se reverteu, mas dobrou, disparando letalmente em direção à janela em determinado ângulo, como um reflexo num espelho. O vidro se estilhaçou, partículas obliteradas reluzindo no canto do olho de Nico, e a súbita mudança no *momentum* fez com que ele cambaleasse e caísse de cara na cama de Tristan.

Que estava vazia.

Nico tentou levantar a cabeça, o esforço causando uma pontada em seu pescoço. Ele teria que fazer algo quanto àquilo. Assim, ergueu a mão para massagear a região, e, nesse momento, viu Tristan de pé perto da janela.

Que estava intacta.

Nico piscou.

— A janela... está...

— Eu sei.

Tristan olhou para a mão, que permanecia estendida na mesma direção que a força da magia de Nico seguira.

A janela não fora quebrada. A magia de Nico devia ter ido para outro lugar, se dissolvendo para fora. Ele conseguia sentir a estrutura da casa se reajustando, como se a direção da força tivesse se espalhado pelo ar.

Devagar, Nico se sentou.

— Você...

— Se parei? — completou Tristan. — Sim.

Ele inspecionou a mão, como se estivesse chocado ao constatar que os dedos não estavam quebrados, fechando-os e então esticando-os outra vez, intactos.

— Então... — Nico franziu a testa, se levantando. — Deu certo?

Tristan estava diferente. Seu rosto não exibia a dureza de sempre, nem estava com uma expressão perdida. Nico conhecia a distinção, a mudança. Havia se familiarizado com aquele sentimento. Era uma explosão, subindo vértebra a vértebra por sua coluna, de resiliência. Determinação. Era a resignação de um homem que aprendera que podia tomar um soco e se reerguer para contra-atacar.

— Seu desgraçado — disse Tristan, com descrença ou, talvez, fascínio. — Você tentou me matar.

— Pois é — disse Nico.

Tristan o encarou, com as sobrancelhas arqueadas, espantado, maravilhado, deixando a mão estendida cair.

— Por quê? — quis saber ele.

Nico tentou pensar em algo para dizer que Gideon talvez achasse produtivo. Então mudou de ideia, optando por algo que faria Gideon revirar os olhos.

— Porque é algo que posso fazer, Tristan — respondeu Nico de Varona, sincero, sentindo uma onda renovada de satisfação com o lembrete do poder que corria em suas veias, que não existia por acaso.

Ele nascera assim por um motivo e, de repente, tinha se tornado importante — não, crítico; não, *primordial* — cumprir com essas obrigações. Porque o que ele era nunca tinha sido visto antes e não podia ser replicado.

Com uma exceção.

— E — disse Nico — porque agora estou colocando diretamente nas suas mãos a responsabilidade de dar um jeito de trazer Rhodes de volta.

· EZRA ·

Ezra estava morrendo.
De tédio.
O que, no fim das contas, era uma morte bem mais lenta do que asfixia ou inalação de fumaça. Não que ele fosse acometido por quaisquer preocupações ali, tendo pelo menos magia suficiente para se remover dos escombros da explosão causada por Libby Rhodes. Dera o seu melhor para evitar o fogo, mas sabia, como o céu vermelho da manhã, que era inevitável. Quando ela o agarrou pelo pescoço, ocorrera a ele, num vislumbre de algo, alívio ou retaliação, que Libby poderia até matá-lo; poderia até mesmo querer observá-lo morrer sob seus dedos. No entanto, ela acabou jogando-o de lado, deixando-o para morrer enquanto o quarto queimava em chamas, o que não era a mesma coisa que um assassinato a sangue-frio. Mas também não era muito melhor.

De qualquer forma, no momento Ezra Fowler estava viajando outra vez. Algo que naqueles dias fazia com frequência, indo de reunião a reunião. Nunca estivera em Budapeste, ou em qualquer lugar, na verdade, no que agora estava começando a pensar como o "antes". Nunca foi muito fã de viajar, dado que era mais fácil visitar o futuro distante do que arrumar um passaporte e arrastar sua pegada de carbono até a França.

Ezra supunha que todas aquelas viagens eram uma coisa boa. Ou melhor, que o objetivo daquelas viagens representava algo bom, que era a eficácia de seu plano. E *era* um plano eficaz, tão eficaz quanto um plano podia ser, porque era simples. Quando o apresentou aos outros, ficou muito claro que acertara ao escolher seus coconspiradores, já que precisou de poucas palavras para tornar a questão simples para eles também.

Os seis escolhidos por Ezra foram: Nothazai, que representava o famigerado Fórum; James Wessex, que era o abominável James Wessex; Julian Rivera Pérez, o tecnomante da CIA cujo trabalho era notoriamente não mencionável e publicamente não mencionado; Sef Hassan, o naturalista mineral que representava os interesses mágicos do Oriente Médio e da África Setentrional (região conhecida como MENA); um medeiano da operação de Pequim, que era mais fácil tentar localizar do que nomear; e uma professora, a dra. Araña, cujos contratos governamentais eram igualmente de extrema e notável confidencialidade.

Ao contrário dos seis escolhidos para a Sociedade, a coalizão de Ezra não foi selecionada para se destruir em nome de algum prêmio exclusivo e esquivo, mas para compartilhar de um resultado comum. De um objetivo comum. Do mesmo objetivo, na verdade, que Ezra e Atlas haviam compartilhado quase duas décadas antes: acabar com a Sociedade e substituí-la por algo que fosse mais amplamente distribuído; algo com menos ladainhas, segredos e uma pretensa aura de mistério que servia apenas para esconder o fato de que, abaixo da máscara digna da virtude, estava apenas mais outro clã de déspotas buscando governar o mundo.

— Eu sei que cada pessoa aqui tem uma razão diferente para querer que a Sociedade seja exposta — anunciara Ezra ao grupo na noite fatídica em que os reunira pela primeira vez.

Para metade deles, o propósito era ideológico, filosófico. Nothazai e o Fórum queriam ter acesso ao conhecimento cuidadosamente protegido — ou maliciosamente acumulado — da Sociedade. Hassan queria recuperar o conhecimento que fora colonizado e, portanto, roubado. A professora, uma ativista das antigas, queria usar os arquivos no mundo acadêmico, no laboratório ou na sala de aula. Para os outros, era mais uma questão de lucro, mas a filantropia por si só não pagava as contas ou destruía uma sociedade secreta de medeianos homicidas. O que importava ali eram menos os meios e mais os fins.

— Eu mesmo já tive acesso aos conteúdos dos arquivos — dissera Ezra, revelando com cuidado seu ás na manga.

Os outros eram astuciosos demais para demonstrar sua surpresa abertamente, mas não chegavam nem perto de um desinteresse que os permitisse disfarçá-la por completo.

— E sei em primeira mão que o que todos vocês querem — prosseguiu Ezra —, independentemente de suas intenções, está lá dentro.

Afinal de contas, Ezra um dia estivera disposto a desistir de tudo para possuir a Sociedade, para governá-la, e para fazer isso ao lado de Atlas, o que tinha sido um erro. Seus cálculos não haviam sido exatos o suficiente para prever que, quando Atlas colocasse os pés na Sociedade, não ia mais precisar de Ezra.

Era uma oferta familiar, tão tentadora e vaga quanto a da Sociedade. As expressões nos rostos ao redor da mesa provavam que os presentes estavam preenchendo os respectivos vazios, populando os próprios tesouros. Apenas a professora parecera pouco impressionada, e também James Wessex, que se mostrara contido de um jeito cauteloso.

Para a surpresa de todos, o bilionário tinha uma voz suave. No momento em que abria a boca, os outros instintivamente se inclinavam à frente, se esforçando para ouvir.

— Devemos acreditar que a Sociedade permitiu que você entrasse e conseguisse sair ainda com vida? Presumindo — murmurou Wessex — que a biblioteca sequer existe e que não é uma ilusão coletiva.

Isso provocou um olhar compartilhado de regozijo pela mesa. Todos sabiam que os arquivos da Sociedade existiam. De que outra forma explicar a natureza e a topografia do poder, ou que certos medeianos pareciam indubitavelmente destinados ao sucesso?

O que realmente importava era saber o que os arquivos continham e, ainda mais relevante, saber como provar isso. Ezra fora o primeiro capaz de responder essas questões. Então continuou:

— Antes de hoje, tudo o que qualquer um tinha para confirmar a existência da Sociedade Alexandrina era sua sombra. Os medeianos que nunca voltavam, ou aqueles que voltavam com poder sem precedentes. Até então, tinha sido uma questão de especulação, de dedução por parte de quem está de fora. — Ezra fez uma pausa e olhou para Nothazai, que o observava atentamente. — Mas posso confirmar para vocês os nomes dos integrantes da turma mais recente de iniciados, assim como as especialidades deles. Sei da educação de cada um, da criação, do passado. Conheço suas famílias, seus aliados e seus inimigos. E também sei quais ainda estão vivos.

A sala ficou em silêncio.

— Então seu plano é... caçá-los? — perguntou Nothazai, plácido.

— Não — respondeu Ezra, embora de certa maneira fosse. — O Fórum já tem seus métodos de fazer isso, e acredito que é justo dizer que são ineficazes.

Ele encarou Nothazai, sério. O homem cruzou os braços, pensativo, mas não discutiu. Ele, mais do que qualquer um, saberia que a arma mais importante da Sociedade era a discrição. O que não podia ser provado não podia ser usado contra eles. Cada acusação alavancada pelo Fórum contra a Sociedade tinha a mesma consistência de fumaça se dissipando.

— Meu plano é apreender os novos iniciados da Sociedade. Oficialmente — explicou Ezra.

No passado, sem evidência de transgressões, a Sociedade enterrou seus segredos com a mesma eficiência com que tinham enterrado o próprio Ezra, apagando a existência dele e, portanto, fabricando a própria destruição. Eles constantemente expurgavam os próprios pecados, confiando que a morte ou que a glória prometida a seus membros podiam comprar seu silêncio. Para a infelicidade da Sociedade, um deles era um mentiroso, o que significava que, graças a Atlas Blakely, Ezra estava ao mesmo tempo vivo e gloriosamente furioso.

— Nós seremos capazes de tratar os candidatos da Sociedade como os criminosos que são — declarou Ezra, referindo-se tacitamente à cláusula de morte no coração do contrato da Sociedade — e de usá-los para garantir nossa entrada. Dali em diante, derrubar a Sociedade será apenas uma questão de expor seus segredos mais ilícitos, que não são poucos.

Pelo menos um a cada dez anos desde que surgiram as bibliotecas da Antiguidade.

Pérez tamborilou na mesa.

— Você só precisa de um dos iniciados para isso. Não de todos os cinco.

Ao lado dele, a boca do medeiano de Pequim se mexeu só o suficiente para indicar concordância.

— Quatro — corrigiu Ezra, porque, segundo a valiosa informação que Libby lhe dera, um deles estava morto. E o outro estava em segurança. — Um iniciado é mesmo suficiente quando a Sociedade permitiria que um deles afundasse sozinho em vez de correr o risco de ter seus segredos revelados?

Ou seja: a Sociedade sem dúvidas sacrificaria um medeiano pela causa. Eles já faziam isso uma vez a cada dez anos. Apenas o grupo completo seria persuasivo.

Pérez logo cedeu.

— Entendido.

— Ainda assim você vai precisar de muito mais recursos. Só os nossos não bastam. — Os dedos de Nothazai estavam sobre a boca. — O sistema de segurança deles é impenetrável. Só o Guardião deles já é um oponente formidável. — Ezra tentou não se encolher à menção a Atlas. — E, acima de tudo, a Sociedade não entrará em colapso apenas porque uma turma de medeianos vai dar com a língua nos dentes. A biblioteca está de pé há tempo demais para sucumbir diante de uma fraqueza tão pequena.

— O sistema deles não é perfeito — devolveu Ezra, que naquela mesma noite havia deslizado por um abertura nas proteções supostamente impenetráveis deles. — E há fraturas entre os iniciados restantes. Não vai ser difícil descobrir as rachaduras na fundação da Sociedade.

Estava claro que a confiança dele começava a impactar os outros, que pareciam ter recebido um prêmio raro e valioso.

Bem, nem todos. A atenção de Ezra se voltou para a professora, que permanecia impassível, enquanto as outras cabeças começavam a assentir.

— O que acontece com a biblioteca depois de você apreender os iniciados? — perguntou Nothazai.

— Nós a tornamos acessível — disse Ezra, dando de ombros. — Fazemos com que ela circule.

— Nem tudo na biblioteca é feito para consumo público — afirmou Pérez.

Ele olhou para o medeiano de Pequim, que o ignorava, e James Wessex, que o observava descaradamente.

Mas Ezra já tinha ouvido esse argumento antes. Todos tinham.

— É melhor que ela seja perigosa, mas disponível a todos, do que concentrada nas mãos de uma elite secreta — argumentou ele.

Pérez não tinha como discordar, nem nenhum dos outros.

Daquele ponto em diante, ficou óbvio para todos eles que os recursos aos quais Nothazai se referira — poder institucional, operações de inteligência e, é claro, dinheiro — seriam uma parte crítica do plano. A influência deles precisaria abranger o mundo todo, unindo os alvos díspares do grupo, não sem relutância, contra um inimigo em comum. E, além de tudo isso, o tempo estava voando. Quando fossem libertos de suas obrigações com os arquivos, os quatro peões restantes de Atlas sem dúvida garantiriam uma posição de destaque nas esferas de poder globais, ficando acima do bem e do mal, como todo membro da Sociedade antes deles. Por enquanto, estavam contidos, mas fora de alcance. Dali a um ano, poderiam se tornar praticamente intocáveis. Por uma breve janela de tempo, no entanto, Ezra teria uma chance. Apenas uma. Se falhasse, reforçou ele para si mesmo, as consequências seriam funestas. E não apenas para a sua consciência. Por isso, havia a súbita necessidade de estar em todos os lugares ao mesmo tempo.

No entanto, identificar a vasta floresta cerebral que salvaria o mundo ainda consistia, na maior parte do tempo, em dar conta de árvores sem graça e monótonas. Ezra estava aprendendo com bastante rapidez que viajar era uma dor de cabeça, mesmo quando usava os canais medeianos mais eficientes fornecidos por esse novo grupo de associados. As passagens de transporte operadas e dominadas pela Corporação Wessex — que funcionavam da mesma forma que as portas de Ezra entre pontos no tempo, só que entre proteções privadas em grandes cidades — forneciam a ele a maior conveniência possível, mas mesmo assim era exaustivo. A logística de montar armadilhas para os medeianos mais perigosos que já viveram não era, de fato, suficiente para cativar a imaginação de cada momento do dia, e as diferenças de fuso horário eram um peso e tanto.

— Você se acostuma — disse Eden, secretária, ou algo assim, de James Wessex. Talvez assistente. (Ezra, ao contrário de Atlas, não tinha uma boa memória para nomes, ocupações e outras trivialidades.) Ela encontrara Ezra no hotel onde Nothazai sugerira que ficasse, que tinha um nome ostentoso e parecia um palácio. — Infelizmente não evoluímos além dos ritmos circadianos.

— Certo.

Não era a primeira vez que Ezra falava com Eden, mas nunca sabia o que dizer para ela. A jovem tinha um semblante altivo, como se dentro de sua cabeça estivesse julgando todos em silêncio, o que provavelmente estava fazendo mesmo. Ela era esbelta e bem alta para uma mulher, quase da altura dele. Tinha um cabelo castanho brilhoso e pontos âmbar nos olhos verdes, e havia algo muito intimidador nisso, como se ela tivesse matado o último parceiro e o devorado.

— Enfim, Nothazai vai encontrar você na cervejaria — disse ela. — Encontro vocês mais tarde. Só preciso cuidar de uma questão pessoal antes.

Ezra não sabia ao certo se deveria perguntar mais da tal questão pessoal.

— Ah, é?

— Reuniões — respondeu ela, vaga. — Estamos mapeando oportunidades de investimentos. Não posso contar, senão terei que te matar — adicionou, com um sorrisinho. Eden lembrava uma raposa. Algo em suas feições, supôs Ezra. Ou na forma como seus olhos se moviam muito rápido pelo rosto dele.

— Enfim, você precisa de alguma coisa? — perguntou ela, parando na porta da suíte que reservara para Ezra.

— Hum. Uma chave?

O sorriso dela vacilou.

— É um leitor de retina — explicou, depois de um momento para disfarçar sua expressão de desdém, gesticulando para o scanner ao lado da porta. — Chave é coisa do passado.

— Ah.

Bem.

— Coincidentemente, foi meu ex quem forneceu a tecnologia — disse Eden, dessa vez reservando um tom de desgosto para o ex em questão. — Uma pena que ele vai morrer em breve.

Ezra novamente ficou com a sensação de ter perdido algo.

— Hein?

Eden deixou escapar um latido em forma de risada.

— É o Tristan Caine — explicou. — Sabe, um dos seis.

— Ah, sim. — Ezra se encolheu, lembrando-se daquela ponta solta em seus melhores planos antes de entender o que ela dissera. — Mas ele não será morto — corrigiu. — Será apreendido.

— É jeito de falar — concordou ela, alegre. — Mas o que é dele está guardado.

— Vocês... trabalhavam juntos? — indagou Ezra, escolhendo achar a menção ao esquivo Tristan Caine auspiciosa em vez de desdenhosa.

Perguntou-se quão bem Eden conhecera Tristan além do relacionamento que tiveram. Ela teria alguma observação sobre a especialidade mágica dele que já não tivesse sido feita por seus professores ou seu chefe?

— *Rá*. Não. — Ela gesticulou para mais perto do scanner, que emitiu um brilho vermelho antes que a porta automaticamente se destrancasse. — Enfim, aproveite sua tarde — disse Eden, se afastando.

— Tá bom, obrigado.

Ezra adentrou o quarto, percebendo o bar à esquerda. O quarto era um cômodo em conceito aberto que ecoava a extravagância do saguão *art nouveau* mais abaixo, embora o destaque da decoração fosse, sem dúvidas, a vista. As cortinas estavam afastadas, o Castelo de Buda numa exibição gloriosa do outro lado do rio Danúbio. Era tão bonito que deixou a garganta de Ezra um pouco seca, e ele tossiu um pouco na mão fechada.

Pensativo, desceu a mão até o pescoço, tocando os hematomas que aos poucos desapareciam. Um presente de despedida no formato dos dedos familiares de Libby.

Então ele balançou a cabeça, deixando suas coisas ao lado do sofá e partindo em direção à *brasserie* em que se reuniria com os representantes do Fórum. Na prática, o Fórum era uma organização mundial sem fins lucrativos, voltada para o público de todas as maneiras que a Sociedade não era e que contrariava os propósitos fundamentais desta. No entanto, as distinções terminavam aí (mais ou menos numa cláusula de assassinato). O Fórum não era menos formal que a Sociedade, não era menos burocrático, até onde Ezra podia ver, nem era menos conduzido pela estrutura e pela hierarquia. Toda vez que Ezra os encontrava, ficava mais consciente do quanto falhara em sustentar os indicadores de status deles. Não em termos de fortuna, mas de algo... mais. Algo que sempre faltara em Ezra. Era a mesma falta de autenticidade que ele sentira em Atlas; aquela sensação de não apenas pertencer, mas de *comandar*. Era uma aura de certeza, o tipo que em geral decorria do privilégio, e Ezra nunca soubera como reproduzi-la. Os membros do Fórum tinham certo resplendor de instituição que Ezra supunha fazê-los se sentirem dignos. Ou corretos.

Bom para eles. Desde que compartilhassem de um desejo pelo mesmo objetivo, sem problemas.

O interior da *brasserie* era exuberante, com uma folhagem que se espalhava pelo teto, o bar espelhado refletindo as fileiras verde-floresta das cadeiras acolchoadas. Era tudo muito agradável, ou teria sido, até que ele observou os frequentadores do lugar e notou duas coisas.

Primeiro, a presença de Nothazai, que estava numa conversa séria com um dos líderes do Fórum. Eles ocupavam o canto da sala, camuflados atrás de uma grande samambaia.

Depois, Atlas Blakely, sentado a uma mesa perto do bar.

Olá, manifestou o Guardião na cabeça de Ezra. *Você faltou ao nosso último encontro.*

Ezra olhou na direção de Nothazai, que ainda estava em meio à conversa clandestina, e então para Altas, que estava sentado sozinho à mesa, usando seu costumeiro terno xadrez, com uma xícara de chá, o que também era costumeiro. Diante dele, do outro lado da mesa, havia uma xícara de café americano, preto. Ezra não se daria ao trabalho de confirmar nada, não era necessário. Não tinha certeza de como Atlas o encontrara, ou se Atlas suspeitava de qualquer dissimulação de sua parte além da ineficiência de manter contato. Ezra não se deixaria abalar pelas ameaças de um amador.

E, de qualquer forma, não seria digno perguntar.

Ele foi até Atlas e se sentou.

— Só tenho um minuto — informou Ezra.

— É tudo de que preciso — respondeu Atlas. — Você já deu seu recado quando deixou o corpo de Elizabeth Rhodes para trás.

Com cuidado, Ezra manteve a mente vazia, tão limpa quanto possível, apesar do solavanco em seu peito e do súbito impulso de tocar a garganta de novo — de colocar as mãos onde as dela estiveram.

Não tinha como Atlas saber que fora ele. Certamente não tinha como provar nada. Ezra olhou para a xícara diante de si, girando-a para pôr o dedo na alça e se forçando a invocar surpresa, ou, melhor ainda, descrença.

— Libby morreu?

— Você sabe muito bem que não. — Atlas o encarou com uma expressão que Ezra escolheu não interpretar. Com o mesmo olhar, Atlas prosseguiu: — Nem vou me dar ao trabalho de perguntar onde você a escondeu, porque sei que não vai me contar. E já estou bem certo de que pouco importaria se contasse.

— Não faço ideia do que você está falando — disse Ezra.

De repente, seu pescoço começou a coçar.

— Você deveria saber que não seria capaz de mantê-la presa por muito tempo.

Ezra girou a xícara de café.

— Não sei aonde quer chegar.

Ele se perguntou se Atlas já havia mudado as proteções. Mesmo que suspeitasse que havia uma falha na segurança da casa, dificilmente conseguiria repará-la sozinho. Ezra era mais físico que Atlas, que tinha dificuldade com a natureza física das proteções da Sociedade. Era provável que uma hora ou outra ele encontraria uma solução, mas ia doer.

Ótimo.

— Você não vai conseguir entrar uma segunda vez, sabe. — Atlas tomou um gole de chá. — E imagino que já saiba que isso não vai terminar bem para você.

Ezra tentou conter uma risada amarga.

— Isso é alguma espécie de ameaça? — questionou, seco. — Você vai me achar aonde quer que eu vá, esse tipo de coisa?

— Eu *posso*, sim, te achar aonde quer que você vá — contrapôs Atlas. — Mas não preciso. Seja lá que tipo de inimigo você acha que me tornei, eu não me sinto da mesma forma.

Outra risada amarga.

— Isso quer dizer que podemos continuar a ser amigos? — perguntou Ezra.

Atlas colocou algumas centenas de florins sobre a mesa, tomando o resto de seu chá e se levantando.

— Não, Ezra, nós não somos amigos — declarou ele. — E você vai pagar pelo que fez. Mas você é irrelevante para mim.

Havia uma chama no peito de Ezra, queimando aos poucos.

— Então por que está atrás de mim? — perguntou ele, tentando manter um tom moderado. — Por que me seguir até aqui, se significo mesmo tão pouco para você?

Atlas, que já estava se virando para partir, deu meia-volta outra vez na direção de Ezra, o olhar caindo nas marcas dos dedos de Libby na garganta dele.

— Eu queria ver o que ela fez com você — disse Atlas, e assentiu em adeus. — Aproveite o café — acrescentou, cutucando a asa da xícara. — Sei o quanto você gosta desse gostinho de casa.

Ezra teve que se conter para não dar uma resposta ao mesmo tempo infantil e profana.

— Está bem. Você provou seu ponto.

— Provei? — Atlas parou para observá-lo. — Sabe — começou ele, cedendo ao seu hobby preferido de dar conselhos não solicitados —, você está envolvido demais nisso. Espero que não seja tarde demais quando se der conta de que se amarrou irreversivelmente a algo destinado a dar errado.

Ezra não disse nada, tendo dado a Atlas mais do que o suficiente de sua atenção. Ele inspecionou a fibra da mesa, pensando apenas que não havia nada que Atlas pudesse dizer ou fazer que fosse fazer diferença. Sua mente estava fixa, imóvel, fosse lá o que Atlas pudesse tentar revirar dentro dela. Foi Ezra quem testemunhara a destruição iminente do mundo nas mãos de Atlas, e era Ezra quem estava preparado para salvá-lo. Não havia nada mais a dizer.

Atlas o encarou com pena.

— Seu problemas, Ezra... — começou ele, enquanto Ezra fazia uma careta e se virava. — Seu problema, quer perceba ou não, é que você ainda está naquela sala enquanto as balas voam, escolhendo viver e se odiando por isso.

Na mente de Ezra, uma explosão de recordações, um clarão de dor. O templo. A mãe dele. As portas. Os olhos vazios do atirador. O gatilho mental que apenas Atlas era capaz de acionar. Era a única coisa que Ezra não estava preparado para ignorar, e o desgraçado sabia disso. O Guardião se virou no segundo que Ezra levou para piscar e se livrar da paralisia temporária, deixando-o para trás.

Ezra encarou as costas de Atlas por muito tempo depois que o homem havia desaparecido na multidão.

— Ezra?

Ele levou um momento para perceber que alguém chamava seu nome.

— *É* Ezra, não é? — disse a voz outra vez, e ele pestanejou, lembrando-se de si mesmo, e ergueu o olhar.

Era a professora, um dos seis escolhidos por Ezra: dra. J. Araña, o J representando pretensiosamente algo que ele não conseguia lembrar. A química era uma mulher pequena, de cabelos escuros e na casa dos cinquenta anos. Vez ou outra um vislumbre de beleza surgia em seu rosto, que na maior parte do tempo era dominado por olhos fundos e bochechas enrugadas. A cientista se especializara em geoengenharia e comandava um laboratório universitário privado fundado pelo governo. Na juventude fora uma ativista engajada, condenando e denunciando, através de seu trabalho e de protestos, a natureza da Sociedade. No entanto, Ezra começava a duvidar da utilidade da acadêmica. Ela era passiva demais, quieta demais. Entre os seis escolhidos, a professora nunca falava nem oferecia recursos, ainda que insistisse em ir àqueles encontros, talvez por conta de sua associação com Nothazai e o Fórum. Ezra ainda não tinha desvendado as motivações da mulher, quaisquer que fossem, e o interesse da química no plano dele parecia ao mesmo tempo ambíguo e inegável.

Já Nothazai era um biomântico cuja especialidade girava em torno de diagnósticos do corpo humano e cuja magia era secundária à natureza política — ou (mais lisonjeiro) filosófica — de seu trabalho. Para Ezra, o papel do homem como líder funcional do Fórum era excessivamente opaco. Num primeiro olhar, ele era um comunicador habilidoso. Ao contrário da Sociedade, o Fórum dependia de arrecadação de fundos, concessões, conexões institucionais, esse tipo de coisa, e parecia que o primeiro instinto de Nothazai era tratar esses recursos que reunia como se fossem quinquilharias, preenchendo todos os seus desvios numa linha ordenada. Sendo assim, era uma espécie de colecionador, algo com o qual Ezra tentou não se irritar. Mas nem sempre conseguia.

Para Ezra, o problema com o amplo alcance do Fórum residia menos em Nothazai e mais em todos os tipos de migalha que podiam cair pelas rachaduras. O plano já estava se excedendo além do controle de Ezra; o círculo de associados em que deveria depositar sua confiança continuava a crescer, ficando mais abrangente e, portanto, mais traiçoeiro. O grupo deles não era a Sociedade. Por definição, aquelas pessoas não mantinham segredos. Está bem, que assim fosse, entendido, mas eles não podiam correr o risco de se complicarem, pensou Ezra. Atlas não se complicava, e ainda contava com os recursos da Sociedade, o que significava que quaisquer pontas soltas que Ezra deixou para trás precisavam ser amarradas.

Incluindo a que recentemente escapara dele.

— Certo, desculpe — disse ele à professora, se pondo de pé e afastando aqueles pensamentos. — Estou tão feliz por ter conseguido se juntar a nós — acrescentou, conduzindo a química aos fundos do restaurante, onde o restante do plano dele esperava.

Ele fizera aquilo por um motivo, lembrou a si mesmo. Para início de conversa, se não sentisse que valia a pena, não teria feito. A verdade das convicções dele permanecia. Se Atlas queria destruí-lo, teria que fazer mais do que conjurar uma xícara de café e fazer ameaças vagas numa cafeteria da Hungria. Quanto a Libby...

Não, não havia motivo para pensar nisso agora. Libby não ia conseguir chegar ali, o que significava que ela estava segura e, portanto, ele também. Assim como os planos deles. Ezra apenas teria que ficar de olho nela, e até lá...

— Ezra — cumprimentou Nothazai, amigável, olhando para o relógio. — Apenas dez minutos atrasado? Impressionante.

Ele se virou para a pessoa ao lado, o húngaro que era o motivo daquela reunião. O homem era um tipo de especialista em inteligência que se aprimorara em criptografia, o que, magicamente falando, não era pouca coisa. Mas Ezra estava ficando cada vez mais preocupado com o fato de que, ao praticamente garantir o sucesso do plano, tivesse subestimado a sofisticação do inimigo que enfrentavam.

Não era Atlas Blakely, claro. Atlas era apenas um braço da Sociedade Alexandrina, ou talvez uma manga ou uma luva. Que sua destruição pessoal viesse como resultado dos planos deles não interessava a Ezra.

Embora de qualquer forma fosse acabar sendo uma necessidade.

— ... o restante do mundo já está atualizado com a tecnologia de rastreamento da Sociedade, é claro — dizia Nothazai, e o húngaro concordou. — E dada a quantidade de magia necessária para um transporte de dentro das proteções da Sociedade...

— Deve ser astronômica — comentou o húngaro, com firmeza.

— Sim, sim, certamente...

Do outro lado da mesa, a professora observava Ezra com uma expressão estranha. Por acidente, seus olhares se cruzaram e logo se desviaram, fixando a atenção em outro ponto da cafeteria. Ele não entendia a tranquilidade de Nothazai ao conversar sobre o assunto em público assim, onde qualquer um podia ouvir. Era quase como se *quisesse* ser ouvido, como se as coisas fossem mais justas quando feitas à luz do dia, para todos verem.

— Foi ideia de Ezra, é claro. Não esperamos de fato que os novos iniciados saiam até que o ano termine, mas há sempre a pequena possibilidade de um ou dois se aventurarem fora do cativeiro. A questão é que agora sabemos os detalhes das armas de Blakely, o que não aconteceu no passado — acrescentou Nothazai para o húngaro, que assentiu, se virando para a professora.

— Não, obrigada — disse ela, e Ezra olhou para o pequeno açucareiro de cobre, observando seu reflexo se distorcer na superfície sarapintada.

— Isso foi ideia sua? — perguntou o húngaro, se dirigindo a Ezra e o fazendo erguer o olhar, assustado.

— Como? — perguntou Ezra.

Ele percebeu que o húngaro se referia a rastrear as saídas mágicas que Nothazai mencionara, o que naturalmente *ocorreria* a Ezra, que entendia como a Sociedade fazia seu recrutamento e como seu próprio método de viagem funcionava.

— A quantidade de magia gerada pelo transporte instantâneo é excepcionalmente grande — disse o húngaro, com firmeza, talvez até com admiração, como alguém que falava de um fícus premiado.

O homem não estava errado ao dizer que a ideia de Ezra era inteligente, mas sua maior qualidade era ser *embasada*. Qualquer um deixando as proteções da Sociedade via transporte medeiano estaria deixando, ao chegar, rastros de energia equivalentes a uma bomba. Para alguém que soubesse o que procurar, é claro.

— É tão óbvio agora — prosseguiu ele —, embora eu jamais tivesse pensado nisso.

Ezra assentiu, mas não disse nada. Obviamente, ninguém havia pensado nisso, ou a Sociedade não seria a Sociedade, mas não parecia apropriado mencionar essa informação. A professora olhou para ele de novo, e Ezra fixou a atenção no húngaro, cuja testa ligeiramente bulbosa estava suando de maneira bastante perceptível em meio ao calor da cafeteria. De novo, não era a localidade que Ezra teria escolhido. Eles estavam amontoados numa mesinha, numa lugar pequeno, cheio de outros grupos não tão pequenos. Sua camisa estava encharcada, suas costas cada vez mais pegajosas. O húngaro seguiu o olhar de Ezra e ofereceu um dar de ombros amigável, limpando discretamente o fino candelabro de transpiração.

— O jovem sr. Fowler aqui é um tanto excêntrico — anunciou Nothazai ao húngaro antes de se voltar para Ezra com um olhar de *só estou brincando*.

Ezra não dava a mínima para ele. Nem, pelo que parecia, para a professora, cujo primeiro nome ele ainda não conseguia lembrar. Tentou puxar da mente as especificidades da pesquisa recente da química (Ezra a escolhera baseado em seu renome e em seu passado acadêmico substancialmente menos recatado), mas não conseguiu.

Houve uma colisão de pratos atrás de Ezra, que deu um pulo. Velhos hábitos. Ele não gostava de lugares cheios, barulhentos. Principalmente de barulhos que lembravam tiros. Libby intuíra isso quando estavam juntos, soubera de alguma forma. Ela sempre fora diligente em escolher restaurantes silenciosos quando os dois saíam para comer.

Da última vez que Ezra conferira, Libby não estava longe. Ela era fácil de encontrar e ainda mais fácil de seguir. Talvez a ex-namorada não compreendesse quão bem ele um dia a conhecera. As decisões de Libby eram como nostalgia para Ezra, que seguia traços e padrões dos pensamentos da física, tendo vivido ao lado deles por anos. O que mais era a intimidade, senão a memorização dos pensamentos, sonhos e medos do outro? E ele quase teve uma vida com Libby. Isso significava algo.

Tinha que significar.

Certo?

— Você está bem, sr. Fowler? — perguntou o húngaro.

Ezra emitiu um grunhido hesitante em confirmação, e então, percebendo que não foi suficiente, tentou um leve dar de ombros de indiferença. Pelo que a expressão da professora indicava, ele não conseguiu abrandar a estranheza do momento.

— Peço desculpas — disse ele. — Estou um pouco distraído, suponho.

Era por isso que Atlas ficara para trás, pensou Ezra, sombrio. O Guardião era mais adequado para atravessar o presente que se movia devagar, enquanto, em benefício do plano deles, Ezra se removia do tempo. Atlas cuidava da burocracia das coisas, dando a Ezra espaço para desaparecer, o que para ele um dia fora necessário. Tinha sido uma escolha fácil a se tomar, partir enquanto o outro ficava, porque, dos dois, era Atlas o carismático. Atlas se lembrava de nomes. Lembrava-se de aniversários e, com primor, celebrava conquistas e minimizava falhas. Era aquele que determinava a energia em uma sala, mudando-a de acordo com suas intenções. Sua simpatia nunca era insípida ou genérica. Era um dom e, por contraste, Ezra era um eterno forasteiro. Tinha as armadilhas psicológicas grosseiras de um homem que testemunhou a destruição de todos que um dia amara. Até recentemente, quando começou a ter um papel mais ativo na morte deles.

— Então — disse Nothazai, chamando Ezra para dentro de seu círculo de confiança. — Como anda o grande plano?

A professora se remexeu em silêncio, olhos escuros pousando em Ezra com óbvia expectativa. Ele suspirou e abriu um sorriso. Se a destruição era necessária, então era isso que ele provocaria.

— Cada dia mais perto de se concretizar, meus caros — respondeu Ezra, se endireitando no assento, na cabeceira da mesa, e tentando parecer que pertencia ali, ou à mesa, ou a qualquer lugar. — Cada dia um pouco mais perto do inevitável fim da Sociedade.

· PARISA ·

— Você voltou — disse Dalton.
Não o Dalton *de verdade,* que a via todos os dias.
O outro. Aquele dentro da cabeça dele, escondido dentro do castelo — a fortaleza telepática — projetado por algum outro medeiano.
A animação… dele.
O rosto do eu jovem de Dalton flutuava sobre a cabeça de Parisa enquanto ela se sentia despencar pelo ar e bater na pedra dura do chão do castelo. Novamente ela ficou impressionada com a qualidade daquele plano astral em particular, as costas encontrando o frio, o impacto abrupto causando um arrepio.

Essa versão de Dalton continuava a encarar Parisa, à espera, enquanto ela lutava para se sentar. Como sempre, ele era uma versão mais alegre de si mesmo, embora menos… completa. Menos complexa. Uma versão um pouco pixelada.

— Você memoriza minhas idas e vindas? — perguntou Parisa.
Dalton abriu um sorrisinho alegre.
— Você está me testando — observou.
Ela supôs que não havia motivo para negar.
— Estou.
— O que está testando?
— Você tem senciência — disse Parisa. — Então agora quero saber se tem memória.

Se ele conseguisse se lembrar dela em detalhes de visita a visita, então isso provaria que aquilo não era apenas uma projeção do subconsciente dele.
Dalton pareceu achar graça.
— Você acha que sou um looping de tempo?
Isso era uma dedução, e uma instigante. Parisa adicionou à lista: essa versão de Dalton podia pensar com independência de seu eu corpóreo.
— Você *poderia* ser um looping de tempo?

— Não — respondeu Dalton, com um balançar dissimulado da cabeça, como se soubesse que ela estava fazendo uma lista e achasse que era algo banal, ou digna de descarte. — Eu me lembro de você.

— Bem, valeu a tentativa.

Parisa permitiu que ele a ajudasse a se levantar, mais uma vez percebendo que aquele Dalton era um pouco menos real do que o ambiente dele. Movia-se em vislumbres e explosões, algo que nem as projeções deles durante o ritual de iniciação fizeram.

Convencer Dalton a deixá-la entrar em sua cabeça de novo tinha sido... algo de uma dificuldade inesperada. E também tecnicamente ineficaz, o que foi uma grande surpresa para Parisa.

Cerca de dois meses antes, Dalton dissera a ela — a ela e a *mais ninguém* — que o corpo que fora deixado para trás no lugar de Libby Rhodes não era, como eles haviam suposto, uma ilusão, mas sim uma *animação*, e uma tão singular e competente que o único criador possível teria que ser o próprio Dalton. Como ele dissera, era uma impossibilidade — afinal de contas, como poderia ter feito tal magia substancial sem seu próprio conhecimento? —, e mesmo assim ele parecia não ter dúvidas de que era obra sua. Nas semanas que se seguiram, que aos poucos se transformaram em meses, Parisa havia pensado que as circunstâncias do desaparecimento de Libby deixariam Dalton mais inclinado a permitir Parisa a continuar seu experimento no subconsciente dele, visto que agora aquilo parecia uma questão da mais inevitável importância. Na realidade, no entanto, a perda de Libby surtira o efeito oposto, deixando Dalton mais esquivo do que nunca.

Não, corrigiu Parisa. Não, não fora a perda de Libby que causara o distanciamento. A forma como os outros ocupantes da casa eram assombrados pelo fantasma de Libby Rhodes (a recusa cautelosa de mencionar seu nome, a tensão coletiva que se instaurava quando intuíam a ausência dos hábitos ou das preocupações morais dela) não parecia ter afetado Dalton em qualquer nível perceptível, mas algo claramente o fizera. *Algo* o deixara à flor da pele, forçando a distância entre ele e Parisa, que sentia que o algo em questão estava mais provavelmente relacionado ao Guardião que havia pouquíssimo tempo ferrara com tudo.

Resumindo: Dalton se mostrara reticente à sugestão de ter Parisa de volta à sua cabeça, o que ela achava um absurdo, certa de que Atlas era o culpado por isso. No entanto, no fim das contas Parisa conseguia ser bastante engenhosa quando estava decidida. Ela teve a sensação de que, naquele mesmo instante, a forma corpórea de Dalton estava dormindo como um anjo, resultado de uma noite bastante satisfatória.

— Então você tem algum tipo de memória — disse ela ao eu mais jovem de Dalton.

Isso, combinado com as habilidades de raciocínio dele, significava que animações podiam pensar até certo ponto. Alguma atividade cognitiva estava acontecendo além da simples programação ou do instinto biológico.

— Você se lembra de algo além de mim? — prosseguiu Parisa.

— Eu me lembro de acordar aqui — informou Dalton.

De repente parecia apático, como se tivesse acabado de se dar conta de suas limitações.

— Quando foi isso? — perguntou Parisa.

— Essa conversa tá um saco. — Ele não a encarava. Havia cruzado a sala e ido até as barras na janela da torre, observando-as como se nunca tivessem estado lá antes. — Tudo isso é um saco. Você sabia que agora estou sendo vigiado? — perguntou, fazendo o ferro das barras sumir e aparecer. — Alguém está me observando.

Parisa nunca havia pensado em conferir as especificidades da vista do lado de fora da janela.

— Mas sempre houve alguém observando você, não? — perguntou ela, se aproximando.

E viu apenas floresta, os contornos de um labirinto, vislumbres de várias esquinas lá embaixo. Folhagem densa e névoa pesada, mas nada de significância mágica.

— Isso é diferente. — A animação de Dalton se virou com um profundo suspiro impaciente. — Você vai me tirar daqui?

— Estou tentando.

— Ótimo. Mas vou precisar de ajuda. Para que ele não vença outra vez.

— Quem, Atlas?

— Essa é a parte que ele não entende — prosseguiu Dalton, o que não era nem uma confirmação nem uma negação, só o ego de um homem que não prestava atenção à conversa. — Ele não pode ganhar sempre, sabe. Ele mal conseguiu da outra vez. A probabilidade de fazer isso uma segunda vez é ainda menor agora. Diminui a cada dia, a cada minuto. E você — adicionou, com um dar de ombros de reconhecimento. — Você está mudando coisas.

— Estou — disse Parisa.

Ela tinha certeza de que era verdade.

— Então ele não vai ganhar de novo. E ele sabe disso. Era de se pensar que ele seria mais cuidadoso.

Ainda não dava para saber se Dalton se referia a Atlas ou não, mas ela não conseguiu uma brecha para questioná-lo outra vez. O sorriso de Dalton se iluminou, ficou quase cegante, quando ele se virou para ela.

— As pessoas nunca tomam cuidado quando se trata de você, não é?

— Nem um pouquinho — confirmou Parisa.

Era a mais pura verdade, visto que ela não havia exatamente sido convidada para aquela visita em particular.

Na verdade, a noite começara com Dalton (a versão corpórea) a encurralando na sala de leitura para indagá-la sobre o tema de estudo independente dela.

— Não entendi — disse ele, sem rodeios, mostrando a Parisa o papel que ela entregara como proposta oficial.

— O que não dá para entender aí? — retrucou Parisa, olhando para a folha. — Escrevi com letras grandes e tudo.

O papel continha uma palavra: DESTINO.

— Parisa — disse Dalton, numa voz que soava um pouco como *por favor, não me envergonhe no ambiente de trabalho* —, há algo talvez menos... cerebral que você possa considerar, em termos de proposta?

— Primeiramente, eu *sou* cerebral — rebateu ela. — Por definição. E, em segundo lugar, eu quero estudar o destino usando a estrutura junguiana.

Ela se referia ao psicanalista Carl Jung, que acreditava que a humanidade, enquanto ser coletivo, continha alguma propriedade atávica.

— A ideia de que todos nascem com acesso a algo maior, interconectado subconscientemente — prosseguiu Parisa. — Algo que compartilhamos enquanto espécie, em vez de algo determinado para nós enquanto indivíduos.

Obviamente Dalton não acreditou nela, embora Parisa não conseguisse imaginar por quê. Sempre fora tão direta ao ponto. Dificilmente valia a pena duvidar dela.

— Sei que você andou tentando entender a senciência dos arquivos — comentou Dalton.

(Então está bem, ela tinha seus momentos.)

— Diga ao Atlas que X9 morre cedo — disse Parisa. — É coloquial, mas ele vai captar a mensagem.

— Não foi o Atlas. — Dalton suspirou. — E o que eu quis dizer foi...

— Espera. *Não foi* o Atlas?

Isso deixava Reina como a opção mais provável, o que era quase impressionante. Então agora Reina havia tirado um momento para reparar nas coisas que aconteciam no planeta Terra? Que deliciosamente atípico da parte dela.

— Desde quando Reina confia em você? — perguntou Parisa.

— Ela não confia — respondeu Dalton, que infelizmente não estava disposto a revelar muita coisa. Não que fosse impossível entrar nos pensamentos dele, caso Parisa realmente quisesse, mas naquele momento o esforço de buscar uma informação que ela já sabia parecia trabalhoso demais. — Mas se você está tentando manipular os arquivos para ver como eles funcionam...

— Tive a impressão de que os arquivos não podem ser manipulados.

— Claro que não, mas...

— Então por que sequer tentar? — acrescentou Parisa, num tom inocente, piscando os olhos exageradamente. — E, enfim, o conceito da estrutura me parece bem acadêmico.

A verdade? Ela *estava* tentando entender a senciência dos arquivos. Ao contrário das animações, que Dalton indicara tempos antes (e Callum confirmara) serem coisas vivas, mas não totalmente sencientes, os arquivos pareciam ser sencientes, mas não totalmente vivos. A própria Parisa utilizara a consciência primordial dentro da casa, seguindo padrões que lhe pareciam pensamentos. Então a biblioteca não era um simples cofre de conhecimento, mas, em certo nível, um cérebro?

Desde a insinuação da projeção de Callum durante o ritual, ela vinha considerando que, de certa forma, os arquivos os estavam monitorando. Que necessidade teria a Sociedade, por meio dos arquivos, de monitorar seus ocupantes? Não havia nada significativo para observar a partir do comportamento deles, a não ser que no fim das contas o objetivo fosse modelá-los, prevendo o que fariam a seguir. O que, se fosse o caso, só podia significar vilania ou prova de conceito. Se esse era o intuito da Sociedade, então era desinteressante e sem graça. Não os tornava melhores que a Web 2.0. Mas se os arquivos estivessem de fato *aprendendo* os comportamentos de seus iniciados — se a tarefa de nutrir os arquivos, fazendo-os crescer, não fosse, de fato, uma tarefa metafórica —, então tinha tudo a ver com o estudo das estruturas atávicas.

Se o comportamento dos iniciados pudesse ser previsto por algo que não se qualificava tecnicamente como vivo, então, de certa forma, isso não confirmaria o conceito de consciência coletiva, um destino predestinado? Era isso ou simplesmente provar a vigilância ilegal da Sociedade, o que, caso fosse um plano maligno, seria até previsível, mas ainda assim valia a pena saber. Qualquer que fosse o resultado, Parisa considerava uma hipótese que valia a pena investigar antes de deixar os confins daquela casa e nunca mais olhar para trás.

Mas Dalton ainda não parecia convencido, e ela se deu conta de que era necessário adicionar um pouquinho de intimidade à situação. Compartilhar era cuidar, era o que diziam. Ou, nesse caso, cuidar era compartilhar.

— Estive pensando em sonhos — revelou Parisa.

— Sonhos... — repetiu Dalton.

Dessa vez, seu tom estava mais inclinado para a curiosidade do que para uma decepção condescendente. Parisa não gostava de se sentir pressionada a contar a verdade, mas ela não podia negar que às vezes até que funcionava.

— Aham, sonhos.

Quando Nico revelara a natureza de seu amigo atravessador de sonhos, dera a ela a ideia de que os sonhos eram a interseção entre tempo e pensamento.

— Eles ocorrem num plano astral compartilhado. Possivelmente na quarta dimensão — explicou Parisa.

— Hum — murmurou Dalton, intrigado.

— E quando eu entro nos *seus* sonhos — acrescentou ela, com cuidado —, encontro a mesma coisa. Quase como se um pedaço de você vivesse lá, sem nunca sair. — Quase como se. *Exatamente* como se. — Você não acha isso interessante?

E dessa forma ela voltara ao território problemático, porque o brilho nos olhos dele se apagou tão rápido quanto surgiu.

— Parisa...

— Foi você quem tocou no assunto — pontuou ela. — Sobre ter feito a animação do cadáver de Rhodes.

Eles estavam quase discutindo, o que Parisa jamais se dava ao trabalho de fazer. Ainda mais com um amante, o que era um desperdício do tempo de todos os envolvidos, quando coisas melhores e mais satisfatórias sempre poderiam ser feitas para resolver conflitos. A pessoa tinha que se importar com o resultado de uma briga para começar uma, e Parisa nunca se importava.

— Então agora eu tenho que esquecer que você me disse isso? — perguntou ela.

Dalton balançou a cabeça.

— É impossível eu ter feito essa animação. Não tenho explicação para ela.

— Não — corrigiu Parisa. — Você não tem explicação para ela e, *portanto*, suspeita ser impossível tê-la feito. Mas eu te *conheço*. Conheço sua mente.

Esse tinha sido o erro dele. Dalton a deixara entrar, e agora ela o conhecia. Ele tinha se deixado ser conhecido — algo que Parisa seria a primeira a dizer ser um erro crítico.

— Sei que você reconheceu sua própria magia no instante em que a viu — prosseguiu ela. — Sei que você sabe que aquilo é verdade, quer seja possível ou não. *Você* fez a animação — acusou ela, e Dalton estremeceu. — Sua metodologia é a única coisa que precisa ser compreendida. Então tentar me persuadir a não questionar por que ou como nunca vai funcionar.

Eles se encararam, os braços dele cruzados, os dela apoiados nos quadris. Ali estavam, um retrato do conflito. Indo contra suas próprias regras, contra sua própria sensatez, Parisa se viu numa armadilha.

Dalton não ia gostar daquilo, do súbito abandono da sutileza só porque ela se frustrara, perdera a paciência, vomitara palavras. Era próximo de uma exigência, o que não era sexy e certamente não era sedutor. Aquilo era o máximo de um desentendimento doméstico que Parisa já havia se permitido. *Você está errado; não, estou certo.* Amadorismo. Por que ela sequer se importava com aquilo? Dois anos num mesmo lugar era dois anos demais. Isso, ou como ela suspeitava, a biblioteca estava drenando algo dela. Nesse caso, sua sensatez. Ela tinha a sensação inevitável de que seus pensamentos tinham começado a andar em círculos, se exaurindo até que tudo o que restasse fosse besteira e podridão.

Ela ainda estava no processo de ficar tacitamente mal-humorada quando a mão de Dalton serpenteara para a cintura dela, a palma roçando em seu quadril.

— Não vamos brigar — disse ele, o que era algo horrível de se dizer, porque demonstrava que ele reconhecia que estavam brigando e que era óbvio que não se importava.

Intimidade. Pavoroso. Era invasivo e repulsivo, mas Parisa tentou ignorar esse sentimento, evitando piorar as coisas ou torná-las mais profundas.

— O que você propõe?

— Senti saudade. — Ele se inclinou, deslizando os lábios pela lateral do pescoço dela, de um jeito que faria uma mulher mais fraca suspirar. — Nesses últimos dias você só tem pensado em destruição.

— Em destruição, não.

Parisa não queria destruir os arquivos. Só compreendê-los. Embora, se acabassem se revelando completamente repugnantes, então, sim, fazia sentido destruí-los. Mas aquele não era o momento para se preocupar com isso.

— Se bem que tenho sentido meu pescoço bem tenso — prosseguiu ela, olhando para Dalton com malícia.

— Deixa que eu dou um jeito nisso para você — sugeriu Dalton.

As coisas progrediram, e Parisa se aproveitou do talento para a voracidade que os dois tinham. A partir dali, entrar nos pensamentos dele foi uma questão de tempo, quase como se a mente de Dalton estivesse sempre pronta para recebê-la. Tudo muito simples, levando em conta toda a situação.

Hum.

Simples *demais*, talvez?

Lá estava novamente, o bombardeio de pensamentos. Parisa não tinha o costume de brigar com seus amantes, um fato, mas, em retrospecto, algo parecia ter perturbado a sequência de sempre. Uma coisa era Dalton se afastar de um conflito, mas outra era ter sua mente tão aberta. Foi um deslize descuidado e despreocupado que fugia do habitual, algo que destoava do cenário de controle impecável do pesquisador. Porque, afinal de contas, Parisa o conhecia. Para outro homem, o erro de deixar a porta da frente destrancada era corriqueiro e, vez ou outra, esperado. Dalton Ellery era um homem comum de muitas maneiras, mas não daquela.

De repente, Parisa entendeu tudo, uma certeza que chegava a doer. Não havia chance alguma de que seu acesso à mente dele naquela noite específica tivesse sido um acidente — ou pior, algo romântico, uma ilusão cor-de-rosa que ela talvez pudesse ter nutrido.

Algo estava errado.

Convencer Dalton a fazer algo que ele em geral costumava querer fazer com ela não era algo digno de nota, mas uma porta deixada entreaberta na mesma ocasião? Isso só podia significar a presença de um intruso que entrara e saíra, o rastro de uma ideia deixada para trás como impressões digitais.

A súbita sensação de vulnerabilidade de repente a despertou de um transe. Hipoteticamente falando, claro, não para valer, porque na verdade Parisa ainda estava dentro do subconsciente de Dalton, visitando o fragmento do outro eu dele.

Ela tornou a olhar para a imagem do Dalton mais jovem, inspecionando as paredes de sua fortaleza mental, e se perguntou como não havia pensado nisso antes. Dalton *costumava* ser cuidadoso ao redor dela, então qual era a explicação para aquilo?

— Você vê o que ele faz? — perguntou Parisa ao eu jovem de Dalton, a animação. — Seu hospedeiro. Você presta atenção nele?

— Eu sei o que ele faz. — O eu mais jovem estava irritado, quase infantil. — Ele lê. Ele lê e lê e lê e lê e...

— Certo. — Merda. Ela devia ter deixado algo passar batido, e quanto mais pensava no que poderia ser, mais preocupada ficava. — Preciso ir.

— Espere. — O fragmento de Dalton tremeluziu outra vez, reaparecendo ao lado dela. — Você vai voltar? Eu te disse, tem alguém me observando.

— Tenho certeza de que ele te observa o tempo todo — retrucou ela, sem dar muita importância.

Afinal de contas, Atlas sempre parecia saber quando ela estivera na cabeça de Dalton por tempo demais. Pensando bem, por que ele ainda não a havia arrancado de lá? Cada vez mais curioso, porém mais irritante e pior.

— Só tenho que fazer uma...

— Espere. — De repente, o rosto de Dalton estava próximo do dela quando a interrompeu outra vez, fechando os dedos no pulso de Parisa com insistência. — Parisa.

Ela sentiu um arrepio que não havia antecipado. Assim como o Dalton de verdade — ou fosse lá como deveria ser chamada a versão dele que Parisa suspeitava ter sido adulterada —, aquele Dalton tinha uma linda simplicidade em sua construção. Linhas singelas, ângulos duros. Ela, que era em si uma obra de arte, apreciava a sofisticação do minimalismo dele. A proximidade dele era poderosa, revigorante.

— Você sabe, não é? — indagou ele, em voz baixa. — Por que você continua voltando.

Ela sentiu um calafrio involuntário subindo pelo corpo.

— Claro — garantiu Parisa. — Amo um bom mistério.

— Não é isso. — O aperto dele no pulso dela ficou mais suave. — Você me conhece. Me reconhece.

Claro que o reconhecia, tinha outra versão dele acessível sempre que queria. Era isso que ela responderia — ou algo igualmente evasivo e leve —, uma resposta que não era afetada por ele nem por sua proximidade e que permanecia na língua dela, esperando, embora Parisa soubesse o que aquele Dalton queria dizer. Que algo nele não era apenas reconhecível, mas compartilhado. Algo nele a chamava.

Ela não disse nada. Os olhos dele estavam líquidos, tomados por algo que Parisa não conseguia identificar, piscinas escuras de sugestão que não deviam ter efeito sobre ela. A telepata sabia bem demais como a química funcionava para se deixar ser dominada pelos alfinetes biológicos do desejo. Ela já dormira com ele naquela noite e provavelmente voltaria a dormir com ele muitas outras vezes sem nem precisar se esforçar muito.

E mesmo assim, quando Dalton se aproximou, Parisa não conseguiu invocar um motivo para se afastar.

— Você não é real — comentou ela.

Mesmo naquele momento, aquele Dalton era falso demais para ser confundido com um ser corpóreo; malformado demais para ser a distração que tão estranhamente era. Ele era no máximo uma ideia, ou uma pergunta. Era como se sentir sexualmente atraída por um sabor ou um estado mental.

— Não sou real o bastante?

Parisa sentiu o sorrisinho dele em sua boca.

— Sou real para você — prosseguiu ele. — Sou inegável para você em pelo menos um sentido.

— Que é...?

De repente pareceu imprudente respirar.

Ele parecia saber disso. O tormento se espalhava por seus lábios.

— Eu sou o que você esteve esperando — disse aquele outro Dalton.

Parisa acordou com um arfar, se livrando do toque astral dele e se vendo ao lado da forma adormecida de Dalton. Em um vislumbre, a escuridão da torre do castelo se tornou o breu da mansão da Sociedade, um abismo trocado por outro. Ela tirou um momento para se localizar, a boca seca e os pensamentos desorientados. A familiaridade dos lençóis de Dalton aos poucos a trouxe de volta, assim como a senciência da casa se agitando ao redor.

Depois de um momento, se virou e contemplou Dalton. Ele tremia um pouco. Provavelmente a presença dela tinha sido como um pesadelo, e Parisa tentou não se sentir tão culpada por isso. Afinal de contas, tinha outras coisas para fazer.

Ela juntou suas roupas, se vestindo com rapidez no escuro, e tateou pela galeria até chegar aos dormitórios dos iniciados na ala oeste. Os quartos estavam vazios, o que era desconcertante. Então pousou a mão na parede e balançou a cabeça com súbita fúria, forçando os pensamentos espalhados a se reconfigurarem antes de se voltar, raivosa, para a escada.

Não fazia a menor ideia de onde Tristan e Nico estavam, mas no instante em que sentiu Callum e Reina sentados juntos na sala pintada, Parisa entendeu exatamente o que devia ter acontecido. Era uma combinação inusitada àquela hora da noite, dois rivais que em outros tempos teriam se matado antes de cogitarem se reunir para ficar confabulando (o máximo que fariam juntos, claro), a não ser que algo mais estivesse em jogo. Reina sempre tivera uma estranha obsessão por Dalton, e Callum com certeza saberia como capitalizar esse sentimento quando surgisse a oportunidade, por mais inútil que fosse.

Parisa tinha em mente que deveria estar atrás de um intruso. E havia esquecido que sabia exatamente onde encontrar um.

— E aí? Como foi? — perguntou Callum, estendendo sua taça em um brinde.

Parisa foi acometida por uma certeza aguda, desenfreada e furiosa de que deveria ter matado Callum. Meses atrás, no ano anterior, ontem. Não importava que não tivesse uma razão para isso; não importava que ele não fosse nada nem que não valesse a pena. Seu motivo era simples: não ia com a cara dele, e isso era suficiente.

Callum obviamente sentiu seu desgosto. Ele sorriu, dando um gole no vinho, um Bordeaux que captava a luz de um modo traiçoeiro.

— Espero que o querido sr. Ellery pelo menos tenha sido atencioso como sempre — disse ele. — Até porque não foi como se ele tivesse feito algo que já não quisesse fazer.

— Não deve ter sido nada fácil — comentou Parisa, entredentes.

Dalton era muitas coisas, mas influenciável jamais fora uma delas. O esforço de persuadi-lo a fazer qualquer coisa era demais até para a telepata.

— Depende de para quem você pergunta — retrucou Callum.

Claramente estava muito empolgado com o que quer que tivesse acabado de fazer, e Parisa se virou para Reina, que por sua vez a observava com um semblante inexpressivo.

— Você consegue coisa melhor — zombou Parisa, acenando com a cabeça para Callum.

Reina deu de ombros, fitando a taça na mão de Callum e dando as costas para Parisa com um olhar passageiro de tédio. Não… amargura.

— Na verdade, está ótimo assim — disse Reina.

Foi só então que Parisa se deu conta, se sentindo uma completa idiota, que havia se enganado. Não era Callum que ela odiava, no fim das contas. Estivera certa desde o princípio: ele não era nada. Pior que nada. Parecia envolto num estupor por semanas, se não meses, porque pela primeira vez em sua vida as coisas não aconteceram como queria. Ele era fácil, tão fácil de destruir. Ainda mais fácil do que Parisa tinha sido em suas mãos, e isso não era irônico? Não era essa a triste e patética verdade: que ele usava os outros como armas para destruir algo fundamentalmente podre em si mesmo? O empata se considerava irrelevante e pequeno, e tinha razão. As pessoas que tinham razão quanto a coisas assim não tinham a capacidade de compreender o próprio poder.

Callum não era o cérebro ali.

— O que você queria com Dalton? — perguntou Parisa a contragosto, tentando não se engasgar com o ressentimento. Ou com a raiva de ter sido enganada com perfeição.

— A mesma coisa que você — respondeu Reina.

Não sexo. Não afeição. Não lealdade. Parisa tinha todas aquelas coisas, mas ficaria bem sem elas.

Não, era o mistério. O quebra-cabeça. Desgraçada, pensou Parisa, e então, menos lisonjeira, redirecionou o pensamento para si mesma. Quando foi que teve algo para si mesma sem que os outros decidissem que também queriam? Tudo o que ela fez foi aumentar o valor de Dalton ao escolhê-lo. Chame isso de desejo por aproximação.

Reina tamborilou em um livro, chamando a atenção de Parisa para ele.

Gênesis. O mesmo livro que tinha visto com Dalton. O tema da pesquisa de Dalton.

— Acho que você está errada sobre os arquivos — disse Reina.

Algo dentro de Parisa se inflamou, incandescente. Esse tipo de reação violenta era atípica para ela, que em geral era comedida. Calma. Prática. Focada. Ela respeitava um adversário talentoso. E respeitava Reina mais por isso, ainda que sua forma de demonstrar isso fosse querer esganá-la.

— Cuidado — avisou Callum a Reina, com uma risada, os olhos desviando para os de Parisa. — Você está brincando com fogo.

Reina deu de ombros, se levantando com o livro na mão. Em seguida foi para o corredor, parando ao lado de Parisa antes de sair.

— Não me inveje, Parisa — zombou Reina, pertinho do ouvido dela. — Tenha medo de mim.

Os pelos dos braços de Parisa se eriçaram, um gosto repentino de cobre em sua boca. Era um eco da própria Parisa, um momento de perfeita simetria.

Muito bem executado, se ao menos Reina soubesse no que se metera ao lançar um desafio que não sabia se podia vencer. Aquilo era um truque, não uma guerra vencida.

E, de qualquer forma, Parisa não pôde deixar de notar que os dois estavam ofegantes.

O que você acha que significa, perguntou Parisa, *você me deixar viver na sua cabeça por tanto tempo?*

A expressão de ódio no rosto de Reina foi fugaz, mas satisfatória. Ela saiu sem dar um pio, e em sua ausência Parisa se virou para Callum, que estava rindo e bebendo seu vinho.

— E então — disse Parisa, arqueando uma das sobrancelhas. — Você trocou alguém que não conseguia amá-lo direito por alguém que não consegue amá-lo nem um pouco. — Ela cruzou os braços, observando-o pegar a garrafa do chão, onde antes estava caída aos seus pés. — Qual é a sensação?

— A mesma de sempre — respondeu Callum, servindo outra taça precária e fechando os olhos. — Agora, ou você se senta e bebe comigo — indicou, tomando um gole —, ou me deixa em paz.

Parisa pensou em negar.

Mas Callum escolhera um vinho excelente.

Ela arrancou a garrafa da mão do empata, se sentando ao seu lado no sofá.

— Só para você saber — disse ela. — Vou deixar você se safar por usar seus poderes em mim uma vez. Mas se você me influenciar de novo sem meu conhecimento — ameaçou —, farei tudo em meu poder mais do que relevante para fazer com que se arrependa, amargamente, pelo resto da sua vida muitíssimo curta.

Ela levou a garrafa aos lábios, dando um gole generoso.

— Acredito de verdade que você vai fazer isso — comentou Callum, erguendo sua taça para um brinde. — *Salud*.

Parisa fez o mesmo com a garrafa.

— Saúde.

Os dois ouviram os passos de alguém do lado de fora da porta e se entreolharam, dando de ombros assim que identificaram quem era.

— Faz ideia do que ele anda aprontando? — perguntou Parisa, gesticulando para a figura de Tristan Caine se afastando silenciosamente.

— Menor ideia — respondeu Callum. — Mas por escolha própria. E você?

— Também não.

Eles pensaram nisso em silêncio, cada um dando um longo gole.

— Bem — disse Callum, por fim se levantando. — Vou para a cama. Recomeçamos amanhã?

Significava que o breve *détente* deles tinha chegado ao fim. Era a vez de Parisa se vingar agora, caso quisesse.

Exaustivo. Como se ter que ensinar uma lição a Reina não fosse ruim o bastante.

— Não — respondeu ela. — Faça o que quiser. Mas me deixe fora disso.

Callum não pareceu surpreso.

— Tem certeza?

— Tenho.

— Mesmo se for abominável?

Ela fez uma careta de zombaria.

— Você quer destruir o mundo? Vai fundo. Duvido que vá te trazer muita satisfação.

— *Destruir?* Nada disso — retrucou Callum, balançando a cabeça. — O que seria de mim sem a existência das outras pessoas? Eu não me odeio tanto assim.

Os dois abriram um sorriso sombrio com a piada.

— Domine o mundo então, se quiser. Drene tudo, se é isso o que prefere. — Parisa deu de ombros. — Talvez Rhodes volte para impedir você de fazer isso.

— Ha-ha. — Callum latiu uma risada. — Nossa, imagina como isso seria chato. — Ele pousou a taça na mesa, balançando a cabeça. — Boa noite, Parisa.

Ela o deixou partir. Observou as brasas moribundas saltitando na lareira.

— *Santé* — murmurou ela, baixinho.

Um drinque à saúde dele.

E que nunca durasse mais que a dela.

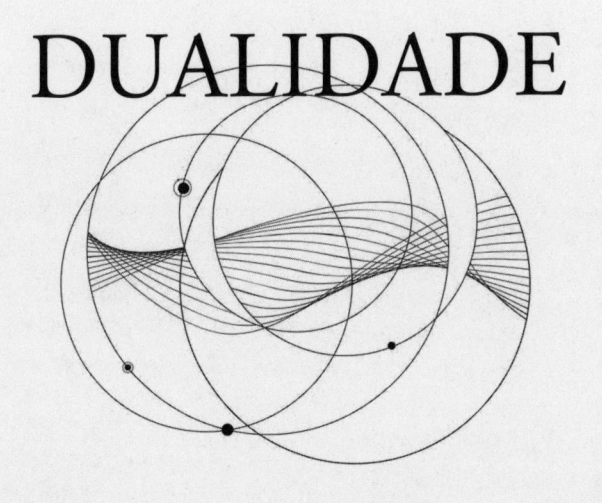

V

DUALIDADE

· LIBBY ·

Libby acordou de cara num piso de linóleo quadriculado. Blocos de um turquesa berrante entraram em seu campo de visão, e também um branco quase cinza. A bochecha dela latejava, o que não a surpreendeu, considerando o ângulo em que provavelmente estava quando encontrou o chão. Sua boca e garganta estavam dolorosamente secas; seus linfonodos, inchados.

— Elizabeth — chamou uma voz feminina. — Está tudo bem aí?

Então não havia funcionado. Não que ela esperasse que fosse dar certo. Desanimada, Libby olhou para o relógio analógico na parede, que registrava 20h13.

Ótimo. Que maravilha. Estivera desmaiada por dez minutos, o que explicava o tom ligeiramente preocupado da bibliotecária. Certamente Libby não fora a primeira pessoa a abusar dos recursos da biblioteca, embora ela duvidasse que alguém já houvesse tentado algo tão implausível assim.

— Estou... — A voz de Libby estava rouca. — Estou bem.

Ela se sentou devagar, tensa. Suas juntas doíam, a cabeça girava e o estômago rugia em protesto. Suas roupas estavam encharcadas de suor — presumindo-se que apenas suor ensopava seu moletom grande demais.

Era isso que acontecia, pensou ela, analisando o estado caótico em que se encontrava, ao tomar uma decisão tão profundamente à la Nico de Varona e tentar algo que sabia muito bem que não poderia fazer sozinha. Dado o nível de risco, era um milagre que nada pior tenha ocorrido. Poderia ter se cegado com bastante facilidade, ou ateado fogo no prédio inteiro, ou nem sequer chegado a acordar.

Idiota, pensou Libby, se xingando. Ela encontrara a sala dos arquivos entulhada, e agora os arquivos estavam um completo caos, com caixas de cabeça para baixo e papéis e mais papéis dilacerados e espalhados pelo chão. Havia uma marca de queimado no linóleo. Aquilo não teria como ser removido nem mesmo se Libby tivesse a coragem adequada para tentar. A mesa — sobre a qual jaziam seus cálculos comprovadamente inúteis — estava em pedaços, bem como a própria Libby. Apesar da matemática (um claro "não" do universo), ela pensara que seria simples; não *fácil*, claro, mas de alguma forma intuitivo, não muito diferente da explosão que ela causara num estado de semiconsciência para fugir do quebra-cabeça das proteções de Ezra. Havia sempre a possibilidade, ainda que distante, de que seria apenas uma questão de agarrar a faísca dentro de si — a fúria que trovejava em seu peito, a raiva que ardia como uma chama branda. Mas a enormidade do caos dela, a onipotência da sua fúria, estava ficando mais difícil de acessar. Libby estava retrocedendo, seu alcance estava diminuindo, e o esplendor, a intensidade estrondosa de quem Libby fora dentro das paredes da Sociedade, tornava-se cada vez mais errático e vacilante conforme ela se afastava da mansão e dos arquivos. O poder que um dia encontrara, puro, selvagem e livre, estava se deformando nas circunstâncias de sua condição. A raiva, a falta de sono, a ansiedade e o medo estavam outra vez remoldando seus limites.

Libby precisava sair dali o mais rápido possível. Quer Ezra ou a polícia chegasse primeiro, a jovem estranha que fora vista fugindo de um hotel em chamas e logo depois em uma biblioteca pública destroçada na mesma cidade não seria difícil de rastrear.

Ela desejou que outra pessoa pudesse cuidar disso em seu lugar. Imprudência era o campo de Nico. Até Parisa teria sido uma voz bem-vinda em sua cabeça. Algo diferente da hesitação constante imposta pela dúvida. Ela precisava da ajuda de alguém, mas de quem?

Não da bibliotecária, isso com certeza.

— Ouvimos um barulho e ficamos com medo de algo ter quebrado — disse a funcionária ao longe. "Quebrar" era atenuar bastante a situação. Na verdade, eles provavelmente ouviram algo se estilhaçando, ou explodindo. — Alguma coisa caiu ou…?

— Ah, hum… — Todas as estantes da sala haviam caído. Ótimo. Que maravilha. — Só deixei cair uma coisa, nada de mais. — Libby forçou um tom animado mais próximo da falta de destreza infantil do que, digamos, do vandalismo intencional. — Prateleiras perigosas! — disparou.

— Bem, avise se precisar de alguma coisa! — respondeu a bibliotecária, numa sugestão cálida e passiva-agressiva de que era melhor Libby parar fosse lá que besteira estava fazendo, o que era compreensível. Mais que compreensível, na verdade.

Libby supunha que a maioria dos frequentadores da biblioteca não estava tentando abrir buracos de minhoca através do tempo em propriedades do governo. Embora houvesse a possibilidade de que estivessem fazendo algo pior.

— Só vou dar uma organizadinha aqui e já saio! — respondeu Libby.

— Ah, não se preocupe, querida, fique à vontade!

Traduzindo: *ótimo*.

Libby respirou fundo. Usar mágica para organizar as prateleiras era sua melhor opção no momento. Para o resto ela poderia arrumar uma desculpa, ou pelo menos esconder o estrago até que estivesse bem longe dali. E ela ia *partir*, na primeira oportunidade que aparecesse. Só... ia precisar de um minuto, só isso. Para se recompor. E descansar.

E para digerir sua decepção.

Não que ela tivesse algum direito de estar decepcionada. Antes de começar estivera ciente das exigências físicas inimagináveis para uma magia dessa magnitude, tendo uma vez criado com sucesso a mesma condição em versão miniatura dentro das paredes da mansão da Sociedade. Para criar um buraco de minhoca para a cozinha, que Nico usava para buscar homus, os dois — os três, contando com Reina — haviam gastado tanta energia combinada que passaram semanas doloridos e exaustos. Para criar um buraco de minhoca para *o futuro*, Libby precisava acessar um poder que ela simplesmente não tinha.

Fora Tristan quem entendera tudo tantos meses antes, quase um ano atrás.

— O que vocês precisam é causar uma reação de fusão pura — explicara Tristan a eles, com as sobrancelhas solenes franzidas.

Fusão pura seria comparável a uma supernova, a liberação espontânea de energia de *estrelas de verdade*.

— Impossível — retrucara Libby.

Nico, que estava comendo, dissera ao mesmo tempo que ela, através de uma colherada de sopa escaldante:

— O quê? Merda, foi mal, queimei a língua...

— É impossível criar um buraco de minhoca *por enquanto* — explicara Tristan para Libby —, porque atualmente é impossível gerar a liberação suficiente de energia. Uma bomba atômica é fissão — dissera ele, imitando a divisão de um átomo —, que então cria a energia necessária para a fusão, que é a parte que faz as coisas explodirem. — Outro movimento, dessa vez para combiná-los, o que terminou com Tristan batendo a mão na mesa e derrubando a tigela de sopa pelando de Nico. — Desculpe — dissera Tristan, com impressionante falta de sinceridade. — Mas, indo direto ao ponto, energia estelar não é algo possível apenas na teoria — comentara, com um olhar de relance que transparecia sua desaprovação mordaz, assim como todos os seus olhares de relance para Libby na época. — E vocês nem sequer são os únicos tentando gerá-la. A Corporação Wessex também está interessada nisso, junto a mais ou menos uma dúzia de organizações governamentais. — Um dar de ombros. — Não que eu tenha sido convidado para participar dessas discussões.

Nico pressionara os lábios, retornando a tigela de sopa ao estado original, e Libby dissera:

— Então nós dois teríamos que causar uma reação de fusão para... criar *mais* fusão?

Ou seja, teriam que utilizar o poder do Sol. Mais ou menos uma bomba nuclear. Fissão já era difícil, mas fusão era outra coisa. Era a diferença entre estilhaçar uma bolinha de gude em pedaços menores e combinar duas bolinhas para fazer uma maior. Uma era possível. A outra dava um nó na mente.

Nico, com um crescente interesse na teoria em questão, fora quem apontara o óbvio:

— Vamos precisar de muito mais gente.

Um problema que mais tarde eles resolveram com Reina. Então Libby basicamente precisara de Tristan para fazer a matemática, Nico para canalizar os poderes respectivos deles em algo efetivamente aerodinâmico e Reina para lhes dar a onda de naturalismo que não poderiam conjurar de outro lugar. Um trabalho de quatro pessoas, sendo que na época Libby estava descansada, alimentada e banhada adequadamente, e não temendo pela vida.

E, naquele instante, nada daquilo era uma realidade.

Libby levou mais meia hora para consertar o dano da sala de arquivos da biblioteca, e nesse momento a bibliotecária retornou para dizer num tom bem contido que poxa, eles iam fechar, e que ela, por gentileza, desse o fora, porra (subentendido), ao que Libby respondeu, num tom bem alegre, que já estava de saída, muito obrigada pela ótima ideia. Para onde ela iria a seguir permaneceu um mistério, e ela estava lenta e definitivamente se resvalando nas migalhas de hospitalidade do sistema de Bibliotecas Públicas de Los Angeles. Era hora de ir a um lugar que poderia — *poderia* — oferecer algum nível da impossibilidade que lhe faltava. Enquanto não encontrasse 1) outro físico do mesmo calibre que ela; 2) a naturalista mais poderosa que ainda estava para nascer; e, bem, 3) Tristan Caine, outra fonte de poder que teria que servir. De novo, mais ou menos uma bomba nuclear, embora ela preferisse algo que *não* fosse uma bomba nuclear.

Mesmo que ela não fizesse nada que causasse a morte de alguém — o que não estava garantido —, aquela energia ainda precisaria ir para algum lugar. Libby não estava interessada em deixar traços de radioatividade até o Canadá ou em romper algum tipo de paradoxo do tempo-espaço que significaria que ela jamais nasceria. E, mesmo se uma bomba funcionasse, o dano seria inevitável. Consequências variariam de duradouras e inevitáveis a catastróficas e irreparáveis.

Em questão de algumas horas, Libby mal conseguia ficar de olhos abertos no ônibus. Dificilmente causaria dano significativo a qualquer espaço público ali, embora aquela possibilidade, infelizmente, não fosse zero, dado o estado de exaustão dela. A física havia conjurado um escudo ao redor de si, mas perdia o controle sobre ele toda vez que sua atenção vagava. Não dormia havia trinta e seis horas (tirando os dez minutos de inconsciência, o que decerto não contava) e ainda tinha muito pouco quando se tratava de um plano. Não estava exatamente pronta para uma vida de fuga, mas também não sabia mais o que fazer. Então, seria assim e pronto.

Depois que Libby deixara o posto de gasolina ao lado da rodovia, seu primeiro destino fora o hospital local, fingindo estar lá para visitar um paciente. Mesmo com o deslocamento no tempo, foi fácil para ela se misturar, exceto por sua falta de ombreiras ou calça jeans fora de moda. Libby passara tempo suficiente em hospitais esperando que a irmã melhorasse, então, tirando os detalhes da vestimenta, sabia muito bem como era se preparar para más notícias. Mais especificamente, sabia como se portar para que as pessoas não fizessem perguntas, compreendendo que as respostas seriam traumáticas de ouvir. Ela ficou ali por mais algumas horas, se limpou no banheiro e então esperou para ver se Ezra daria as caras. Ele não apareceu. Nem qualquer outra pessoa.

Libby não tinha certeza de como Ezra fizera aquilo, mas sem dúvida ele a prendera em algum outro lugar no tempo. Ela ficava tentando provar que estava errada, encontrar evidências de que fora enganada de alguma forma ou de que estivesse equivocada, mas toda fonte que encontrava dentro do sistema do hospital dizia a mesma coisa. O dia em que se libertara dele fora domingo, 13 de agosto de 1989. Libby só ia nascer dali a nove anos.

Então não havia como voltar para casa.

Poderia tentar encontrar alguém que estava vivo em 1989, é claro. Seus pais. Um de seus professores. Atlas Blakely, embora ele não fosse ter mais que onze ou doze anos. Por que Ezra a levara até ali? Como ele fizera isso e como poderia ser desfeito?

Libby quase pegou no sono de novo, o pescoço estalando sob o esforço de manter a cabeça levantada. Então se sobressaltou, acordando com um ronco, e alguém a várias fileiras de distância a encarou. Ela estremeceu e conferiu o escudo invisível que conjurara ao seu redor. Era provável que fosse um desperdício de esforço no momento, mas pareceu mais seguro do que andar por aí sem nenhuma proteção.

Enfim, os pais dela. Eles provavelmente eram jovens e sem magia demais para ajudar, mesmo se Libby soubesse onde estavam naquele ponto de suas vidas (era isso o que ganhava por revirar os olhos durante as divagações deles sobre o passado). E mexer com o tempo não era de certa forma problemático? Não havia regras que diziam que não se devia interferir? Libby não era especialista em efeito borboleta, mas tinha bastante certeza de que não deveria tentar falar com ninguém que conhecia. Além disso, como eles poderiam ajudar?

De um ponto de vista teórico, ela e Nico haviam provado que buracos de minhoca podiam ser criados, e ela e Tristan haviam provado que existiam formas de manipular o tempo. Claro, não fazia ideia de como exatamente *atravessar* o tempo, mas o que precisava era encontrar uma fonte de energia com magnitude poderosa o suficiente para plausivelmente funcionar. Que fonte de energia seria essa, Libby não fazia ideia. Também não sabia se tal fonte de poder existiria em seu próprio tempo, muito menos em 1989. Mas estava certa de que alguém estaria trabalhando nela, e era por isso que no momento se encontrava a caminho da Faculdade Regional de Artes Medeianas de Los Angeles.

Descobrir a localização do lugar não foi fácil. Não porque a instituição ou seus medeianos fizessem questão de esconder a informação, mas porque *tudo* era difícil de descobrir. A primeira biblioteca a que Libby fora nem sequer tinha um computador. Outra tinha um, mas não estava conectado à internet. Sendo assim, Libby tentara pesquisar os arquivos de jornais. Ficou aliviada em saber que ao menos a magia tecnológica estava sendo abertamente desenvolvida nos anos 1980, o que, devido à atenção imensa que dedicara à história medeiana (só uma piada; ela nunca se importou com o assunto, já que, quando botou os pés no campus da UAMNY, estava vários anos atrasada no estudo de sua especialidade mágica), ela não teria sido capaz de adivinhar. Ao analisar jornais antigos, Libby encontrou um artigo do início dos anos 1970 sobre escolas sendo abertas pelo país para facilitar o crescimento de magia como fonte de energia alternativa, o que foi a fonte de alívio mais substancial que ela encontrara desde que chegara a 1989. Não teria que esconder por completo o que era. Agora, só precisaria encontrar um grupo de pesquisa na universidade que pudesse ajudá-la.

Isso, por sua vez, foi o que a conduziu à faculdade da região, a FRAMLA. A UAMNY estava fora de questão, dada a distância. Libby não tinha certeza de como conseguiria acesso à FRAMLA, mas pelo menos estava a um ônibus de distância.

Suas pálpebras pesaram outra vez conforme o veículo avançava. Faróis chegavam e partiam, luzes do tráfego embalando seu sono. Postes piscavam acima. Sua cabeça parecia estar se distorcendo por dentro, girando e derretendo por trás de seus olhos. Libby estava tão cansada que se sentia bêbada, o chão do ônibus subindo para encontrá-la no assento, onde estava encolhida, com as pernas puxadas para perto do peito. O movimento do ônibus era tão calmante; o zumbido do ruído branco, intoxicante. Ela se sentiu sonolenta, faminta e aquecida, embora ainda concentrada em manter seu escudo. Desde que ficasse em sua bolha, ela iria...

— Aí está você — disse Gideon Drake, o cabelo dourado brilhando, disparando pelo corredor do ônibus para alcançá-la.

Assustada, Libby deu um pulo, acordando de repente.

Não viu nada. A pessoa a algumas fileiras de distância, uma mulher de meia-idade, olhou para ela outra vez, entediada. O coração de Libby batia acelerado, o pânico aos poucos passando. Ela havia imaginado aquilo ou...?

Piscou. Continuou piscando. Sua cabeça afundou.

A sonolência era como um cobertor, cobrindo-a outra vez.

— ... pare *de fazer* isso — repreendeu Gideon, que parecia muito sério.

Dessa vez trajava um jaleco de médico, e Libby percebeu que estivera correndo. Vestia o moletom favorito de Katherine e chorava, e Gideon estava ali, mas não ali, e ela estava cansada, tão cansada, e *merda*.

Katherine estava morta. Libby havia perdido aquele moletom no metrô três anos antes e chorara por dias.

Aquilo era um sonho.

— Merda — disse Libby, ofegante, mas a mão de Gideon disparou, mantendo-a onde estava.

— Você está bem. — A expressão dele havia mudado, assim como o jaleco de médico. Agora usava uma camiseta cinza comum. Tinha ao lado um cachorro preto que despia Libby com o olhar, mas provavelmente era só parte do sonho. — Você está bem, Libby. Respire. Só... meio que, hum. — Gideon parecia ao mesmo tempo confuso e inocente. Duas expressões que nunca passaram pelo rosto de Nico. — Só meio que... *não tente resistir*, está bem?

O cachorro olhou em dúvida para Gideon.

— Cala a boca — disse Gideon para o cachorro, fixando a atenção no rosto de Libby. — Você está bem? Onde estamos?

— Hum... — Libby olhou ao redor e descobriu que agora eles estavam na sala pintada. Por um momento ela se sentiu mais calma, mais segura, como se o máximo que fosse acontecer dali em diante era Parisa decidir que um despertar sexual estava a caminho, o que, analisando em retrospecto, não era tão cataclísmico assim. — Estamos na Sociedade.

— Está bem. Está bem. — Gideon assentiu, então afastou o cachorro, que parecia discutir com ele. — Pare com isso. Ei, Libby, você pode me contar onde está? Ou, tipo... quando?

— Como assim?

Ela piscou, e ele retrocedeu por um momento, mas aguentou, segurando-a pelo pulso.

— Na vida real. Fora deste sonho — insistiu Gideon. — Você não tem muita prática aqui, então não tem muito tempo. Tente me dar o máximo de informação que conseguir o mais rápido que der, está bem?

— Aqui? — repetiu Libby, grogue.

As chamas na lareira da sala pintada estavam crescendo, aquecendo as bochechas dela. Ela se tornou consciente do movimento, da suavidade da estrada, das rodas girando e girando e se agitando à frente, ritmadas e...

— Libby. Ei. — Gideon estalou os dedos diante do rosto dela. — Faça o que estou falando, porque tenho uma teoria. Você sabe em que ano está?

— É... — O rosto de Gideon estava se apagando de novo. — Eu não... Gideon, eu não...

Houve um som alto de pistões disparando para abrir a porta do ônibus. Libby deu um pulo, percebendo que adormecera outra vez. O escudo ao seu redor se desintegrara, então ela o recolocou no lugar.

A mulher de meia-idade havia desembarcado em algum ponto. No lugar dela havia um adolescente de capuz, usando fones de ouvido. Libby engoliu em seco, conferindo o mapa do ônibus que tinha roubado da biblioteca. Mais uma parada. Ela limpou uma camada fina de baba da bochecha e tentou recordar com o que estivera sonhando. Com a irmã? Lembrava-se vagamente de sonhar com o hospital, ou talvez isso só acontecera porque havia bem pouco tempo estivera em um.

O ônibus chegou à próxima parada: Union Station. O terminal tinha um estilo *art déco*, arte colonial espanhola com arcos arredondados, paredes brancas e uma frota de palmeiras que balançavam ao sopro do ar seco. Libby saiu rápido, vasculhando o lado de fora antes de se apressar até o portão principal.

O interior tinha pisos cor de terracota, mármore travertino e tetos altos com vigas de madeira expostas. Ela se aproximou do balcão de informações adjacente à bilheteria, de repente se sentindo tensa conforme seus passos ecoavam em meio ao relativo silêncio do local.

— Qual o caminho mais rápido para a faculdade? — perguntou, lutando contra o desejo de bocejar.

O homem na mesa de informações nem ergueu o olhar.

— *Dash*.

— Hein?

Ele apontou em silêncio para uma pilha de mapas de trânsito diante dele.

Libby pegou um, lendo o acrônimo DASH. Era uma curta linha de ônibus que atravessava o centro de Los Angeles.

— Ótimo, obrigada. Posso... — Ela gesticulou para o mapa.

O homem balançou a mão para indicar que, claro, pouco importava, e Libby pegou o mapa, se aventurando mais uma vez para fora do terminal e estremecendo um pouco. Ficava mais frio ali à noite do que ela esperava, ou talvez ela ainda estivesse com o corpo quente devido ao tempo que passou no último ônibus. Libby não tinha certeza se já estavam usando tecnologia mágica nos ônibus. Nos trens, talvez. Por que estava pensando nisso? Seu cérebro estava exausto; seus pensamentos, febris. Ela sentiu tremores abaixo dos pés e pensou, ah, merda, um terremoto, e então pensou, ah, merda, é o Varona? E então acabou lembrando que não era nem um nem outro e que ela estava se desintegrando aos poucos, desesperada para dormir.

Ela apareceu de volta no balcão de informações do terminal, percebendo que precisava de mais do que um ônibus.

— Tem algum albergue ou algo assim por aqui? Algo, hum... — Libby olhou para o moletom e a passagem de ônibus que roubara. — ... em conta?

Dessa vez o homem lhe lançou um olhar ressabiado.

— Você pode tentar o distrito Skid Row — sugeriu ele. — A barra tá meio pesada por lá, mas a essa hora você vai ficar bem.

— Skid Row? — Libby percebeu, com um choque, que o homem presumira que ela fosse sem-teto. O que não deixava de ser verdade. — Certo. Hum. É... — Ela sentiu uma súbita onda de pânico por não saber quais recursos estavam disponíveis. — Tem algum tipo de abrigo ou...

— Exigente, hein? — O atendente parecia enojado.

— Eu... — Certo. Aquilo era inútil. — Desculpe. Obrigada.

Pelo menos era perto. Libby baixou a cabeça e se apressou para fora, atravessando alguns quarteirões desconhecidos e tentando decidir para onde ir. Lá fora, havia poucas pessoas, alguns táxis vazios. Ela viu um banco disponível e se sentou, abrindo o mapa outra vez até encontrar o campus da FRAMLA.

Libby se deu conta de que não se tratava de um campus. Era apenas um único prédio, e provavelmente o homem na mesa de informações supusera que ela se referia à universidade mortal ali perto, que teria dormitórios e serviços estudantis. Será que poderia ir até *lá*? Sim, talvez — Libby ainda podia se passar por estudante universitária —, mas não dava para ir andando. Então recostou a cabeça no banco, tentando se acalmar. Queria ter pensado em ir até ali quando ainda era cedo, talvez assim houvesse algum lugar para onde ir. Queria ter matado Ezra, ou pelo menos o usado. Por que ela não pensara em fazer isso? Certamente poderia ter... *forçado* ele a devolvê-la, de alguma forma?

Não, pensou Libby, com um suspiro. Mesmo naquelas circunstâncias extremas, ela não achava que teria conseguido insistir no tipo de ameaça necessária para fazer aquilo acontecer. E vai saber? Talvez Ezra a tivesse matado ou morrido em vez de ajudá-la. Ele disse que tinha um plano.

Libby sentiu outro arrepio de medo, se perguntando se o homem que amara era de fato diabólico. Nossa, como estava exausta. Talvez devesse ter ficado naquele quarto de hotel. Uma hora ou outra poderia ter persuadido Ezra, talvez. Presumindo que teria tido estômago, poderia tê-lo convencido. Poderia tê-lo lembrado de como eram felizes juntos.

Eles *eram* felizes juntos, não eram? Será que tudo não tinha passado de fingimento? Libby achava que não. Esperava que não. Agora havia algo ambíguo em suas lembranças de Ezra — o lado bom esquecido e o lado ruim que passara despercebido agora a alcançavam ao mesmo tempo, uma chicotada que a deixou desorientada. Ela costumava achar Ezra engraçado, com aquele jeito desajeitado mas charmoso que nem todo mundo apreciava. Libby sempre foi tão protetora em relação a ele... Era tão fácil para Nico criticá-lo, porque seu rival sempre fora carismático e impossível de odiar, então havia um elemento de bullying com Ezra ali, ou assim Libby sempre pensara. Até Gideon tinha sido gentil com Ezra — embora isso não dissesse muita coisa, porque Gideon era sempre gentil.

— Preste atenção — dizia Gideon, porque de alguma forma ele estava ali, na luz vacilante da rua, seguindo-a em seus pensamentos como uma nuvenzinha de tempestade acima da cabeça. Será que ela tinha dormido? — O ano, Libby. Só me diga o ano. — Ele olhou para trás brevemente, como se alguém o seguisse ou talvez o observasse. — Ou me dê uma dica. É...

— 1989 — respondeu Libby.

— Ah. — Gideon piscou. — É... sério? Está bem. Está bem. — Ele parecia agitado, estressado. Atrás dele, Libby teve um vislumbre de alguém azul, ou de veias azuis. Algo ofuscou os olhos dela antes que piscasse. — 1989? — perguntou Gideon. — Você sabe o porquê desse ano, ou... Na verdade, deixa pra lá — disse, apressado —, por ora isso já é o suficiente.

A pessoa atrás dele fez um som que atingiu a cabeça de Libby como uma guilhotina.

— Pare, *falei* que já vou... Libby, me escute. Vamos ajudar você, está bem? Vamos encontrar uma forma de trazê-la de volta, eu prometo. Ai. Ai, *para*... — Ele disse algo em outra língua, algo que soou ininteligível para Libby. — Pare, já falei, me *solta*...

— Ei. — Algo estalou como um chicote ao lado de Libby, fazendo-a acordar com um arfar. — Você não pode dormir aqui.

— Desculpa, desculpa. — Ela passou a mão na boca. Babando de novo. Sempre babando. Ela se pôs de pé, assentindo para o policial, ou guarda, ou fosse lá quem era aquele que parecia bem pouco feliz em vê-la ali. *A barra tá meio pesada por lá*, o homem no balcão de informações dissera. Será que tinha chance de ela ser presa por isso? — Desculpa, estou indo...

Libby olhou para o mapa outra vez.

A FRAMLA não ficava longe. Só precisava cruzar a rodovia, então seguir por mais alguns quarteirões. Sim, estava tarde, mas um dia ela tinha sido estudante numa universidade mediana, e certamente as coisas não haviam mudado tanto em trinta anos. Alguém devia estar acordado, certo?

Então, tremendo um pouco, Libby caminhou noite adentro.

· TRISTAN ·

Ele estava escovando os dentes quando sentiu, em vez de ouvir, a porta sendo aberta atrás de si. Com a boca cheia de pasta, Tristan viu o brilho prateado pelo espelho e se virou bem a tempo de ver a lâmina fina apontada para suas costas.

Ainda havia uma defasagem em seus pulmões, um entrave. Não era exatamente hesitação, mas a delicada fratura entre saber que a morte se aproximava e invocar os meios de pará-la. A faca permaneceu sendo uma faca por um momento a mais do que ele gostaria, mas, por fim, a matéria parou de lutar contra ele. O banheiro se curvou para fora; a faca se transformou, brilhando, em partículas menores e menores, a energia atrás do movimento se estendendo. A trajetória da faca estava agora restringida e alterada para dentro ao comando de Tristan. Essa era a chave, quando ele conseguia ver, mudar a energia dos pedaços da faca, e então usar isso para transformá-la em outra coisa, em qualquer coisa que quisesse.

— Sério, de novo? — disse Nico quando Tristan abriu os olhos, a escova de dentes ainda na mão.

A faca estava caída no chão, em pedaços. Nico estava na soleira da porta, balançando a cabeça.

Tristan se virou e cuspiu na pia, erguendo a cabeça e encarando os próprios olhos vermelhos. Não tinha dormido tão bem assim. Sabia que não ia morrer durante quaisquer infiltrações aleatórias de Nico — afinal, havia provado isso com frequência suficiente pelos últimos meses —, mas o resto do corpo dele parecia não entender o recado. Seus olhos estavam injetados e arregalados, o coração martelando. A adrenalina era uma droga e tanto.

— Você tem que começar a reagir, não só se defender — explicou Nico. — Eu acabei de tentar esfaquear você pelas costas, e tudo que você faz toda vez é destruir a arma? E se eu tivesse *duas* facas, Tristan, e aí?

Tristan deu um suspiro pesado e irritado.

— Olha, sinceramente — reclamou Nico —, se tudo que você pode fazer em uma briga de faca é um monte de *pedaços menores de faca*...

— Já entendi, Varona. Você deixou clara sua opinião. — Tristan pegou a toalha de mão ao lado da pia, limpando os excessos de pasta da boca. — Mas, só para você saber, esta é a quarta vez só hoje — disse, se virando para o físico. — Estou começando a achar que você está se divertindo demais tramando me matar.

— Jamais seria o caso de *tramar* algo — disse Nico. Seus olhos também estavam ferozes. Parecia ter recuperado algum elemento de hiperatividade que Tristan não vira desde o começo do ano de pré-iniciação, quando haviam estudado as complexidades do espaço. — Você é extremamente previsível, sabe — murmurou Nico, em tom acusatório. — Você passa a mesma coisa no pão todo dia...

— É obvio — disse Tristan, irritado. — Não sou um animal.

— A questão é que você tem que considerar fazer *outra* coisa. Algo além de quebrar coisas. Tipo, quem vai limpar isso, hein?

Nico gesticulou para os estilhaços de faca no chão. Tristan arqueou a sobrancelha.

— Beleza — disse Nico, com um suspiro.

Em um piscar de olhos, a faca era novamente uma faca e estava na mão de Nico. Tristan, que ainda achava as habilidades de Nico estranhas, sentiu um arrepio involuntário.

— Ah, só aceita. — Nico o encarou com impaciência. — Você percebe que também é físico, não percebe? Um físico esquisito — acrescentou, com um dar de ombros —, mas mesmo assim...

— Eu não faço o que você faz — retrucou Tristan, o que era verdade.

A especialidade dele, se é que era uma especialidade, não era o mesmo que redirecionar força ou alterar gravidade, ou fosse lá o que Nico utilizava para fazer coisas acontecerem. Tristan sabia, mesmo naquele momento, que não era o mesmo que ele sentira de Libby. De tempos em tempos a recordação da magia dela ainda o inundava, a batida do coração dela sob sua mão. Era diferente, a sensação dela, o impulso de dentro das veias dele que, sem dúvidas, pertencia a ela.

O que Tristan podia fazer não era insignificante, mas não havia motivo para descrever sua especialidade com imprecisão.

— Mas mesmo assim é um físico. — Nico reprimiu um bocejo, levando a mão à boca.

Havia um breve brilho de suor nos braços dele, e Tristan franziu a testa, por um segundo considerando comentar algo.

Ele nada disse.

— Como está seu amigo? — perguntou em vez disso, dando as costas para o espelho e correndo a mão pelo maxilar.

Ele tinha mesmo que fazer a barba.

— Amigo? — perguntou Nico, evasivo.

— Aquele que está ajudando você a encontrar Rhodes.

Ele não comprara de verdade a teoria de Nico — segundo a qual Libby Rhodes estava perdida no tempo —, mas infelizmente, por falta de uma melhor, também não podia descartá-la. Queria que ela estivesse viva; se estivesse perdida no tempo, beleza. Pelo menos explicaria por que Parisa não conseguia senti-la em nenhum lugar do planeta.

Tristan pegou um barbeador. A barba de vários dias pinicava e estava áspera como uma lixa. Não havia motivos para não fazê-la logo, mesmo que Nico insistisse em dar um sermão enquanto ele se ocupava disso.

— Ah. Sim. Aquele amigo. — Nico desviou o olhar. — Não temos nos visto muito.

Tristan fez uma pausa, e então concluiu que Nico provavelmente não reagiria bem a qualquer medida de gentileza. Ele mesmo com certeza não reagiria. Embora não considerasse perguntar uma *gentileza* de verdade. E, como ninguém ali estava chegando perto de encontrar Libby, evitar a pergunta também não era uma possibilidade.

Ele ligou o barbeador, se inclinando na direção do espelho.

— Acha que ele desistiu, então?

— Não. — A voz de Nico estava inflexível, até acalorada. — Ele não desistiria. Não é isso. Ele só está... ocupado.

Com cuidado, Tristan correu as lâminas por baixo das costeletas.

— Ele te deixou no vácuo, né?

— Vai à merda.

Nico massageou o pescoço. Músculos doloridos, observou Tristan. Não era um bom sinal para um físico onipotente que deveria ter tido todos os motivos para dormir bem. Não era como se a pesquisa independente deles demandasse tanto assim — a maioria dos dias ali era preenchida com livros e nada mais. Tirando o fato de uma vez ou outra aparecer para matar Tristan ao longo do dia, Nico não teria nada mais em mente além da pesquisa.

— Gideon só está... — Nico desviou o olhar. — Ele tem outras demandas no momento. Ou está demorando para encontrá-la, não sei. Navegar pelos reinos dos sonhos não é tão fácil assim.

Não era necessário ser um empata perturbado para saber que ele estava mentindo. (Embora Tristan soubesse onde encontrar um, caso surgisse a necessidade.)

— Olha... — disse Tristan. — Não que eu me importe com seja lá o que está acontecendo com você, mas...

— Entendido — disse Nico, parecendo revoltado, e com razão.

Eles se encararam pelo espelho e pareceram compartilhar do mesmo tremor de ressentimento diante da possibilidade de se conectarem.

— Você obviamente está um caco — foi o comentário final de Tristan antes de voltar a atenção para o próprio rosto. — Algo está te drenando.

— Algo... — murmurou Nico em concordância, os olhos viajando distraidamente pela moldura das paredes do banheiro. Seus dedos tamborilavam nas coxas, uma sinfonia de agitação. — Ei — acrescentou ele depois de um momento de inquietação sem sentido. — Qual é o tema do seu estudo independente?

Certo. Isso.

— Ah.

Como se Tristan já não tivesse sido incomodado com isso o suficiente.

Naquela tarde mesmo Dalton o havia encurralado na sala de leitura.

— Atlas — começara Dalton, com uma expressão de dor contida — gostaria que eu falasse com você sobre seu estudo independente.

— Ótimo. Ele mesmo pode falar comigo. — Tristan virou uma página do livro e então se deu conta de que Dalton ainda estava ali, e não parecia que ia embora tão cedo. — Sim? — incentivou Tristan, com um suspiro.

— O assunto do tempo é... — Dalton pigarreou. — Amplo. Muito explorado.

— Sim, e...?

Naquele momento, Tristan estava lendo a respeito de gravidade quântica, o que era um assunto que os arquivos pareceram deliciados em lhe entregar. A maioria das coisas que encontrou eram notas escritas à mão sem autoria, todas muito resumidas.

— Talvez você queira considerar algo um pouco mais prático — disse Dalton.

Falar com Dalton estava cada vez mais parecido com arrancar um dente. Parte disso talvez decorresse do rancor que Tristan cultivara, já que nos últimos tempos seus sentimentos com relação a Parisa não tinham sido positivos e talvez estivessem afetando sua opinião sobre o amante dela. Embora também devesse ser levada em conta a suprema inabilidade de Dalton em ir direto ao assunto.

— Por exemplo?

Dalton se sentou à mesa.

— Você trabalhou na Corporação Wessex — disse ele.

Ah, ótimo, então agora eles estavam tendo uma conversa descaradamente maçante.

— Trabalhei — confirmou Tristan, devagar, como se estivesse falando com uma criança.

Dalton não pareceu se ofender.

— E você certamente sabe, por conta de seu emprego anterior, que James Wessex começou a carreira estudando tecnologia de fissão.

— Sim, claro.

Isso estava na página da Wikipédia dele. Empresas medeianas criadas pela fundação Wessex original — ainda sem o envolvimento de James — um dia foram essenciais para estabilizar a crise climática, o que naturalmente deu espaço à energia alternativa. Isso gerou lucros exorbitantes que levaram a uma loucura financeira completa. James era bilionário, e grande parte de seu trabalho era tão confidencial que mais se especulava a respeito do que se divulgava.

— Eu só trabalhei para ele em capital de risco — afirmou Tristan. — Quase sempre na área de tecnomancia medeiana.

A tecnologia que Tristan desenvolvia era focada basicamente em produtos de luxo ou softwares para usuários e, mesmo na época, ele sempre passava o trabalho para aprovação de seus superiores e nunca via o resultado final.

Além disso, que interesse Atlas Blakely tinha nas particularidades do trabalho de Tristan antes da Sociedade?

O humor de Tristan ficou sombrio de repente.

— Você está tentando me dizer que Atlas Blakely quer que eu compita com a Corporação Wessex?

— Não, não. — Dalton pareceu horrorizado. — A Sociedade não apoia nenhum tipo de ganho material e *jamais* iria atrás de qualquer tipo de competição com...

— É, é, pureza acadêmica, integridade do pensamento, entendido. — Tristan estava se sentindo implicante e impaciente, e talvez um pouco usado. — Então por que mencionou isso?

— A pesquisa de James Wessex em poder nuclear... Bem. — Um pigarrear tímido. — Atlas acredita... — Outra pausa. — Temos motivos para acreditar que talvez você tenha feito algum progresso em expandir o uso de suas habilidades.

Tristan ficou aliviado por Dalton, ao contrário de Parisa, não conseguir ver as várias imagens de Nico de Varona — lhe causando um ataque cardíaco, tentando estrangulá-lo, derrubando objetos pesados em sua cabeça — perambulando sem rumo em sua mente.

— De certa forma, sim.

— Há vantagens em expandir sua área de atuação — disse Dalton.

Entendido. Profundamente condescendente, mas, sim, entendido.

— E o que James Wessex tem a ver com a minha pesquisa?

— Eu só quis mencioná-lo como um exemplo de... — Dalton deixou as palavras morrerem no ar. — Bem, de um pensador versátil.

Ótimo, pensou Tristan. Enganado novamente por seu cérebro minúsculo.

— Percebo que escolhi um assunto inoportuno como ponto de partida para esta conversa — apressou-se em dizer Dalton, sabiamente compreendendo o silêncio de Tristan como desdém. — É claro que James Wessex não é nenhum medeiano importante. Mas *você* é, e suponho que pensei...

— Você quer que eu estude algo maior que o tempo — resumiu Tristan.

— Sim. Bem, não. — Dalton parecia muito desconfortável. — Não maior, por assim dizer. Não necessariamente.

— Certo — dissera Tristan, com um ar sombrio. — Só mais interessante, então.

— Eu só acho... — Dalton hesitou de novo. — Só sinto que talvez você possa ser uma peça bastante importante, sr. Caine, para o tipo de pesquisa que este grupo de iniciados em particular pode desenvolver.

Tristan franziu a testa.

— Pensei que nossa pesquisa fosse independente.

— Sim, claro... mas, mesmo assim, cada grupo de candidatos é selecionado por um motivo. — Dalton se levantou, obviamente encerrando o que ele podia oferecer em termos de interação humana. — Você e o sr. de Varona encontraram um terreno em comum — disse, num tom vagamente congratulatório. — O sr. de Varona tem feito o mesmo com a srta. Mori e com a srta. Kamali...

— Como assim?

Tristan franziu a testa. Esperara ouvir o nome de Libby, mas não o de Parisa.

— Embora haja, é claro, certo empecilho — acrescentou Dalton.

— Ou seja, Callum — disse Tristan, amargo.

— O que quero dizer é que há uma chance de os interesses do grupo... divergirem — explicou Dalton. — O sr. Nova ainda não escolheu um tema de estudo. E a srta. Mori está... — Ele hesitou de novo. — Prestes a escolher, acredito.

— Então, porque falhei em matar o empata — resumiu Tristan outra vez —, estamos todos pesquisando as coisas erradas?

— Nem todos vocês. — Com base no sorriso que ele tentou dar, aquilo fora uma piada. Dalton visivelmente tinha dificuldade nessa área. — Mas talvez haja algo que você ache mais estimulante. Dado que os arquivos fazem a entrega com base no seu sacrifício, que foi... — Uma pausa. — ... pequeno, pode-se dizer que...

— De novo, peço imensas desculpas pelo meu pequeno *descuido* — murmurou Tristan.

— ... você talvez queira reconsiderar seu tema — concluiu Dalton, o que pareceu ser o motivo de toda aquela conversa.

Então era isso. Entre os inúmeros temas disponíveis no mundo inteiro, Tristan escolhera um entediante. Que previsível da parte dele.

— Essa é a ordem que veio de cima? — perguntou Tristan, com desdém. — Comando oficial de Atlas?

— Bem, estude o que desejar. — Dalton deu de ombros. — Ninguém vai interferir. Só estou repassando a mensagem.

Depois disso, ele deixou Tristan em paz. Durante o jantar, Tristan esqueceu o assunto. Então Nico tentou perfurar o coração dele com uma das balaústres. Agora, estava no banheiro tendo mais uma vez reduzido uma faca a cacos, mas por pouco. E em sua cabeça havia o grande e abusivo mantra: pense fora da caixa.

Seja mais esperto.

Faça *mais*.

— Terra chamando Tristan? — disse Nico, que ainda estava na porta do banheiro, esperando uma resposta.

Tristan percebeu que tinha deixado o barbeador ligado por quase um minuto sem fazer qualquer contato com seu rosto.

— Foi mal. — Ele traçou a lateral da bochecha. — Estou pensando em mudar as coisas um pouco.

— É mesmo?

Nico soava cuidadosamente desinteressado, o que significava que estava morrendo de curiosidade.

— Por quê? — Tristan suspirou. — Você tem mais comentários a tecer?

O assentir de Nico era quase maníaco.

— Um ou dois — disparou o físico enquanto Tristan voltava a atenção para o rosto meio barbeado. — Você chegou a pensar a respeito da IMM?

As lâminas do barbeador passaram levemente rente à mandíbula de Tristan.

— Hein?

— Interpretação de muitos mundos. — Nico estava divagando. — Em suma você provou que a física quântica é filosoficamente correta, o que significa que também pode provar parte de algumas outras teorias de longa data. Tipo, se há mundos paralelos. Ou variáveis escondidas. Ou, tipo, a própria *estrutura* do espaço. A formação das galáxias. Se você consegue continuar quebrando as coisas em pedaços cada vez menores — acrescentou Nico, animado —, o que encontra quando continua? O que é o vazio? *Algo* é o vazio? O que é a matéria escura? Se tudo apenas existe em relação a todo o resto...

— Nossa... — disse Tristan, que havia barbeado próximo demais da pele do pescoço. — Escute aqui, Varona...

Mas, quando olhou no espelho, Nico tinha desaparecido. Tristan piscou.

— Varona, eu...

A luz se apagou.

Nos momentos seguintes, houve outro vislumbre em sua visão periférica, o brilho de uma faca vindo do cintilar fraco do luar, um feixe na janela. Aconteceu de novo, o martelar do coração em seus ouvidos, o latejar de suas veias, o medo ao qual nunca exatamente se acostumara, como se nunca recuperasse o fôlego por completo. O breve atraso, e então a súbita mudança no tempo e no espaço. O encurvar do mundo para aninhá-lo em seu interior.

Havia pequenos fragmentos de luz que Tristan compilou, organizando-os para que pudesse ver onde Nico mantinha a faca em sua garganta. A lâmina estava a um suspiro de distância do pomo de adão de Tristan, nem um milímetro a mais. Tristan era mais alto, porém Nico usava sua relação com a força em sua vantagem. Uma versão antiga de Tristan já estaria morta, a garganta cortada, mas *essa* versão de Tristan vira o precipício da morte e o girara. Ele pegou a faca e a rearranjou.

Quando, por fim, as coisas se acalmaram dentro da cabeça dele, Tristan abriu os olhos. Sua mão direita agarrava um pedaço da camiseta de Nico. Na esquerda, o caco da faca quebrada. Apontada para o peito do físico. O resto estava em fragmentos pequenos que se espalhavam pela pia do banheiro.

Tristan encarou Nico, cujo peito subia e descia contra a mão do adversário.

— Pare de quebrar facas — vociferou Nico, arfando.

Tristan o soltou com brusquidão, deixando-o colapsar contra a pia.

— Você disse para ser mais agressivo.

— Não *desse jeito*, idiota — rebateu Nico. — Não lute contra *mim*. Que perda de tempo ridícula.

— Por quê? — zombou Tristan. — Porque eu teria levado mais um minuto para acabar com você?

— Não, porque você está desperdiçando! — gritou Nico. — Sua energia, seu talento... Você só está *desperdiçando*.

Ele se virou, uma mão deslizando pelos cachos escuros do cabelo. Então soltou o ar, plantando ambas as mãos na cabeça, frustrado, antes de se voltar para Tristan.

— Não é uma faca — disse Nico.

— Porque eu a quebrei.

— Não. Preste atenção. — Nico deu outro passo em sua direção. — Não é uma faca. É só um arranjo de átomos, elétrons, quantum, seja lá como você quiser chamar. Só é uma faca porque seu cérebro está dizendo que é uma faca, porque, nesta ordem, é uma. Outras pessoas veem uma faca e é só isso, uma faca, porque essa é a realidade para elas. Mas *você*... — Nico lançou a ele um olhar tão escaldante que Tristan quase o sentiu na pele. — Você não precisa vê-la da mesma forma que as outras pessoas. Você poderia pegar isto... — Ele estendeu o restante do cabo. — Você poderia transformar isto na porra de um pônei. Ou num sorvete. Numa bomba atômica. Você pode ver o *tempo*, você pode *usá-lo*, quero dizer, *meu Deus*, Tristan, você sequer...? Sério, você...?

Nico pareceu ficar sem fôlego, o ar colapsando sob seu monólogo.

— Dane-se, não estou nem aí. Boa noite.

O físico se virou e saiu do banheiro, deixando a porta bater atrás de si.

Tristan ficou ao lado da pia por outro longo momento.

Então terminou de se barbear.

Em seguida, secou o rosto com cuidado, reuniu os pedaços da faca e os largou na lixeira antes de descer para o escritório ao lado da sala matinal.

Ele bateu na porta aberta do escritório de Atlas Blakely, encontrando-o ocupado, como sempre.

Atlas o encarou como se estivesse à sua espera.

— Sr. Caine — cumprimentou ele, reclinando-se na cadeira.

Tristan fechou a porta, sentando-se diante de Atlas. Fosse lá o que estava prestes a se passar entre os dois estivera fadado a acontecer havia muito tempo, talvez desde o dia em que Tristan aceitara a oferta da Sociedade para se tornar algo mais.

— A gente precisa conversar — disse Tristan.

O que significava: *Não envie a droga do seu lacaio para me contar o que você deveria ter dito desde o primeiro dia.* Porque, claramente, Tristan era especial. Era poderoso. Mas também profundamente limitado. E, para completar, também era um idiota, o que significava que era hora de Atlas parar de agir que nem um idiota e contar a ele a verdade que Tristan não conseguia enxergar sozinho.

— Sim — concordou Atlas, cauteloso. — Também acho.

· REINA ·

Ela não era megalomaníaca. Aquilo não era um complexo de deus.

— *É* um complexo de deus — afirmou Callum.

Mãe!, se animou uma distante samambaia escada acima. *Coma ele vivo MãeMãe eeeEEEeeee!*

— É puramente uma questão filosófica, não religiosa — corrigiu Reina. — De novo, não sou uma deusa no sentido de que preciso ser adorada.

— Mas é uma deusa mesmo assim? — indagou Callum.

— Pelos termos da minha teoria, você também é. — Infelizmente. — E também todas as pessoas nesta casa.

Ele ainda demonstrava obstinada resistência à ideia dela, o que não surpreendeu Reina.

Era isso o que recebia por escolher um psicopata depressivo como parceiro. Mas, de novo, as escolhas dela eram limitadas.

— Não conte ao Varona — alertou Callum. — Não sei se a abordagem dele dessa onipotência toda seria muito elegante.

— Zombar das pessoas não vai fazer isso andar mais rápido — comentou Reina, e gesticulou para o sistema de entrega dos arquivos da sala de leitura. — Agora. Tente outra vez.

Callum olhou para ela com uma exasperação tão furiosa que, por um momento, Reina quase o respeitou de novo.

— Só porque é ali que os arquivos entregam os pedidos não quer dizer que aquilo *são* os arquivos — disse ele, impaciente. — Eles não estão ali esperando você chamar.

— Bem, tanto faz. — Esse conflito tão fundamental de personalidades certamente *não* ficaria cansativo, pensou Reina, amarga. — Meu trabalho não é entender a senciência da casa.

— Ah, então a onipotência você quer — disse Callum —, mas a onisciência está descartada?

Reina poderia ter dito: pela última vez, não acho que sou sagrada. Não sou divina. Sou poderosa num nível em que poderia reescrever culturas, reestruturar sociedades. É isso o que significa ser uma deusa: assegurar uma nova era de mudança. Não para criar impérios, mas para modelar uma nova geração. Você sabia quantas vezes a sociedade já colapsou? E vai acontecer de novo e ela se reconstruirá, mas *como* se reconstruirá? Pense nisso. Os antigos deuses estão mortos, ninguém acredita neles, então o que resta além de um mundo destruído e sem fé? Me dê sete dias e farei luz, farei os céus e a terra. Não literalmente, porque não sou maluca. Mas tenho poder e talento, e essas coisas me foram dadas por um motivo. Porque eu posso criar vida, sou obrigada de certa forma a criá-la.

Mas com Callum tudo isso parecia um desperdício de palavras, então Reina se limitou a dizer:

— Exatamente.

Callum a esquadrinhou com o olhar e finalmente cedeu.

— Está bem. — Ele inclinou a cabeça para trás e falou para o teto: — Ó, queridos arquivos, amados seguidores da Biblioteca no Alto, abençoados pela Própria Deusa...

— Pare com isso — disse Reina, entredentes.

— Está bem. — Callum sorriu, incentivando-a com um movimento do queixo. — Mão, por favor. Ou qualquer outra parte que preferir.

Nojento. Reina pousou a mão no ombro dele.

— Ainda não tenho certeza de que esse tipo de proximidade é necessário.

— Funcionou antes, funcionará agora.

Ele se referia ao que fizeram para influenciar Dalton Ellery, o que, de acordo com Callum, nem de perto foi tão difícil quanto ele imaginara. *Não que tenha sido fácil*, explicara, *porque ele estava usando todos os tipos de bloqueadores emocionais conhecidos pela humanidade. Mas, mesmo assim, havia algo faltando.*

Reina nem se dera ao trabalho de perguntar o quê, já que não se interessava em entender que peça da construção da psique humana Callum acessava. A única coisa que importava para Reina era a eficiência dele ao fazer isso, e não tinha como negar que a exploração inicial dos dois de como ela era capaz de potencializar os poderes dele fora um sucesso, então pronto. Também havia o bônus de irritar Parisa, embora isso fosse mais para criar um efeito dramático do que qualquer coisa que de fato pudessem utilizar.

Então Reina agora sabia o que Dalton estava estudando. Gênesis. Inflação cósmica. Ordem cosmológica. O universo primordial. Mas tudo isso não lhe dizia nada, e o pior e mais desolador era ter certeza de que aquilo diria algo para Parisa, que era mais esperta do que bonita e, portanto, duas vezes mais irritante para Reina do que para qualquer pessoa ocupada demais babando nela para se importar. A naturalista esperara que Callum pudesse trazer alguma luz sobre o assunto, mas em vez disso o empata estava focado em outra particularidade *específica* a respeito de Dalton, quando a questão ali obviamente não se tratava de quem Dalton era. De que importava que tipo de pessoa o pesquisador era ou se as emoções de Callum eram afetadas por todo o espectro das emoções dos outros? Isso era irrelevante; uma trivialidade, no máximo. O problema com pessoas sendo guiadas por suas próprias especialidades era que Callum sentia que as pessoas eram os únicos mistérios que valia a pena desvendar. Reina, que conhecera várias pessoas que não eram nem de perto misteriosas, discordava com veemência dessa visão.

De qualquer forma, no momento os dois estavam cada vez mais próximos do objetivo, ou quase isso. Haviam levado algum tempo até que chegassem a um acordo sobre o que invocar dos arquivos, mas, no fim das contas, foi Callum quem decidiu, algo do que Reina se ressentiu bastante. Foram necessários dias e dias para convencê-lo a entender a abordagem pretendida por ela, e ele ainda levara semanas para de fato seguir o plano. No fim das contas, Reina não tivera escolha além de concordar com o experimento que ele sugerira, que ela considerava inútil. Mas o empata estava inflexível, então ali estavam.

— O que aconteceu da última vez que você tentou? — perguntou Reina, áspera, querendo ajustar o local de sua mão no ombro de Callum.

Ela se sentia muito consciente do calor do corpo dele, o que a deixava agitada. Reina o sentia tirando algo dela, poder, ou energia, ou qualquer coisa que estivesse percorrendo seu corpo. Mas, ao contrário de quando Nico fizera, ou de quando ela permitia que qualquer elemento da natureza tomasse dela, o que ela despejava em Callum era mais espesso. Talvez "gotejar" fosse uma palavra melhor.

— A mesma coisa que sempre acontece. Meu pedido foi negado. — Callum a olhou de esguelha, irritado. — Estou me concentrando.

— Está bem. Foi mal.

Reina não entendia o que ele estava fazendo, ou se estava fazendo alguma coisa. A magia de Callum era de fato muito desconcertante para Reina.

Depois de alguns segundos, a respiração de Callum mudou. Uma pequena gota de suor se formou na testa dele, e então ele chacoalhou a mão dela para longe.

— Pronto. Deve ter funcionado.

— Como vamos saber? — Reina encarou o sistema de entrega.

— Levou alguns minutos quando tentei sozinho. Provavelmente vai acontecer o mesmo dessa vez. — Callum se recostou na parede da sala de leitura, olhando para ela. — E então, qual é o lance com a sua família?

— O que o *seu* arquivo dizia sobre isso? — retrucou Reina. — Imagino que tenha lido.

— Claro. — Ele a observava com um sorrisinho. — Você sabe que pergunto por mera formalidade, não sabe? Sei grande parte do que preciso saber sem que você diga uma única palavra.

— Ótimo. — Reina fechou a cara e baixou a cabeça. — Você nunca se cansa de saber os segredos das pessoas?

Não que aquilo fosse um segredo, pensou ela. Reina não mantinha a família em *segredo*, porque isso significaria que se importava com ela. Apenas não falava deles, porque não eram dignos de nota. Eram mortais. E irrelevantes.

— Na verdade, não, nunca me canso — respondeu Callum. — Todo mundo tem segredos. E eles variam muito de pessoa para pessoa.

Reina sentia que ele a observava e se esforçou para ignorar.

— Sei que você acha que todo mundo têm uma história triste, mas eu não tenho.

— Verdade — disse Callum. — Você não é a Parisa. Ou o Tristan.

— Não sou vítima de ninguém — disse Reina, entediada.

— Eles também não são. Não nesse sentido. — Callum cruzou os braços. — Mas, se você parar para pensar no assunto, ninguém pede nada disso. A situação em que nascem. Nós só recebemos o que recebemos, e isso em si é uma tragédia. Todo mundo tem uma.

— Minha família não é minha tragédia — disse Reina.

Callum pressionou os lábios.

— Então você admite que tem uma.

Reina o fuzilou com o olhar, e ele sorriu.

— Está bem, desculpe. Vou te deixar em paz.

Provavelmente não iria. Não era da natureza dele.

— É fofo ver você tentando com todas as forças me odiar — prosseguiu Callum. — Eu deveria agradecê-la, acho.

Ah, pronto, mais essa. Era melhor ter recrutado Parisa.

(Reina confirmou que odiava especialidades não físicas.)

— Isso não torna você mais fraca, sabe — disse Callum. — Você tem o direito de ter qualidades humanas, o que inerentemente significa coisas bobas como tristeza, anseios e defeitos.

— Você odeia isso em outras pessoas.

Reina não tinha a intenção de respondê-lo, muito menos de endossar o que ele falava, mas considerou que valia a pena mencionar.

— Mentira — disse Callum. — Eu não odeio pessoas. Odeio coisas previsíveis. Odeio ansiedadezinhas chatas, como as de Rhodes. Pessoas que nunca vão além porque estão ocupadas demais se perguntando por que as pessoas não gostam delas, ou quem deveriam ser, ou por que não são amadas, ou...

— Mas não é exatamente isso que você está fazendo? — interrompeu Reina.

A tensão no rosto de Callum sugeria que as palavras de Reina o haviam incomodado.

Mas então algo chegou dos arquivos, e Callum na mesma hora se aproximou.

— Isto é... — Ele olhou com ganância para o livro, que, assim como aquele que vira Aiya Sato obter da biblioteca no ano anterior, não tinha título. — Abra.

Reina abriu e se deparou com:

ATLAS BLAKELY.

— Pronto — confirmou ela, passando o livro para Callum, que ou não conseguia esconder sua avidez ou nem se dera ao trabalho de tentar. — Podemos tentar minha ideia agora?

A resposta dele foi uma risada estrangulada.

— Sei que você acha que a minha magia não me custa nada — respondeu ele, irritado, já cravando sua atenção no dossiê que sentira ser tão fundamental para sua felicidade —, mas eu não planejo tentar duas vezes num mesmo dia. Esses arquivos não são o mesmo que uma pessoa.

Que cansativo, pensou Reina.

— Uau — murmurou Callum, esfregando o queixo ao analisar o livro. — Isto é ao mesmo tempo mais e menos interessante do que imaginei.

— Que ótimo para você — murmurou Reina. E, percebendo que eles não iriam adiante, desistiu, se virando para ir embora quando de repente se lembrou de algo. — Coloque de volta — disse ela, e Callum ergueu o olhar, tentando compreender o que ela havia dito. — Assim que terminar — explicou ela. — Coloque de volta.

Ele franziu a testa.

— Por quê?

— Porque ele sabe das coisas. E não quero que saiba disso.

Reina não estava com medo de Atlas Blakely, mas não estava disposta a provocá-lo.

Callum não conseguia entender. Ele conseguia entender as pessoas, ou a forma como as narrativas delas se formavam, mas subestimava as atitudes que tomavam, as coisas pelas quais tinham passado, as irracionalidades que estavam dispostas a perseguir. Não tinha entendido as emoções de Tristan. Nem as de Parisa. E claramente não entendia que um homem na posição de Atlas Blakely não chegara tão longe sendo alguém fácil de enganar.

— Só devolva — avisou Reina, e Callum deu de ombros, o que ela interpretou como um sim.

Então saiu da sala de leitura, sentindo a necessidade de golpear algo.

Naqueles dias, não era fácil encontrar Nico. Reina não sabia se ele a estava evitando por vontade própria ou se ela dera ao físico a impressão de que queria que ele se afastasse. A princípio, a naturalista duvidara da segunda opção, certa de que Nico era incapaz de entender sinais sutis, como respostas monossilábicas e antipatia generalizada, mas havia esquecido que Nico tinha mais inteligência emocional do que as pessoas (Callum) lhe davam crédito. Nico era muito agradável, sempre fora, e não havia nada mais agradável que uma pessoa que sabia quando retirar o time de campo.

Reina vagou pelo primeiro andar, conferindo a esmo os esconderijos costumeiros de Nico (a cozinha ou o buraco de minhoca que ele abrira ali) antes de ir para a área externa. O dia até que estava mais fresco, a ponto de até Nico talvez considerar vestir uma camisa.

Ela o encontrou ao lado das rosas moribundas, fazendo exatamente o que Reina queria fazer naquele momento: socar coisas. Nesse caso, um saco de pancada que ele mesmo conjurara.

— Ah, oi. — Nico limpou o suor dos olhos conforme Reina se aproximava e abriu um sorriso leve que a deixou furiosa. — Não esperava ver você hoje.

Claro que não, assim como parecia que Nico não podia se dar ao trabalho de ir até ela, sendo que Reina estava fazendo a mesmíssima coisa que ocupara os dois o ano anterior inteiro. Provavelmente aquilo era culpa sua, mas mesmo assim a machucava. Se Reina tinha sido tão chata com ele a ponto de afastá-lo, então por que Nico estava tão feliz em vê-la? Imperdoável.

— É — disse Reina, e o sorriso dele aumentou.

— Senti falta dessa sagacidade. — Ele gesticulou para que ela se aproximasse. — Tá a fim de treinar um pouco?

Reina tentou aparentar que não estava à procura dele, que simplesmente estivera vagando e o encontrara e então decidira que sim, claro, por que não, ela podia ceder alguns minutos da única vida dela para aquele hobby ridículo dele.

— Claro.

— Perfeito. — Nico fez o saco desaparecer e estendeu o punho para uma batidinha. — Estou ficando fora de forma.

— Duvido muito. — Reina replicou o movimento dele, iniciando o round. O físico parecia realmente feliz. Até mesmo aliviado. — Andou ocupado?

— Algo assim. — Nico começou com um soco não muito forte, e Reina, com sua calma de sempre, desviou. Ao longe, os cornisos entoaram em aprovação. — Já expliquei para você o que Tristan anda fazendo?

— Não muito.

Nada, na verdade.

— É, bem... — Ele desviou do gancho dela. — É uma longa história, mas basicamente nós estamos tentando fazê-lo manipular o quantum.

— Quantum? — repetiu Reina.

O que ela realmente queria dizer era: *Nós?*

— É. — Nico dançou ao redor dela, conduzindo-a no sentido horário antes de mudar sua posição com destreza para um chute. Brincando, tocou o dedo do pé na parte de trás do joelho dela, e mais uma vez Reina quis estrangulá-lo. Com carinho, o que era ainda pior. — Ele consegue ver através das coisas, certo? Consegue ver as pequenas partículas de magia quando a usamos. Mas ele não tem jeito.

— Ah.

Nada de novo sob o sol. Para Reina, Tristan nunca teve jeito.

— É. — Ela avançou com o joelho, e Nico bloqueou com leveza. Estavam duelando com uma fração da energia costumeira, fazendo movimentos tão delicados que mal se tocavam. — Enfim. Vi você com Callum.

Reina se perguntou se valia a pena se defender e decidiu que, é claro, não devia nada a ninguém.

— Pois é.

— Sinto que ele tem estado bem... — Nico pausou para lançar um combo de soco e gancho. — Bêbado.

— Ah. Pois é.

Reina revirou os olhos, e Nico riu.

— Você é a madrinha dele ou algo assim?

— Como assim?

Ela bloqueou o soco cruzado dele.

— Madrinha. Sabe, a pessoa que vai fazê-lo voltar a andar na linha, ou sei lá.

— Não. — Se ela estava fazendo algo remotamente parecido com isso, era acidental. — Ele também não tem jeito.

— Devíamos ter deixado os dois juntos. — Nico se afastou do gancho dela. — Acho que faz uma semana que não vejo Parisa.

Reina tinha um palpite sobre onde ela poderia estar.

— Você sabe que ela está dormindo com Dalton, não sabe?

— É o quê? — Nico fez uma pausa, quase sem conseguir bloquear o soco de Reina. — Caramba.

Ele suspirou, desamparado. Reina achou graça, embora não quisesse.

— Você não acha isso decepcionante de verdade, acha?

— Quero dizer, ele é tão...

Nico deixou as palavras morrerem no ar, fazendo uma expressão que em geral resumia a opinião de Reina sobre Dalton, antes mesmo de tê-lo influenciado. Aquele Dalton sem dúvida alguma não tinha qualquer senso de humor, qualquer ambição evidente. Era bonito, talvez. Tudo no rosto dele parecia estar no lugar certo. Mas, se Reina fosse alguém em busca da atenção de Parisa — categoria da qual Nico abertamente fazia parte —, tinha certeza de que as qualificações de Dalton não estavam à altura da tarefa.

— Descobri o que ele pesquisa — revelou Reina.

Ela não tivera a intenção de contar a Nico nada daquilo, mas havia algo no duelo que esvaziava sua mente (ou melhor, que a deixava extremamente focada e alheia ao entorno), um sentimento de relaxamento imprudente, a porta para seus pensamentos recentes deixada entreaberta.

— É mesmo? — Nico chutou com uma lentidão deliberada em direção à cabeça dela, rindo quando Reina o empurrou e tirou seu equilíbrio.

— É algo físico. Cosmologia, acho. — Nico deu um passo para trás, e Reina foi adiante, em seguida se agachando para desviar do soco dele. — Faz ideia do que é inflação cósmica?

— Hein? — Distraído, Nico não se abaixou a tempo, o que significava que ficou bem no meio do gancho de Reina. — *Merda...*

O físico se curvou, a mão cobrindo o rosto, e Reina recuou, em algum lugar entre extremamente orgulhosa de si e bastante arrependida.

— Você está bem?

— Aham, eu... — Quando Nico levantou a cabeça, seus olhos estavam marejados. Ele limpou o nariz, e sua mão ficou manchada de sangue. — Ah, não. Sério? — Ele tentou duas vezes antes que o sangue coagulasse. — Desculpa...

— Por que *você* está se desculpando? — indagou Reina, intrigada.

Nunca o vira levar tanto tempo para curar um ferimento. Não que fosse muito tempo para os padrões mortais, mas aquele era Nico de Varona, e ele era tudo menos mortal.

— Eu só... fui pego desprevenido, sei lá. — Nico gesticulou como se dissesse "deixa pra lá". — Você não sabe o que é inflação cósmica?

Bem. Lá se ia a empatia dela.

— Está meio óbvio que não.

— É tipo... — Ele tocou o nariz, que parecia inchado. — Uma reação espontânea. O universo expandindo num ritmo exponencial, essas coisas. — Nico praguejou baixinho, esfregando a bochecha. Estava vermelha, resultado do golpe de Reina. — As pessoas acham que foi o que aconteceu depois do Big Bang, que o universo se expandiu mais rápido que a velocidade da luz. E então tudo se originou do caos.

— Ah. — Reina se perguntou se isso não era só mais uma mitologia. Um sistema de crença para cientistas que decidiram que se não foi um deus (ou Deus) que criara o mundo, então foi algo igualmente inexplicável. — Espere. — Algo nas palavras de Nico estava saltando sem parar na mente dela. — Vida... espontânea?

— Bem... — A mão de Nico parou a meio caminho da boca. — Bem, sim, acho que sim. Eu ia dizer criação espontânea, mas, sim, acho que no fim das contas significa vida, não é?

— Mas eu consigo fazer isso. Criar vida. — De repente Reina se deu conta de uma coisa. — Pensei que você fosse achar o assunto mais interessante.

Afinal de contas, ela vinha esperando que ele avançasse nas experiências com criação de vida desde que ela o deixara usar sua magia.

— Bem... — Nico franziu o cenho. — *É* interessante para mim. Mas, já falei, não posso fazer nada com isso. Não sem... — Ele hesitou antes de mencionar o nome de Libby. — Só... nada muito diferente do que já fiz.

— Mas você nem tentou.

Reina se deu conta de que seus ânimos estavam se exaltando. Ela nem sequer pensava em si como tendo algo como ânimo, mas de vez em quando via pontos brilhantes de branco e determinava que eram raiva. Viu um deles naquele momento.

— Não achei que você queria que eu tentasse. — Nenhum dos dois estava duelando, embora ainda se encarassem, combativos. — Eu não te vejo direito há semanas.

— Então eu deveria ter ido atrás de você?

— Eu estive... — Nico esfregou a testa. — Ocupado. Cansado.

— Sério mesmo? — Reina estremeceu, irritada. — Nós moramos na mesma casa.

— Eu sei, mas...

— E desde quando você é tão fraco? — perguntou ela, indicando o nariz dele.

Nico engoliu em seco.

— Eu... Uau. Nem sei o que responder.

Ocorreu a ela que pudesse ter ocorrido um problema de tradução. (Ou não?)

— Eu quis dizer que você não costuma se machucar.

— É que... bem... eu não tenho sido muito eu mesmo. Não que você fosse saber disso, porque parece que você também... — Ele hesitou. — Deixa pra lá. Isso é... Vamos só... não.

— Não o quê?

— Nós não brigamos de verdade, sabe? Eu gosto disso. — Ele deu de ombros. — Deixa tudo mais fácil.

Sim, pensou Reina. Sim, é muito fácil me esquecer. Me ignorar. Porque tudo é tão fácil entre nós que é indiferente se estou aqui ou não.

— Eu quis dizer que não é como com a Rhodes — explicou Nico. — Sempre implicando comigo. Me irritando — disse ele, com um sorriso. — Você sabe como era.

Sim. Reina sabia como era. *Irritante*. Essa era a palavra escolhida por Nico para falar de Libby Rhodes e do tango cósmico bizarro deles? Claro, sim. Rhodes o *irritava* tanto. Tanto que na ausência dela Nico *não era ele mesmo*.

De repente, Reina não conseguia mais lembrar por que fora até Nico, sentindo-se estranhamente humilhada por ser a pessoa que sempre corria atrás.

— Acho que vou nessa — disparou ela. — Esse treino acabou demorando.

— Ah, certo.

Nico parecia genuinamente desolado, o que a deixou com um misto de arrependimento e irritação. Àquela altura, não dava para saber o quê.

— Eu não quis prender você — prosseguiu ele. — Mas, ei, se quiser conversar ou... Isso é idiota... — disse ele, mais para si mesmo.

E então Reina teve a súbita sensação de que entendia com perfeita clareza o que havia de errado com Nico de Varona.

Ele estava solitário.

Claro que estava. Nico estava acostumado a ser um antagonista que sempre dava um jeito de ser adorado. Libby Rhodes servira direitinho para ele, dando-lhe o exato tipo de atenção que o fazia se destacar, ser mais ele mesmo. Porém ela se fora, e Reina ainda estava ali, mas pelo jeito isso não importava. Porque para Nico ela era apenas alguém por quem ele poderia nutrir sentimentos neutros, alguém a quem atribuir a ambivalência mais pura e menos impactante, alguém que podia ir e vir como bem entendesse.

Reina sem querer teve um vislumbre do rosto convencido de Callum. Fragilidade humana, teria dito ele.

(O que significava muito pouco vindo de um empata sem amigos e constantemente bêbado.)

— Boa sorte com o Tristan — disse Reina, curta e grossa, e Nico abriu um sorriso desanimado.

— É. Digo o mesmo. Com o Nova.

— Não estou fazendo nada com ele — rebateu ela.

— Ah. Bem, é, eu só quis dizer...

Nico a encarou com um olhar de apreensão. Irritação, talvez? Ótimo. Era o que ganhava por não brigar. Não que ela quisesse brigar.

Mate ele!, cantou a grama alegre sob os pés de Reina. *Muuuuuuuutileeeee ele!*

Mãe vai fazer uma sopa com os ossos deleeeeee!

— Até qualquer hora — disse Reina.

— Beleza. Em breve, né?

— Aham.

Os dois estavam mentindo, então Reina mais uma vez fez um favor a Nico. Deu meia-volta e encerrou a conversa, indo em direção à casa sem dizer mais nada.

· PARISA ·

Parisa estava na sala pintada quando Atlas a encontrou. Era estranho estarem um à procura do outro — ou melhor, *ele* à procura dela, pela segunda vez. Parisa gentilmente permanecera no mesmo lugar, porque a casa lhe informara que o Guardião estava a caminho. Teoricamente ele também havia sido informado de que ela ouviria tudo que ele tivesse a dizer, só pela certeza do pensamento entrando em sua cabeça. Era tudo muito amigável e admirável da parte deles.

— Somos amigos agora? — perguntou Parisa, erguendo os olhos do livro que estava lendo quando o Guardião entrou na sala. — Ou talvez uma coisa mais colegas de quarto que veem a roupa suja um do outro — acrescentou, com um dar de ombros. — Porque, para ser sincera, só tenho a atenção necessária para a última opção.

Atlas havia voltado às suas camisas impecáveis, às vestes formais. Ele afastou uma cadeira da mesa, se sentando na diagonal, à esquerda dela.

— Eu de fato me consideraria muito privilegiado por ter qualquer conhecimento dos seus segredos, srta. Kamali.

Ele parecia muito confortável para alguém que estava ali para dar um sermão. Fora isso que Parisa presumira a princípio, mas concluiu que não era isso.

— Por favor — disse Atlas, com um olhar breve de reprimenda e cansaço. — Se você puder, considere ficar fora da minha cabeça durante esta conversa?

Parisa recolheu os tentáculos de sua magia, mas apenas o suficiente para ficar dentro do era considerado adequado.

Atlas arqueou a sobrancelha.

— Aparentemente eu trouxe uma faca para uma briga de armas de fogo — disse ele —, já que não tenho intenção de fazer nada além de fornecer detalhes logísticos.

— Ah, não se diminua tanto — consolou-o Parisa. — É mais como se você tivesse trazido uma faca para um torneio de brigas de facas.

— Gentileza sua.

Talvez ela estivesse imaginando coisas, mas algo na conduta de Atlas havia mudado desde a última vez que se falaram, meses atrás. O Guardião não estava exatamente tranquilo, mas era certo que alguma coisa estava prestes a acontecer. Uma distração se aproximava. Uma luz no fim do túnel. O que quer que ele houvesse planejado para Tristan devia ter sido colocado no forno para assar e logo estaria no ponto.

— Eu só queria informá-la de que, como membros iniciados da Sociedade — prosseguiu Atlas —, você e seus colegas serão convidados para o baile anual da Sociedade Alexandrina.

— Como é? — perguntou Parisa, embora dificilmente precisasse.

Não havia como negar que a Sociedade Alexandrina era antiquada de todas as formas possíveis, exceto pelos conteúdos progressistas de sua pesquisa. Era de se esperar que houvesse custos operacionais. Pessoas importantes. Buscas recreacionais. É claro que havia algum tipo de baile burguês.

— É claro que há um baile — concordou Atlas, compartilhando um dar de ombros conspiratório com Parisa. — A maioria dos Alexandrinos considera uma excelente forma de fazer contatos.

— Está bem. — Parisa franziu a testa. — E acontece aqui?

— Exatamente. Você deve lembrar que ano passado pedimos a vocês que saíssem da casa para realizarmos o evento.

— Mas desta vez não teremos que sair?

— Não. — Atlas tamborilou na mesa. — Vocês não são obrigados a participar, é óbvio, mas serão convidados.

— Está bem. — Parisa esperou por mais informações, mas, quando Atlas pareceu ter chegado ao fim dos anúncios oficiais, ela franziu o cenho. — Por que você está me contando isso? Porque sou mulher e, portanto, naturalmente adepta ao planejamento de eventos?

— Não preciso da sua ajuda para dar uma festa, srta. Kamali — retrucou Atlas, com um ar de impaciência. — Estou apenas a informando porque sei que você vai interferir, e prefiro que o faça nesta casa, onde posso ver.

— Falando em ver coisas... — disse Parisa, mudando de assunto para não levantar (ou arruinar) a hipótese de que era uma adolescente desobediente que fazia motins apenas pelo prazer de se rebelar. — Aumentar sua vigilância é um pouco exagerado, não acha?

— Vigilância? — rebateu Atlas.

Parisa não soube dizer se a expressão dele de espanto era real ou não. *Você está observando Dalton*, explicou.

— Ah — disse ele. — Observando, não. Ficando de olho, sim. Por uma boa razão. Dado que recentemente a srta. Mori e o sr. Nova escolheram tornar o sr. Ellery o objeto de estudo de um experimento muito invasivo.

— Jura? — indagou Parisa, com ar de inocência.

A expressão de Atlas permaneceu cuidadosamente inalterada.

— A não ser que esteja muito enganado — disse ele —, eu não pensaria que tal coisa passaria despercebida por você.

Então ali estava o sermão. Uma coisa era Parisa interferir com Dalton — depois de um ano de esforços, Atlas parecia ter corretamente concluído que nenhuma tentativa de alertá-la para ficar longe de Dalton ia funcionar —, mas agora Atlas acreditava que ela *também* deveria ser responsável por garantir que mais ninguém o fizesse.

— Poxa, será que deixei seu brinquedinho favorito de lado? — perguntou Parisa. — Que maldade.

— Não estou culpando você. A pesquisa do sr. Ellery não é nenhum segredo — respondeu Atlas, indiferente. — E cabe a ele proteger a própria autonomia.

— Que interessante você dizer isso — zombou Parisa.

Como se você não tivesse me arrancado da cabeça dele várias vezes.

Então você admite, observou Atlas, tornando a tamborilar os dedos, *que, para começo de conversa, é você quem tem interferido com ele?*

— Muito engraçado.

Não estou interferindo.

Ainda, adicionou ela.

— Devo admitir, pensei que a senhorita fosse estar um pouco mais preocupada — disse Atlas.

— Com o quê? Dalton?

— Como o sr. Nova. — A expressão no rosto do Guardião era o mais próximo que ele já tinha dado de um sorrisinho. — Da última vez que conferi, vocês dois não estavam nos melhores termos.

— Ah, você está se referindo ao fato de que ele me matou num plano astral? Águas passadas — disse Parisa, dispensando a ideia com um gesto da mão.

E, de qualquer forma, acrescentou, *ele tem um dossiê sobre você.*

Ela sentiu uma espécie de prazer ao sentir a presença do dossiê na cabeça de Callum. O empata não andava muito cuidadoso naqueles dias — se é que algum dia ele tenha sido —, mas estava particularmente descuidado com relação ao seu entusiasmo com as informações que obtivera recentemente sobre Blakely.

Não há nada interessante a meu respeito, disse Atlas, com um dar de ombros. *Não sou muito interessante.*

Você tem um problema de um metro e oitenta que sugere o contrário, respondeu Parisa.

O Guardião a observou com um olhar que não exatamente transmitia desprezo. (Mas também não ficava longe disso.)

— A questão é que esse evento é um risco de segurança anual — retomou Atlas.

Parisa levou um momento para lembrar que ele se referia ao tal Baile Alexandrino.

— Risco de segurança? Por quê?

Com certeza você sabe como controlar a algazarra com discrição.

Atlas sorriu de leve.

— Porque o Fórum foi convidado.

Uma informação genuinamente inesperada.

— Como assim? — perguntou Parisa, o que queria dizer: *Respeito a velha máxima de manter seus inimigos por perto, mas neste caso...?*

— Como falei... — Atlas deu de ombros. — Prefiro que o subterfúgio aconteça dentro da casa, onde posso ver.

Algo na forma como ele expressou o sentimento — o domínio que parecia ter do risco — a surpreendeu um pouco.

— Essa ideia foi... *sua*? — questionou Parisa, intrigada.

Um assentir de cabeça.

— Foi, sim. Uma das minhas implementações ao longo dos anos como Guardião.

— Anos — repetiu Parisa. — Não muitos, espero.

— Uma quantidade suficiente — respondeu ele, se pondo de pé. — De qualquer forma, espero que, enquanto está aqui, lembre que é uma Alexandrina iniciada e aja de acordo.

Atlas se virou para ir embora, assentindo para Parisa em aparente adeus, mas ela se levantou de repente e o seguiu.

— Foram eles? — perguntou. — Que levaram Rhodes. Foi o Fórum?

Era como se Atlas tivesse torcido para que ela perguntasse isso.

— Acho que não. Mas não tenho como ter certeza de que eles não estão trabalhando com a pessoa que a levou.

— Então é melhor nos escondermos. — Atlas franziu a testa, sem entender, e Parisa explicou: — Ou pelo menos alguns de nós. Para que eles não saibam dizer se um membro foi morto. Ou qual.

— Hum. Interessante. — Atlas se virou para ela, interessado na sugestão. — O que você reuniu a respeito do Fórum? Já que presumo que tentou — acrescentou, num tom não muito elogioso. (Mas que também não era de repreensão.)

— O que reuni é que o *sr. Ellery* — respondeu Parisa, com uma ênfase sarcástica — não considera o Fórum uma ameaça válida.

— Ah, bem. — Um dar de ombros. — Nisso ele está errado. Fisicamente eles podem não ser uma ameaça — explicou Atlas —, mas, ideologicamente, são um lembrete de que toda moeda tem dois lados.

— E isso é perigoso? — indagou Parisa, embora já soubesse a resposta.

Porque é claro que não havia nada mais difícil do que descartar um pensamento que fora plantado com cuidado. Certamente não havia nada mais persuasivo que ver os dois lados ao mesmo tempo.

— Srta. Kamali, devo admitir que nem sempre apreciei sua insistência em se comportar da forma como se comporta — disse Atlas, completando: *E talvez, às vezes, eu não tenha me importado muito com você no geral.*

Querido, isso para mim é um elogio, respondeu Parisa.

— Mas eu também sei que você é pragmática ao extremo — prosseguiu Atlas. — Não costumo me preocupar com você dando voz às suas piores desconfianças. E, além disso, tenho certeza de que você entende que um pouco de hospitalidade pode ser de grande ajuda.

Ah, ali estava: era um *détente,* um cessar-fogo temporário de todos os lados, incluindo o deles. Parisa soubera que uma estratégia se escondia em algum lugar sob toda aquela docilidade.

— Você está me pedindo para ir ao baile para que eu possa ser seus olhos e ouvidos?

Pelo jeito, você teme que os outros sejam persuadidos. Está preocupado com Nico?

Eu me preocupo cada vez mais com o sr. de Varona, respondeu Atlas.

Justo, dado o estado dele. Ninguém que estivesse prestando atenção seria capaz de ignorar o que estava acontecendo.

Mas não nesse sentido, acrescentou o Guardião.

Parisa pensou no assunto. Tristan não confiava em nada nem em ninguém, muito menos apelava para táticas institucionais, o que deixava duas possibilidades.

Bem, apenas uma. Uma unidade. *Callum e Reina, então.*

Atlas deu de ombros de novo.

— Você o *despreza* da cabeça aos pés, né? — Parisa não conseguiu deixar de sorrir. — Está se alinhando comigo porque acha que, entre nós dois, sou o menor dos males.

— Isso, ou considero você uma aposta mais segura.

Ele a estava provocando outra vez. Um verdadeiro deleite. Em resposta, Parisa deu seu sorriso mais afetado.

— Estarei lá — prometeu.

Em troca, fique fora da cabeça de Dalton.

Srta. Kamali. A expressão de Atlas era sombria. *Eu garanto: não sou o antagonista que você está buscando.*

Parisa buscou no rosto do Guardião qualquer traço de falsidade, e então entrou o mais discretamente possível nos pensamentos dele.

Atlas a convidou a entrar. *Não sou eu, srta. Kamali.* O tom do pensamento era relutante, talvez amargo. De certa forma era uma ironia cósmica, o girar de uma faca, que ele negasse algo que sob outras circunstâncias seria verdade. *Eu prometo*, acrescentou. *Estou igualmente curioso para descobrir quem pode estar observando os pensamentos do sr. Ellery. Será que alguém além de você tem motivos para achá-lo valioso?*

Atlas inclinou a cabeça e então se virou abruptamente, partindo pela porta da sala pintada.

Parisa o observou se afastar, contemplativa.

Então Callum entrou. Parisa bufou, irritada pela presença do empata, que sabia muito bem que ela estava ali para ficar sozinha.

— Você se importa? — perguntou Parisa, indicando o livro então esquecido enquanto Callum, que obviamente escolhera se abster de usar uma calça (ela não o tomaria como o tipo de homem que usava cuecas boxers), procurou uma garrafa que devia ter escondido atrás de uma coleção de livros antigos de citações.

— Eu, me importar? Nunca. — Ele a brindou por sobre o ombro com um decantador de cristal. — Fique tranquila.

— Você tem um problema — observou Parisa, arqueando a sobrancelha.

— Besteira. Eu tenho um hobby — retrucou Callum. — São os outros que têm um problema.

Antes que ela pudesse responder, outros passos atravessaram a porta da sala pintada.

— Alguém viu... Ah — disse Tristan, parando quando viu Callum e então Parisa. — São vocês dois.

— "Nós dois" coisa nenhuma — disse Parisa, com repulsa. Callum, que estava com o nariz enfiado num copo de martíni, deu um joinha para ela. — O que você está procurando? — perguntou ela, de repente curiosa.

— Ninguém. Só... Ninguém. — Tristan fez sua típica cara feia. — Vamos mesmo ficar nos evitando pelo resto do ano, então?

— Por que não? Estamos lidando com isso tão lindamente — disse Callum, caindo no assento ao lado de Parisa e pegando o livro dela. — Jung, sério? — Ele fingiu uma ânsia de vômito. — Isso é tão ridiculamente europeu.

— Ninguém está evitando ninguém — resmungou Parisa, que decididamente *estava* evitando Callum, e Reina, e, com menos pragmatismo, também Nico, mas só porque nas últimas semanas ele parecia estar regredindo, e com pesar ela suspeitava que poderia começar de fato a se importar se passasse a prestar atenção. Mas não estava evitando Tristan. Tinha muitas perguntas a fazer para ele. — Você só tem estado misteriosamente ausente.

(E, se as observações dela estivessem corretas, ele estivera experimentando várias vezes por dia sustos vigorosos. Mas, se Tristan não ia mencionar isso, Parisa com certeza também não o faria.)

— Sabe, as coisas são muito mais tranquilas sem vocês dois tentando me manipular — observou Tristan, mal conseguindo conter uma careta. — Eu durmo como um bebê.

— Categoricamente falso — comentou Callum para o fundo da garrafa.

— Ele tem razão — concordou Parisa, gesticulando para Callum. Então, porque não conseguia se controlar, acrescentou: — E só porque *nós* não estamos manipulando você, não significa que *ninguém* está, certo?

— Xeque-mate — disse Callum.

— Ah, me deixem em paz — rosnou Tristan, se virando para sair e batendo o ombro na soleira da porta. — Merda — disse, antes de desaparecer.

Na ausência de Tristan, Parisa esperou para ver qual seria a reação de Callum. Beber mais? Menos?

— Ele está bonito — disse ela, para ver no que ia dar.

Era verdade. Tristan era um homem muito atraente e estivera envelhecendo num ritmo bastante razoável nos últimos tempos. Agora, dificilmente havia qualquer decadência a ser vista.

— Essa nunca foi a questão — murmurou Callum, apoiando os pés descalços na mesa, ao lado dela.

Parisa os empurrou, incomodada.

— Não mesmo?

Àquela altura, Callum estava entretido com Jung, ou pelo menos estava lendo Jung dentro de sua cabeça, bem alto.

— Claro, claro. Não preciso da sua confirmação para definir o que as coisas são. — Parisa se virou para ir embora, mas então voltou rapidamente. — A propósito, o que você descobriu sobre Atlas?

— Você não poderia entrar e descobrir? — disse Callum, gesticulando para a testa sem tirar os olhos do copo.

— Eu até poderia. — E provavelmente faria isso mais tarde. Por ora, precisava conservar energia e, além disso, com certeza Callum não esqueceria isso tão cedo. — Deixa pra lá.

— Tá — disse Callum, desinteressado.

Algum dia teria que consertar aquele probleminha dele, pensou Parisa.

Ou não. Afinal, não era a mãe dele. E, claro, Callum a matara uma vez. Parisa teria exterminado o empata com gosto, então não deveria se importar se Callum escolhesse morrer de cirrose. Mas talvez ela estivesse tão irritada com o atual estado das coisas porque os dois tinham um acordo de destruição mútua, então não tinha a menor graça existir sem um rival.

O que Parisa deveria fazer, se concentrar em *Reina*?

Ela seguiu na direção da sala de leitura, inquieta. Todos estavam sendo extremamente inúteis ao agirem de forma louca e imprevisivelmente imprevisível. Atlas estava fornecendo informações, Callum estava bêbado, tudo estava de cabeça para baixo. Era isso ou Parisa passara tempo demais naquela casa e não fazia mais ideia de como uma pessoa normal se comportava. Gostava bastante da ideia de ter sangue novo, novos inimigos.

O Fórum, por exemplo. Não que eles necessariamente fossem *inimigos*, embora, caso fossem, seria uma boa mudança de ritmo. No fim das contas, duvidava que eram tão diferentes assim da Sociedade. As pessoas sempre queriam poder — essa era uma constante da humanidade, uma regra mais verdadeira do que qualquer lei da física. Se não recebessem poder, elas o tomavam. E, por mais elevadas e éticas fossem suas crenças, as pessoas, historicamente, não escolhiam dá-lo.

Mas naquele dia também havia alguém que merecia sua atenção.

Parisa entrou na sala de leitura e encontrou Dalton debruçado sobre suas anotações, como sempre. Ele ergueu os olhos, assustado, quando ela se aproximou.

— Srta. Kamali — cumprimentou ele em tom de agradável surpresa quando Parisa segurou seu rosto, afagando suas bochechas com os polegares. — Você, sendo carinhosa? Perfeito e alarmante.

Dalton sorria num deleite silencioso, tomado por ondas delicadas de satisfação. Parisa roçou os lábios pela bochecha dele, dando um beijinho leve. Então passou para os olhos, o nariz. Para a ruguinha cansada entre as sobrancelhas. Pairou sobre a boca, deixando-o inclinar o queixo, afoito, sem fôlego.

Parisa poderia fazer aquilo com sutileza, claro.

Ou.

Ou.

Poderia apenas fazer.

— Prepare-se — sussurrou, encontrando a dobradiça dos pensamentos dele e a forçando a se abrir.

Então fechou os olhos e mergulhou.

· INTERLÚDIO ·

O castelo tinha certo toque excêntrico, pensou Gideon, semicerrando os olhos na direção dos parapeitos. Parecia algo saído de um conto de fadas, o que ele não apreciava, embora provavelmente Nico fosse achar aquilo engraçado. Não, Gideon não deveria estar pensando em Nico naquele momento, porque estar ali já era desafiador o suficiente sem que fosse inundado por todas as outras coisas que surgem ao pensar em Nico. Arrependimento, para ser mais específico. Mas Gideon era — também para seu arrependimento — um homem de palavra, por mais idiota que isso acabasse sendo, e assim havia prometido à mãe que lhe faria um favor. Só um.

Ao seu lado, Max choramingou.

(Tudo parecera tão inocente na época.)

— Você não pode fazer essa coisa ficar calada? — perguntou Eilif, que não tinha sido convidada.

Ou pelo menos era isso que Gideon diria a Nico mais tarde quando inevitavelmente o físico perguntasse por que a mãe dele tinha ido junto. (Contando que Gideon não seria morto dentro daquele parquinho esquisito e assombrado da consciência de outra pessoa. Definitivamente era uma questão em aberto.)

— Max faz o que quer. E seja gentil com os meus amigos — alertou Gideon, antes de acrescentar, com indiferença: — Mãe.

— Não entendo por que você o trouxe — murmurou Eilif, que tinha uma desconfiança geral direcionada a mamíferos. Ela não ligava para sangue quente. — Eu já falei para você: isso vai ser bem mais simples se fizermos sozinhos.

— *Nós* não vamos fazer nada — alfinetou Gideon. — E não tem sido nada simples.

Ele havia esperado proteções telepáticas, mas aquilo apresentara quase o nível de dificuldade de entrar na Sociedade. Havia um labirinto ao redor do castelo, cheio de espinheiros e árvores ciprestes mutáveis, e a ocasional intrusão de algum tipo de criatura do sonho que só podia ter nascido num pesadelo. Se Gideon já não estivesse acostumado com as coisas que ficavam à espreita nos reinos dos sonhos, não teria chegado ileso tão longe.

— Você me disse que seria fácil.

Culpa dele por acreditar na mãe, supôs Gideon. Não sabia exatamente quanto tempo estivera perdido ali, mas tinha certeza de que fazia semanas, se não meses. Aquilo não era um sonho. Não era qualquer camada de subconsciente. Gideon tinha ideia disso quando aceitou a tarefa, mas não entendia de fato o que encontraria pela frente. Quem criou o castelo havia deixado para trás algo que era uma espécie de adesivo mata-moscas para Gideon, que não conseguia se libertar. Gideon estivera sem sucesso tentando sair do labirinto, então a única opção restante — exceto conseguir invadir o castelo, o que a cada dia parecia menos provável — seria forçar um retorno à forma corpórea e se acordar, o que ele não poderia fazer, porque a mãe o seguiria e então ele estaria nas mãos dela em mais outra dimensão.

De novo.

Ele suspirou, mais uma vez se odiando. Por que estava fazendo aquilo? Para provar algum ponto infantil para Nico? Ele *estivera* entediado, mas o que o levara àquilo? Por pouco não encontrara Libby, e agora, porque havia acreditado — *com uma estupidez profunda* — que a mãe poderia de alguma forma acelerar as coisas, estava preso a uma tarefa que deveria levar no máximo alguns minutos.

— *É* fácil — insistiu Eilif, brilhando num azul-prateado por conta da luz refratora das pedras iluminadas do castelo. — Eu disse para você, o Príncipe apenas me envia suas mensagens, e então eu...

— Não é isso que estamos fazendo aqui — interrompeu Gideon, protegendo os olhos para conseguir observar o castelo. Tinha estilo gótico, de torres finas e linhas afiadas. — Estamos além das mensagens a essa altura, mãe. Claramente temos que ser convidados a entrar. O propósito disso tudo não era libertá-lo?

— Claro que esse é o propósito — respondeu Eilif, num tom que indicava que estava mentindo.

Era algo difícil de se afirmar, no entanto, já que Gideon não sabia que tom ela usava quando estava dizendo a verdade. Era um evento tão raro que ele começava a confundi-lo com o som de outra coisa, como coros de anjos ou um toque divino da paz mundial.

— Talvez fosse melhor você ir embora — sugeriu Gideon pela centésima vez — para tentar contatar o Príncipe de alguma outra forma, dizendo a ele que, sabe, estamos na sua porta, e se ele não se incomodaria de *abri-la*...

— Besteira, estou bem aqui. Exceto por essa coisa horrível — disse Eilif, olhando de esguelha.

— O nome dele é Max, e ele não é uma coisa — corrigiu Gideon, e Max emitiu um grunhido baixo de irritação. — E...

Uma súbita luz no castelo. Como o cair de um relâmpago.

— Você viu aquilo? — perguntou Gideon, franzindo a testa.

Em resposta, Max latiu.

— Ah, que ótimo! — exclamou Eilif. — Visitantes.

Ela não parecia preocupada, o que era duas vezes mais preocupante para Gideon.

— Visitantes? — repetiu ele. — Você quer dizer... além de nós? Mas...

Abaixo dele, o chão tremeu, fazendo Max tombar na parte de trás dos joelhos de Gideon e derrubar os dois no solo duro e pedregoso. Por um momento, Gideon quase esqueceu que estava no plano astral — parecia e cheirava como terra, fresca e encharcada após a chuva, uma lembrança distante de chuva. Fosse lá o que havia imitado isso, conhecia a umidade de forma íntima, sem falhas. O criador daquela pequena prisão mental era, sem dúvida alguma, de algum lugar úmido.

— Bem — disse Eilif, protegendo os olhos do céu que rapidamente escurecia. — Me avise quando resolver tudo, hein?

Não, pensou Gideon, em pânico. Não, ela poderia ser uma ameaça, mas, se fosse embora, seria uma criatura a menos, o que também era uma fonte de emissão de magia a menos num reino que ele podia apenas interpretar, não controlar. Se essa tempestade fosse algo sério, ou, mais provavelmente, alguém que havia notado a presença dele e viera caçá-lo...

— Mãe, por favor, não... *Eilif!* — gritou Gideon, mas ela se fora.

Previsível. Bem, pelo menos isso significava que *ele* também podia ir embora, se apenas...

Gideon ouviu um latido alto, seguido por um choramingo. O estrondo dos relâmpagos acima era cegante, o chão abaixo deles ondulando sem parar. A súbita mudança tectônica deixou Gideon atordoado e cambaleando à frente, caindo com força sobre as mãos e os joelhos antes de se pôr de pé com dificuldade em meio às ondas oscilantes de terra.

Quem é você?

A voz soou na cabeça de Gideon, se embrenhando mais fundo quanto mais se aproximava. A pressão queimou por trás de sua cavidade nasal, de suas têmporas. Levou um momento para a mente dele clarear e, quando enfim foi capaz de erguer o rosto, seus olhos estavam turvos, lacrimejantes, e sua testa suava.

Sim. Fosse lá quem criara a prisão com certeza conhecia a chuva.

— Estou aqui pelo Príncipe — informou Gideon, entredentes, se encolhendo por conta do latejar de algo dentro de sua cabeça.

Era como uma enxaqueca, se dor de cabeça pudesse atingir o ponto de ebulição. Sua cabeça era lava. Ele se deu conta de que não sabia onde Max estava, que não podia sentir dor duradoura nos reinos dos sonhos a não ser que sua forma corpórea sofresse um ataque cardíaco, que se ele morresse seria sem dizer adeus, o que em geral era inaceitável. Gideon se empertigou, desafiador, e então se encolheu, atingido por um golpe vindo de algum lugar que não conseguia enxergar.

Quem enviou você?

— O Príncipe! — gritou ele em resposta. O som estava fazendo uma coisa intrigante, engolindo a si mesmo. — O Príncipe me mandou, sou só...

A pressão estalava como um chicote. Quem poderia estar fazendo aquilo? Apenas um telepata, provavelmente o mesmo telepata que colocara o Príncipe ali, que o prendera naquele plano astral, o que significava que Gideon estava lutando pela própria vida — não, não por sua vida; pior, sua consciência, sua lucidez — contra alguém cuja magia excedia, e muito, a dele.

Ele tentou erguer o olhar outra vez, para ver com quem lutava. Não que importasse. Esse era o problema de Gideon, cujo principal talento era a habilidade de sobreviver. Pelo que ele sabia, só havia uma ou duas maneiras de matá-lo com qualquer permanência. Poderiam machucá-lo o suficiente ali para causar um aneurisma no mundo desperto. Ou poderiam traumatizá-lo de forma severa para deprimir seu sistema nervoso, o que imitaria os sintomas de uma overdose — respiração ofegante, batimentos fracos e, por fim, convulsões ou um coma. De qualquer forma, matá-lo era difícil. Mas a dor, não. E se alguém conseguiria matá-lo, sem dúvida seria aquele telepata em particular.

Quem é o príncipe?

— Ele está na torre! Está... — A mão de Gideon, arranhando a terra para colocá-lo de pé, encontrou um emaranhado de espinhos. O fato de a dor só existir na mente era um toque bastante sinistro. Que ele não pudesse existir ali fisicamente e mesmo assim sentia a pele rasgada era prova de certo senso de humor cósmico. — Diga a ele, diga que fui enviado aqui...

Por quem? Pelo Fórum?

Eles não estavam chegando a lugar algum. Então Gideon, que não conseguiria aguentar muito mais, concentrou-se no interior. A dor não é real, se lembrou. É uma sensação. É uma ilusão. Não precisa existir. Este é um sonho do qual você não pode acordar, é verdade. Mas não existem leis da física aqui, nenhuma regra. Você não precisa existir da forma como foi feito.

Você não tem que morrer assim.

Gideon se forçou a se levantar, tropeçando pelo estrépito punitivo do caos em sua mente, e pensou em algo, qualquer coisa exceto na queimação em seus músculos, na dor em sua cabeça. Torta. Sim, torta. Quando se tratava de sobremesas, ela era bastante desvalorizada. O que era melhor que morder uma massa amanteigada? Nada. Ele gostava de domingos. Não tinha pavor de segundas-feiras. Não tinha pavor, pois pavor era para pessoas que queriam sofrer duas vezes, três vezes. A maioria das pessoas suporia que Gideon era um pessimista porque, olá, veja que óbvio (tudo era uma grande merda), mas na verdade ele não era, porque *gostava* de estar vivo. Amava estar desperto. Sentia *falta* de estar desperto. Sentia falta de panquecas. Sentia falta de café ruim e barato. Sentia falta de Nico acordando-o cedo, cedo demais, antes que o sol sequer tivesse nascido. Sentia falta dos piores hábitos de Nico, da forma como Nico nunca dissera uma sentença que Gideon não quisesse interromper. Sentia falta da sensação de olhar para Max e Nico e perceber que eles haviam reservado um espaço em suas vidas especialmente para ele, que lhe deram um lugar a que pertencer. Sentia falta dos lugares que não eram chuvosos, mas também sentia falta da chuva. Chuva *de verdade*. Sentia falta de perder o ônibus *porque* chovia. Sentia saudade do cheiro horrível e empapado do metrô. Sentia falta de sua primeira bicicleta, que obviamente tinha sido roubada, e da segunda, que também tinha sido roubada. Sentia falta de caminhar com Nico por causa da bicicleta roubada. Sentia falta de falar com Nico. Sentia falta de sofrer assim, mas inteiramente por escolha própria, por causa de Nico, porque Nico estava do outro lado. Ele sentia falta de Nico. Ele sentia falta de Nico. Ele sentia...

Pronto. Estava se desfazendo agora, a dor. Gideon conseguia enxergar outra vez, conseguia sentir algo além de angústia. Ele olhou para as mãos e pensou: bolas de fogo, e então *boom*, uma bola de fogo. Magia! Magia do sonho! Não fazia sentido nem precisava fazer. Não havia ciência ali, apenas energia. Ele arremessou uma bola de fogo às cegas e alguém se abaixou, sumindo de vista.

Teve o vislumbre de uma armadura preta estilizada seguido pelo chicotear de um longo cabelo escuro, como uma Joana D'Arc vingativa. Está bem, então a telepata era uma mulher. Esse não seria o primeiro palpite dele, mas Gideon supôs que a voz em sua cabeça era feminina. Ele queria atear fogo nela? Não de verdade. Queria executar um trabalho, que era invadir o castelo. Retirar o Príncipe da torre.

E sair dali, ver Nico outra vez.

Gideon abriu caminho pelo espinheiro, partindo os espinhos como o mar. Por que não fizera aquilo antes? Era mais fácil agora, como se uma nuvem fosse retirada da frente de seus olhos. Ele estava cego, mas agora enxergava. Era tão simples, sério, a coisa mais simples possível. De canto de olho, teve o vislumbre da armadura preta pairando por ali e pensou, mãos de tornado, e lá estava, uma rajada de vento. A telepata, fosse quem fosse, o estava seguindo pela torre. Balas voavam do céu, luz estelar violenta. Gotas de orvalho inflamáveis. Linda sonhadora, acorde para mim!

Gideon deslizou pelo caminho de pedra do lado de fora do castelo, a armadura da telepata brilhando a apenas meio passo atrás dele enquanto Gideon deslizava pelas pedrinhas e vislumbrava uma forma de subir. Está bem, videiras. Videiras escaláveis. Elas se derramavam da janela da torre, e Gideon pulou, se lançando mais alto para alcançá-las. Não há gravidade aqui, Nicolás!

Um machado voou pelo ar, cortando a hera criada por Gideon. Ele se inclinou para trás e mergulhou, transformando a pedra do castelo em água, em marshmallow fofinho. Sim, ali, aquele era seu domínio, porque estavam num sonho e Gideon era o sonhador. Ele era um otimista, um príncipe idiota. Viu a possibilidade de ruína e disse *hoje não!*, se livrando dos caprichos do destino enquanto mergulhava de volta ao inferno.

A telepata não estava preparada para a situação. Era poderosa e rápida, mas o que exatamente alguém devia fazer com marshmallow fofinho? Era, afinal de contas, muito pegajoso. Gideon se lançou na torre outra vez, se agarrando na lateral de pedra como um daqueles sapos de gelatina. A telepata desfez a torre pedra por pedra, removendo-as do caminho de Gideon enquanto ele escalava, mas ele as substituiu por tijolos de brinquedo, com vigas enormes, com balas de goma em tons pastel. Se Nico estivesse ali, jamais deixaria Gideon viver aquela doideira.

Estava quase no topo da torre quando sentiu a telepata se aproximando, agarrando seu tornozelo, segurando o Aquiles da coisa toda. Ele a chutou para se livrar, uma, duas vezes, mas ela era mais forte do que parecia, e pelo jeito nada daquela magia havia lhe custado muito. Ela lhe era familiar de alguma forma, como uma dor forte pela qual já tivesse passado. Algo nela parecia distantemente reconhecível, como *déjà-vu*, ou como alguém que Gideon conhecera num sonho. Ele sentiu os dedos dela se fecharem ao redor de sua panturrilha, o corpo dela o jogando pela janela da torre, e pensou: interessante. Tenho certeza de que já estivemos aqui antes.

Ela era mesmo muito forte, ou pelo menos a versão dela que tomou controle naquele plano astral. A telepata fez Gideon ficar de costas no chão, dominando-o com facilidade, e tomado pela brutalidade e pelo delírio da dor, Gideon riu. Era isso? Era assim que a história terminava, com uma lição por ter pedido a ajuda da mãe?

Ela tinha algo na mão. O cabo de uma espada. Claro. A telepata ia matá-lo — e sabia exatamente como fazê-lo, Gideon sabia que os instintos dela de violência eram draconianos ao extremo —, então agora a pesquisa de Nico era inútil. Presumindo que Nico tivesse alguma. Presumindo que já não tivesse esquecido que um dia Gideon esteve vivo. *Gideon, você é meu problema, você é meu.* Era fácil para Nico dizer isso. Fácil demais. Nico podia se afeiçoar a uma rajada de vento, mas não a Gideon, que tendia à devoção. Pelo lado positivo, se Gideon morresse, Nico ficaria bem. Nico de Varona não ficava parado por muito tempo.

— Gideon? — disse a telepata, bem quando Gideon estava se preparando mentalmente para o fim, finalmente.

Ele estava aliviado por isso, talvez. Está bem, então não ia conseguir dizer adeus para Nico, mas tudo bem. Pelo menos, se ele não existisse, Nico não teria motivo para correr por aí fazendo coisas perigosas — disse o andarilho dos sonhos que no momento estava ocupado sendo ameaçado, e para quê? *Diversão?*

Deus, ele era mesmo um idiota.

— Você é o Gideon — constatou a telepata, soltando-o e se afastando, e nossa, ela era absolutamente linda.

Era parte do sonho? Era a Morte? Gideon sempre se perguntara qual seria a aparência da Morte se ela existisse, e agora estava claro que ela seria, bem, *da-*

quela forma. O tipo de coisa da qual você se aproxima mesmo que não queira morrer nem um pouquinho. Era um anjo lindo e vingativo; uma libertação doce e terrível.

De canto de olho, no entanto, Gideon viu outra pessoa. Um garoto. Um homem. Alguém que parecia o tipo de pessoa cujo nariz Nico gostaria de quebrar. Espere aí, o Príncipe! Era isso! E a Morte, que estava ali atrás de Gideon, se distraiu. Que sorte! Era o que ganhava por não ser realista, pensou. Ha-ha--ha, Nicolás! Eu falei que um dia ia valer a pena!

Com as últimas reservas de energia e com os resíduos ensopados de sua sanidade, Gideon disparou para o tornozelo do homem, do Príncipe, e o jogou sobre o próprio ombro. O Príncipe era mais alto, mas, que pena, pois Gideon era um otimista! Ele podia fazer o impossível porque acreditaaaaaaaaava! Atrás dele, a telepata estava praguejando; ela libertara a espada da bainha e agora os perseguia, mas Gideon era mais rápido, incrivelmente rápido. Ele pegou o Príncipe e mergulhou para fora da janela da torre, o chão se aproximando rápido para encontrá-los, mais rápido e mais rápido e mais rápido e…

Gideon acordou com um arfar, suando. Os pulmões estirados pelo esforço. O chão abaixo dele estava seco.

— Merda — disse Max, nu como sempre, olhando para Gideon de onde estava, agachado ao seu lado no chão da sala. — Você não respira há um tempo. Pensei que estivesse morto.

— O Príncipe. — Gideon se sentou tão rápido que a cabeça girou. — Eu o tirei de lá? Acabou?

— Você está acordado. — Max concluiu que Gideon ainda estava sonhando. — Gideon, você está acordado. Está no nosso apartamento.

O apartamento deles. Certo. Os irmãos Mukherjee gritavam lá embaixo. O chihuahua latia, alguém xingava lá fora. Casa. Estava em casa. Quase podia sentir o gosto do *ropa vieja*, a forma como derretia tão delicadamente em sua língua.

— Cadê o Nico?

Max franziu a testa, hesitante, e Gideon piscou.

— Espera. Não. Foi mal.

Certo. Ele estava em casa. Nico, não.

Além disso, Gideon babava. Opa. Ele limpou o queixo.

— Deu certo?

Max fez uma careta simpática.

— Não faço ideia.

— Ah. Então tá.

Se ele tinha finalizado o trabalho, tudo ficaria bem. Eilif teria sua parte no acordo, o que significava que ele não teria mais obrigações com ela. Se *não tivesse* conseguido...

Gideon soltou o ar devagar, e então fechou os olhos.

— Estou exausto.

Max abriu seu sorriso lânguido de sempre.

— Beleza — disse ele, se deitando ao lado de Gideon. — Tô a fim de tirar uma soneca também.

VI

EGO

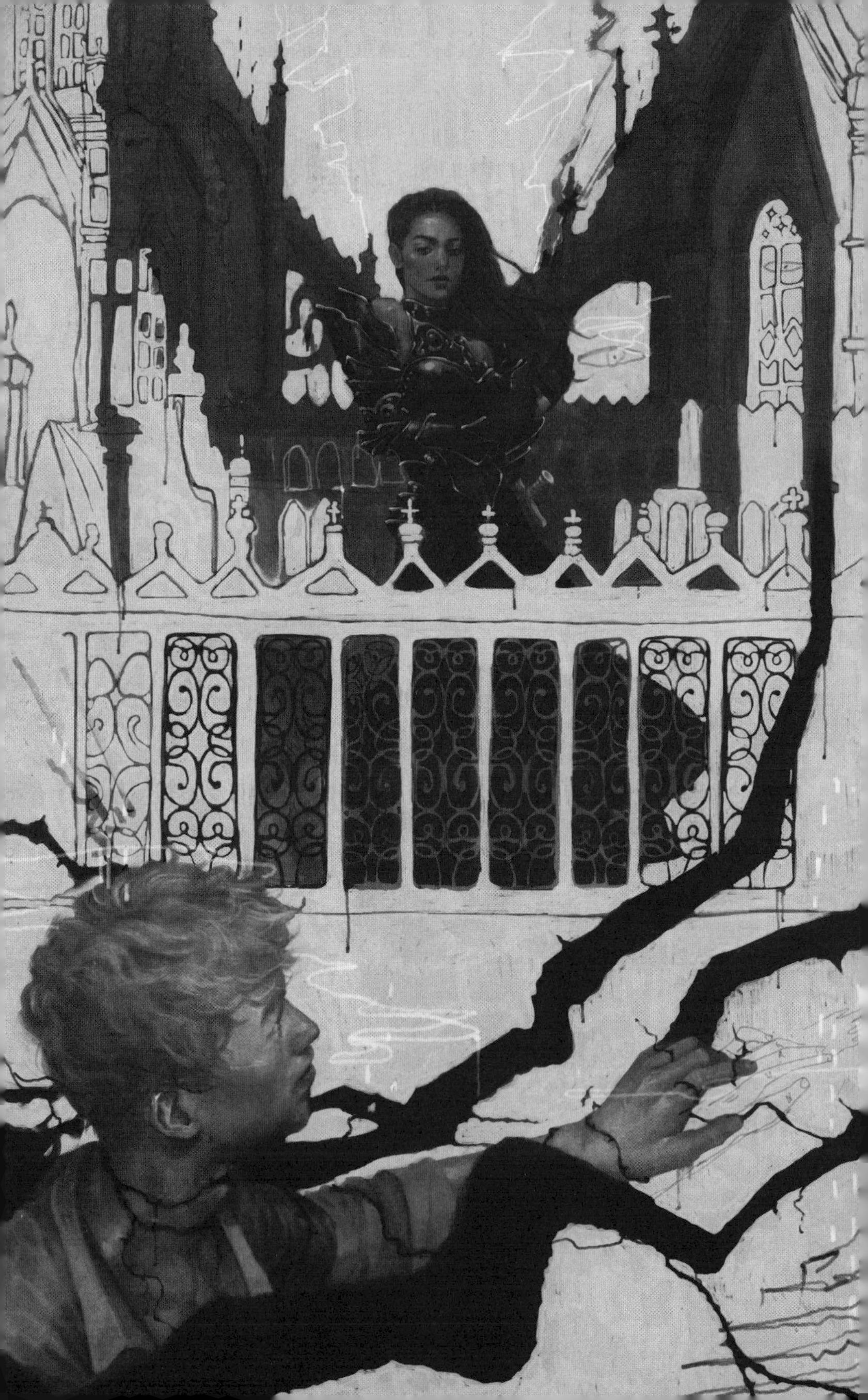

· NICO ·

Ele estava deitado na cama, insone, quando ouviu a batida na porta. Olhou para o relógio, determinando que não devia ser nada importante, e logo fechou os olhos.
— Vai embora, Tristan — murmurou.
Foi então que sentiu um soco afiado em seus pensamentos e um estranho e intangível reflexo que o pôs de pé, como uma batidinha no joelho ou algo assim, só que no cérebro, e em resposta seu corpo inteiro se retesou.
— Caramba — disse Nico, abrindo a porta do quarto e se deparando com Parisa. — Eu nem sabia que você podia *fazer* isso...
— Aconteceu uma coisa.
A telepata passou depressa por ele, parecendo agitada e frenética, cambaleando, o que era incomum. O vestido dela estava amarrotado. Uma alça pendia do ombro. Ocorreu a Nico que nunca tinha visto Parisa menos que impecável.
— Você está bem? — perguntou Nico, observando-a andar de um lado para outro em frente à lareira.
Aos poucos, os vários elementos da aparência dela estavam começando a formar algo mais preocupante. O cabelo frisado. Uma fina camada de suor no vestido, criando círculos de condensação sob as axilas. A pele com um tom esverdeado, como se ela tivesse acabado de se recuperar de uma febre.
Infelizmente, Nico ainda estava muito atraído por ela, o que não ajudava.
— Seu amigo Gideon. — Parisa parou e fuzilou Nico com o olhar. — Você não me contou que ele era um medeiano tão poderoso.
Nico levou um momento para entender as implicações do que ela estava dizendo.
— Você... viu o Gideon? — indagou, confuso.
Ou furioso. Ou profundamente letárgico. Ou com algum tipo de dor horrível e relacionada à indigestão.

— Pensei que você estivesse preocupado com ele. — Ela tornou a parar e encará-lo. — Você *sempre* se preocupa com ele. Pensei que ele tivesse alguma doença!

— Não estou entendendo o que está acontecendo aqui — disse Nico, e Parisa tirou os sapatos com um resmungo, murmurando baixinho em francês que ele era um idiota fracassado. — Ei — disse Nico. — Isso é um pouco injusto. É verdade — disse, com um suspiro. — Mas, mesmo assim, me reservo ao direito de não ouvir esse tipo de coisa dentro do meu quarto. Ou sei lá.

— Estou aqui há tempo demais! — gritou Parisa. — Comecei a... — Ela parou para direcionar a Nico o olhar mais desdenhoso que ele já recebera de qualquer um, e talvez o mais desdenhoso da história do mundo. — ... *me importar* — murmurou.

— Com... Gideon?

Nico não conseguia imaginar como isso era possível, e mesmo assim parecia muito possível. Nico não conseguiu deixar de notar que ela parecia pequena diante da lareira. Uma imagem estranha. Inútil. Sempre pensara nela como alguém maior-que-a-vida, alguém cuja probabilidade de lhe dar um soco na cara era tão alta quanto a de qualquer homem que ele já conhecera.

— Sim. Não. Não sei.

Parisa olhou para Nico outra vez, e ocorreu a ele, tardiamente, que talvez devesse fazer mais perguntas.

— Desculpe, você está tentando me dizer que há algo errado com Gideon?

A ideia de Gideon estar ferido havia cruzado a mente de Nico mais vezes nas últimas semanas do que ele admitiria. O físico tentara ser racional, optando pela irritação arrogante em vez da histeria em potencial, mas naquele momento algo em seu circuito interno paralisou, em pânico.

Era possível que o silêncio de Gideon significasse que ele estava...?

— Não. — Parisa fez uma careta. — O oposto. Ele está muito bem.

— Ah. — Bem, nesse caso, Nico é que não estava tão bem assim. — Qual o problema, então?

— Nada. Não há problema algum. — Um esforço válido de indiferença, embora a aparência dela sugerisse o contrário. — Pensei...

Ela deixou as palavras morrerem no ar, e Nico arqueou uma sobrancelha.

— Sim?

— Nada, não.

Parisa se virou, frustrada, e Nico, que não sabia o que fazer com as mãos ou com o rosto ou o resto de seus membros, se sentou na beirada da cama, esperando.

Parisa não explicou. Com Gideon em segurança (mas ainda sendo o imprudente de sempre), a agitação de Parisa se tornou a preocupação mais imediata de Nico.

— Você está bem? — perguntou ele. — Você parece... abalada. — Ele notou o ritmo do andar dela pelo quarto e imediatamente se perguntou quem poderia ter feito algo contra ela. — Foi o Callum? Dalton?

— Não. Foi você. — O olhar dela era venenoso. — Eu quase o matei. Eu ia matá-lo. Eu quase o matei, e então... — Ela contraiu os lábios. — Como ele é? — perguntou. — Gideon?

— Um perigo — respondeu Nico, de pronto. — A melhor pessoa que você pode imaginar — explicou, quando Parisa franziu mais a testa. — O que é exatamente tão ruim quanto parece.

— Claro que é. — Parisa suspirou, e então se jogou de costas no colchão, ao lado de Nico. — Você... — disse ela, decidida, se virando para encará-lo. — Algo está errado com você.

— Só o de sempre — afirmou Nico.

Ele se ajeitou para ficar de frente para a telepata.

— Não, você está se deteriorando — acusou Parisa, olhando para o teto. — Tem algo o drenando.

— Nem um pouco.

Sim. Definitivamente tinha.

Ele estivera cheio de dores no corpo. Coisas insignificantes. Coisas normais. Coisas que aconteciam com outras pessoas conforme envelheciam ou lidavam com estresse. Coisas que não aconteciam com medianos do mais alto calibre, o que ele deveria ser. Coisas que por tanto tempo vinham facilmente não eram mais como um piscar de olhos. Nico não tinha do que reclamar. Ter que pensar antes de fazer alguma coisa — um atraso de segundos, ou de momentos — não era nada grave, mas ainda parecia que o corpo dele não era inteiramente seu.

— Estou bem.

— Você sente falta dela? — sussurrou Parisa.

Não foi preciso dizer o nome.

— Às vezes.

Nico sentia falta de Libby Rhodes assim como sentiria falta da eletricidade. Ou de sua mão esquerda. Ele não sabia como funcionar sem ela.

— E você sente falta dele — observou Parisa.

De novo, nada de nomes. O que significava que Parisa provavelmente já sabia que Nico sentia falta de Gideon assim como sentiria falta de sua consciência ou de sua habilidade de dar um soco. Ele não sabia quem era quando Gideon não estava por perto.

— É engraçada — disse Nico. — Esta biblioteca. Tudo o que podemos ter.

— Sim.

— É tudo até não ser nada.

E com isso ele quis dizer: por que ele havia desistido de tudo quando poderia muito bem ter ficado num lugar só e nunca ter tido consciência do quanto não sabia?

— Sim — repetiu Parisa.

Lado a lado na cama, virados um para o outro, eles se encararam.

Nico nunca estivera tão perto assim de Parisa. Os joelhos deles se tocavam. Ele sempre tivera a sensação de que a telepata o preferia longe, então fora isso que fizera. Só que naquele momento sentia que algum tipo de porta se abrira. Como se Parisa Kamali tivesse baixado a guarda em troca de um momento de paz.

Uma mecha do longo cabelo dela fez cócegas na testa de Nico, e ele se virou, roçando a cabeça no cobertor antes de olhá-la de novo.

Parisa o fitou como se soubesse que algo estúpido estava a caminho.

— O que foi? — perguntou ela.

O que Nico tinha a perder?

— Eu meio que achei que você teria cheiro de rosas — admitiu ele, e, para sua surpresa, Parisa deu uma risada genuína.

Era surpreendentemente feminina e meio doce. Melódica, de certa forma.

— E qual é o meu cheiro?

— Hum... — Nico se aproximou para sentir o cheiro dela, e Parisa logo o afastou. — Suor?

— Sério, Nico.

— E, tipo... jasmim?

— Meu xampu. — Parisa fez uma careta. — Não conta para ninguém, mas é um da marca do Nova.

— Vou espalhar para *todo mundo*, já era — brincou Nico. — Estou rascunhando um memorando para a casa neste instante.

— Você é um bebezão. — Ela suspirou.

— Sou nada. — Nico se aproximou dela. Os joelhos deles colidiram. — Caso você esteja se perguntando.

— Ah, Nicolás. — Ele considerou uma vitória o fato de Parisa não ter rido. — Já conversamos sobre isso.

— Eu sei. Mas pensei em trazer para o topo da sua caixa de entrada, caso você estivesse guardando para sua revisão trimestral. — Ele olhou para baixo, para os dedos dela. Eram longos, nus e plácidos. — Você é mesmo casada? — perguntou, lembrando-se do que Callum dissera quando ele e Parisa tiveram sua pequena valsa de trauma emocional.

— Sou. — Parisa deu de ombros. — Não de qualquer forma que conte.

— Legalmente?

— Está bem, então de uma forma que conta. — Ela escondeu as mãos, colocando-as sob a cabeça deitada no travesseiro. Nico fez o mesmo. — Mas não vamos falar disso.

Se ela queria ficar, aquilo era motivação suficiente para fazê-lo parar de fazer perguntas.

— Nicolás — murmurou ela. Um alerta.

Ele suspirou.

— Foi mal. Esqueci que você estava na minha cabeça.

— Você é o único que faz isso.

— Ah.

Bem, isso era decepcionante. Nico supôs ser um milagre não ter sido assassinado.

— Não, é fofo. — Parisa deu um sorriso fraco. — Você é fofo.

Ele se sentiu brutal e intensamente ferido.

— Sou, é?

— É.

Nico se aproximou mais um centímetro. Talvez dois.

— *Quão* fofo, exatamente?

Mais uma vez ela o empurrou com delicadeza.

— Sei o que estou fazendo — relembrou ela. Advertindo-o, talvez.

— Ótimo. Eu ficaria feliz em aprender — rebateu Nico, despreocupado.

Parisa suspirou.

— Você é muito complicado.

— Parisa. — Ele ergueu a cabeça e a apoiou em uma das mãos. — Não preciso ler sua mente para saber que você veio até aqui esta noite porque algo deu muito errado.

— Ah, sim, fofo *e* esperto. Meu ponto fraco. — Ela fechou os olhos. — Eu estou bem.

— *Está mesmo?*

— Sim. Mas eu... — Parisa hesitou. — Acho que talvez eu esteja desenvolvendo uma fraqueza.

Ele esperava que sim.

— Sério, Nico — disse ela outra vez.

— O quê? Não tenho direito de sonhar?

— Algumas pessoas têm. Mas não você. — Parisa abriu um dos olhos e deu uma piscadinha. Não foi muito sexy, e mesmo assim Nico duvidava que tivesse visto algo mais sensual. — Me conte alguma vulnerabilidade, para que eu possa me lembrar das minhas repulsões costumeiras.

— Não sou tão próximo do meu pai — contou Nico, alegre. — Minha mãe assina meus cartões de aniversário em nome dos dois.

— Ah. Revoltante. Me fale mais da sua mãe.

— Ela é extremamente exigente. Sempre remove algo do prato quando vamos a restaurantes. Acho que é um jogo para ela. Sempre quer mudar algo para que possa estabelecer seu domínio sobre o jantar.

— Péssimo. Mais alguma coisa?

— Ela me ensinou a cozinhar. E a dançar.

— E a lutar?

— Não, isso foi o meu tio. Eu era baixinho — explicou ele. — Para a minha idade. Alguns valentões zombavam de mim e tal.

— Não brinca — sussurrou Parisa. — Sério?

— Não sei. Não lembro muito bem.

Os olhos dela haviam se fechado outra vez. O sorriso aumentou.

— Bom pra você.

— Gideon sempre fala isso também. — O nome dele surgiu espontaneamente. — Diz que minha principal qualidade é minha falta de atenção e que não devo deixar ninguém dizer o contrário.

— Errado ele não está.

Parisa parecia estar prendendo a respiração, então Nico prosseguiu.

— Eu vim aqui por ele. Para descobrir as coisas para ele, para ajudá-lo. Mas desde que cheguei... — Nico inspirou devagar, então soltou o ar. — Eu tentei. Mas a biblioteca não tem nada. Não tem as respostas de que preciso. E tenho tantas outras questões, tantas coisas que quero saber. O universo é tão grande... tão gigantesco... e, de certa forma, estudá-lo também é algo que faço *por causa* de Gideon, porque um universo vasto assim não pode cometer erros. — Ele engoliu em seco. — Não comete erros. Gideon não pode ser algum tipo de acidente estatístico ou algum jogar de dados genéticos. Ele não pode ser... Ele *não é*... um erro.

Parisa não disse nada.

— Sendo bem sincero, tenho sido egoísta — desabafou Nico, pigarreando. — Porque estive pensando... estive pensando nesse poder. Nisso, em tudo o que sou. Sendo bem sincero *de verdade*, quero usá-lo. Se Gideon não é um erro e eu não sou um erro, então há um motivo para isso, um propósito. Por que eu existo? É o mesmo motivo de um peixe-dourado existir? É puramente para ser parte de um ecossistema, para existir em relação a todo o resto na natureza, ou é porque... poderia ser alguma outra coisa? — Ele hesitou, e então continuou: — Porque se eu, se algo que tenho... se isso pode criar vida... se pode criar universos... — Outra pausa. — Se isso é algo que posso fazer, então será que eu *deveria*...? Quero dizer, tenho algum tipo de obrigação a...

— Ele pensou em você — contou Parisa, baixinho. — Gideon. Quando estava morrendo. Ele pensou em você.

— Ah — disse Nico, soltando o ar.

Só percebeu que estava encarando o nada acima da cabeça de Parisa quando viu os olhos dela se abrirem e pousarem gentilmente em seu rosto.

Ela encostou um dedo na têmpora dele, e Nico soltou o ar de novo, se esvaziando. Sem peso.

Energizado.

Ela ergueu a cabeça e se aproximou. Nico estava ridiculamente preparado, na mesma hora ficando de costas para encaixar os quadris dela acima dos seus. Os cabelos dela caíram sobre os ombros como uma cortina, as pontas escuras roçando suavemente o peito dele. Nico pegou um cacho e o enrolou com gentileza no dedo.

Estava consciente de seu coração batendo em frenesi no peito. O efeito dela era algo poderoso, o esmagar de tudo que pousou sobre ele com um peso. O vazio da vida dele, a forma como tentava com tanto afinco preenchê-lo com algo, qualquer coisa. Livros. Poder. *Só vá embora*, dissera a si mesmo tantas vezes, *só vá embora*, mas não podia. Ele sabia que jamais iria.

Tenho uma teoria, queria dizer a ela. Uma teoria de que podemos abrir portas para outros mundos, de que podemos criá-las. De que podemos abrir frestas no tempo e no espaço. Acho que recebi esses dons como uma ferramenta, que fui ensinado a pensar por um motivo. Fiz amizade com um sonhador para que eu, com todo o meu poder, pudesse sonhar por conta própria.

Em vez disso, com certa imprudência, Nico ergueu a cabeça para encontrar os lábios dela. Parisa retribuiu o beijo, e, naquele momento, ele não desejou nada químico ou animal. Entendia agora o que ela quisera dizer, que ele a comeria com todo o coração. Porque era doçura e era bondade e era o suficiente. Aquilo, independentemente do que fosse, era suficiente.

Parisa se afastou, e Nico impediu, os dedos em seu cabelo.

— Estou tornando tudo isso insuportável para você? — perguntou, com um pouquinho de vergonha inundando sua voz.

Ela o encarou por um longo momento.

Vários momentos.

— Na verdade, não — disse Parisa, e o beijou de novo.

Como era de se esperar, havia uma sensualidade no beijo de Parisa que Nico achou intoxicante no sentido mais letárgico da palavra. Sem pressa, a ponta dos dedos dele traçou a bainha erguida do vestido dela — com calma, como se não tivesse nada a fazer naquele momento, exceto contar cada centímetro da pele dela. Nico limpou a mente de qualquer coisa além dos movimentos vagarosos do quadril dela, o tecido roçando o lado interno de seu joelho. Sempre admirara o caimento dos tecidos em Parisa, a seda que encontrava o vale da cintura dela. Nico traçou um dedo pela coxa dela, pressionou o dedão nos furinhos na parte de baixo das suas costas, inclinando a cabeça com um grunhido quando, com uma das mãos, Parisa moveu a boca dele para cima. Abaixo, o chão vibrava sismicamente, um rugido baixo para combinar com o som de prazer que saía de sua garganta.

A mão esquerda de Nico encontrou a esquerda dela. Um emaranhar de dedos, um pulsar de prazer. Parisa abocanhou a base da mandíbula dele e Nico *rugiu, rugiu* de verdade, e rolou seu quadril abaixo do dela, os encaixando numa onda deliberada e decadente. Ele não sabia quanto tempo permaneceram assim, as mãos dadas, abaixando e fluindo, sem fazer a escolha de progredir, mas também sem retroceder. Era bem físico, e pela primeira vez em meses

Nico não estava pensando em nada. Ele podia sentir algo dela, algo como um eco em si, como se os movimentos deles conversassem. Um desespero reflexivo, ou algo mais quieto, ainda profundo, porém mais duradouro. Como se talvez pudesse perguntar a ela algo bobo e banal, como se ela já havia olhado para a lua e se sentido vazia, ou se conhecia a sensação de pisar num país com uma língua que ela não falava, e Parisa não teria que responder coisa alguma, porque Nico apenas saberia. Apenas saberia.

A mão livre dele subiu para a nuca dela, se embrenhando em seu cabelo e a puxando de volta para outro beijo, mais um. De novo. E de novo. Mais profundo, mais próximo, mais. Os olhos de Nico estavam fechados, e a pele de Parisa era quente, derretida. Sonolenta. Ele suspirou na boca dela, renunciando a cada arfar. Sentiu a cama ceder abaixo de si, engolindo-o, cavernosa, enquanto Nico murmurava coisas, coisas constrangedoras, todas de uma suavidade desaconselhável e um desespero vindouro. *Querida mía. Quédate conmigo*. Fique, fique comigo por um tempo.

Os beijos desaceleraram. Ficaram mais doces. Como o pingar do mel dourado, gotas vagarosas de sol de verão. Sim, sim, ali. Ele ainda precisava soltar a mão dela. Parisa não era nada como ele imaginara — nada que fosse *possível* imaginar —, era mais como um sonho. Esmagou o peito dele com desejo, o estupor da paixão, a indolência e a opulência de uma memória que nunca existira. Aquela suavidade de veludo. Nico já sentia falta dela, como se Parisa já tivesse partido.

Ele se perguntou o que ela via dentro de sua cabeça. Se era vazia, sem pensamento, ou se na verdade era cheia de sensações. Êxtase era algo que provavelmente tomava espaço. Ele imaginou o momento se esticando como uma bola de chiclete, como ser levado por uma nuvem. Abaixo dela, se sentiu sem ossos, sem pernas, ancorado em segurança pelo aperto dos dedos dela nos dele.

A verdade era que estava pegando algo dele, a casa. Aquele ecossistema. Essa teia de respostas que apenas criava mais perguntas. O padrão misterioso de repetição sumiu dele, como todos os que existiram ali antes. Nico conseguia se sentir se tornando parte disso, devagar, não mais capaz de dizer a diferença entre quais pensamentos eram dele e quais eram os da casa. Ele costumava ser capaz de contar cada átomo de si mesmo, mas agora, agora era impossível identificar seus contornos, encontrar os lugares nos quais os poderes da biblioteca eram substituídos pelos dele, nos quais suas fomes terminavam e os arquivos começavam. Havia mordidas tiradas dele em algum lugar, Nico se sentiu mais e menos humano, então pelo menos havia isso. Toque. Gosto. Prazer. Algo que não podia lhe ser roubado. Algo do qual não podia desistir de boa vontade nem de má vontade. Em algum ponto da periferia de sua mente, viu os vestígios de um suspiro bastante rhodesiano — *Varona, francamente*, como o acorde proverbial que Davi tocou para irritar o Senhor.

Pois é, pensou, dando uma risada interna, um soluço de alívio. Pois é, Rhodes, eu sei.

As palavras dele pareciam arrastadas; as pálpebras, pesadas; o corpo aos poucos relaxando. Suas panturrilhas afundaram no colchão, seus quadris, seus ombros, suas costas. Ele puxou Parisa para mais perto, com mais força, tremendo com o deleite de tudo aquilo, até parecer que ela havia se fundido a ele, caindo mais profundamente com ele. Ah, merda, pensou, atrasado, era isso o que ela queria dizer, meu coração, meu coração, o bater dele, o batimento cardíaco, tão rítmico e calmante e certo. A forma como batia era tão familiar. O chão tremeu e ele pensou: me coloque para correr. Vamos, me devore.

E, quando olhou ao redor, entendeu onde estava. A luz da janela, a hora dourada na cozinha estreita, café com creme, a velha sensação de segurança. Houve um brilho de cima, o sol o alcançando pelo canto do olho, um vislumbre de cabelo cor de areia.

— Gideon... — chamou Nico, e a luz dobrou, e seu coração ficou extasiado.

— Não.

Ele sentiu a voz de Parisa antes de vê-la. Ela estava menos em pânico agora. Provavelmente porque tudo não passou de um sonho.

— Desculpe — disse Parisa, se recostando na parede do apartamento de Nico. — Mas achei que você merecia descansar.

— Ah. — Nico piscou. — Isso significa que eu...

— Adormeceu? Sim. De nada. — Ela sorriu. — Mas não se preocupe, eu aproveitei enquanto durou.

Ocorreu a ele, não pela primeira vez, que coisas que pareciam boas demais para serem verdade com bastante frequência eram.

— Alguma parte foi real? — indagou ele.

— Quem sabe dizer o que é real e o que não é?

Parisa deu de ombros.

Nico sentiu a estranha sensação de que devia agradecê-la. Ou possivelmente se casar com ela.

Parisa revirou os olhos.

— Não se empolgue, Nicolás — disse ela. — Aproveite sua convalescença.

Foi só quando ela se virou para ir embora que ele percebeu que devia ter sido real — tinha que ter sido. As partes importantes, pelo menos. Houvera comunhão entre os dois, algo genuíno, imperdível e compartilhado. Não como uma refeição ou um segredo; mais como um luto compartilhado.

E *era* luto. Era perda, embora de uma maneira não tradicional. Uma rendição de um eu futuro, como se despedir de um amante que nunca tivera a chance de encontrar. Nico sabia que tinha sido engolido por alguma enormidade — sabia que estava trocando mais e mais de sua força pela chance de enfim saber fosse lá o que havia para saber —, mas, a cada dia que passava, ele ficava mais e mais convencido. Não havia limite para seu poder ou seu sofrimento. Seu vazio o marcava de uma forma que Parisa saberia ler muito bem.

— Espere aí. — Nico correu e segurou a mão de Parisa. — Você não quer ficar aqui comigo?

Ela parecia surpresa. Ou desconfiada. As duas coisas caíam bem nela, então não havia como saber de fato.

— Como assim?

— Bem, já que você me enganou para que eu dormisse — explicou ele.

— E você também não estava na sua melhor forma, como bem me lembro.

— Ela devia ter percebido isso, porque se recompôs naquele plano, ou na cabeça dele, ou fosse lá o que estava fazendo. O vestido dela estava de novo imaculado, o cabelo tão polido que chegava a brilhar. — Mas, tenho que dizer, pensei que me lembraria melhor das coisas — comentou Nico, analisando o apartamento. — Este plano realmente muda as coisas, não é?

Parisa o observou, em silêncio, por um segundo.

— Tipo o quê?

— Ah, só... Sei lá. Coisas. — Nico de repente se lembrou com nostalgia do armário do canto que rangia. Uma saudade dolorosa e afiada pelas marcas de garras no chão. Todas as coisas pelas quais não recuperariam o cheque caução. — Só não está exatamente certo, só isso. Pensei que as coisas estariam melhores na minha cabeça.

Parisa inspirou como se fosse falar, e então parou.

Mas disse:

— Eu falei para você ter um talismã.

— O quê? Por quê?

Ela parecia irritada.

— Porque você devia saber que não estamos na sua cabeça.

— Como é que é? — Bem quando ele havia se acostumado à ideia. — Então onde estamos?

A boca dela se contraiu.

— Tente não ficar todo emocionado.

Nico franziu a testa.

— O quê?

— Só... — Parisa soltou o ar, impaciente. — Estamos na minha. A minha cabeça.

— Sua cabeça — repetiu ele, sem entender muito bem.

— Sim. A sua estava... — Ela desviou o olhar. — Só pareceu que você precisava de uma pausa.

— Parisa Kamali. — Nico queria ficar boquiaberto. Na verdade, queria rir, embora tenha sentido que isso seria bem pior, porque a ideia de que Parisa o deixara entrar na cabeça *dela* era o mais perto de intimidade para um telepata do que sexo jamais seria. — E você *me* disse para não te comer com todo o meu coração...

— Chega. Aproveite seu descanso.

Ela olhou feio para ele, mas não funcionava tão bem. Não funcionava nem um pouco, na verdade.

— Por quê? — perguntou Nico. — E é melhor você me contar, porque senão vou presumir que é porque você é uma *boa pessoa*, o que acho que é ruim para sua imagem...

— Eu estava me sentindo generosa — disse ela. — E agora você está me irritando, então aprendi a lição. Rhodes estava certa em odiá-lo.

— Ah, viu, você está mencionando a Rhodes agora só para me irritar, mas não vai funcionar — contestou Nico, alegre. — Ela e eu nos odiamos, como você sabe.

— Sim. Claro. Você tem uma enorme capacidade para odiar. — Parisa o fulminou com um olhar de ardiloso. — Há um limite para quantas pessoas você consegue "*odiar*"?

— Não.

Ela revirou os olhos.

— Vai dormir. Terei ido embora quando você acordar.

— E mesmo assim a memória desta noite viverá, Sua Bondade Real — respondeu Nico.

Talvez ele não devesse ter dito isso, porque quando enfim acordou — depois de quase dez horas, seu corpo lento e restaurado —, descobriu que seu suéter favorito fora roubado, um bilhete deixado em seu lugar.

Um bom suéter de caxemira pode ser muito difícil de encontrar.

Dessa vez, seria um inverno frio. Estranhamente, Nico não estava tão transtornado assim. Sentia-se melhor do que se sentira em muito tempo — o que o levou a pegar o celular, de repente tomado pela coragem que havia muito não tinha.

Sou tão idiota, digitou Nico.

A resposta de Gideon foi instantânea.

Contra fatos não há argumentos, disse ele.

Então mais uma vibração:

Estive longe por tempo demais, Nicky.

Tenho só mais uma parada, e então o verei muito em breve.

· LIBBY ·

— Rhodes está certa — concordou o pós-doutor mais baixo, Farringer. Ele estava gesticulando a torto e a direito de uma forma que não lembrava exatamente a de Nico. Era mais como algo que Nico imitaria com uma precisão impressionante depois da aula, para o deleite de seus colegas (menos para Libby). — Gravidade quântica faz mais sentido, e...

— É claro que Rhodes está certa — disse o mais alto, Mortimer. — Mas essa não é a questão.

— Então qual *é* o seu ponto, Mort? Porque se você vai falar assim *toda vez* que levantarmos a questão dos conhecimentos de dinâmica e da relatividade...

Então era assim que a vida seria sem Nico de Varona, pensou Libby. Se ela tivesse sido a única física talentosa na UAMNY, as pessoas iam apenas *concordar* com ela. Diriam coisas como *é claro que Rhodes está certa*. E era claro que ela estava! Sempre *estivera*. A diferença era que ela dizia as coisas corretas sem um par de covinhas. Ou com um par de ovários. Àquela altura, quem é que poderia dizer?

Libby disfarçou um bocejo, de repente sentindo que a sala de aula estava muito quente. Estava em um dos laboratórios no subsolo para o qual os doutores especialistas em física eram basicamente banidos, e que pena, sério. A FRAMLA ficava num dos prédios mais bonitos que Libby já vira. Do lado de fora, era um prédio de tijolos, talvez de origem vitoriana, e, no momento em que pusera os pés ali pela primeira vez, esperara nada além de espaços de trabalho industriais. E estava certa em partes, mas também nem um pouco. O interior do prédio continha maravilhosas escadas de ferro torcido e pisos de madeira originais, vazados, como se esculpidos à mão ao redor do pátio central. O átrio central era de vidro, com uma linda abertura para o céu noturno (da primeira vez que o vira, claro), e continha uma mistura impecável de azulejo mexicano e mármore de inspiração italiana. Tons de vermelho sóbrios se misturavam com o tijolo industrial, e vários elevadores de vidro em formato de gaiolas de pássaro estavam em constante movimento contra as sombras sempre mudando durante o dia.

Quando Libby chegara, no meio da noite, havia sido recebida pelos pós-doutores que observavam o céu noturno através de um dos primeiros telescópios medeianos. Ela tinha tido sorte, então, por passar as primeiras doze horas na FRAMLA abaixo de incomparáveis claraboias, observando os estudantes como flocos num globo de neve lá embaixo.

Era uma maravilha a ser contemplada, mas, porque o currículo medeiano havia estado por ali por apenas um punhado de décadas, os andares superiores com seus tetos altos e patamares decorativos eram reservados para estudantes com especialidades mais vistosas: ilusionistas que contribuíram com a economia mortal, naturalistas que ajudariam com a engenharia climática que cedo ou tarde formaria a base da versão de Libby do mundo. Todas as noites desde a chegada dela tinham sido relegadas aos laboratórios, onde Alan Farringer e Maxwell T. Mortimer (Fare e Mort para seus estudantes de pós-graduação, os mais ou menos sete especialistas físicos que tinham dado continuidade aos estudos) conduziam pesquisas, escreviam artigos e davam as ocasionais (*muito* ocasionais, dado os poucos estudantes) aulas.

Como era de se esperar, Libby tinha sido uma excentricidade quando dera as caras. Sem saber como explicar sua presença ali — afinal de contas, como alguém diz coisas como "Sou do futuro" quando já parece uma andarilha instável? —, apenas se apresentou como Elizabeth Rhodes, física e recém-graduada pela UAMNY, e permitiu a eles que preenchessem as lacunas a partir dali. Como esperado (e ela não estava orgulhosa disso, mas a vida era assim), as coisas eram difíceis o bastante para medeianos a ponto de eles sequer questionarem o estado dela. Apenas viram uma acadêmica em necessidade e lhe deram boas-vindas, ainda mais depois que viram o que ela podia fazer pela pesquisa deles envolvendo campos gravitacionais. Antes dela, disseram, tudo tinha sido meramente filosófico. ("E pensar que você estava em Nova York esse tempo todo", comentou Mort, maravilhado, parecendo mais irritado do que preocupado por ter deixado a informação passar despercebida.)

Àquela altura, havia meses Libby estava se mostrando uma companheira compatriota, esperando que, ao se fazer útil à equipe de pós-doutores, pudesse persuadi-los a fazer um favorzinho para ela. Por exemplo: descobrir uma solução bastante impossível para a coisa toda de "estar presa no tempo errado".

Mesmo se alguém considerasse o espaço-tempo uma simples quarta dimensão para a qual Libby poderia viajar se quisesse — já um "se" significativo —, não havia nada além da teoria para explicar a ciência de ir de um ponto a outro. Em 1989, não havia pesquisa que sequer chegasse perto do que ela estudara na UAMNY, muito menos nos arquivos da Sociedade. Até onde todos sabiam, a Segunda Lei da Termodinâmica — em essencial, a entropia, o que tornava certos processos irreversíveis — impedia a possibilidade de viagens no tempo. O que era fácil para eles afirmarem, porque, ao contrário dela, eles nunca tinham visto um buraco de minhoca de verdade e, ao contrário dela, não possuíam nem de perto a metade (mais ou menos) da energia necessária para criar um.

Então, quais eram as opções dela? Submeter metade do país às consequências da radiação por gerações? Tentar ser recrutada pela Sociedade de novo? E, mesmo se o fizesse, o que conseguiria realizar sem Nico — que era, para o bem ou para o mal (mal, definitivamente mal), a outra metade necessária dela?

Aff, aquele filho da mãe metido. Libby esperava que ele não conseguisse ouvir aquele pensamento em particular de onde estava, que ela presumiu ser algum lugar idílico. Porque é claro que estaria em algum lugar agradável. Estava falando de Nico. Ele jamais namoraria por acidente alguém que o prenderia em algum outro lugar no tempo.

Libby suspirou alto, um reflexo relacionado a Varona, e Fare — que recentemente passara a usar blazer e calça social salmão, para parecer mais profissional, um pensamento extremamente otimista — ergueu o olhar do que estava rabiscando — outro suspiro — no projetor acima deles.

— O que foi, Liz? Algum problema?

Liz. Não tinha se dado ao trabalho de corrigir isso. Ela era em grande parte Rhodes, porque não havia outras mulheres pós-doutoras, mas de vez em quando um dos outros decidiam ser... *informais*. O tipo de informalidade que as pessoas usavam quando esperavam trabalhar juntas por um período significativo. Libby não deveria ter se importado com isso, sério, porque eles eram gentis, e estavam mesmo tentando incluí-la em seus limitados círculos sociais. Ela tentava relevar essas coisas, embora eles também estivessem... sabe... trinta anos atrasados em toda a pesquisa de teoria quântica relevante, o que era algo que Libby sentia que não podia mencionar. Bastante parecido com o assunto dos novos sapatos sociais de Fare.

— Não, problema algum — disse ela, disfarçando outro bocejo. — Pode continuar. Você estava falando de conhecimentos de dinâmica?

Deus, como sentia falta de Tristan. (Não por causa de *Tristan*, é claro. Embora sentisse certa saudade das calças bem-ajustadas dele.) A questão era que sentia falta de trabalhar com alguém que via as coisas de uma maneira que ela não conseguia. No fim das contas, ser a pessoa mais inteligente na sala era, na melhor das hipóteses, meio chato.

— Na verdade, estávamos discutindo paradoxos — disse Mort, com gentileza, o tipo de correção cortês que sugeria a Libby que ele muito generosamente a levaria para jantar, se envolveria num amasso bastante carinhoso e então a prenderia à tarefa de criar três crianças obstinadas enquanto ele fazia Coisas Muito Importantes no trabalho. — Aparentemente é um assunto de discussão na linha de estado.

— Linha de estado? — repetiu Libby, se perguntando o que Oregon (ou Nevada) tinha a ver com o assunto.

— Sabe, no campo de teste da Wessex — explicou Fare, e Libby nada sabia sobre o assunto além do fato de que, pelo que parecia, os outros dois cobiçavam a chance de trabalhar lá.

Ela supôs que a possibilidade da pesquisa privada seria um sonho acadêmico em qualquer era de deplorável financiamento universitário.

— O que você acha da IMM? — pressionou-a Mort.

Ela levou um momento para entender ao que ele se referia.

— Tá falando da teoria de muitos mundos?

— Sim, interpretação de muitos mundos. Você acha que tem algum valor? — perguntou Mort, com um ar de que iria corrigi-la assim que ela elaborasse uma resposta.

— Eu não gosto — interrompeu Fare, salvando-a. — Acho que é absurda. Não nos dá resposta alguma.

— Que tipo de respostas você está buscando? — perguntou Mort, indignado.

Libby percebeu que eles a lembravam vagamente de algo.

— Bem, se *toda* possibilidade é real, então isso nos rouba de certo tipo de... de... — Fare estava agitado, o que nunca era um bom sinal. Significava que Mort teria certeza de que estava ganhando, o que o levaria a ficar duas vezes mais insuportável. — Bem, de algum *excepcionalismo,* você não acha? Então eu nunca *tomo* decisões — argumentou Fare —, eu só... *sou* um de uma coleção infinita de resultados aleatórios?

Não necessariamente infinita, pensou Libby. E então: Ah.

Bert e Ernie. Era isso.

— E...? Uma de infinitas opções aleatórias não é preferível à predestinação? — Eles estavam a todo vapor, e Libby mais uma vez disfarçou um bocejo. — Pelo menos você tem autonomia no momento em que toma a decisão, não?

— *Continua tão ruim quanto*, Mort! Tudo que isso diz é que, se o destino não prender você, o multiverso vai...

— Libby. Libby? Você está... Consegue me ouvir?

Libby olhou para baixo e viu que Gideon estava ali de novo, e também que ela estava voando. Ah, droga, pensou. Era óbvio que havia adormecido.

— Não é estranho eu ficar sonhando com você? — perguntou ela. — Não que eu não fosse gostar de ver você, é claro, mas não sei se faz muito sentido.

— É, então, você não está tecnicamente sonhando *comigo* — disse Gideon, hesitante, e então pareceu ignorar aquele detalhe. — Deixa pra lá. O que importa é que preciso falar com você sobre o que fazer para voltar.

— Voltar para baixo? — perguntou Libby, olhando para o chão, que estava escondido sob várias camadas de nuvens.

— Não, quero dizer... *voltar*. Para, sabe... — Ele tornou a hesitar. — Seu tempo certo?

— Ah. — Esse sonho dela era bastante lúcido. Geralmente ela não era tão consciente de coisas como estar presa no tempo. — Bem, é praticamente impossível fazer sem a Sociedade.

E com isso ela queria dizer sem Nico, mas morreria antes de dizer aquilo em voz alta.

— Será? — perguntou Gideon.

Libby percebeu que ele criara asas para alcançá-la, mas ela mesma não tinha nenhuma. Estava mesmo voando se tudo o que estava fazendo era levitar? Ela tinha a levíssima sensação de que já fizera isso uma vez. A irmã dela estava lá. Por que Katherine nunca aparecia nos sonhos dela? Libby estava sempre perseguindo o fantasma da irmã, dormindo e acordada.

— A questão é... — disse Gideon. — Acho que se você conseguir encontrar uma fonte com energia suficiente... — Ele desviou de algo que parecia um livro de cálculo e temporariamente saiu de vista. — Quero dizer — prosseguiu, lutando para alcançá-la de novo —, tudo de que precisa é da quantidade certa de energia para permitir que você viaje entre dois pontos do tempo.

— Isso é impossível.

— Mas não é — afirmou Gideon. — Porque você já está no passado.

— Bem. Isso é uma anomalia. — Libby suspirou. — E, enfim, não há fonte de energia que seja poderosa o suficiente para dar conta. Exceto...

Bem, exceto por Reina. Ou melhor, pela combinação da própria Libby *com* Reina e Nico. E pelo que fosse lá o que Ezra aparentemente era capaz de fazer. E talvez pelo que Tristan fosse capaz de fazer, se é que ele já estava próximo de descobrir o quê. E, tipo, uma bomba nuclear.

— O problema é que eu ...

— Não sabe como — completou Gideon, e então assentiu, com seriedade. — Está bem. É, está bem. Valeu.

— Como assim? — Libby franziu a testa, percebendo que as asas dele agora eram um paraquedas. — Gideon, espera aí, eu...

Então algo caiu, e Libby despertou com um ronco assustado, dando-se conta de que estava de volta à sala de aula do subsolo e que havia acidentalmente derrubado uma garrafa de água na mesa.

— Ai, me desculpem...

— Estamos deixando você entediada, Liz? — perguntou Fare, num misto de seriedade e brincadeira.

Parecia ter adotado uma abordagem mais passiva-agressiva na busca pelo mesmo objetivo de Mort de criar-três-crianças.

— Desculpe, eu só... — Libby piscou. Piscou de novo. A névoa do sono estava passando, mas não o pensamento que estava de todo formado em sua cabeça. — No assunto da física teórica... — Ou em qualquer coisa que eles estiveram discutindo, o que não era em si desinteressante, exceto para alguém que já estivera em contato com os cinco medeianos mais poderosos que ela tinha conhecido. — Vocês dois fazem ideia do tipo de fonte de energia que seria suficiente para criar um buraco de minhoca através do tempo?

— O quê?

Fare e Mort se entreolharam, e Mort tomou a decisão tácita de ser a voz da razão.

— Não há prova de que buracos de minhoca sequer existam, para começo de conversa...

Havia provas, na verdade. Em uma mansão dali a trinta anos. Um buraco sendo usada por um cubano hiperativo com uma dependência pré-diabética de lanchinhos.

— ... e mesmo que houvesse qualquer jeito de provar, que tipo de fonte de energia seria? — prosseguiu Mort. — O equivalente a uma bomba nuclear, suponho...

— Ou uma linha ley — sugeriu alguém perto dos pés de Libby.

Ela deu um pulo, sem perceber que alguém estava lhe prestando um favor e limpando o líquido que deixara cair no chão.

— Ai, meu Deus — disse Libby, se levantando para ajudar. — Sinto *muito*...

— Não é culpa sua — disse a garota, simpática, dispensando o auxílio de Libby.

Era uma das estudantes de graduação de Mort, se Libby lembrava corretamente. Tinha a pele marrom-clara e um rosto de querubim, com bochechas que se destacavam. Libby supôs que ela fosse hispânica antes de ouvir a garota falar com alguém em algo que a física tinha quase certeza de ser tagalo, baseado em sua experiência limitada com um vizinho filipino em seu dormitório na UAMNY. Se não fossem pelas palavras em espanglês e as referências culinárias misturadas, Libby talvez nem sequer tivesse reconhecido.

— Belen — apresentou-se a garota, lendo a mente de Libby.

Ela usava um cardigã rosa-claro que lembrava mais um cobertor de bebê do que um item de vestimenta e que não parecia combinar muito com ela, como se a estudante fosse trocá-lo por uma jaqueta de couro assim que saísse do campus.

— Desculpe, não quis me intrometer... — prosseguiu ela.

Libby dispensou a preocupação da garota, estendendo a mão para a garrafa que deixara cair.

— Não, não, isso...

— Linhas ley são besteira — interrompeu Mort, que tinha uma tendência a revelar sua verdadeira personalidade quando falava com alguém que considerava inferior. — Geometria sagrada é, no máximo, uma teoria da conspiração.

— Só porque ninguém na academia estuda isso — contra-argumentou Belen. — Além disso, na China elas são chamadas de linhas do dragão. Têm sido chamadas assim há séculos — acrescentou, olhando para Libby, aparentemente escolhendo (muito sabiamente) ignorar o tom depreciativo de seu professor. — Há uma bem grande na Indonésia. E há lugares sagrados por todo lado, na verdade. Minha mãe sempre disse que o monte Pulag era um.

Libby lembrou que Reina uma vez leu um tomo enorme sobre magias de criaturas. Sistemas de magia secundários existiam nos arquivos, o que lhe era suficiente.

— Sempre pensei que as linhas ley fossem algo meio Stonehenge — observou Libby, brincando com a garrafa caída, reflexiva.

— Foi só uma ideia — apressou-se a explicar a garota, Belen. — Mas pensei, ei, se buracos de minhoca não existem, tudo bem. As linhas ley também não. — Ela sorriu para Mort com uma irreverência que fez Libby se lembrar de Parisa. Não de uma maneira sedutora, mas da forma que Parisa de vez em quando se permitia quando estava sendo excepcionalmente esperta e ardilosa. — Mas, enfim, vou deixar você prosseguir, professor Mortimer. Eu só estava deixando minha prova aqui.

— Um dia atrasada, srta. Jiménez — murmurou Mort, como se fosse um distinto acadêmico de cinquenta anos em vez de um cara de vinte e poucos num púlpito.

— Pois é — disse Belen. — Eu tive que trabalhar, sinto muito...

— Srta. Jiménez, esta não é a primeira vez que isso acontece — avisou Mort.

— O quê, que tive que trabalhar? Não, não mesmo, e infelizmente para nós dois, é improvável que seja a última, professor. — O sorriso plantado no rosto de Belen exalava inocência. — Acontece que minha avó está numa casa de repouso em Luzon. Minha mãe é a única cuidadora dela, e eu...

— Se você não está preparada para levar seus estudos a sério, srta. Jiménez, então tenho que me perguntar o que está fazendo aqui — disse Mort. — Talvez a bolsa que a universidade lhe concedeu seja mais bem aproveitada por outra pessoa.

Houve um vislumbre de algo no olhar de Belen. Não que Mort pudesse ver, porque ele não estava acostumado a notar vislumbres de coisas que não fossem adoração nos olhos das mulheres (ou pelo menos o que ele percebia como adoração). Mas ele fizera uma ameaça e Belen respondera a ela, embora apenas superficialmente. Libby percebeu que o ar ficou subitamente mais frio, uma sensação que sumiu tão rápido quanto apareceu.

— Peço desculpas, professor. — Belen forçou um sorriso plácido. — Farei o meu melhor para garantir que isso não se repita.

Mort arqueou a sobrancelha.

— Acho bom mesmo, srta. Jiménez.

Belen lançou um olhar desconfiado para Libby, e de repente a física se deu conta de sua posição na sala. Em específico, de sua posição de cumplicidade. Para Belen, ou para qualquer outro estudante na FRAMLA, Libby era indistinguível dos outros estudantes de doutorado ou pós-doutorado. Afinal de contas, era vista exclusivamente na companhia dos acadêmicos do departamento que ela esperara estar mais avançado na relevante pesquisa medeiana.

Mas Libby estava errada, e, ao contrário dos outros dois, ela não estava ali para hostilizar ninguém. Com altivez, Belen havia dado meia-volta, atitude que Mort considerou desrespeitosa, e já estava fora da sala quando Libby percebeu, enfim, que havia depositado suas esperanças nas pessoas erradas.

— Segure isso aqui — disse ela, jogando a garrafa descartada na mão de Fare.

— Rhodes...? — veio um chamado distante e perplexo atrás dela, mas Libby já havia se apressado porta afora, atrás de Belen, virando no corredor tão cegamente que colidiu com alguém.

— Desculpe, eu... — As palavras a deixaram num arfar, o coração pulando enquanto ela registrava o cabelo preto bagunçado, a magreza familiar. — Eu estava... — começou ela, e engoliu em seco.

Os batimentos dela alcançaram um pico perigoso, e então, depois de um reconhecimento momentâneo, diminuíram.

— Sim? — perguntou o estranho.

Que alegria, apenas um estranho. Só algum outro adolescente com o mesmo cabelo e a mesma altura de Ezra.

Libby balançou a cabeça, tentando se recompor.

— Foi mal, deixa pra lá, eu estava... Srta. Jiménez?

Libby avistou Belen, que esta estava prestes a entrar no elevador quando ouviu seu nome e parou. Libby se livrou do estudante que não era Ezra com o máximo de educação possível e então correu até Belen, que estava à sua espera, segurando a porta do elevador.

— Vai subir? — perguntou Belen.

— Aham — disse Libby, afinal, por que não? Ela não sabia de que outra forma iniciar a conversa sobre *Ah, sinto muito pelos homens, mas por acaso teria mais ideias sobre fontes de energia enormes sem precedentes?* — Você está indo para a aula?

— Não, estou no intervalo do almoço. — Belen apertou o botão do andar principal, dando uma olhada rápida em Libby, com sorte não achando nada suspeito na calça jeans de segunda mão nem no moletom da FRAMLA que ela pegara no achados e perdidos. — E você?

— Térreo também, por favor. Também estou no intervalo.

O elevador começou a subir, o vidro que dava para o pátio emergindo dos andares do subsolo e dando de cara com hordas de estudantes em movimento.

Por um momento, ficaram em silêncio, Libby pensando no que dizer. As duas direcionaram a atenção para fora, observando as multidões entrando em cena enquanto elas subiam.

Havia uma cabeça em particular passando pelo bando num caminhar mais vagaroso que as outras. Mais devagar. Na direção errada. Uma cabeça de cabelo preto, revolto. Mas não era, disse Libby a si mesma, engolindo em seco. Claro que não era.

(E não era mesmo. Havia vários jovens de cabelo bagunçado na FRAMLA. Bem menos mulheres, o que era o motivo de ela ter entrado naquele elevador em específico.)

— Parece que você viu um fantasma — comentou Belen, em seu tom animado, e Libby piscou.

— Hum? Ah, sim. Desculpe.

Não fazia sentido mencionar Ezra, muito menos qualquer outra coisa.

Libby olhou para a garota, percebendo que Belen devia ser um pouquinho mais velha do que ela imaginara a princípio. Sob a juventude de seu rosto, a universitária tinha um tipo de cansaço causado pelo mundo. E também uma beleza que Libby invejava mais quanto mais olhava. Belen tinha cílios longos que complementavam um par de olhos escuros arrebatadores.

— Eu estava pensando se poderíamos tomar um café ou algo assim. A não ser que você tenha planos, claro — comentou Libby.

— Não, café parece uma ótima ideia. — Belen soou surpresa, mas contente.

O elevador chegou ao térreo, e Belen gesticulou para que Libby saísse primeiro, em aparente sinal de deferência. Estranho, pensou Libby, com certo fascínio. Ela havia sido um peixe grande num enorme lago na UAMNY, e então fosse lá o que ela era na Sociedade. Agora, parecia que estava numa posição de autoridade, pelo menos para Belen.

— Você é uma estudante de graduação, certo? — perguntou Libby.

— Do segundo ano — respondeu Belen —, embora eu seja um pouquinho mais velha do que os outros da minha turma.

— É mesmo?

Libby se perguntou se elas tinham a mesma idade. Ao que parecia, era provável que a diferença não fosse tanta.

— Eu ia estudar em Manila — explicou Belen, retirando o cardigá. — Era o meu plano. Há uma nova universidade medeiana abrindo lá, embora eles ainda estivessem contratando o corpo docente quando eu me tornei elegível. Mas então entrei para um programa que me permitiria estudar aqui com visto de estudante... — Ela deixou as palavras morrerem, talvez antecipando o desinteresse de Libby. — Só fez mais sentido vir para cá. E, além disso, Lola insistiu.

Belen enfiou o cardigá sob o braço, cutucando os buracos furados em suas orelhas, que estavam vazios. A camiseta preta que usava estava por dentro da calça jeans preta surrada — um modelo que destacava sua cintura em vez de apenas bizarramente emoldurar sua área púbica (como as calças jeans daquela época tendiam a fazer) — e tinha um logotipo apagado, um nome de banda que Libby meio que lembrava da amada coleção de discos do pai.

— Qual é a sua especialidade? — perguntou Libby, e Belen riu.

A universitária levou um momento para entender que não era uma piada.

— Ah, me desculpe. Só pensei... não importa. Estou aqui como parte do programa nuclear — explicou Belen. — Sou química, mas eles me ofereceram a bolsa de estudos porque também posso trabalhar com conversão de calor. Fissão, para ser mais específica. É nisso que querem que eu me concentre.

— Ah, é? — Uma restrita porém estratégica especialidade, que estaria à beira da ubiquidade dentro de um punhado de anos. Sem isso, não haveria a rede de transportes medeianos, nem usinas elétricas medeianas. Nem economia global medeiana. — Mas você é mesmo química?

Belen deu de ombros.

— Aumento da alcalinidade do oceano era minha especialidade original. Sabe, ligações. — Ela se referia a ligar íons de bicabornato em água de oceano acidificada para reduzir as emissões globais de carbono. Outra coisa que também fora resolvida bem antes de Libby nascer. — Minha e de todas as pessoas que eles trouxeram do terceiro mundo — acrescentou Belen, sarcástica.

Elas passaram pelas portas do prédio, adentrando o mar de concreto e a onda de calor fora de época do centro de Los Angeles. Belen prosseguiu:

— É um bom programa, na verdade. Muito focado. E tenho emprego garantido aqui depois da graduação, então é o melhor mesmo. Presumindo que o professor Mortimer não me reprove primeiro.

Belen deu uma risada aflita.

— Tenho certeza de que ele não vai — disse Libby para confortá-la, embora estivesse bastante certa de que não era verdade.

Sabia que Mort e Fare tinham uma competição silenciosa para ver quem aplicava as provas mais difíceis. Eles se orgulhavam de reprovar estudantes, para eles uma demonstração de que seus padrões eram altos, e não de que eram educadores incompetentes.

— E posso fazer muito pelo meu país como química. — Belen deu de ombros, como se já tivesse discutido sobre o assunto antes, provavelmente com a avó. — As coisas sempre vão ser piores para a gente, de qualquer forma. Indonésia, Tailândia e Vietnã... Sabe, nós, nações de ilhas irrelevantes, com nossos terremotozinhos e tempestadezinhas. — Ela olhou de relance para Libby, com um ar de indiferença. — Se não fosse por Lola, eu não teria me dado ao trabalho de vir para cá. Mas, sabe como é, uma oportunidade de estudar nos Estados Unidos e tal — acrescentou, terminando a frase como se isso explicasse tudo.

— Entendi — disse Libby. Elas pararam numa esquina, Belen outra vez permitindo que Libby escolhesse a direção. — Escuta... — disse Libby, virando à esquerda —, tenho minha própria pesquisa, na verdade, sobre a possibilidade de aumentar fontes de energia existentes. Algo que criaria volumes maiores de energia com mais eficácia.

Algo para ajudá-la a rasgar o universo e se deslocar por ele, pousando... em outro lugar.

Um outro lugar muito, muito específico.

— Uma alternativa à fissão, você quer dizer? — adivinhou Belen, interessada, pelo menos mais interessada do que indicara o olhar afetado de tolerância que tinha direcionado a Mort. — Algo como energia estelar? Ou fusão?

— Fusão pura seria ideal — admitiu Libby, com cuidado. — Embora impossível.

Belen franziu a testa, pensativa.

— Não sei se é tão impossível assim. Mas esse tanto de magia teria um custo, e certamente seria algo antiético. E caro também. O professor Mortimer estava certo sobre uma bomba nuclear, e eu não diria que é seguro lidar com elas. — As duas trocaram uma careta. — Mas — acrescentou a estudante — suponho que você já saiba que a faculdade quer que o Mortimer se candidate a um programa da Corporação Wessex... É por isso que estou na matéria eletiva dele, embora meu currículo seja patrocinado pelo governo — explicou Belen antes que Libby tivesse a chance de abordar a referência a James Wessex, notório antagonista da Sociedade, pela segunda vez naquele dia. — Não sei do que se trata exatamente, então não dá para dizer se ele foi muito longe. Mas sou só uma estudante, não tenho acesso a esse tipo de informação, e, de qualquer forma, Mortimer me odeia. Você está trabalhando para uma organização específica? — perguntou, saindo pela tangente.

— Ah... — Libby percebeu, com uma pontada de culpa, que Belen claramente achava que a suposta pesquisa dela era financiada, e não só uma questão de interesse pessoal. Fazia sentido, já que ela provavelmente concluiu (também erroneamente) que Libby era uma doutoranda ou membro do corpo docente, e não apenas uma mentirosa que vez ou outra ensinava sessões de física básica. — É mais... — De novo, a dificuldade de explicar. — Bem, uma fonte de energia alternativa, como as linhas ley que você mencionou, seria benéfica para suplementar a geoengenharia — disse Libby, contando uma meia verdade. — Poderia ser uma alternativa para as emissões de carbono, talvez?

— Com certeza — concordou Belen. — E seria uma mudança boa se esse tipo de pesquisa fosse mesmo financiada. — Belen olhou para Libby, parecendo estranhamente grata. — Eu estava começando a achar que ninguém mais se preocupava com medidas preventivas.

O comentário dela parecia conter uma implicação mais sombria.

— Como assim? — perguntou Libby, com cautela.

— Bem, é só que... ninguém se importa se a casa da minha avó terminar debaixo d'água, certo? Contanto que as pessoas aqui não tenham que mudar o próprio estilo de vida. — De novo, Belen soltou uma risada tristonha. — Quero dizer, claro, a tecnologia de alcalinidade aqui é ultrapassada o suficiente para eles pagarem por meus estudos para trabalhar em outra coisa, mas ainda não chegou a ninguém no mundo *em desenvolvimento*, então... — Ela parou no meio do desabafo e olhou para Libby, as bochechas de repente corando. — Desculpa, muito rebeldia muito cedo, né? Pode continuar, professora...

— Não, não, você tem razão.

Talvez mais que qualquer pessoa, Libby entendia que a tecnologia medeiana permaneceria proibitivamente cara por pelo menos algumas das décadas seguintes. Os avanços em biomancia que poderiam ter salvado a irmã dela (se tais avanços existissem) também não teriam um preço razoável do outro lado do novo milênio.

Mesmo no mundo de Libby, a magia era mais cara do que um indivíduo — *qualquer* indivíduo — poderia pagar. Apenas os ricos e poderosos tinham os recursos para tomar decisões "éticas", isso sem falar dos outros países, muito menos das outras classes sociais ou espécies secundárias. Se Belen pensava que o estado das emissões de carbono em 1989 era uma crise, ela tinha sorte por não saber quão pouco teria sido feito para mudar as coisas no futuro.

As coisas eram estáveis no mundo de Libby. Graças a um esforço conjunto de medeianos e lobistas, a maioria das grandes corporações passou a contribuir com os esforços de descarbonização que a especialidade de Belen um dia fora necessária para fazer. Mas medidas preventivas? A maioria dos desastres naturais ainda era encarada como crises isoladas, não como resultado do declínio sistêmico global. O sistema de saúde dos Estados Unidos ainda só visava ao lucro. A Corporação Wessex ainda era a principal distribuidora de tecnologia medeiana do mundo. A magia certamente consertara coisas ao longo da vida de Libby, mas ainda não era de graça, nem livre de influências políticas. Nada era criado ou destruído sem algum dinheiro ser trocado de mãos.

Então talvez essa reunião fosse fortuita. Mais que isso. Ela não queria romantizar a situação em que se encontrava, mas tinha a impressão de que a aliança com a qual se deparara era frutífera demais para ser inteiramente aleatória. No fim das contas, quais eram as chances de esbarrar em alguém como Belen?

— Que tal aqui? — disse Libby, percebendo que a estudante ainda estava esperando que ela escolhesse uma cafeteria. Ela indicou uma no fim da rua. — E será que você tem interesse em me ajudar com a minha pesquisa?

Um vislumbre de cabelo preto desgrenhado chamou a atenção de Libby pela vitrine da loja ao lado da cafeteria e, na tensão que se seguiu, ela acabou não ouvindo a resposta de Belen. Libby registrou os tons de entusiasmo, mas se viu engolindo outro pico inesperado de adrenalina, um pânico momentâneo deixando a garganta dela seca de medo.

— ... um prazer — terminou Belen, que parou de novo para deixar Libby ir na frente.

Não era nada, Libby repetiu para si mesma, dando um passo para o lado para deixar um grupo de estranhos passar. Não era Ezra.

(Não daquela vez.)

(Não ainda.)

— Ótimo — conseguiu dizer Libby, esforçando-se ao máximo para normalizar seus batimentos. O rosto que vira, se é que tinha visto um, se fora, ou nunca nem estivera ali. — Me desculpe — disse ela, percebendo que Belen a olhava com expectativa de novo. — Então você está interessada? — confirmou, empurrando a porta do estabelecimento e gesticulando para que a outra entrasse. — Mesmo que não seja, de fato, sua especialidade?

— Ah, com certeza, professora...

Libby franziu a testa, olhando para trás outra vez.

Ninguém. Nada. Ela não havia visto Ezra. Ele não a tinha encontrado. Estava em segurança.

(Por enquanto.)

Libby inspirou profundamente, e então soltou o ar.

— Certo — disse ela, se virando para uma Belen que esperava e só se lembrando depois de informá-la de que preferia ser chamada de Libby, não de professora. — Então. Me conte outra vez sobre as linhas ley.

· CALLUM ·

Duas coisas estavam ficando muito claras para Callum. Uma era que Reina de fato tinha enlouquecido. Ele considerou mencionar o óbvio: que as circunstâncias do nascimento dela — tendo nascido numa família que em suma não a queria — estavam afetando de forma muito estranha os processos emocionais dela. Callum até considerou explicar para a naturalista que, na verdade, a infância é muito frágil e que os traumas não podem ser superados de verdade. O dano não pode ser *desfeito*, e fingir que ele não existe ou tentar libertar-se dele de alguma forma — se tornar maior, mais invulnerável do que a dor — definitivamente não era algo que alguém com a inaptidão emocional de Reina deveria tentar fazer por conta própria. Pior ainda seria influenciar uma antiga biblioteca mágica a lhe dar coisas que ela não estava preparada para ter.

Não é nada pessoal, Callum pensou em dizer a ela. Não é como se *você pessoalmente* estivesse fazendo algo muitíssimo estúpido. Muitas pessoas sofrem desses tipos de inadequação, e você não deveria encarar como um insulto quando digo que isso não vai lhe dar o amor que nunca teve quando tinha cinco anos. Mas tudo parecia uma chatice de mencionar — uma pena —, e quem tinha tempo para esse tipo de gerenciamento de vulnerabilidade? Sendo assim, Callum decidiu não dizer nada.

A segunda coisa que se tornou clara para Callum enquanto os dias encurtavam e ficavam mais frios era que Atlas não queria que ele fosse ao baile anual da Sociedade e estava tentando pôr em prática um tipo estranho de psicologia reversa para garantir o aval do empata.

— Você é bem-vindo — foram as exatas palavras de Atlas, ditas a Callum sem rodeios quando o empata permanecera na sala pintada após uma das reuniões, àquela altura raras.

Atlas havia transmitido o convite a todos do grupo antes de dispensá-los. (Era difícil dizer quem estava mais insatisfeito com esse cativeiro. Cada um parecia ter um lugar melhor no qual estar.)

— Acredito que a srta. Kamali já expressou sua intenção de se juntar a nós — explicara Atlas diante da pergunta não verbalizada de Callum —, então talvez você possa consultá-la quanto ao que ela pretende vestir.

Nenhuma ameaça traiçoeira, nenhuma sugestão misteriosa?

— Devo ignorar que algumas semanas atrás você me queria num caixão? Não tente negar — alertou Callum, com tranquilidade, sendo de zelosa empatia e (possivelmente) racional. Callum considerara sua atitude decente e incorrigível, e, portanto, implausível. Atlas atendera ao pedido dele e não discutira. — E agora você quer que eu vá à sua festa — zombou Callum —, como seu... convidado de honra?

— Como membro da Sociedade — corrigiu Atlas. — O que você é, independentemente dos meus sentimentos em relação a você. — Ele encarou Callum com uma expressão apática. — Nunca foi minha decisão se você viveria ou morreria. Você está vivo e, portanto, convidado.

Que incrivelmente civilizado da parte dele, presumindo que fosse verdade.

— Então você quer ficar de olho em mim, é isso? — perguntou Callum.

— Na situação atual, já estou de olho em pessoas demais — respondeu Atlas. — Compareça ou não. Aproveite os aperitivos ou não. Para mim é indiferente.

Ele se virou para encerrar a conversa, trazendo à tona uma lembrança de Callum.

— Você uma vez me disse que eu tinha algo inacabado — comentou o empata. Atlas, de costas, revirava uma papelada. — Que me faltava alguma coisa. Imaginação, talvez?

— Pelo que me lembro, o que falei é que admirava suas escolhas — disse Atlas, sem erguer a cabeça. — As coisas que você escolheu não fazer.

Ah, sim, que retórica adorável entre admiradores.

— Mas então você também...

— Questionei por que você não as fez, sim, eu sei. — Atlas se virou para encontrar o olhar de Callum, uma vez que terminara de reunir fosse lá que tédio logístico tinha diante de si. — Você mesmo está questionando isso agora?

Claro que não. Callum não tinha interesse em... o que Atlas dissera? Guerra. Existência. Sobrevivência das espécies. Magnanimidade inútil, na opinião de Callum. Mas vez e outra ele se ocupava com dores menores e mais afiadas.

Punições.

— Escolhi um tema para o meu estudo independente — anunciou Callum, e Atlas arqueou a sobrancelha, parecendo interessado.

— Escolheu? Eu me perguntei se você se lembraria das condições da sua iniciação, sr. Nova. — A expressão de Atlas era firme, mais impaciente do que sombria. — Você tem uma dívida com a Sociedade...

— Assim como ela tem uma dívida comigo. É, eu sei. Pergunta rápida. É muito ruim?

Atlas fez um esforço visível para não demonstrar sua tensão.

— O que é muito ruim?

— Esta época do ano — respondeu Callum, com calma, sabendo que um telepata da proficiência de Atlas não necessitaria de explicações. — A mudança na temperatura, a melancolia. Afeta muito você? Sua magia, digo, não seu estado mental. Embora para você seja tudo a mesma coisa, não é? Amaldiçoado com claridade de pensamento quando os seus são tão deprimentes.

Callum estava contente por ver que, como esperado, Atlas precisou de um tempo para responder. Ele não esperara que o Guardião reagisse movido pela emoção. Essa não era a questão. Não importava se Atlas perdesse a compostura, ou se debulhasse em lágrimas, ou se de repente decidisse agarrar Callum pelo pescoço e jogá-lo nos jardins lá fora.

O que importava era o meio segundo de tensão. A necessidade de considerar como responder. Que lindo esforço de angústia. Era como morder a língua e então, só por um instante, sentir o gosto do sangue.

— Qual é o tema escolhido? — perguntou Atlas.

Tão refinado, tão distinto. Tão repulsivamente civilizado e tedioso.

— Os efeitos da depressão clínica em especialidades telepáticas — respondeu Callum, achando graça.

Como a explosão de um tomate-cereja. Um estouro ínfimo e doce.

— Ah. — Atlas abriu um sorriso leve. — Campo muito explorado, temo.

— Bem, eu pensei em considerar alguns outros fatores. Estresse pós-traumático. Culpa de sobrevivente.

O comedimento de Atlas, seu silêncio, era adorável e tenso, como o vidro de uma janela feita de caramelo esticado.

— Pensei: bem, eu sou um empata, certo? — comentou Callum. — O que separa o transtorno *mental* da realidade emocional? Certamente há algum grau de legitimidade nisso. Algum... campo inexplorado, como você diz.

Do que Callum estava falando, afinal? Ele não tinha certeza, na verdade. Não havia pensado direito no assunto, embora fizesse sentido. Parisa estava lendo a merda do Jung, e como isso era diferente de influenciar as emoções? Quanto mais Callum pensava a respeito, mais suas provocações começavam a fazer sentido. Por que *não* deveria estudar a química do cérebro? Afinal de contas, era isso que ele estava de fato alterando, não? O que eram sentimentos, exceto hormônios e fraquezas, a falsidade da mente?

— Uma proposta muito boa, sr. Nova — disse Atlas.

Infelizmente, era possível que ele tivesse chegado à mesma conclusão que Callum; ou talvez o empata, que já tinha tomado uma taça de vinho (bem, estava mais para uma garrafa), não estivesse sendo cuidadoso o bastante para ocultar seu ataque disparatado sob o véu das artes escolásticas.

— Talvez valesse a pena expandir o escopo das especialidades telepáticas — aconselhou o Guardião, seco.

— Talvez. — Que lamentável era o fato de que Callum estivesse de fato interessado pelo assunto, quando sua intenção inicial fora apenas cutucar o passado de Atlas Blakely, despertando seus muitos fantasmas. — Mas, enfim — continuou, não exatamente pronto para desistir do jogo. — Suponho que você entenderia por que escolhi você como objeto de estudo.

Atlas deu um breve sorriso.

— Que lisonjeiro.

— Esta época do ano te incomoda? — tornou a perguntar Callum, gesticulando para o lado de fora, para a neve que salpicava os caminhos do jardim.

— Sou suscetível a certa desordem conforme as estações mudam — respondeu Atlas. — Assim como tende a acontecer com muitas pessoas.

— Não. Eu quis dizer a outra coisa.

Atlas não se pronunciou.

— É muito interessante — observou Callum. — Seu senso de responsabilidade.

Atlas continuou em silêncio.

— Sabe, eu fico me perguntando — prosseguiu Callum, num ritmo sinuoso — por que alguém seria tão devotado a algo cuja crueldade é tão notável.

Atlas nada disse.

— Matar — completou Callum, se recostando na mesa como se para analisar Atlas melhor. — Ninguém chegou a me perguntar se eu teria assassinado um dos outros. Eles simplesmente presumiram que eu faria isso.

— Por um bom motivo — murmurou Atlas.

— Sim, verdade. É por isso que você me odeia, odeia minha existência — disse Callum.

Atlas provavelmente fazia menção ao fim do medeiano despachado por Callum durante o ataque na primeira noite de residência deles. Ou talvez se referisse ao resultado da batalha de intelectos entre Callum e Parisa no ano anterior. Ou a qualquer outra coisa, na verdade. Callum jamais tinha alegado inocência, mas, mesmo assim, sentia o sabor suave do Chardonnay da vitória.

— Mas, do meu ponto de vista — disse Callum —, o sangue que tenho nas mãos não é nada.

— É mesmo, sr. Nova?

— Nada comparável ao seu, pelo menos.

Atlas enfim se mostrava disposto a discutir. A fornecer alguma crueldade, algum desdém, o que os dois sabiam que ele sentia. Por um momento, pareceu que Atlas poderia de fato ceder aos seus impulsos mais básicos, sua necessidade de punir Callum, de colocá-lo em seu devido lugar.

Callum descobriu que apreciava o que estava por vir. Que humilhante se dar conta de que tudo que um dia dissera a Tristan era uma verdade sobre si mesmo. Tristan era quem *deveria* puni-lo, quem deveria estar tão enojado a ponto de passar todos os momentos planejando a morte de Callum. Mas Tristan estava crescendo, florescendo, desabrochando em flores intensas de movimento progressivo.

Quando fora a última vez que Tristan olhara na direção de Callum, ou pelo menos havia desejado que imenso infortúnio caísse sobre sua cabeça, sua linhagem? Semanas, talvez até meses, e de alguma forma isso era culpa de Atlas. Pelo menos Callum o culpava. Tinha certeza de que Atlas Blakely merecia uma dose de sofrimento.

— Para cada vilão, uma história de origem — disse Atlas, enfim respondendo ao insulto de Callum. — A minha decepciona você?

— Nem um pouquinho. — Uma verdade ainda mais infeliz. — Tudo que você fez tem sido irracional, medonho. Não consigo entender por que ainda está vivo.

— Nem eu — disse Atlas, pegando suas coisas e partindo.

Talvez, se Callum estivesse mais sóbrio, pudesse ter detido o Guardião. Mas, como não estava, não se moveu, e agora era hora do baile da Sociedade, o que, apesar da ambiguidade dissimulada de Atlas, era uma oportunidade para Callum fazer o que fazia de melhor: ser terrivelmente divertido em festas.

Pense nisso, considerou Callum enquanto vestia seu melhor terno, observando seu reflexo no espelho. Só *imagine* as coisas que poderia fazer com as emoções de Atlas Blakely. Callum não havia revelado a ninguém o que descobrira no arquivo de Atlas, visto que não foi capaz de encontrar um cúmplice que não o fizesse querer se jogar de cabeça num lago. Parisa era convencida demais; Reina, falha demais; Nico era Nico demais. Mas e se outra pessoa soubesse o que ele sabia? E se qualquer um dos outros pudesse entender as verdadeiras profundidades dos pecados do Guardião?

Callum dobrou o lenço de seda da mãe e o colocou no bolso do paletó, balançando a cabeça.

Aquele tipo de culpa não precisava de um empata que a interpretasse. Não havia chance alguma de Atlas Blakely não passar todos os dias de sua vida a serviço do trauma, e restava a Callum descobrir por quê.

Callum vagou para fora do quarto, observando as portas fechadas, e se dirigiu à galeria. Era a temporada de feriados mortais, embora a mansão da Sociedade evitasse a extravagância das festas de fim de ano em nome da elegância do baile, adotando sua paleta sombria de sempre, ainda que com uma iluminação mais interessante.

Da balaustrada, era evidente que a casa estava se enchendo rapidamente com uma variedade de indivíduos da estirpe de sempre. Políticos, filantropos, medeianos proeminentes de todos os tipos. Não estava claro se eram todos membros da Sociedade — provavelmente não, pensou Callum —, mas aqueles que pertenciam a ela eram óbvios. Todos evitavam inspecionar a mansão ou admirá-la por muito tempo, como se suspeitassem que o reflexo do chão tinha uma memória vívida demais.

Callum saiu da ala de residência tarde, claro, como qualquer pessoa razoável faria, e descobriu que Parisa tivera a mesma ideia. Ela estava usando outra peça de seda, um vestido que envolvia sua figura e cascateava por seu corpo como lágrimas. Em vez do preto de sempre, o traje daquela noite era de um dourado fundido e ardente. Ele se aproximou dela, parada nas escadas, programando com cuidado sua entrada. Os outros, se é que tinham planos de ir, já estavam lá embaixo ou fadados à deselegância do atraso.

Quando Callum alcançou Parisa, ela o olhou por um breve momento antes de descartar fosse lá que pensamento tivera. Provavelmente que ele estava bonito ou que deveria morrer. Ou os dois, o que não era incomum para ela.

— Vamos? — disse Callum, oferecendo o braço.

Parisa semicerrou os olhos.

— Dá um jeito na sua cara — aconselhou.

Talvez não a parte do bonito, então.

— Dar um jeito?

— Você chama muita atenção, é ridículo — respondeu ela, desconcertada. — Já considerou se misturar?

— Eu poderia te perguntar a mesma coisa — retrucou ele, o olhar deslizando com malícia pela curva do quadril dela.

— As pessoas só se lembram de mim se eu deixar.

Ela o repreendeu com um arquear de sobrancelha, como se o empata devesse saber disso.

— Quem disse que não posso fazer o mesmo? — Mas isso parecia trabalhoso demais, então ele abriu mão de uma das ilusões. — Melhor?

Parisa semicerrou os olhos.

— O que você fez, afastou a linha do cabelo?

Ela ergueu a mão e Callum logo se afastou, a ponta dos dedos de Parisa roçando a ponta de seu bico de viúva hereditário.

— Fala comigo quando seu cabelo começar a ficar grisalho — disse ele.

Parisa sorriu, dando de ombros, e Callum ofereceu o braço outra vez.

— Você devia ter ficado no seu quarto — comentou ela, embora dessa vez tivesse apoiado uma das mãos no braço dele ao descerem as escadas. — Você sabe que ele te odeia, certo?

O desdém dela ao se referir a Atlas parecia ter se dissipado. Interessante.

— Claro que ele me odeia. — E deveria mesmo. — Mais alguém vem? — perguntou Callum ao chegarem ao térreo, indicando os quartos restantes atrás deles.

Parisa deu de ombros, e então o soltou.

— Justo — disse Callum.

Eles caminharam em silêncio até o saguão de entrada, se misturando com o mar formado pelos outros convidados. Contornaram os estofados de veludo, as tapeçarias em tons de mogno e vinho. Os clássicos ornamentos que simbolizavam o luxo estavam ainda mais deslumbrantes do que o habitual, os familiares arcos greco-romanos esculpidos e pilares brilhantes agora realçados por joias que reluziam com o movimento sutil dos candelabros. Todos os olhares pousaram em Parisa, e então, exatamente como ela descrevera, passaram por ela, a atenção se desvanecendo.

— Você está quieta — observou Callum.

— Estou? — Ela não pareceu incomodada nem surpresa com a observação. — Acho que preciso de uma bebida.

— Devo pegar uma para você?

— Não. — Parisa olhou para ele com algo próximo a espanto. — Você não pretende ficar me seguindo a noite inteira, né?

— Não. — Callum não tinha pretensão alguma de fazer isso. Não tinha qualquer motivo para fazer mais nada, ou para *não* fazer coisas. Era realmente libertador. Ou deprimente, mas, é obvio, ele não estava deprimido. — Eu só sei que ele não me queria aqui, então aqui estou.

Parisa seguiu o olhar dele e encontrou Atlas, que estava perto das portas do grande saguão entoando uma gargalhada ressonante em resposta a algo que o primeiro-ministro canadense tinha dito.

— Você descobriu algo no arquivo dele, suponho?

Callum não perguntou como ela sabia daquilo.

— Origens simples — contou ele. — Passado humilde.

— Bem, é claro — zombou Parisa. — Pessoas nascidas na riqueza são intoleráveis não importa o que façam.

Ela abriu um sorrisinho para ele.

— Minha mãe era pobre.

— Bom para ela — respondeu Parisa, seus olhos escuros notando uma bandeja com taças de champanhe passando. — Ela falhou em transmitir qualquer diligência a você, ao que parece.

Callum deu de ombros.

— Não pegou, acho.

— Está na cara que não. — Parisa se afastou dele, o olhar cruzando o de alguém enquanto estendia a mão para pegar o champanhe. — Dá uma segurada nesse momento esquisito que você está tendo, que tal? — disse ela, falando com ele sem qualquer interesse. — E nada de beber. Você fica mórbido demais. E também não mate ninguém — acrescentou, depois de pensar. — Ou mate. Não é da minha conta mesmo.

— Você já se apaixonou? — perguntou Callum.

Parisa se revoltou.

— Sério, deixa pra lá. Aqui — disse ela, enfiando sua taça de champanhe na mão dele. — Você está envergonhando todos nós.

— Certo.

Callum entornou a taça e, quando acabou, Parisa já tinha partido.

Ele jogou a taça para trás, e de alguma forma ela se dissolveu antes de se estilhaçar. Que pena. Ele supôs que havia magia de todo tipo ali, algo que Tristan saberia como ver, mas que Callum não conseguiria. Tristan conseguia ver várias coisas que outras pessoas jamais veriam. Como o fato de Callum ser muito, muito míope, tendo que semicerrar os olhos para enxergar. Ele havia consertado isso, óbvio. Porque ele consertava coisas. Em geral, era um resolvedor de problemas. Em determinado momento, atuara no negócio de consertar pessoas, mas, *ai*, era tudo tão cansativo. E ninguém jamais permanecia consertado. Esse era o verdadeiro problema. As pessoas eram tão instáveis, tão suscetíveis à mudança. Num dia elas te amavam e, no outro, não. Callum havia observado sua relevância na vida de tantas pessoas desaparecer e, sim, está bem, isso não era uma desculpa para... *Do que* Tristan não gostava nele ultimamente mesmo? Difícil dizer. Eram tantos defeitos maravilhosos para escolher. Por sorte, ninguém ficava tempo suficiente para ele se importar com a resposta.

Callum olhou ao redor e notou algo. Uma ausência. Atlas partira. Hum. Interessante. Além disso, havia uma mulher serpenteando pela multidão. Atlas, seu safadinho! Callum estendeu a mão para outra taça de champanhe e a perdeu, então a invocou sem muito jeito em sua mão. Ele bebeu tudo e depois seguiu a mulher até o escritório de Atlas, se movendo com cautela.

A porta estava entreaberta, que conveniente.

— Professora J. Araña — disse a voz de Atlas. — Sua reputação a precede. Me diga, o *J* é de...? Ah, sim, Jiménez — observou, se sentando à mesa. — Você está casada agora ou é apenas um pseudônimo?

— É o nome de solteira da minha avó.

A voz da mulher era contida, madura. Soava mais velha até que Atlas. As emoções dela, até onde Callum podia sentir, eram em geral uma mistura de repulsa e ódio. Ela queria muito arrancar os membros de Atlas, mas estava se segurando por algum motivo. Infelizmente.

— Entendo. E o que posso fazer por você, professora?

— Morrer — disse ela. — Lenta. E dolorosamente.

— Compreensível — respondeu Atlas.

— Na verdade, só vim até aqui para matá-lo — disse ela, ponto no qual Callum estava prestes a interromper, dizendo algo mais ou menos na linha de: ah nááããão não não isso é o que ele queeeeeeer, não faça isso, *senõra*; mas então ela continuou falando: — Mas a verdade é que não se trata de você. Se você morrer, outra pessoa o substituirá. Como as cabeças de uma hidra.

— Verdade — disse Atlas.

— O veneno é institucional. É maior que você.

— Sempre é — respondeu Atlas, gentil. — Lamento não poder oferecer mais a você, Belen.

— Certo. — A mulher, a professora, de repente pareceu drenada. Como se o véu do propósito de uma vida estivesse se dissolvendo.

Opa, pensou Callum. Isso não é nada bom, nunca é. Cuidado com isso.

— Bem, acho que a festa acabou para mim, então — disse a mulher.

— Deixo você me dar um soco, se isso ajudar de alguma forma — disparou Atlas, o que Callum considerou não muito razoável da parte dele.

A mulher já estava mal. Não precisava ser tratada com condescendência.

— Tão magnânimo, obrigada — respondeu ela, e se virou, saindo do escritório e pisando com força no pé de Callum. — Com licença...

— Continue — sussurrou Callum para a mulher.

Ele encontrou um botão e o girou. Era como se tivesse ligado o sol, se aquecido no calor da lareira. A mulher não parecia ser do tipo que desistia, mas ainda assim o agradava pensar que o fogo ainda estava aceso, as luzes ainda ligadas.

— Não pare — prosseguiu ele.

Ela o observou. Era pequena, robusta, um pouco atarracada.

— Conheço você?

Callum a deixou ir, se recostando na parede, cambaleante. As bolhas de champanhe que bebera de repente ameaçavam sair de seu corpo via arroto. Ou pior. Ele se endireitou com um inspirar profundo, vendo estrelas.

— Sr. Nova — chamou a voz de Atlas. A mulher se fora, então. — Talvez você deva experimentar um aperitivo. Ou uma reconciliação.

A última parte, Callum teve certeza, fora dita em sua mente, o que era um pouco exagerado. Que grosseria indizível! Que covardia e intromissão! Que ideia ótima e terrível pela qual Atlas Blakely deveria pagar, e logo.

— Você os matou — sussurrou Callum para Atlas.

Ele não se lembraria da resposta de Atlas, mas o restante da noite ficou perdido numa névoa espumante, um borrão indistinguível. Pensou se lembrar de ter visto algo de canto de olho. Um halo de feitiços de ilusão da marca Nova, como um ninho sem lei das impressões digitais de sua família. E Tristan.

Mas, pela manhã, Callum não teria certeza.

· · EZRA ·

— Olá — disse a mulher mais estonteante que Ezra já vira. — Você tem mais ou menos um metro e oitenta, não? Interessante. Sabe onde fica o banheiro?

Ezra levou um momento para responder.

— Por aqui — conseguiu dizer, pigarreando.

— *E* sabe onde ficam as coisas. — Ela deu um sorriso deslumbrante. — Fascinante. Nome?

— Ezra.

Ele pretendera mentir, ou melhor, não responder. Não que importasse se ela sabia ou não o nome dele. Ninguém ali além de Nico de Varona o reconheceria e, para esse fim, as ilusões de Ezra — cabelo levemente esquecível, olhos inexpressivos, a aparência geral de alguém com quem todo mundo estudou — estavam no lugar.

Ele olhou ao redor em busca de Nothazai. Atlas ainda não tinha aparecido.

— Desculpe, estou só… procurando por alguém.

— Ah, não se preocupe, ele também está procurando por você.

A mulher era mais baixa que Libby, percebeu Ezra. Não sabia por que sempre comparava todas as mulheres a Libby, considerando que ela tinha uma altura normal, talvez até um centímetro ou dois acima da média. Era pouco provável que ela fosse uma referência para *todas* as mulheres. A jovem diante dele usava saltos muito altos, mas ainda assim sua cabeça ficava abaixo de onde a cabeça de Libby costumava bater. Por que raios ele continuava pensando em Libby?

— *Muito* interessante — disse a mulher, dando um gole em sua bebida com um sorrisinho.

Então Ezra se deu conta do covil em que havia entrado.

— Você é uma telepata. — O tipo de especialidade que ele menos apreciava, e o único tipo para o qual seu rosto cuidadosamente feito de ilusões não faria muita diferença. — Você é Parisa Kamali.

Ela arregalou os olhos. Infelizmente, não por surpresa.

Por... triunfo. Ou empolgação.

— Ah, como é delicioso... — disse Parisa, erguendo sua taça de champanhe para um brinde. — Amo uma reviravolta. Aproveite sua noite, Ezra — ronronou para ele, quase zonza com tamanho deleite.

E então ela sumiu com a taça e desapareceu em meio à multidão, se camuflando entre a elite medeiana antes que Ezra pudesse perguntar a ela o que achara tão delicioso. Ao mesmo tempo, Ezra avistou Nico, que estava vagando pela casa e puxando a gola da camisa, desconfortável. Ezra esperou que o olhar distraído de Nico passasse por ele, e então se virou.

Ele balançou a cabeça, olhando ao redor de novo em busca de Nothazai ou da professora. Não sabia exatamente o que estava buscando — se sentia da mesma forma quando abria a geladeira de cinco em cinco segundos sem saber o que queria encontrar ali — ou, ainda mais importante, o que o possuíra para fazê-lo ir àquele evento.

Bem, não era verdade. Ezra sabia. Sabia com exatidão. Fora até ali porque precisava mostrar a Atlas o tipo de influência que comandava, o tipo de amigos que tinha, especificamente o tipo que transitava por lugares privilegiados. Porque Atlas, que devia ter mudado as coisas com Ezra, havia escolhido em vez disso se tornar parte dessa coisa que os dois odiavam, mas agora Ezra precisava que ele soubesse que fazer isso não era impressionante, não era inovador, mal era poderoso: era pouco inspirador, previsível e ultrapassado.

Era... *decepcionante*.

Mas o terno estava pinicando e o lugar estava quente demais. Ezra conseguia sentir que havia sido extirpado das proteções. Elas tinham sido remendadas, o que de certa forma o magoava. Então ele ficou ali, inútil, uma espécie de parasita despido.

— Foi 1988? — sussurrou uma voz no ouvido dele. — Ou foi 1989?

Ezra deu um pulo, o coração de repente disparando.

— O que tem em 1989?

— O ano em que sua mãe morreu. — Atlas havia se aproximado dele, entregando-lhe uma taça de champanhe. — Desculpe, toquei num ponto doloroso? — comentou, levando a taça aos lábios. — Suponho que eu não deveria perguntar.

Como sempre, Ezra, você é muito fácil de encontrar.

Ezra nada disse, aceitando a taça sem responder.

— Sabe, na verdade, eu não suporto o Nothazai — afirmou Atlas. — Não porque ele se opõe a mim e a tudo que digo ou faço, mas porque é um comunicador ineficiente. Fica falando sem parar. — Ezra encarou Atlas. — Nunca nem imaginei que você tivesse um terno.

— Cuidado — avisou Ezra, tomando um gole. — Você parece estar falando com alguém jovem o bastante para ser um dos seus iniciados, caso tenha perdido o referencial.

— Eu nunca perco o referencial.

Verdade, pensou Ezra, sombrio.

— Só estou conversando com um velho amigo — retomou Atlas. — Suponho que você só veio para jogar conversa fora, já que não é muito fã de patê.

Ezra observou Atlas, que estava com um sorrisinho cravado no rosto.

— Você está de olho nela, não está? Assim espero — perguntou Atlas, tomando um gole. — Eu ia odiar pensar que ela pode se meter numa confusão. Imagine só como você se sentiria culpado se ela se ferisse.

Ezra ficou em silêncio.

— Por falar nisso, ela está na FRAMLA — prosseguiu o Guardião. — Mas você já sabe disso. — Outro olhar de esguelha enquanto Ezra tentava não pensar em nada. Tentava de propósito pensar em nada. Uma tela em branco, uma parede vazia. — Ela está apenas correndo numa roda de hamster que você criou, não é mesmo? Presumindo-se que ela não seja mais esperta do que você pensa, o que é uma presunção bastante perigosa.

— Não vou deixar você fazer isso — disse Ezra, baixinho. — Sei o que você está planejando. E o que está fazendo...

— O que exatamente estou fazendo? Tomando champanhe numa festa — retrucou Atlas, brindando com a taça. — Que eu saiba, nunca sequestrei ninguém.

— Você encontrou uma forma de enganar os arquivos, sei muito bem disso. — Um blefe, mas quase correto, sem dúvida. Os arquivos davam apenas o conhecimento que era merecido, e Atlas de maneira alguma merecia a onipotência. Embora ninguém estivesse olhando para ele, Ezra murmurou: — Sei que deve estar fazendo alguém acessar os arquivos que você não pode acessar. E sei o que está planejando fazer com eles.

Isso pelo menos era verdade. Mesmo sem os detalhes do plano, sem testemunhar os eventos que levariam ao resultado que Ezra previra, Atlas mostrara a Ezra quem ele era de verdade havia mais de vinte anos.

— Você não é um deus — declarou Ezra.

— E lamento isso todo santo dia — respondeu Atlas, indiferente.

A velha faísca de ressentimento se acendeu em Ezra, queimando intensamente com a recordação de seu primeiro encontro com Atlas, da afinidade que sentira, da proximidade que pensara que tinham. Ele abafou os impulsos.

— Onde ele está? Seu animador.

Ezra não esperava uma resposta, mas queria que Atlas soubesse que estava de olho nele. Que alguém, em algum lugar, estava fazendo as perguntas certas. Olhando nos lugares certos.

Queria que Atlas soubesse que alguém sabia quem ele realmente era.

— Não veio — disse Atlas. — Não está se sentindo bem.

Rá. É claro que não estava.

— Pelo que vi, você selou as proteções. Foi difícil?

— Muito.

— Ótimo. — Ezra enfiou a taça no peito de Atlas. — Obrigado pela bebida.

— Aproveite a festa — disse ele, numa absurda bênção de despedida.

Ridículo. Claramente Ezra não deveria ter ido.

Exceto...

Exceto que as coisas não eram inteiramente o que ele imaginara. Para começo de conversa, Atlas estava certo sobre Nothazai. E, embora não tivessem falado de James Wessex, era provável que Atlas estivesse certo sobre ele também. Ezra ainda não sabia o que pensar da professora J. Araña. A princípio, ela parecera quieta demais, mas agora estava... não barulhenta, exatamente, mas talvez *equivocada*. O ativismo dela — que no início o atraíra — estava começando a lhe soar... bem, agressivo. Pouco específico. Incontido. Ele sabia que ela tinha sido enxotada para seu laboratório de alcalinidade numa espécie de técnica de silenciamento institucional, mas ouvi-la emitir suas opiniões era menos produtivo do que Ezra esperara. Quando ela falava, sua mordacidade não se destinava à tarefa que tinha em mãos, ou até mesmo aos iniciados. Havia algo rosnando sob os argumentos dela, algo se soltando. Como se ela estivesse à beira de se desintegrar e, portanto, estragar o plano deles.

Ezra não sabia explicar sua visão porque não era um telepata, mas ficava cada vez mais claro que as pessoas que havia selecionado para a tarefa não se adequaram à urgência da situação. Ele os alertara inúmeras vezes sobre o tipo de onipotência que Atlas Blakely aspirava ter. Que despotismo seus iniciados tentariam, se tivessem a chance? Apesar de tudo isso, Ezra era visto apenas como uma ferramenta, alguém que não passava de uma sentinela. Ele era Paul Revere gritando que os ingleses estavam chegando, quando na verdade seu objetivo era explicar que os britânicos já haviam chegado.

O plano se complicava mais a cada dia. Na cabeça de Ezra, era simples: mirar em cada um dos mais novos membros da Sociedade e neutralizar a ameaça que ofereciam antes que a influência deles — a influência de *Atlas* — pudesse ser infligida ao mundo. Uma coisa era mirar na Sociedade por um viés filosófico, com o propósito de unificar a missão deles, mas na prática a Sociedade era um inimigo grande e intangível demais para destruir. Os recrutas dele não entendiam isso? Que uma vez que Atlas Blakely fosse removido, a Sociedade simplesmente voltaria a ser uma coleção de homens ricos e livros empoeirados? Ela não seria mais uma ameaça, exceto talvez para o ego de alguém caso não viesse a ser aceito. Ezra não estava nem aí para egos. Ezra se importava com a continuação do mundo como eles o conheciam. Portanto, era *Atlas* o problema, Atlas e suas armas que eram a ameaça e, verdade seja dita, Ezra poderia matá-lo naquele momento e acabar logo com aquilo, mas quem poderia afirmar que Atlas já não havia colocado seu plano em ação? Os novos membros da Sociedade estavam avançando em seus estudos independentes. O que os arquivos haviam fornecido a eles àquela altura era incalculável, e esse era o problema. Callum Nova fora eliminado, Libby estava presa, mas ainda havia quatro armas mortíferas prestes a serem liberadas no mundo. E Ezra sabia, mesmo que os iniciados não soubessem, que Atlas tinha um plano para eles. Atlas tinha um plano para todos.

Ao que tudo indicava, ninguém havia tentado sair da casa desde que seu plano de contingência fora colocado em ação. Mesmo assim, vez ou outra eles iam se aventurar a sair, e o que precisava ser feito era óbvio: Parisa Kamali, Tristan Caine, Nico de Varona e Reina Mori precisavam ser detidos. Eles não podiam, de maneira alguma, terem a possibilidade de continuar no caminho que fora pavimentado para eles por Atlas — e, involuntariamente, Ezra — tantos anos antes.

Irritado, Ezra perambulou pelos arredores daquela festa repleta de burgueses beberrões, por pouco não trombando com um homem loiro de olhos vidrados que andava pela casa como se fosse um sonâmbulo. Excesso de indulgência, talvez. Deus, Ezra odiava festas. Toda aquela opulência era revoltante e, pior, ele não sabia como existir ali. Lembrou-se de seus tempos de iniciado. Apenas alguns anos para ele, mas quase duas décadas para Atlas. Os outros iniciados da turma não haviam sido gentis com Ezra. Ele se perguntou onde estavam, o que estavam fazendo, se tinham brindado a Atlas antes da festa e rido da lamentável perda de Ezra. Ele ainda não havia visto nenhum deles — Folade amava uma festa, Neel amava atenção e Ivy... com sorte, ninguém era burro o bastante para deixar Ivy à solta numa multidão —, mas isso não significava nada. Ezra imaginou que eles já teriam se misturado aos outros àquela altura, já imersos no núcleo do privilégio. (Ele se arrepiou só de pensar em encontrar Alexis Lai de novo. Ela o aterrorizara o suficiente em seus vinte e oito anos.)

Ezra estava prestes a encontrar Nothazai, proferir suas desculpas esfarrapadas — havia pouco a se obter naquela reunião, e, além disso, a Sociedade enviara aos convidados braceletes que eram basicamente abafadores, então ele desmaiaria se sequer tentasse abrir uma porta ou quebrar uma proteção dali —, quando alguém pousou a mão em seu ombro.

— Ezra, certo?

— Tristan — disse Ezra, alarmado e confuso, simulando depressa uma expressão que transmitisse surpresa e simpatia.

Poderia ter sido um erro? Certamente tinha sido. Afinal, suas ilusões...

Ele se virou e se deparou com um Tristan Caine taciturno, tendo se comprometido apenas parcialmente a seguir o código de vestimenta formal da festa. Dava a impressão de ter vagado escada abaixo em busca de algo e então desistido.

— Não esperava ver você aqui — disse Tristan, que infelizmente não dava nenhum sinal de ter se enganado, desperdiçando sua oportunidade de absorver a brandura do rosto feito de ilusão de Ezra. — Nossa, que pesadelo — acrescentou, dando de ombros, observando a multidão com uma careta. — Tantos figurões num só lugar.

Tristan reconhecera Ezra, o que pelo menos explicava o motivo misterioso que o levara a ser recrutado pela Sociedade. Fosse lá o que Tristan havia feito para identificá-lo não tinha qualquer relação com ilusões e não correspondia a qualquer especialidade que Ezra já tivesse encontrado. Ou que Atlas tivesse mencionado, é claro.

(De fato, a lista de motivos para matar Atlas estava ficando maior a cada dia.)

— Eu não me dei conta... — Tristan deixou as palavras morrerem, franzindo a testa, intrigado. — Você parece mais jovem do que me lembro, ou talvez mais jovem do que eu esperava. Pensei que você fosse de algum outro plano astral quando o encontrei perto das proteções.

Ezra, que havia pensado muitas coisas antes daquele dia, tentou com afinco esboçar um sorriso. Nico, por sorte, estava longe demais para perceber qualquer coisa, concentrado em sua conversa com uma mulher asiática que trajava um terno tão preto que parecia quase líquido. Seu cabelo estava preso de lado, e ela observava pela janela com um olhar de tédio.

— É meu estilo de vida europeu — comentou Ezra para Tristan, confiando na distração de Nico. — Vinho tinto e um sistema de saúde decente fazem milagres. Sou mais velho do que pareço.

— *Rá* — disse Tristan, então olhando para outro ponto na multidão, absorto. — Quando você foi iniciado? Acho que nunca cheguei a perguntar.

— Ah, eu... — Hum. Complicado. Por sorte, Tristan não estava prestando a atenção adequada. — E você?

— Hã? Ah, desculpe.

Sim, Tristan não estava ouvindo. O olhar dele seguia o homem loiro embriagado, que tropeçara e então desaparecera sala de leitura adentro.

— Eles deixam qualquer um entrar nesses eventos, não é mesmo? — comentou Ezra, que enfim atraiu o olhar de Tristan.

— Verdade. Ouvi dizer que também há membros do Fórum aqui. — Tristan balançou a cabeça. — Eu meio que esperava encontrar meu antigo chefe.

Ezra sabia que James Wessex não fora convidado. A assistente dele, Eden, ficou furiosa e reclamou bastante disso com Ezra.

— Suponho que o Fórum é mais... sensato... quando se trata de inimigos — disse Ezra, e Tristan deu de ombros, em concordância desdenhosa. — Eles dão muito mais valor à filantropia, pelo menos.

Tristan pareceu intrigado.

— Dão, é?

De fato, não era aquela a pergunta?

— Eles não são uma sociedade secreta — explicou Ezra. — Estão comprometidos com a distribuição de informação.

— Pode até ser, mas duvido que essa informação venha de graça. Tudo tem um preço. — Tristan olhou ao redor de novo, e então de volta para Ezra. — Você não comprou esse discurso, comprou?

— Do Fórum?

Uma vez comprara. E ele supôs, levando tudo em consideração, que ainda estava disposto a comprar.

— Bem, você já andou muito por aí. Imagino que os tenha visto em ação.

Isso era verdade. Ezra vira Nothazai interagir com diplomatas e políticos, assim como imaginava que Atlas fizera. Era uma necessidade, dissera Nothazai, o que também era verdade. Claro que era verdade. Como o Fórum poderia se comprometer com a melhoria da humanidade se não conseguisse bancar suas operações? Que tipo de recursos eles poderiam ter sem apoio institucional? O que importava era a transparência, manter seus membros informados sobre tudo. A questão crucial era a distribuição de informação, o compartilhamento de recursos. No mês anterior eles haviam contestado uma patente medeiana nas cortes estadunidenses e ganhado. Agora, todos podiam usá-la.

Bem. Todo mundo que podia *pagar* podia usá-la.

Ainda assim, isso era melhor que os arquivos da Sociedade, que eram limitados apenas às pessoas naquela sala. Os socialistas de champanhe — literalmente, pensou Ezra, observando Tristan franzir a testa enquanto pegava uma taça de uma bandeja que passava, esperando pela resposta de Ezra.

Então, o que ele achava do Fórum?

— Acho que são todos uns cretinos — declarou Ezra.

Tristan se engasgou, rindo.

— Verdade — disse ele, com um olhar de concordância, ou de celebração. — Um brinde a isso.

Ezra sentiu outra pontada dolorida de impaciência. Não, de... não pertencimento. Não pertencia àquele lugar, nunca pertencera. Nem ao menos queria estar ali.

Ele sentiu o vislumbre de outra vida. Uma cabeça familiar inclinada, um antigo olhar furtivo. Libby mordiscando as unhas enquanto lia. Ela havia pedido a Ezra para fazê-la parar, mas isso nunca o incomodara, todos os habitozinhos irritantes que ela tanto odiava. Ele gostava de ser a pessoa que acalmava a agitação dela, que via todas as rachaduras e todos os defeitos e jurava protegê-los, mantendo-os seguros. Parecia uma recompensa pelo tempo perdido. Salvar alguém, qualquer pessoa, mas era bem melhor, porque era ela. Porque Libby era gentil e mais poderosa do que imaginava.

Mesmo assim, pensou, ele faria tudo de novo, e da mesmíssima maneira todas as vezes. Fosse lá o que ela poderia ter feito depois da Sociedade, depois de conhecer Atlas, arruinaria aquele seu brilho tão frágil e suave. Ezra não deveria saber disso mais que qualquer pessoa? A versão de Atlas Blakely do mundo era desordenada e áspera, dentes afiados esperando para perfurar o delicado otimismo de Libby, a moralidade, a esperança dela. Se ela odiasse Ezra para sempre, que assim fosse. Ele havia salvado mais do que a vida dela.

Ele se perguntou como Libby estava indo na FRAMLA, o que ela estava lendo, em que coisa brilhante havia pensado e compartilhado com alguém que não era ele. Não era tão ruim, pensou, porque Libby estava vivendo uma vida. A vida *dela*, algo que ele só podia acompanhar numa versão em miniatura, testemunhando pela visão do olho de um pássaro.

Um shopping, mais recentemente. A Galleria, onde Libby ouvia desatenta alguém falar, um professor em ascensão que Ezra já sabia — sem precisar viajar no tempo — que falharia em atribuir sua pesquisa inovadora a uma mulher. *Aquela* mulher, Libby, embora sua presença não devesse jamais passar despercebida. Estava usando bermudas neon, e aquele tom de rosa em particular chocara Ezra. Ele a ouvira rir, uma risada falsa e despreocupada, e quis, por um tempo, ficar cego.

Ezra se livrou da recordação, engolindo em seco. Aquilo não era arrependimento. Nem remorso. Ele não estava errado.

Àquela altura, ele não poderia estar errado.

Tentando disfarçar a inquietude, olhou ao redor à procura de Nico para checar se o físico ainda conversava com a mulher de terno preto. Para o desânimo momentâneo de Ezra, os dois haviam desaparecido. Era bem improvável que Nico o notasse, mas mesmo assim. De repente, o propósito de estar ali pareceu terrivelmente inútil.

— Bem... — disse ele para Tristan. — Preciso ir. Odeio isso aqui.

A risada de Tristan foi um ronco baixo.

— À Sociedade e além — disse ele, já mais fundo no bolso de Atlas Blakely do que poderia saber.

Como o animador, Tristan era, na melhor das hipóteses, uma das ferramentas de Atlas e, na pior, seu discípulo. Se ele já não estivesse pronto, logo estaria.

De canto de olho, Ezra teve um vislumbre repugnante da risada de Atlas e pensou que talvez ele mesmo devesse cuidar de Tristan. Só para garantir.

Mas, no momento, Ezra baixou a cabeça e lhe deu as costas, reiterando para si mesmo sua dedicação à promessa de salvação à frente.

VII

ALMA

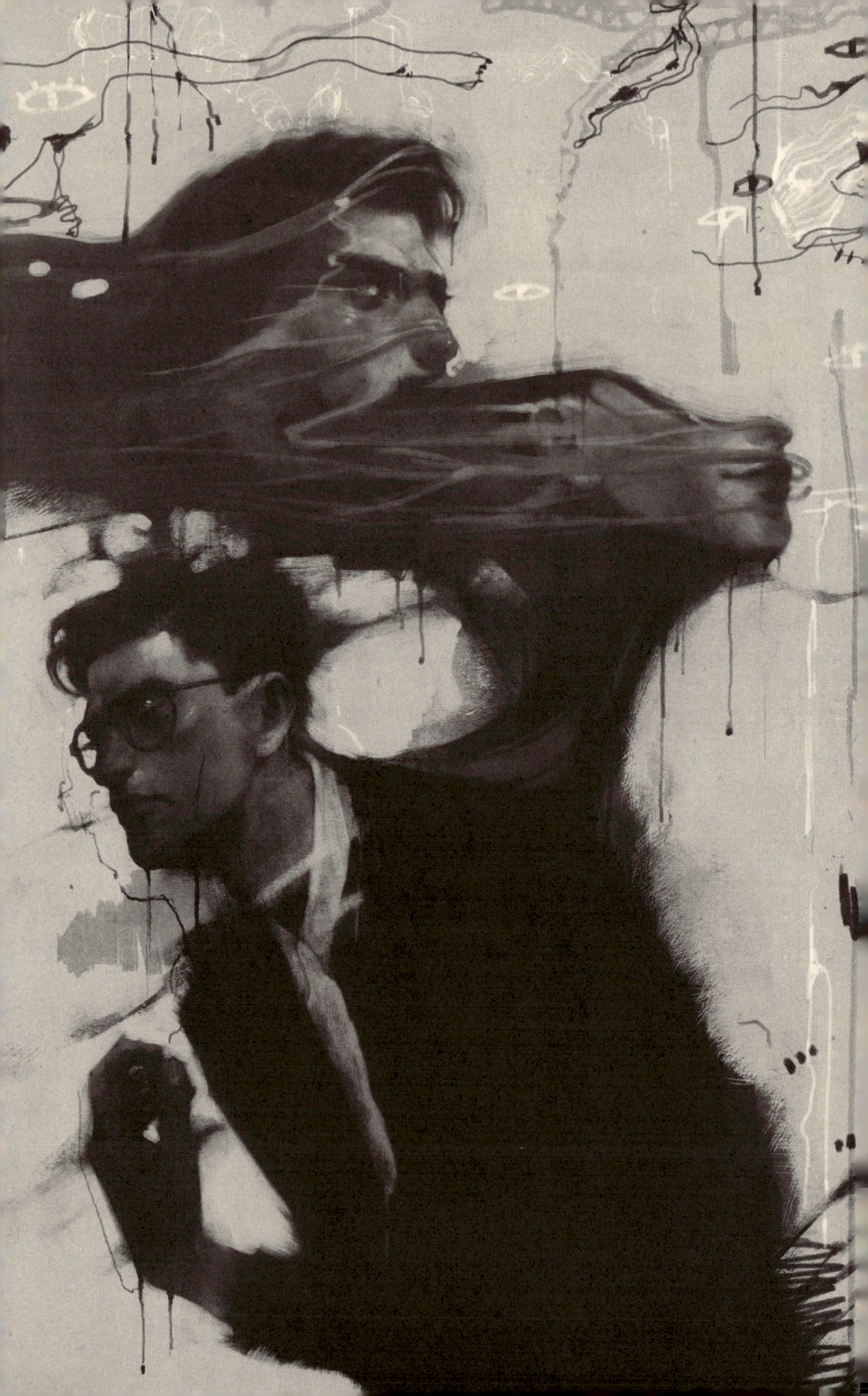

· TRISTAN ·

— Você já consegue? — perguntou Atlas a Tristan quando eles se sentaram sozinhos no escritório do Guardião.

A atmosfera estalava com estática, algo elétrico. Não era tensão, não era ansiedade.

Empolgação. Algo que Tristan não estava acostumado a sentir, talvez nunca tivesse sentido.

— Quase — disse Tristan. — Falta pouco.

— Você provavelmente precisa de algo mais eficiente que suas táticas atuais — sugeriu Atlas. — Por mais comprometido que o sr. de Varona esteja nesse aspecto — comentou, com ironia.

Verdade. Sem contar que Tristan estava começando a se perguntar se aquelas experiências de quase morte rotineiras teriam consequências graves.

— Posso ser tanto rápido quanto devagar. *Muito devagar* — explicou Tristan, com uma careta. — Uma tarefa que me ocuparia o dia todo, digamos.

A expressão de Atlas não mudou.

— E o que acontece? Quando faz isso?

— Posso mudar a realidade. Ver coisas.

— Movê-las?

Quebrá-las.

— Mais ou menos.

— Manipulá-las?

— De certa forma.

Atlas pareceu pensativo de novo.

— Eu queria que você tivesse o ano todo para aperfeiçoar suas habilidades — disse o Guardião, depois de um momento. — Mas parece que vamos ter menos tempo do que imaginei.

— Nós? — Na mesma hora as proteções de Tristan ficaram em alerta. — Então você tem a intenção de me usar?

Atlas o encarou com um olhar que, para alguém menos distraído, poderia ter significado impaciência.

— Não é o que *eu* planejo para você, Tristan. Nós estamos, afinal de contas, comprometidos com os arquivos. Devemos contribuir com eles, como eu te disse no momento em que você passou por aquelas portas.

Nós de novo.

— Você está pedindo o mesmo de Parisa? Ou de Callum?

— Peço o mesmo de todos — disse Atlas —, o que é nada. Minha única preocupação é expandir os objetivos da biblioteca.

— Da Sociedade, você quer dizer — observou Tristan, áspero.

— Não. — Atlas se levantou, parando ao lado da janela que dava para o lado leste do terreno da mansão. — Tenho uma teoria — disse ele, por fim, se virando para Tristan. — Eu não queria compartilhá-la com você antes que entendesse suas habilidades. Mas você pode acreditar nela ou não, afinal, tem a ver com o seu poder, não com o meu.

Tristan respirou fundo.

— O que é?

Atlas olhou para fora outra vez, então devagar voltou para sua cadeira, pousando os dedos na boca.

— Sei que vai parecer loucura.

— Vamos ver — sugeriu Tristan, que já acreditava havia alguns meses, senão mais, que o Guardião tinha enlouquecido.

— Bem. — Atlas suspirou, se recostando na cadeira. — Você é um físico para o qual nenhuma denominação existe ainda, Tristan. Essa tem sido a minha suspeita todo esse tempo. Você pode ver e manipular o quantum, e isso te torna mais poderoso que um atomista, o que chega mais perto de descrever as habilidades do sr. de Varona. E é sua habilidade de ver o mundo sob uma nova dimensão que abre a porta para mais testes.

— Testes de quê?

Armas, pensou Tristan, ficando amargo por dentro. Havia trabalhado para James Wessex por tempo suficiente para saber que as coisas cedo ou tarde se voltavam para a violência. O dinheiro estava em guerra — ou, talvez mais precisamente, guerra era dinheiro.

— Mundos — disse Atlas.

Tristan franziu a testa, confuso.

— Como assim?

— Você está ao menos um pouco familiarizado com a pesquisa do sr. Ellery? — perguntou Atlas. — Ou com a especialidade dele?

Claro que não. Tristan nunca pensara em Dalton, exceto quando se perguntava como Parisa conseguia aguentar ficar perto dele.

— Não.

— Dalton é um animador — explicou Atlas, olhando outra vez para a janela. — Até certo ponto, as habilidades dele podem produzir senciência a partir do nada.

— Mas isso... é impossível...

— Sim — confirmou Atlas. — Daí a pesquisa de Dalton. Ao longo da última década, ele tem devotado seu estudo acadêmico à natureza do que parece ser, mas não pode ser, criação espontânea. A biblioteca nos mostra que, apesar da convicção teológica ou científica, não há momento primordial neste universo, nenhum átomo primitivo do qual nossa fagulha de vida começou. Milênios de nossa pesquisa sugerem uma alternativa: que nascemos do vazio, um vazio que não é nada. Algo nos precedeu, e sobreviverá a nós. Não há nada especial neste universo, exceto que é nosso. E, se não somos especiais, não somos singulares. Não somos únicos. — Atlas encarava o nada. — A questão é que deve haver algum equilíbrio delicado mas conhecido, alguma quantidade de matéria e antimatéria que deu origem a este mundo... E, se isso pudesse ser identificado, o evento poderia ser recriado.

Ele se voltou para Tristan.

— A pesquisa de Dalton são essas flutuações. A possibilidade de que o caos original não tenha sido caos nenhum, mas alguma força ordeira dentro de um vazio vivo e ativo. Magia, talvez... Ou talvez você provará ser algum arranjo do quantum. — Ele balançou a cabeça. — Quanto a isso não sei e não posso prever. Mas aqui está o que sei — concluiu, se inclinando à frente com um brilho de algo nos olhos que poderia ser descrito como sinistro, ou maníaco, ou apenas infantil. Tristan não sabia dizer. — A srta. Mori é capaz de abrigar tal fagulha. Ela pode originar uma volatilidade primordial. O sr. Ellery pode invocar o vazio, o elemento da inflação cósmica. Você pode vê-lo. O sr. de Varona, a srta. Rhodes, eles podem modelá-lo, e...

— Você quer que nós criemos outro universo? — interrompeu Tristan, sem saber se ouvira direito.

Atlas balançou a cabeça.

— Não criar. Não do nada. Não há criação do nada, você entende?

— Então o que...

— Não há nada de especial neste universo — repetiu Atlas. — Não há nada que sugira que isto é o melhor que a criação tem a oferecer. Portanto, deve haver outros.

Tristan não entendia aonde o Guardião queria chegar.

— Outros...?

— Outros mundos — declarou Atlas, categórico. — Outros universos. Versões, talvez, deste aqui.

Tristan franziu a testa.

— Você quer dizer um multiverso?

— Talvez sim. — A palavra abandonou Atlas com pressa, como se um fardo tivesse sido tirado de seus ombros. — Talvez não. Mas a questão é que com você, com sua visão do mundo, talvez nós possamos enfim ter uma resposta para essa pergunta. Se o universo não é um vazio... se não é *nada*... e você consegue enxergar sua construção, então pode identificar sua forma. E se você consegue enxergar onde estamos neste universo...

— Então saberei onde estamos no multiverso — concluiu Tristan, de repente.

— *Exato*. — Ali estava o desfecho que Atlas queria. Seu propósito. — Sim. Exatamente.

— Mas...

Tristan parou para pensar no assunto, porque até então aquela sugestão lhe parecia uma completa maluquice.

— O único princípio que acredito ser verdadeiro é o do equilíbrio — explicou Atlas. — Matéria e antimatéria. Ordem e caos. Sorte e azar. Vida e morte. — Atlas estava esticado na cadeira, seus longos membros se expandindo à frente enquanto ele erguia os braços. — Este não pode ser o único mundo.

Tristan pensou nas elucubrações de Nico, na teoria dos muitos mundos.

— Mas e se for?

— Se for, então é. Quem se importa? Todos morreremos e nada importará. — Atlas deu de ombros. — Mas o objetivo não é a resposta, Tristan, é a pergunta. É o fato de que essa possibilidade permanece desconhecida.

— Então você quer descobrir se o gato de Schrödinger está vivo ou morto.

Tristan não conseguia acreditar no som de sua própria voz, que não era nem entediada nem mecânica, mas *intrigada*. Para sua surpresa, ele achava aquela teoria interessante. Que péssima decisão ele tinha tomado.

— Sim — respondeu Atlas. — Quero.

— Você quer abrir a caixa.

Não só a caixa que continha o gato. A caixa de *Pandora*. A caixa contendo uma resposta tão gigantesca que inevitavelmente geraria um dilema ético.

O que ia acontecer se outro universo pudesse ser encontrado? Quem decidiria que universo seria certo, verdadeiro, correto?

E, ainda mais importante, o que ia acontecer com aquele em que estavam?

— Não — disse Atlas. — Não quero abrir a caixa. — Uma pausa. — Eu quero que *você* abra a caixa.

— Mas... — Outra pausa. — E se eu me recusar?

Outro dar de ombros.

— Então você se recusa.

— E se eu não concordar com a sua teoria? — argumentou Tristan.

— Então você discorda. O propósito da Sociedade é estimular o conhecimento dentro de nossas paredes. Estar em dívida com os arquivos significa buscar e continuar buscando.

— Mas isso é bem mais do que um simples experimento.

A cabeça de Tristan estava começando a doer.

— Não é menos um experimento do que as curas médicas dentro desses arquivos — argumentou Atlas. — Não é uma indagação menos ética do que a pesquisa que já existe aqui e nunca foi compartilhada.

— Você então quer abrir a porta para o multiverso e... — Tristan piscou — ... mantê-la em segredo?

— Quero abrir a porta. O que acontece depois não importa — respondeu Atlas.

— Não importa — repetiu Tristan, atônito.

Aquele era o grande plano de Atlas Blakely? Abrir uma porta sem qualquer preocupação quanto às consequências que viriam?

Atlas balançou a cabeça, momentaneamente constrangido.

— Desculpe. Importa, sim. É claro que importa.

Mas esse deslize fora revelador, não?

Ou talvez não.

— A questão é — continuou Atlas — que acredito que dado o grande escopo do seu poder, Tristan, você seria capaz de tudo isso e mais. As respostas sobre o que formam os alicerces do universo estarão disponíveis para você. Você não está amarrado às minhas hipóteses — disse, enfático. — Você tem liberdade para teorizar o quanto quiser. Mas o poder que poderia exercer, as respostas que poderia obter...

As mãos de Tristan estavam começando a ficar dormentes.

— Eu *seria* capaz disso?

O futuro do pretérito parecia um presságio. Implicava, entre outras coisas, um *ou senão*...

Atlas dirigiu a ele algo que parecia um olhar solidário.

— Entendo que é muito a pedir de você. Mas certamente não sou *eu* que peço, Tristan, tanto quanto a sua própria busca por...

— Você fica me chamando de Tristan — comentou ele, erguendo a cabeça. — Mas chama os outros pelo sobrenome.

Algo mais estava martelado em seu cérebro, cutucando-o de algum lugar. A voz de Callum.

Blakely me odeia. Ele te ama.

Atlas, que havia se mostrado muito animado com o ritmo da conversa, de repente parou.

— Isso o incomoda?

— Você gosta de mim — apontou Tristan.

Atlas hesitou, e então disse:

— Como falei uma vez, um dia eu estive no seu lugar.

— Que era...? Investidor de risco? Futuro genro de um bilionário? Noivo de uma mulher que estava dormindo com o seu amigo? Qual parte?

E foi então que Atlas o encarou com um olhar demorado e deliberado.

— Você sabe que parte.

Dentro da cabeça de Tristan, ele viu a imagem de seu pai. Não, não só a imagem, mas a recordação, a forma como o pai se assomava sobre ele, deixando-o nas sombras. Não... não a recordação do pai, mas do resultado, as ondas de solidão, a sensação de inadequação, a tristeza penetrante e duradoura. O andar na ponta dos pés, a sensação perigosa de que a qualquer momento ele poderia pisar em falso, poderia fazer algo quebrar, poderia acordar a besta dentro do peito de seu pai. Poderia invocar à vida o tirano que controlava sua felicidade, que diminuía seu próprio senso de si. Ele sentiu a acre sensação do medo; o pensamento que não era de fato um pensamento, mas apenas a sensação aumentada de *fuja*. O bater ou correr amargo e rançoso. A fúria no coração dele, latejando com seus batimentos. O medo que sua raiva herdara. De que a própria alma dele, como a do pai, era falha.

Quando Tristan piscou outra vez, seus olhos estavam cheios de lágrimas, quentes e doloridas.

Que vergonha. Ele se recompôs e, com raiva, as enxugou.

— É isso que você acha que nós dois somos? Depressivos? — exigiu saber.

Atlas não disse nada, e Tristan se pôs de pé.

— Vai se foder — disse Tristan.

Então se virou e saiu do escritório, bufando de ódio.

Nas semanas que se seguiram desde aquela conversa, Tristan ficou na dúvida de como lidar com as informações que tinha, ou com o que Atlas pensava que ele faria, ou fosse lá que merda ele ainda estava fazendo naquela casa, com todos os seus segredos, sua traição e feiura. Tristan odiava Callum, odiava Parisa, nunca tinha gostado de Reina de verdade e não sabia o que pensar de Nico, porque a possibilidade de que o físico pudesse ter captado, naquele momento de honestidade desenfreada de Tristan tempos atrás, o que Atlas havia pescado recentemente de dentro da cabeça dele fez Tristan sentir algo maior do que ódio.

Ele estava sentindo aquilo outra vez. Ânsia. Algo desenfreado, uma necessidade a ser acalmada. Havia pensado que Libby era sua crise existencial, mas ela significava mais para ele do que apenas aquilo, não? Ela não era apenas a causa; de alguma forma, era parte disso. Um pedaço de algo que seu cérebro idiota não conseguia desvendar. Libby, decidiu Tristan, era o motivo de ele não conseguir acessar seus poderes por completo. Ela se fora, e enquanto permanecesse longe, sempre haveria algo faltando nele. Sua... bondade? Sua moralidade? Algo crítico. Algo que não entendia.

Tristan não planejara ir ao baile ridículo da Sociedade até decidir que estava morrendo de fome e tudo cheirava bem, como dinheiro. Foi lá que decidiu que não havia motivo para odiar Atlas. O que Atlas era, de qualquer forma? À medida que o outro viajante, Ezra, partia, Tristan observou Atlas levando uma taça de champanhe aos lábios e assentindo modestamente para o primeiro-ministro de sei lá onde.

Tudo pareceu muito idiota para Tristan: a Sociedade, os arquivos, o mundo e — por extensão — Atlas. Ele era, afinal de contas, só outro homem humano com falhas, defeitos e curiosidade, além de suas próprias segundas intenções. Homens piores com demandas maiores e expectativas mais egoístas existiam do lado de fora da mansão.

Ezra tinha razão, fosse lá quem ele era. Tudo era horrível. Não era que Atlas Blakely fosse mau, ou que a Sociedade fosse má, mas que o mundo era o que era.

Ou talvez Atlas estivesse correto, e aquele mundo fosse um de muitos.

No exato momento em que se deu conta disso, Tristan viu Nico se aproximando e acenou de leve com a cabeça.

— Você não estava agorinha mesmo com Reina?

— Bem, ela me odeia e me quer morto por razões desconhecidas. Ou talvez ela só esteja com fome. Quem era aquele? — perguntou Nico, indicando com o queixo a figura de Ezra se afastando. — Alguém importante?

— Ah, aquele era... — Tristan percebeu que não saberia explicar, porque mal tinha prestado atenção à conversa deles. — Ezra.

— Ezra? — Nico fez uma careta. — Foi mal. Força do hábito. Só conheço um Ezra, e ele tem a personalidade de uma fatia de pão. Eu diria que ele é o meu eterno inimigo, só que não consigo pensar em nada que ele pudesse fazer que valesse a pena odiar. — Distraído, o olhar dele passeou pela multidão, indo de Reina, que estava amuada no canto, para Parisa, que ria no centro de um grupinho de homens vidrados. — Mas você provavelmente já ouviu bastante sobre ele.

Tristan fuzilou Nico com um olhar de irritação, talvez pela insinuação de que ele coletava anedotas sobre a vida pessoal de Nico, ou por outra sugestão inapropriada de que eram amigos.

— Por que eu ia saber algo de uma pessoa aleatória que você detesta?

Nico parecia igualmente irritado.

— Não falei nada sobre detestar — murmurou. — E eu supus que a Rhodes teria contado.

— Rhodes? — Os batimentos de Tristan ricochetearam e então se acalmaram. — O que ela tem a ver com isso?

— Ele é o namorado dela. Ex-namorado agora, acho. — Pela primeira vez na conversa, eles se encararam, confusos. — Por que você está ficando nervoso?

— O nome do namorado da Rhodes é *Ezra?* — perguntou Tristan, franzindo a testa.

— É. Bem, era. Não sei. Não que ele esteja morto agora. Ou talvez esteja, não faz diferença para mim. — Mas, diante da expressão de Tristan, Nico franziu a testa. — Mas aquele não era ele — disse Nico, mais confuso ainda. — Aquele cara era ainda mais sem graça, sério mesmo, então não sei por que você está tão pensativo.

— Ele estava usando uma ilusão. — Tristan não sabia ao certo por que aquele fato de repente parecia ser de extrema importância, dado que a conversa deles durara apenas alguns segundos. — Mas é uma festa, um evento formal. — Quase todos na sala usavam ilusões ou aumentos em algum nível. — Supus que fosse para propósitos normais.

— Aquele cara? — Nico encarou o espaço onde Ezra estivera. De nada serviu, já que ele não estava mais lá. — Bem, Ezra tem cabelo preto. É um pouco mais baixo que você, talvez da altura de Callum. Sempre dá a impressão de que queria estar em outro lugar. Nunca levantou mais que um livro na vida.

Merda, pensou Tristan. Isso poderia descrever um monte de pessoas no mundo. Com certeza não era nada, e mesmo assim...

— E aquele cara? Como ele era?

— Há, cabelo loiro? — retrucou Nico. — Castanho-claro? O rosto dele era, sabe, um rosto...

— Não. Não, isso... não. — Tristan balançou a cabeça. — Não. Cabelo preto. Cachos. E da primeira vez que o vi ele com certeza não estava usando nenhum feitiço de ilusão.

Nico o encarou, boquiaberto, como se essa informação devesse ter sido mencionada numa festa do pijama, enquanto os dois faziam tranças no cabelo um do outro e trocavam confidências.

— E quando você o viu antes?

— Lá fora — respondeu Tristan. — Perto das proteções.

— Qual proteção?

— Isso importa?

Algo borbulhou dentro de Tristan.

— *Qual proteção?* — repetiu Nico.

— Eu... — Merda. — Uma proteção do tempo.

— Você está falando sério? Uma *proteção do tempo*. — Nico parecia furioso. — Eu falei para você que o tempo era a única dimensão que não tínhamos considerado, e mesmo assim nunca passou pela sua cabeça mencionar que você encontrou o ex-namorado da Rhodes numa das *nossas* proteções?

— Como é que eu ia saber que ele era o ex-namorado dela? — rosnou Tristan. — E qual é a especialidade dele?

— É... — Nico parou. Franziu a testa. — Merda. Rhodes me disse umas cem vezes, juro, mas é algo, não sei. Alguma idiotice, algo como... ser *mortalmente* chato...

— É mesmo? — sibilou Tristan. — Ou ele é um maldito *viajante do tempo*? Os dois se deram conta no mesmo instante.

— Desgraçado — disse Nico antes de abandonar a taça de champanhe numa bandeja e disparar pelo salão.

Tristan o seguiu depressa.

— Talvez isso não seja nada, sabe. — Alguém naquela situação tinha que ser o adulto, afinal de contas. Alguém tinha que manter o juízo. — Não temos como provar de verdade que ela está perdida no tempo, muito menos que foi roubada por um viajante do tempo. Não temos provas de que sua teoria é algo além de devaneios de um maluco. — Ofegante, Tristan desviava dos convidados vagando pela festa. — Pode ser apenas uma coincidência.

— Você acha *mesmo*? — retrucou Nico, mordaz, como se Tristan não pudesse ter dito algo mais idiota nem se tentasse.

— Você mesmo falou que ele é um nada, que é fraco e, enfim, a Rhodes teria...

Eles entraram num corredor vazio enquanto Tristan de repente ouvia as palavras de Callum em sua mente:

Ela conhecia a pessoa que fez isso.

Tristan afastou o pensamento com um calafrio.

Talvez ele tivesse mentido. Talvez não fosse nada. Quando se tratava de *Callum*...

— Ele foi embora — disse Nico, apático, parando no saguão vazio diante das proteções de transporte. — Merda. Ele não está aqui.

— Sim, Varona, estou vendo! — gritou Tristan.

Eles trocaram um olhar irritado, os dois envolvidos em brigas silenciosas com pessoas que não estavam presentes.

— Você poderia ter me dito o nome dele antes — murmurou Tristan depois de um momento, frustrado.

— E *você* poderia ter mencionado que alguém estava nas proteções! — devolveu Nico.

— Eu pensei que fosse... — Tristan pressionou os lábios. Não conseguiria explicar nada daquilo para Nico. — Esquece. Isso é absurdo. — Ele fuzilou Nico com o olhar. — Você nem sabe qual é a especialidade dele. Ou se sequer era *ele*.

— Ah, então agora vou bater na porta dele? Perguntar o que esteve fazendo e, a propósito, se ele está com Rhodes presa no armário?

O lustre sobre eles vibrava com a baixa mas inconfundível frequência da ira de Nico de Varona.

A agitação de Nico, a adrenalina do momento, diminuía e dava lugar a algo mais antigo, mais frágil. Fúria. Privação. Decepção. Talvez porque, assim como Tristan, ele havia percebido que a descoberta deles não era garantia de muita coisa, só que os dois estavam envolvidos demais na situação para enxergar as coisas com clareza, o que era tão ruim quanto admitir que eles jamais encontrariam Libby.

— Ela não está aqui — disse Nico, chegando à mesma conclusão que Tristan. Que eles haviam buscado por Libby Rhodes em cada centímetro do planeta e não haviam encontrado nada. O peso disso envergou os ombros de Nico. — Você sabe tão bem quanto eu. Ela não está *aqui* — explodiu Nico —, e mesmo se por algum motivo eu estive certo sobre Fowler ser um babaca inútil, minha teoria ainda é só uma teoria, e eu ainda não consigo encontrá-la, e ninguém pode fazer nada para mudar isso. E ninguém sequer está *tentando*! — vociferou Nico, quase num berro.

Ele fuzilou Tristan com um olhar de ódio desenfreado e saiu batendo o pé, trombando com Parisa no caminho. Ela franziu a testa e então se virou para Tristan.

— Ele pareceu bem irritado com você — comentou ela.

Um homem estava parado servilmente ao lado dela, e, ao notar Tristan observando seu mais recente candidato a amante, ela o encarou e deu de ombros.

— Não posso ter um hobby? — brincou Parisa. — Callum tem.

— Merda — disse Tristan para o nada, querendo desesperadamente socar algo e optando, em vez disso, por tomar um drinque.

E então mais um.

Por sorte, o tempo tendia a desanuviar a mente mesmo se champanhe fosse algo menos útil. Depois de terminar a terceira taça, Tristan se apressou escada acima para bater na porta de Nico, de repente se sentindo impulsivo.

— Varona — latiu ele quando não houve resposta, batendo com força na porta de novo.

Do outro lado do corredor, Reina saiu de seu quarto usando pijamas e mostrou o dedo do meio para Tristan.

— Tá, tá — murmurou ele, ignorando-a, até que Nico, sonolento, abriu a porta.

— Você de novo — disse, sem qualquer implicância particular, analisando o sentimento através de um bocejo. — Escuta, acho que eu posso ter ficado um pouco...

— Vista-se.

Nico o encarou, seus olhos turvos.

— Há?

— Vista-se — repetiu Tristan, decidindo que na verdade a tarefa que tinha em mente não exigia o uso de calças. — Esquece. Vamos.

Nico franziu a testa, esfregando um dos olhos.

— Para onde?

— Sair. Uma viagem de carro.

— Uma *viagem*? — repetiu Nico, a mão livre caindo ao seu lado. — E onde você vai encontrar um *carro*?

— Você é ou não é mágico, Varona?

Tristan se irritou, o que não fazia sentido, mas é claro que fez sentido para Nico.

— Entendi. Me dá cinco minutos.

Nico desapareceu atrás da porta.

— Estou vendo que você perdeu a cabeça — comentou Reina atrás de Tristan.

Ele se virou para a naturalista, percebendo que fazia semanas que não trocava uma palavra com ela. O blazer do terno que Reina usara na festa estava pendurado em uma pilha de livros no canto ao lado da porta. De alguma forma, ela parecia diferente. Mais… focada. Como sempre, permanecia totalmente inacessível.

— E o que você tem feito nos últimos seis meses? — perguntou Tristan.

— Entendi — disse ela, e bateu a porta, embora Tristan estivesse mesmo interessado.

Ele não fazia a menor ideia do que ela andara fazendo ou pesquisando. Sem as aulas diárias de Dalton, havia pouco ou nenhuma razão para interagirem.

Tristan se perguntou se Reina sabia que Atlas a considerava uma peça importante em seu plano. Será que estava nele desde o início? Tristan se aproximou para bater na porta e perguntar, mas Nico abriu a porta do quarto.

— Então. — O físico estava muito agitado. O piso cantarolava com energia e as arandelas no corredor tremiam. — Para onde vamos?

— Para o norte — respondeu Tristan, se afastando do quarto de Reina.

A conversa deles podia esperar. Na verdade, Tristan não tinha certeza de que queria ouvir a resposta. E se todos na casa tivessem um propósito e Tristan fosse o último a saber? Constrangedor.

— *Bem* para o norte — reforçou Tristan.

— Isso que vamos fazer tem a ver com o Fowler? Vamos atrás dele? — perguntou Nico enquanto desciam as escadas.

Abaixo, os lustres batiam como dentes.

— Você pode parar com isso? — rebateu Tristan, gesticulando para as luzes.

Àquela altura, a festa havia sido transferida para o grande salão. Tristan se perguntou se Callum tinha ido se deitar e então concluiu que provavelmente não. Naqueles últimos tempos ele estivera vagando pela casa a qualquer horário. Não que Tristan se importasse.

— Certo. Foi mal. Eu não tinha percebido que queria muito sair daqui até, tipo, este momento. — Nico espiou o corredor. — Estamos caçando Fowler, então? — perguntou, afoito.

— Não. — Ainda não. Não até que eles não parecessem completos lunáticos por sugerir isso. — Não temos certeza de que ele levou Rhodes, ou de que ele possa fazer algo remotamente parecido com o que achamos que aconteceu.

Com certeza, pensou Tristan, desesperado, Libby teria notado se houvesse colocado sua vida nas mãos de um psicopata onipotente.

— E, de qualquer forma — prosseguiu ele —, estamos fazendo algo bem mais importante. A não ser que você tenha um compromisso mais urgente — disse ele, percebendo de canto de olho que Nico estava checando o celular.

— Não, nada. — Nico enfiou o celular de volta no bolso. — Mandei mensagem para pessoas que conheço em Nova York perguntando se elas ficaram sabendo algo sobre o Fowler, mas não recebi resposta ainda, nem mesmo do Max...

— As outras pessoas têm vidas, Varona.

— Eu sei, mas... — Nico fez uma careta. Eles chegaram aos transportes pelo lado oeste da casa. — Deixa pra lá. Quando você diz *norte*...

— Vou saber quando vir — disse Tristan.

— Você vai ver sem que eu acabe te assassinando? — perguntou Nico, arqueando uma sobrancelha, em dúvida.

— Vou saber quando vir — repetiu Tristan, mais suave dessa vez.

Ele apertou o botão para chamar o transporte pela segunda vez, e então uma terceira, o que sabia que não fazia diferença alguma. As portas que lembravam um elevador permaneceram placidamente paradas.

— Estou procurando por algo grande — explicou ele. — Uma fonte de energia.

— Porque...?

— Porque se sua teoriazinha sem pé nem cabeça estiver certa e Rhodes estiver em algum lugar no tempo, então ela vai precisar fazer algo massivo para energizar seu caminho de volta — disse Tristan, com firmeza, logo depois duvidando de suas palavras e considerando aquela ideia impensável.

Talvez nenhum dos dois estivesse conseguindo pensar com sensatez.

— Ah.

Nico estava pensativo, e Tristan apertou um botão para King's Cross.

— Vamos pegar um carro e dirigir — disse Tristan, se recusando a considerar aquela teoria.

Quanto mais mencionava a teoria de Nico, mais idiota ela parecia.

— Está bem.

O físico estava estranhamente quieto quando as portas se abriram de novo, deixando-os na estação. Lá dentro, a lua penetrava o ambiente através da mistura de vidro industrial e tijolos velhos pelo saguão oeste, que, para a surpresa de Tristan, estava vazio. Ele havia esquecido como Londres ficava quieta de madrugada. Fazia um ano desde que estivera fora dos confins da mansão da Sociedade, e bem mais tempo desde que chamara a cidade de lar.

Os dois caminharam em silêncio por vários minutos. Já haviam atravessado o saguão, Tristan andando com mais intensidade à medida que sua incerteza crescia.

— Auroras — disse Nico.

— O quê? — disparou Tristan, com uma irritação que não conseguiu evitar.

(Parecia que não ter noção nenhuma do que estava fazendo o deixou à flor da pele.)

— Auroras. Elas são energia elétrica de explosões solares.

Tristan parou e respirou fundo. Pelo que sabia, Nico não era a *Encyclopaedia Britannica*, mas talvez alguma conclusão útil sairia daquela conversa.

— Sim, e...?

— *E* — disse Nico, erguendo o queixo — você está tentando encontrar uma fonte de energia que ninguém mais consiga ver. Mas provavelmente forneceria a energia da mesma forma, certo? Então se você está buscando um monte de, não sei, ondas...

Então ia se parecer com uma aurora — para Tristan, e somente para ele. Ele havia suspeitado disso, embora não conseguisse explicar em termos racionais ou científicos, e por isso não quis confessar em voz alta, para não expor sua burrice.

— Parabéns, Varona, você é um gênio — disse ele, grato, mas sem conseguir dizer mais.

— É verdade — concordou Nico. — Dizem que Deus não dá asa à cobra, e mesmo assim...

— Cala a boca. Não, quer dizer, continua falando. — Tristan disparou outra vez pela estação, agora na direção oposta. — Vem, deixa o carro pra lá. — Aquele plano inicial tinha saído da cabeça de um maníaco otimista, enquanto esse, embora ainda técnica e teoricamente fosse o mesmo, seguia uma lógica, ainda que ela fosse incerta. — Pegaremos um transporte para Inverness, e depois...

— Ah, as Terras Altas? Mágico — cantarolou Nico.

Sob o brilho das luzes da estação, Nico de Varona se transfigurou na imagem da saúde. Fazia meses que não parecia tão bem. Talvez fosse a promessa da aventura que os aguardava, embora Tristan, que não se metia em encrenca havia muitos anos, se sentiu bastante revigorado. Era provável que a empolgação com o ar fresco ou a ausência de empatas tivessem afetado seu humor. Mas então Nico, sentindo o momento de paz de Tristan, soltou:

— Só me explica uma coisa, Caine: quando você encontrar essa misteriosa fonte de energia, o que vem depois?

Essa era a pergunta que Tristan estava evitando se fazer. Tinha plena noção de que estavam vagando no meio da noite e de que havia apostado muito na disposição de Nico de agir sem pensar, ignorando sua própria lucidez na abordagem daquela missão que se propuseram a cumprir. Ele não sabia o que faria quando — ou se — encontrasse a fonte de energia. Sair à noite para ir em busca de alguma colheita desconhecida de pedras mágicas não era o avanço científico do século. E dizer aquilo em voz alta decerto não ajudaria. Será que ele conseguiria ao menos colocar em palavras a urgência, a necessidade de se esticar e ver o que sua magia era capaz de fazer? Tristan estava ciente de que havia admitido para Atlas que suas habilidades ainda precisavam de aperfeiçoamento. Ele não sabia o que estava botando em prática, na verdade, ao tentar provar que Atlas estava certo ou errado, ou se era mesmo isso que pretendia fazer. Cada vez mais, suas preocupações iam se afunilando, até que tudo parecia depender de uma única necessidade.

— E então a gente dá um jeito de trazer a Rhodes para casa — respondeu ele enfim, num sussurro.

Era a única coisa que Nico de Varona jamais ia contestar.

Como esperado, a expressão do físico se desanuviou. Ele abriu a boca para responder, e então parou.

— Eu... — começou de novo, franzindo a testa. — Tristan... — disse, olhando ao redor. Parecia estar com um delay, confuso. — Isso aqui não parece... vazio demais?

— O quê? — perguntou Tristan, aflito por ter mais um momento não correspondido de vulnerabilidade espontânea. — Está de madrugada, Varona, e acho bem difícil...

— Pro chão! — disse Nico de repente, puxando Tristan.

No mesmo instante em que os joelhos de Tristan se chocaram contra o chão duro, ele notou a presença de alguém — *dois* alguéns, ambos cobertos por ondas de magia — pouco antes que algo disparasse da palma da mão de Nico. Então, com ouvidos retinindo e os joelhos latejando, Tristan percebeu algo familiar demais.

O som de uma arma sendo disparada.

Tristan lutou para ficar de pé e girou, tudo ao seu redor mudando. Estava acontecendo mais rápido agora, o caleidoscópio dos arredores sob seu comando, e então ele estava dentro das ondas de magia de Nico, dentro do escudo que o físico devia ter erguido ao redor deles no saguão. Em um piscar de olhos, Tristan desmontou a bala — não, espere, pare de destruir as coisas, *Sério, Caine, será que algum dia você vai aprender a atacar?* — e então a remontou, recalibrando a força que fora necessária para trazê-la e assim enviando-a de volta para onde viera.

Ocorreu a Tristan que as tentativas de assassinato espontâneas de Nico haviam se transformado numa inconveniência real, ou talvez, o que era mais alarmante, que aquilo não tinha nada a ver com Nico de Varona.

A bala redirecionada de Tristan encontrou uma casa no peito do atirador original pouco antes de Nico, dissolvendo o escudo que erguera ao redor deles, acertar um golpe forte na lateral da cabeça do segundo agressor.

— Você viu aquilo? — perguntou Nico, ofegante, segurando o ombro de Tristan e se preparando para correr. — O rosto dele, você viu?

— Vi o quê?

Tristan estava arfando, seguindo com passos incertos enquanto Nico pulava na escada rolante parada, evidentemente tentando encontrar um ponto de vantagem no alto.

— Ele estava *surpreso*. — Nico puxou Tristan por uma esquina, pousando a mão nos lábios dele para impedi-lo de fazer barulho. — Eles vieram atrás de você — explicou, baixinho.

— Como assim?

Eles esperaram por alguma evidência de que estavam sendo seguidos. Bastante improvável, pensou Tristan, considerando que um homem estava sangrando enquanto o outro estava severamente inconsciente. Será que deviam chamar a polícia? O que alguém fazia num ataque assim? Aquilo não era um assalto comum.

— Eles vieram atrás de você. — Nico puxou Tristan de novo, gesticulando para uma saída de serviço. — Vamos.

Nico fez os alarmes desaparecerem. Pelo jeito eles não eram à prova de medeianos. Vai saber. Tristan havia estimado o valor dos sistemas de segurança medeianos para James Wessex, e todos eles eram privatizados, registrados e patenteados a custos que beiravam a loucura.

— O que você quer dizer com "vieram atrás de mim"? — indagou Tristan.

Lá fora, o ar estava gelado. Os pulmões de Tristan se contraíram, e as bochechas de Nico estavam vermelhas.

— Parecia que estavam à sua espera. Mas não contavam que eu viria junto. — Apesar do frio e do suor, Nico estava vibrante. — Alguém devia saber que você ia estar aqui — deduziu.

— Mas faz só algumas horas que decidi vir. Esta noite. — Tristan franziu a testa. — E quem ia me querer morto?

Os olhos de Nico estavam iluminados, vidrados.

— Não faço ideia — respondeu ele —, mas acho que é melhor a gente descobrir.

· NICO ·

No meio da manhã do dia seguinte ao que deixara a mansão da Sociedade na companhia de Tristan, Nico voltou por entre as proteções da ala oeste com uma nova e ofegante sensação de urgência que não tivera desde... bem, desde que Libby estivera ali. Era irônico, mas, naquele momento, o físico estava satisfeito por Libby não estar presente, pois ela não receberia bem a notícia das viagens recentes dele. O sermão não ia acabar tão cedo.

Ele entrou no corredor principal e saiu correndo, vasculhando a sala pintada primeiro em busca de qualquer sinal de vida, e então atravessando o térreo até a sala de leitura.

— Parisa? — gritou, voltando para o saguão de entrada.

Sem resposta. Ele parou perto da escada, subindo dois degraus por vez até chegar aos quartos.

— Parisa, cadê você?

Nada. Ele bateu na porta, mas, quando não houve resposta, concluiu que havia poucas chances de encontrá-la. Não houve o grunhido rabugento e aristocrático de "Nicolás, seus pensamentos estão altos demais", o que significava que a telepata provavelmente não estava ali.

Está bem. Hora de conferir os jardins. Nico vagou escada abaixo, e estava se preparando para se aventurar lá fora quando seu celular vibrou.

eu não deixei claro o suficiente pra você que isso era uma emergência

O nome de contato era "Babaca (Depreciativo)" para distinguir do contato de Max, que era "Babaca (Afetuoso)".

pega ela, disse a mensagem seguinte, *e então volta pra cá.*

— Ajudou muito esse conselho, Caine, valeu aí — murmurou Nico, enfiando o celular de volta no bolso e por pouco não esbarrando em um obstáculo em seu caminho.

— Preste atenção — murmurou Callum, que estava saindo da cozinha em direção à sala de jantar. — Você está cheirando a irresponsabilidade — acrescentou em desaprovação, o que era curioso, considerando que o sanduíche meio comido que carregava muito provavelmente pertencia a Dalton.

— Obrigado — respondeu Nico, e então, porque parecia desprovido de uma ideia melhor, perguntou: — Você viu Parisa?

— Não. — O olhar de Callum já estava em outro lugar, a atenção tendo passado de Nico para fosse lá que questões estavam à frente. — Adeus para sempre, então.

Nico pestanejou, alarmado.

— Quê?

— Nada, não. Só uma piadinha. Ha-ha — disse Callum, num tom desorientador, embora tenha parado por mais um momento para encarar Nico com seu olhar malicioso.

— O que foi? — perguntou Nico, na defensiva.

Os dois olharam para baixo enquanto o bolso de Nico vibrava alto com algo. Provavelmente com uma nova reclamação de Vossa Eminência. *Tique-taque, Varona* et cetera, como se Nico tampouco soubesse da questão em mãos. Não era culpa dele se Parisa não podia ser encontrada, e o que ele devia fazer quanto a isso?

Embora, em vez de Parisa...

Callum deve ter percebido a mudança na expressão de Nico.

— Nem pensar — declarou ele, com seu ar costumeiro de condescendência, e Nico suspirou.

— Olha, eu preciso... de uma habilidade em particular — disse Nico.

Tristan, é claro, ia matá-lo por isso. Mas também era provável que Tristan fosse reclamar de qualquer forma, e, como Parisa não estava na casa no momento, era isso ou dar um passeio sinuoso pelo terreno.

— Nem pensar — repetiu Callum, se virando para ir embora, mas Nico balançou a mão. O empata não suspeitou de nada, o que era incomum para ele, e caminhou direto na parede de força que Nico conjurou, colidindo com ela. — Filho da *puta* — disse Callum, levando a mão ao rosto. — Céus.

— Ocupado? — perguntou Nico.

— Você é um criação idiota — murmurou Callum, apertando graciosamente a ponte do nariz com seus dedos sofisticados.

— Me conte uma novidade — respondeu Nico, e então pegou Callum pelo ombro, arrastando-o em direção à entrada oeste e para além da segurança das proteções da casa.

Fora da mansão havia uma estrada de terra batida, campos, todo o tédio pastoral esperado, além de um carro alugado barato e de um Babaca (Depreciativo) extremamente irritado.

— Não — contestou Tristan de imediato, franzindo a testa quando Callum e Nico entraram em seu campo de visão do outro lado das proteções da casa. Estava apoiado no carro, mas deu um pulo e avançou um passo à frente no momento em que a figura de Callum surgiu no horizonte. — De jeito nenhum. Nós o queremos *vivo*...

— Caramba! — disse Callum, animado.

Nico notou que o empata havia decidido fazer um teatrinho elaborado para dar o tom do encontro. Como sempre, estava usando apenas um robe aveludado que parecia pertencer a um rei enlouquecido. Havia uma gota de sangue em seu lábio superior, o que lhe dava um ar desequilibrado, embora, até onde Nico podia dizer, ele estava apenas alto, e não de fato embriagado.

— Varona, você me trouxe aqui como refém? — perguntou Callum.

Ele bailou até o carro e espiou pela janela, maravilhando-se com os conteúdos do banco de trás como alguém observando um urso no zoológico.

— Fascinante — murmurou, virando-se e lançando a Tristan um olhar embriagado que até Nico podia atestar que era mais sóbrio do que o próprio Callum parecia ser.

Enquanto isso:

— Eu falei para você trazer *Parisa* — sibilou Tristan para Nico.

— É, bem, você queria que alguém fosse manipulado, não queria? — murmurou Nico.

Para complicar, Callum, que estava na janela do banco de trás tirando uma selfie com o refém adormecido, abriu um sorriso e fez sinal de joinha.

— Não precisamos de um telepata para isso — concluiu Nico.

Tristan olhou feio para ele, mas não disse nada, o que Nico achou compreensível. Afinal, no dia anterior ele quase fora assassinado, e o físico tinha certeza de que esse tipo de coisa não deixava ninguém com um humor lá muito bom.

Parecia até algo cronometrado, acontecendo a cada poucas horas: de repente, alguém os havia atacado por sobre o balcão da locadora de carros. Na estrada, alguém havia colocado uma armadilha para os pneus deles. A impressão era que, em intervalos cada vez menores, algo novo ia se materializar no ar para atacar Tristan Caine, como se um alvo tivesse sido colocado nele caso pisasse fora das proteções da Sociedade. A princípio, Tristan e Nico haviam apenas despachado os assassinos, que variavam de mortais a mágicos sem alguma lógica aparente, com uma aceitável falta de esforço. Por fim, no entanto, Tristan havia parado o carro e arrastado o mais recente medeiano (que havia parado ao lado deles na estrada quando os dois estavam discutindo os conteúdos do rolinho de salsicha de Nico) para o banco de trás, o tempo todo com uma expressão de algo metódico demais para ser fúria.

— Isso está ficando ridículo — dissera Tristan, virando o carro com uma quantidade de força tão desnecessária que Nico concluiu que estava testemunhando outra camada da personalidade de Tristan Caine.

Ele não sabia que o inglês era tão corajoso, então por um momento foi empolgante presenciar aquela ação toda e esquecer que pegar reféns talvez não fosse a melhor ideia que tiveram.

Eles não conseguiram levar o medeiano capturado através das proteções da casa — entre outras coisas, violava a única regra da Sociedade —, então o plano tinha sido Tristan esperar no carro (ao lado do passageiro reticente) enquanto Nico corria lá para dentro e trazia Parisa. Abracadabra, um pouco de leitura de mentes e *boom*, eles saberiam exatamente por que alguém (além de Nico) estava tão decidido a matar Tristan.

Mas o lembrete da existência de Callum infelizmente também era um lembrete de que às vezes um plano B era essencial.

— O que nós *não* queremos — começou Tristan, fervendo de raiva na direção de Nico — é um jogo amador de gato e rato. — O que significava que ele não considerava Callum capaz de não brincar com a comida antes de comê-la, uma opinião justa, embora inútil. — Só precisamos pegar as respostas e depois depositar... isto — Tristan decidiu que o pronome demonstrativo era a terminologia adequada para se referir ao ocupante do carro — em *outro lugar*, e então continuar a tentar descobrir se...

— Vou contar algo engraçado para vocês, meus chapas — anunciou Callum, abrindo a porta traseira e escorregando para dentro. — Seu amiguinho bruxo está acordado.

— Bruxo? — perguntou Nico, o que Tristan ignorou. Um bruxo significaria alguém capaz de usar magia, mas sem a qualificação universitária que definia um medeiano. Tudo o que Nico sabia de bruxos era que tinham suas próprias regras e que o pai de Tristan era um. — Mas ele parece tão bom em mexer com o sinal de satélite...

— E ele não está acordado — grunhiu Tristan, se lançando à frente com o punho bem fechado, como se tivesse a intenção de socar a situação toda bem no nariz. — Eu vi, ele está dormindo e...

— Um bruxo — confirmou Callum para Nico, agora ignorando Tristan. — Proficiência com máquinas não necessariamente chega a ser tecnomancia. Apresente-se, se quiser — disse o empata ao bruxo, que era mais velho do que Nico, mas não chegava a ser velho de verdade. No máximo, parecia uma versão tediosa de Callum, uma manifestação mais carcomida e menos intensa de cabelos loiros e olhos azuis.

— Olá — cedeu o bruxo, que saiu do banco de trás do carro como se num transe. — Sou Jordy Kingsworth.

— Olá, Jordy Kingsworth! — respondeu Callum, alegre, jogando um braço ao redor dos ombros do bruxo. — E nos diga, Jordy Kingsworth, o que você quer com meus amigos aqui?

— Sou refém deles — respondeu o bruxo, num tom relaxado e afável que sugeria que não estava falando por vontade própria.

— Certo, claro — concordou Callum, submetendo tanto um agitado Tristan quanto um quase arrependido Nico a um show bizarro de pseudoventriloquismo. — Mas e antes disso?

— Recebi uma notificação de que Tristan Caine havia deixado as proteções da Sociedade. — O bruxo parecia estar com os olhos embaçados, plácido, como se tivesse se empanturrado de peru no Natal. — O mesmo aviso foi feito em Osaka, Paris e Nova York para Reina Mori, Parisa Kamali e Nicolás Ferrer de Varona.

— Eu devia me sentir ofendido? — perguntou Callum, aludindo à sua ausência da lista com um biquinho exagerado.

— Callum Nova: morto — respondeu Jordy Kingsworth. — Paradeiros dos iniciados restantes mudan...

— Parece que ele está lendo um dossiê — disse Nico, franzindo a testa, escolhendo ignorar o olhar de fúria que Tristan dirigia a Callum. — Alguém está nos caçando? Quem?

Jordy Kingsworth murmurou algo em resposta, as palavras arrastadas.

— Como é? — perguntou Callum, com tom jocoso, colocando uma mão em concha ao redor da orelha. — Repita.

— O Fórum está interessado no paradeiro dos iniciados da Sociedade — respondeu Kingsworth, mais alto dessa vez. — Em parceria com a Polícia Metropolitana. Os medeianos mencionados anteriormente deverão ser apreendidos de imediato.

— Ah, isso explica muito — disse Callum, retirando o distintivo do bolso do peito de Kingsworth e, por um breve momento, estendendo-o para Tristan, antes de mudar de ideia e fazê-lo desaparecer dentro do próprio bolso no exato momento em que Tristan, de má vontade, se dispôs a pegar o objeto. — Vou ficar com isto. Algum plano para o refém de vocês? — perguntou a Nico.

Uma pergunta justa. Nico olhou para Tristan, que franziu a testa, pensando.

— Deixe-o ir embora — disse Tristan.

— Tem certeza? — cantarolou Callum, parecendo deliciado, convencido, como se soubesse que a resposta seria no mínimo desinteressante. — Só deixá-lo ir? — questionou ele. — Sem mais nenhuma pergunta? Sem… palavrinhas especiais de encorajamento?

A promessa de algo sinistro parecia muito, muito palpável, e Nico duvidou que Tristan tivesse deixado passar batido.

— Deixe-o. Ir. Embora — repetiu Tristan, e o sorriso de Callum se espalhou pelo rosto.

— Só uma coisa — disse Callum, a mão cordialmente segurando a nuca de Jordy Kingsworth. — Você disse que os membros da Sociedade deveriam ser *apreendidos*, não atacados. Então quem foi que colocou o alvo sobre nosso querido amigo Tristan? — perguntou o empata ao bruxo, uma expressão tresloucada de prazer no rosto.

A resposta pareceu extraída como um dente. Ao lado de Nico, a respiração de Tristan falhou tão de repente que ele pareceu paralisado no lugar.

— Adrian Caine — revelou Jordy Kingsworth.

— *Que maravilha* — disse Callum, batendo nas costas de Kingsworth antes de abrir a porta do lado do motorista e ajudá-lo a entrar. — Aproveite — desejou, e, comemorando, Kingsworth acenou de volta para eles antes de descer a rua numa velocidade incrivelmente respeitosa.

— Aonde ele vai? — indagou Nico, intrigado.

— Para o penhasco mais próximo — respondeu Callum, soltando um suspiro diante da cara feia que Tristan fez. — Estou brincando. Ele só foi para o bar mais próximo tomar uma cerveja. Parece que do nada ficou com muita sede. — Tristan continuou sem dizer nada. — Relaxe. — Callum suspirou. — Ele não pode chegar até você dentro das proteções, pode? Então não é uma ameaça com a qual valha a pena lidar.

Tristan deu meia-volta e voltou para a mansão, furioso. Callum olhou para Nico e deu de ombros.

— Parece que alguém não aguenta uma piada — observou Callum.

Nico, que concluiu que a busca por Libby estava suspensa por conta de circunstâncias imprevisíveis, arqueou uma sobrancelha.

— Você podia ter deixado de fora a parte em que o pai dele o quer morto.

Algo brilhou no olhar de Callum. Foi a primeira indicação de verdadeira lucidez que Nico observou no empata em semanas.

— Até podia — concordou Callum. — Mas, para variar — refletiu ele, encaminhando-se para a casa —, achei essa a melhor parte.

Nico deixou Callum entrar nas proteções primeiro e então o seguiu, pensando nas implicações de ser rastreado pelo Fórum. O que exatamente o Fórum planejava fazer com os iniciados da Sociedade? Essa era outra consequência não revelada da iniciação? Todos eles foram informados, afinal, de que a adesão à Sociedade significaria fortuna e prestígio, mas ninguém mencionara nada sobre prisão instantânea. Seria essa outra mentira de Atlas ou era algo relacionado à abdução de Libby? Tinha sido o Fórum, no fim das contas?

Nico estava tão concentrado em seus pensamentos que quase trombou com Callum ao chegar à entrada oeste da casa, percebendo que Tristan e Parisa já estavam no meio de um bate-boca dentro da casa.

— ... não é exatamente *novidade*, né? — dizia Parisa. — Não sei por que você está tão surpreso. Alguém veio atrás da Rhodes. Eles vão vir atrás da gente. E o que é que você está fazendo fora da casa?

— Isso — bufou Tristan — *obviamente* não é da sua...

— Ondas eletromagnéticas, sério? — disse Parisa, tendo escolhido ler a mente de Tristan em vez de conversar como uma adulta.

Ao lado de Nico, Callum estava parado na soleira da porta, parecendo entretido.

Um pouco mais afastada, Reina também parou para observar a cena, vindo sabia-se lá de onde. Provavelmente dos arquivos, embora quem é que poderia afirmar? Tudo que Nico concluíra sobre a naturalista nos últimos meses era que ela desejava que ele desaparecesse da face da Terra o mais rápido e humanamente possível.

— Não venha me dizer que vocês estavam procurando por pedras de fadas e círculos em plantações — disse Parisa, num tom que Nico julgou ser bastante rhodesiano. — Varona — disparou a telepata sem encará-lo —, só porque uma mulher expressa que um homem está sendo estúpido *não* significa...

— Esses mitos têm uma razão de existir — interrompeu Reina atrás deles.

— Ninguém te perguntou nada — retrucaram Parisa e Tristan em uníssono, irritados.

— Eu amo quando estamos todos juntos — observou Callum, mordaz, se apoiando no ombro de Nico.

O físico se afastou na mesma hora.

— *Cala a boca* — responderam Tristan e Parisa.

— Criaturas escolhem seus locais ancestrais por um motivo — continuou Reina, em tom acadêmico, como se mais ninguém tivesse falado, e então fixou seu olhar duro em Nico. — Eu li isso no livro que Varona me deu ano passado.

Nico sentiu certo ar acusatório nas palavras dela, o que não fazia sentido, já que ele tinha certeza de ser inocente de praticamente tudo.

— Ah, é? — respondeu ele, num tom inofensivo que com sorte transmitia sua confusão.

Não teve sorte. Pelo visto, ele só ia descobrir o que tinha feito para Reina quando ela estivesse morta.

— Há vários locais na Inglaterra que têm uma maior atividade eletromagnética — prosseguiu ela, olhando para Nico como se o físico em pessoa tivesse arruinado o dia dela. — Clava Cairns, Lago Ness, Kilmartin...

— Algo notável? — perguntou Tristan, que de repente se esquecera de sua discussão com Parisa, que também olhava para Reina, pensativa.

A naturalista deu de ombros.

— Talvez as Pedras de Callanish? É na Escócia. Você pode ver no livro.

— Ótimo. — E então Tristan disparou como um tiro, se livrando de Parisa com um olhar raivoso e deixando o restante deles para trás como se nunca tivessem conversado.

— Você estava me procurando? — quis saber Parisa, de repente se virando para Nico.

Preso sob o holofote da atenção dela, o físico se sentiu inesperadamente muito desajeitado.

— Estava, sim, mas...

Antes que pudesse terminar a frase, Tristan havia voltado ao corredor, pisando duro.

— E eu gostaria de lembrar a vocês que todos aqui disseram que ajudariam Varona a encontrar Rhodes — anunciou Tristan, numa voz irritada. — E basicamente nenhum de vocês moveu um dedo sequer para isso. *Você* obviamente não serve para nada — acrescentou, apontando com displicência para onde Callum estava —, mas, mesmo assim, o ano está quase acabando, e nenhum de vocês nem ao menos mencionou o nome dela.

— Eu... — começou Nico, apenas para ser interrompido.

— Varona é quem está procurando por ela — declarou Parisa, falando com Tristan bem devagar, como se suspeitasse de que ele sofria de um estado crônico de idiotice. — O que mais você quer que a gente faça? Quando ele encontrar Rhodes, então aí podemos ajudar.

— Bem... — tentou Nico outra vez.

— Mais urgente, eu pensaria, é o fato de que estamos prestes a ser caçados por algum tipo de força-tarefa infeliz do Fórum — prosseguiu Parisa, e Reina franziu a testa.

— Como é que é?

— Pelo que parece, eles ainda preferem nos ter em sua posse e não estão mais interessados em pedir com educação — murmurou Parisa para Reina, sem encará-la —, o que é tão típico dos autoproclamados filantropos, sério...

— O que importa se estamos sendo caçados? — quis saber Tristan. — Não podemos mudar isso de dentro desta casa — grunhiu —, mas trazer Rhodes de volta...

O celular de Nico vibrou no bolso. Todos pareciam ter perdido o interesse no físico, então ele pegou o aparelho para checar se Max havia enfim se dignado a responder à mensagem do dia anterior. (Mira, a amiga de Libby, havia dito apenas que não tinha visto Ezra nos últimos tempos, presumindo que ele estava se recuperando do término. Outra mensagem um dia depois dizia que o apartamento deles tinha um novo inquilino, mas quem se surpreenderia com a rapidez de ocupação dos imóveis da cidade? Afinal de contas, o apartamento era bom demais para uma pessoa só. Mas, enfim, será que Mira tinha achado que eles odiavam Ezra? *Ah, e Nico, sei que você está superocupado fazendo coisas de gênio físico, mas você pode pedir para a Libby, por favor, responder às mensagens...*)

Mas não era Max. Nem Mira.

bonjour

Nico engoliu em seco.

eu vim eu vi eu conquistei
ou sei lá
a questão é que tenho notícias
tá acordado?

Os batimentos de Nico dispararam com surpresa/alarme/algum aumento odioso de atividade.

— Gente... — disse ele, percebendo que a garganta estava seca.

— ... podíamos pelo menos bolar uma *estratégia* — Parisa ainda estava falando muito alto — para que não sejamos alvos fáceis quando a hora chegar, que tal?

A expressão de Reina estava tomada de irritação.

— Foi isso que eu acabei de...

— Ah, mas eles acham que Callum está morto — apontou Tristan, com outro aceno apático na direção de Callum.

— É, obviamente — respondeu Parisa, num tom que usou só para irritar Tristan.

E funcionou, pois Tristan questionou, claramente aflito.

— Como assim *obviamente*? Ele estava andando por aí para todos verem, como isso é *óbvio*?

— Gente — tentou Nico de novo. — Eu só vou...

Ele apontou para o celular, mas então deixou as palavras morrerem quando percebeu que ninguém além de Callum o observava.

— Contatinho? — perguntou Callum com um sorriso travesso.

Nico soltou um suspiro alto e subiu a escada dois degraus por vez, e então três. De lá, era apenas uma questão de instantes até chegar à cela de sempre de seus sonhos.

— Ah, oi — disse Gideon.

Filho da mãe.

Nico queria dar um soco bem dado na boca dele.

— Oi — respondeu Nico, selvagem. — *Cómo estás?*

— *Bien, más o menos. Y t...*

— Cala a boca. Só cala a boca. — Nico se aproximou das barras e sentiu um tipo de euforia mais frustrante. — Oi.

— Nós já nos cumprimentamos, Nicky. — O sorriso de Gideon era fraco e imperdoável. — Enfim — continuou —, boas notícias. Libby é ridiculamente ruim nisso, mas pelo menos é informativa. E... o que foi?

Nico piscou, percebendo que Gideon o olhava confuso enquanto esperava por uma resposta.

— Como assim o que foi? — exigiu Nico, de repente tímido. — Continue. Você sabe onde ela está?

— Sim, eu estava só... — Gideon abriu um sorrisinho e então deu de ombros. — Posso ser breve, se você quiser. Eu ia dizer que ela...

— Fale o dia todo — retrucou Nico no mesmo instante. — Sério. Declame poesia, não estou nem aí.

— Ela está em Los Angeles. Em 1989.

O coração de Nico inflou a ponto de explodir.

— Sério?

— Bem, em 1990 agora, suponho. O que foi? — perguntou Gideon de novo, estremecendo. — Você está me encarando, Nicky.

— Estou? — Nico se sentia curiosamente sem fôlego. — Esquece. Provavelmente não é nada. Mais alguma coisa?

— Aham, eu tenho uma teoria.

E essas foram as palavras mais lindas que Nico de Varona ouvira na vida. Não importava que houvesse acabado de descobrir que alguém estava decidido a matá-lo. Não importava que, pelos últimos dois dias, várias pessoas tivessem tentado. De repente, era uma questão muito simples. Gideon estava ali, e ele tinha respostas. Ele tinha uma *teoria*. Nada nunca se pareceu tanto como a sincronicidade mais pura e divina.

— Me conte — pediu Nico, se aconchegando para o que por fim se tornaria uma soneca muito longa. — Sou todo ouvidos. Vá em frente.

· REINA ·

Com a ajuda de Callum — "ajuda" sendo um termo bastante generoso —, Reina conseguira extrair (como dente ou veneno) dos arquivos da biblioteca uma coleção de livros sobre mitologia que, fosse lá por qual motivo, não queriam que ela tivesse. Tais informações estariam amplamente disponíveis para ela em qualquer universidade. Toda cultura tinha uma explicação para o universo, para a vida que fora criada em sete dias, ou vomitada de uma dor de estômago, ou transformada a partir de uma gota de leite, e buscar isso não deveria ter sido um problema. Mas, quanto mais pedia, mais os arquivos resistiam. Especificamente, o que os arquivos não queriam que ela tivesse eram histórias de deuses que agiam onde o homem tinha falhado: domando a vastidão ao redor deles, permitindo que uma terra moribunda renascesse.

O conceito de samsara e seu ciclo de reencarnação quase sempre era incompreendido, algo que Reina já sabia. Carma costumava ser interpretado como algo semelhante às balanças da justiça, quando, na verdade, era uma questão de continuidade eterna. A roda da fortuna, girando e girando, não era uma questão de nenhum ponto específico alto ou baixo, mas da ausência de medida, da irrelevância do tempo. Não havia começo, não havia fim. Havia apenas a natureza em si, a magia em si, que não nascia e, portanto, não morria. Existia e sempre existiria. Não havia fim para esse mundo, nenhum começo, nenhuma salvação do alto, nem necessidade dela. O Olimpo estava vazio. Os deuses já estavam ali.

Reina sabia que os arquivos estavam começando a achar preocupante essa cadeia de pensamentos.

Por sorte, ela não confiava nos arquivos nem no cérebro que os comandava, independentemente do que fosse. Ela presumiu que era uma espécie de programação, uma série de códigos, e alguém ainda era responsável por determinar suas inclinações. Se essa pessoa era Atlas Blakely ou algum outro membro importante da Sociedade, Reina não se importava.

Bem, é claro que se importava um pouco. Tinha certeza de que havia algo em andamento, algum mecanismo de controle.

Mãe vêêêêêêê, disse a samambaia da sala pintada. *MãeMãe sabe, Mãe nós- nósnós não estamos sozinhos!*

Aquilo era irritante. A coisa toda com as plantas nunca deixava de ser irritante, mas elas estavam ficando cada vez mais inconvenientes. Pareciam estar incomodadas com algo, com o volume de leitura de Reina, ou talvez com a suavidade confortável crescendo no peito dela enquanto permanecia na cama, se despejando sobre a pilha de livros dia após dia. Videiras estavam começando a perfurar o vidro da janela de seu quarto, se esgueirando pelas rachaduras do peitoril. Parecia que, apesar do proveito de seus estudos, a natureza queria cada vez mais que ela fosse lá para fora e tocasse na grama.

Fazia mais ou menos uma semana desde o baile idiota da Sociedade ("Você é bem-vinda a comparecer", dissera Atlas, o que fizera a figueira no vaso gargalhar às custas da naturalista), do qual Reina enfim desistira e acabara vagando para o lado de fora, para as áreas desiguais de neve ao lado dos cornisos. Abaixo dos pés dela nasciam mudinhas verdes, ervas daninhas bebês.

— ... falei para você deixar pra lá, mas você não deixou. *Não conseguia.* Você não é capaz de amar ninguém de verdade, não é?

Era a voz de Dalton. Só então Reina lembrou que Atlas os havia informado na semana anterior que Dalton estava doente. Ela não tinha pensado muito no assunto. Viroses e tal. Havia esquecido (por desinteresse, com certeza) que, tirando o flerte contínuo de Callum com a bebedeira, eles eram medeianos que não adoeciam.

— É isso o que você acha que é? — zombou Parisa. — Amor? E como foi que você pensou que as coisas levariam a isso?

Dalton não parecia estar ouvindo.

— Por sua causa — vociferou o pesquisador —, eu quase não consegui terminar o que comecei. Talvez nem sequer consiga. — A voz dele estava mais dura do que o comum, estranhamente cortante. — Atlas tem razão. Não vai dar certo... já não está dando. E quando *falhar*, porque é inevitável que aconteça...

— Você quer me responsabilizar por suas escolhas? Está bem. Você parece ter esquecido que sabia exatamente com o que estava concordando. — O tom de Parisa era frio em resposta à agitação de Dalton, cada vez mais desinteressada conforme o rancor dele crescia. — Você esquece que foi *você* quem *me* deixou entrar.

Reina espiou ao redor do tronco do olmo mais próximo, observando o maxilar de Dalton se contrair com algo que ela não achava ser inteiramente frustração. Nem totalmente raiva.

Triiiiiiiiiiste, suspirou o olmo.

— Está bem.

Dalton deu as costas e partiu sem dizer mais nada, vendo Reina ao passar, mas mesmo assim esbarrando nela.

Parisa continuava na mesma posição, sozinha.

— Sei que você está aí. — Parisa deu outra olhada na direção da grama, e então olhou para a frente. Reina se aproximava, relutante. — Sabe, eu consigo ouvir tudo que você ouve — acrescentou, com indiferença. — E você tem razão, essa grama é um inferno.

Em silêncio, Reina parou ao lado dela.

— Percebi que você não está com pena de mim desta vez — observou Parisa, sem olhá-la. — Acho que enfim consegui convencê-la de que não sou digna de empatia, então?

— Acho que, seja lá o que fez para ele, você mereceu. — A voz de Reina não parecia ensaiada.

Ela se deu conta de que não falava com alguém havia dias. Da última vez que precisara da ajuda de Callum, a naturalista fora até a sala de jantar despertá-lo e o arrastara até os arquivos. Ele ficou acordado apenas o suficiente para que Reina pegasse a história oral dos pastores Fulani e então logo depois foi se deitar de novo.

— Ah, eu mereço mesmo — concordou Parisa. — O que é interessante, porque eu raramente recebo o que mereço.

Ela pareceu achar muita graça daquilo, o que beirava o revoltante.

— Você realmente acha que é cobiçada nesse nível? — De canto de olho, Reina a olhou por um breve momento. — Você de fato só espera ser amada incondicionalmente?

Parisa deu de ombros.

— Dalton não me ama.

— Talvez você apenas queira pensar que ele não ama. Porque você não é capaz de amar ninguém.

A risada de Parisa foi sombria e preenchida com uma melancolia austera.

— Não me diga que você é uma romântica, Reina. — Ela suspirou. — Desse jeito você vai cair no meu conceito.

— Eu nunca estive em alta no seu conceito — murmurou Reina.
— Ah, como eu sou bobinha, tinha me esquecido disso.

Parisa enfim se virou para encará-la. Foi um golpe duro, frio, um choque de branco invernal.

Callum tinha razão, a beleza dela era uma maldição. Mascarava a ausência de algo mais profundo.

Parisa abriu um sorriso sombrio.

— Vejo que você ainda não pensou no que fará quando o ano terminar — comentou.

— Nem você.

Obviamente não, dada a conversa que acabara de ter com Dalton.

— Ah, eu sei o que vou fazer — disse Parisa, com um leve ar de condescendência. — A mesma coisa que os outros fazem. Envelhecer, torrar dinheiro, morrer.

A grama abaixo delas cacarejou... ou murchou.

— Foi isso mesmo o que você veio fazer aqui? — perguntou Reina, irritada.

— Não. — Um dar de ombros. — Vir aqui foi só uma parte desse processo.

— Mas você não tem uma pesquisa para fazer?

Como sempre, Reina se perguntou por que estava se dando ao trabalho de continuar a conversa, mas algo sobre a filosofia fundamental de Parisa estava fora do alcance dela, e isso a enlouquecia.

Era a apatia? A aparente insistência dela em afirmar que estar viva, ser qualquer coisa, não tinha importância?

— É claro que eu tenho uma pesquisa para fazer — respondeu Parisa. — Mas que bem ela fará ao mundo, trancada nos arquivos para a próxima rodada de medeianos usar em segredo?

— Então você preferiria abrir mão dela?

Assim como o Fórum.

— Nem pensar. — Parisa olhou para Reina como se a naturalista fosse a garota mais burra que já pisara na Terra. — Isso foi uma piada, né? A humanidade não foi feita para ter tudo o que está escondido aqui. — Leviana, ela gesticulou para os arquivos. — Pelo menos em relação a isso, a Sociedade está certa.

Reina franziu a testa.

— Mas então...

— Você não entende? O mundo não faz sentido e é um lugar horrível — disse Parisa. — Achei que você entendesse isso.

Reina a fuzilou com o olhar.

— Você não me entende — decretou a naturalista.

— Na verdade, Reina, entendo, sim. — Parisa soava entediada. — Você não é tão diferente assim de mim. Ou da Rhodes. Ou de ninguém. Você não quer ser usada — disse ela —, mas será, você *é*, porque se você permanecer aqui... E mesmo que morra com a cara enfiada nos seus *preciosos livros*... — ali, um raro indício de raiva real — ... você ainda assim será uma ferramenta de algo. De *alguém*. — Parisa cruzou os braços, séria. — A magia nos arquivos é senciente. Ela está nos monitorando, sei que está, e sei que a Sociedade a está usando. Afinal, para início de conversa, deve ser assim que nos encontraram.

— E...?

— Deus, você é burra ou só finge que é? E nada. E tudo. — Parisa parecia enojada. — Ou você se importa com o fato de que algo lá tem cérebro, ou pelo menos um par de olhos que está nos observando, ou não. E, se você não se importa, então o que estou fazendo aqui explicando essas coisas para você? — Parisa jogou as mãos para o alto, exasperada. — A questão é que eu conheço mentes. *Aquilo* — disse ela, com outro movimento brusco do queixo em direção à casa atrás de si — é uma mente. E você deve saber disso. Porque, para quem vive dizendo que não tem qualquer tipo de habilidade, o que você faz todo santo dia é comungar com algo que vive e respira e pensa por conta própria.

Lá estava de novo. Outra pessoa na casa tratando a magia como se ela fosse um deus. Como se o naturalismo fosse uma força em si, capaz de tomar decisões deliberadas.

— A natureza não pensa por conta própria — argumentou Reina. — Ela quer que eu pense por ela.

— Não, ela quer que você *fale* por ela — corrigiu Parisa, brusca. — Mas ela diz a *você* o que pensar.

— Então está bem claro que a natureza é muito burra — zombou Reina.

— Não burra. — Parisa balançou a cabeça. — Quer dizer, talvez por escolher você como porta-voz. Obviamente ela não entende a natureza humana bem o suficiente para saber que forçar alguém a obedecer significa que passará o tempo todo lutando em vão.

— Então o que você faria? — exigiu Reina. — Se você tivesse as minhas habilidades em vez das suas.

— Não ficaria com a cara enfiada nos livros. — Parisa a fitou.

— Certo. Bem. Se eu tivesse os seus… *talentos* — disse Reina, com um olhar igualmente desdenhoso —, acho que eu também os usaria melhor, obrigada.

— Ah, sim. — A voz de Parisa estava tomada de sarcasmo. — Porque não há diferença entre o seu poder e o meu rosto. — Ela riu, amarga. — Você acha que este mundo é algo além de uma série de acidentes? É isso o que tudo é. Não há projeto, só… probabilidade. Genética é apenas um jogar de dados. Todo resultado, todo suposto dom ou maldição, é apenas uma estatística possível. — Ela parecia excepcionalmente derrotada.

— Deus não joga dados — murmurou Reina, se sentindo obstinada.

— Não diga a Deus o que fazer — rebateu Parisa.

Então ela se virou bruscamente, cansada daquela conversa. Mas, quando estava prestes a partir, Reina percebeu que a telepata estava com muita raiva de algo que ainda não entendia por completo.

— Dalton está certo, não está? — disse Reina. — Você não é capaz de amar ninguém, é?

Abaixo dos pés delas, as raízes dos olmos se esticaram e estalaram. Parisa lançou um olhar glacial para Reina e, por um momento, enquanto os olhares das duas se encontravam, Reina sentiu uma fissura no peito. Remorso, talvez, ou uma ausência inexplicável. Ela se sentiu aberta à força e exposta, mas não era um pensamento. Não era uma ideia. Era só um tipo diferente de dor.

Então Parisa desviou o olhar.

— Conheci pouquíssimas pessoas que valessem a pena amar — disse, e, soprando as pontas dos dedos para aquecê-los, voltou para dentro da casa.

A casa pareceu mais silenciosa nas semanas que se seguiram. Reina por fim percebeu que havia uma tensão incômoda e crescente entre os ocupantes da mansão, os dias de suposto companheirismo deles ficando para trás. Era estranho que tivessem entrado na iniciação com toda a intenção de colaborar, só para serem afastados pelo ritual, desemaranhando tudo que devia tê-los interligado para sempre. O sacrifício que todos deviam ter feito. Atlas havia dito que os encantamentos continuariam em pé, mas algo mais, algo tão fundamental quanto, havia rachado. Callum estava vivo, Libby se fora, e por isso todos os outros estavam se desmanchando. Inacabados, como se a própria casa estivesse se alimentando dos erros deles.

Parisa estava certa sobre uma coisa: a vida nos arquivos da Sociedade era inútil. Não porque a pesquisa não fosse abundante e rara. Afinal, caso quisesse, Reina levaria uma vida contente entre os livros, mas então ouviria, pelos próximos oito anos e possivelmente para sempre: o riso zombeteiro de Parisa, a chacota da escolha de Reina de ficar para trás. Cada vez mais, Reina se tornava consciente da inadequação de seu objetivo singular de vida. Como Callum e o vinho, o vício dela era um obstáculo pouco criativo. De repente pareceu muito vergonhoso que, apesar de todo o poder do mundo, a única coisa que Reina queria de fato era se esconder.

Também isso era algo que Parisa intuíra corretamente. E, se Reina precisava de mais um motivo para seguir com seu plano, seria provar que Parisa estava errada.

— Escute aqui — disse Reina para Callum, que recostara a cabeça ao lado do carré de cordeiro do jantar e não a levantara desde então. — Ei! — Ela o cutucou, e o empata deu um pulo, lançando um olhar impaciente para a naturalista. Então recostou a cabeça outra vez, limpando a boca na manga. — Preste atenção.

— O que foi? — A voz dele estava abafada num guardanapo. — Estou lendo.

Ela percebeu que de fato Callum tinha um livro em algum lugar sob a boca cheia de baba, embora a conclusão de que ele estava lendo pudesse ser exagerada.

— Pensei que você não estivesse pesquisando nada.

— Mudei de ideia. E me deixa em paz. — Ele empurrou a mão de Reina quando ela tentou puxar o livro para ver o título. — Eu disse para *me deixar*...

— Você está lendo sobre... física? — Reina franziu a testa para o título do livro, que estava em grego. — Você consegue ler em grego?

— O que você *quer*? — resmungou Callum.

Está bem. Ele podia ficar com seus segredos.

— Quero sua ajuda.

— Com o quê, um livro? Estou ocupado.

— Não. Com... — Reina hesitou. — Um... plano. Um pensamento, na verdade.

— Para quê?

— Para depois.

— Depois *do quê*?

Callum sempre ficava mal-humorado quando estava cansado.

— Depois disso — disse Reina, indicando a casa. — Depois que todos voltarmos.

— Voltarmos.

Devagar, Callum se endireitou na cadeira.

— É. O propósito desta Sociedade não devia ser apenas contribuir com os arquivos — disse Reina, indo direto ao ponto. — Devia ser levar os arquivos para o mundo.

Callum parecia decepcionado. Ou irritado, por ter esperado uma resposta melhor.

— Você está sugerindo que o Fórum...

— Não, não distribuição. — E então Reina corrigiu: — Ação.

— Ação significa... o quê, exatamente? E pensei que você fosse ficar por aqui.

Callum a encarava como se ela tivesse comida no rosto, ou como se luz vazasse de seus poros.

Reina o ignorou.

— O resultado inevitável de vir aqui é ver as coisas com outros olhos — explicou a naturalista. — Viemos aqui para existir fora do mundo e depois reentrarmos nele. Por necessidade, devemos mudá-lo.

O filodendro no corredor estava guinchando algo ininteligível. Reina não conseguia entender direito o quê, porque sua mente estava ocupada com algo muito empolgante. As coisas, ela se deu conta, estavam prestes a mudar. Algo inato e atávico estava chamando. Não era por isso que ela estava ali naquela casa, naqueles arquivos? Não era esse o motivo de ela ter *nascido*? O mundo em si desejava algo. Alguma revitalização, algum renascimento.

Por que, na era do Antropoceno, com toda a violência e a destruição que vieram com a ascensão das máquinas e dos monstros, nasceria uma criança que podia ouvir o som da natureza em si? Era hora de a roda girar. De a alma do próprio universo encontrar equilíbrio. O campo de estudos de Dalton até podia ter sido o gênesis, a origem da vida, mas seguir em frente não se tratava de como as coisas haviam começado.

Não se tratava de plantas fofoqueiras. Não se tratava de criar ou destruir vida. Bem, sim, mas não no sentido que sempre havia sido associado a ela pelos outros: aumentar colheitas, dar frutos. Tratava-se de ressurgência, de ressureição.

Era, como todas as coisas, algo que dizia respeito a poder. Poder que, muito em breve, Reina teria a escolha de esquecer de uma vez por todas ou usar. Isso a deixava com um enigma bastante filosófico: ficar ali, com os livros, a pesquisa e o isolamento de um mundo ganancioso e faminto, ou se juntar a ele com um novo propósito, um novo olhar, uma nova compreensão de quem e o que ela era?

Ser um deus era assim, decidiu Reina. Não viver para sempre, mas restaurar a ordem das coisas. Instaurar uma nova era.

Callum continuava a encarando.

— Você quer que eu influencie... o mundo? — perguntou ele. — Suponho que você não está falando das plantas.

As palavras deixaram a boca dele às pressas, como se seus pensamentos estivessem se colidindo.

— Não, não plantas. — O filodendro estava muito ofendido e a informou disso usando palavras pequenininhas. — Acho que, para melhor ou para pior, o mundo consiste em humanos e coisas que os humanos alteraram. Você deveria entender isso — acrescentou Reina depois de pensar melhor.

Callum parecia pensativo e entediado, como um pai decepcionado.

— As pessoas não costumam concordar com as coisas que eu entendo.

— Você está vivo — ressaltou Reina.

Ele brindou com uma taça invisível.

— Não por falta de tentativas — brincou Callum.

— Não, eu quero dizer... — Ela soltou o ar com força, irritada. — Você está vivo. E não deveria estar. A gente concordou que você morreria.

— Ah, ótimo — disse Callum, áspero. — Por favor, não poupe meus sentimentos. Me diga o que você realmente acha.

— O fato de que você está vivo e aparentemente não está em busca de vingança — continuou Reina — significa que ou você tem alguma ideia de como gastar o resto do tempo que recebeu tão aleatoriamente...

— De novo, não precisa ser gentil — disse Callum.

— ... ou significa que você está esperando por algo. Um propósito. — Reina o encarou. — E eu estou aqui para dar um a você.

Ele se recostou na cadeira.

— Você está levando esse negócio de complexo de deus um pouco longe demais, Mori.

— Não é um complexo — murmurou ela pela milésima vez. — E ou você não vê isso como tendo acontecido com você por um motivo, ou...

— Você acha que não estou em busca de vingança? — interrompeu-a Callum.

Reina franziu a testa.

— Se está, está fazendo um trabalho de merda. Tristan está vivo. Ele está bem. As camisas dele nem mesmo estão amarrotadas.

— Isso é você quem está falando — respondeu Callum. — Mas acontece que eu sei que todas as etiquetas das roupas dele pinicam.

— A questão é: você tem tempo — concluiu Reina, ignorando a irritante e pretensiosa ambiguidade dele, embora seus sinais de descontentamento existencial fossem óbvios. Por exemplo, insistir em se afogar num barril de vinho. — Você tem um tempo que não deveria ter. Então o que fará com ele?

— Pensei em comprar outro iate — respondeu Callum.

Reina o fuzilou com um olhar de extremo ódio.

— Está bem — disse Callum. — Não faço ideia. Só estou aqui para infernizar a vida de Blakely e depois não sei. Vou voltar para casa, encher os bolsos de dinheiro e morrer.

Reina não conseguia nem começar a compreender como as duas pessoas na casa mais intimamente familiarizadas com a natureza humana — as mais habilidosas em *manipular* a natureza humana — podiam pensar em nada mais importante do que desperdiçarem a vida no capitalismo.

— Ah, e provavelmente foder — acrescentou Callum, que pelo jeito ainda estava repensando seus objetivos de vida. — E em algum ponto desenvolver o que posso apenas presumir que será um colesterol muito alto...

— Pare — disse Reina. — Você está me deprimindo. Além disso, sabe que não pode voltar para casa. Nenhum de nós pode. O Fórum sabe quem somos — ressaltou ela. — Duvido que eles tenham desistido de todas essas interferências.

— O que *você* está fazendo, então? — pressionou Callum, com curiosidade genuína. — E não ache que não consigo sentir você se desgrudando — acrescentou, gesticulando para Reina. — Fanatismo não cai bem em você. É muito perturbador.

— Não sou fanática. Sou... — Uma pausa para pensar. — Inspirada.

— Uma palavra adorável para loucura — observou Callum, suave —, mas continua sendo loucura...

— Melhor louca do que bêbada — cuspiu Reina em resposta, e os instantes seguintes foram de completo silêncio.

No exato momento em que o relógio tiquetaqueou na cornija da lareira, Reina decidiu que passar a maior parte do ano tentando convencer Callum a ouvi-la não estava indo a lugar algum. Ele claramente queria morrer, então tudo bem. Talvez ela estivesse desperdiçando tanto seu próprio tempo quanto o dele ao não deixá-lo fazer o que queria. Era como se a casa tivesse tomado posse das impurezas da alma dele, como tinha feito com o estado físico de Nico. Estava arrancando tudo deles, drenando-os de tudo o que não haviam dado de bom grado. Libby Rhodes se fora, um truque barato, e agora eles estavam sendo punidos por isso. Talvez Reina em especial, ao ser levada a acreditar que qualquer coisa fora daquelas paredes poderia ser diferente.

Ela se virou, furiosa, sentindo-se estranha, humilhada e pequena, quando Callum se levantou e a segurou pelo pulso.

— Vou dizer isso só uma vez — anunciou ele. — Eu não sou uma pessoa sem talentos. Os poderes que tenho, eles não são... — Ele hesitou, soltando-a e fechando a mão. — Se eu usá-los — corrigiu-se, escolhendo as palavras com cuidado —, o resultado não será simples. Isso não é como magia física, em que, se você empurrar algo, algo empurra de volta com a mesma força. Não há limites de conservação no que posso fazer, não há leis previsíveis da física. As pessoas são mais complexas do que isso. E radicalmente mais frágeis.

Reina não entendeu aonde ele queria chegar.

— E...?

— E nada. — Callum balançou a cabeça. — Seja lá o que você espera alcançar, não vai. Mas se isso significa que posso conquistar meu momento de retaliação...

O olhar dela ficou sombrio.

— Retaliação contra quem?

— E isso por acaso é da sua conta? Eu não te perguntei qual é o *seu* plano. — Ele a encarou, sério. — Somos seres práticos, não somos? Focados na tarefa. Conduzidos pelos resultados. Se pensasse que você é diferente disso, eu não me daria ao trabalho de desperdiçar meu tempo.

Reina tentou invocar a energia para se importar, mas não achou aquele discurso relevante o suficiente para isso. Agora, a ideia dela de um propósito grandioso era pesada, magnética.

— Está bem. Só não me influencie — avisou ela. — Prometo que não vou interferir se você não me influenciar.

Uuuuuu MãeMãeMãe, murmurou um fícus crescendo, as folhas se inclinando em direção às vidraças congeladas. *Mãe é equilíbrio, Mãe é rei...!*

— Está bem — concordou Callum, curto e grosso. — Mais alguma coisa?

Sim, ela pensou. Dá um jeito na sua vida.

Mas, de novo, isso seria parecido demais com oferecer ajuda a ele.

— Tente não deixar ninguém mais matar você — sugeriu Reina em vez disso, se virando para sair da sala.

Atrás dela, Callum havia desenterrado o livro de debaixo do guardanapo.

— Sábio conselho. Possivelmente mais útil do que você imagina.

Reina fez uma pausa, franzindo a testa.

— O que isso quer dizer?

— Que, antes de tudo, seria melhor todos nós desejarmos que Rhodes esteja mesmo morta. O resto vou descobrir e depois te conto. — Callum deu uma piscadela para ela, e Reina revirou os olhos. — Aproveite seus delírios, Reina. Porque alguém deveria fazer isso.

Caminhando em direção às escadas e depois para seu quarto, Reina ficou com a sensação distinta de que fizera um pacto com… não com o diabo, não isso. Callum não era tão perturbado *assim*. Mas, se equilíbrio era tudo, então talvez fosse uma questão da natureza deles. Ela havia escolhido Callum por conta de sua própria existência. O poder que ela não podia conduzir necessitava do dele — ele era o Antropoceno encarnado, ela era a natureza em si, e era assim que o ciclo continuaria. Invariavelmente, a roda giraria. Ela ouviu a voz da avó na cabeça: *Reina-chan, você nasceu por um motivo.*

Está bem. Então, quando a roda estivesse pronta, ela também estaria.

· PARISA ·

Pesadelos eram algo familiar para Parisa. Afinal, ela os tivera a vida toda. Confusos, alguns pertencentes a terceiros. Coisas que ela lera ou intuíra de mentes externas. Mas agora, muito para seu desânimo, os sonhos que tinha eram inteiramente seus. Uma recorrência do mesmo pânico, gerado pelo mesmo momento de erro inesperado...

— Gideon?

Ela ficava revivendo aquilo: o momento de sua hesitação que levara à súbita explosão de energia do sonhador. A força que ele havia invocado para se pôr de pé e dominar Dalton, arrancando-o pela torre da janela e...

Na vida real, Parisa tinha sido arrastada da cabeça de Dalton, acordando sobressaltada na mesa da sala de leitura.

Naquele primeiro instante, tinha sido difícil dizer o que era sonho e o que era realidade. A linha entre consciente e inconsciente estava embaçada, como a divisão entre os vivos e os mortos. A sala de leitura era mais brilhante do que deveria ser, iluminada pelas formas de coisas, ideias, memórias, explosões de forma e estrutura, ainda que menos permanentes, tudo se transformando e mudando. Era como observar uma rosa desabrochar diante dos próprios olhos. Como fantasmas, mas vivos, vivos de verdade, no dobro, no triplo da velocidade normal do tempo, deixando Parisa atordoada, desorientada, enquanto virava a cabeça para ver de onde vinha a magia.

Do animador em si.

A sala e seus fantasmas não eram as únicas coisas que pareciam estar operando num contínuo de tempo separado. Dalton, o acadêmico, Dalton, o homem, estava contorcido, com dor, inclinado para a frente, as mãos pressionando as têmporas, os olhos. Ele parecia mudar a cada troca de perspectiva, a cada truque de luz, como um holograma barato. Parisa, instável, se virou um centímetro para a direita, e lá estava ele, emergindo da espinha de Dalton como uma faca nas costas: Dalton, a memória. Dalton, o medeiano, que havia sido colocado numa gaiola que outra pessoa construíra.

Dalton, o Príncipe, que construíra para si um reino dentro da própria mente.

Ela conseguia ver que apenas um deles era, por falta de palavra melhor, *real*. Apenas um estava fisicamente presente, visivelmente com dor. O outro era uma espécie de sombra, um espectro, mas era desse que ela não conseguia desviar o olhar. *Aquele* era o Dalton que ela perseguira pelo tempo e pela consciência, e agora ele a via, os olhos encontrando os dela como um disparo encontrando seu alvo. Por um momento, ele pareceu rir.

Mas então...

— Chame Atlas — grunhiu Dalton, ofegante, acordando, submerso, de um transe.

Na transição entre o plano astral e a realidade, Parisa também perdera o equilíbrio por um momento. Ela cambaleou de novo ao som da voz dele, inspirando rápido demais, e então se engasgando, tossindo num engolir defeituoso. Havia algo nocivo na luz piscante, alguma fumaça psicossomática ou miasma. Ela se sentiu enjoada, incapaz de respirar.

Quando conseguiu recuperar o fôlego, Parisa o perdeu outra vez para o Príncipe — ou, em vez disso, para a súbita ausência dele. Ele não estava mais lá, não na mesma silhueta assustadora que Parisa vira a princípio, mas ela ainda conseguia sentir a presença ameaçadora dele, da mesma forma como um intruso não desaparece tão facilmente. A telepata ainda sentia a presença dos pensamentos dele, a forma arrítmica e estranha que eles se dobravam um sobre o outro, colidindo em ataques e sustos, em distorções e explosões. O que ele estava fazendo com as paredes, o que eram as figuras translúcidas que dançavam e derretiam? Parecia que o Príncipe estava falando com a casa, drenando as lembranças dela como se fossem seiva. A sala estava respirando, ansiando, uivando, e sua costumeira primazia de pensamento havia se inflamado e se transformado em algo viral, pestilento, barroco no sentido de corrompido, opulência a ponto do grotesco. Era sedução ou tormento? Mesmo para Parisa, que devia ter sabido a diferença, restava a dúvida. A casa sempre fora senciente, mas nunca daquela forma. Nunca em dor ou em êxtase. Nunca *viva*.

O que levava à pergunta: aquilo era real? Parisa se sentia atordoada, encarando as pérolas de suor que nublavam a testa meticulosa de Dalton. Ela havia sido arrancada da consciência dele rápido demais. Vida real e telepatia haviam se misturado, e sua visão estava embaçada. Entrando e saindo do canto da visão dela nadavam vislumbres de outra vida, outra versão. Um sonho dentro de um sonho.

— Traga Atlas *agora*! — gritou Dalton através da respiração estrangulada.
— *Agora*...!

Houve uma explosão nas portas atrás dela enquanto as animações pelas paredes se erguiam como línguas feitas de chama, os arquivos em si parecendo tremer. Dalton de repente a empurrou para o lado com violência, desesperado, fazendo-a colidir contra a mesa. Um hematoma que ficaria visível por semanas.

— Você tem segundos — disse Dalton, entredentes, para alguém atrás dela —, talvez menos...

— Sente-se. — A voz de Atlas estava superficialmente calma, calma e límpida. — Sente-se. Vou entrar. — Ele olhou de soslaio para Parisa, como se ela não fosse nada além de uma distração. — Saia.

Ela ficou de pé, instável, passando os olhos de um para outro.

— Mas...

— *Saia* — rosnou Dalton para ela antes de Atlas o forçar a se sentar, lutando para colocá-lo na cadeira.

Vá, disse Atlas na cabeça dela. E, de novo, ela sentiu o pequeno puxão de reflexo impulsionando-a a seguir as instruções do Guardião.

Parisa saiu correndo da sala, disparando para o primeiro lugar em que conseguiu pensar. Com o coração acelerado e os pulmões latejando, ela precisava de algum lugar onde pudesse se lembrar de onde estava, de *quem* era, algum lugar onde pudesse encontrar outra coisa, qualquer coisa, para culpar...

No sonho recorrente, ela sempre acordava arfando antes das consequências. Antes da chegada ao quarto de Nico, desnorteada com o que sabia ser desordem. Desesperada para encontrar descanso em algum lugar, para se acalmar. Era como se a casa a assombrasse agora com uma tensão recorrente, sendo que o alívio nunca chegava, lembrando-a o tempo todo do que ela havia visto. *Sua idiota, você quebrou suas próprias regras, você ficou tempo demais e se importou demais...*

Ela inspirou, uma mão no peito, e então expirou.

Um respirar. Dois. Ela contou até vinte e então voltou a se deitar, fechando os olhos e aos poucos adormecendo de novo.

— ... não é capaz de amar ninguém de verdade, não é?

Da névoa do sono que se aproximava, a voz de Dalton retornou a ela.

— Eu falei para você deixar pra lá — alertou ele, irritado. — Eu disse para ficar longe de mim...

Quando ele dissera aquilo, Parisa rira amargamente. A lembrança dela daquele momento era diferente. Mas, ao que parecia, ao salvar a vida dela revelando os jogos da Sociedade tantos meses antes, Dalton passou a acreditar que merecia o *coração* dela.

Ali estava, um típico comportamento masculino. Decepcionante.

— Desde quando se trata de amor? — perguntou ela.

— Do que se trata então?

De poder. Sempre de poder. Que ela havia cedido no momento em que ficou lá tempo demais. Ali, naquela maldita casa, por tempo demais.

Os olhos dela se abriram de repente outra vez, as recordações repassando em sua mente. Que coisa maravilhosa a mente dela. Tão, tão útil.

— O que era aquilo? A versão de você na sua cabeça — perguntara Parisa para o Dalton na vida real. — Pensei que fosse só uma animação.

Tinha sido a primeira conversa deles depois do erro dela com o amigo sonhador de Nico, aquele pequeno descuido. A gagueira ritmada do coração idiota dela, que acidentalmente deteve sua mão.

— Era — disse Dalton, sem rodeios. — E não era.

Isso aconteceu dias mais tarde, quase uma semana depois. O tempo passou devagar até que ele procurasse Parisa para se explicar. Ela se lembrava do silêncio opressor — outra inesperada fraqueza, uma rachadura na armadura dela ou, mais fatalmente, um calcanhar de Aquiles inesperado.

Parisa nunca gostou de ser punida com silêncio. Era a tática favorita da irmã dela, Mehr, porque, apesar de toda a sua suposta burrice ou feiura, ela sempre fora talentosa em ser cruel.

— Pedi para Atlas fazer isso — explicou Dalton. Àquela altura ele era ele mesmo, em grande parte, ou pelo menos aquela urgência áspera não estava mais lá. — Minha pesquisa, eu precisava terminá-la. Mas os arquivos estavam escondendo coisas de mim.

O olhar dele foi intenso e demorado. Dalton queria algo dela, mas estava deliberadamente segurando o que quer que fosse.

— Não entendo. Aquela parte era... você? — perguntou Parisa, franzindo a testa. — Um aspecto da sua consciência ou...

— Sim. Uma parte de mim. Minha... — Dalton hesitou, desviando o olhar. — Minha ambição, acho que posso definir assim. Minha fome.

O ato de Atlas de dissecar uma parte de Dalton — uma lasca do que era praticamente o ser inteiro dele, a *alma* dele em si — estava além do poder de um telepata. A não ser que Atlas tivesse ocultado a extensão das próprias habilidades, o que parecia improvável.

— Como ele fez isso?

— Eu tive que animá-la — respondeu Dalton, parecendo revoltado por ter que confessar. — Aquela parte de mim. Aquela... falha. — Ele estremeceu. — Eu a trouxe à vida, então a separei do resto da minha consciência. E depois disso fiz o meu melhor para esquecer que estava lá.

Então ele fez a dissecação. Autocirurgia. Não era de se estranhar que parecesse enojado.

— E depois?

— Atlas construiu aquelas proteções dentro da minha consciência. Ele manteve aquela parte de mim contida, a meu pedido. — Dalton passou a mão na boca. Parecia mais velho. Cansado. — Concordamos que seria a melhor forma. A única forma. Eu pensei... — Outra pausa. — Pensei que fosse apenas uma fração de mim. Um pedacinho.

Uma rachadura na armadilha, pensou Parisa. Engraçado como, com o passar do tempo, aquelas coisas podiam desfazer alguém pouquinho a pouquinho. Só era necessária uma rachadurazinha para destruir uma fundação inteira.

— Então foi *você* quem fez a animação de Rhodes? — perguntou Parisa.

— Sim. De alguma forma, deve ter sido. — O maxilar de Dalton se retesou. — Eu não tinha considerado a possibilidade de acessar meu subconsciente do local que ele ocupava na minha mente consciente. Eu sabia que não havia chance de ele escapar por conta própria, mas nunca pensei...

— Nele — completou Parisa.

Como se fosse outra pessoa. No nível de proficiência em magia de Dalton, um medeiano partido em dois era funcionalmente dois medeianos. Dois animadores.

— O amigo de Nico, o sonhador — disse Parisa. — Foi ele que libertou você?

— Você o ajudou. — O olhar de Dalton era duro e acusatório, amargo e convicto. — Eu nunca deveria ter conhecimento da existência dele. Atlas o bloqueou. Mas, quanto mais você acessava aquela parte de mim, mais forte ele ficava.

— Você está falando de si mesmo, Dalton.

Era absurdo que ignorasse aquele fato o tempo todo. Ela já havia conhecido homens que se negaram a aceitar a culpa, mas isso, a negação da personificação das próprias fraquezas, estava indo longe demais.

— *Você* me deixou entrar — afirmou Parisa. — *Você* confiou em mim, *você*...

— Cometi um erro — concordou Dalton, tranquilo. — Mas você precisa me ouvir, Parisa. Precisa parar. Se eu vou terminar o que comecei, você precisa ficar longe.

— Ficar longe — repetiu ela. — Do você que você trancafiou dentro de sua própria cabeça?

A resposta dele foi uma careta condescendente.

— De mim, de mim por inteiro. — Uma pausa. — De qualquer parte de mim.

Parisa abafou uma risada.

— Entendi.

Então ele estava terminando com ela? Muito engraçado. Era por isso que vinha pisando em ovos, adornando-a com olhares suaves. — Você está me dispensando com gentileza, é isso que entendi?

— Ia terminar alguma hora. Uma hora você ia acabar partindo.

— Dalton. — Até ele sabia que aquelas palavras eram ridículas. — Você se trancou de novo? E espera que isso dure?

Ela pensou na proclamação do outro eu dele. Dalton não conseguiria controlá-lo outra vez. Seu verdadeiro eu, a verdadeira *verdade* dele, ia aparecer mais cedo ou mais tarde.

— Meus dias estão contados. Mas estou perto — disse Dalton. — Perto demais para desistir agora. Atlas o pôs de volta nas proteções, e agora...

— Você está correndo contra o tempo. — Era tudo tão patético, tão pouco prático. — Dalton — disse ela, exasperada —, você faz ideia de como a sua consciência funciona?

Talvez ele não soubesse, mas Atlas, sim. O Guardião devia ter um vislumbre da natureza na mente. A alma era algo era inerente, praticamente inefável, não podia ser arrastada e encurralada. Aquela não era a natureza da personalidade, da humanidade, não importava quão talentoso fosse o medeiano que fizera a convocação.

— Não importa — disse Dalton. — Eu confio em Atlas.

Ah, então ele era um idiota. Ótimo.

— Confie nele ou não — continuara Parisa. — A questão é...

— Parisa, se você me amasse, você ia deixar isso pra lá — disse Dalton.

Foi mais ou menos nesse momento em que, na vida real, Parisa, como sempre, se encolheu de desgosto. A pungência daquela recordação era forte demais. Pensamentos intrusivos. Terrível. Ela não conseguia parar de reviver artificialmente aquele momento, a forma como havia se dado conta de que, meu deus, estamos mesmo jogando jogos completamente diferentes. Ela então dissera algo como sinto muito, e Dalton dissera algo como eu sempre pensarei em você com carinho, e juntos eles fizeram uma ceninha de romance. Até, é claro, a acusação inevitável.

— Você sequer é capaz de amar alguém?

Revoltante. O que ele achava que o amor era? Dor? Era isso o que todos acreditavam que o amor era? Que se não doesse, que se ninguém se lamentasse, então era como se não existisse nem nunca tivesse existido, uma árvore derrubada na floresta sem ninguém para ouvi-la cair?

No entanto, ela supôs que não tinha sido a primeira vez que fora acusada de ter algo faltando dentro de si. Como se ela fosse um tipo de vaso vazio, esperando para ser preenchido. É claro que Parisa amava. De que outra forma estaria repleta de buracos como aquele se fosse, de fato, tão impermeável, tão incapaz de se ferir? Só porque, para ela, sexo, amor, desejo e afeição eram coisas diferentes, algumas das quais ela precisava ou queria, e algumas que ela firmemente não queria? Porque amor, no fim das contas, não era sempre dor, mas era, quase sempre, decepção. O silêncio de sua irmã, Mehr. A traição de seu irmão, Amin. O terrível e pequenino erro de ter misericórdia com um sonhador que ela nunca chegara a conhecer só porque, em seus momentos finais, ele pensara perigosamente em Nico de Varona, e, portanto, estragara tudo.

E, se servisse de consolo, não era Parisa quem ia atrás de Dalton. Ele não a queria? Sem problema, ela não era nenhuma masoquista e, apesar do que dizia a opinião popular, também não era sádica. Ela não foi atrás dele.

Era o pesquisador quem a encontrava, repetidas vezes. Porque a outra versão dele, aquela em sua cabeça, era a que estava certa. Fosse lá que magia o havia segurado por dez anos até a chegada de Parisa, havia sido monumental da primeira vez, quase uma impossibilidade. E, sendo assim, não tinha como ser feita duas vezes.

Cansada de seus esforços para pegar no sono, Parisa rolou para fora da cama e se apressou porta afora, passando os nós dos dedos pelas paredes, buscando um batimento em particular.

Como era de se esperar, encontrou Atlas no escritório dele, com a cabeça entre as mãos.

— Por favor — disse ele, sem sair da posição em que estava. — Não venha torrar minha paciência hoje.

Parisa fechou a porta e se sentou diante dele.

— Dor de cabeça?

— Sempre.

Estranhamente sincero da parte dele. Pena que ela não se importava.

— Você poderia ter me contado — disse ela, descansando os pés descalços sobre a mesa. Ele afastou os calcanhares dela. — Eu o teria deixado em paz, sabe, se...

— Se o quê? Se soubesse que uma parte sequestrada da consciência de Dalton estava operando de maneira independente dentro do cérebro dele? — Atlas a encarou, sério. — Tenha paciência. Eu devia é ter me esforçado para torná-lo tedioso para você.

Uma afirmação incontestável, de fato.

— Como você fez? — perguntou Parisa, porque precisava saber.

— Cada mente tem sua própria estrutura. — Outro olhar direto. — Você sabe disso.

— Você construiu aquele castelo para ele?

— Não mesmo. Eu o coloquei numa caixa. Ele se colocou num castelo. — Atlas se recostou na cadeira, soltando o ar, e Parisa se lembrou do resplendor metálico, da distorção que vez ou outra vira nos defeitos da prisão mental de Dalton. — Ele teve quase uma década para isso. Supus que era um bom sinal... Que talvez o tivesse construído porque estava, eu esperava, entediado e sozinho.

— Como ele era antes?

Ela constantemente se perguntava sobre a versão de Dalton que nunca conhecera.

— Não muito diferente de você. — Atlas a perscrutou com o olhar. — Ele era uma pessoa. Toda pessoa é complexa.

— Visão interessante de alguém que coleta talentos — observou Parisa.

— Eu não a coletei — disse Atlas. — Eu a escolhi.

Ela não via diferença e muito menos se importava.

— O que fez você eclodir esse planozinho, então? — perguntou. — Algum tipo de necessidade insana de governar o mundo?

— Governar? Não. Entender, sim.

— Mas a pesquisa de Dalton. É sobre... criação — resumiu Parisa. — Não?

— Não exatamente.

Parisa arqueou uma sobrancelha.

— Está bem, em essência — cedeu Atlas. — Mas não sou o déspota que você suspeita que sou.

— Não consigo nem imaginar o que mais você acha que seria feito com pesquisa sobre a criação do mundo — disse Parisa, com um bufo de escárnio. — Você acha que dar esse tipo de informação aos arquivos é tão inocente assim? O que você faz ou deixa de fazer *com suas próprias mãos* não é a questão.

— Dê a um homem o mundo e ele estará faminto em uma hora — murmurou Atlas. — Ensine um homem a criar o mundo e você terá feito uma boa ação?

— Sabe, não consigo mesmo decidir se gosto mais ou menos de você quando faz essas piadas — revelou Parisa.

— Verdade, essa foi demais. — Atlas esfregou a barba por fazer em seu queixo, e Parisa mais uma vez colocou os pés na mesa. Ele a observou, então pareceu desistir. — O que você faz acordada a essa hora?

— Não finja que não sabe.

(Disse um telepata a outro.)

— Pensei que estava sendo educado em deixar você me dar a resposta. — Ele olhou para ela, descansando as mãos na cabeça. — Preciso admitir, estou surpreso. Não achei que você se importasse tanto com o sr. Ellery.

— Sabe, ser acusada de psicopatia o tempo todo está começando a me irritar — disse Parisa, seca.

— Psicopatia, não — corrigiu Atlas, com um dar de ombros. — Você sente, isso é óbvio. Mas não imaginei que fosse uma romântica.

Parisa olhou pela janela, para a escuridão escancarada da noite.

— Ele está me procurando — contou ela.

Estava recomeçando. Mais uma vez. Os longos olhares. Os toques leves. De vez em quando, ele roçava nela no corredor. Ela conseguia ouvi-lo chamá-la enquanto dormia.

Ela sabia que não devia ir atrás, mas era diferente dessa vez. Havia uma breve mudança no sabor. Agora ele era como um anel do humor, mudando de cor o tempo todo. O antigo Dalton tinha sido um gosto difuso, uma pitada permanente de fumaça, uma ameaça de intimidade, mas isso era como um agrado para os sentidos telepáticos. A qualquer momento do dia ele era uma versão diferente, mais complexa. Ela não tinha percebido antes como estava faminta até experimentá-la. A diferença. A novidade de seu palato era um novo espectro de tentação.

— Nem pense nisso — avisou Atlas.

Parisa se virou para ele.

— Me conte a verdade, então.

— Que verdade? Eu disse. A pesquisa dele é valiosa.

— Para quem? Para você?

Atlas não disse nada.

— Para que você me queria? — perguntou Parisa. — Você não precisava de mim.

— Na verdade, eu precisava — disse Atlas. — Preciso.

— Mas você achou que eu seria grata, não é mesmo? — Ela balançou a cabeça. — Você pensou que poderia me convencer a ajudá-lo. A *confortá-lo*. — Ela olhou para os polegares dele, que batiam nas têmporas a um ritmo regular. O coração dela pulsava no mesmo ritmo. — Você odeia isso, não odeia? O que você é.

— Você não odeia? — retrucou ele.

Parisa sustentou o olhar dele por um longo momento.

Então se levantou, suspirando.

— Toda essa autopiedade... — comentou, dando as costas para ele e se dirigindo à porta. — Você a usa mal e porcamente. — De repente estava frio. Ela desejou ter vestido um robe. — E, mais importante, não tenho interesse em ficar nesta casa.

Atlas parecia entretido.

— E quem disse que você tem que ficar aqui?

— Você. — Ela o rodeou. — Você quer um ajudante. Alguém leal à sua causa. Você encontrou isso em Dalton, mas não encontrará em mim.

Ele inclinou a cabeça. Concordância tácita.

— Eu não imaginei que iria. Mas pensei que você pudesse encontrar mais dentro destas paredes do que poderia buscar fora delas.

E pensar que ele realmente acreditava nisso.

— Me prometeram riquezas além da minha imaginação. — Ela abriu um sorriso triste. — Acho que a pesquisa será de fato muito gratificante.

E por que eu permaneceria? Porque você pediu?

— Talvez.

Dê nome aos bois, srta. Kamali. Esse sentimento contra o qual você está lutando é solidão.

Eles ficaram presos numa batalha silenciosa antes que Parisa desse de ombros.

— Ah, mais um homem que acha que pode me salvar. Que cansativo.

Atlas abriu um sorriso, resignado.

— Com certeza deve ser.

— Pode ficar com Dalton — sentenciou ela. *Chame isso de presente de despedida.* — Não vou interferir.

Atlas inclinou a cabeça em concordância ou agradecimento.

— Boa noite, srta. Kamali.

Ela sabia que aquilo era uma despedida. Vários meses antes, mas ainda assim uma despedida. Que motivo os dois tinham para continuar a discussão? Afinal de contas, haviam escolhido seus lados, seus respectivos propósitos na vida. Haviam abaixado as armas e as puxado de volta para cima outra vez. O que, na mente de Parisa, foi mesmo a melhor solução.

Aquela não era uma casa normal. Quanto mais ela coletava dos arquivos, mais certeza tinha. Havia fantasmas lá, operações de uma mente maior em curso. Atlas estava comprometido com os arquivos, com algum plano do qual ele não sabia ou que não tinha compartilhado com ela. Fosse lá o que os arquivos esperavam conseguir com Parisa, não ia dar certo. Se eles fariam represálias por conta disso, ela pouco se importava.

No instante em que deixou o escritório de Atlas, Parisa soube que alguém a esperava no corredor. Sentira a presença desconhecida e parou quando os dedos dele roçaram nos dela, atraindo-a para as sombras.

— Claro que você não o ama — disse a voz de Dalton no ouvido dela, os lábios na altura do seu maxilar. — Mas eu — murmurou ele no pescoço de Parisa — não me importo com quem ou o que você ama.

A novidade dele era familiar e intoxicante. Parisa fechou os olhos e deixou os nós dos dedos dele traçarem sua bochecha, sua boca.

— O que você descobriu? — perguntou ele.

Esse novo composto dele. O agregado dele.

O eu verdadeiro dele.

— É inevitável — disse Parisa, pigarreando. — O impulso para alcançar seu potencial completo. Não terminará aqui, nunca terminaria.

Ela se lembrou da aula de Dalton, a prova de destino que ele entregara do corpo de Viviana Absalon, a medeiana cuja especialidade era vida. Vida que havia atraído a morte dela, como dois lados de uma mesma moeda. Uma ascensão e queda, a virada de uma roda. Não que Parisa acreditasse nessas coisas.

Mas, mesmo assim, algo nele sempre a chamara. Talvez significasse algo ela ser aquela que o atraiu para fora.

Dalton segurou o queixo dela entre dois dedos, erguendo-o para olhá-la. Não era a loucura da animação dele, a centelha de energia maníaca, nem era a solenidade que ele tivera antes, os ângulos altivos. O pesquisador estava se acomodando em si mesmo, em sua própria eventualidade.

— Se você não contar para ele, eu também não conto — disse Dalton, suave, colocando uma mecha solta de cabelo atrás da orelha dela.

Rá. E pensar que Atlas a considerara solitária. Esse era o problema em achá-la vulnerável, ou sempre tentar descobrir alguma falha inerente. Era perigosa a presunção de que ela estava em pedaços só porque um dia estivera quebrada. Era fácil interpretá-la errado e com isso acabar subestimando-a.

Ela escondeu um sorriso e tocou a bochecha de Dalton. Em um momento, ele iria se apagar de volta em seu antigo eu, ainda relutando com os demônios que nenhuma gaiola construída por Atlas seria capaz de segurar. A máscara das virtudes dele não duraria. Não que aquela versão fosse estritamente maligna e a outra versão, boa, ou que qualquer pessoa poderia conter tudo de uma dentro de si sem a outra. Isso era o que Dalton, e possivelmente Atlas, não havia entendido. Não havia como desvencilhar a ambição de Dalton de seu trabalho, não mais que Parisa podia desvencilhar sua tristeza de seu propósito, sua amargura de sua alegria.

Esse era o perigo de brincar com a mente consciente de uma pessoa, porque ninguém era feito apenas de materiais fortes. Eles não eram deuses — a instabilidade da imperfeição ainda permanecia. Dalton havia removido a sombra de si mesmo que tornara os arquivos cautelosos, mas havia mais fome do que maldade. Também havia o fascínio de infância, o desejo inato de crescer. Contida na fome de Dalton estava a planta de sua jornada, a adaptação ao seu destino. Os caminhos que ele iria acabar pegando para se tornar algo mais.

Sequestrar as partes perigosas do pesquisador, seu apetite por poder, era suficiente para enganar a senciência, mas não a vida. Uma pessoa era sempre apenas si mesma. Muito do que se tornavam, de quem eram, era inseparável, irreversível. Se para outros isso significasse algo irredimível, que assim fosse.

Esse era o problema, não é mesmo? O problema das mentes e almas.

— Até a próxima — murmurou Parisa para Dalton, entrando sozinha no corredor iluminado pela lua.

· LIBBY ·

Libby arfou ao acordar, encontrando diante de si um copo de café quentinho.
Certo. Sala de aula no subsolo. FRAMLA.
Ainda presa no tempo, mas pelo menos sabia onde estava.
— Você está bem? — perguntou Belen, vendo a agitação dela.
Belen bebericava em sua caneca e encarava o mapa diante delas, tendo acabado de traçar um pentagrama de linhas de energia da Sibéria à Mesopotâmia. O canto soltou um pouco em uma das extremidades da lousa. O mapa fora colado sobre ela para preservar cuidadosamente a maior parte da aula de Mort daquele dia. (Não era nada revolucionário, mas mesmo assim era melhor não irritar ninguém com a pesquisa "ridícula" dela.)
Libby se sentou devagar, umas das bochechas ainda com a marca da manga dobrada do moletom.
— Só um sonho estranho, acho. — Ela balançou a cabeça. — Nada importante.
Mais um sonho perturbador, no qual Ezra a perseguia por algum tipo de labirinto no milharal — um daqueles espelhos que causam distorção, como os da juventude de Libby —, e então de repente Gideon estava lá.
Ela estava começando a sentir que o sonho com Gideon era recorrente. Ou talvez fosse um *déjà-vu*. Podia jurar que ela e Gideon já tinham estado naquele lugar antes.
Libby se espreguiçou, estudando o que Belen fizera enquanto ela dormia sobre as próprias anotações.
— Desculpa, perdi muita coisa?
Belen ergueu o olhar do mapa e sorriu.
Como sempre, Libby achou a presença da universitária reconfortante.
A física havia se perguntado várias vezes por que Belen era sequer necessária, já que poderia fazer a pesquisa sozinha, mas no fim das contas havia tão poucos

momentos em que ainda se sentia segura. E *isso* — e toda variação *disso*, às vezes uma risada compartilhada tomando café frio ou simplesmente olhando para um mapa —, para o bem ou para o mal, era um daqueles momentos de segurança. Uma intimidade acidental do tipo mais estranho e inesperado.

— Você só cochilou por uns vinte minutos. — Belen passou uma mão pelo cabelo escuro e bocejou. — Eu não te culpo, para ser sincera. Mas preciso ir daqui a pouco, então...

— Ai, meu Deus, desculpa. Trabalho?

Um dos muitos bicos de Belen era o primeiro turno numa confeitaria peruana ali perto.

— Não, infelizmente não. Só serei crucificada pelo professor Mortimer se eu não levar a lista de fontes dele a tempo — respondeu Belen, alegre, embora logo depois tenha feito um sinal da cruz involuntário, provavelmente por causa da blasfêmia.

Ela estava usando brincos — tinha começado a abandonar aos poucos o disfarce de boa menina a cada hora extracurricular passada com Libby, abandonando ora o cardigã, ora o colar de pérolas de plástico —, e o conjunto de pequenos cadeados prateados em suas orelhas tiniam contra a gola da jaqueta de couro de segunda mão que usava. Era uma quatro vezes seu tamanho. ("Falsa, provavelmente", garantira uma Belen orgulhosa da primeira vez que usara a jaqueta, "mas nada mal, certo? Mesmo que tenha o cheiro do *lechón* da minha avó.")

Libby disfarçou um bocejo, tentando lembrar se em algum momento Belen mencionara estar trabalhando numa lista de fontes.

— Pensei que você tivesse entregado o artigo que ele tinha pedido.

— Ah, isso não é para a aula. É algo de que ele precisa para a grana da Wessex. — Belen revirou os olhos. — Eu me voluntariei, obviamente, porque me odeio.

Libby sentia a boca seca, como se estivesse cheia de algodão. Um dia desses ela ainda ia conseguir uma noite de sono decente e pararia de desmaiar em cima das anotações.

— Fissão de novo?

— É, é, eu sei. — Belen balançou a mão, dispensando a ideia. — Para as armas de destruição em massa ou sei lá o quê. O de sempre.

— Espere, o quê?

— Estou brincando — garantiu Belen, antes de continuar: — Bem, mais ou menos. Não sei por que outro motivo uma corporação medeiana britânica precisaria de um local de teste no meio do deserto de Nevada, mas... — Belen deu de ombros. — Tento não acusar de crimes de guerra o meu conselheiro do corpo docente. Uma questão de educação.

— Compreensível — disse Libby, pensativa, e Belen deu um sorrisinho.

— Pois é. — Ela deu de ombros. — Enfim, é isso que vou fazer pelo resto da noite. A não ser que você queira que eu fique...?

— Não, pode ir. Só... hum... Você deu uma olhada na Escócia? — perguntou Libby, limpando o canto da boca, que estava com um restinho do gosto do bolinho de mirtilo que comera no lugar de um jantar decente. Então discretamente lambeu os lábios e sorriu. — Eu já pedi para você conferir as Pedras de Callanish ou foi um sonho?

O nome estava na ponta da língua dela, como algo que dissera antes, embora não pudesse imaginar por quê. Não lhe soava familiar.

Belen riu, botas pretas raspando o chão de linóleo enquanto ela colocava um alfinete azul sobre uma das encruzilhadas no mapa.

— Deve ter sido um sonho. Escócia? Pensei que estivéssemos nos concentrando na Ásia. — Mas, antes que Libby pudesse responder, Belen acrescentou: — Eu o mapeei, mas você não tinha mencionado.

— Há. — Libby se pôs de pé, olhando para o mapa. — É, não sei por que ficou na cabeça.

Belen olhou para Libby e deu uma risadinha.

— Será que não surgiu no meio de um sonho?

— *Rá*. — Com certeza aquilo seria melhor do que os sonhos atuais dela, que pareciam consistir em Ezra perseguindo todos que ela amava. Ou, no caso de Nico, alguém em quem ela queria atear fogo. — Acho que sim.

— Bem, não é uma má ideia. Provavelmente é mais fácil de chegar do que a maioria dos lugares que mencionamos.

Belen deu um passo para trás e parou ao lado de Libby, que de repente se sentiu insossa e ridícula com seus tênis falsificados, sua calça jeans sem graça, seu rabo de cavalo cada vez mais bagunçado e tão... castanho. Não que Belen parecesse desaprovar, ou se importar. O ombro de Belen roçou no de Libby enquanto as duas analisavam o mapa.

Aquele contato, que em outras circunstâncias passaria despercebido, fez Libby estremecer, a ressurreição de um reflexo adormecido. Por um momento, ela teve certeza de que Belen percebera, ou que aquele movimento — não, a *proximidade* — era intencional, calibrado, mas Libby não sabia o que significava.

— Enfim — disse Belen, rápido, se virando para encarar Libby —, não sei como você vai começar a testá-las sem de fato ir até lá. Você teve notícias do financiamento?

— Ah. Hum. — A pequena questão do financiamento inexistente. Esse sim era um tópico de uma conversa normal, ou pelo menos *mais* normal do que "ei, obrigada pelos arrepios, amiga". — Ainda não. Mas talvez seja uma boa ideia tentar o Reino Unido primeiro — disse Libby. — Há bem mais pesquisas estabelecidas sobre as linhas ley gaélicas.

— Ah, sim, porque se um acadêmico britânico disse, então deve ser importante — retrucou Belen, bocejando e esfregando os olhos (contornados, recentemente, com delineador), então dando de ombros quando Libby a encarou com pesar. — Ei, não é sua culpa. A academia é naturalmente tendenciosa. Há dinheiro na pesquisa britânica e não tanto na... — Ela gesticulou para a porção do sudeste asiático no mapa. — Sabe. Ali.

— Você acha que seria muito caro ir para a Escócia? — perguntou Libby. — Presumindo que você tivesse tempo — acrescentou depressa.

Belen tornou a bocejar, mas se apressou em assentir.

— Eu iria, claro que iria. Eu ia adorar ter a oportunidade de testá-las. Além disso, sabe, colocar meu nome num artigo acadêmico...

Bem...

— Certo, claro.

— Significaria muito para legitimar meu trabalho aqui. — Não era a primeira vez que Belen havia dado a entender que a inabilidade de Libby em pagá-la valeria a pena se significasse descobrir fontes de energias mais sustentáveis que não requeriam nem emissões de carbono nem a fuga de milhares de medeianos emigrados. — E talvez você consiga usar os transportes medeianos, certo? — perguntou Belen, pegando a mochila do chão e pendurando-a num dos ombros. — Quero dizer, sei que ainda estão em desenvolvimento, mas ouvi dizer que acadêmicos conseguiram os primeiros acessos.

— Ah, é? — Libby não tinha se dado conta de que transportes medeianos já estavam sendo usados naquela época, embora supusesse que o sistema ficou em desenvolvimento por muito tempo antes de ser aberto para o grande público. — É, eu poderia perguntar ao professor Farringer se ele sabe algo sobre isso.

— Ai. Esquisitão. — Belen fez uma careta com a menção a Fare. — Desculpa, sei que vocês são amigos...

— Não amigos, exatamente. — Nem colegas também. Nem nada. — E, sim, acho que ele é meio esquisitão mesmo.

Provavelmente o acadêmico era pior com as estudantes de graduação, percebeu Libby. Ainda mais com aquelas que eram ao mesmo tempo bonitas e pouco dispostas a dar a ele a autoridade que pensava merecer.

(Aff, homens.)

— Enfim, muito provavelmente você vai conseguir arranjar um transporte — prosseguiu Belen. — Pesquisei rapidinho mais cedo e acho que a faculdade pagaria, desde que você se inscreva em uma bolsa educacional qualquer. — Belen abafou outro bocejo, seguido por um sorriso e olhos cansados. — Sinto *muito*...

— Aqui, pegue isso — disse Libby, oferecendo seu copo de café para Belen. — Você precisa mais do que eu.

— Sem ofensa, mas acho que isso é falso. — Belen riu e dispensou o café. — Vejo você ao meio-dia?

Como sempre, a ideia da ausência de Belen deixou Libby apavorada.

— Sim, sim, obrigada...

Ao acenar para Belen, Libby viu seu reflexo no suporte de alumínio para papel-toalha que ficava ao lado da porta. Nossa, suas olheiras estavam ficando assustadoras. Ela levou o copo de café à boca, então suspirou. Estava frio. Que bom que Belen não aceitara.

Era provável que aquecer o copo lhe custaria a mesma quantidade de energia que a quantidade deplorável que o café da FRAMLA poderia prover, então Libby o jogou na pia. O laboratório estava congelante. Com outro suspiro, ela se dedicou ao estudo do mapa.

Como potencial fonte de poder, as Pedras de Callanish eram uma ótima ideia, mas nunca estiveram na lista de relevância. De *onde* viera a inspiração?

De nenhum lugar em que ela pudesse pensar, então resolveu deixar as suposições de lado. Estava exausta.

— Hora de ir para casa — informou ao mapa, enrolando-o e guardando-o antes que Mort pudesse perguntar a respeito (e então, inevitavelmente, perguntar onde ela estava com a cabeça).

Libby trancou a porta da sala, colocando a proteção no lugar. A FRAMLA tinha sido mais do que generosa em permitir que ela trabalhasse no campus, que ficasse nos dormitórios ali perto. Em troca, Libby vinha ensinando a um departamento iniciante lições sobre manipulação de forças e magia física. Em grande parte, ela tinha mantido suas habilidades para si, sabendo que qualquer coisa notável *demais* levaria alguém a contatar a UAMNY, o que revelaria sua inexistência. Fora por isso que não se inscrevera em bolsas ou financiamentos. Mas, se Belen estivesse certa sobre os transportes, agora poderia valer a pena. Libby decidiu que em algum momento teria que tentar.

Ela entrou no elevador e subiu até o térreo, saindo do prédio. À noite, o centro de Los Angeles era uma versão primitiva da Nova York dela, embora numa escala menor e menos grandiosa. Ela caminhou um quarteirão até chegar ao prédio de armazém desinteressante no qual a FRAMLA alojava seu corpo docente e seus alunos. O apartamento-estúdio de Libby, anteriormente ocupado por um medeiano que agora trabalhava para o Departamento de Transportes, ficava no terceiro andar.

Ela conferiu a tranca e as proteções atrás de si duas vezes e então caiu no sofá com um suspiro, olhando para as luzinhas de Natal que encontrara no lixo alguns meses antes. Ela as havia consertado e pendurado como a estranha catadora que era agora, coletando objetos brilhantes para tentar compilar uma vida. Libby sentia estar vivendo numa animação suspensa, esperando até que algo acontecesse. Que alguém dissesse que era tudo uma piada. Ou um sonho.

Ela se serviu uma taça de vinho barato e ficou perto da janela, olhando para o exterior. Lá embaixo, alguém gritava para o nada, com uma fala arrastada, antes de se jogar na sarjeta. Lindo. Libby balançou a cabeça e então olhou para o outro lado da rua.

Alguém estava ali, escondido nas sombras.

A taça caiu da mão dela e se estilhaçou. Libby fechou os olhos, e então os abriu.

Em seguida soltou o ar. O cabelo preto bagunçado não estava mais ali.

Ela levou a mão ao coração acelerado, sentindo outra onda de náusea incontrolável. Isso estava saindo do controle. Os sonhos, a paranoia, a sensação de que alguém a observava. Era implacável. Na semana anterior, alguém lhe disse que um homem estivera perguntando por ela, e o primeiro pensamento de Libby não tinha sido ah, Deus, eles estão investigando minhas mentiras, mas em vez disso fora *Ezra, é Ezra, ele me encontrou*. Ela estava sendo assombrada pelo ex, como um fantasma.

Libby precisava dar um jeito de sair dali. Sair daquela época, sair daquela vida. E se lembrou de quando seus sonhos eram dominados invariavelmente por Katherine — difícil acreditar que era uma época mais fácil. Por muito tempo, a tristeza da morte a chocara. Em certa altura, Libby havia percebido que nunca superaria a irmã, nunca pararia de virar esquinas e esperar ver Katherine ali, e tinha feito as pazes com aquilo. Mas agora?

Havia uma fumacinha fina saindo do vidro quebrado aos pés dela, e Libby deu um pulo, correndo para apagar a pequena chama que estivera queimando o tapete cor de beringela selecionado pela FRAMLA.

Isso, pensou de novo, enquanto se inclinava para coletar os cacos de vidro, a mente fraturada dela. Isso teria que parar.

E, até garantir a permissão da faculdade, levou alguns dias.

Em grande parte porque, a princípio, foi rejeitada, sob a alegação de que Libby não fazia parte do corpo docente em tempo integral. Então ela teve que forjar os documentos de aprovação e submetê-los. Depois se enfiou lá dentro para recebê-los pelo fax do escritório e então flertou sem nenhum pudor com Fare para convencê-lo a deixar Belen tirar uma semana de folga do curso totalmente banal (mas com uma abordagem brilhante, como Libby garantira a ele) de intemperismo químico, o que era um requerimento para a bolsa de estudos de Belen e, portanto, para o visto dela. De novo, Libby se perguntou se Belen era mesmo necessária, e mais uma vez decidiu que, sim, sem dúvida alguma.

Dentro de uma semana, elas estavam prontas para ir.

— A Academia Escocesa está enviando um time? — perguntou Belen, que estava usando calças xadrez que deviam ter sido horríveis, emanando um maravilhamento que devia ter sido raiva, dado o fato de que não haveria envolvimento algum da Academia Escocesa, não haveria fonte alternativa de energia, não haveria... bem, nada.

Ela não sabia disso, é claro. E Libby não tinha coragem de contar. Mesmo assim, Belen não parava de falar quão impactante o artigo que fariam seria. Libby, que viera de várias décadas no futuro, já sabia que o mundo com que Belen sonhava não existiria até 2020. Talvez muito mais tarde, quem sabe. Se é que aconteceria. Mas dizer isso não parecia valer a pena.

— Só vamos fazer uns testes — relembrou Libby.

Ela planejava fazer os testes sozinha, sem revelar muito o que (e, portanto, quem) era de fato. Presumindo que haveria energia suficiente na linha ley. Presumindo que a linha ley sequer *existisse*, ou que campos magnéticos rotacionais pudessem produzir fracionalmente tanta energia quanto esperava. Decerto, não seria pouca coisa — o motor de indução de Tesla já havia provado isso —, mas teria que ser poderosamente inimaginável para levar Libby do ponto A (1990 — ela dissera feliz Ano-Novo à nova década enquanto se esquivava da tentativa desajeitada de Mort de beijá-la) ao ponto B (tão perto quanto possível do momento em que fora levada, dependendo de quão precisamente pudesse selecionar o ponto de pouso).

— Está bem, certo — disse Belen.

A universitária estava com receio de usar transportes medeianos. Não que preferisse aviões, de acordo com o que dissera. Ela era supersticiosa e carregava o rosário da avó, no qual, segundo ela, não acreditava, mas, ao mesmo tempo, não podia deixar para trás.

(— Acho melhor não irritar nenhum espírito — dissera ela.

— Isso é uma coisa católica? — perguntara Libby.

—Talvez? É em grande parte o colonialismo falando — respondera Belen.)

Libby gostava muito de Belen.

Num nível preocupante, na verdade, porque precisava da ajuda de Belen, mas também não queria dizer a ela *por que* precisava de ajuda. Como poderia explicar? *Ah, Belen, a propósito, eu costumava ter acesso a uma biblioteca mágica senciente pela qual eu estava disposta a matar, sabe? Eu gostava dela, sinto falta dela, e agora a quero de volta. Na verdade, Belen, sou uma viajante do tempo que veio do futuro, sabe, que talvez meio que dormiu com um ou dois dos colegas de trabalho, com quem eu também (talvez) gostaria de dormir de novo.* (E também havia a pequena questão dos pais dela!!! Não podia se esquecer deles.)

Mas os transportes, pelo menos, eram simples. Eram os mesmos. A versão deles do futuro de Libby incluía mais destinos, mas Los Angeles para Nova York e depois Londres (havia uma baldeação, o que não era ideal, mas não era terrível) era simples o bastante. De lá, havia o trem e então haveria um ônibus. E uma balsa. E, cedo ou tarde, quando chegassem à ilha de Lewis, um círculo de pedras.

— Não sei você, mas estou exausta — disse Belen quando o trem parou em Inverness. — O que acha de pegarmos um quarto para passar a noite?

Libby era praticamente uma morta-viva.

— Só se for agora.

Elas encontraram uma capela reformada do século XVIII com um único quarto disponível e aceitaram o preço sem discutir. O quarto ficava depois de uma escada estreita demais na qual Libby bateu a canela duas vezes antes de decidir se transportar magicamente pelo resto do caminho.

— Exibida — arfou Belen quando abriu a porta vários minutos depois.

Àquela altura, Libby já estava no lado direito da única cama queen, meio adormecida.

— Tudo bem por você? — perguntou Libby.

Belen caiu na cama ao lado dela.

— Graças a Deus — disse ela, e então falou mas alguma coisa, embora Libby não tenha ouvido, tendo sido embalada até dormir pelo calor do quarto, pela suavidade dos lençóis.

— ... lá, está bem?

Libby piscou, assustada ao encontrar Gideon ao seu lado outra vez. Ela estava sentada na piscina do quintal de alguém na companhia de Katherine, só que Katherine não estava lá. Em vez disso, era Gideon.

— Você de novo — disse Libby.

— Eu de novo — concordou Gideon. Ele estava usando um biquíni muito parecido com um que Libby havia cobiçado no oitavo ano e estava até a cintura dentro da água, embora não parecesse estar molhado. — Alguém está vindo atrás de você.

— Como assim?

— Alguém está vindo atrás de você — repetiu Gideon. Libby estava tentando não olhar para o peito exposto dele, que era tão pálido que sua pele mais parecia um espelho. — De todos vocês.

Estranho. Não parecia aquele tipo de sonho. Parecia mais nostálgico do que emergente.

— Todos quem?

— Vocês e os outros. Nico e a telepata. A Sociedade inteira.

— Ah — suspirou Libby. — Isso. Sim, eu sei.

Gideon inclinou a cabeça.

— Sabe?

— Bem, parece haver todo um plano. Algo a respeito de acabar com todos nós para salvar o mundo. — O sol estava quente e tórrido, ou talvez o calor viesse de algum outro lugar. — Ele sabe tudo a nosso respeito.

À menção de Ezra, o céu ficou mais escuro. Libby estava consciente, vagamente, quanto à presença de destroços, de cinzas voando.

— Ele? — repetiu Gideon, soando um tanto pesaroso. — Você sabe quem? Por que... — Ele inspirou fundo, tentando se acalmar. — Isso vai parecer loucura, eu sei, mas isso tem algo a ver com...?

Algo atraiu a atenção de Libby, a distraindo. Uma pequena distorção em sua visão periférica, puxando-a de volta da borda da fumaça ardente. Ela sentiu cheiro de algo diferente, algo mais leve. Alecrim, talvez. Um pouco de lavanda.

— Ah, só pode ser brincadeira — disse Gideon. — Libby, *espere*...

Libby abriu os olhos com a cócega do cabelo de Belen, com a consciência crescente do calor insuportável das cobertas. O cheiro de sabão de hotel, uma fragrância de ervas desconhecida que a arrastava de volta à súbita realidade de estar ali, naquela pequena cama. Ela se lembrou de algo, uma piscina, sua irmã. Um céu bruto e escurecido.

Ezra, que estava tentando matá-la.

Libby se sentou, ofegante. Lá fora, o céu estava escuro, e o relógio dizia ser fim de tarde.

Começo do fim de tarde. Mal era hora do jantar, e Libby estava muito desperta.

— Droga — grunhiu, percebendo que tinha sido vítima dos fusos horários de novo.

Sendo assim, se levantou, caminhando com suavidade até a janela ao lado da cama. Então passou um dedo pelo cordão de veludo das cortinas, contemplando a quietude da rua estreita.

— Você também acordou? Foi mal — disse Belen com um suspiro. — Eu não queria te acordar, mas tenho o sono meio agitado.

Libby se virou.

— Agitado?

— Sim. Não consigo evitar. Fico chutando e batendo. — Belen se sentou, se espreguiçando, e sua camiseta subiu até um pouco acima do umbigo, algo em que Libby tentou não reparar. — Podemos começar — sugeriu Belen, parecendo não ter visto a atenção de Libby se dissipar. — Já que estamos acordadas.

Libby pigarreou, grata pela distração.

— A essa hora? — Ela foi até a mesinha de cabeceira para pegar o horário do ônibus. — Não vai ter nenhuma balsa funcionando quando chegarmos lá.

— Ah, me esqueci disso. — Belen suspirou. Então tocou o espaço na cama ao seu lado, pegando o controle remoto. — Quer ver TV? — propôs, num sotaque britânico revoltantemente incorreto.

Libby voltou a olhar pela janela, para a escuridão da rua quieta, a estrada de mão única com casas de tijolos e pitorescos quartos de hóspedes campestres. Um lampejo de sombra enviou um arrepio por seu corpo, indesejável, e ela se apressou em fechar as cortinas. Acordada ou dormindo, era tudo a mesma coisa.

Belen, notou ela, a encarava.

— Encontrou algo bom? — perguntou Libby, gesticulando para a televisão e mexendo no cabelo. Velhos hábitos.

Por sorte, Belen escolheu não comentar.

— Não faço ideia. — Belen se virou outra vez para a TV, passando pelos canais sem muito ânimo e claramente tentando pensar no que dizer. — Acordei algumas vezes — revelou ela depois de um momento ou dois, acrescentando: — Você realmente não dorme bem, né? Você fala.

Libby abraçou o corpo, de repente congelando.

— Falo?

— Você parece falar com alguém. — Belen ficou em silêncio por um momento. — Ezra?

O nome dele, que não fora de todo inesperado, pareceu mais uma intromissão ilegal. Um ataque repentino a uma atmosfera de paz conquistada a duras penas.

— Ah. Isso é...

Uma negação hesitante descansava perto da ponta da língua dela. *Sério? Estranho. Não é nada.* Mas depois de tantos meses vivendo acuada, a tentação, o *desespero*, de contar a alguém, a qualquer um, era...

Não, pensou Libby, engolindo em seco. Não a qualquer um.

Aquela era *Belen*, que tinha sido a única amiga de verdade que tivera em quase um ano. Belen, que havia confiado em Libby. Belen, que deixara a ilusão de si cair por terra como se cuidadosamente trocasse de pele, revelando suavidade e autenticidade com seus brincos de cadeado, meias-arrastão e uma pequena tatuagem de aranha no ombro. Coisas que escondia de todas as outras pessoas.

Deixando de lado a viagem no tempo, parecia bastante normal ter um passado romântico. Ou futuro. A cronologia não importava àquela altura. A questão era: aquele era um segredo mais seguro para Libby compartilhar, e escolher não fazer isso seria fechar uma porta que Belen havia, com tanta gentileza, deixado entreaberta para ela.

— Você não precisa me contar nada — disse Belen, com cuidado, percebendo a hesitação de Libby.

— Não, eu... — Libby respirou fundo. — Desculpa, eu só... ele é um ex. Ezra. Ele é meu ex, da faculdade. Era sério — disse ela. — Muito sério. De certa forma, fui eu que estragou tudo...

— Duvido muito — interrompeu Belen, num tom solene.

— Não, eu estraguei mesmo. Mas daí ele foi lá e estragou muito mais — afirmou Libby, com uma risada triste.

Ela tentou invocar o resto da história, ou pelo menos a versão da história que poderia contar sem entregar detalhes mais complicados de sua situação. Infelizmente, nada lhe veio à mente, e Libby olhou em direção à janela outra vez, contemplando-a em silêncio.

— Sabe — disse Belen para as costas de Libby. — Eu dei uma pesquisada sobre você.

— Ah, é?

Libby se virou bruscamente para encará-la.

— Aham. — O coração de Libby disparou, e os olhos escuros de Belen buscaram os dela. — Não havia registro algum seu na UAMNY — disse Belen, baixinho. — Libby, parece que ninguém ouviu falar de você lá. Não é de onde você veio de verdade, é? Não — determinou ela, sem hesitar. — Não precisa responder. Eu já sei que não é.

Libby esperou, sem saber o que dizer, mas Belen não parecia acusá-la de nada. Parecia... gentil. Tranquila.

— E também sei que você vem escondendo o jogo desde que chegou aqui. Sei que tem estado apreensiva, talvez até aterrorizada, e sozinha. — Belen inclinou a cabeça, sorrindo com tristeza. — Libby, você não tem que me contar.

Libby engoliu em seco.

— Eu...

— Você não tem que me contar — repetiu Belen —, porque eu já sei. Ele te ameaçou, não foi? Talvez você tenha sentido que ele viria atrás de você? Para te punir? Ou talvez — acrescentou ela, em voz baixa — ele já tenha feito isso.

Com um tremor, Libby fechou os olhos. Ela inspirou, e então os abriu.

— Seja lá de onde você veio — disse Belen —, pode manter essa informação para si. Não vou contar a ninguém. — O olhar delas se encontrou por um breve momento, e os cantos da boca de Belen se inclinaram para cima com simpatia, ou com promessa. — Seus segredos estão seguros comigo, Libby Rhodes.

Belen encarou Libby com uma expressão estranha, mantendo o olhar por um pulsar ou dois do coração cansado e dolorido da física.

Então a universitária se virou de volta para a TV, na qual algum tipo de programa de comédia passava. Libby observou Belen sorrir por conta de uma piada, o pequeno botão de rosa de seus lábios transformando-se numa linha fina com uma calma melancólica antes de ela voltar a olhar para baixo, para as mãos. A trilha sonora era barulhenta, e Libby estendeu a mão e abaixou o som.

— A gente não precisa ver nada — disse Libby, a antecipação martelando em sua garganta.

Belen seguiu o movimento dos dedos de Libby enquanto ela desligava a televisão. Então olhou para a física, com um movimento convidativo das cobertas, se virando de lado. Libby fez o mesmo, subindo na cama e imitando Belen, para que os joelhos delas se tocassem sob o edredom.

— Está quente aqui — disse Belen.

— Aham — concordou Libby.

Era verdade. Ela não mais tremia ou sentia frio, em vez disso estava envolta em conforto. No calor áspero da flanela. Na sensação de que ali, se mantivesse os braços e pernas sob as cobertas, monstro algum do passado ou do presente poderia aparecer do nada.

— Isso é esquisito? — perguntou Belen, de repente.

Seus olhos escuros estavam arregalados e intensos.

Só então ficou claro para Libby que ela havia alcançado um lado de uma ponte intangível, mas crítica. Atravessá-la era confessar todo tipo de coisas inadmissíveis.

Libby engoliu em seco. Então soltou o ar.

A resposta era sim, é claro, *era* estranho. O tipo de estranheza que precedia a beirada de um precipício, uma queda brusca. Um gole de absinto e um primeiro beijo. Libby sabia que estava se embutindo demais naquele tempo, que não era o dela. Naquela vida, que não era para ela.

Mas, no momento, aquelas coisas pareciam triviais. Impossibilidades e inevitabilidades, duas coisas grandes demais para serem compreendidas.

— Você sabe que não sou professora de verdade, não sabe? — perguntou para Belen, a boca de repente seca.

O sorriso de Belen foi um desenrolar vagaroso, a voz um murmúrio rouco.

— Sei. Mas eu não me importo em chamá-la assim se você pedir — respondeu a estudante, puxando Libby mais para perto.

Os lábios de Belen eram um sussurro de Pepsi de cereja e chiclete. Mas mesmo aquilo, um beijo cauteloso da boca cuidadosa de Belen, causou um turbilhão de sensações. Era como uma chama para a imaginação de Libby, inflamando algo adormecido no peito dela enquanto um ronronar de satisfação deslizava de seus lábios entreabertos para a boca sorridente de Belen.

— Eu esperava que você dissesse isso — disse Belen, rouca, a ponta da língua roçando na de Libby enquanto os dedos da física dançavam sob a blusa dela.

O choque da pele macia de Belen foi suficiente para provocar outro pequeno gemido, um arrepio indulgente de satisfação curiosa. Libby fechou os olhos e se deixou rolar e ficar de costas, enquanto Belen traçava beijos por seu maxilar, atrás da orelha, descendo por seu pescoço. Ela exalou enquanto um calor crescente se desenrolava em sua barriga, o corpo relaxando sob o peso dos quadris de Belen, que tirou o suéter. Então puxou a blusa pela cabeça. Libby estendeu as mãos para ela, observando a barriga de Belen ondular levemente sob o toque, e ouviu os vestígios da voz de Parisa em sua mente: *Faça o que quiser, Rhodes.*

Pegue para você.

— Você... — começou Libby, e engoliu em seco, seus batimentos disparados. — Você não devia.

Belen congelou no mesmo instante, se afastando.

— Sinto muito, eu tinha que ter perguntado. Se você não quer...

— Não, não, eu quis dizer... deixe que eu faça isso. — E, com um leve empurrão, Libby tirou Belen do caminho e a fez se deitar de costas. — Posso? — perguntou, baixinho, traçando com a ponta do dedo uma linha do pescoço de Belen até suas costelas.

— Pode, sim. — Belen parecia extasiada. — Sim, por favor.

Libby montou em Belen, levantando os braços dela e se inclinando novamente para beijá-la, o cabelo caindo em ondas ao redor das duas. Estava mais comprido agora, grande demais. Longo o suficiente para que Belen enredasse os dedos nele enquanto ofegava suavemente no ouvido de Libby.

Libby se afastou para tirar o moletom, voltando para deixar sua pele em chamas encontrar a de Belen e causar nas duas um arrepio comunal. Encorajada pelo impacto, Libby mergulhou para mordiscar a clavícula de Belen, uma mão se encaixando entre os quadris delas para acariciar a curva de sua coxa.

— Talvez a gente devesse ir com calma — sussurrou Belen, os dedos apertando a pele nua da cintura de Libby. — Não quero apressar as coisas.

— É o catolicismo falando? — perguntou Libby, e Belen soltou uma risada.

— Eu queria poder dizer que pelo menos um dos muitos sermões de Lola se provou efetivo — disse Belen enquanto Libby enterrava um sorriso no cabelo dela —, mas, ai de mim, não. Mas, tragicamente — confessou —, é a minha enorme quedinha por você.

— O quê?

Libby se afastou, e Belen mordeu o lábio.

— Desculpa, forcei a barra?

— Eu...

Sim. Não. Não de propósito, pelo menos. Embora deixasse no ar a sugestão de que as duas fariam aquilo de novo. Sim, claro. Sim, sem dúvida alguma, mais do que uma vez seria desejável, era possível que até fosse ideal. Belen, suspeitava Libby, não era a única com uma quedinha.

Mas tempo não era algo que Libby quisesse barganhar. O futuro — o futuro *dela* — a esperava em outro lugar. Ela não podia prometer nem mesmo o amanhã, muito menos a extensão de amanhãs que Belen poderia merecer, ou querer.

Libby teve a sensação de que a hesitação dela era muito clara. Belen franziu a testa, a expressão cuidadosamente reservada quando disse:

— Eu não queria deixar as coisas muito sérias. — Ela engoliu em seco. — Me ignore, eu só estava...

— Não, você tem razão. É melhor irmos com calma. — Libby se afastou. O ar entre elas parecia conter algo novo, o que ela esperou que Belen interpretasse como comedimento, não como rejeição. — Temos muito tempo, certo?

Outra mentira numa montanha de mentiras. Mas essa, pelo menos, fez Belen sorrir, mesmo que por ora.

— É — disse Belen, se virando de lado para encarar Libby de novo. — Com certeza. Definitivamente.

Então Libby rolou de costas, preservando com cuidado o espaço para seus membros e falsidade. De repente, os lençóis estavam ásperos, quentes demais, e ela teve a sensação de que Belen deduziria muito mais da distância cautelosa que ela colocara entre as duas do que no tom animado que Libby usou para tranquilizá-la.

— Será que a gente devia tentar dormir? — perguntou a física.

— Acho que sim. — A voz de Belen soava distante. — É, boa ideia.

Quando tornou a olhar, se deparou com as costas de Belen, que estava com a respiração tão artificial e irregular que não tinha como estar dormindo.

Por dentro, as entranhas de Libby se reviravam. Uma coisa era não contar a Belen sobre o futuro que ela já conhecia, a decepção que era inevitável. Outra completamente diferente era mentir da forma como estava fazendo. Retendo a verdade crítica e definidora.

Na manhã seguinte, o ônibus se embrenhou pelas estreitas estradas escocesas. A balsa foi pontual, vozes carregadas pelo vento numa coleção de sotaques incompreensíveis. Chegaram à estalagem que Libby tinha reservado e então partiram novamente para as Pedras de Callanish. Nem Belen nem Libby estavam dispostas a se submeterem à ociosidade do sono, a cabeça das duas a centímetros de distância no pequeno quarto, a fenda estreita entre duas camas de solteiro. O anfitrião fez piadas sobre círculos de fadas, e Libby, como era de se esperar, riu; o sorriso de Belen, por sua vez, foi um pouco mais forçado.

Juntas, saíram do ônibus e seguiram uma multidão esparsa de viajantes, um punhado de outros turistas. Belen e Libby ficaram atrás, quietas. Talvez Belen fosse muito perspicaz. Ou Libby, uma péssima atriz. De qualquer maneira, tanto uma quanto a outra carregavam uma sensação tácita de melancolia.

— E se a gente chegar lá e não acontecer nada? — perguntou Libby, apenas para quebrar o silêncio.

Belen ficou tensa ao som da voz dela e olhou para os sapatos. O céu acima estava avolumado com a promessa de chuva.

— A gente volta para casa e continua a procurar, acho.

— Certo.

Era surreal aquela possibilidade dividida entre nada e tudo. Entre a possibilidade de sair dali de mãos abanando e a distante perspectiva do retorno. Algo teria que funcionar, pensou Libby em silêncio. Se não aquilo, seria outra coisa.

Teria que ser alguma coisa.

De longe, o círculo de pedras era como todas as fotos que Libby vira de Stonehenge. Ela e Belen esperaram, com educação ou talvez apenas hesitação, que os outros à frente tirassem fotos, que reivindicassem o mito e a lenda e depois voltassem para seus vários anfitriões para rir e tomar uma cerveja.

Aos poucos, os retardatários partiram, exceto por um. Havia um homem em pé, sozinho, no centro do círculo, de costas para o resto deles. Ele olhava para o horizonte infinito dos campos das Highlands, as montanhas sinuosas que ventavam e amarrotavam o colarinho impecável da camisa dele. O homem ergueu a mão, passando-a pela parte de trás da cabeça, antes de parar, como se sentisse algo atrás de si.

Quando se virou, foi como uma memória muscular. Como um puxão antigo e sobrenatural; um cutucão silencioso e invisível junto de uma corrente familiar de tempo e espaço.

Por um momento, Libby foi atingida como se por um raio, por uma familiaridade efêmera, a súbita presença de uma versão anterior de si mesma. O arrastar e o baque de seu pulso, suspenso e depois ressuscitado. O homem no círculo franziu a testa, intrigado ou apreensivo, e então seus olhos se encontraram. Prenderam-se.

— Tristan — soltou Libby, num arfar, a garganta seca ao se deparar com o fantasma do nome dele.

Um sorriso se abriu no rosto sempre sério de Tristan, e o coração de Libby entrou em frenesi.

— Oi, Rhodes — disse ele.

VIII

DESTINO

· CALLUM ·

Levou três dias após o incidente com o bruxo feito de refém para Tristan ir até ele. Como se eles fossem garotinhas na escola esperando três dias para responder à mensagem do interesse amoroso.

— Finalmente — disse Callum, sem tirar os olhos do livro. (Porque, sim, ele sabia ler, obrigado, Reina.) Ele estivera sentado no sofá da sala pintada diante da lareira, uma perna languidamente cruzada, a paciência efervescendo. — Até que demorou, não?

Era a primeira vez que estavam juntos e deliberadamente sozinhos desde aquela noite quase um ano antes, fato que não pareceu passar despercebido por nenhum dos dois. Tristan se sentou na ponta oposta do sofá, preparado para uma briga, embora não fosse algo aconselhável.

— Você o fez dizer aquilo? O nome do meu pai — disse Tristan, enfim, com uma voz estrangulada. — Você sabe. E sabe o que significa para mim. Então presumo que sabe por que preciso perguntar.

Callum abaixou o livro com um suspiro irritado, olhando para ele.

— Sim — respondeu, sem delongas, e Tristan empalideceu, talvez prevendo o que viria a seguir. — Pensei: "Sabe o que seria divertido? Vou inventar uma historinha bem legal que vai assombrar Tristan por três dias e então simplesmente direi que foi tudo uma piada, ha-ha." Com certeza não é uma situação *extremamente tensa* — acrescentou, num tom sardônico. — Afinal de contas, que conhecimento eu poderia ter de tais emaranhados emocionais tão frágeis? Nenhum, eu acho…

— Está bem. Já entendi. — A expressão de Tristan, mais fria do que a Antártica, ainda assim conseguiu azedar. — Então, meu pai quer me matar. Que maravilha. Que novidade empolgante para mim. — Ele afundou mais fundo no sofá, tamborilando no apoio de braço, agitado.

— Acredito que é mais complexo do que isso — disse Callum.

— Como assim? — indagou Tristan, com um olhar de esguelha.

— Ah, não faço ideia — retrucou Callum, dando de ombros. — Sempre costumo presumir que essas coisas são complexas, só isso. Talvez não emocionalmente, claro. Talvez seja só uma questão de queima de arquivo que seu pai quis complicar um pouco. De qualquer forma, duvido que seja tão simples.

— Você é um grandessíssimo e incurável babaca — disse Tristan, áspero, se pondo de pé de repente.

— Sim, eu sei. A propósito... — adicionou Callum, lambendo um dedo e casualmente virando a página do livro. — Sobre Rhodes.

Como era de se esperar, Tristan parou.

— Saiba que *não* me esqueci do nosso tratozinho com Varona — afirmou Callum. — Não que alguém tenha pensado em me perguntar.

Os desejos de Tristan de fugir e permanecer ali guerrearam entre si da maneira mais satisfatória possível.

— Então você está me dizendo — falou ele, numa voz contida — que, na verdade, passou vários meses pesquisando como trazer de volta a pessoa que você mais odeia nesta casa?

— Errado — disse Callum. — Eu não odeio a Rhodes. Eu nem sequer desgosto da Rhodes. Ela simplesmente não é relevante.

— Está bem, então por que...

— Na verdade, se Rhodes *voltar* — prosseguiu Callum —, eu imaginaria que se tornaria muito, muito necessário terminar o serviço.

— Eu... — Tristan piscou. — Desculpe, como é que é?

— Isso é um tópico paralelo, é claro. Nada que seja da sua conta, na verdade. A questão é que, sim, eu pesquisei um pouco — observou Callum, pegando um documento muito organizado e bem preparado de dentro do livro, *Como fazer amigos e influenciar pessoas*, escolhido por suas muitas técnicas incríveis. Por exemplo, uma forma de fazer as pessoas gostarem de você era sorrir, o que Callum vitoriosamente empregou naquele momento. — Sei que você e Varona têm uma teoria bastante inteligente sobre ondas espaciais dançantes, mas considere que isso talvez não seja suficiente.

Tristan ainda estava preso no tópico anterior.

— O que você quis dizer com terminar o servi...

— Acontece que prestei bastante atenção às aulas, apesar das acusações infundadas de que estou aqui pelas razões erradas. Na verdade, fiz contas bem impressionantes para calcular o que é necessário para trazer Rhodes de volta — disse Callum com um florear —, e, como vocês já sabem, mas são tolos por escolher ignorar, para criar o buraco de minhoca que Varona e Rhodes construíram, eles também tiveram que criar uma explosão controlada de enorme magnitude. Ainda era comparativamente pequena, claro, porque o que fizeram também era pequeno — observou —, então quanta energia seria necessária nesse caso em particular? Algo bem menos inofensivo, certo? E com poder suficiente para garantir precisão? Para colocá-la *exatamente* na época que ela deixou?

Tristan não disse nada.

— Mesmo que vocês conseguissem a energia bruta necessária para esse tipo de produção mágica — prosseguiu Callum —, teriam que canalizá-la corretamente. Não há *controle* a ser encontrado nas selvas da Escócia — concluiu Callum. — E é por isso que a pequena excursão que você ainda está planejando, desaconselhável, estúpida e ingênua, não vai funcionar.

— Então você acha que não vale a pena nem tentar? — Tristan revirou os olhos, com um ar de teimosia. — Uau, inovador.

— Não, não, totalmente incorreto. — Callum fechou o livro com um estalo e se levantou. — Não quero apenas que você tente, Tristan. Quero que você *consiga*. Quero que consiga tão esplêndida e grandiosamente que você vai pensar ser invencível e invulnerável e, por fim, uma versão muito evoluída do seu eu atual. Mas é claro que você não vai fazer isso — concluiu Callum, acrescentando, com um suspiro: — O que, para ser sincero, é muito triste, porque sou mesmo um otimista.

A confusão exalando dos poros confusos de Tristan era uma pontada acre.

— Você está me manipulando de alguma forma. Sei que está tentando me fazer desistir.

— Não estou fazendo nada disso, Tristan, nossa. — Callum estendeu suas anotações detalhadas na direção de Tristan. — Aqui, fiz os cálculos para você. Essa é a saída que você precisa para gerar uma reação de fusão pura.

Tristan hesitou antes de pegar as anotações, como se fossem um animal prestes a mordê-lo.

— Onde você conseguiu isso?

— Você sabia que tem uma *biblioteca cheia de livros* lá atrás? — perguntou Callum, os olhos arregalados para imitar a ingênua de franjinha favorita de Tristan.

Tristan fez uma careta.

— Eu falei pra você, fiz as contas — prosseguiu Callum, com suavidade. — Faz tempo. E, devo adicionar, depois de tomar três doses de uísque. Sou mesmo bem mais esperto do que as pessoas imaginam, o que chega a ser um absurdo. E injusto. E incrivelmente rude. — Callum, que não tomara uma gota de álcool nos últimos três dias, se sentiu inebriado de prazer. — E, mesmo assim, sou o único nesta casa que foi capaz de ajudá-lo, Tristan, então de nada.

Tristan analisou a página como se ela contivesse algo que ele não conseguia captar, como se tivesse sido escrita em tinta invisível.

— Qual é a pegadinha?

— A pegadinha? — Hilário. — Você está dizendo que ainda não percebeu? O olhar irritado que recebeu de Tristan era algo de uma beleza implacável.

— Rhodes só pode se transportar pelo tempo através da criação de uma explosão massiva — explicou Callum. — Quão massiva? Excelente pergunta, Tristan. Estamos falando de algo *nuclear* — disse, entretido. — Força *letal*. A conexão de isótopos de hidrogênio tão pesados que seria como regenerar uma estrela. Tão enorme e, para ser sincero, sem referência que a área pode permanecer radioativa por anos, em uma magnitude que certamente causaria morte a qualquer um a quilômetros do local. — Ele conferiu se Tristan estava acompanhando. Pela expressão, sim. — A única chance de Rhodes criar um buraco de minhoca dessa magnitude é, como acho que você já sabe, alavancar a energia criada por uma arma de fusão perfeita... o que até então nunca existiu — observou Callum sabiamente — e que só pode existir se a própria Rhodes escolher desencadear uma explosão com um potencial de danos persistentes exponencialmente maior do que uma bomba atômica.

Tristan não disse nada. Ele sabia disso, que era um plano fadado ao fracasso, e da mesma forma Callum sabia que não havia nada mais deplorável e desencorajador do que perceber que estava certo esse tempo todo.

— Você até pode conseguir superar as leis da física, Tristan — disse Callum. — E, com a ajuda do Varona, você *pode* conseguir vencer as leis da natureza, mas...

Callum se aproximou, observando o corpo de Tristan se retesar com um baque firme de fúria.

— Você nunca vai superar a natureza de *Rhodes* — pontuou Callum, triunfante. — E isso, meu amigo, como estive te alertando por quase dois anos agora, é o X absoluto e crucial da questão.

Tristan sabia que ele tinha razão, Callum notou. O empata sentiu o gosto, o sentimento triste, o ataque violento do pavor. Tristan não tirou o olhar da página de Callum com cálculos surpreendentemente corretos, até porque... o que ele encontraria?

Ah. O agradável gosto da esperança moribunda.

Não havia outras conclusões a tirar. Não havia outras alternativas. Para conseguir se movimentar através do tempo e do espaço, Libby Rhodes teria que se escolher acima de todo mundo. Acima de *tudo*. Ela teria que encontrar o poder para encarar a própria moralidade e dizer dane-se, sou mais importante.

Ou seja, algo completamente impossível. Uma comédia de erros ao nível máximo. E foi *isso* que Tristan escolhera ao invés de Callum! Foi *isso* que ele fizera e, no mecanismo sombrio do coração supostamente inexistente de Callum, ele esperava que Tristan sofresse. Esperava que Tristan sentisse dor pelo resto da vida e, se por algum motivo não sentisse, Callum tinha outros planos em mente. Ele era, afinal de contas, mais esperto do que qualquer um havia imaginado. Tinha passado um ano alimentando uma audácia fabulosa e chegado à conclusão inevitável de que, na verdade, um dia nada disso importaria, porque não havia um mal maior. Não havia vilão. Atlas Blakely até poderia querer Callum morto, mas isso não o tornava uma má pessoa. Tristan poderia ter traído Callum, mas ele também não era o vilão da história. Isso era apenas o mundo. Você confiava nas pessoas, as amava, oferecia a elas a dignidade de seu tempo e a intimidade de seus pensamentos e a fragilidade de sua esperança, e elas ou aceitavam e se importavam, ou a rejeitavam e a destruíam, e, no fim das contas, nada disso era decisão dele. Era apenas o que recebia. Ter o coração partido no processo era inevitável. A decepção era garantida.

Essa era a conclusão à qual Callum chegara, e ele não gostou nem um pouco. Ele a aceitou. Entendeu. Não se importou.

No entanto, ainda queria se divertir um pouco antes que tudo chegasse ao fim.

Ali.

— Não tenho interesse no resultado — disse Callum a Tristan, segurando um sorriso.

O pobre Tristan ainda estava olhando para os cálculos em sua mão, anestesiado, e é claro que não pôde ver o prazer de Callum ao desferir aquele golpe tão delicioso e perfeito.

— Sei que você sabe que estou certo. Tanto nisto — disse ele, cutucando a página na mão de Tristan — quanto com relação a Rhodes. Mas também sei que você chegará à conclusão que desejar, então não depende de mim.

— Então por que fazer tudo isso? — perguntou Tristan.

A voz dele estava repleta de ressentimento, talvez amargura. Talvez até mesmo tristeza, mas o que Callum deveria fazer com isso?

— Porque eu disse que faria — respondeu Callum, tranquilo. — Porque, no dia dos nossos rituais de iniciação, alguém me pediu uma promessa. E eu a fiz e a mantive.

Era mesmo muito simples. Havia decisões com as quais Callum poderia viver. Ele não se importava com o que ia acontecer com o mundo ou se Atlas Blakely criaria um novo. Atlas Blakely poderia criar a droga de um universo e ainda assim não importaria, porque nada importava. E isso não era uma doce ironia?! Atlas Blakely queria construir um novo mundo porque era um mágico burocrata clinicamente deprimido *que já sabia que nada importava.*

Sinceramente, Callum estava lidando bem com seu luto.

— Ainda vou trazê-la de volta. — Tristan ergueu o olhar e, nossa, que exaustivo, estava com uma certeza inflamável.

— É possível — disse Callum, moderado.

— Somos diferentes — insistiu Tristan. — Todos nós. Por ter estado aqui. Por termos caminhado por esses corredores, lido esses livros...

— Sim, uma experiência mágica, de verdade — concordou Callum, suave.

— Você pode rir — rebateu Tristan, irritado —, mas não somos as vítimas de nossas fraquezas que você tão obviamente acredita sermos.

Interessante, pensou Callum. Ele parecia não ter se ouvido.

— Isso não significou nada para você — continuou Tristan. — Só mais outra oportunidade numa vida regada delas, então tudo bem. Você pode sair disso sem mudanças, que bom para você. Mas para o resto de nós... para *mim...*

— Eu disse que isso tinha a ver com você? — interrompeu Callum, cuidadosamente neutro, mas ao menos uma vez Tristan conseguiu surpreendê-lo.

— Claro que tem a ver comigo — rosnou Tristan, e na lareira houve uma série coincidente de estalos e fagulhas. — Eu estava lá, Callum. Eu estava *lá,* cacete.

O peito de Tristan subia e descia com angústia, e Callum ficou parado, aguentando o peso inesperado das palavras dele.

— Quer você veja assim ou não — disse Tristan, a voz pesada com ironia —, isso, a gente, foi real para mim. Você não pode fingir que não importou. Que fui eu quem fiz mal a você. Que você não teve controle de como as coisas aconteceram. Que eu tomei uma decisão baseada em nada, baseada nas minhas próprias inseguranças e falhas. Mas eu não sou tão idiota, não sou tão desprovido de *sentimento* — cuspiu Tristan — para não estar perfeitamente consciente de que você e eu tivemos algo raro e difícil e significante, e no final só acabou porque eu acabei com aquilo.

De repente Callum sentiu o peito comprimido por uma daquelas marretas de desenho animado.

— Então, sim — concluiu Tristan, contraindo o maxilar. — Sei que tem a ver comigo.

Eles não falaram por vários minutos. Foi a primeira vez que Callum se viu incapaz de sentir algo intangível na sala ou os sentimentos dentro dela. Mais tarde percebeu que isso ocorrera porque *ele* estava sentindo coisas. Sentiu sua vitória se transformando em fúria, fúria pura. Sentiu raiva com uma intensidade incandescente. Ele queria, assim como quisera no começo daquele ano maldito, assassinar Tristan. Pegá-lo pelo pescoço, esquartejá-lo e servi-lo assado, e também tecer, com muito cuidado e com grande inconveniência para si mesmo, uma coroa de flores carregada de intenções não correspondidas, com a qual adornaria a cabeça estúpida e perfeitamente funcional de Tristan.

Em grande parte, no entanto, Callum queria que Tristan sofresse de corpo e alma por cada palavra sincera saída de sua boca.

Então, na verdade, ele estava de volta ao local em que começara.

Aliviado com a estase de sua conclusão, Callum expirou. E sorriu. As pessoas não gostavam de ser contrariadas, dizia Dale Carnegie, mestre da influência, ao que parecia. Era melhor não criticar, mesmo quando as pessoas estavam erradas sobre coisas bobas, como a quem dedicavam sua lealdade.

— Boa sorte — disse Callum. — Com tudo. Espero que dê tudo certo entre você e Rhodes.

A expressão de Tristan ficou sombria.

— Eu não *acabei de dizer*...

Mas Callum passou por ele, ignorando o impulso de parar e ouvir. Também ignorando o impulso de tomar uma bebida. Na verdade, ignorando a maior parte dos impulsos, porque agora ele tinha um plano, e isso era o mais importante. Como Atlas Blakely, Callum ia seguir o plano, mesmo que fosse objetivamente falho e levasse a despotismo ou a lágrimas.

Ele esbarrou em Dalton na saída da sala pintada.

— Perdão — disse Dalton, baixinho, assentindo para Callum e evitando o olhar dele a todo custo.

Callum parou.

E então olhou para trás.

Não via Dalton havia um tempo. Atlas dissera que ele estava doente, algo com que Callum, é claro, não se importava, embora aparentemente Dalton estivesse em perfeito estado de saúde. Não, o que era estranho não era a presença de Dalton, que nunca fora uma questão relevante para o empata. Mas *era* algo. Uma novidade distinta e perceptível.

Tinha sido...?

Sal. Fumaça. Uma mistura de ambos. Incomum para Dalton. Algo estava errado, deduziu Callum, franzindo a testa. Havia algo mais profundo ali do que tinha sido antes.

Mas isso era problema de Parisa — ou certamente de qualquer outra pessoa exceto ele —, então Callum ignorou, subindo as escadas enquanto assoviava "La Vie en Rose". Era muito libertador ter um plano, pensou, passando por uma janela aberta com um inspirar profundo de ar invernal. Ele conseguia entender por que Atlas havia se agarrado com tanto desespero ao seu próprio sentimento. A primavera chegaria em breve, seguida pelo verão, seguida pelo inevitável ataque de todos os seus inimigos — ou, mais precisamente, pelo desespero inevitável e a perda de sentidos que vinham com o fato de ser humano e de estar vivo. Maravilhoso.

Para um homem responsável pelas mortes brutais de quatro pessoas — amigos dele, ainda por cima —, Atlas Blakely estava mesmo planejando algo.

· REINA ·

Reina suspeitava que havia sonhado com a avó, ou talvez fosse apenas a casa da avó. Ela nunca mantinha registro de seus sonhos, mas naquela manhã acordou com a sensação de que recentemente havia sido bem pequena.

Não, lembrou-se então, por meio de um vislumbre de algo, uma pitada de vapor. Não era a avó dela a fazendo se sentir pequena — era o empresário, o padrasto. Era uma lembrança de novo, a mesma que tivera enquanto assistia ao ritual de iniciação de Nico. Ele olhava através dela na cafeteria em Osaka. O empresário, ou melhor, o ceifeiro, cujos negócios eram a guerra e, portanto, a morte. Ela sonhava com a mesma cena, o mesmo nome estrangeiro, as mesmas palavras raivosas.

Ele fez uma vez, pode fazer de novo!

Reina não tinha voltado a pensar nesse evento desde o dia em que Nico o trouxera à sua mente, mas fazer isso devia ter engatilhado algo que agia devagar em seu cérebro. Algo bem na ponta da língua dela, porque ali estava, pensando no empresário outra vez, algo que quase nunca fazia, e no homem inglês que tanto o irritara, o que não era algo que ela considerara relevante à época. Insignificante. Mas agora, pensando em retrospecto, ela se lembrava do nome de novo, com uma súbita importância, como uma cor num cenário que repentinamente tivesse vindo à luz.

— Tive um sonho estranho — comentou Reina quando Nico passou por ela ao pé da escada.

O físico estivera assoviando algo enquanto seguia em direção à sala de leitura, mas paralisou ao som da voz dela, assustado.

— Caramba. — Nico levou a mão ao peito como tivesse levado um tiro, e então voltou a encará-la. — Desculpa, não vi você aí...

— Eu não tinha me esquecido, sabe. Da Rhodes. Na verdade — acrescentou a naturalista —, pensei que íamos trabalhar juntos para encontrá-la. — Ela fez uma pausa. — Não foi esse o acordo?

Nico franziu a testa, parecendo um garotinho à espera de um sermão, mas logo se recompôs.

— Ainda podemos, não é mesmo? O ano não acabou.

— O que Tristan fazia para a Corporação Wessex? — perguntou Reina, ignorando a resposta de Nico. Tarde demais. — Sei que ele era um investidor de risco. Que tipo de tecnologia ele financiava?

— Menor ideia. — Nico deu de ombros. — Tecnologia, suponho. Software? Maçanetas?

— Você não sabe? — perguntou Reina, intrigada.

— Nós não somos amigos. — Nico a encarava com uma expressão estranha. — Você não acha que eu de alguma forma substituí você por Tristan, né?

— Eu só estava pensando que ano passado, você e Rhodes... o buraco de minhoca. A reação que vocês causaram. Foi para liberar energia suficiente para criá-lo, certo?

— Você nos ajudou — insistiu Nico. — Sem você, nós não teríamos...

— O que mais poderia causá-la? — perguntou Reina, que não estava em busca de elogios. — Fusão. Daquele tamanho.

— Ah. Há. — Nico pareceu desnorteado. — Não sei.

Aquela não parecia ser a verdade completa.

— Você não sabe?

Nico esfregou a têmpora, pensando em como explicar.

— A maioria das coisas assim, grandes liberações de energia, requer fissão para começar a reação. — Fissão: dividir um átomo em núcleos menores. — É o que gera a energia necessária para a fusão. — Fusão: combinar partículas diferentes para a liberação de energia. — Geralmente há energia perdida na fissão, o que evita uma reação de fusão mais explosiva, mas Rhodes e eu... *e você* — acrescentou ele rapidamente. — Nós conseguimos contornar a perda de energia, então a reação foi... — Ele franziu a testa, concluindo: — Bem, acho que maior.

— Certo. — Reina já sabia disso. — Então o que poderia substituir você e Rhodes?

— Há. Que eu saiba, nada. — Nico não parecia mais convencido do que o normal, então aquela afirmação devia ser verdadeira, e não uma hipérbole. — Esse é meio que o problema — admitiu, o que explicava seu tom de hesitação. — Criar uma reação de fusão pura assim teria que ser mágico, e a energia liberada teria que ser canalizada por um medeiano de habilidade realmente imensa. Mas, para funcionar em qualquer tamanho significativo, também teria que ser uma reação maior do que qualquer coisa que um único medeiano conseguiria produzir, então mesmo alguém muito, muito habilidoso precisaria ser capaz de...

— Você teria me matado? — perguntou Reina.

— Como assim? — retrucou Nico, perdido.

— Você teria me matado? — repetiu Reina. — Se tivesse se tornado uma disputa.

— Ah. Você está falando do ano passado? Não. Nossa, não mesmo. Claro que não. — Ele balançou a cabeça vigorosamente.

— É fácil dizer agora — observou Reina. — Agora que ninguém precisa morrer. Certo?

— Bem, ainda assim eu não teria matado você. — Nico deu de ombros.

— Você teria matado Callum?

— Eu... Eu... Não — respondeu ele, perturbado. — Não, provavelmente não...

— E Tristan?

Nico arqueou as sobrancelhas, apreensivo.

— Eu não...

— Definitivamente não seria Parisa nem Rhodes — comentou Reina —, então, basicamente, você não teria matado ninguém.

Ela estava tentando decidir por que essa constatação era tão decepcionante quando Nico de repente ficou na defensiva.

— Aonde você quer chegar com isso? — perguntou ele, irritado.

Estava incomodado, claro, não porque não houvesse pensado nisso antes, mas porque fora obrigado a admitir algo que não tinha intenção de confessar.

— Bem — disse Reina. — Acho que só estou me perguntando o que você está fazendo aqui.

Nico a encarou.

— É... isso? — perguntou ele. Ou melhor, exigiu. — Você não fala comigo por meses e isso é o que tem a dizer? Me perguntar por que eu existo? Porra...

— Não existir — disse ela, impaciente. — Só... aqui. Você estava disposto a matar alguém *hipoteticamente*.

Nico franziu a testa.

— Sim, e...?

— Mas isso não era uma teoria. Nem uma hipótese. Era um requerimento real.

— E...? — Ele cruzou os braços. — Você tem estado bizarramente esquisita por quase um ano e agora está com raiva porque eu não teria matado você?

Sim.

— Talvez.

— *O quê...* — Nico inspirou. Depois expirou.

— E você também não teria matado outra pessoa para me manter viva — observou Reina.

Nico estava espumando de raiva.

— Olha, se o Nova fosse até você com uma faca, tenho bastante certeza de que eu não iria simplesmente ficar *parado* lá...

— Bastante certeza... — repetiu Reina, e o rosto de Nico se contorceu. Frustração juvenil.

Deus, de repente ele parecia tão jovem.

— Sério, que merda é essa? — exigiu saber Nico, bufando. — Como se você fosse me salvar. Aparentemente não faz diferença para você se eu vivo ou morro.

Reina sentiu uma pontada no peito e ficou com medo de ser algum tipo de sentimentalismo detestável. Por sorte, passou rápido. Morta. Afogada. Um assassinato por misericórdia, na verdade. Porque o preço de admitir aquilo era alto demais. O custo da confissão era muito alto. Não, Nico, eu teria ateado fogo em qualquer um que ousasse pensar em machucar você, e esse é o tipo de amiga que sou, quando escolho ser uma. O que nunca sonhei em fazer.

Até você aparecer.

— Está bem — disse Reina, e se virou para subir as escadas.

— Reina — chamou Nico, frustrado. — Reina!

Ela disse a si mesma que, na verdade, aquilo era estratégico. Responsável, até. Callum deixara isso bem claro.

— Veja bem — dissera Callum na noite anterior, se aproximando enquanto ela observava as anotações que eles submeteram aos arquivos. — Só estou dizendo isso porque acho que é importante que você não faça nenhuma burrice — disse ele —, e tenho a suspeita de que, para se manter sã, você precisa de todos os fatos.

— Que são...? — perguntou Reina, sem erguer o olhar.

Ela não costumava associar Callum a fatos. Ele parecia excepcionalmente emocional, algo que os outros pareciam não perceber. Se Callum *fosse* de fato um psicopata, faria muito mais coisas.

Callum se sentou na cadeira diante dela, imediatamente tomando espaço demais.

— Atlas Blakely está deprimido — disse ele.

— Está bem — respondeu Reina, indiferente. — E quem não está?

— E *porque* ele está deprimido — continuou Callum como se ela não tivesse falado —, está buscando uma forma de abrir um portal para uma linha diferente do multiverso. É o que eu acho, pelo menos — explicara. — Já que duvido que ele esteja tentando começar um novo universo do zero.

— Ah. — Reina piscou, surpresa. — Ele pode... fazer isso?

— Ele acha que pode — concordou Callum —, mas precisa que você faça isso. Ele tem todas as peças de que precisa, exceto uma. Bem, duas, por causa de todo o lance da Rhodes, mas isso não é importante. É com você que estou preocupado.

— Por quê? — perguntou ela, contrariada.

— Porque o tempo dele para recrutar você está acabando. E acho que ele é muito bom em garantir que as pessoas tomem as decisões que ele quer que tomem.

Reina arqueou a sobrancelha para indicar que, sim, pessoas manipuladoras tendiam a fazer isso. Inclusive a pessoa que estava sentada diante dela.

Callum deu um sorrisinho.

— Aceito o elogio — disse ele. — Mas tem um problema. Algo que ele não vai te contar.

— Algo na ficha dele? — adivinhou Reina, se perguntando se era algo ridículo como o casamento de Parisa.

Tinha chances de ser algo aleatório que Callum teria achado interessante, mas que Reina ignoraria, porque ela não era uma...

— Ele matou quatro pessoas — contou Callum. — Amigos dele.

— *O quê?* — A indignação e a surpresa a deixaram sem ar.

— Está bem, não de *verdade* — disse Callum, com uma risadinha. Como se para dizer: *Rá!* Semântica. — Mas ele se sente responsável pelas mortes de outros quatro iniciados de sua turma na Sociedade.

De novo, uma nuvem de surpresa e confusão.

— Como é que é?

— Eu não estou por dentro dos detalhes — admitiu Callum, dando de ombros —, mas sei que algo que Atlas fez causou a morte de outros quatro iniciados. Não de uma vez. Não em um acidente doido ou algo assim. Mas, quando a turma seguinte de iniciados foi recrutada pela Sociedade, todos da turma dele tinham encontrado o fim. Um tomou um tiro no peito. Outro foi envenenado. Um terceiro teve um tipo agressivo de câncer. — Reina estremeceu. — O último morreu enquanto dormia. Supostamente.

Isso soava tão shakespeariano e dramático que chegava a ser irritante.

— Beleza. E...?

— E então suponho que algo deve ter dado errado com o ritual de iniciação de Atlas Blakely. Não está na ficha dele, o que não tenho como explicar. Talvez ele tenha chegado a ela primeiro, não sei. Mas foi ele quem supostamente matou o quinto membro, o cordeiro sacrificial... E eu sei — dissera Callum, baixinho. — Sei que o sangue nas mãos dele é puramente indireto.

Perturbador, se fosse verdade. O que era um grande "se".

— Você está supondo — observou Reina. — Não são fatos.

— Está bem. Só achei que você ia achar relevante... Sabe, já que ninguém na *nossa* turma de iniciados foi morto — destacou Callum, se levantando. — O que significa que ainda devemos um corpo aos arquivos.

— Mas...

— Pense nisso. — A expressão de Callum era estranhamente inocente. — Os arquivos têm roubado algo de cada um de nós, certo? Varona está uma zona. Parisa está assustada. Você está... você — disse ele, com uma sobrancelha arqueada, e Reina quis estapeá-lo. — E estamos todos decaindo mais quanto mais tempo ficamos aqui. Então, se Atlas convencer você a *continuar* aqui, o que obviamente não será difícil...

— Não — dissera Reina. — Não, já falei para você. Decidi que vou embora.

— Você diz isso agora — retrucou Callum. — Mas no fundo você ama ouvir que é especial. *Única* — continuou, a voz um pouco próxima demais do ouvido dela. — Importante.

— Eu sei bem o que sou.

Ela o encarou, o enxotando como um mosquito, mas o empata apenas riu.

— Não, você *acha* que sabe quem é, mas não sabe. Você acha que é fria, sem sentimentos, mas não é. — Callum se inclinou à frente de novo, e o corpo de Reina se enrijeceu. — No momento em que você se permitir amar, Reina Mori, será sua morte. Isso eu te garanto.

Reina estremeceu com a lembrança daquela conversa com Callum. Não era crueldade, e por isso era pior. Era honestidade, profética e intrusiva, e, quer fosse verdade ou não, dentro dela algo queimava. A humilhação de ter sido vista.

Perdida em pensamentos, a naturalista quase esbarrou em Parisa, que estava parada na escada, irritante como sempre. Talvez tivesse ouvido Reina abandonando a discussão com Nico e se colocado ali, vingando-se de Reina pelo que a própria entreouvira da outra vez.

— Cuidado — avisou Parisa.

A onipresença dela estava mais arrogante do que o normal, e Reina não tinha tempo para isso. Nem para isso nem para nada. Ela empurrou Parisa contra a parede, como se elas estivessem num treino de combate, embora fosse claro que Reina não fazia mais isso. Agora, ela apenas lutava.

— Que sensível — observou Parisa, e Reina percebeu que respirava com dificuldade.

Não porque prender Parisa era difícil, que era menor do que Reina se dera conta, mas porque Reina de repente sentiu como se algo dentro de si estivesse se estilhaçando. A sanidade dela, ou seu coração.

Ela não ia contar a ninguém o que descobrira, decidiu. Nada a respeito do empresário, nem a respeito de James Wessex ou seu local de teste armamentício. Nada a respeito de suas suspeitas. Se Libby Rhodes voltasse ou não, não era mais dever dela cumprir aquela promessa. Estava farta daquela porcaria de Sociedade. Havia se fartado do estranho sentimento de ser irrelevante e pequena.

— Eu te odeio — sussurrou para Parisa, os olhos queimando de raiva.

Parisa a encarou e assentiu.

— Eu sei — respondeu.

A discussão se apagou tão rápido quanto se acendera. Reina soltou Parisa e andou com calma até o quarto, sua tensão enfim liberada. Então entrou, trancou a porta e se recostou nela, fechando com força as mãos trêmulas. Ela estava farta daquilo, de tudo. Estava feliz por enfim ter escolhido se reservar, pelo lembrete de que caminhava sozinha. Era mais fácil assim. Mais seguro. Menos complicado.

E se o que Callum dissera fosse verdade? E se alguém viesse atrás dela? Isso era ainda menos complicado.

Reina atacaria para matar.

· TRISTAN ·

Nico estava certo sobre a radiação eletromagnética. Para Tristan, a área além das extremidades das Pedras de Callanish — o que, de acordo com Nico, era uma vista "bonita" porém pouco memorável — era uma fita de fluorescência, verdes e roxos que se trançavam e então se desfiavam como clarões de luz. As cores navegavam pelos céus e se separavam em ondas, auroras cristalinas, sob as quais estava Libby Rhodes. Um ano mais velha. Sem franja. Sem livros na mão. Ela usava uma capa de chuva amarela, uma camisa de gola rolê preta debaixo do moletom cinza desbotado que usava enfiado na calça jeans. Ela parecia mais magra do que ele se lembrava, e também mais alta, como se estivesse de pé, mas não tivesse dormido bem em meses. Ele absorveu as pequenas particularidades dela e as encontrou alteradas. Mudadas.

— Feliz de encontrar você aqui — disse ela, e riu com nervosismo, quase chegando à histeria, como se a qualquer momento (talvez naquele momento exato?) fosse explodir em lágrimas.

— Rhodes. Não faça isso.

Tristan deu um passo em direção a ela, e Libby riu de novo, dessa vez em tom de desculpas, dando um passo para trás.

— Eu... Como é que você está fazendo isso? Isso sequer é real? Tenho tido sonhos muito vívidos recentemente.

Ela o encarava como se pudesse olhá-lo por horas, dias, meses, vidas.

— Não estou fisicamente aqui com você, Rhodes, então não fique tão empolgada. Ainda estou no meu próprio tempo.

Compartilhar a dimensão dela num plano astral tinha sido simples o bastante, mas ainda era como espiar através de lentes. Ele havia viajado, mas não fisicamente. Ou melhor, não no sentido de que todo o corpo dele pudesse ter ido junto. O resto dele estava exatamente na mesma localização geográfica, mas a uma distância de três décadas.

— Mas com certeza não é um sonho — assegurou Tristan.

Ele se perguntou se o tempo estava passando da mesma forma para Nico, que Tristan levara consigo para ficar de guarda. Tristan atualmente estava flutuando entre estados de permanência, com Nico de um lado e Libby do outro. Como se tivesse escalado algum tipo de gávea em um navio e olhado para baixo, podendo olhar apenas numa direção por vez.

Ele imaginou que Nico não estivesse lidando bem com o silêncio. Em parte porque Nico era Nico e não era bom em esperar, mas também porque havia motivos para acreditarem que um ataque era iminente. Os outros também haviam deixado claro que não apreciavam a ausência dos dois medeianos de dentro das proteções da casa, a qual ainda deviam proteger. *Vocês são burros* fora o coro geral de Parisa (imitado pela expressão de decepção contida de Reina), até que Nico os relembrou de que todos tinham feito uma promessa et cetera, et cetera, e é claro que tinha sido Callum a dizer alegremente que as coisas estavam bem, meus chapas.

Tristan fez uma careta ao pensar em Callum, que podia muito bem e merecidamente ir para o inferno. Não que no momento ele tivesse tempo para desejar o mal a alguém. Com a quantidade de magia que estava usando, seria incrivelmente fácil para os inimigos da Sociedade (e o pai dele) o rastrearem, o que significava que, no máximo, tinha só alguns minutos para falar com Libby.

— É o quantum, não é? Eu sabia. — Libby estava balbuciando. — Eu *sabia* que tinha que ter algo...

— Rhodes — disse Tristan, numa voz diminuta que esperava expressar o sentimento duplo de *estou falando sério* e também *senti sua falta, oi, olá.* — Tenho más notícias.

— Pior do que eu estar presa no passado? — perguntou Libby. Ela parecia de bom humor, o que era estranho, como se tudo aquilo fosse mesmo muito engraçado.

— Você encontrou uma saída?

— Eu esperava que isto fosse a saída — disse ela. — Vou testar.

Lá vinha o balde de água fria.

— Não vai funcionar — informou Tristan. — Sinto muito.

Ela franziu a testa.

— Como você sabe? Eu nem sequer comecei a tes...

— Eu sei, Rhodes, mas não é suficiente. Sinto muito, mas não é.

Ele observou a testa dela se franzindo conforme a informação era assimilada.

— Mas então como... Você está dizendo que eu...?

O rosto dela estava pálido. Ai, não, Libby pensou que Tristan estivesse dizendo que ela estava mesmo presa ali.

— Há outro jeito — apressou-se a dizer Tristan, embora temesse a conversa que estava por vir. Só ia piorar, mas tinha que ser feito. — Não tenho muito tempo, então você vai ter que só ouvir, está bem?

De imediato Libby pareceu preocupada, até desconfiada, como se devesse saber que ele era um garoto idiota que não podia tomar conta de si.

— Por quê? O que há de errado?

— Nada. Estou sendo caçado. Mas de resto nada. — Tristan riu e, numa reação tão característica dela, Libby pareceu alarmada. Vê-la daquela forma, ansiosa de novo, era um bálsamo inesperado. — Não se preocupe comigo, Rhodes, Varona está me protegendo. — Houve um breve brilho nos olhos dela com a menção a Nico, como uma dança de reconhecimento, que ele escolheu ignorar no momento. — A questão é que você precisa de uma reação, Rhodes, e uma das grandes. Um local assim é um amplificador, mas você ainda vai precisar de mais do que isso.

— Droga. — A voz dela ficou baixa. — Eu estava com medo disso.

Tristan sentiu um puxão às costas, como o estalar de um chicote.

— Você precisa de uma onda de energia que em essência é...

— Nuclear. — A expressão dela afundou. — Mas algo grande assim, mesmo se eu conseguisse fazer, teria efeitos... — Um nó se instalou na garganta dela. — As consequências durariam anos. Poderia afetar as pessoas por décadas, ou gerações. Eu... eu jamais poderia fazer isso.

E ali vinha a pior parte.

— Acontece, Rhodes, que eu acho... que você já fez isso antes — disse Tristan.

Não fora Tristan a encontrar a resposta — ou talvez a palavra mais apropriada fosse "brecha". Ele tentara por semanas encontrar por conta própria, mas no fim das contas fora Parisa, claro que fora ela. Semanas depois de Callum ter tão alegremente dado a notícia a Tristan de que Libby Rhodes preferiria comer o próprio pé a cometer a brutalidade necessária para se trazer de volta, Parisa havia chutado a cadeira ao lado de Tristan na sala de leitura e se sentado nela graciosamente, como um jovem cervo empertigado na grama primaveril de um prado.

— O que você fazia para James Wessex? — perguntara ela.

A telepata não parecia reconhecer a indisposição de Tristan para falar com ela. Ele supôs que vinha alimentando um rancor exagerado àquela altura, mas era difícil deixar pra lá quando a decisão já estava tomada.

— Como assim? — retrucou ele, bruscamente.

— Para a Corporação Wessex. — Parisa o olhava com uma intensidade estranha e reflexiva. — Você era um investidor de risco, certo?

— Sim — respondeu Tristan, num murmúrio amuado, talvez porque nos últimos tempos aquela pergunta parecia estar perseguindo-o. — Eu fazia avaliações em tecnologia mágica.

— Alguma arma? — perguntou ela.

Aquilo de novo.

— Não. James fazia essas coisas. Por quê? — indagou ele, numa tacada só.

— Você disse que a Rhodes está em 1990?

Essa fora a informação que Nico lhe dera. Tristan questionara como isso tinha acontecido, posicionando aquela possibilidade num ponto entre improvável e impossível, mas Nico estava inflexível, e no fim das contas Tristan apenas decidira que o físico era a pessoa menos provável ali de mentir.

— O que isso tem a ver?

Parisa dispensou a preocupação dele.

— Vou chegar lá. Mas ela está em 1990, certo? Em Los Angeles?

— De acordo com Varona, sim — murmurou Tristan, como uma criança ofendida.

— Olhe — disse Parisa.

Então deslizou um livro pela mesa até chegar a Tristan, algo que não era de fato um livro, mas um longo relatório. Um arquivo. Ele o abriu e viu um artigo de jornal.

— Reina não achou que valia a pena mencionar isso para você — observou Parisa —, mas pensei que você ia gostar de saber. Suponho que pode descobrir do que se trata.

Tristan deu uma olhada na primeira página, depois passou para a seguinte, que continha um mapa do estado de Nevada, com o deserto logo depois de Las Vegas delineado em vermelho.

— James nunca me deixou chegar nem perto de qualquer tecnologia de armas. Ele as queria só para si, mas isso era tudo. Ele...

Tristan virou a página seguinte.

— Espere — disse ele, franzindo a testa ao estudar o relatório. — Onde você conseguiu isto?

Parisa deu de ombros.

Tristan leu a página.

Piscou. Leu de novo.

— Não. Isso é sério?

— Sua interpretação é tão boa quanto a minha.

Então Parisa se levantou e foi embora saltitando, como se nada tivesse acontecido. Como se o que tinha encontrado não fosse nada de mais.

— Parisa — chamou Tristan, entredentes, se colocando de pé e a segurando pelo cotovelo. — Você não acha...?

— Olha. Aqui está o que sei. — Ela se livrou do toque de Tristan com um olhar de impaciência distraída. — Nós somos pessoas diferentes por termos vindo aqui. Alguns de nós — acrescentou com um olhar na direção dele — mais do que outros.

— Está bem, aceito o insulto — disse Tristan, porque, embora não soubesse com exatidão o que ela queria sugerir, provavelmente era certeiro o suficiente.

— Você gosta da Libby porque ela é inocente, Tristan. Porque ela é moral. Porque é *boa*. Porque ela representa algo para você que o resto de nós não tem mais, porque viemos aqui. E porque fizemos escolhas. — A expressão de Parisa estava dura e levemente punitiva. — Mas ela também fez uma escolha, Tristan. Ela sabia quais eram as consequências.

Parisa ficou em silêncio por um momento e então tocou a têmpora de Tristan com gentileza. De forma quase afetuosa.

— Libby Rhodes não é sua bondade, Tristan — avisou ela. Preparando-o, como se para uma decepção. — Ela é sua própria chama.

Tristan estivera esperando para ver Libby outra vez, para poder afirmar com certeza que Parisa estava errada, que é claro que Libby não era a bondade dele, mas que também, era claro, era claro que ela era *boa*, e era disso que estivera sentindo falta todo aquele tempo. Ele estivera levando a vida desde aquele dia numa completa paralisia, sem saber se queria ele mesmo estar certo ou que Parisa estivesse. Para provar que a Libby que ele conhecera, a Libby que ela se tornara, era apenas refrações de uma verdade fundamental: que ela não era corrompível. Que, ao contrário dele, ela não poderia estar errada.

Mas, se isso fosse verdade, então *Callum* tinha razão, e esse era o pior dos resultados possíveis.

Porque Tristan preferiria ter fosse lá que versão de si Libby havia se tornado do que encarar a perspectiva de não ter Libby nenhuma.

Tristan piscou para espantar a recordação e olhou para o rosto de Libby. Aquele que era ao mesmo tempo familiar e não. Aquele que, para o bem ou para o mal, era real, e não a idealização torturada dos pensamentos dele.

— Em maio de 1990 — disse Tristan —, houve uma explosão em Nevada. Em um pedaço do deserto entre Reno e Las Vegas que é propriedade da Corporação Wessex. — A voz dele era calculada e cautelosa. — Ninguém se feriu. Ninguém... Ninguém morreu. Mas o tamanho é... significativo. — Ele pigarreou, repassando as outras coisas que sabia. Que haveria radiação. Doença. Deficiência. Câncer. Pessoas seriam afetadas. Mas ninguém morreria no inferno da explosão. Ele não precisava mencionar os efeitos tardios em voz alta. — Armas atômicas, armas nucleares, elas dependem de fissão para criar a energia necessária para uma explosão — prosseguiu Tristan, o que era a mesma informação que dera a ela antes. — Mas essa explosão em particular...

Ele queria suspirar, talvez. Para expressar pesar.

Não o fez.

— Tem origem mágica — disse ele. — É uma perfeita arma de fusão que nunca foi replicada por ninguém desde então. Iniciada por uma fonte de poder incendiária o suficiente para gerar energia sem o uso de fissão. Suficiente, pelos seus próprios cálculos, para abrir um buraco de minhoca no tempo. Portanto, é suficiente — explicou, com uma firmeza cortante — para trazer você de volta.

Por um longo tempo, Libby o encarou, talvez esperando que Tristan dissesse que aquilo não passava de uma piada. Mas ele não disse nada.

— Espere, você está dizendo que... — Ela franziu a testa, atordoada. — O que você está dizendo?

— Uma arma de *fusão perfeita*, Rhodes? — Ele suspirou, tentando ser paciente, embora também estivesse se preparando para a reação dela. — Apenas dois medeianos no mundo poderiam ser capazes de fazer isso. Mas apenas um de vocês está vivo em 1990.

— Não. — Ela balançou a cabeça. — Não, eu não vou... Eu jamais poderia...

Se ele deixasse, isso ia dar início a uma espiral infinita. Infelizmente, nenhum dos dois tinha tempo para isso.

— Rhodes — disse Tristan, firme. — Encare os fatos. Você se foi. Todos os traços de você. Não encontramos nadinha de nada. — Ela o encarou, sem compreender. — Se você tivesse ficado no passado, teria que haver algo, algum fio para que puxássemos. Você teria envelhecido, encontrado seu eu no futuro, e nós teríamos te encontrado. Mesmo se você tivesse... morrido... — As palavras o deixaram às pressas. — Teríamos te encontrado — disse ele de novo, pigarreando. — Você não faz ideia do tipo de recursos que temos, de como a Sociedade pode...

— A Sociedade que vá à merda. — Libby estava respirando com dificuldade, se afastando. — Não posso, Tristan, não. Não posso.

Houve um borrão de movimento ao lado dela, e só então Tristan percebeu que a física não estava sozinha. Havia outra mulher ao lado dela, de cabelo escuro e silenciosa, usando uma jaqueta de couro gasta como se fosse um escudo ou uma capa. Ele se perguntou se deveria ter evitado qualquer menção à Sociedade, mas houve um estalo do outro lado de sua projeção astral de novo, outra pequena fissura de urgência.

— Rhodes, já está feito. — Tristan soltou o ar rapidamente. — Você mitiga os riscos. Você deve ter mitigado. — Ele não tinha prova disso, a não ser que ela era ela, porque a conhecia, e confiava nisso. Confiava nela. — Você faz com cuidado, com muito cuidado, tenho certeza. E... — Ele balançou a cabeça. — E você precisa voltar. Eu preciso de... — interrompeu-se ele. — Olha, você não pode ficar aí. Você vai enlouquecer se ficar aí.

Libby se encolheu.

— Tristan...

— Por favor — disse ele. Estava implorando, o que era algo repulsivo, mas ele não sabia mais o que fazer. — Rhodes, *por favor*.

— Tristan, você não pode estar...

Houve uma dor perfurante e terrível no ombro dele, impossível de não ser percebida ou de ser ignorada. Tristan soltou um grito mudo, despencando para trás como se tivesse caído do céu. A aurora acima se dissipou e sumiu, a força da magia de Nico se mostrando suficiente para quase separar seus pulmões de dentro de seu corpo.

— *Varona...* — exclamou Tristan, tossindo.

— Temos companhia — comentou Nico, sem se desculpar, o suor se acumulando na testa enquanto forçava Tristan a se levantar, os dois cambaleando pela mudança no momentum. — Acabei com dois — acrescentou por alguma razão, como se Tristan não pudesse contar os dois corpos caídos no chão —, mas eles estão se comunicando com alguém. Ao que parece, tem mais gente vindo.

Tristan, que estava com dificuldade para ficar de pé, tropeçou na bota de um dos agressores, disparando atrás de Nico para a estrada mais próxima.

— Dois o quê? Medeianos?

Nico balançou a cabeça.

— Não tenho certeza. Nenhuma magia específica, só alguma proficiência em combate. Mas não são mortais.

— Bruxos, então.

Ah, não. Não ali. Só podia ser uma brincadeira. Se fossem os bandidos do pai dele, certamente estavam organizados e a caminho. Tristan parou de correr, olhando ao redor para reavaliar os pontos de acesso.

— Estamos na merda de uma *ilha*, Varona. Para onde vamos?

— Se você quer ficar e lutar, então é o que vou fazer. — A expressão de Nico estava sombria quando, ofegante, ele se aproximou de Tristan. — Eu só não pensei que você ia querer ficar preso em seu pequeno transe no plano astral enquanto quase levava um tiro. Ou seja lá o que é isso — disse ele, mostrando a Tristan a queimadura no ombro.

Claro. Tristan se lembrava da primeira vez que vira aquele ferimento em particular. Era para ensinar a ele uma lição, para garantir que não tocasse mais nas armas do pai. *Fique longe, Tris, você não está pronto para lidar com isso, você sabe o que isso me custou para conseguir?* Tristan sentiu um fantasma de dor na mão, a escoriação que levara naquele dia, nos nós dos dedos. A expressão dura no rosto do pai: *Você tem sorte de eu não fazer pior.*

Certo, então. Aquilo estava acontecendo.

— Não, temos que ir.

Ele preferiria dizer — *Quem é o inútil agora, pai?* —, mas havia maneiras melhores de vingança que não incluíam deixar a gangue inteira do pai alcançá-lo.

Tristan se virou para Nico.

— Até onde você poderia nos levar? Se eu tirasse coisas do caminho.

Nico era basicamente um aríete humano. Tristan era pelo menos hábil o suficiente para ajudar.

Nico olhou para ele, pensando.

— Como se fosse um transporte medeiano?

— Serve. — Ele imaginou que teria que servir. — Você consegue?

Era uma saída explosiva de energia, mas pelo menos eles não tinham que viajar no tempo.

— Tomei um café da manhã reforçado — rebateu Nico. — Podemos ir bem por alguns quilômetros.

Um carro deslizou rua acima, os pneus cantando até parar. A mão de Tristan encontrou o ombro de Nico. Ele sentiu o calor causticante de uma explosão sob sua palma, o chão abaixo deles tremendo. Tristan imaginou molduras de pinturas rústicas chacoalhando, ovelhas balindo alto seu descontentamento, os moradores da ilha tocando com espanto as superfícies trêmulas de suas casas pastoris.

Em resposta à explosão de Nico, os poderes de Tristan incendiaram, o mundo se pixelando e se rearranjando em particulados e ondas, auroras e grãos. A magia de Nico em si era uma onda, então abrir um caminho de menor resistência para ela era uma questão de expelir a própria magia de Tristan para fora. Era, como Nico dissera, o equivalente a usar um transporte medeiano, porém era impulsionado apenas pelos dois, com a energia que tinham. Não era suficiente para levá-los a Edimburgo, que seria o local mais simples para conseguir um transporte mágico de volta à mansão da Sociedade, mas, quando pararam com um estrondo no estacionamento, estava claro que eles tinham ido pelo menos a uma distância suficiente para evitar os bruxos atrás deles.

— *Vai* — ordenou Nico, arfando, tendo se levantado primeiro.

Ele avançou para o veículo mais próximo e desativou o sistema de alarme com um disparo de fosse lá o que corria em suas veias. Tristan seguiu, atordoado, e colidiu com Nico, que fizera um caminho curvo acidental até o lado do motorista.

— Outro lado, Varona — sibilou ele, se jogando no assento do motorista num carro feito para uma pessoa muito menor. — Stornoway — leu em voz alta de uma loja de suvenires ali perto, ainda respirando com dificuldade. Eles se transportaram sem problemas de um lado a outro da ilha de Lewis. Em comparação, o buraco de minhoca na cozinha parecia coisa de criança. — Daqui podemos chegar à balsa e depois até terra firme.

A visão de Tristan se embaçou de exaustão. Nico devia estar muito pior.

— Legal. Nada mau para uma primeira tentativa. — Nico parecia ao mesmo tempo fraco e convencido, conferindo os objetos no carro enquanto Tristan dava ré. — É alugado.

— O quê? — perguntou Tristan, que estava ocupado buscando a estrada mais próxima que levava até a balsa.

— É um carro alugado. Com sorte, tem seguro. O que Rhodes disse?

Era evidente que Nico estava tentando com muito afinco não parecer desesperado.

— Não sei — disse Tristan enquanto pegava a esquina mais próxima. — Só tive tempo para contar a ela e sair.

Nico assentiu, parecendo drenado.

— Você acha que ela vai conseguir?

— Falei para você, Varona, ela já conseguiu.

Tristan não mencionara a própria dúvida: que talvez, apenas talvez, fosse pura coincidência. Ou que talvez, ao *não* fazer, ela poderia alterar o futuro. Como o tempo funcionava, exatamente?

No entanto, uma voz mais alta em sua cabeça, uma que ele tentou abafar, lhe disse exatamente o que Parisa dissera. Eles eram diferentes agora, todos eles. O controle que os arquivos tinham sobre eles era forte, mais forte do que qualquer coisa. Porque como uma pessoa poderia ver o que eles haviam visto e ainda assim decidir que o destino era algo diferente do que eles o haviam moldado a ser com as próprias mãos? Esse era o paradoxo. Que Libby Rhodes podia, ao mesmo tempo, viajar no tempo e se recusar a fazê-lo. Que ela podia saber como se salvar e ainda ser forçada a decidir se deveria ignorar ou usar aquele conhecimento. Um conhecimento que era dela.

Esse mesmo pensamento martelava na cabeça de Tristan quando eles abandonaram o carro roubado, embarcaram na balsa e foram para o sul de Londres. O chamado iminente e agourento do ainda desconhecido só ficou mais alto. Tristan se perguntou se havia outra forma, mas, assim como com Rhodes, ele já sabia que não havia.

Tristan estava comprometido com os arquivos assim como os arquivos estavam comprometidos com ele.

— Está bem — disse Tristan, parando na soleira da porta do escritório de Atlas Blakely, que ergueu a cabeça.

— Está bem? — repetiu Atlas.

— Está bem.

O coração de Tristan martelava no peito, não mais com fúria. Bem, não mais com apenas fúria. Não com a raiva de alguém cujo pai o queria morto e estava disposto a pagar por isso. Não com a fúria de um homem que acabara de fugir da Escócia, onde vira a mulher que amava pela primeira vez em um ano, e percebido que faria qualquer coisa por ela. Agora, em vez da agonia, havia a inevitabilidade de um garoto que fora queimado e que havia se tornado um homem impossível de se queimar.

— Vamos fazer um novo mundo — disse Tristan. Os pulmões dele queimavam. — Novas regras.

— Você ficaria aqui, então? — perguntou Atlas, arqueando uma das sobrancelhas.

— Sim.

Tristan já sabia o que o esperava do lado de fora da casa.

A gangue insignificante de bruxos do pai dele. Carros alugados roubados para os quais ele não dava a mínima. Nico ainda se importava, então havia esperança para ele. Mas não para Tristan. Tristan queria que o fogo que usara para destruir iluminasse o caminho à frente.

— Muito bem, sr. Caine.

A expressão de Atlas era ilegível, mas Tristan não se importava.

Em algum lugar, um relógio tiquetaqueava; a lâmina de uma faca esperava, chamando, reluzindo.

— Estou ansioso para trabalhar com você — disse Atlas, e Tristan assentiu, sombrio.

Ele tinha certeza daquilo assim como tinha certeza de que seu coração batia: Libby Rhodes voltaria, e ele estaria ali. Esperando.

Quando a roda inevitavelmente girasse, Tristan Caine tinha a intenção de estar no topo.

· LIBBY ·

— Quem era aquele? — perguntou Belen, assustando Libby a tal ponto que ela deu um pulo. — E o que é "a Sociedade"?

Por um momento, Libby havia esquecido que Belen ainda estava ao seu lado. Não ao lado dela, na verdade, mas pairando um pouco mais atrás.

— Como? — perguntou Libby, atordoada.

A visão de Tristan tinha parecido em si uma viagem no tempo — a pressa de ser ela mesma, mas exatamente um ano antes. A menção a Nico, que deveria ter resultado num revirar de olhos, apenas produzira um rasgar severo de algo dentro de seu peito. Algo necessário, como uma artéria. Ela estava sangrando internamente e mesmo assim, de alguma forma, estava perfeitamente bem.

Presa, mas perfeitamente bem.

— Aquele cara, ele disse algo sobre uma sociedade. E por que vocês estavam falando de viagem no tempo? — Belen franziu as sobrancelhas, externando algo que não era exatamente confusão. Na verdade, sua expressão estava bem menos confusa do que Libby esperava. — Pensei que o propósito dessa excursão toda fosse encontrar uma fonte de energia alternativa.

Libby jogou consigo mesmo um jogo agora familiar, de pesar o valor de dizer a verdade.

— Bem, certo, claro. Mas eu sou uma física — disse ela, apressada. — Então trabalhei com gravidade quântica no passado. É obviamente uma questão a ser considerada.

Era uma desculpa esfarrapada, e ela tinha ciência de que Belen sabia. Belen ouvira, afinal de contas, tudo o que Tristan dissera e, mesmo se não entendesse o que significava, ela não era nenhuma idiota.

— Por que você está buscando as linhas ley? *De verdade?* — perguntou Belen, num tom que Libby já a ouvira usar.

Em geral em resposta a Mort ou Fare. Tinha um quê de perigo, com a sensação de que a qualquer momento algo poderia se romper.

— Você sabe por quê. Energia alternativa. Isso sempre foi o motivo.

De repente, Libby se viu sem fôlego.

O semblante de Belen estava rígido, numa tentativa cautelosa de conter suas emoções.

— Por que ele mencionou o local de teste da Wessex?

— Não sei. Não tenho nada a ver com isso.

E não tinha mesmo.

Provavelmente.

Belen semicerrou os olhos.

— Quem é ele?

— Um colega. — Libby inspirou. — Um velho amigo.

— Quão velho?

— De mais cedo. Da minha pesquisa anterior.

— De onde seja lá que você estava que não era a UAMNY.

A voz de Belen estava áspera. Permeada pela dúvida, talvez.

Libby se virou para encará-la.

— Pensei que você enfim tinha decidido ser sincera comigo na noite passada. Mas você ainda está mentindo, não é? — indagou Belen, seca.

— Não estou *mentindo* — começou Libby —, eu só...

— Eu queria confiar em você — disse Belen, a ruga entre suas sobrancelhas ficando mais profunda. — Eu *quero* confiar em você — enfatizou, parecendo magoada —, e se você me disser que é besteira, algum erro de papelada ou registro, vou acreditar. — Um engolir em seco pesado. — Mas não é, é?

Os olhos de Belen estavam nadando em lágrimas, raivosos. Libby entendia. Havia algo terrível em sentir fúria e querer estrangular algo, mas em vez disso acabar sendo vítima da fraqueza dos hormônios e da inadequação da tristeza, quando tudo o que se queria fazer era gritar.

— O que você quer que eu diga? — perguntou Libby, impotente.

— A verdade. — Outro pequeno grupo de turistas se aproximava atrás delas, mas Belen estava imóvel. — Toda. Agora.

Está bem, pensou Libby com um suspiro. Está bem. Isso provavelmente sempre fora inevitável.

— Eu nasci em 1998 — disse Libby.

Belen piscou, perplexa.

— Eu me *graduei* na UAMNY, mas não em 1988, como afirmei — prosseguiu Libby. — Me graduei em 2020. — Ela pigarreou. — No mesmo ano, fui recrutada pela Sociedade Alexandrina, os guardiões de...

— Para. Cala a boca. Para. — Belen estava nervosa. — Não. Isso não é possível. Há leis... termodinâmica, entropia, eu... — Ela parou. — Isso é impossível.

— Eu não *queria* ficar presa aqui — disse Libby, com pressa. Pareceu importante, de alguma forma, destacar isto: que ela não tinha pedido por aquilo. Por nenhuma parte daquilo. — Meu ex, de quem te falei, é um medeiano. Ele fez isso. Ele está tentando matar todos com quem me importo daquele lugar... daquele *tempo*... do qual vim. E tenho certeza de que ele está me seguindo desde que me colocou aqui, então...

— Então você *esteve* mentindo para mim. — Belen engoliu em seco. — Sobre a bolsa. A pesquisa. E sobre... — A expressão no rosto dela estava fantasmagórica, angustiada. — Sobre tudo.

Libby sempre soubera que era um erro se aproximar de Belen. Ela sabia do perigo quando encostara os lábios no pescoço de Belen, sabia enquanto vagarosamente traçara o peito de Belen com o dedo, e sabia mais cedo também, quando olhara para o outro lado da mesa tomada de café morno, pensando: *Não posso fazer isso sem você.*

— Belen, me escute, se eu não tivesse pensado que era... — Ela hesitou. — Que *você* era necessária...

— A gente tem que ir. — Belen cruzou os braços, como se de repente estivesse com medo de que Libby pudesse ver através dela. — Certo? Já que você conseguiu a resposta de que precisava. Terminamos aqui.

O coração de Libby inchou e doeu.

— Belen, isso tudo não foi em vão. Você o ouviu — argumentou ela, implorando. — Há *mesmo* um tipo de onda de poder por aqui...

— Mas não o suficiente. Certo? Não o suficiente. Então não importa.

Belen se virou e começou a andar. Libby, sem saber o que fazer, se apressou atrás dela.

— Escute, sei que isso parece... — Libby hesitou. — Sei que parece ruim, mas...

Belen se virou para encará-la.

— Você está dizendo que, no futuro, há uma sociedade que realmente sabe como fazer isso? Viajar no tempo? Buracos de minhoca?

— Sim. — Libby estava um pouco surpresa. — Sim, e...

— Então eles vão *consertar*, certo? Tudo que há de errado com o mundo. Emissões de carbono, vírus, pobreza... Eles vão reverter, certo?

Belen a encarava com algo diferente agora. Esperança, talvez.

— Bem... mais ou menos. — A resposta saiu pesadamente da boca de Libby. — Quero dizer, sim.

Belen semicerrou os olhos.

— É "sim" ou é "mais ou menos"?

— Bem... — Libby soltou o ar. — A coisa que você pode fazer, a alcalinidade... desacelera tudo. Mas para as coisas serem de fato *consertadas*...

Belen deu um passo para trás.

— Ninguém as conserta?

— Olha... — Libby se atrapalhou com as palavras. — Eu não... eu não entendo muito bem. A política da coisa. Mas há pesquisa! — decidiu dizer ela de repente, porque é claro! Isso era óbvio! — Há laboratórios por todo o país no meu tempo, e um deles pode ser seu...

— Você acha que isso são *boas notícias?* — perguntou Belen, numa voz que sugeria que Libby era na verdade uma burra incurável. — Daqui a trinta anos, você acha que é *bom* alguém ter ignorado tudo que já sabemos sobre o mundo *agora*? Há uma sociedade inteira que sabe como consertar o mundo e *não faz isso?*

— Uma sociedade secreta não pode simplesmente dominar o mundo. — A defesa de Libby estava se transformando rápido em frustração. — Só porque a informação existe não significa que as pessoas vão agir. Não é essa a questão? Você pode dizer o que quiser, mas não significa que as pessoas vão acreditar.

Ela soube que cometera um erro quando viu o maxilar de Belen se retesar. O conceito de crença era um golpe na lealdade de Belen, na fé suave e bem-intencionada dela. As palavras *seus segredos estão seguros comigo, Libby Rhodes* pareceram atingir as duas ao mesmo tempo.

Os olhos marejados de Belen estavam avermelhados.

— Você me manipulou — disse ela, a voz falhando.

— Não. — Libby balançou a cabeça, inflexível. Callum era quem manipulava. Parisa, Ezra e Atlas. Ela fizera apenas o necessário, e lhe doera o tempo todo. — Não, eu nunca quis machucar você, Belen...

E então deu um passo na direção de Belen, que rapidamente se afastou, se abraçando com mais força.

— Ah, jura? — zombou Belen. — Porque, por um ano inteiro, você me viu deixar minha vida e minha família de lado por algo que *você sabia* que não ia acontecer nunca.

Belen se virou, balançando a cabeça, e Libby encarou fixamente as ruínas ao lado delas.

Mas não era como se fosse algum tipo de truque. Não era uma orquestração vil de Libby, que nunca pedira por nada daquilo. Ela sentiu a raiva que suprimira por quase um ano, que fora erodida por tanto tempo por medo e solidão, crescer em seu peito. De repente, era difícil conter a fúria e, na ponta da língua, Libby sentiu gosto de fumaça.

— O que eu deveria dizer? — exigiu Libby. — "Só desista, não faz sentido?" Isso teria funcionado? Que bem teria feito?

Belen disse algo que Libby não conseguiu entender.

— O que você falou? — perguntou Libby.

Belen levou um instante para se virar para ela. E, quando fez isso, Libby podia ver que havia uma riqueza de coisas que foram ignoradas em sua pressa de levá-las até ali.

— Minha avó *morreu*! — gritou Belen. — Semana passada. E eu vim aqui. Com *você*. Porque você disse que precisava de mim. Porque me fez pensar... — Ela parou, limpando o nariz na manga. — Porque *você* precisava de mim.

— Eu... — Libby derreteu, então decidiu ser firme: — Sinto muito, Belen, é claro que sinto muito. — A voz dela soava dura até para si, mas não havia o que fazer àquela altura. — Você poderia só ter me *dito* isso, mas...

— Você vai fazer, não vai? — interrompeu Belen, com raiva.

Ela passou a mão pelos olhos, como se estivesse desafiando Libby a perceber os rastros das lágrimas, a testemunhar em primeira mão o dano que causara.

— Fazer o quê? — perguntou Libby, embora soubesse.

Ela sabia exatamente o quê.

— Aquilo. A explosão, a arma de fusão da qual aquele cara estava falando... aquilo é *você*. — Belen cuspiu, deixando o impacto pousar perto do pé de Libby. — Você percebeu que ele não disse que *não* haveria efeitos, certo? Ele disse que ninguém *foi morto*. Essa é uma frase muito específica.

— Eu não disse que vou fazer — rebateu Libby, com cautela, ou talvez impaciência, e então o rosto de Belen se contorceu, tomado por algo maníaco. Um riso histérico e infeliz.

— É *claro* que você vai fazer! — rosnou ela. — Eu sempre soube que você estava escondendo a real extensão da sua magia. Pensei que era por causa de Fare e Mort, que talvez você não quisesse ter sua pesquisa roubada, ou talvez você simplesmente não quisesse que seu ex descobrisse sobre você, mas... — Belen balançou a cabeça, de repente desdenhosa. — Eu vi o seu rosto, Libby. Ele disse que era predestinado, que já estava feito, e, naquele momento, você decidiu fazê-lo. Você não se importou com as consequências. Eu vi aí, na droga da sua cara.

— Você não tem como saber isso — retrucou Libby.

Belen não era Parisa. Ela não era Callum. Não era nenhum dos seis deles e como poderia ser, como poderia saber? Como alguém mais poderia entender o que significava ter visto o que eles viram e escolhido o que eles haviam escolhido?

Na mente de Libby, algo horrível girou, não muito diferente de uma chave numa tranca. Algo, para Libby Rhodes, se destrancou. Talvez fosse crueldade. Ou necessidade. Porque a verdade, como Libby podia ver, era que Belen na verdade não era muito de nada.

Belen tinha magia suficiente no sangue para alguma forma moderna de alquimia, mas era só isso. A avó dela podia ter morrido, mas pelo menos vivera uma vida, tivera filhos, alguém que a amara. A irmã de Libby morrera e não fizera nenhuma dessas coisas. Belen queria que Libby tomasse uma decisão moral baseada nas limitações *dela*, mas Libby não *tinha* limites, porque o que *ela* tinha era um ex-namorado com complexo de deus e os meios de levá-la para casa de uma forma que ninguém mais na Terra havia feito. Quando ninguém mais vivo *poderia* fazer.

Essa era a questão, o ponto crucial de tudo: Libby tinha o poder, ela tinha as fórmulas, os cálculos — ela tinha *os meios* —, então o que significaria para ela viver a vida agora, decidir ser pequena, ser impotente *de propósito*? O que ela deveria fazer, trancada dentro de sua mente, mente essa que tinha todas as respostas, a vida que havia sido roubada dela, que ela — e *apenas ela* — poderia conseguir de volta? Se já sabia que Belen passaria a vida lutando uma batalha política que nunca daria frutos, que tipo de vida restaria para Libby?

E qual era *o ponto* em viver mais do que Katherine se Libby nunca fizesse nada com a merda da vida dela?

— Não dá para acreditar em você. — Belen estava se afastando, balançando a cabeça como se pudesse ver para onde os pensamentos de Libby haviam ido. — Mentira seguida de mentira seguida de mentira. Para quê? Só para eu te ajudar? Por que você precisava me envolver?

— Eu não precisava. — Aquela percepção solapou Libby com força, a espremeu como uma prensa. — Eu não preciso — disse ela, soltando o ar, dando-se conta do significado do que acabara de dizer.

Todo esse tempo estivera desesperada por ajuda, por alguém para tranquilizá-la, por algum tipo de conforto ou por qualquer coisa que a fizesse sentir que não estava sozinha — mas ela *estava*. Ela estava sozinha, e aquela decisão cabia a ela. Somente a ela.

Então pronto e acabou.

— Não me importo com o que ele diz. — A voz de Belen tremeu. — Não me importo se você diz que já está feito. Não acredito em você. Eu... — O tremor na voz dela se tornou uma fratura. — Posso mudar as coisas. Tenho que ser capaz de mudar as coisas.

Libby percebeu a dúvida na voz dela e tentou não reagir.

— Não sei o que você quer que eu diga.

— Quero que você diga que tem algum *princípio!* — gritou Belen. — Quero que você me diga que não vai até Nevada agora mesmo e explodir cinquenta quilômetros de deserto só para *ir para casa...*

— E por que ir para casa é uma coisa tão irrelevante, hein? — perguntou Libby, o ar grosso com cinzas causticantes como um de seus pesadelos recorrentes. — E se fosse a *sua* vida, Belen? E se a *sua* vida lhe fosse roubada? Você não ia querê-la de volta?

— Minha vida está sendo roubada de mim todo dia! — Elas estavam se encarando agora, nervosas, brigando como amantes diante de pedras de fadas. — Você acabou de me dizer que eu desisti da minha família para... o quê? — cuspiu Belen. — Para que um país, ou talvez três, no máximo, possa continuar como sempre?

— Não sou eu quem decide quem vive ou morre! — gritou Libby, e Belen a olhou como se quisesse estapeá-la.

— Continue mentindo para si mesma — disse Belen. As lágrimas dela estavam secas agora, canais pálidos de tristeza em seu rosto. — Duvido que você seja a única a fazer isso.

Então se virou e foi embora. Libby a observou com raiva, e então com remorso. Aquele momento na cama pitoresca do interior, os joelhos delas se tocando como mãos que rezavam, parecia muito distante.

— Belen — chamou Libby, a bolha de fúria em seu peito se rompendo, a emoção da briga passando e deixando-a com nada além de um vazio. — Belen, caramba, você precisa de mim para voltar para casa.

Belen não estava ouvindo.

— Belen, você quer que eu diga que não vou fazer isso? — Libby estava gritando agora, correndo atrás dela. Provavelmente parecia louca aos olhos dos transeuntes. — É isso o que você quer? Que eu desista, que fique aqui?

Com você?, ela não adicionou.

Belen não parou. Não se virou. Por fim, Libby a deixou ir, presumindo que elas conversariam na pousada. Então esperou perto das Pedras de Callanish e pegou o último ônibus.

Quando chegou lá, o quarto estava vazio. Não havia nem sinal de Belen.

Um mês depois, Libby Rhodes acordou num quarto de hotel fora de Las Vegas, os olhos se abrindo de uma vez enquanto a placa de TEMOS VAGAS piscava do lado de fora da janela. Ela correu a mão pelos lençóis ásperos, com a certeza resignada de que tivera outro de seus sonhos recorrentes.

Gideon estava lá. E Libby tinha certeza de que ele dissera que Nico desejara boa sorte. E então dissera outra coisa. Perguntara algo sobre Ezra — e ali, outro buraco na memória dela; não conseguia se lembrar da pergunta nem tinha certeza de que respondera. Ou talvez Gideon não dissera nada sobre Ezra e ele simplesmente aparecera sem ser convidado, como tendia a fazer. Mas, àquela altura no sonho, Libby não conseguia sentir as pernas, então tentou correr, mas não conseguiu. E, por sorte, acordou.

Libby saiu da cama e encarou o espelho do banheiro, olhando para seu reflexo. Embora apenas algumas semanas tivessem se passado desde sua jornada para a Escócia na companhia de Belen, ela sentia que agora era uma pessoa diferente, mesmo que não parecesse ter mudado muito. Só estava cansada. Ela esfregou um nó no pescoço e inclinou a cabeça, juntando o cabelo de um lado. Então pegou a escova de dentes. Escovou. E depois caminhou até o guarda-roupa e juntou as roupas — compradas na loja de presentes do aeroporto de Las Vegas — e colocou sua identificação para o dia de trabalho.

Ela não voltara para a FRAMLA. Não poderia. Em vez disso, aceitara um trabalho como um dos medeianos fazendo a segurança para o local de teste da Corporação Wessex nos Estados Unidos. O local tinha sido do governo antes, mas, como a geoengenharia fora privatizada, então por que não fazer o mesmo com a defesa tecnológica militar? A magia poderia salvar o mundo — e acabar com ele. A própria Libby ajudara a descobrir como.

Ela traçou a extremidade de sua plaquinha de identificação, observando enquanto seu reflexo falhava em mudar. Sabia como fazer. Sabia o que fazer. A pergunta era como ela viveria com aquilo, mas, dada a alternativa, nem era bem uma pergunta.

De repente, Libby pensou nas aulas deles na sala pintada. Sorte e azar. Flechas letais. Destino. Antes, ela acreditara em destino — prontamente admitira pensar no dela de tempos em tempos. Agora, no entanto, o odiava com todo o seu ser. Porque, se a história da vida dela girava em torno de um homem que só poderia traí-la, sequestrá-la e persegui-la até que ela cedesse ao controle dele, então o destino não era *nada*. Parte alguma dela estava disposta a se submeter à forma como o caminho dela fora alterado.

Libby teria que encontrar a saída.

Ela olhou para o reflexo de novo. Dessa vez, se forçou a se endireitar. A jogar os ombros para trás. A se livrar do peso que isso inevitavelmente causaria. Quem vivia sem carregar culpa? Ninguém. O que Libby não podia era viver com arrependimento. Ela sabia demais. Esse era o problema de tudo, o conhecimento.

Nico estivera certo, todos aqueles anos antes.

Se ela não usasse aquela vida, então a estava jogando no lixo.

Hoje era o dia. Duas versões dela existiam ao mesmo tempo: a Libby Rhodes que era suficiente e aquela que jamais seria.

Colocado nesses termos, era uma questão bem simples. Primeiro, faria um fogo pequeno e controlado para disparar os alarmes e evacuar o prédio. Seguida por uma pequena reconfiguração das câmeras de segurança. A estrutura de contenção do reator nuclear de Wessex que não funcionava — que não poderia funcionar nem funcionaria sem a assistência mágica de alguém que ainda estava para nascer — consistia num reator, hastes de controle, linhas de vapor, turbinas e válvulas. Era tudo muito distópico e sem alma, maquinário brilhante e esterilidade simples.

Bem, exceto por ela. A medeiana que podia energizar as estrelas.

Ela ficaria de pé ali, sob o gerador. Depois fecharia os olhos e chamaria à mente a febre em suas veias, a fúria em seus pulmões. A raiva e a inquietação. A mágoa e a impotência. Porque, por mais que tivesse aprendido sobre teoria medeiana, sobre seus cálculos, sobre o que significava prender núcleos atômicos juntos e forçar duas coisas teimosas a se fundirem, ela entendia que isso não era uma questão de exatidão. Fazer isso significaria segurar uma supernova na palma de suas mãos desesperadas e humanas. Deixar-se colapsar e então explodir através do tempo não eram questões de manter juntas as coisas dentro de si. Ela estivera com raiva antes, mas direcionara tudo para dentro, solitária, humilhada e triste. Dessa vez, isso não funcionaria para ela.

Dessa vez, Libby fecharia os olhos. Inspiraria fundo. Faria o que havia feito antes, mas dessa vez não se deixaria falhar, porque não estava mais assustada. Não estava mais com dor. Não estava mais desesperada pelo apoio da fé de outra pessoa. Pela primeira vez desde que deixara os muros da Sociedade, pela primeira vez desde que entrara no escritório do reitor na UAMNY, pela primeira vez desde que conhecera Nico de Varona, pela primeira vez desde a morte de sua irmã, o dia em que Libby perdera metade de seu coração, ela não iria se presumir incompleta. Ela não duvidaria do poder em seu corpo. Não questionaria o que fora ganhado.

Ela faria aquilo, e faria sozinha.

Mais tarde, não se lembraria dos detalhes, apenas da explosão. Do curso que tomou dentro de seu peito, para usá-la como conduíte e fonte de poder que nenhuma outra máquina, homem ou mito poderia um dia alcançar. Ela não se lembraria da histeria, da absoluta loucura de carregar energia estelar dentro do mesmo coração que fora quebrado em incrementos periódicos desde os seus doze anos. Ela não se lembraria dos detalhes do que o ato tomou dela, não catalogaria o esforço de força ou excreção de suor, não seria capaz de medir a temperatura mudando em seu sangue ou a cãibra em seus músculos, o tremor em seus dedos ou a desidratação, a tortura, o desejo agonizante em seus batimentos falhos. Ela experimentaria em retrocesso os momentos, os vislumbres, mas não a cegueira — a absoluta *carnificina* da dor.

Por todo o resultado nebuloso, a única coisa de que ela se lembraria com certeza era daquela manhã. Da forma como colocara seu distintivo, o endireitara, o polira até brilhar e então pensara consigo: Destino era uma escolha.

Chegara a hora de incendiar esse desdobramento e deixar o desgraçado queimar.

IX

OLIMPO

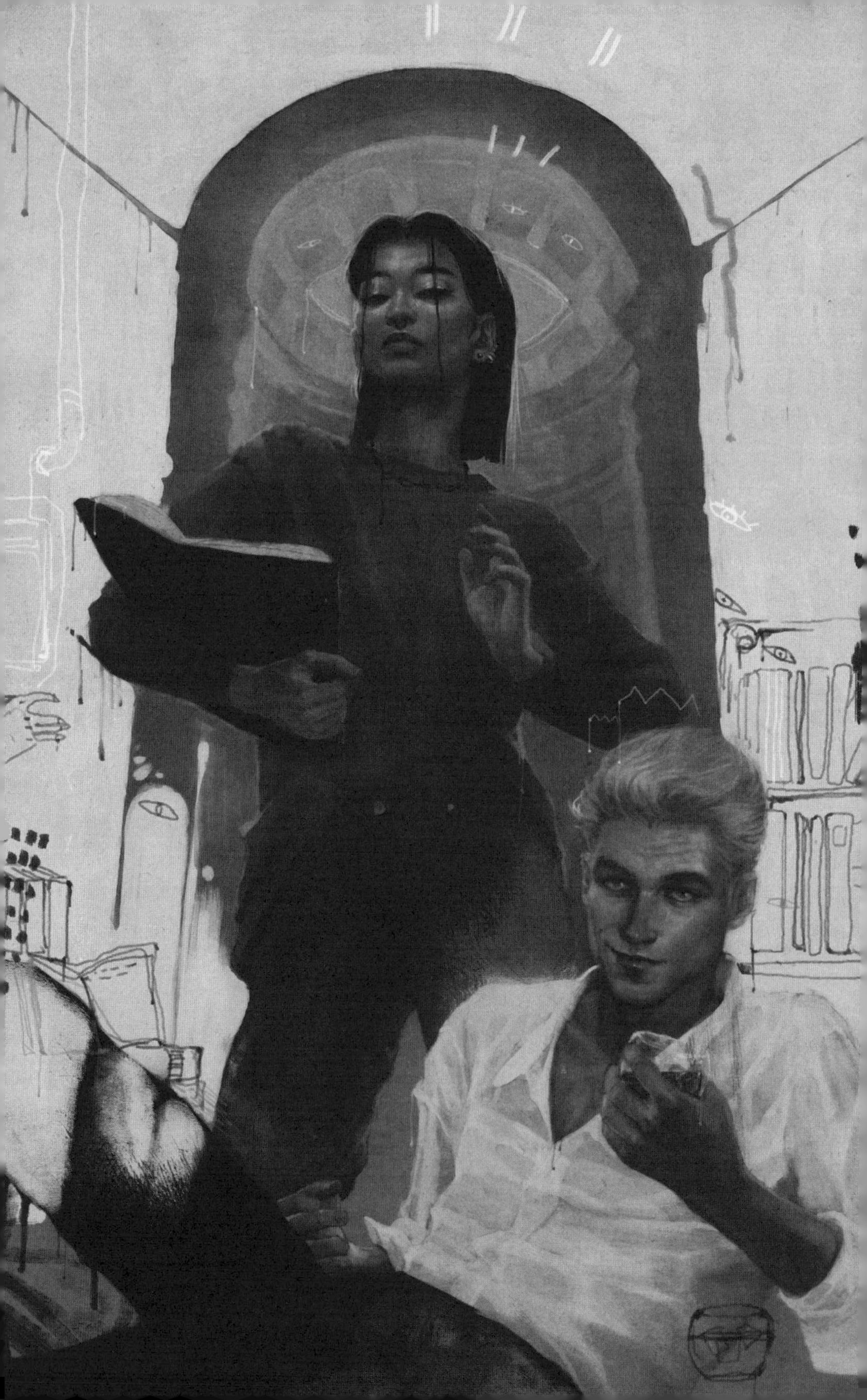

· BELEN ·

Mais tarde na vida, Belen Jiménez pensaria nos dias seguintes à sua discussão com Libby Rhodes nas Pedras de Callanish e determinaria que sua resposta era tanto um desperdício enorme de dinheiro quanto o ato de uma criança desprezada. Para começo de conversa, Belen gastara todo o dinheiro de sua conta numa passagem de avião com múltiplas escalas, o que significava que, quando sua raiva passou um pouquinho (em algum ponto acima do Atlântico), ela percebeu que poderia ter ido para casa de graça e conseguido pagar por comida quando chegasse lá. Então, o chilique que dera, ainda que provavelmente tivesse provado seu ponto, não fora sua decisão mais inteligente.

Mas isso foi mais tarde na vida. A versão de Belen que voltou para a FRAM-LA estava faminta e furiosa e prestes a reprovar no curso de física, o mesmo que ela fizera *por causa* de Libby Rhodes, que nunca voltou para Los Angeles. Provavelmente porque construiu uma bomba e então montou nela para o futuro, sayonara, amém.

O mais louco foi que Belen não ficou sabendo nada a respeito. Nem um pio. Levou anos, na verdade, para descobrir que a Corporação Wessex havia cadastrado uma patente para uma arma de fusão pura, algo que ela só descobriria depois de aceitar um contrato governamental e se esgueirar por trás de um monte de fitas vermelhas, arriscando sua autorização de segurança. Mas, a essa altura, estava no meio da década de 2010 e não se importava mais tanto assim com coisas como autorizações de segurança. Um dia ela havia — em seus dias mais otimistas, em algum momento da década de 2000 — previsto que o supranacionalismo seria o futuro da política internacional (a União Europeia! O Acordo de Livre Comércio da América do Norte! A merda da ONU!), mas o otimismo não a serviu tão bem quanto, bem, a raiva. O tipo de raiva que a fez vasculhar documentos confidenciais, encontrar a explosão nunca refeita de 1990, decidir que estava extremamente cansada de trabalhar sob os contratos de merda de um país colonizado e começar a atacar por conta própria.

Não demorou muito para encontrar o Fórum, cujo logotipo imaculado sem serifa e um site lindamente organizado tinham uma interface de usuário muito agradável e objetivos óbvios. Todos os meses, seus comunicados à imprensa estavam repletos de coisas como "transparência inovadora", "apelo à ação" e "futuro brilhante" para a "comunidade global" que não significavam nada além de sinalizar que tinham dinheiro que veio de algum lugar. A essa altura, Belen havia entendido muito a respeito do mundo: onde havia uma interface de usuário limpa e promessas de transparência inovadora, era provável que também houvesse dinheiro. Enormes e massivas quantias de dinheiro. O Fórum "não tem hierarquia de liderança, professora, somos todos iguais aqui" (bobagem), mas por fim Belen farejou Nothazai, um homem da idade dela que era paradoxalmente cheio de metas perspicazes, embora aos olhos de Belen suas realizações não fossem muitas, assim como acontecia com a maioria dos homens daquela idade. Como se os catastróficos fracassos políticos e econômicos pelos quais passaram fossem culpa de outra pessoa. Não deles, é claro. Afinal, *eles* estavam inovando na transparência. Tinha que ter esperança, diziam, porque, quando a esperança morria, era quando tudo ia ladeira abaixo. Mas não era esperança, queria dizer Belen, era algum senso bizarro de direito. O fracasso em acreditar no fracasso — ou mesmo em aceitar a natureza das coisas e se adaptar — parecia uma forma extrema de narcisismo. Ela não disse isso a Nothazai. Não que ele fosse acreditar nela.

Não que alguém acreditasse nela.

Era fofo quando Belen era universitária. Sua esperança, em específico. Sua sensação de que havia um caminho a seguir, uma necessidade de não desistir. Que adorável! Na verdade, havia alguns artigos importantes a respeito dela. Elogiando-a, como se fosse uma heroína. Ela foi nomeada Pessoa do Ano pela revista *Time* uma vez, ao lado de um desenvolvedor de software mortal e, bem, de todos (esse foi o ano em que o conteúdo global gerado pelo usuário começou, então o consumidor médio agora era a Pessoa do Ano... enigmático, mas não exatamente falso). Recortes do discurso de Belen no plenário das Nações Unidas foram... bem, não *virais* (ainda não se dizia isso), mas decerto eram amplamente reconhecidos nos círculos acadêmicos de tendência progressista. Seu país natal, as Filipinas, a aplaudiu, e seu país adotivo, os Estados Unidos, ofereceu-lhe várias bolsas cerimoniais (eles não fizeram nenhuma alteração em suas políticas, mas isso era de se esperar). Belen chegou até a ser considerada para o Prêmio Nobel da Paz. (Ela perdeu para o presidente estadunidense naquele ano, que, ao que parecia, evitou a guerra com algum outro país do primeiro mundo que tinha oportunidades iguais de causar danos globais duradouros, então ela supôs que não podia ficar com raiva.)

Quando a esperança dela começou a perder um pouco do brilho, Belen decidiu ficar com raiva. Os países desenvolvidos estavam roubando, apontou ela. Eles usavam mais recursos e culpavam o terceiro mundo por tudo que lhes faltava só porque *eles*, com seus mercados livres de mãos invisíveis, haviam se dotado da tecnologia para compensar por seus erros. (Ninguém conseguia se lembrar do porquê os países que um dia foram generosamente colonizados por outros países de alguma forma não evoluíram. Talvez eles fossem apenas... burros? Afinal, quem poderia se lembrar daquela época, não é mesmo?)

Então, os aplausos ficaram um pouco mais fracos.

Algumas pessoas ainda achavam que Belen tinha razão, mas outras começaram a suspeitar que a professora talvez estivesse reclamando por nada. As pessoas começaram a fazer perguntas como: talvez aquilo fosse racismo reverso? *Todas* as vidas não importavam? Talvez essas nações insulares menores devessem apenas abraçar a reciclagem como modo de vida. Ou comer menos carne! A pegada de carbono da carne era mesmo incrível. E realmente, a essa altura, não estávamos todos igualmente bem informados, dadas as medidas filantrópicas tomadas para a transparência global?

Não cabia ao consumidor individual *escolher* ser socialmente consciente?

O que os Estados Unidos deveriam fazer a esse respeito se as pessoas na África continuassem queimando árvores?

E, de qualquer maneira, eles perguntaram, como exatamente Belen previra aquilo? Suas metas eram intangíveis (não, Belen disse várias vezes, na verdade eram muito simples, tudo o que se precisava fazer era responsabilizar as corporações por suas emissões, mas por alguma razão a voz dela parecia ser abafada por alguma coisa; em geral por anúncios emocionantes em que o petróleo estava sendo limpo com detergente Muito Eficaz). E também, notaram eles, sempre tão sagazes, onde arranjariam *o dinheiro necessário para fazer tudo isso?* Belen respondeu imposto sobre a riqueza, e os ricos disseram, como é que é? De qualquer forma, provavelmente se resumia a problemas de comunicação. Ela não era mais bonita, não como costumava ser, e como a maioria das pessoas podia passar o dia sem sentir os efeitos de fosse lá o que deixara Belen com raiva, inúmeras questões tinham muito mais apelo para elas. Eram mais desejáveis. A coisa toda era como um casamento arruinado.

Então, no momento em que se sentou numa sala observando um jovem tagarelar a respeito da Sociedade Alexandrina, sobre a qual ela ouvira falar pela primeira vez quando tinha vinte e dois anos e ainda acreditava em coisas, Belen, que então tinha cinquenta e dois anos — ou quase duzentos, dada a dor prematura em seus ossos que acabaria sendo apenas ciática —, já havia começado sua transição para vovó caótica sem filhos, deixando o cabelo ficar grisalho como a proverbial bruxa da aldeia. Ela estava publicando, sem muito alarde, sua antiga pesquisa relacionada à fissão e a pesquisa que havia escondido de outros cargos, financiando teimosamente os inevitáveis processos de propriedade intelectual com os lucros de seu laboratório do governo. O mundo ocidental, os países ricos da Ásia, podiam arcar com a tecnologia medeiana de compensar as emissões de carbono, mas outros ainda estavam lutando, ainda a caminho de perder bilhões de dólares e milhões de vidas (aparentemente insignificantes) se as coisas piorassem. Belen estava canalizando tempo, dinheiro e cuidados — toda *a merda de sua vida* — para pessoas que queriam que o mundo ardesse em chamas. Então, quando Ezra Fowler, aquele pobre menino idiota, começou a falar sobre salvar o mundo das seis pessoas mais perigosas do planeta, como se aquelas pessoas sentadas ao lado dela não fossem (James Wessex, por exemplo, ou Nothazai, que fez rios de dinheiro com algo que Belen duvidava ser filantropia), Belen de repente foi tomada pelo desejo de incendiar o lugar todo. O dano ao ozônio seria compensado pelo trabalho que ela fizera aos vinte anos, que garantira a sobrevivência do planeta por tempo suficiente, por partes do mundo suficientes, para que ela pudesse se sentar ali, naquela sala, ouvindo uma criança falar do fim do mundo.

Belen soube no mesmo instante quem ele era.

Ezra.

Ela se lembrava do nome, assim como se lembrava de tudo que já havia saído dos lábios de Libby Rhodes quando Belen ainda estava faminta por algo. Reconhecimento, carinho ou amor. Repetir uma matéria por Libby Rhodes quase fez com que Belen perdesse sua bolsa de estudos na FRAMLA, mas, felizmente, ela prestou um serviço tão valioso ao complexo militar-industrial estadunidense que, em vez disso, foi obrigada a refazer o curso, vinte e seis matérias num único semestre. Uma carga de estudo que eclipsou sua capacidade de trabalhar. Ela viveu quatro meses comendo macarrão instantâneo e não ligava para casa com muita frequência. Durante esse período, a mãe dela foi uma das vítimas de um grande terremoto em Luzon — não pelo impacto, mas pela incapacidade de receber ajuda global suficiente. Militares estadunidenses estiveram lá, e foi assim que Belen acabou descobrindo, mas havia um limite para os militares estadunidenses gastarem em algo tão... irrelevante.

A mãe de Belen morreu alguns meses após a erupção do monte Pinatubo, causada pelo terremoto. Então, pensando no assunto, a mãe de Belen morrendo de "complicações" só significava que ela havia mesmo era morrido de escrotidão.

Tudo estava relacionado. Era isso o que ninguém parecia entender. Que, embora alguma família alimentada com milho no estado de Iowa pudesse não sentir a perda das Filipinas agora, eles sentiriam algum dia, teriam que sentir, porque os ecossistemas estavam conectados, porque a vida *importava*, porque nada neste mundo pode desaparecer sem deixar vestígios — e, portanto, o motivo de Belen voltar para casa desapareceu.

Ela estava mesmo se sentindo muito assassina quando recebeu o convite de Atlas Blakely para ir a Londres, para a farsa do baile da Sociedade Alexandrina. Que irônico, de fato, ser convidada tão casualmente depois do esforço de quase uma vida inteira para expor os segredos da Sociedade. Foi uma transparência idiota, a tentativa de recebê-la como se ela tivesse mais alguma coisa a oferecer, ou como se alguém quisesse ouvir qualquer coisa que ela tivesse a dizer. Nothazai já estava se reunindo com governos nessa época, repassando o conhecimento que Ezra lhe dera sobre os sistemas de rastreamento da Sociedade em troca da cooperação militar de outros países, da assistência de sua polícia. Tudo para caçar os seis medeianos mais perigosos do mundo, liderados por Atlas Blakely, um associado conhecido de uma sociedade secreta que poderia mudar tudo aquilo, mas *não o faria*. Um homem que tinha acesso a arquivos tão preciosos, tão inestimáveis, que poderiam mudar o curso da existência humana. E tudo o que ele fez foi ficar parado.

A cerimônia no grande salão da Sociedade foi muito desanimadora. Ruim o suficiente para levá-la a procurar de forma irracional o Guardião em pessoa, pensando que isso poderia animar sua noite. Um pouco de jogo de poder, para seu deleite. Mas, não, ela não poderia nem ter isso, porque ficar no escritório de Atlas Blakely foi com certeza o momento mais deprimente da vida de Belen Jiménez.

O que era ridículo, na verdade. Porque, pelos padrões mais mensuráveis, a vida dela era muito deprimente.

Ela não tinha amizades próximas. Sua família morrera. Nunca havia se casado. Nunca tivera filhos. Ela teve muitos casos, mas nada substancial; nada de coisas pequenas para depois olhar para trás como coisas grandes. Nada para romantizar.

Certa vez, Belen se apaixonara por uma professora que não era professora, que representava poder e feminilidade e a promessa de receber as coisas que ela merecia, alguém que acabou sendo só mais uma garota branca que pensava que qualquer coisa obscura para a qual ela nasceu valia mais do que todo o futuro de Belen. Parabéns, quis gritar Belen, por ser você! Por ser bonita! Por estar cheia de magia para a qual você não tem um uso de fato! Por nascer num país que diz que você tem o direito de atacar e *ser ótima*!

Mas, não. Mesmo aquele momento, na Escócia com Libby Rhodes, não foi tão deprimente quanto olhar para Atlas Blakely e perceber, com um zumbido ensurdecedor em seu ouvido, que ele também era só... um homem.

— Professora J. Araña — disse ele, conduzindo o nome dela como uma ameaça. — Sua reputação a precede. Me diga, o *J* é de...? Ah, sim, Jiménez.

Belen se encolheu com o lembrete. Ela havia se livrado de seu antigo nome, de sua antiga vida, na época em que estava intimamente associado à pessoa que o eminente dr. Maxwell T. Mortimer — o rapaz antes conhecido como Mort, que agora era um dos fundadores da teoria quântica — havia reprovado uma vez e que, posteriormente, chegou a rir à menção de Belen Jiménez durante sua entrevista para a Medalha Fields.

— Você está casada agora — perguntou Atlas — ou é apenas um pseudônimo?

Certamente ele sabia a resposta. Babaca.

— É o nome de solteira da minha avó.

— Entendo. — Atlas era mais novo do que ela pensara, e mais velho também. Ele parecia tão cansado quanto ela, apesar de ser quase dez anos mais jovem. — E o que posso fazer por você, professora?

— Morrer — respondeu ela. — Lenta. E dolorosamente.

Belen ficou decepcionada ao descobrir que não o odiava. Não sentia nada por ele, o que era quase pior. Era... anticlimático. Patético.

Triste.

— Compreensível — disse Atlas.

— Na verdade, só vim até aqui para matá-lo — disse Belen. O que era verdade. Ela estava começando a pensar que aquela corrida em círculos infantil de Ezra poderia ser bem eficaz com uma dose saudável de ataque preliminar, acabando com o bebê Hitler. — Mas a verdade é que não se trata de você — disse, e então suspirou, colocando um fim em todos os tipos de fantasia homicida, que era tudo o que tinha naqueles dias. — Se você morrer, outra pessoa o substituirá. Como as cabeças de uma hidra.

— Verdade — disse Atlas.

— O veneno é institucional. É maior que você.

Merda.

— Sempre é — respondeu Atlas, e tudo bem, ela o odiou um pouquinho por aquilo, porque o que é que ele sabia, na verdade? Nada. Ele era tão britânico que ela poderia passá-lo num bolinho. — Lamento não poder oferecer mais a você, Belen.

— Certo. — Então era isso. Ela havia espiado por trás do véu, e era só um cara inglês. Então *aquele* era o vilão? Ele não era nada. E, afinal de contas, ela era ainda menos do que nada. — Bem. — Belen pigarrou. — Acho que a festa acabou para mim, então.

— Deixo você me dar um soco, se isso ajudar de alguma forma — oferece Atlas.

Ele parecia pensar ser engraçado. Ele a olhava de um jeito estranho, como se soubesse com exatidão quão deprimente a coisa toda era e sentisse pena dela.

Ótimo.

— Tão magnânimo, obrigada — respondeu Belen, se perguntando se apesar disso deveria matá-lo, só por diversão. Mas de que adiantaria agora?

De que adiantava qualquer coisa?

Durante sua entrevista para a revista *Time*, um jornalista premiado com o Pulitzer chamado Frank questionou por que Belen lutara tanto naquele ano para fazer lobby no Congresso em prol de uma política ambiental institucional. Era uma pergunta burra, e ela a tratou como tal. Era como perguntar a ela: "Ei, por que você acha que é importante que todo ser humano seja tratado com dignidade, quase como se fosse importante, ou sei lá?", e ela ficou tentada a dizer: "Bem, Frank, por que eu deveria me dignar a responder à sua pergunta, hein? Você tem uma família, um anel no dedo, um teto sobre a cabeça... por que devo tratá-lo como se *você* fosse importante, quando você poderia ter nascido mulher, ou um mosquito, ou como morador da cidade natal de minha mãe?" A realidade, que o pensamento nunca teria ocorrido a ele, a irritou na época, mas agora só a desanimava. Ela o odiou por anos, mas como resultado desse ódio nada aconteceu.

O cabelo dela estava grisalho. Ele havia inspirado um filme vencedor do Oscar.

De que servia, de que servia, *de que servia*?

Por fim, ela se virou, saindo do escritório de Atlas Blakely e entrando diretamente no caminho de alguém.

— Com licença...

Belen não sabia exatamente o que aconteceu. Foi como se uma bomba explodisse em algum lugar de sua cabeça. Algo explosivo, do qual ela não poderia voltar. Ela não podia desistir, percebeu. Porque, caso fizesse isso, *eles ganhariam*. Ela não sabia exatamente quem *eles* eram, mas isso não era importante. Ela venceria. Não permitiria que o futuro que Libby Rhodes previra fosse o único futuro que existia. Belen *faria* alguém ouvi-la. Faria alguém ouvi-la e, de repente, não importava mais como, nem quanto tempo levaria, nem quais de seus princípios ela deixaria de lado para que acontecesse.

Depois da festa, Belen aumentou a produtividade de seu laboratório.

Não recusou mais projetos levando em conta dilemas morais.

Ela deixou as ligações de Nothazai sem resposta. Passou a considerar os objetivos dele muito elevados e sua amada transparência, um preço muito alto a se pagar.

Durante anos ela tivera acesso exatamente ao tipo de pesquisa medeiana que renderia uma boa nota nos mercados clandestinos. Se o dinheiro fazia o mundo girar, tudo bem. Se dinheiro era do que ela precisava para fazer as pessoas calarem a boca e prestarem atenção, então ela poderia conseguir dinheiro.

Não ter, é claro. Não coletar. Mas *gastar*.

Belen agora estava armando ativamente ambientalistas guerrilheiros que se opunham às políticas governamentais em países governados por homens idiotas.

Em lugares como Indonésia e Vietnã, ela começou a financiar revoltas sindicais por baixo dos panos. *Foda-se a cadeia de suprimentos!*, rugiu ela enquanto transferia dinheiro para os muitos inimigos do Estado.

Ela violaria todas as malditas patentes e revelaria todos os malditos segredos comerciais e, assim, os mansos herdariam a terra. Teriam que herdar! Eles seriam os únicos que restariam para coletar a herança, porque Belen faria pessoalmente cada investidor usando terno feito sob medida *sangrar*.

— Me preocupo que você esteja se afastando do nosso propósito — disse Nothazai, que achou apropriado visitá-la no laboratório.

Ezra estava com ele, aquele merdinha. Ele não poderia ter mais que vinte e cinco anos e mesmo assim ali estava — a *encurralando*. Como se ela fosse uma adolescente fora de controle. Como se não estivesse travando algum tipo de guerra ideológica com a própria culpa dele.

(Não que isso importasse agora, mas, quando Belen tinha a idade de Ezra, ela era bem mais gostosa do que ele.)

— Não faço ideia de qual é o seu propósito, Nothazai — rebateu Belen, com calma, embora a aparência dela pudesse ter sugerido o contrário. Ela não lavava o cabelo fazia dias e jogara fora todos os batons, as bases, os feitiços de ilusão que usara um dia para se fazer parecer digna e/ou sã. — *Você* sabe qual é o seu propósito?

— Nosso objetivo é o mesmo de sempre — respondeu Nothazai, sério. — Revelar a verdade da Sociedade. Tornar público o precioso conhecimento que eles escondem atrás de portas fechadas. Tornar...

— Para começo de conversa — disse Belen —, tudo que vale a pena saber já é sabido. As pessoas *sabem* do trabalho escravo — observou. — Elas sabem da política da geoengenharia. Elas sabem das práticas de negócios antiéticos. Elas sabem dos planos de recuperação judicial para empresas privadas, da evasão fiscal e da merda das ilhas Cayman. O que você faz quanto a *isso*?

Ela percebeu que estava falando rápido, talvez rápido demais. Nothazai não parecia entendê-la. Ezra, se é que entendia alguma coisa, havia fixado a atenção com muita firmeza nos próprios sapatos.

— O que as pessoas fazem com a informação não é da nossa conta. — Agora era Nothazai quem falava com delicadeza, como se para acalmar um tigre rosnando, o que Belen não era. Ela era uma mulher extremamente sã que apenas estava *de saco cheio* de todos que a ignoraram por trinta anos, literalmente. — Não podemos controlar o que o mundo escolhe fazer com o conhecimento. Ele não é nosso. Não podemos decidir se temos ou não.

— Quanta baboseira — disse Belen. — De quem é o trabalho, então?

— J. — disse Nothazai, apaziguador. — Seja razoável.

— Meu nome não é J., seu pomposo de merda — disse ela. — Meu nome é Belen. Meu nome é uma homenagem à prima da minha mãe. Minha mãe morreu, a propósito — informou ela a Ezra, que olhava para todos os cantos, menos para o rosto dela. — E a prima dela também, e, claro, talvez isso estivesse no destino dela, mas alguém se importou? *Alguém* se importa?

— Professora — tentou Nothazai.

— Vocês estão fazendo tudo errado — disse Belen para Ezra, porque, agora, ele era uma criança que talvez ainda pudesse aprender algo, não um velho cão com antigos truques.

Ela não conseguia imaginar que aquele tinha sido o homem a preencher Libby Rhodes com tanto terror e paranoia, mas, de novo, era óbvio que ela não entendera Libby Rhodes.

— Você acha que isso se trata de *seis pessoas?* — perguntou Belen a Ezra, observando a expressão dele esvaziar. — Você está errado. Não se trata de seis pessoas. Nem sequer se trata do mundo. — Está bem, talvez dessa vez a risada dela tenha soado um tanto maníaca, mesmo para ela. — Nunca se trata do *mundo*, Ezra. Só se trata de uma única pessoa — disse ela, e ele pareceu enfim estar ouvindo. — Tudo que você faz. Tudo em que acredita. Cada erro que cometerá e cada sonho que terá. Não se trata da droga de dez bilhões de pessoas que você jamais conhecerá... só se trata de umazinha. No fim das contas, volta para uma única pessoa.

Libby Rhodes, sua desgraçada. Sinto sua falta e te odeio.

Esse foi o último pensamento consciente de que Belen se lembrava. Todo o resto era um borrão. Um movimento das mãos de Nothazai (escória biomante), um olhar enojado de um Ezra envergonhado, a súbita inclinação do velho piso de linóleo. Belen, naquele momento, estava rindo, sua garganta começando a doer de tanto rir. Ela ainda tinha uma coisa em sua mente cansada e raivosa. Apenas um pensamento, se repetindo...

Vai se foder, Libby Rhodes!

Vai se foder, *Libby Rhodes!*

Vai se foder, Libby Rhodes!

... até que, em silêncio, a pequena chama de raiva que ardeu por três décadas no coração de Belen Jiménez enfim crepitou e se apagou.

· NICO ·

— Cadê todo mundo? — exigiu Nico, depois de cinco minutos de silêncio constrangedor na sala pintada.

A data estivera marcada no cronograma havia quase um ano. O estudo independente deveria ter sido concluído naquele dia, algo que Nico supôs que seria celebrado com pompa e circunstância, ou alguma pompa casual, pelo menos. Tristan, que estava sentado à mesa, deu de ombros. Callum, que estava olhando pela janela, não se virou. — Achei que a gente fosse compartilhar nossa pesquisa.

Nada. Grilos.

— É sério isso? — indagou Nico.

— Você precisa mesmo passar mais tempo lá fora no mundo, Varona. — Parisa, enfim, havia entrado na sala usando óculos escuros, como se tivesse saído para passear e só tivesse voltado porque o clima havia mudado. O que não acontecera; estava um lindo dia lá fora. Exatamente por isso era tão frustrante. — Você não está aqui para apresentar um TCC — disse ela, se sentando na beirada do sofá como se esperasse que alguém lhe trouxesse uma bebida.

— É claro que estou — rebateu Nico, cujas anotações foram dolorosamente preparadas às pressas durante o curso da longa noite anterior, assim como fizera nos estudos anteriores. — E cadê a Reina?

— Aqui — veio a voz da entrada da sala pintada.

Reina entrou e se sentou na ponta oposta a Parisa, soturna, abraçando um enorme tomo junto ao peito.

— Viu? Reina trouxe… algo. — Nico gesticulou na direção dela. — Quero dizer, nós *recebemos* a tarefa do estudo independente por um motivo, não foi? Ir em frente e pesquisar? Fazer aos arquivos o que eles fazem a você?

— Você está confundindo Atlas com a Bíblia — disse Parisa, e Callum e Tristan riram baixinho, na mesma hora se esforçando para eliminar aquela sincronicidade e olhando para lados opostos. — Ninguém disse que tínhamos que apresentar nossas descobertas. Sempre nos disseram que isso aqui não era uma escola. Nossa única instrução era usar nossa pesquisa pessoal como contribuição aos arquivos.

— *Faça-os crescerem*, algo asim — recitou Callum, num tom profundo que imitava o de Atlas.

— Está bem, e...? — incentivou Nico, gesticulando. — Onde está essa suposta pesquisa?

— Contribuindo aos arquivos — respondeu Parisa. Ela olhou para Reina, que ainda abraçava suas anotações, e então desviou o olhar. — Mas acho que a pergunta aqui é onde está Atlas, não?

— Ele não vem — disse Tristan.

— Você é discípulo dele agora? — perguntou Callum, sem se virar.

— Vai à merda, e não — rebateu Tristan. — Ele só não está aqui.

— E Dalton? — perguntou Nico.

— Doente — disse Callum, com um olhar furtivo para Parisa, o qual a telepata ignorou.

— Ah. — Nico piscou, então franziu a testa. — Então o que *estamos* fazendo aqui?

Em resposta, Reina se levantou e se virou para ir embora, mas, com um suspiro, Parisa a segurou pelo pulso.

— Olhe, esta é a nossa última semana aqui — disse Parisa, que então olhou para Tristan. — Bem, para a maioria de nós.

Tristan ficou em silêncio. Nico, que não estava sabendo de nada, se aproximou dele.

— Como assim? — exigiu o físico. — Desde quando? Eu pensei que Reina ia...

— Não — disse Reina, irritada. — Já acabamos?

Ela encarou Parisa com um olhar amuado de ressentimento.

— Sente-se — ordenou Parisa.

Irritada, Reina obedeceu.

— Boa menina — disse Parisa, e Reina revirou os olhos. — Enfim, caso vocês tenham se esquecido, alguém está vindo atrás de nós. — Ela olhou para Nico, que fez uma careta, e para Reina, que desviou o olhar. — Então temos que discutir entre nós a estratégia para quando sairmos, quer Atlas vá estar aqui ou não. Afinal de contas, não é *ele* quem será caçado no instante em que botar os pés para fora dessas proteções.

Reina lançou a ela um olhar de irritação teimosa.

— Eles vão só saber onde nos encontrar se formos aonde eles esperam que vamos — murmurou Reina. — Então podemos só ir a outro lugar. Fim da história. Problema resolvido.

— Cedo ou tarde, eles vão acabar nos encontrando — observou Parisa. — O que eu acho um pouco inconveniente demais para o meu gosto.

Nico reconheceu na voz de Parisa o tom de que ele mais gostava: o que indicava que um plano estava sendo formulado.

— Estou prestando atenção — disse ele, e Parisa fez uma saudação irônica.

— Então — disse ela. — Sabemos que a Sociedade tem inimigos. Sabemos que eles decidiram vir atrás da gente. Depois de dois anos neste lugar miserável, eles com certeza esperam que voltemos para onde viemos. E sabemos que esperam que pelo menos um de nós já esteja morto. — Ela olhou para Callum, que a observava em silêncio. — Meu palpite é que vão enviar alguém para nos pegar um por um até o trabalho ser feito. Então, em vez de ficarmos sentados esperando o inevitável, digo que devemos desmantelar a ameaça ao fazer a nossa própria, com alguém que eles não estarão esperando.

Nico sentiu a testa franzir.

— Você quer dizer que...

— Que alguém enviado para pegar uma telepata em Paris pode não estar preparado para um físico — disse Parisa, dando de ombros. — Do mesmo jeito, alguém esperando um físico em Nova York pode ser facilmente derrotado por um empata. Principalmente um com... a especialidade particular de Callum. — Ela abriu um sorrisinho de deferência zombeteira, e Callum arqueou uma das sobrancelhas em reconhecimento, mas não disse nada. — A questão é que temos a oportunidade de tomar as rédeas uma última vez antes de sairmos para o mundo. Que — adicionou ela secamente para Nico — não é mais um mundo no qual você precise entregar seus deveres de casa, só para você saber.

Apesar do golpe, houve um pequeno tamborilar de animação no peito de Nico.

— Você está falando para a gente contra-atacar?

— E por que não? — Parisa deu de ombros, e então olhou para Reina, desafiando-a a contestar. — A não ser que você tenha outra ideia.

— Não. — A resposta de Reina foi surpreendentemente rápida. — Não, acho que é um bom plano.

— Eu também — concordou Callum, com suavidade.

Parisa se levantou, endireitando o vestido.

— Bem, isso foi fácil. Você pode ir para Londres e eu irei para Osaka — disse a telepata a Reina, dividindo o resto dos destinos.

— Tudo bem — disse Reina, que parecia estranhamente tranquila com a sugestão.

Nico supôs que ela estava mesmo de saco cheio de todos eles.

— Ótimo. Excelente. Estamos todos prontos, então. — Parisa se virou para a porta, se preparando para ir embora.

Reina se levantou para seguir, depois Tristan, e então, antes que Nico soubesse exatamente o que estava dizendo, ele já havia despejado:

— Mas não vamos nos despedir?

Os outros se viraram devagar para encará-lo.

— Desculpe — disse ele, e então piscou. — Não, não me desculpo porcaria nenhuma. Não acho que seja *insensato* da minha parte pensar que poderíamos considerar falar uns com os outros antes de irmos embora! E como Dalton ainda está doente? — acrescentou, no calor do momento, em parte porque fazia semanas que ninguém via nem sinal de Dalton e também porque a presença do pesquisador costumava indicar um Evento Acadêmico Oficial, e Nico ficou decepcionado ao constatar que aquele não era o caso. — Sério, vocês não podem pensar que vamos só ir embora e então… *nada* — gaguejou Nico. — Certo?

Reina o olhava com apatia. Parisa estava com um sorrisinho, como se ele tivesse dito algo especialmente encantador e adorável. Tristan suspirou alto.

— Está bem — disse ele, com uma entonação longa e sofrida, como se ninguém nunca tivesse estado tão cansado quanto ele e, portanto, não fosse nem capaz de sonhar em imaginar seu trauma só de pensar naquilo. — Jantar juntos? Na nossa última noite?

— Uma santa ceia? — disse Parisa. — Costuma ser imprevisível.

— É só ninguém levar facas — observou Callum, de seu canto perto da janela.

— Vai à merda — disse Tristan. — Isso é um sim?

— Não é um não — disse Parisa.

— Está bem. — Tristan olhou para Reina, que deu de ombros, ambígua como sempre. — Pronto — concluiu ele, se voltando para Nico. — Nos veremos no fim do final de semana. Satisfeito?

— Hum, acho que sim — murmurou Nico, que não havia esperado se sentir um garotinho carente.

Ao que parecia, no entanto, aquela solução foi o suficiente para os outros, porque, dois minutos mais tarde, todos saíram da sala.

— Suponho que não posso culpá-los — disse Gideon do lado de fora da costumeira gaiola de sonhos de Nico. — A Sociedade sempre foi um trabalho para eles, não é mesmo? Você era o único que não havia passado por isso ainda.

— Acho que sim — murmurou Nico, embora tivesse se animado com o lembrete de que, em questão de dias, não teria mais que ocupar aquela cela para falar com Gideon. — Quer me encontrar em Paris? — perguntou, se sentindo inesperadamente animado.

— Você não vai lutar com alguém?

— Vou.

— Então, sim, claro — respondeu Gideon. — Embora eu ache que, antes de mais nada, o meu eu corpóreo provavelmente precise tomar algumas vitaminas.

— Alongue-se — aconselhou Nico.

— *Gracias*.

— *De nada*. E leve pãezinhos.

— Não — disse Gideon. — Você mesmo pode pegar.

— A não ser que eu acabe morto — contrapôs Nico.

Gideon arqueou a sobrancelha.

— Só estou brincando — disse Nico. — Eu jamais seria morto, a não ser que seja por um ex, enquanto durmo. Nesse caso, é merecido.

— Totalmente — concordou Gideon.

— Falando em ex...

Nico fez uma careta de repulsa, que Gideon entendeu na hora.

— Nem sinal dele — informou, balançando a cabeça. — Enviei Max para perguntar por aí, mas faz mais de um ano que ninguém ouve falar do Fowler. Previsível.

— E quanto aos...

— Aos pais de Libby? Bem, é estranho, mas eles têm feito contato com ela, ou pelo menos é o que acham. — Nico fez uma expressão de surpresa, e Gideon deu de ombros. — Ao que parece, alguém está mandando mensagens para eles do celular de Libby em intervalos semirregulares. Mensagens normais para dizer, *oi, amo vocês*, esse tipo de coisa.

Nossa.

— Quem faria isso? — murmurou Nico, enojado. — Algum tipo de sádico.

— Ou alguém que se importa — sugeriu Gideon, neutro, usando sua melhor voz de Santo Gideon.

Inacreditável.

— Seu senso de compaixão insuportável poderia, por favor, encontrar limites racionais? — rosnou Nico. — Ao menos uma vez, Gideon, pare de tentar me forçar a amar pessoas e aceite que fui extremamente racional e correto esse *tempo todo*...

— Você não deveria estar satisfeito? — contrapôs Gideon. — Afinal de contas, só estou apoiando *sua* teoria de que alguém que se importa com ela fez isso.

Nico se atrapalhou, se sentindo numa armadilha.

— É, bem... mesmo assim, eu... — Ele se interrompeu, aflito. — Como se ele pudesse fazer isso e ainda *se importar com ela*. Sério, como isso sequer...

Gideon sorriu, o que Nico achou irritante.

— Alguma notícia da Rhodes? — exigiu Nico, seu peito afundando bizarramente com o pensamento.

Ele supôs que não era de se admirar que tivesse feito algo tão constrangedor quanto pedir aos colegas de irmandade para sair com ele uma última vez. Afinal, não teve Libby por um ano, o que aparentemente significava que, na ausência dela, ele assumira seu posto.

— Passei a mensagem — disse Gideon, dando de ombros. — E, se quer saber, não consigo encontrá-la em lugar algum dos reinos, então ou ela conseguiu, ou...

Ele deixou as palavras morrerem no ar, parecendo ainda mais etéreo em sua relutância.

— Ela não vai morrer — disse Nico, rápido. — Rhodes jamais seria morta.

— A não ser por um ex, enquanto dorme? — perguntou Gideon, baixinho.

Por mais que Nico amasse a ideia de estar certo quanto a Ezra Fowler, ele odiava essa situação com a mesma intensidade. Melhor presumir que o pior não era de fato *o pior*.

— Só nos sonhos dela — zombou Nico, se livrando de qualquer indício de preocupação real. — Libby provavelmente é muito atenciosa com seus amantes.

— Que triste para ela ter tão poucos inimigos — concordou Gideon, fazendo graça. — O mesmo não pode ser dito a seu respeito.

— Exato — disse Nico.

O sorriso de Gideon em resposta era demoníaco e afetuoso.

— Vejo você em breve, Nicky.

— Pãezinhos — disse Nico.

— Direi a Max — respondeu Gideon, estalando os dedos para Nico acordar.

O dia seguinte passou com uma rapidez absurda. Nico não conseguia acreditar que algo supostamente tão impactante pudesse acontecer assim, sem cerimônia, sem aviso prévio. Então, outra vez, ele supôs que àquela altura a pessoa que havia começado a irmandade já estava morta, então talvez fosse ele que estava sendo estranho.

— Você pode me ligar quando quiser — disse Nico a Reina no último jantar.

Callum estava atrasado. Parisa estava sentada diante dele, olhando um mapa do epicentro mágico de Osaka. Raivoso, Tristan estava perfurando a salada com o garfo.

— Obrigada — respondeu Reina.

Nico esperava consertar fosse lá o que tivesse se quebrado entre eles, mas não parecia provável. Ela parecia ansiosa para ir embora, o que o físico não conseguia entender.

— Eu tinha certeza de que você ia querer ficar — murmurou, e Reina o olhou como se ele tivesse dito algo terrivelmente vulgar.

— Por quê? Você não faria isso — murmurou ela.

Ele hesitou, inseguro.

— Bem, não, mas...

— Não tem como ganhar essa — aconselhou-o Parisa. — Só diga a Reina que ela é muito esperta e perigosa, e ela vai se sentir muito melhor.

— O quê? — disse Nico, se virando para encarar a naturalista. — É verdade? Porque...

— Boa noite.

Reina empurrou a cadeira e deixou os utensílios caírem com um estrondo antes de sair. Ela esbarrou com um Callum que assoviava. O empata enfim se dignara a dar as caras.

— O que foi aquilo? Ah, nem quero saber — disse ele, se livrando da preocupação. — Com a Reina nunca dá para saber. Você sabia que ela acha que é uma deusa?

— Como é que é? — exigiu Nico.

— Não é importante — disse Parisa. — Coma sua salada.

— Me arrependo *tanto* dessa ideia. — Nico suspirou.

— Eu também — contribuiu Tristan, que parecia estar tentando explodir um tomate-cereja com a mente, algo que ele era capaz de fazer agora, graças a Nico, mas trazer isso à tona parecia um pouco triste. Como assistir a um vídeo de seus melhores momentos e dizer "awn" em coro.

— Alguém falou com Atlas? — perguntou Nico, deixando de lado algum comentário mais sentimental.

(Verdade seja dita, "vou sentir saudade" ou "tenha um ótimo verão" parecia deslocado.)

— Sim, na verdade, acabei de conversar com ele — disse Callum com um aceno de cabeça para o corredor. — Aparentemente, ele ia se juntar a nós esta noite, mas recebeu um chamado. Disse que alguém da Sociedade entrará em contato com a gente depois que nós sairmos daqui.

— Só isso? — A coisa toda estava deixando Nico exasperado. — Quem será?

— Alguém que está no comando das carreiras, imagino.

Callum obviamente estava brincando. Bem, era de se presumir que estivesse. Nico não conseguia imaginar as logísticas da Sociedade, que só ficariam... bem, menos mágicas quanto mais ele se afastasse delas. Embora estivesse bem certo de que a distância dos arquivos lhe faria bem.

— Ah. — O relógio na cornija da lareira tiquetaqueou enquanto eles comiam em silêncio, Nico olhando para o garfo. — Bem — começou ele, e Parisa o chutou sob a mesa.

— Nós sabemos, Varona — disse ela. — Não torna isso tudo mais esquisito.

— Mas...

— É só uma coisa que todos nós fizemos — acrescentou Tristan.

— Tente fazer algo interessante agora.

— Mas...

— Pão? — perguntou Parisa, oferecendo a cestinha a Nico.

Ele nunca se sentira tanto como uma criança.

— Está bem — disse Nico, soltando o ar.

No dia seguinte, Dalton enfim teve a decência de aparecer, embora fosse apenas para explicar o processo de transporte, como se Nico nunca tivesse sido transportado por vias mágicas para qualquer lugar.

— E, se precisar consultar os arquivos, você precisará entrar em contato com o Guardião — acrescentou Dalton, entregando a Nico um cartão que dizia ATLAS BLAKELY, GUARDIÃO, como se isso também fosse algo que ele nunca tivesse visto antes.

— Uau — disse Nico. — Uaaaaaaau.

— De fato — concordou Dalton. Ele ficou muito quieto, como se presumisse que a interação já havia terminado.

— Bem, então tchau — murmurou Nico, olhando para trás à procura de Reina.

Nenhum sinal dela. O quarto de Parisa já estava vazio. Ele não se preocupou em dizer nada a Tristan porque tinha certeza de que sabia como isso iria transcorrer, e Callum... era Callum.

— Ah, sr. de Varona — veio a voz de Atlas, e Nico soltou um suspiro de alívio. Isso, pelo menos, seria importante. Talvez uma plaqueta estivesse envolvida. Mas, em vez disso, Atlas estava apenas estendendo a mão. — Faça uma boa viagem e fique em segurança — disse ele. — Espero que nos vejamos novamente em breve.

— Você viu minha pesquisa? — perguntou Nico, soando mais como Rhodes do que nunca.

— Sim. — Atlas assentiu. — Muito completa.

Isso parecia ser tudo. Nico estendeu a mão para encontrar a de Atlas. Então, porque era um idiota, perguntou:

— Por que você não me pediu para ficar?

— Hum? — balbuciou Atlas.

A resposta saiu de Nico com pressa:

— Você pediu a Tristan para ficar. E a Parisa. E, bem, Callum é outra história, mas... — Nico mordeu o lábio. — Achei que você acharia minha pesquisa, sabe, interessante.

Nossa, ele se sentia um idiota completo. Foi ainda pior quando Atlas abriu um sorriso.

— Você vai voltar — disse ele a Nico, paternal, dando um tapinha em seu ombro. — Tenho a sensação de que voltarei a vê-lo em breve, sr. de Varona.

— Por quê? — perguntou Nico, afoito. — Como?

— Porque a srta. Rhodes vai voltar — disse Atlas.

Essa informação atingiu Nico com força. Como o sol batendo em seus olhos, atordoando-o.

— Ah — soltou ele, tonto, e Atlas deu um passo para o lado, apontando para os transportes no lado oeste das proteções.

— Boa viagem — disse Atlas, acenando com gentileza enquanto as portas do transporte se fechavam.

Nico engoliu em seco, parando por um momento em silêncio. Então com o cotovelo apertou o botão para Paris e esperou até que o transporte o entregasse. As portas se abriram mais uma vez, liberando-o para a luz quase cegante.

O sol estava alto sobre Pont Neuf, o rio Sena brilhando abaixo dela. Pela primeira vez Nico percebeu como, nos últimos dois anos, havia se desacostumado ao barulho. O som de carros e estranhos passando era quase assustadoramente alto, as imagens e os cheiros eram uma onda avassaladora de novidade, vivacidade. Uma bicicleta passou na calçada e Nico quis cair de joelhos e beijar o chão.

— É um prazer encontrá-lo aqui — disse uma voz à esquerda.

Nico se virou para encontrar Gideon encostado num dos postes, parecendo pálido, sonolento e desleixado. O coração de Nico acelerou numa espécie de saudação, como o abanar do rabo de um cão leal.

"*Bonjour*", queria dizer ele, ou algo culto e inteligente, mas a testa de Gideon se franziu com intensidade antes que ele pudesse falar algo.

— Nicky, atrás de você…!

Mas, mesmo antes de Gideon chamá-lo, Nico sentiu. A terra abaixo dele tremeu com a emoção que se aproximava, e ele se virou, atordoado, dando de cara com a pessoa mais recente que o queria morto.

· CALLUM ·

Quando se encontrou com Reina por acaso na rua estreita atrás de St. Paul, ela havia reduzido seus quatro adversários para dois. Ainda assim, Callum tinha a sensação de que a naturalista estava se arrependendo do tempo que passara lendo livros e ruminando sobre divindade (ou fosse lá o que ela fazia no quarto) em vez de lutar, como fizera no ano anterior, porque a diferença era considerável. Era nítido que sua velocidade estava diminuindo, as rajadas de magia física que era capaz de produzir tornando-se mais fracas cada vez que ela mirava em seu alvo, então Callum agiu como um cavalheiro e deu um tapinha no ombro de um dos agressores — o mais corpulento dos dois. Aquele homem obviamente estava acostumado a aceitar ordens de pessoas mais baixas, porém mais inteligentes, o que era um ponto de partida conveniente.

— Vaza daqui — sugeriu Callum, e o cão de guarda em forma de bruxo pareceu pensar que aquela era uma excelente ideia.

Ele se endireitou e foi embora de imediato, mais rápido ainda do que o idiota que Callum uma vez persuadira a deixar sua irmã mais velha em paz, que antes Callum acreditava ser o idiota mais estúpido do planeta. Ao que parecia, algumas pessoas não escolhiam bem seus soldados.

Enquanto isso, Reina tinha ficado bastante encurralada. Não que Callum tenha lutado muitas vezes, ou alguma vez — curiosamente, ele não havia tido muitos inimigos antes disso —, mas o empata tinha certeza de que ela havia violado alguma lei essencial de combate ao se deixar ser pressionada contra uma parede. Pelo menos ela tinha uma arma, algum tipo de canivete fino, que era adorável em termos de apetrechos e não de todo inútil, visto que o bruxo que ela estava enfrentando tinha que proteger os olhos. Mas, além da arma, Reina parecia despreparada para a armadilha que a esperava, e Callum podia vê-la lutando para respirar, o cabelo pegajoso de suor e caindo sobre os olhos no momento em que o avistou. Provavelmente seus estoques de magia de batalha não polida já haviam acabado.

Reina franziu a testa enquanto ele se aproximava, um momento de distração que quase a colocou de cara com o punho do agressor. Para ajudar, Callum assobiou e aproveitou aquele momento para parar o bruxo menor com uma mão em seu ombro.

— Pare — ordenou Callum.

O bruxo parou, parecendo atordoado.

— Sente-se — sugeriu Callum.

O bruxo obedeceu.

— Fique parado — concluiu Callum, e, quando teve certeza de que a situação estava sob controle, se virou para uma Reina ofegante, que parecia prestes a desmaiar. — Má escolha — disse ele, com um *tsc-tsc* de desaprovação. — Ninguém te avisou que há uma gangue inteira de bruxos atrás do sangue de Tristan Caine?

— Acho que Parisa deixou essa parte de fora.

Callum estava quase preocupado com o bem-estar físico dela. Mas então Reina fez uma careta, e ele presumiu que a naturalista estava bem.

— O que você está fazendo aqui?

— Você e eu tínhamos um acordo, não? — Ele deu de ombros. — E, de qualquer forma, a situação em Nova York foi controlada com bastante facilidade.

Na verdade, foi mais estranho do que o esperado, porque, além dos bandidos mágicos que ele havia previsto, havia também uma sereia de veias azuis que parecia *muito* decepcionada ao vê-lo. Callum nunca havia tentado manipular uma criatura antes — na verdade, foi ela quem quase usou algum tipo de manipulação *nele*, o que, é claro, Callum foi capaz de evitar com base no fato de não ter interesse algum em transar com uma sereia — e não tinha como ter certeza de que havia funcionado. De qualquer forma, ele estava ali agora, e Nico de Varona claramente tinha um amigo muito valioso, se é que dava para acreditar na sereia, informação essa que era interessante saber. (Se necessário, Callum examinaria esses detalhes mais tarde.) A questão era que tudo estava bem lá, e agora Callum estava ali, e não havia mais casas sencientes cheirando seu cangote, e todos estavam se comportando muito bem. Inclusive, ou talvez especialmente, o bruxo que se sentava plácido aos pés deles.

— Eu não precisava da sua ajuda — disse Reina, o que era falso.

Callum podia sentir cada resquício de remorso que havia saído da naturalista desde que deixara a mansão naquele dia, pérolas de dúvida que se agarravam a ela como gotas de orvalho, nublando a superfície de sua pele. Reina estava exausta e furiosa por não haver mais nada que alguém tivesse tentado fazer para ajudá-la. Nenhuma árvore útil, nenhuma videira útil, nenhum Nico, nem mesmo uma palavra de Atlas, que ela esperava que fosse implorar para que ficasse na mansão, mas que, era óbvio, não fez isso. Ela estava doente de tristeza e pensou que era raiva, e provavelmente por isso pensou que a culpa era de Callum. Porque Callum não poderia, não teria como, deixá-la triste. Ele não tinha qualquer efeito sobre ela. O que, no fim das contas, era melhor para os dois.

— Não estou aqui para ajudar você — apontou Callum. — Mas acho que há vantagens em garantir que você não acabe morta e, portanto, inútil.

Seu fôlego estava aos poucos voltando. Reina fez uma careta, então lançou um olhar para o bruxo a seus pés.

— Mas e então, você vai cuidar disso? — perguntou ela, indicando-o com o queixo. — Enviá-lo para seu próprio pesadelo particular, como você costuma fazer?

— Não, prefiro não fazer isso. Vá em frente — disse Callum ao bruxo, que se levantou com pressa. — Meu Deus, tão bem-comportado. Vamos, Mori — disse ele para Reina, que estava franzindo a testa às suas costas, embora Callum já tivesse começado a andar.

Ela o alcançou, então cambaleou um pouco.

— Cãibra? — perguntou Callum, jovial.

Reina o olhou enquanto pressionava a mão em algum ponto entre suas costelas.

— Não é nada.

— Você vai sobreviver — concordou Callum.

Nada com que se preocupar, ao contrário do que suspeitava que aconteceria com eles se não encontrassem uma maneira de completar o ritual da Sociedade antes que os efeitos da distância começassem a apodrecê-los como uma espessa névoa de decadência. Ou, pensou ele, semicerrando os olhos, como a névoa de Londres.

— Então — acrescentou. — Há algo de que eu deva estar ciente no que diz respeito aos objetivos?

Reina ainda estava concentrada na dor.

— O quê?

— Você planeja seguir em frente com seu propósito divino, certo? Então, por onde começar? Acho que ninguém vai ficar impressionado se você andar sobre a água — disse Callum, apontando para o bruxo que os conduzia por uma rua sinuosa longe do rio Tâmisa. — Magicamente falando, é provável que até este cara consiga fazer isso.

Reina fez uma careta.

— Não quero chamar atenção. Eu não preciso que ninguém me note.

Na verdade, pensou Callum, era exatamente disso que Reina precisava. Mas, se ela ainda não sabia disso, então não seria ele a dizer isso a ela.

— Vai começar seu próprio Fórum? — perguntou em vez disso. — Distribuir informações para as massas? Comunhão de um mundo?

— Não. — Reina estava fazendo uma careta, de repulsa ou de dor. Não dava para saber. — Eu só quero que as coisas sejam diferentes.

— Que coisas?

Ela deu de ombros.

— Tudo.

— Estabeleça metas reais, é o que sempre digo — debochou Callum, com um aceno seco de aprovação. Reina o olhou, e ele deu de ombros. — Então pelo jeito você ainda vai me usar, certo? Sendo assim, talvez você precisasse, sim, da minha ajuda — completou ele, mexendo os dedos para o bruxo que os conduzia.

— Eu... — Sim, Reina sabia. Ah, ela não se importava. Houve outra onda de dúvida nauseante vinda da direção da naturalista. — Eu te disse. Podemos nos ajudar.

Ah, sim, tão igualitário da parte dela. Muito *quid pro quo*.

— Se quer saber — comentou Callum —, duvido muito que esta seja a última vez que você vai ouvir falar de Atlas Blakely.

Reina lhe lançou um olhar zangado.

— Não negue — alertou ele. — Você estava esperando uma chance de mandá-lo para aquele lugar, mas ele nem lhe deu a oportunidade, não foi? Mas ele vai — assegurou Callum. — Ele sabe que não deve perguntar agora, quando você está pronta para dizer não.

Ele esperou que Reina dissesse algo, discordasse, mas ela fixou seu olhar carrancudo no caminho de pedrinhas diante deles.

— Ele vai esperar até que você esteja desesperada — prosseguiu Callum. — Até que todos os seus outros planos tenham falhado. Quando você não tiver mais nada, então é aí que ele virá atrás de você.

— Você parece até um admirador — murmurou Reina, o que não era exatamente a reação que Callum esperava, embora supusesse que ela pudesse estar certa.

Ele *havia* passado a admirar certos aspectos do estilo de Atlas Blakely. Ironicamente, quanto mais entendia o Guardião, mais o respeitava. (Isso não atrapalhou o ódio de Callum por ele, é claro. O ódio continuou fluindo livremente, mantendo seu curso invariável.)

— Ele é muito eficaz no que faz — comentou Callum, seco. — É por isso que é importante que você atinja suas metas reais.

— Certo — disse Reina, com amargura.

— Porque senão...

— Sim, já entendi — cortou Reina, irritada. — Não sou burra.

— Claro que não é. Se fosse, é provável que estivesse num estado melhor. — Callum sorriu, se preparando para a careta que ela faria. — Tenha um pouco mais de fé cega, Reina. Ou fúria cega. Seja lá o que fizer, faça cegamente — sugeriu. — É bem mais fácil assim.

Reina mostrou o dedo do meio para ele quando o bruxo dobrou uma esquina. A última, suspeitava Callum, e estava correto. Um bar que parecia quase dickensiano apareceu quando eles se aproximaram.

— Podemos encontrar nosso caminho a partir daqui — disse Callum, fazendo o bruxo parar. — Você pode ir nadar, se quiser.

O bruxo relutou por um momento — eles estavam perto, claro, da fonte das instruções costumeiras do bruxo, mas Callum não era desprovido de talento —, mas então se virou sem expressão para a direção de onde vieram.

Reina observou o bruxo se afastar e desaparecer ao longe.

— Você não sugeriu a ele que se afogasse, né? — perguntou ela, ainda olhando para a direção que o bruxo seguira, mesmo que ele não estivesse mais lá.

— Claro que não — disse Callum, que então bateu na porta dos fundos do bar.

Outro homem, que provavelmente era bruxo, encharcado em vapores pútridos de colônia cara com uma película de truques baratos e armaduras invisíveis, abriu a porta.

— Nos leve para dentro — disse Callum.

O bruxo inclinou a cabeça.

— Vai se foder — sugeriu ele.

Reina, sentindo um momento oportuno, se aproximou. Callum pôs a mão no ombro dela.

— Nos leve para dentro — sugeriu ele outra vez, sua magia se agarrando à de Reina e disparando como um tiro de canhão.

O resultado foi um pouco exagerado, suspeitava Callum. O bruxo parecia em coma quando se virou e cambaleou na direção do escritório dos fundos, mal conseguindo andar. Da próxima vez, pensou, seria preciso um pouco de moderação. Reina se virou para ele e então deu de ombros.

Os dois seguiram o bruxo até as entranhas de uma respeitável cozinha. Havia pelo menos um empreendimento um tanto funcional ali. Era óbvio que o estabelecimento era usado como um bar de verdade, embora provavelmente também servisse de fachada para alguma coisa. Lavagem de dinheiro? Tráfico de armas? Provavelmente tudo isso. O bruxo, aquele que cheirava agressivamente a ganância, bateu duas vezes na porta dos fundos e murmurou:

— Chefe. Visita.

— Obrigado — agradeceu Callum, que tinha modos. O bruxo grunhiu e caiu para trás quando Callum entrou na sala, Reina meio passo atrás dele. — Boa tarde — disse ele quando o bruxo à mesa ergueu o olhar, oferecendo-lhe uma fina fatia de escárnio entre os olhos estreitos tão familiares. — Estou aqui por causa de um conhecido que temos em comum.

— É mesmo? — perguntou o bruxo, os olhos passando rapidamente para Reina e de volta para Callum. — Belo par de músculos — disse ele, parabenizando Callum enquanto gesticulava para Reina com uma expressão óbvia de zombaria. Sob a mesa, Callum estava confortavelmente certo de que uma pistola estava apontada para seu pau.

— Estamos aqui apenas para conversar — assegurou Callum, sentando-se. Reina lançou a ele um olhar de *não foi com isso que eu concordei*, mas em questão de segundos ela ligaria os pontos. Talvez antes disso. Afinal, ela não era burra.

— Como eu disse — continuou Callum —, estamos aqui por causa de um conhecido em comum.

— E quem é que nós dois conhecemos? — rugiu o bruxo, com desinteresse fingido.

Ah, maravilhoso. Até o ceticismo era familiar.

— Seu filho — respondeu Callum.

Os olhos semicerrados de Adrian Caine tiveram um lampejo de clareza, e Callum se perguntou se partiria o coração de Tristan saber que ele havia herdado todos os maneirismos do pai. Callum esperava que sim.

— Muito bem, então — disse Adrian Caine, erguendo a pistola para os dois antes de descarregá-la, colocando-a sobre a mesa como uma oferta de paz. — Vamos conversar.

· PARISA ·

Você não me quer.
Pare de olhar para mim.
Você não veio atrás de mim.

Um por um, os supostos quatro agressores — cada um deles numa parte separada no centro da praça — voltaram sua atenção para qualquer posição secreta que haviam assumido quando chegaram. Um estava lendo um jornal. O outro estava recebendo um telefonema falso. O terceiro fingia alterar os feitiços da fonte central, vestido como uma espécie de trabalhador da manutenção. O quarto era uma mulher, empurrando um carrinho que não continha um bebê e cujo cabelo estava preso por duas facas.

Ao contrário do curso de ação que sugerira antes de deixar a mansão, Parisa não planejava matar nenhum de seus agressores. Eles cuidariam um do outro mais tarde, depois que ela tomasse um chá com leite e os relegasse para fosse lá o que suas mentes decidissem (cortesia do poder da sugestão telepática) que seria um bom uso da tarde. Por enquanto, eles iriam cuidar das próprias vidas, e ela faria o mesmo. Afinal de contas, Parisa havia aprendido algo com Callum.

Ela entrou numa cafeteria, fazendo sinal para a garçonete. Em seguida, se sentou a uma mesa no canto, pegando um livro. Fazia muito tempo que não lia apenas por prazer. Ela sempre amara um misteriozinho reconfortante. Havia algo relaxante em não fazer sua mente trabalhar.

O chá chegou, e ela tomou um gole, bastante confortável, ouvindo os pensamentos dispersos ao seu redor. Alguém preocupado com a mãe doente. Outro preocupado com os filhos problemáticos. Alguém olhava para as pernas de Parisa. Coisas normais, mundanas. Alguém tinha tido um sonho com a tia morta olhando para ele dos pés da cama.

Parisa também teve um sonho estranho.

— Você é a telepata que montou as proteções subconscientes — dissera o homem em seu sonho, que não era exatamente loiro, nem exatamente nada.

De perto e em circunstâncias menos urgentes, ela poderia ver que ele era muitos, etnicamente falando e também em relação a ser uma pessoa ou não. À primeira vista, era uma coisa, mas agora estava óbvio que havia outra coisa que não estava certa. No geral, ele tinha uma aparência de impermanência.

— Eu mesma — confirmou Parisa, se sentando para absorver os arredores. Ela nunca estivera dentro de suas próprias proteções subconscientes e se arrependia de não ter passado mais tempo fazendo com que se parecessem menos com uma prisão. As barras não eram uma atmosfera agradável. — Você é o Gideon — constatou ela.

— Sou — confirmou ele. — E vim te agradecer por não ter me matado, embora eu esteja me sentindo um pouco menos grato depois do que você me fez passar só para dizer isso.

Gideon gesticulou para trás, provavelmente para alguma armadilha da qual havia acabado de escapar.

Parisa fazia alguma ideia do que ele teria que ter passado para chegar às alas telepáticas da Sociedade. Dor, principalmente. Ela era muito boa com dor.

— Eu tinha um trabalho a fazer.

— E o fez bem.

Ela quase se permitiu fazer uma careta.

— Menos deixar você escapar.

— Menos isso. — Gideon lançou um longo olhar para algo que Parisa tinha toda a intenção de ler, até que disse: — Funcionou?

Isso a pegou desprevenida. (Os pensamentos dele também não eram totalmente normais.)

— O quê?

— O Príncipe — respondeu Gideon. — Nunca descobri se funcionou. E Nico não sabe.

— Ah. — Bem, Nico sabia muito pouco. Pobrezinho. Ele estaria de volta dentro do perímetro da Sociedade em cerca de um mês, talvez menos. Parisa tinha certeza disso. — Não, não funcionou.

— Ah. — A voz de Gideon soou decepcionada. — Que pena.

— Por quê?

— Minha mãe... — Ele fez uma careta. — Ela vai vir atrás de mim. Ah.

— Homens com mães disfuncionais são os piores — disse Parisa.

— Com toda a certeza — concordou Gideon, e então suspirou. — Ah, bem.

— De fato. — Parisa se levantou para ficar diante dele, examinando-o de sua posição atrás das grades. — Me faça um favor — pediu ela. — Não diga a Nico o que aconteceu exatamente quando encontrei você pela última vez.

Mesmo com o resultado relativamente benigno, ela não gostava de lembrar o descuido do que havia feito. Ou *não* havia feito, como poderia ser o caso.

— Por quê? — Gideon pareceu achar graça. — Tem medo de que ele pense que você gosta dele ou algo assim, se souber que salvou minha vida?

— Claro que não. Eu não gosto de ninguém. E, mais importante, eu não salvei a sua vida. Cometi um erro e você fugiu. O que não vai acontecer duas vezes.

— Justo — disse Gideon, gracioso, com um brilho nos olhos.

— Mas fique de olho em Nico — acrescentou Parisa. — Ele é um idiota.

— *Oui, très vrai.*

Eles sorriram com educação, da forma como as pessoas costumavam fazer pouco antes de um combate.

— *Bonne chance* — disse Parisa. — *Ne meurs pas.*

Boa sorte. Não morra.

— Direi isso a Nico — foi a resposta de Gideon.

Então ela acordou e, algumas horas mais tarde, os dois anos mais estranhos da vida dela chegaram ao fim. Parisa se perguntou se sentiria falta deles. Ela nunca apreciara a nostalgia. Era melhor só seguir em frente.

Então outra pessoa entrou na cafeteria, os passos silenciosos e familiares. Parisa ergueu o olhar bem quando o assento à sua frente foi ocupado.

— Olá — disse ela.

Dalton cruzou as pernas, afundando na cadeira.

— Aquilo foi exaustivo — disse ele.

Nas últimas semanas, os pensamentos dele haviam mudado por completo. Passaram de ordenados a descontrolados, crescentes, como vinhas ou ervas daninhas, espalhando-se cada vez mais. A caligrafia dele havia mudado. A voz também. Seus maneirismos haviam mudado. Esconder de todo mundo tinha sido um esforço hercúleo. Se os outros não estivessem absortos nas próprias vidas, alguém decerto teria notado. Por sorte, se era possível contar com as pessoas para alguma coisa, era para uma espécie de narcisismo. Todos estavam em algum lugar no espectro da auto-obsessão e, dadas as circunstâncias, os outros quatro pendiam mais para um dos eixos do que a maioria.

— Bem, agora acabou — disse Parisa, prática, pegando seu chá. — Atlas disse alguma coisa?

Ela se perguntou se Atlas sabia. Estava se perguntando, nos últimos tempos, o quanto Atlas realmente sabia no geral. Era possível que o Guardião tivesse cometido vários erros críticos, incluindo subestimá-la.

Mas isso parecia... fora do personagem. Ela não podia deixar de sentir que ainda fazia parte de um plano. Ainda era uma peça, ou uma engrenagem, parte do funcionamento invisível de algo que não conseguia ver. Ou talvez apenas tivesse começado a gostar dele, o que não era prudente.

— Não — respondeu Dalton, entediado. — O que ele diria? Terminei a pesquisa. Ele pode jogar seus joguinhos, se quiser. — Dalton olhou para a mulher no pátio, a com o bebê falso. — Eu sempre quis um.

— Há? — disse Parisa, que ainda estava pensando em Atlas antes de perceber que Dalton agora estava fixado no carrinho do lado de fora. — Sério, um bebê? — perguntou, querendo rir.

— Sim. Mas, não. — Ele se virou e sorriu para ela. Era um sorriso novo, travesso, e um tanto revelador. Parisa descobriu que gostava bastante disso. — Eu só aproveito a vida, só isso.

Ela pensou na lembrança da infância de Dalton, revivendo uma muda que mais tarde acabou morrendo, porque essas coisas aconteciam. Porque toda vida tinha um fim. Ela estava começando a notar a estranha fixação dele pela morte, o que era quase uma paranoia. Como se quisesse desesperadamente não passar por ela. Aquela faceta era nova, porque, qualquer que fosse essa fixação, a versão anterior dele não a tinha. Parisa percebeu que, sem a totalidade dele mesmo — *sem* ambição e, de fato, sem planos para o futuro, algo que ela pensava que eles tinham em comum até perceber que, na verdade, a versão dele de uma página em branco era totalmente diferente da dela —, a telepata nunca tinha visto as outras complexidades de Dalton.

Os sonhos dele. Os anseios. Os medos.

— Nunca pensei que daria uma boa mãe. — Parisa pensou nas plantas na cabeça de Reina, agarrando-se a ela como crianças. Falando de mães pouco normais... — Acho que não tenho essa capacidade de não ser egoísta.

— Acho que ter filhos é inerentemente um ato egoísta — disse Dalton, que no mesmo instante ficou entediado. Ele se virou para Parisa, se coçando com algo. As fraturas não haviam cicatrizado totalmente, e agora o processo de costura da consciência de Dalton o deixara com pequenas lacunas, pedaços sobrepostos. Ele foi mal quebrado. — Forçar a existência de algo que não tem escolha é um ato de puro egoísmo — acrescentou.

Parisa riu e bebeu seu chá.

— Verdade. E ainda assim você faria isso?

— Eu nunca disse que não era egoísta.

Ele sorriu para ela com tanta doçura que a lembrou um pouco de Gideon. Ela quase se arrependeu de ter mentido para ele, dada a óbvia preocupação que tinha quanto à mãe, embora não houvesse nenhum benefício em contar a verdade. (E, de qualquer maneira, se ele tinha problemas com a mãe, eles não iam desaparecer tão cedo. Ou nunca. Veja Callum, por exemplo.)

— Então — disse Dalton. — O que vamos fazer?

— Pensei em investigar o Fórum — sugeriu Parisa. — Ver que tipo de recursos eles têm, quem realmente são. Tenho a sensação de que estão preparados para um ataque hostil.

Ou um muito bem-vestido, pelo menos. Ela cruzou seus novos Louboutins sob a mesa.

— Parece bom. — Dalton balançou o joelho, inquieto. — E os físicos?

Parisa fez uma pausa.

— O que tem eles?

— Eu preciso deles — disse Dalton. — Onde está a outra mesmo?

Parisa pousou a xícara de chá na mesa.

— Você sabe o nome deles.

— Certo. Varona e Rhodes. — Dalton abriu um sorriso reconfortante. — E a outra também. A bateria. Precisamos dela.

Parisa abriu a boca, e então parou de novo.

— Está dizendo que quer vencer Atlas na própria pesquisa dele?

— Minha pesquisa — corrigiu Dalton.

— Certo. — Isso era verdade. Era justo. — Eu só não achei que você estivesse interessado em criar outro mundo.

— Ah, não, não se trata de criar um completamente novo — disse Dalton, rápido, com uma breve pincelada de impaciência, como se tivesse passado os últimos dez anos provando que aquilo não fazia sentido, o que ele, na verdade, tinha provado mesmo. — Trata-se de encontrar um caminho para um existente. Abrir uma porta para outro mundo. Para muitos mundos. Todos os mundos. Embora isso seja, de certa forma, criar um novo. — As palavras dele estavam se atropelando, o que sempre acontecia agora, seus padrões de fala apressados e maníacos.

— E você quer isso? — perguntou Parisa. — Uma porta?

Dalton sorriu para o nada, e então esticou o braço por sobre a mesa, para a mão dela.

— Quero tudo — disse ele. — Você não?

Hum, pensou Parisa. Isso era preocupante.

Havia uma corrente perigosa em potencial, um pequeno zumbido de loucura. Algo um tanto discordante, como um violino desafinado. Ninguém nunca perguntou a Parisa o que a telepata queria, não de fato. Não de alguma forma que importasse. As pessoas *a* queriam, e isso era outra coisa. Ainda assim, a realidade era que querer tudo era perigoso e que buscar o poder só pelo poder era fútil. Era aquela história do problema de se ter conhecimento demais, porque ter até um pouco que fosse poderia deixar uma pessoa doente por querer mais.

Mas, ao mesmo tempo, ele tinha razão.

— Para que você precisa de mim? — perguntou Parisa, porque ainda tinha um cérebro e um saudável senso de cautela.

— A mesma razão pela qual ele quer você — respondeu Dalton.

— Queria — corrigiu Parisa, e Dalton balançou a cabeça.

— Quer — repetiu ele.

Mais uma vez, Parisa se perguntou onde se encaixava nos planos atuais de Atlas Blakely. Já estava enfiada nele antes mesmo de saber que havia entrado em ação? Ela se lembrou de seu primeiro encontro com Atlas, o espelho que havia mostrado a ela. A maneira como ela se deparou com seu próprio rosto no meio de seus pensamentos.

Jung disse que o eu era a soma total da psique de uma pessoa. A parte que olha para a frente, o processo de individualização, a busca de se tornar algo mais. Talvez essa fosse a parte que faltava a Parisa depois de um ano pesquisando o inconsciente coletivo, o senso atávico de humanidade, a unicidade da existência. Uma existência que era cheia de traição e tropeços cegos em busca de um significado. Uma existência, como o próprio Dalton havia dito, que era garantia inevitável de dor.

Ela estava se perguntando se devia algo ao mundo — alguma noção de quando parar, de encontrar seus limites —, mas foda-se. O que o mundo já havia feito por ela?

— Vamos fazer um novo — disse ela a Dalton.

Os ângulos principescos dele refletiam a luz, a refratavam com um sorriso.

— Pensei que você fosse mesmo dizer isso — respondeu ele, inclinando-se sobre a mesa para alcançá-la enquanto sua xícara de chá esfriava.

· EZRA ·

Ezra se lembrava com certa distinção de que era cedo na manhã em que ele chegara pela primeira vez à mansão da Sociedade; a luz brilhava acima, entrando pelas janelas altas e estreitas do grande salão da casa. Ele se lembrava das janelas que pareciam cobras, a luz invadindo através de frestas ofuscantes. Mesmo agora, quando pensava em seu tempo lá, ainda era em vislumbres, perturbadoramente dourados e brilhantes.

Agora, no entanto, a casa estava sombria, as sombras caindo como cortinas enquanto ele caminhava, a luz iluminando os rodapés trabalhados ao longo do chão. Havia algo fúnebre naquilo. Silencioso.

Ele parou na porta do escritório do Guardião e encontrou Atlas olhando pela janela, seus dedos unidos diante da boca. Mais uma vez, ficou impressionado com quão velho Atlas parecia. Como estava mudado. Ezra presumiu que Atlas já sabia disso — que podia sentir a presença de Ezra e, como era de se esperar, também seus pensamentos.

— Você me deixou entrar — comentou Ezra.

Os olhos de Atlas pousaram nele, observadores, e então voltaram para a janela.

— Você voltou — respondeu Atlas.

Ezra entrou no escritório, sentando-se na cadeira diante da mesa de Atlas.

— Então. Foi tudo o que você sonhou que seria? — questionou Atlas, num tom quase juvenil.

Uma acusação não exatamente irônica, porque ele já devia saber que a resposta era não.

— Eu não podia deixar você continuar com aquilo. — Ezra olhou para as mãos. — Eu vi o caminho em que você estava, Atlas, e tive que detê-lo. Sinto muito.

— *Sente?* — Enfim Atlas se virou para ele, seus olhos escuros desinteressados. — Se isso for verdade, acho que você é pior do que imagina.

— Eu disse que sentia muito, não que sentia remorso. Eles ainda são perigosos. Eles ainda precisam ser detidos. — Uma pausa. — Você — esclareceu Ezra. — Você precisa ser detido.

Fosse lá o que custasse a ele. O que parecia a cada momento ser mais do que ele podia suportar.

As coisas estavam dando errado, pensou Ezra. Tristan, que Ezra planejara especificamente encontrar, não tinha aparecido no local esperado. Talvez estivesse em Osaka, onde nenhum alarme havia sido disparado, ou na Cidade do Cabo. Eles deviam ter se dado conta de que alguém estava vindo; as ferramentas restantes de Atlas obviamente foram preparadas para uma emboscada, e agora, apesar de um ano de planejamento, Ezra havia perdido o elemento-surpresa.

Um golpe duro, embora a janela de oportunidade ainda não estivesse fechada. Por quanto tempo os quatro medeianos mais facilmente rastreáveis poderiam permanecer escondidos quando metade do mundo sabia que eles existiam e os queria mortos? A surpresa era apenas uma arma entre muitas outras, que Atlas certamente já conhecia.

A sala, como a própria casa, estava silenciosa, estranha. Ezra se perguntou se Atlas tinha algum plano de se defender, ou se talvez aquilo era uma armadilha. Era possível que o animador ainda permanecia em algum lugar próximo. Afinal, Dalton Ellery parecia ter comprado tudo o que Atlas oferecia e que, no final, Ezra havia rejeitado.

— Não — disse Atlas em resposta aos pensamentos de Ezra. — Dalton se foi.

Ezra se irritou. A telepatia indesejada era o menor dos pecados de Atlas, mas mesmo assim.

— Para onde?

Um dar de ombros.

— Não acho que seja da minha conta.

Isso foi surpreendente. Ou apenas constrangedor.

— Então você realmente não sabe?

— Eu tenho meus palpites. — Contemplativo, Atlas traçou uma linha ao longo de seu lábio inferior. — Mas ele não é meu, não posso controlá-lo. Assim como você.

— Mas você tentou — murmurou Ezra.

Atlas balançou a cabeça.

— Não.

— Sim, claro que tentou. — Com isso, reescrevendo sua experiência, Ezra foi tomado por um súbito tremor de frustração. — Você está falando sério? Você deixou bem claro que se eu não concordasse com você...

— Você está aqui para me matar? — interrompeu Atlas. — Porque, se for assim, você pode muito bem dar uma agilizada. — Ele parecia entediado, talvez até exausto. — Não tenho certeza de que tenho energia para outra de nossas adoráveis conversas sinceras.

— Nem você acredita nisso.

Atlas adorava a própria retórica. Decerto gostaria de fazer um discurso, para tornar a coisa toda desnecessariamente formal.

— Não, na verdade, sou muito mais realista do que você imagina. E de qualquer maneira, Ezra, eu já testei os cenários. — Atlas o encarou. — Se você não me matar, então tudo isso foi em vão. Tudo o que você sacrificou foi totalmente em vão.

Ezra ergueu o queixo, desafiador. Como se Atlas, que não fez nada além de ascender, pudesse entender algo sobre sacrifício.

— Do que você acha que eu desisti? Libby? Porque eu te garanto — zombou Ezra —, ela teria terminado comigo de qualquer forma.

— Sim, a srta. Rhodes é uma das coisas que você imprudentemente deixou de lado — concordou Atlas, como se Ezra não tivesse dito nada. — Mas é mais do que isso. Não é só ela.

Que bom, outra visão comovente da experiência vivida por Ezra. Que sorte a dele!

— Adoro quando você tira um tempo para me presentear com meus próprios pensamentos. — Ezra suspirou, embora, claro, Atlas tenha continuado.

— Você jogou fora sua chance de viver — disse Atlas. — Sua tranquilidade. Você jogou fora suas convicções, Ezra. — Uma pausa. — Você percebeu mais uma vez que não está no controle, e como pretende viver com isso agora? Depois de tudo com o que você já teve que conviver. — Atlas parecia quase empático, o que para Ezra era a prova de que ele sempre fora um sociopata dos pés à cabeça. — Você será assombrado para sempre — disse Atlas, de novo — pelo momento em que viu a morte ao seu redor e escolheu continuar vivo.

Não. Não, isso não era justo.

— Você não pode me dizer o que eu sinto, Atlas. — Ezra comprimiu os lábios. — Minha vida não é sua, você não tem o direito de moldá-la.

— Fomos amigos um dia — observou Atlas. Ele tamborilou na mesa. — Eu não roubei essa ideia de você. Você me deu.

— *Rá* — disse Ezra, de cara feia. — Eu *jamais* iria...

— Ezra — interrompeu Atlas, cansado. — Por favor. Me dê algum crédito.

Mais uma vez, Ezra sentiu o ataque de agitação. Um para-raios de fúria repentina, ao pensar que, *de alguma forma*, Atlas ainda se considerava a vítima em tudo aquilo. Como se a traição tivesse sido só de Ezra.

— Eu te dei muito crédito.

— Sim. Mais do que eu mereço, é óbvio — concedeu Atlas, gracioso —, ou você já não estaria mais se preocupando comigo.

— Como é que é? — Ezra ficou de pé, olhando para Atlas. — O que você quer dizer com me *preocupar* com você? Você não entende que tudo o que fiz foi *por sua causa*? — Claramente não, o que era uma desilusão imensa. — Você está no centro de tudo isso!

— E o que você imagina que causei? — indagou Atlas, num tom de diversão gentil, o que deixou Ezra ainda mais irritado. Como era de se esperar, essa era a intenção de Atlas, provocá-lo com seu desamparo. — É óbvio que você acha que está me impedindo de fazer coisas terríveis e covardes — disse, seco —, ou você não teria matado cinco pessoas para conseguir isso.

Ouvir a acusação em voz alta foi devastador de um jeito inesperado. Por um tempo, Ezra ficou atordoado.

— Eu não matei ninguém.

— Você acha mesmo que suas mãos estão limpas? — Dessa vez, o divertimento estava longe de ser gentil. Era lamentável, na verdade. Como se Atlas sentisse que Ezra era quem tinha pecados a confessar. — Você providenciou efetivamente a morte de cinco membros da Sociedade — lembrou-o Atlas. — E sequestrou o sexto.

Então aquele era o plano de Atlas. Se salvar com uma virada de jogo, colocando a culpa em Ezra.

— Um já estava morto — disse Ezra, irritado —, graças à sua preciosa Sociedade...

— Não. — A interrupção de Atlas era chocante, e por um instante Ezra vacilou. — Hoje de manhã Callum Nova saiu daqui com vida.

Ezra piscou.

— Eu... — Ele parou. — E mesmo assim eu nunca disse que eles seriam mortos. E, quanto ao empata, ele estava...

— Você ainda acredita mesmo que as coisas vão acontecer de acordo com o seu plano? — cortou Atlas. — O que você acha que vai acontecer ao revelar seus nomes, suas especialidades mágicas, suas famílias e amigos? Suas localizações? Você acha mesmo que a informação só será usada para *apreender*? — Diante do silêncio de Ezra, Atlas concluiu: — Você conhece a natureza humana tão bem quanto eu, Ezra, e, por isso, sabe o que está por vir para eles. Você os transformou em alvos, e a morte deles está em suas mãos.

— *Você* os transformou em armas! — gritou Ezra. — Sem *você*...

— Sem mim eles poderiam nunca ter descoberto as coisas que descobriram. Ou talvez tivessem, vai saber? — Atlas permaneceu sentado, seus olhos seguindo Ezra sem pressa enquanto ele se remexia, agitado. — Mas, sem você, eles certamente não teriam caído numa série de armadilhas. Então parece que estamos num impasse.

Era para ser uma piada?

— Você não sabe se eles serão mortos.

Mas Ezra ouviu a própria hesitação, a dúvida, e sabia que Atlas também ouvira.

— Você vai ter que me matar — repetiu Atlas, com um dar de ombros. — Você terá que fazer isso, ou tudo o que fez para chegar a este momento terá sido em vão. Uma traição de suas próprias crenças.

Ele se levantou, as mãos abertas, como se para tornar o alvo maior, mais acessível. Nunca na história Ezra o quis morto com tanta força. Atlas era suicida? Ezra queria, idealmente, que a morte de Atlas acontecesse por meio de algum tipo de golpe divino, como um raio vindo de cima. Ele esperou, mas era óbvio que não havia ninguém em casa. O Olimpo estava vazio e o inferno também. Os demônios estavam todos ali, naquela casa.

— Você tem razão — disse Ezra. — Vou ter que te matar.

Para sua infelicidade, ele ainda estava tentando se convencer. Deselegante, dadas as apostas, mas novamente Atlas revelou como Ezra era manso, pequeno, insignificante. Atlas tinha uma vastidão, um brilho que era impossível apagar. Só que agora Ezra teria que fazer isso. Ele teria que fazer isso.

— Mas não é por isso que você está aqui — observou Atlas, e a atenção de Ezra se voltou para ele.

— O quê?

— Você tem que me matar — disse Atlas. — Acredite, eu sei. Eu entendo. Posso ver como o caminho lógico que o trouxe até aqui, a esta sala. A este momento. Tem que terminar aqui. — Uma pausa. — Mas não foi por isso que você veio.

— Ah, ótimo. — A risada de Ezra era doentia, amarga diante da ideia de outro presente cerebral de Atlas Blakely. — Me diga, então — incentivou ele, apático. — Por que estou aqui, se não para enfim me livrar de você?

Atlas parecia ter pena dele.

— Porque você enfim percebeu que há algo lá fora pior do que eu.

Por meio segundo, Ezra ficou paralisado. Como se, mais uma vez, Atlas tivesse lido sua mente. Então, porque Ezra estava usando todos os bloqueios telepáticos conhecidos pelo homem, zombou:

— Ah, *tenha paciência*...

— Não, você está certo, não é isso — concordou Atlas. — Mas você percebeu que existem apenas outros como eu. Que eu não sou o problema — supôs Atlas —, porque o problema é você, porque *você* não se encaixa. Porque a coisa em que você acredita, que é importante para você, não melhora o mundo de maneira mensurável para mais ninguém e, portanto, eles nunca acreditarão em você, nunca te darão ouvidos. Você veio aqui para salvar este mundo, e tudo o que você fez foi destruir coisas, tudo o que você fez foi dar aos homens destrutivos uma justificativa para a violência deles. — Por um momento, Atlas ficou em silêncio outra vez. — Eu não era o que você queria que eu fosse, Ezra, mas eles também não. Nada disso era o que você queria. Não foi o que você pensou.

Ezra se virou, olhando pela janela.

— Você não tem ideia do que eu...

— Do que você abriu mão? — completou Atlas. Ezra podia sentir o Guardião o observando, mas não se virou. — Você acha que eu não entendo tudo que está em guerra dentro de você agora, Ezra? — Atlas riu. — Vinte anos atrás, encontrei uma brecha. Resolvi fazer meu próprio plano, meu próprio mundo. E você sabe o que aconteceu porque fiz essa escolha?

Vai se foder, pensou Ezra. Vai se foder, Atlas Blakely, nem tente...

— Os outros quatro morreram — disse Atlas, e por acidente Ezra se virou para ele, sem se dar conta de que o havia feito até que já tivesse feito. — Você se lembra deles? Talvez não. Eu me lembro de nunca pensar muito neles também e, no começo, não pareceu importar. Talvez tenha sido um acidente, pensei. Talvez apenas azar. — Atlas se lançou em nostalgia, cutucando os nós dos dedos da mão direita. — Mas então percebi que era minha culpa, porque me disseram para fazer um sacrifício e, em vez disso, escolhi a mim mesmo. Eu escolhi seguir o plano que tracei com você. E então escolhi isto — disse ele, se referindo ao escritório —, porque, depois de certo ponto, cheguei à mesma conclusão que você: se eu não me tornasse Guardião, se meu plano não desse certo, então eu teria para sempre o sangue de quatro pessoas em minhas mãos, por nada.

Ezra achou impossível engolir, respirar. Pensar.

— Eles estão mortos? Os outros?

— Sim.

Ezra franziu a testa.

— Mas então por que...?

— Por que estou vivo? — adivinhou Atlas, dando de ombros. — Provavelmente porque fiquei aqui, perto dos arquivos. Ainda aqui nesta casa, onde eles ainda podem me usar, onde a magia ainda pode me apodrecer por dentro e tirar de mim tudo o que me resta. Eu cuido dos arquivos e eles me dão certo grau de liberdade — disse ele, com um senso de deferência —, mas minha vida é o que é devido. Meu sacrifício ainda é devido.

— Você *quer* que eu te mate. — A respiração de Ezra ficou curta. — Você quer mesmo que eu faça isso, não é?

— Por que não? Se não for você, será alguém. — Outro dar de ombros. — Talvez um de seus novos amigos. É provável que os próprios arquivos. De qualquer maneira, eu vou morrer, Ezra, algum dia. O que eu poderia alcançar antes disso que possa compensar o peso dos meus pecados?

O Atlas que Ezra conhecera não tinha sido tão derrotado. Quase parecia inútil agora, todo o propósito de Ezra. Sua visão. Seu impulso, seu senso de significado, sua razão de existir. Se Atlas se fosse, se a Sociedade continuasse sem ele, então para que servia toda a vida de Ezra?

— Isso é... — Ezra fez uma pausa e umedeceu os lábios. — Isso é algum tipo de psicologia reversa? Você está tentando me convencer a fazer isso para que eu não faça?

Atlas deu uma risada sombria, então balançou a cabeça.

— Não. O que eu acho é que existe um plano para nossas vidas, Ezra. E acho que escolhemos os caminhos errados, você e eu. — Atlas o olhava com uma expressão estranha que Ezra não conseguia ler. — Acho que, se você me deixar terminar minha pesquisa, terei uma chance de corrigi-la. Corrigir onde as coisas deram errado.

— Nossa. — Ezra quase riu. — Então você está tentando me *recrutar*? Tudo de novo?

— Não. — Atlas balançou a cabeça brandamente. — Estou tentando explicar que tudo o que fiz... tudo o que tentei fazer — emendou ele —, foi a serviço da minha consciência. Porque, sim, eu permiti a você que acreditasse em certas coisas a meu respeito ao falhar em te dizer a verdade, mas fiz isso porque não senti que a verdade era um fardo que você devesse carregar.

— Ah, nossa, que ótimo — disse Ezra, meio rosnando para Atlas quando começou a andar furiosamente diante da mesa. — *Ainda bem* que você escondeu isso de mim para que eu não tivesse que sofrer, nem um *pouquinho*. Que *magnânimo* da sua parte decidir por mim o que eu deveria saber... — disse Ezra, com um sorriso de escárnio.

— O que você vai fazer com ela? — perguntou Atlas. — Libby.

— Eu não estava... — Ezra vacilou ao ouvir o nome dela. — O quê?

— Você sabe que não tenho como ter sucesso sem ela, o que admito prontamente que é verdade. Então você a removeu da equação por enquanto — disse Atlas —, mas, se não me matar, então ela continua sendo uma ameaça para você e seus planos. Ela é a peça que você já sabe de que preciso. Então, o que vai fazer com Libby?

— Eu... — De novo, uma pausa. — Isso é irrelevante, porque vou matar você. Isso... — Ezra vacilou, inarticulado em sua frustração. — É por isso que estou aqui, Atlas. Porque você não pode continuar com isso, você não pode... — Um gaguejar. A garganta dele estava seca. — Você não pode apenas *brincar de Deus*, Atlas...

— Você quer me odiar, Ezra — observou Atlas. — Mas não consegue.

— Cala a boca — vociferou Ezra. — Você não pode me dizer o que se passa na minha cabeça, Atlas. Este era o *nosso* plano, não o seu...

— Ela não ficará perdida no passado — disse Atlas. — *Ela* é o seu verdadeiro erro, Ezra. Seu maior erro não foi trazê-la até aqui, para mim, mas permitir que ela se tornasse perigosa.

Onde, pensou Ezra, desesperado, estava o truque? Como isso não estava terminando para Atlas em incêndios e inundações, em peste e violência? Decerto parecia uma guerra dentro de seu peito, como uma devastação, uma litania de pragas.

— Se queria mesmo me parar, você já sabia como. E você deveria saber há muito tempo — advertiu Atlas —, que, se não fosse capaz de matá-la, ela seria para sempre o seu calcanhar de Aquiles.

— Não me diga o que Libby é para mim. — Mesmo para si, Ezra parecia tenso, desequilibrado. — Você não tem ideia do que ela é para mim...

— É isso o que você acha? Que eu não entendo? — A voz de Atlas estava rouca. Não era honestidade, pensou Ezra. Não poderia ser isso. — Ezra, apenas termine aqui. — Atlas suspirou. — Me deixe terminar minha pesquisa, então deixe tudo terminar aqui, comigo.

Os olhos de Ezra estavam borrados. Com conflito. Infelicidade. Ódio.

— Eu posso matá-la — lançou ele para Atlas, como uma ameaça.

— Não pode, não. — Mais uma vez, a pena. — Ezra, você não vai, porque você não pode.

— Sim, eu posso. Eu tenho que poder. Eu não teria feito isso se não fosse por... — Ele respirou fundo. Exalou, trêmulo. — Se não fosse por algo em que eu acreditava *inquestionavelmente*...

— Mude seu caminho — disse Atlas. — Ezra. Mude-o.

— Não. Não. — A visão dele estava turva. — Não posso. Fui longe demais. Não posso voltar atrás.

— Só vai ficar mais difícil viver, Ezra.

— Não me diga com o que posso viver. Você *não faz ideia* das coisas com que posso viver!

A voz dele estava falhando, e algo em Ezra pensou: agora, vai ter que ser agora. Vai ter que ser agora, neste momento, porque senão o mundo vai acabar. O mundo como você o conhece, o mundo que por tanto tempo virou as costas para você, o mundo que você fez tudo ao seu alcance para salvar — ele vai acabar.

Não se trata do mundo, dissera-lhe a professora, o que agora soava como um aviso. *Nunca se trata do mundo*.

É, pensou Ezra, perdido, desesperado. Tem que ser. *Tem* que ser, porque se não se trata do mundo, então passei o último ano em agonia por nada. Traí a mulher que amo, a vi sofrer sem levantar um dedo sequer para ajudá-la, virei as costas ao único amigo que já tive. Eu traí a mim mesmo, minhas crenças, os livros que não eram nada, que nunca foram *nada*, porque o conhecimento é uma maldição. Conhecimento não é nada, eu poderia ter vivido uma vida inteira e nunca saber o significado dela ou da razão da existência, e ainda assim poderia ter tido alegria, ou doçura, ou suavidade...

— Ela tem que morrer — disse Ezra, as palavras entorpecidas entre seus lábios. — Ela tem que morrer. Você não entende.

Era oco, escavado com tristeza, ou talvez com falsidade, porque decerto Atlas sabia que ele não queria dizer isso.

Atlas, aquele desgraçado, reconhecia a fraqueza quando a via, e ele sabia, enfim, a verdade: que Ezra era fraco. Que ele não viera por vingança, não viera por represália, mas por redenção. Por perdão. Para confessar que, sim, havia cometido um erro, ele pensou que estava escolhendo o menor de dois males, mas ainda era ruim, ainda era a escolha errada; mas agora era impossível. Agora ele nunca poderia dizer em voz alta.

— Você não entende.

Ezra não ouviu o som de passos atrás dele.

Ezra nem sequer percebeu a presença no batente da porta, não até que os olhos de Atlas se erguessem. Foi só quando ele percebeu que havia perdido o controle do momento, perdido o reconhecimento de si mesmo no tempo e no espaço, que Ezra se virou para ficar diante de seu momento de julgamento.

Então era isso que o aguardava.

A conclusão de uma vida inteira de espera; o conhecimento de que, cedo ou tarde, sua hora chegaria. Os joelhos de Ezra se dobraram de medo, o que ao mesmo tempo era alívio.

Ela estava fumegando. Estava chamuscando. Suas roupas haviam queimado, e ela estava diante dele na porta como uma deusa vingativa e furiosa.

— Vai se foder, Ezra — disse Libby, seu peito rasgado com angústia.

A explosão da palma da mão dela foi incandescente atrás dos olhos dele e, pela primeira vez, não havia portas pelas quais cair. Nenhuma fresta pela qual rastejar. Não havia como escapar, e no momento em que queimou, lamentou, pereceu, Ezra Mikhail Fowler olhou nos olhos de sua morte e pensou, ah, então isso é o destino.

Então isso era o destino.

· FIM? ·

Gideon Drake nunca fora muito bom em combate. Não era uma pessoa muito combativa, na verdade. Não era um lutador. Havia muitas coisas que ele achava que não valiam o tempo ou a energia; não tinha mesmo uma veia violenta, ou muito ego também. Na verdade, sempre se considerara relativamente insosso, e a única prova do contrário era sua amizade com Nico de Varona, que era tão cheio de graça e vida que era quase uma pena que ele perdesse seu tempo com Gideon.

Dito isso, sugerir que Gideon não era um lutador por natureza não significava que ele não era formidável quando tinha a chance.

— Essa foi boa — disse um Nico ofegante, que, fiel a si mesmo, havia parado para dar um empurrão no peito de Gideon depois de um golpe particularmente bem desferido na lateral da cabeça de seu adversário que foi projetado para desconcertar e desestabilizar por um tempo o ouvido interno.

Gideon era muito bom nesses tipos de golpe especializado. Ao contrário de Nico, ele não gostava de prolongar as coisas.

Isso, no entanto, era menos uma questão de diversão para Nico do que uma armadilha genuinamente bem construída. Um tanto irônico, pois a armadilha feita para Parisa Kamali não era diferente das armadilhas que a própria Parisa havia construído para Gideon no passado. Aquelas não eram pessoas comuns, nem policiais, nem bruxos como os tipos de pessoa que Nico descrevera ter encontrado na Inglaterra. Aqueles eram medeianos, cada um selecionado a dedo para enfrentar a telepata mais talentosa que Gideon já conhecera. Um deles era um biomante que parecia ter controle sobre a matéria muscular — Gideon ficava sentindo espasmos musculares súbitos, lutando contra a sensação de que do nada poderia desmaiar. Outra era uma especialista em multipotência, que podia replicar sua consciência para estar em vários lugares ao mesmo tempo, uma forma inteligente de combate contra a telepatia, teoricamente para criar uma câmara de eco de pensamento, embora não fosse muito eficiente contra o uso da força de Nico. O terceiro era um físico especializado em conversão de energia, o que era inconveniente para Nico (e, para Gideon, um pouco mais do que isso). Era um teste de quem poderia sobreviver, superar e derrotar magicamente.

Aquilo também não era um sonho. Era a realidade, onde a mortalidade era um problema, talvez mais do que a dor. A dor era temporária. A dor acabaria. A consciência poderia falhar, o que era um resultado muito mais preocupante. Gideon sentiu as escápulas de Nico se alinharem com as dele, os dois ficando costas com costas enquanto os três medeianos os circulavam, formulando o próximo ataque.

— Vou precisar que você faça algo estúpido — disse Nico a Gideon, com a respiração entrecortada.

Ele conjurou um escudo fino de alguma coisa, que resistiu ao golpe de um dos medeianos — a multiplicadora, que se dividiu em três. Os outros dois, que esperavam nos fundos pela próxima investida, eram essencialmente especialistas físicos, o que Gideon não era. Ele olhou para trás e ouviu as instruções de Nico.

— Quão estúpido, exatamente?

— Preciso que você vá por ali — disse Nico, indicando com o queixo em direção ao rio Sena. — Mas então, tipo, mergulhe.

— Tudo bem — disse Gideon, confuso, imaginando se havia espaço para um veto. — Então, quando exatamente você quer que eu...

Mas Nico já estava rolando para longe, e o escudo que ele conjurara se dissipou no momento em que seu golpe atingiu o caminho de pedras. Gideon suspirou, mas obedeceu, agitando uma série de faíscas enquanto mergulhava para o lado oposto da ponte.

Alguém gritou para que o seguissem, Gideon sabia, e, se ele conhecia Nico — e conhecia —, algo explosivo estava a caminho, então Gideon fechou os olhos e saltou sobre a borda da ponte, mirando-se num arco alto, mais para cima do que para a frente.

O tempo desacelerou, o vento assobiando em seus ouvidos, enquanto algo estrondoso como um tiro soava no alto. Então tudo voltou a acelerar, muito rápido, a adrenalina correndo em suas veias, o ímpeto primitivo da mortalidade. O impacto contra o rio seria forte e não havia como quebrar a tensão superficial. *Só fique vivo*, disse Gideon a si mesmo. *Só fique vivo*.

No meio segundo antes de fazer contato com a água, os olhos se fechando contra a superfície vítrea do rio Sena, a força do impulso de Gideon de repente desabou sob si. Ele arfou, respirando com dificuldade, com o rosto não mais do que dois centímetros acima da água quando algo inverteu seu curso, impulsionando-o para trás e para a agora parcialmente desconstruída ponte. Havia um pedaço faltando na parede, a pilha de escombros queimados em seu rastro escondendo um vislumbre de partes de corpos imóveis.

Gideon, que caiu de costas, levou outro momento para se recuperar de seu encontro temporário com a morte.

— Boa pegada — disse ele sem fôlego a Nico, que sorriu de seu jeito enlouquecedor e arrogante.

— Sempre — respondeu Nico, estendendo a mão.

Gideon a pegou, aceitando a ajuda para se levantar e olhando ao redor para a pequena multidão que se reunia ao redor deles.

— Você não está preocupado com isso? — perguntou ele, apontando para a sirene da polícia que se aproximava.

Naturalmente não. Nico deu de ombros.

— Vou colocar na conta do Blakely.

Gideon achou que isso era razoável. Embora evidentemente tivesse sofrido o que tinha sido um golpe na cabeça ou um vislumbre desorientador do sol, porque pensou ter visto um pequeno borrão de algo enquanto se levantava.

— Onde estão os outros dois?

— Um caiu, acho — disse Nico vagamente, com a mão no cabelo. — E o outro...

De canto de olho, Gideon viu um enxame de luz, mais movimento do que objeto.

— Nico, vai pro chão!

Ele empurrou Nico para fora do caminho e sentiu algo chamuscar a lateral de sua cabeça, como se a tivesse batido na quina de uma mesa. Isso fez seu cérebro sacodir, a pele de sua têmpora queimando com o impacto, os olhos lacrimejando tanto que ele ouviu, mas não viu, a explosão da palma da mão de Nico, apontada para cima da posição de onde Gideon o havia jogado no chão. Gideon girou com um grunhido de dor, acertando cegamente o medeiano no pescoço, segurando-o enquanto Nico, ainda no chão, o acertava nos joelhos. Gideon pegou o medeiano enquanto ele caía, dessa vez com outro de seus movimentos de combate especializados. Esse ele aprendera no lar adotivo, com um vizinho, um caçador que era conhecido por abater ursos raivosos. Foi rápido e brutal, com um som que Gideon jamais esqueceria.

Assim que acabou, Gideon quis vomitar, mas em vez disso estendeu a mão para a de Nico, agarrando-a cegamente.

— Você está bem?

— Estou bem, Sandman. — Nico parecia atordoado, eufórico, maravilhado. — Onde você aprendeu isso? Eu te disse para parar de jogar videogame.

— Cala a boca, seu imbecil.

Gideon estava ofegante, quase vomitando de cansaço, quando sua visão enfim clareou o suficiente para ver que Nico estava rindo dele. Os dois ficaram parados como imagens espelhadas, ambos curvados e segurando os joelhos.

Havia uma mancha de sangue na bochecha de Nico quando Gideon olhou para o amigo. Uma gota lenta que descia da linha do cabelo, um corte ao longo de sua mandíbula. Houve um rugido de algo furioso e feroz em Gideon, que estendeu a mão para limpar o sangue e então parou.

— O que foi? — disse Nico, que engoliu uma risada.

O músculo em sua mandíbula saltou, então parou.

— Nada — disse Gideon.

— O que foi?

— Nada.

— Gideon, vamos, *no te hagas rogar...*

Não me faça implorar. Rá, como se ele fosse fazer isso. Como se *pudesse.*

Nico riu de novo, e aquilo doeu em Gideon em algum lugar profundo, fazendo suas pernas ficarem moles com uma paralisia atrasada. Isso, ou talvez estivesse entrando em colapso. Sentiu medo em primeiro lugar, por terem escapado por pouco, tão pouco que aquilo quase se transformou numa tragédia, uma tragédia da qual Gideon nunca se recuperaria. Alívio, por ninguém ter parado aquele riso arrogante. Por Nico de Varona nunca ter percebido como Gideon era frágil, tão frágil. Como Nico acreditava ser invencível, Gideon às vezes acreditava na mesma coisa, até os momentos terríveis em que ele não acreditava. Como aquele.

— Eu sempre esqueço como você é bom nas coisas.

Nico estava balbuciando em apreciação, ainda falando, ainda rindo, ainda alegre e ridiculamente vivo, e alguma loucura dentro do peito de Gideon decidiu por ele.

Ele se inclinou à frente e tomou a boca de Nico numa espécie de força punitiva, um golpe cativo. Mais um suspiro do que qualquer outra coisa, na verdade.

Embora, tecnicamente, tenha sido um beijo.

Os lábios de Nico estavam secos e sua boca estava quente, surpresa, despreparada e metálica com a concentração. Gideon sentiu a respiração de Nico travar em sua língua, um audível nó de surpresa, e então Nico se afastou e Gideon pensou *não, não, não...*

— Ah. Então é assim? — disse Nico.

Seus olhos estavam perscrutadores e desconcertados, confusos e brilhantes.

Em resposta, Gideon se sentiu em carne viva, como se tivesse partido o peito em dois e apresentado as evidências para a avaliação de Nico.

— É assim, sim. — Aquilo deixou Gideon num arfar, mas dane-se. Tinha vivido em sua garganta por tempo suficiente. — Sim — tentou outra vez —, sim, é assim.

O sorriso de Nico se alargou.

— Ótimo. — Nico o segurou pela camiseta, puxando-o novamente. — Ótimo.

O coração de Gideon batia forte em seu peito, seus lábios se abrindo em êxtase absoluto, quando ouviu outro barulho atrás de si. Era claramente mágico. A abertura de um feitiço de transporte.

Gideon girou, um braço jogado instintivamente no peito do outro para se colocar entre Nico e seu último assassino, quando em vez disso piscou, surpreso. Atrás dele, Gideon sentiu o pulso de Nico falhar e acelerar; ouviu a confusão em sua voz.

— Rhodes?

Libby Rhodes estava diante deles na calçada. Havia sangue em suas roupas — claramente de outra pessoa — e cinzas em seu cabelo, mas não havia dúvida de que era ela. Libby tinha encontrado o caminho de volta, através do tempo, do espaço e da impossibilidade. Era Libby Rhodes, e ela estava ali.

Dizer que estava ilesa seria mentira. Seus olhos estavam desfocados, exceto pela maneira como encontraram os de Nico. Ele, percebeu Gideon, pela primeira vez parecia atordoado demais para falar, uma mão ainda pressionada na boca e no fantasma do beijo de Gideon.

— Varona — chamou Libby, dando um passo em direção a ele. — A gente precisa conversar.

Então desabou nos braços de Gideon.

AGRADECIMENTOS

O fato de você ter este livro em suas mãos é (1) a confirmação de que estamos na linha do tempo mais estranha e (2) uma prova real do que pode ser realizado com tão pouco sono que eu não teria confiado em mim mesma para dirigir um veículo. Antes de mais nada, devo agradecer à minha mãe, porque se ela não tivesse largado tudo para morar comigo e minha família por quatro semanas enquanto meu filho era um recém-nascido, nunca nem teria havido um primeiro rascunho. Também devo agradecer enfaticamente a todos que leram os primeiros rascunhos deste livro, porque ele foi editado no meu iPhone e, portanto, continha todo tipo de caos que a correção automática poderia imaginar. A Molly McGhee e Lindsey Hall, minhas brilhantes editoras na Tor, sou mais do que grata pela genialidade de vocês, sua visão e fantástica capacidade de decidir quão mais picante posso tornar uma cena se eu tentar para valer. A Amelia Appel, minha amada agente e olhar editorial mais perspicaz, devo algo crítico a você. Se alguma vez você precisar de um rim, estarei lá de joelhos. (E também, profundos agradecimentos aos meus fãs, que estão empatados em primeiro lugar, Debbi e Sam.)

A Little Chmura, minha ilustradora e amiga, que nunca deixa de me impressionar com a sorte que tenho por trabalhar com você. Cada nova aventura em que embarcamos juntas é um lembrete do quanto amo criar arte com você, e você sempre traz à tona a melhor versão da criadora em mim. Trabalhar com você é um prazer e um presente.

À minha equipe na Tor: outra rodada de agradecimentos a Lindsey por se inscrever, armas em punho, para qualquer coisa que eu esteja fazendo aqui. Ao meu infalível e excelente designer de capa Jamie Stafford-Hill e à designer Heather Saunders. Minhas relações-públicas, Desirae Friesen (constantemente na minha caixa de entrada salvando minha vida) e Sarah Reidy. À minha equipe de marketing, a rainha dos GIFs Eileen Lawrence e a genial Natassja Haught. Dakota Griffin, minha editora de produção, meu editor-chefe Rafal

Gibek, meu gerente de produção Jim Kapp e minha incrível editora Michelle Foytek. Minhas editoras, Devi Pillai e Lucille Rettino. A Chris Scheina, meu agente de direitos estrangeiros. A Christine Jaeger e sua incrível equipe de vendas. A Steve Wagner e aos fantásticos dubladores James Cronin, Siho Ellsmore, Munirih Grace, Andy Ingalls, Caitlin Kelly, Damian Lynch, Steve West e David Monteith. A Troix Jackson, por ficar por aqui para ler.

À minha equipe da Tor UK/Pan Macmillan: muita gratidão à minha editora Bella Pagan, com muito apreço também a Lucy Hale e Georgia Summers no editorial. A Ellie Bailey e o restante da equipe de marketing — Claire Evans, Jamie Forrest e Becky Lushey, bem como Lucy Grainger em marketing de exportação e Andy Joannou em marketing digital. A Hannah Corbett pela brilhante magia de relações públicas, bem como a Jamie-Lee Nadane e Black Crow pela incrível campanha publicitária. A Holly Sheldrake e Sian Chivers na produção e Rebecca Needes nos serviços editoriais. Ao designer de capas do Reino Unido, Neil Lang. A Stuart Dwyer, Richard Green e Rory O'Brien em vendas; A Leanne Williams, Joanna Dawkins e Beth Wentworth em vendas de exportação; e a Kadie McGinley em vendas especiais. À equipe do audiolivro, Rebecca Lloyd e Molly Robinson. E por último, mas não menos importante, obrigada a Chris Josephs por lidar com uma bela confusão no serviço de entregas.

Aos tradutores e editores que levaram este livro para o resto do mundo nas muitas, muitas línguas que não sei falar: obrigada infinitamente por viverem em minhas palavras e por contarem minha história por mim.

Ao dr. Uwe Stender e ao restante da equipe da Triada. Obrigada a Katie Graves e Jen Schuster da Amazon Studios e Tanya Seghatchian e John Woodward da Brightstar por serem meus parceiros criativos.

Um enorme agradecimento aos bons cidadãos do BookTok, BookTwt, BookTube e Bookstagram. Vocês são absolutamente insanos (de forma carinhosa). A todos os incríveis livreiros que tive a sorte de conhecer desde que este bizarro sonho febril começou. Para qualquer um que já foi para a internet (ou mesmo — suspiro — para a vida real) para atrair outras pessoas a ler este livro. Há tantas pegadas na areia. Todas as pegadas menos as minhas. (Entenderam? É porque vocês me carregaram.)

Para os meninos: Theo, Eli, Clayton, Miles, Harry e seus respectivos pais: Lauren e Aaron, Kayla e Claude, Lauren e Matt, Carrie e Zac, Krishna e James. À minha família, principalmente Megan, minha companheira de signo de ar, e Mackenzie, que leu meus livros antes de serem aprovados pelo BookTok. A Davi. A Nacho e Ana. A Stacy. A Angela. A Melina. A todos que me ajudaram a manter a sanidade, ou algo próximo a isso.

A Henry, meu menino-rei, meu goblin do caos, meu menino que mais aperto, que isso o envergonhe até a adolescência e além. Meu pequeno príncipe travesso, que sorte eu tenho de ser sua mãe. Você entrou na minha vida e fez um mundo totalmente novo para mim. Eu amo muito você e seu pai.

A Garrett. Ai, merda. Não posso agradecer sem chorar. Vou ficar sem poesia idiota para você algum dia, mas hoje não. Você é meu porto seguro, meu lugar favorito. Você é meu privilégio na vida. Obrigada por acreditar em mim. Obrigada por me escolher. Eu escolho você toda vez.

A você, leitor: sem você não passo de uma idiota insone, gritando desesperadamente no vazio. Obrigada por ouvir e por dar à minha história um lugar no qual pousar. Espero que algo aqui faça você pensar, ou imaginar, ou sorrir, ou rir, ou sonhar. Espero que faça você sentir. E mesmo que não faça, é, como sempre, uma honra escrever estas palavras para você. Espero, de coração, que tenha gostado da história.

Beijos, Olivie

1ª edição	ABRIL DE 2023
impressão	LIS GRÁFICA
papel de miolo	PÓLEN NATURAL 70 G/M²
papel de capa	CARTÃO SUPREMO ALTA ALVURA 250 G/M²
tipografia	ADOBE GARAMOND PRO